湖北省学术著作出版专项资金
Hubei Special Funds for Academic Publications

中国学术档案大系

主编　陈文新

元白研究学术档案

陈才智　编著

WUHAN UNIVERSITY PRESS
武汉大学出版社

图书在版编目(CIP)数据

元白研究学术档案/陈才智编著.—武汉：武汉大学出版社,2018.8
中国学术档案大系/陈文新主编
湖北省学术著作出版专项资金资助项目
ISBN 978-7-307-15399-8

Ⅰ.元… Ⅱ.陈… Ⅲ.①元稹(779～831)—唐诗—诗歌研究 ②白居易(772～846)—唐诗—诗歌研究 Ⅳ.I207.22

中国版本图书馆CIP数据核字(2015)第050319号

责任编辑:李 琼　　责任校对:李孟潇　　版式设计:马 佳

出版发行：武汉大学出版社　(430072 武昌 珞珈山)
(电子邮件：cbs22@ whu.edu.cn 网址：www.wdp.com.cn)
印刷:湖北恒泰印务有限公司
开本:720×1000 1/16　印张:49.5　字数:737千字　插页:1
版次:2018年8月第1版　2018年8月第1次印刷
ISBN 978-7-307-15399-8　定价:98.00元

前　言

白居易是妇孺皆知、有世界影响的唐代大诗人，其好友元稹也是当时“海内声华并在身”的大才子。二人诗风以平易流畅著称，开创了影响深远的诗歌流派，即学界相沿而称的“元白诗派”。拙著《元白诗派研究》曾从流派角度探讨元白文学集团及其诗歌创作，在回答“元白诗派”何以可称为诗派的基础上，探讨元白诗派的组成人员、形成过程、文学特征和发展状况。本书则旨在为20世纪以来的元白研究建立学术档案。

溯其源，“元、白齐名，有自来矣”①，在元白二人在世时，就已众所周知，广泛流传。值得注意的是，元白并称与初盛唐王孟、高岑、李杜之并称不同，在中唐诗歌发展的背景之下，元白并称和韩孟并称一样，已不只是一般意义上的并称，更多地带有与诗歌创作倾向和艺术风格相似的性质。在中国诗歌史上，中唐诗坛存在着四个特点，一是求新，二是求变，三是呈现着多元化的趋势，四是在多元化趋势中，并存着流派化的倾向。就元白而言，正如南宋严羽所云：“微之、乐天，其体一也。”②

追溯“元白体”一称的起源，当始于北宋田锡(940—1003)《览韩偓郑谷诗因呈太素》一诗，诗中将“元白体”的特点归纳为“顺熟”：“风骚复古少知音，本色诗人百种心。顺熟合依元白体，清新堪拟郑

① (宋)葛立方：《韵语阳秋》卷三(《历代诗话》下册，中华书局1981年版，第502页)。参见(明)胡震亨《唐音癸签》卷二十七“谈丛四”所举“唐人一时齐名者”(周本淳校点本，上海古籍出版社1981年版，第288页)。

② (宋)严羽《沧浪诗话·诗体》“元白体”原注，见郭绍虞：《沧浪诗话校释》，人民文学出版社1961年版，第59页。

韩吟。搜来健比孤生竹，得处精于百炼金。唯我与君相唱和，天机自见不劳寻。”①在此前后，释智圆(976—1022)《读白乐天集》也曾云：“李杜之为诗，句亦模山水。钱郎之为诗，旨类图神鬼。讽刺义不明，风雅犹不委。於铄白乐天，屈起冠唐贤。下视十九章，上踵三百篇。句句归劝诫，首首成规箴。謇谔贺雨诗，激切秦中吟。乐府五十章，谲谏何幽深。美哉诗人作，展矣君子心。岂顾铄金口，志遏乱雅音。龊龊无识徒，鄙之元白体。良玉为碔砆，人参呼荠苨。须知百世下，自有知音者。所以长庆集，于今满朝野。”②这一用例中的“元白体”，表达的是龊龊拘谨、谨小慎微的无识之徒对元白诗歌的轻视指称。归纳此后至清代诸家之评说，“元白体”包含外延一大一小两个层次：大者近乎泛称，概指元白诗之体；小者相对明确，专指具有某种特色的元白诗，这一特色可以是形式上的“舛杂”，可以是内容上的“浮靡艳丽”，还可以是风格上的浅切顺熟。③

除“元白体”之外，古人对元白并称的诗歌创作倾向，也有类似流派角度的评析，如明代杨慎(1488—1559)《升庵诗话》曾云：“‘闻说边城苦，如今到始知。好将筵上曲，唱与陇头儿。’此薛涛在高骈宴上闻边报乐府也。有讽谕而不露，得诗人之妙。使李白见之，亦当叩首。元白流纷纷停笔，不亦宜乎？”④胡应麟(1551—1602)《诗薮》也曾谓：“至元、白长篇，张、王乐府，下逮卢、李，流派日卑，道术弥裂矣。”⑤清代还

---

① (宋)田锡：《咸平集》卷十五，《全宋诗》第1册，北京大学出版社1991年版，第457页。

② (宋)释智圆：《闲居编》卷四十八，《全宋诗》第3册，北京大学出版社1991年版，第1559页。

③ 详见拙作《元白体名义辨析》，《天中学刊》2002年第1期。

④ (明)杨慎：《升庵诗话》卷十四“薛涛诗”一则，见《历代诗话续编》中册，中华书局1983年版，第913~914页，参见杨文生：《杨慎诗话校笺》，四川人民出版社1990年版，第242页。

⑤ (明)胡应麟：《诗薮》内编卷三“古体·下·七言”(王国安校补本，上海古籍出版社1979年版，第49页)。卢、李指卢拱、李绅，白居易《与元九书》谓，元稹欲取二人还往诗之尤长者编次之，如张籍古乐府、李绅新歌行、卢拱、杨巨源律诗、窦巩、元宗简绝句(《白居易集笺校》第5册，上海古籍出版社1988年版，第2796页)。

有所谓“白之流派”①、“香山诗派”②，赵翼《瓯北诗话》卷四《白香山诗》亦云：“古来诗未有以‘格’称者，大历以后始有。‘齐梁格’、‘元和格’，则以诗之宗派而言。”③不过偏于感悟，只出结论，并无论证。降及民国，古典诗歌研究方法开始新旧递嬗，新一辈学人由古贤的评点诗话诗选等传统著述形式，慢慢向现代西方的论文体式转变，许多论文将元白并论时，开始给予论证和分析。④

总结百年来的元白研究，前已有谢佩芬《近四十年来台湾地区白居易研究概况》⑤、蹇长春《八十年来中国白居易研究述略》⑥、吴在庆《近10年元稹研究述评》⑦、谢思炜及郭勉愈《近年来中国白居易研究概况》⑧、尚永亮《元稹百年研究综述》和《白居易百年研究述论》⑨、王永波《当

---

① (清)潘德舆《养一斋诗话》卷一：“近人好看白诗，乃学其率易之至者。试随意举其五律，如‘寻泉上山远，看笋出林迟’，‘松湾随棹月，桃浦落船花’，‘雨埋钓舟小，风飏酒旗斜’，‘早梅迎夏结，残絮送春飞’，‘佛寺乘船入，人家枕水居’，‘江暗管弦急，楼明灯火高’，‘近海江弥阔，迎秋夜更长’，‘褰帘待月出，把火看潮来’，‘暝色投烟鸟，秋声带雨荷’，‘山明虹半出，松暗鹤双归’。此例一二十句，皆灵机内运，锻炼自然，何等慎重落笔！专以率易为白之流派者，试参之。”

② (清)袁寿龄《白乐天》十首之八：“一生劲敌惟元相，齿长七年名却低。毕竟千秋有定论，香山诗派放翁齐。”(《万首论诗绝句》第2册，人民文学出版社1991年版，第682页)又，(清)陈书(1838—1905)《效少陵戏为六绝句元韵》之三：“乐天体物精千炼，下况卢仝仆命骚。可怪谰言宗灶妪，肯容流派溷吾曹。”

③ (清)赵翼：《瓯北诗话》卷四，霍松林、胡主佑校点本，人民文学出版社1963年版，第41页。

④ 例如胡适之《元稹白居易的文学主张》(《新月》1928年4月10日)、刘真《元白诗中的唐代社会》(《学风》1933年第1、2期)、玄修《说元白》(《同声》1942年第4期)等。

⑤ 《中国唐代学会会刊》第3期(1992年10月)，罗联添校阅，被译为日文，收入《白居易研究讲座》第五卷(勉诚社1994年版)。

⑥ 《西北师范大学学报》1993年第3期。

⑦ 收入《唐代文学研究年鉴1992年》，广西师范大学出版社1993年版，后改题为《元稹若干问题研究概述》，《北方论丛》1993年第3期，第62~66页。

⑧ 日本《白居易研究年报》创刊号(2000年)，第127~141页。

⑨ 前文原载《学术交流》2004年第4期；后文原载《中州学刊》2006年第3期，又收入《白居易诗歌国际研讨会论文选》(河南文艺出版社2009年版)；《中唐元和诗歌传播接受史的文化学考察》(武汉大学出版社2010年版)。

代元稹白居易研究著作叙录》①。可以参考的论著，除《唐代文学研究年鉴》、《中国文学年鉴》每年的相关综述之外，还有(1)朱易安《唐诗学史论稿》(广西师范大学出版社 2000 年版)；(2)张忠纲、吴怀东、赵睿才等《中国新时期唐诗研究述评》(安徽大学出版社 2001 年版)；(3)杜晓勤《隋唐五代文学研究》(北京出版社 2001 年版)；(4)陈友冰《海峡两岸唐代文学研究史：1949—2000》(台湾“中央研究院”中国文哲研究所，2001 年)；(5)蒋寅撰《二十世纪唐代文学研究概述》，收入胡戟、张弓、李斌城、葛承雍主编《二十世纪唐研究》(中国社会科学出版社 2002 年版)第四章“文学”；(6)陈伯海主编《唐诗学史稿》(河北人民出版社 2004 年版)；(7)羊列荣《20 世纪中国古代文学研究史 · 诗歌卷》第十一章(东方出版中心 2006 年版)，等等。②

下文将在此基础之上，重点就前人未备之处加以论述。20 世纪初，最早发表在期刊上与元白有关者，多是一些仿用元白诗体诗韵的诗歌，也有像署名天虚我生《戏拟检察厅公诉白居易文》③这样的滑稽文，还有像江纫兰《斥白居易立言之谬》④这样驳斥《长恨歌》“不重生男重生女”者，虽可称妇女解放之先驱，然只是政论性札记，并非真正的研究论文；唯一可以称道的是，因为发表在《妇女时报》上，它开启了现代白居易研究在题材上的一个别致的类别，即白居易的妇女文学和妇女观问题研究，引发了此后胡寄尘的札记《白居易之妇女观》和徐景贤《白

---

① 《唐代文学研究年鉴 2005》，广西师范大学出版社 2005 年版。其中《50 年白居易研究著作述评》，又载《周口师范学院学报》2005 年第 3 期。

② 其他相关文献还有董乃斌、赵昌平、陈尚君《史料 · 视角 · 方法：关于二十世纪唐代文学研究的对话》(《文学遗产》1998 年第 4 期)；朱易安《略论唐诗学发展史的体系建构》(《文学评论》1998 年第 5 期)；陈尚君《唐代文学文献研究的回顾与展望》(《古籍整理出版情况简报》1999 年第 1 期)；胡明《关于唐诗——兼谈近百年来的唐诗研究》[《文学评论》1999 年第 2 期；《中国古代、近代文学研究(人大复印报刊资料)》1999 年第 7 期]；陶文鹏《20 世纪前半叶的唐诗研究》(《湖北大学学报》1999 年第 5 期；又收入其《唐宋诗美学与艺术论》，南开大学出版社 2003 年版，第 170~191 页)；贾三强、阎琦、房日晰等《气象万千——九十年代中国大陆唐代文学研究一瞥》；蒋寅《20 世纪后期唐代文学研究述评》(《山西大学师范学院学报》2001 年第 4 期)；陈伯海《二十世纪隋唐五代文学研究概观》(《南京师范大学文学院学报》2002 年第 1 期)；杜晓勤《20 世纪唐代文学研究历程回顾》(《北京大学学报》2002 年第 1 期)。

③ 《游戏杂志》1914 年第 3 期，第 16~17 页。

④ 《妇女时报》1912 年第 8 期，第 16~17 页。

乐天的妇女文学：从白乐天谈到唐代妇女问题》、李蕴华《白乐天的妇女文学》、彭兆良《白乐天诗中反映的妇女思想》、秦桂祥《白香山诗中关于非战思想及妇女问题之探讨》、齐公远《白居易的妇女观》等文章。值得一提的是，1917 年 2 月 1 日，陈独秀在《新青年》第 2 卷第 6 号发表《文学革命论》，将"革命"引进文学，否定桐城谬种、选学妖孽，对中国文学史重要流派、作家进行评判，其中提到元白，称元白应运而出，是南北朝贵族古典文学向宋元国民通俗文学过渡的中枢。这可以视为后来胡适《白话文学史》对元白"高大上"定位的先声。

关于元白的真正现代意义上的研究性论文，以期刊而论，开风气之先的第一篇，是 1921 年署名"四郎"所发表的《白居易底"新乐府"》。① 尽管发表在偏于文艺性质上的报刊《晨星》上②，但已经明确置于"研究"一栏，以别于"叙述"、"诗歌"、"杂感"等其他栏目，应该说已经颇具现代论文的样貌。此前，梁启超 1920 年撰有《晚清两大家诗钞题辞》(《饮冰室文集》卷四十三，中华书局 1936 年版)，认为白居易是"专描写社会实状"一派的代表。但并非专论白居易之文。四郎当即潘漠华(1902—1934)，宣平(今浙江武义)人，诗人，曾任中共天津市委宣传部长，后被捕牺牲。著有《漠华的诗》等。③ 该文篇幅不长，首先点出白

---

① 《晨星》创刊号，1921 年 11 月 25 日。

② 《晨星》由宣平旅杭学会编辑，通讯处：浙一师校潘详。潘详是四郎(潘漠华，学名潘训)的二哥。

③ 据周家珍编著《20 世纪中华人物名字号辞典》(法律出版社 2000 年版)，原名潘恺尧，学名潘训，化名潘模和，别名潘言川，笔名四郎、漠华、田言、老潘、尧、华天、企、企明、许华天、何炳奇、言川、言训、若迦(与别人合集署名)、季、季训、季民、季明、炳奇、洵、悔也、模和、潘四、潘洵等。据浙江省人物志编纂委员会编、魏桥主编《浙江省人物志》(浙江人民出版社 2005 年版，第 804~805 页)，潘漠华小学毕业考入县师范讲习所，在小学任教后复入浙江省立第一师范，与柔石、魏金枝、冯雪峰等参加朱自清、叶圣陶指导的青年文学团体晨光社。后又与冯雪峰、应修人、汪静之结成湖畔诗社，先后出版《湖畔》《春的歌集》，两书收入其新诗 68 首。又创作农村题材短篇小说，有 9 篇收入《雨点集》。1924 年考入北京大学文科，1926 年在校加入中国共产党。同年南下参加北伐军。1927 年 7 月，离开军队至杭州，在中共浙江省委工作。9 月被捕，得老师许宝驹营救出狱，回宣平。次年赴上海。后赴开封、沧州、北平等地以教书为掩护，从事党的秘密工作。1930 年至上海参加中国左翼作家联盟成立大会，并代表中国自由大同盟致词。1932 年冬，任中共天津市委宣传部长。1933 年 12 月被捕，屡受酷刑而不屈，三次发动绝食斗争。1934 年 12 月 24 日被折磨逝于狱中。1958 年，人民文学出版社出版《应修人潘漠华选集》。

居易是中国屈指可数的真正的几位诗人之一，然后评述《新乐府》，重点分析《新丰折臂翁》《缚戎人》《卖炭翁》《红线毯》《上阳白发人》《李夫人》《井底引银瓶》这几首诗。结尾总结说，白居易用热烈的仁爱之心，对于人间所现出的罪恶(这些罪恶使人们受了痛苦)，很微细地攒入他们每一个人的细胞里，用普通的辞句——既没有什么神秘的气味，也没有什么虚伪的态度——恳挚地写出他们的悲哀来。这是很恰切的评论。

两年后，1923 年 1 月 1 日至 23 日，甘蛰仙撰写了《白香山的文艺》①，于 1923 年 2 月 12 日至 3 月 23 日，连载于《晨报副刊》，分 31 次，平均每次至少一个版面，全部大约 15 万字，不仅篇幅大大增加，俨然一部专著的规制，学术性也更强了。甘蛰仙②，又名甘大文(一说字蛰仙)，大竹人(今属四川达州)。③ 其《白香山的文艺》共计四

---

① 见《晨报副刊 · 第 4 册 · 1923 年 1—6 月》(人民出版社 1981 年版，新华书店内部发行，全 15 册)。

② 朱羲胄《林氏弟子表》云："(甘蛰仙)少先生四十余岁。"(《民国丛书》第 94 册，上海书店 1989 年版)先生指林纾(1852—1924)，甘蛰仙当生于 1892 年之前。参见刘中文：《甘蛰仙及其对陶学的贡献》，《九江学院学报》2014 年第 2 期；《20 世纪早期陶学名著——〈中国之托尔斯泰〉评议》，《中国韵文学刊》2014 年第 2 期。

③ 甘蛰仙是民国学界的奇才，著有《庄子研究历程考略》《鲍明远的纯文艺》《人生观与知识论》《文学与人生》《最近四年中国思想界之倾向与今后革新之机运》等文。林纾《答甘大文书》充分肯定其古文造诣。据周作人《知堂回想录》，甘蛰仙本来在中国大学读书，因听了胡适的讲演，乃转到北京大学哲学系，成为胡适的嫡系弟子。章衣萍谈到整理国故，曾经将甘蛰仙与梁启超、胡适并提。(见章衣萍《春愁》，收入陈引驰编：《灵魂的伤痕》，北方联合出版传媒股份有限公司 2009 年版，第 16 页)1922 年至 1924 年，他同梁启超、胡适、李大钊等，以《晨报副刊》为主要平台，发表数十篇学术论文。代表作有《江文通的文艺》《周秦女子文学思潮》《章实斋的文学概论》《郑渔仲之史学》《董仲舒之名学》《戴东原之名学史观》《宋明哲学家的人格活动》《冯少墟之哲学》《唯美的人格主义》《康德在唯心论史上之地位》等。其学术研究视阈宽阔，融会中西、贯通古今。《晨报副刊》1922 年 8 月 1 日至 11 日(8 日未刊)就曾连续刊载甘蛰仙的《中国之托尔斯泰》，共十二章，约 33000 字，从哲学、美学、诗学、宗教、史学、政治学、文化学、社会学等各个角度对陶渊明和托尔斯泰予以比较研究，篇幅宏大，堪称巨制，是现代陶渊明研究史上的重要论著，因连载时间较长，"读者看了都又头痛又佩服"(周作人《知堂回想录》)。参见中国革命博物馆整理，荣孟源审校：《近代历史资料专刊 · 吴虞日记》上册，四川人民出版社 1984 年版，第 637 页；李继华：《新版〈李大钊全集〉疏证》，社会科学文献出版社 2011 年版，第 386~387 页。

章，第一章“白香山在文艺史上的位置”，作者认为，白居易在他那个时代，是代表时代的文艺作家，白居易文艺的表现形式有两个特点，一是诗体的活用，二是诗句语料的通俗。第二章“对于白氏文艺见解的批评”，一方面介绍白香山诗文中有关文艺上的见解，另一方面对这些见解给予批评。第三章“对于白氏文艺作品的考证”，首先从纵的角度，考察白香山的人生经历，然后从横的角度，即他与元稹等同代诗友的交往唱和，加以评述。同时结合政治、社会、家庭、地理等因素，探讨形成白香山文艺作品风格的原因。第四章“对于白氏文艺作品的赏会”，分为九个小节，前八节是具体的析观，分别析观白香山描写社会、自然等各类诗歌作品，最后一节“人生观念的根本回照”为综观，其中总结说，从艺术独立派和耽美派文学的角度看，白香山的文艺被评价得稍低，但在人生派文学中，白香山确为有唐之绝代英物。以上这些评论，可以与后来胡适的《元稹白居易的文学主张》相互参看，很有可能受到其老师胡适的影响。该文在发表的第二年，即与梁启超的《情圣杜甫》并列，成为中学语文诗歌评论教学的参考讲义。① 其影响可见一斑。

1926 年 1 月，佘贤勋发表在《金陵光》杂志第 15 卷第 1 期的《白香山诗研究》，也是值得推介的论文。文中指出，香山诗可谓今日白话诗之鼻祖，盖其诗在各家中最称浅易，且其取材于社会现实，故益觉动人。此后，诏年《诗人白居易的两个特征》论述白居易诗的两个特征，一是纯自然的描写，二是社会问题的取材。陶愚川《诗人白居易析论》分析并评论白居易的性格和思想，云：“白居易不是一个普通的诗人，他有伟大的抱负和热烈的心肠。他做诗的目的是很纯正的，他要在诗中充分地暴露出当时政治的黑暗和人民的苦痛。”指出，“惟有人们所不爱的讽谕诗，却正是他的‘诗的灵魂’。”作者希望有人出来像白居易一样对 20 世纪二三十年代诗坛上的那些“吟风月”之诗进行总攻击。近代《琵琶行》研究的第一篇专文，是 1931 年戴仁文在《澄衷半年刊》发表的《读白居易〈琵琶行〉》，它从“苍茫万古的事实”

① 见廖世承等编：《施行新学制后之东大附中》，中华书局 1924 年版，第 106 页。

和“作者如神的文笔”两个方面谈论读白居易《琵琶行》的感想和心得，对《琵琶行》处理景、情、声的高超艺术大加赞叹。张正夫《读了白居易的〈新丰折臂翁〉〈杜陵叟〉以后》、吴绍泰《读白居易〈新丰折臂翁〉诗》、王槐林《读〈长恨歌〉后》等，也是读后感性质的文章，评论多于分析，今天看来影响都不是很大。

影响较大的元白研究，应始于胡适。1927 年，胡适在北京文化学社出版《国语文学史》，称“白居易是有意做白话诗的”，“是一个平民诗人”。① 更为系统的论述是《元稹白居易的文学主张》，初刊载于《新月》第 1 卷第 2 期(1928 年 4 月 10 日)，后收入其《白话文学史》，成为第十六章的内容。后人的研究，对胡适的观点或有所参考，或有所深入，或有所扩展。胡适在开创新一代中国文学史写作风格的同时，也开创了元白研究的新思路。尤其值得一提的是，在中国文学批评史上，胡适是较早借鉴现代西方文艺思想来研究中国古代文学的，也是最早将元白这一派诗人的创作称为“文学革新运动”的。后来众多中国文学史著作中所谓“新乐府运动”的名称，乃是直接地受到了胡适的影响。

20 世纪 30 年代末到 50 年代初，岑仲勉、陈寅恪两位学者的卓越成果，代表了元白实证研究方面的最高水准。1947 年，岑仲勉发表《论白氏长庆集源流并评东洋本白集》等七篇有关白居易文集的考证文章，共 18 万多字，对白集流传的版本、白居易诗文的真伪进行了详细、精博、系统的研究和考证，解决了白居易研究在文本方面的不少关键性问题。而陈寅恪的《元白诗笺证稿》，因为论及具体作品，所以在文学研究界的影响更大更广更深。该著结合中唐时代的社会政治、科举制度、佛道文化、生活习俗、民间歌谣和古文运动等各种因素，来研究元白的诗歌创作，将元白对照并举，逐一加以详细的考

---

① 《国语文学史》原是胡适 1921—1922 年在教育部主办的第三、四届国语讲习所和南开大学讲课时所编的讲义，1927 年由北京文化学社正式出版。此处引文见《胡适学术文集·中国文学史》上册，中华书局 1998 年版，第 43 页。此前，梁启超 1920 年撰有《晚清大家诗钞题辞》，认为白香山与杜工部是中国旧诗“专描写社会实状”一派的代表(另一派是陶渊明、王摩诘、李太白、孟襄阳等，专玩味天然之美)。见《饮冰室文集》卷四十三，中华书局 1936 年版。

释、分析、笺证，发覆其典故本事、写作背景，在字词语句背后寻绎其文化内涵；先考并世材料之异，复合古今情意之同；对元白作品与事实不符之处多有辨正。尽管在个别细节、个别结论上，或有时而可商，或后出乃转精，但其用思之绵密、学识之博深、见解之独到，却堪称超拔，罕有其匹；而且无论在“诗史互证”的文化分析方法上，还是在“比较分析”的发覆与论证上，其思路都具有典范意义，沾溉至今。

除实证研究外，学界在元白研究的文学评论方面亦颇有进益，尽管它们大多并非元白研究专论之著。例如闻一多在《贾岛》一文开篇中，论及元和、长庆间诗坛动态中三个较有力的新趋势：韩孟、姚贾之外，“那边元稹、张籍、王建等，在白居易的改良社会的大纛下，用律动的乐府调子，对社会泣诉着他们那各阶层中病态的小悲剧”。文章还说，“白居易等为讲故事而做乐府”；白居易是带着“那样悲伤”的眼光在观察时代。① 这些出自诗人的对诗的评价，自然别有会心。

1948 年，钱锺书的《谈艺录》出版。其中论及元稹、白居易的笔墨很多，剖析精当而富有启迪。像第五十则，论述元白一派之形成：

> 韩之于孟，欧之于梅，工同曲异……白傅、元相，风格相近，而才力相悬，白之尊元，与斯异例。《诚斋集》卷十《读元白长庆二集》诗曰：“读过元诗与白诗，一生少傅重微之。再三不晓渠何意，半是交情半是私。”盖文人苦独唱之岑寂，乐同声之应和，以资标榜而得陪衬，故中材下驷，亦许其齐名忝窃。白傅重微之，适所以自增重耳。黄公(贺裳)谓“诗文之累，不由于谤而由于谀”，其理深长可思。余则欲更进一解曰：诗文之累学者，不由于其劣处，而由于其佳处。《管子·枢言》篇尝谓“人之自失也，以其所长者也”，最是妙语。盖在己则窃憙擅场，遂为之不厌，由自负而至于自袭，乃成印板文字；其在于人，佳则动

① 闻一多：《贾岛》，载《中央日报·文艺》第 18 期。除此之外，郑临川述评《闻一多论古典文学》(重庆出版社 1984 年版)第 122~123、156 页亦涉及对白居易的评价。

心，动则仿造，仿造则立宗派，宗派则有窠臼，窠臼则变滥恶，是则不似，似即不是，以彼神奇，成兹臭腐，尊之适以贱之，祖之翻以祧之，为之转以败之。

第五十九则，批评白诗才情之外的弊病：

香山才情，照映古今，然词沓意尽，调俗气靡，于诗家远微深厚之境，有间未达。其写怀学渊明之闲适，则一高玄(按香山《题浔阳楼》称渊明曰："文思高玄。")，一琐直，形而见绌矣。其写实比少陵之真质，则一沉挚，一铺张，况而自下矣。故余尝谓：香山作诗，欲使老妪都解，而每似老妪作诗，欲使香山都解；盖使老妪解，必语意浅易，而老妪使解，必词气烦絮。浅易可也，烦絮不可也。(按《复堂日记补录》光绪二年八月二十二日云："阅乐天诗，老妪解，我不解"；则语尤峻矣。)西人好之，当是乐其浅近易解，凡近易译，足以自便耳。

第二十五则，分析张籍与韩、白两派之离合：

张文昌《祭退之》诗云"公文为时帅，我亦微有声；而后之学者，或号为韩张"，是退之与文昌亦齐名矣。然张之才力，去韩远甚，东坡《韩庙碑》曰"汗流籍湜走且僵"，千古不易之论。其风格亦与韩殊勿类，集中且共元白唱酬为多。惟《城南》五古似韩公雅整之作，《祭退之》长篇尤一变平日轻清之体，朴硬近韩面目，押韵亦略师韩公《此日足可惜》。其诗自以乐府为冠，世拟之白乐天、王建，则似未当。文昌含蓄婉挚，长于感慨，兴之意为多；而白、王轻快本色，写实叙事，体则近乎赋也。近体唯七绝尚可节取，七律甚似香山。按其多与元白此喁彼于，盖虽出韩之门墙，实近白之坛坫。①

---

① 分别见钱锺书《谈艺录》补订本，中华书局 1984 年版，第 171、195、93~94 页。

在近现代古典文学研究方法的新旧递嬗中，文学史著作这样崭新的形式也多有关于元白的研究成果。例如郑宾于《中国文学流变史》、曾毅《中国文学史》、胡云翼《中国文学史》、顾实《中国文学史纲》、赵景深《中国文学小史》、郑振铎《插图本中国文学史》、刘大杰《中国文学发展史》、林庚《中国文学史》、陈钟凡《中国韵文通论》、李维《诗史》、胡朴安和胡怀琛《唐代文学》、陆侃如和冯沅君《中国诗史》、费有容《唐诗研究》、胡云翼《唐诗研究》、吴经熊《唐诗四季》、苏雪林《唐诗概论》、杨启高《唐代诗学》、陈子展《唐代文学史》等，不少是与专题研究结合在一起，其中论及元稹、白居易，多能各有所得，并非像"文革"以后许多陈陈相因、教材性质的文学史著那样乏善可陈。如曾毅《中国文学史》说，白诗尚坦夷，言人所欲言，能沁人心脾，耐人吟讽，如水之荡荡，或伤于平浅，然其抗垒前贤，特开生面，于文学上皆可大书特书。顾实《中国文学史纲》指出："盖当时之诗，竞拟魏汉，甚者至肖诗之雅颂，强自鸣高而自炫学博。白居易独以入耳为主宰，显为一种反动。洵具有慧眼卓见也。今观《长恨歌》《琵琶行》，皆无注脚即可明白。宜乎彼诗在当时大行于世，上自王公，下至野老村妪，莫不玩诵之。故白居易者，纯粹平民诗人也。"赵景深《中国文学小史》亦云："因为他反对艺术的艺术，所以他用白话做诗，因为他主张人生的艺术，所以有许多诗为社会鸣不平。"

1949 年以前，在白居易集的文本整理方面，诗文全集有《四部丛刊》初编中所收《白氏长庆集》，系日本元和四年(1618)那波道圆翻刻朝鲜刻本《白氏文集》之影印本，《万有文库·国学基本丛书》中所收《白香山集》，乃《四部丛刊》本《白氏长庆集》之铅印本；诗歌全集有《四部备要》中所收《白香山诗集》，乃清汪立名(西亭)编订《白香山诗集》之排印本。诗歌选集有沈伯经选注的《音注白乐天诗》、傅东华选注的《白居易诗》、高剑华选注的《白居易诗选》、杜芝泉标点的《(新式标点)白香山诗后集》、中华书局据沈德潜(归愚)选本音注的《白乐天·柳柳州·韦苏州诗》和王学正编选的《白居易诗选》。

生平事迹研究方面，有周庆熙《白乐天评传及其年表》、郭虚中《白居易评传》、戴传安《白发诗人白乐天》、施学习(鸠堂)《白香山关系年谱》。周庆熙的《白乐天评传及其年表》是20世纪最早的白居易评传，但此文对白居易一生行事、思想和诗文创作的评述还显得粗浅，文后所附年表极为简略，对乐天生平事迹亦无甚发明。稍后出版的郭虚中《白居易评传》，是作者用不到四个月时间写就的一部介绍性质的小册子，也比较简略，只有87页。除“导言”外，分为“白居易的一家”、“白居易的生平”、“白居易的思想及人物性格”、“白居易的作品”四个部分。尽管作者自己也感到“浅薄”、“浅陋”，但毕竟是近代以来第一部略具框架的白居易评传。

20世纪50年代以后，白居易在中国被推为伟大的现实主义诗人，成为与李白、杜甫齐名的，唐代最为著名的三大诗人之一，真正应验了白氏“身后文章合有名”的预言，白居易研究也随之一度形成热潮。

在白居易集的文本方面，有文学古籍刊行社1955年据宋绍兴刊本影印的《白氏长庆集》，附敦煌卷子本白氏诗集残一卷(用北京图书馆所摄唐钞本影印)，书末据日本翻宋本(当即那波道圆本)补了不少阙字；中华书局1958年据光绪十九年(1893)武进费念慈(1855—1905)影刻宋本《新雕校正大字白氏讽谏》影印的《白氏讽谏》。整理本先后有顾学颉(1913—1999)校点的《白居易集》、朱金城(1921—2011)的《白居易集笺校》、喻岳衡点校的《古典名著普及文库·白居易集》、刘明杰点校的《白居易全集》、丁如明和聂世英校点的《白居易全集》及《增订注释全唐诗》中的白居易诗。其中，顾学颉校点的《白居易集》，以宋绍兴刻七十一卷本《白氏长庆集》为底本，参校宋、明、清的一些主要刊本，改正了原本明显的错误和脱漏，并将前人已经拾补的连同新发现的佚诗佚文编为外集两卷。虽远非各本之汇校汇勘，却是1949年以后第一个经过整理的白居易全集，给当时的研究者带来了极大的方便。而朱金城1955年开始撰写的《白居易集笺校》，以明万历三十四年(1606)马元调刊本《白氏长庆集》为底本，参校宋绍兴本、日本那波道圆本、清汪立名一隅草堂本等各种白集刊本11种，及唐、宋两代重要总集和选本7种，罗列异同，近乎集校，同时尽力吸收已有的学术成果，因而具有较高的学术价值。笺证部分以笺释人名为主，兼及历史事件、人物交游、地理名物、典章制度、词语典故；在广泛吸收陈寅恪、岑仲勉等前辈学者相关成果的基础上，努力发掘新材料，纠正了不少前人和时人的失误。总之，《白居易集笺校》在笺证和校勘两方面均有丰硕的成果，堪称 20 世纪白集整理的集大成之作。

谢思炜《白居易诗集校注》和《白居易文集校注》以 1955 年文学古籍刊行社影印宋绍兴刻本《白氏长庆集》七十一卷(简称绍兴本)为底本，是白居易集的全新整理本，广泛吸收海内外研究成果，以国内近 20 种珍、善本及日本 16 种珍稀刻、写本参校，同时对照以相关总集，是国内迄今文字校勘上参照最为广泛、权威的校本。于史实、典事、语源、词义均有揭橥，对理解、研究白诗白文及相关语言现象很有帮助。对作品所涉及的各种问题，诸如地理、人事、制度朝章、官职服饰、农桑商贸、日用百工、房舍建筑、四时习俗、婚丧礼仪、歌舞伎艺乃至象戏博弈之类，都通过钩稽史料，提供尽可能翔实的说明，或对前人考释成果有所补充修正。无论文字校订，还是文本注释，皆后来居上。

诗文选集方面，20 世纪五六十年代三部各有特色的白诗选集先后问世。其中苏仲翔《元白诗选》是较早的一部，比较简略。霍松林《白居易诗选译》的特色主要在白居易诗的今译上，作者选择白诗 100 多篇，用现代汉语做了诗体翻译。其中不少篇什能保持原作的诗意，重视文词的藻饰，在古诗今译方面做了有益的探索。列入《中国古典文学读本丛书》的顾肇仓和周汝昌的《白居易诗选》则在注释和编年上都做了不少扎实的工作，学术性较强，书后还附有《白居易年谱》(简编)，是当时影响较大的选注本。

20 世纪 80 年代以来，又陆续出版不少白居易诗文选注本，如王汝弼《白居易选集》、李希南和郭炳兴《白居易诗译释》、龚克昌和彭重光《白居易诗文选注》、梁鉴江《白居易诗选》、朱金城和朱易安《白居易诗集导读》、郑永晓《白居易诗歌赏析》、褚斌杰主编《白居易诗歌赏析集》、吴大奎和马秀娟《元稹白居易诗选译》、徐子宏《白居易诗精华》、王一娟和傅绍良《白居易元稹韩愈柳宗元诗歌精选 200 首》、邹言《白居易诗词：插图本》、时宜之《白居易诗歌精选》、施蓉和苏建科《白居易诗精选精注》、王培源等《中国诗苑英华 · 白居易卷》、姚大勇等《唐名家诗选赏·白居易卷》、谢思炜《中国古代十大诗人精品全集·白居易卷》和《白居易诗选》、赵立和马连湘《白居易诗选注》、郭杰《元白诗传》、汪启明《唐宋名家选集·白居易诗选》、姜洪伟《中国古典文学精品屋·白居易》、张少康主编《古诗名家诵读本·白居易》、周勋初和严杰《白居易选集》、萧瑞峰和彭万隆《刘禹锡白居易作品选评》、孙安邦和孙蓓《中国家庭基本藏书·名家选集卷·白居易集》、孙明君《唐诗名家诵读·白居易诗》、陈才智《中国古典诗词精品赏读·白居易》、霍松林编选《历代名家精选集·白居易集》等。中国台湾地区则出版有许凯如《白居易诗选译》、李瑞腾《一曲琵琶说到今：白居易诗赏析》、陈香《白居易的新乐府》、张健《大唐诗魔白居易诗选》等。

年谱及生平事迹考证方面，有王拾遗《白居易生平事迹考略》和《白居易生活系年》、苏仲翔《元白简谱》、顾肇仓《白居易年谱(简编)》、朱金城《白居易年谱》、白书斋续谱和顾学颉编注《白居易家谱》，中国台湾地区则有罗联添《白香山年谱考辨》和《白乐天年谱》。其中，王拾遗《白居易生活系年》是问世较早的著作。该书以系年的形式考订了白居易生平、行事、思想、交游等各个方面的情况，每年白居易事迹下均列出论据若干，但因资料来源不广，故发明不多。书后附《白居易简要年表》，分“纪年”、“时事”、“出处”、“主要诗文”4个栏目，使人对白居易一生行事和诗文创作一目了然。朱金城《白居易年谱》是作者多年笺校白居易集积累的成果，征引广博，论证缜密，对白居易的生平事迹、作品系年、人事交游及相关史实进行考订，有不少自己的新见解，是目前公认最为完备翔实的白居易年谱。《白居易家谱》原名《乐天后裔白氏家谱》，是1980年7月在河南洛阳白家发现的，记载了从白居易到现代共五十余代的情况。谱中记载各代的婚配、子嗣、昭穆次序，井然不乱，为研究白居易的后裔情况提供了宝贵的资料。书中还编入顾学颉撰写的《白居易行实系年》。

传记方面，先后出版了王进珊《人民诗人白居易》、苏仲翔《白居易传论》、范宁《白居易》、万曼《白居易传》、王拾遗《白居易》和《白居易传》、张炯《白居易诗传》、褚斌杰《白居易评传》和《白居易》、陈友琴《白居易》、刘维崇《白居易评传》、邱燮友《白居易》、刘太栋

《白居易》、陈翔《大诗人白居易》、子谔等《白居易的故事》、汪禔义《白居易传》、王遂今《白居易与杭州》、胡济涛和施星火《江州司马传奇》、黄绵珠《白居易：平易旷达的社会诗人》、陈敏杰和羊达之《白居易》、梁容若《文学二十家传·白居易》、花房英树《白居易》、王能杰《白香山之性情与生活》、肖文苑《白居易》、潘秦泉《白居易传》、居新宇和王宪章《白居易》、李芍《白居易》、刘剑锋《白居易风雨之旅》、刘维治和焦淑清《白居易传》、吴伟斌《文章已满行人耳：白居易全传》、杨志贤《白居易：中唐·现实主义诗人(772—846)》、蹇长春《白居易评传》、张先德《白居易》等。其中，学术性较强的是蹇长春《白居易评传》。

研究著作和论文集方面，先后有王拾遗《白居易研究》和《老妪都解白居易》、施鸠堂《白居易研究》、张静晔《白居易新乐府研究》、陈立伟《白居易研究》、刘兰《白居易与音乐》、杨宗莹《白居易研究》、丸山清子《〈源氏物语〉与〈白氏文集〉》、廖美云《白居易新乐府研究》和《元白新乐府研究》、朱金城《白居易研究》、梁厚建《白乐天陆放翁两家较析》、彭安湘《白居易研究新探》、左忠诚主编《白居易研究》、金文男《诗情与友情：元稹、白居易》、四川省忠县政协委员会编印《白居易与忠州》、秦泥《唐代三大诗人：李白、杜甫、白居易的诗歌与生平》、马宝莲《白居易律赋研究》、马歌东编译《日本白居易研究论文选》、李中编著《白居易在渭南故里》、谢思炜《白居易集综论》、刘维治《元白研究》、马铭浩《唐代社会与元白文学集团关系之研究》、王元明《白居易新论》、陈焕祥编著《论说白居易》、张弘《迷路心回因向佛：白居易与佛禅》、杨树民、刘百宽、姜继业、陈西军《白居易与下邽故里》、中西进《〈源氏物语〉与白乐天》、王相民《白居易研究》、张荣庆和张海娜《贤达诗人白居易与〈白氏长庆集〉七二个慧知》、张再林《唐宋士风与词风研究：以白居易、苏轼为中心》、蹇长春《白居易论稿》、白高来和白振修《白居易与洛阳》、莫砺锋《莫砺锋评说白居易：品味一代文豪白居易的别样人生》、肖伟韬《白居易研究的反思与批判》、《白居易生存哲学本体研究》和《白居易诗歌创作考论》、隽雪艳《文化的重写：日本古典中的白居易形象》、靳亚洲编著《白居易与新乐府》等。

其中，谢思炜《白居易集综论》是最为出色、值得推重的一部研究专著。针对专篇的单行本则有杨国娟《白居易〈长恨歌〉与〈琵琶行〉的研究》、周天《〈长恨歌〉笺说稿》、贾恩洪《破绎〈长恨歌〉之谜》、靳极苍《〈长恨歌〉及同题材诗详解》、周相录《〈长恨歌〉研究》、张中宇《白居易〈长恨歌〉研究》、王万岭《〈长恨歌〉考论》、付兴林与倪超《〈长恨歌〉与李杨题材唐诗研究》等。

而中国大陆、港台和新加坡有关的博士和硕士学位论文至少已有249篇。此外，陈友琴《温故集》和《长短集》、顾学颉《顾学颉文学论集》、罗联添《唐代文学论集》、裴斐《看不透的人生：裴斐学术论文集》亦收有各自在白居易研究领域的系列论文。值得参考的相关著作还有张修蓉《中唐乐府诗研究》、黄浴沂《唐代新乐府诗人及其代表作品》、尚永亮《元和五大诗人与贬谪文学考论》、曾广开《元和诗论》、钟优民《新乐府诗派研究》、孟二冬《中唐诗歌的开拓与新变》、查屏球《唐学与唐诗：中晚唐诗风的一种文化考察》、胡可先《中唐政治与文学：以永贞革新为研究中心》、唐晓敏《中唐文学思想研究》、贾晋华《唐代集会总集与诗人群研究》、刘宁《唐宋之际诗歌演变研究：以元白之元和体的创作影响为中心》、刘航《中唐诗歌嬗变的民俗观照》、马自力《中唐文人之社会角色与文学活动》等。

资料整理方面，有陈友琴《白居易诗评述汇编》，尽管远未收罗无遗，但筚路蓝缕，不仅为当时白居易研究的进一步深入提供了必要的资料，而且方便后学之功也不可埋没。此外还有中国台湾地区朱传誉主编的《白居易传记资料》，将各种白居易传记资料复印汇订为21册；栾贵明、田奕、陈抗、林沧编著的《全唐诗索引·白居易卷》，以中华书局排印本《全唐诗》1960年版、《全唐诗外编》1982年版为底本，逐字立目，标明所在诗句（或异文、标题、序言、注文）的册、卷、页、行。其他书目类文献有北京图书馆1953年编印的《白居易作品及有关参考书目》，北京图书馆群众工作组1957年编印的《谈谈白居易和他的〈长恨歌〉：馆藏白居易作品及其有关参考书目》，张基美和马真冰编《解放后关于白居易研究的资料索引》，苏仲翔《白居易诗文集版本目录》（《白居易传论》附）。

据蹇长春《八十年来中国白居易研究述略》，从20世纪20年代初到1991年年底，“国内已发表的白居易研究著作(包括对其诗文作校释的全集和选本)40余部”。据尚永亮《白居易百年研究述论》，1900—2002年，中国大陆共产生专著52部。而据拙编《白居易研究书目·汉文》统计，1900—2002年，国内出版的各类有关白居易的书籍有207部。若延至2012年，则至少有289部。

至于研究论文方面，据蹇长春《八十年来中国白居易研究述略》，从20世纪20年代初到1991年年底，国内已发表白居易研究方面的论文900余篇；据尚永亮《白居易百年研究述论》，1900—2002年，中国大陆共产生研究论文1334篇。而根据拙编《白居易研究期刊文章·大陆》统计，1907—2002年，国内发表的各类白居易评论性文章2193篇。若延至2012年，则至少有3438篇。通过这些文章的撰写和发表，学术界在白居易的先祖世系、家族家世、生平交游、人生观及思想转变、政治倾向、与佛道之关系、新乐府的理论与实践、《长恨歌》的主题等方面进行了相当深入的研究。就新乐府运动是否存在、《长恨歌》的主题还产生过广泛的争鸣，至今未能达成共识。

相对而言，在元稹研究方面，远不如白居易研究领域那么繁盛。文本方面，1949年以前有《四部丛刊》初编中所收《元氏长庆集》，系据明嘉靖三十一年(1552)董氏茭门别墅刻本影印，二次印本附校文一卷。除采卢文弨《群书拾补》校记外，并借傅增湘本录其宋本钱谦益钞两校笔。上海中华书局《四部备要》1936年8月排印本及缩印本也收有《元氏长庆集》。1949年以后，文学古籍刊行社有《元氏长庆集》，用明弘治元年(1488)杨循吉据宋本传钞之本重印，内有钱谦益据另一宋本所作之补校；上海古籍出版社出版的《宋蜀刻本唐人集丛刊》收有《新刊元微之文集》，仅存二十四卷。全集整理本中冀勤点校的第一部元稹集整理本《元稹集》，以文学古籍刊行社《元氏长庆集》为底本，收入《中国古典文学基本丛书》；《元稹诗集》的第一个注释本——《增订注释全唐诗》中的元稹诗；《元稹集》的第一个笺注本——杨军《元稹集编年笺注》，以明弘治元年杨循吉据宋本传钞之本为底本；周相录《元稹集校注》则经过统计，认为四库本有许多明显优于杨循吉本之处，故以四库本为底本，参校不同系统主要版本及较早之总集、选集，注释部分，举凡名物制度、时谚俗语、典故时事等均有比较详明的注解。诗歌选集方面，除前云苏仲翔《元白诗选》、吴大奎和马秀娟《元稹白居易诗选译》、王一娟和傅绍良《白居易元稹韩愈柳宗元诗歌精选200首》、郭杰《元白诗传》四种之外，还有杨军、文笙、吕燕芳《元稹诗文选》及孙安邦、蓓蕾《中国家庭基本藏书·名家选集卷·元稹集》。

年谱方面，有孙望《元稹事迹简谱》、苏仲翔《元白简谱》、薛凤生《元微之年谱》、张达人《唐元微之先生稹年谱》、卞孝萱《元稹年谱》和《元稹简表》、王拾遗《元稹生平考略》和《元稹生平简要年表》、胡振龙《读元稹年谱札记》、周相录《元稹年谱新编》。其中卞孝萱《元稹年谱》是系统深入探究元稹一生行事的力作，它不但清晰地勾勒出元稹一生的仕履及其创作过程，还辟有“刊误”、“附录”、“考异”、“纠谬”、“辩证”等项，广泛引录史传碑志、诗文诗话、谱牒笔记等，或排比异说，或补充材料，或纠谬辩证，或提出问题，不仅使元稹的生平事迹、创作活动以及前人的研究与评述成为一编，而且提出了许多可供后人进一步探讨的问题。吴伟斌则认为卞孝萱《元稹年谱》中，“诗文编年中发生误编、漏编、重编以及编年不确切等各类差错约500处”。为此撰有系列论文加以商榷，并结集为《元稹考论》。而周相录则认为“事实上，《年谱》的系年失误绝对没有这么多”，其《元稹年谱新编》在充分吸取前人研究成果的基础上，后出转精，在体例与观点上多有创新发明。

传记方面，则有刘维崇的《元稹评传》、王拾遗的《元稹传》、吴伟斌的《元稹全传》和《元稹评传》、许总的《元稹与崔莺莺》。研究著作方面，除前云陈寅恪《元白诗笺证稿》、廖美云《元白新乐府研究》、金文男《诗情与友情：元稹、白居易》、马铭浩《唐代社会与元白文学集团关系之研究》、刘维治《元白研究》五种之外，还有范淑芬《元稹及其乐府诗研究》、王拾遗《元稹论稿》。相关著作则有王季思《从莺莺传到西厢记》、戴不凡《论崔莺莺》。研究论文方面，根据拙编《元稹研究论著目录》统计，1918—2005年，国内外发表的有关元稹的文章至少有530余篇。其中以吴伟斌成果最多，其元稹研究方面的论文截至2005年已有49篇，在这一系列论文之中，吴伟斌就陈寅恪、卞孝萱的某些研究结论提出了质疑或驳难。这些质疑或驳难，尽管未必可以成为定论，但其中存在着不少合理的因子。此外，卞孝萱、王拾遗、刘维治、周相录等亦有多篇研究论文。至于诸文学通史、唐代文学史、唐诗史，及各类文学思想史、批评史、理论史，更鲜有略过元白或元白一派诗人者；各种唐诗或中国古代诗歌选本中，元、白诗尤其是白诗，更鲜被忽视。此处恕不备举，可参见拙编《唐宋诗词鉴赏参考书目》。

尽管学术界在元白研究方面已取得相当可观的实绩，成果业已涵盖元白的生平研究，如世系、家族、交游、恋情、婚姻、贬谪等；元白思想研究，如儒释道思想、人生观、政治观等；元白文论研究，包括文学观、美学观等；元白诗歌创作研究，如诗歌成就总评和风格总论、艺术渊源和影响、分类和题材研究等；元白散文创作研究；元白词作研究；元白作品集的整理和版本研究。但毋庸讳言，在这一领域中仍有不少空白点和有待深入之处。如白居易研究方面，主要集中在《长恨歌》、《琵琶行》、《新乐府》等作品，和《与元九书》等所体现的诗歌理论方面，而占更大比例的其他内容的诗作，以及新乐府诗论之外的其他文学思想尚未受到足够的重视。元稹研究方面，也存在类似问题。此外，中国大陆学者的研究受1949年以后主流文艺思潮的影响，更侧重于诸如人民性①等研究角度，方法和理论不免单一，范围和领域还不够广阔；缺乏对元白诗歌创作全面系统的梳理、分析和挖掘；在艺术研究方面，概括性的描述较多，具体化的剖析尚少。

尤其应当指出的是，与日本学术界相比，国内在元、白研究中的很多领域已经落在后面。由于白居易与日本文化史深久的渊源，白居易研究在日本堪称显学。下定雅弘《战后日本的白居易研究》曾给予全面而翔实的梳理。此外，根据《中国文学研究文献要览1945—1977（战后编）》统计，1945年8月至1977年12月，日本白居易研究文献的数量（209篇）仅略少于杜甫（241篇），而几乎两倍于李白（106

① 王拾遗《白居易研究》、范宁《白居易》等20世纪60年代的著作，大多以“人民性”为主要出发点来评判白居易的思想与创作。参见黄药眠：《论文学中的人民性》，《文史哲》1953年第6期，第34页。

篇)；其间发表过白居易研究专著及论文的学者近二百人。① 而据丸山茂编《白居易相关图书目录(日文)》统计，自1896年至1994年，日本已出版与白居易相关之图书达107部之多(如果不包括修订或再版，则为78种)，加上此后出版的《白居易研究讲座》第五至第七卷，则至少有110部。② 其中研究著作近20部。而丸山茂《白居易相关图书目录(中文)》统计，1930—1992年中国大陆和台湾有关白居易的出版物合计才65种。③

日本的白居易研究者，各以其不同的特点，在研究中作出了自己的贡献。例如，堤留吉(1896—?)著有《白乐天：生活与文学》(敬文社1947年版)、《白居易的文学理论与文学主张》(敬文社1961年版)及《白乐天研究》(春秋社1969年版)，是日本战后白居易研究的早期开拓者；近藤春雄(1914—1994)以《长恨歌》、《琵琶行》研究闻名，著有《长恨歌、琵琶行研究》(明治书院1981年版)、《白氏文集与国文学新乐府·秦中吟的研究》(明治书院1990年版)、《长恨歌与杨贵妃》(明治书院1993年版)、《白乐天与其诗》(武藤野书院1994年版)；太田次男(1919—2013)著有《讽谕诗人白乐天》(集英社1983年版)，还曾与小林芳规(1929—　)合著有《神田本白氏文集的研究》(勉诚社1982年版)，是白氏文集版本研究方面的专家，代表作《以旧钞本为中心的白氏文集本文研究》(勉诚社1997年版)是其有关白集文本研究的论文结集；神鹰德治(1947—　)也是版本研究方面的

① 石川梅次郎监修，吉田诚夫、高野由纪夫、樱田芳树编集：《中国文学研究文献要览1945—1977(战后编)》，日外アリシエーツ株式会社1979年版，“20世纪文献要览大系”之九。据马歌东《日本汉诗溯源比较研究》(中国社会科学出版社2004年版)第250页统计。

② 李丹、尚永亮：《白居易百年研究述论》云：“据初步统计，仅‘二战’后50年时间，日本有关白居易研究的论著已达730余篇(部)。注：参见《20世纪文献要览大系·中国文学研究文献要览1945—1977(战后编)》(日外アリシエーツ株式会社1979年版)、《白居易研究讲座》第七卷《日本における白居易の研究》(勉诚社1998年版)等有关文献索引。”

③ 丸山茂《白居易相关图书目录(中文)》尚有遗漏，详见拙编《白居易研究文献》。

专家，对《新乐府》和《策林》的版本研究颇有创获。此外，金子彦二郎(1889—1958)对平安时代文学与白氏文集的比较研究①，平野显照(1928—2012)对白居易及其作品与佛教关系的研究②，前川幸雄(1937—　)对元白唱和诗的研究③，埋田重夫(1957—　)对白居易作品中各种具体的语言特色的研究④，宇都宫睦男对白氏文集训点的研究⑤，布目潮沨(1919—2001)、大野仁对白居易《百道判》的研究⑥，静永健(1964—　)对白居易讽喻诗的研究⑦，也各有千秋。其

① 金子彦二郎：《平安时代文学与白氏文集：句题和歌·千载佳句研究编》，培风馆1943年版；艺林舍1977年再版；《平安时代文学与白氏文集：道真文学研究编》，讲谈社1948年版；《平安时代文学与白氏文集：道真文学研究编第一册》，艺林舍1977年增补再版；《平安时代文学与白氏文集：道真文学研究编第二册》，艺林舍1978年版。

② 平野显照《唐代文学与佛教研究》第一章即为"白居易与唐代文学"，朋友书店1978年版。张桐生译本《唐代的文学与佛教》(台湾业强出版社1987年版)。又，《白居易的文学与佛教经典》，收入《森三树三郎博士颂寿纪念东洋学论集》，1979年，第587~606页。

③ 前川幸雄：《智慧的技巧的文学：关于元白唱和诗的诸种形式》，收入中国古典研究会编：《中国文学的世界》第五集，日本笠间书院1981年版；马歌东摘译：《陕西师范大学学报》1986年第4期，又收入马歌东编译：《日本白居易研究论文选》，三秦出版社1995年版。

④ 埋田重夫：《关于白居易与韩愈的联句诗：探讨其在形成史中的地位》，《中国诗文论丛》1983年第2期；《白居易与身体表现：联系诗人与诗境的东西》，《中国文学研究》1994年第20期；《白居易与姿势描写：视点下降所意味的》，《中国文学研究》1995年第21期，李寅生译文，题为《从视点的角度释白居易诗歌中身体姿势描写的含义》，《钦州师范高等专科学校学报》2000年第1期；《从视力障碍的角度释白居易诗歌中眼疾描写的含义》(李寅生译)《钦州师范高等专科学校学报》2001年第1期；《白居易白发诗歌表现考》，收入[日]增野弘幸等著，李寅生译：《日本学者论中国古典文学：村山吉广教授古稀纪念集》，巴蜀书社2005年版。

⑤ 宇都宫睦男：《白氏文集训点的研究》，溪水社1984年版。

⑥ 布目潮沨、大野仁：《白居易百道判释义》(一)至(八)，《大阪大学研究集录·人工社会科学》第28卷第80期至第31卷第83期；《摄南大学学术B：人文·社会篇》第2卷第84期至第5卷第87期。

⑦ 静永健：《白居易"讽谕诗"研究》，勉诚社2000年版。

他白居易研究领域的重要学者还有小松英生(1933—)、西村富美子(1934—)、高木重俊(1944—)、波户冈旭(1945—)、松本肇(1946—)、下定雅弘(1947—)、川合康三(1948—)、新间一美(1949—)、丸山茂(1949—)、远藤宽一(1949—)、赤井益久(1950—)、芳村弘道(1954—)、泽崎久和(1955—)、丹羽博之(1955—)、诸田龙美(1965—)等。

老辈学者中，平冈武夫(1909—1995)和花房英树(1915—1998)尤为引人注目。他们以多年孜孜不倦的努力和卓异的成就，成为日本白居易研究领域当之无愧的专家。平冈武夫的白居易研究成就是多方面的，其中关于《白氏文集》的成立和版本，以及白居易家世生平的研究尤为突出。其成果已结集为《白居易：生涯と岁时记》。花房英树的代表作《白氏文集の批判的研究》和《白居易研究》，更是白居易研究的扛鼎之著。

20 世纪 90 年代，日本的白居易研究出现了一个高潮，其标志就是：日本勉诚社自 1993 年至 1998 年，陆续出版了太田次男、神鹰德治、川合康三、下定雅弘、丸山茂等编集的皇皇七卷的《白居易研究讲座》。其作者以日本学者为主，涵盖中国、韩国和美国，可以视为白居易研究领域的一个国际舞台。它分为“白居易的文学与人生”、“日本对白居易的接受(韵文篇)”、“日本对白居易的接受(散文篇)”、“围绕白诗接受的有关问题”、“白氏文集的本文”、“日本的白居易研究”六个专题，收录上述专题之下的研究论文或研究概述近百篇，是白居易研究集大成之作，同时也堪称古代作家个案研究的史无前例的创举。其中收录的太田次男《白居易文学如何产生》、兴膳宏《白居易的文学观：以〈与元九书〉为中心》、成田静香《白居易之诗的分类与变体》、入矢义高《白居易的口语表现》、松浦友久《白居易的节奏：诗型及其个性》、中纯子《白居易与词：洛阳履道里的江南再现》、宫泽正顺《白居易对三教之态度》、蜂屋邦夫《白居易与老庄思想：兼论道教》、孙昌武撰(副岛一郎译)《白居易与佛教：禅与净土》、吉川忠夫《白居易的仕与隐》、布目潮沨《白居易之官历》、泽崎久和《白居易之日常生活》、砺波护《白居易生长的时代》、金在乘《白居易与元稹》、斋藤茂《白居易与刘禹锡》、丸山茂《白居易周边的人们：作为交游录的〈白氏文集〉》、周建国撰(橘英范译)《白居易与中晚唐的党争》、涩谷誉一郎《白居易的周边与传奇：从说话的观点来看传奇》、静永健《白居易的讽谕诗》、埋田重夫《白居易的闲适诗》、川合康三《言语的过剩：唐代文学中的白居易》等，涵盖了时代、交游、思想、传记、生活、文学观、诗体分类等白居易研究的主要范围。从2000年起，勉诚社又开始出版《白居易研究年报》，以日本为主的白居易研究者以之为阵地，发表了许多扎实的研究论文。韩国在白居易研究领域，也有不容忽视的成绩。据统计，1925年至1999年，韩国出版的白居易研究单行本5种，论文59种(其中包括13篇硕士论文和2篇博士论文)，代表学者有金在乘(1937—　)、俞炳礼(1954—　)、金卿东(1960—　)等。

元白，尤其白居易也是西方国家最为熟悉的唐代诗人。在欧洲，白居易与大艺术家贝多芬齐名。《英译文学百科全书》(*Encyclopedia of Literature Translation into English*)对几乎所有英译中国文学作品加以统计，在"中国文学译介"这个独立的单元中，中国历代作家作品里，唐代诗人占了一半，依目录排次有：白居易、杜甫、韩愈、寒山、李白、李商隐、王维。也就是说，在英译唐代诗人作品的数量上，白居易名列前茅。白居易诗歌英译的第一人是英国汉学家翟理斯(Herbert A. Giles，1845—1935)，他在1883年自费印刷、1884年公开出版的《古文选珍》里选译了白居易的10首诗。最早介绍和评价白居易的西方学者也是翟理斯。在两卷本《古文选珍》中，每个诗人均有简介，其中《古文选珍》散文卷的介绍是："白居易(772—846)：中国最伟大的诗人之一，一生丰富多彩的政治家。升至高位后他突然被贬谪，放逐到偏远之地，使他从此开始厌倦政治生涯。结香山九老会，与诗酒为伍。后来他被召回，官至兵部尚书。"诗歌卷则介绍说："白居易，中国最伟大、最多产的诗人之一，一位仕途上有过正常起伏的成功的政治家。孩提时代很早熟，17岁就得到最高学历。"此后，汉学大家亚瑟·韦利(Arthur Waley，1889—1966)英译有200多首白居易诗歌，这些诗歌因其流畅优美和著名的"跳跃韵"而成为英美文学的经典之作，他还撰有《白居易的生平与时代》(*The Life and Times of Po Chü-i, 772-846 A. D.*)，该书不仅是西方最著名的白居易研究著作，也堪称一部有影响力的西方汉学研究经典著作。其贡献与得失，可参见拙作《一部有影响力的西方汉学经典——评亚瑟·韦利〈白居易的生平与时代〉》。1971 年至 1978 年，美国汉学家霍华德·列维(Howard S. Levy，1923—　)又陆续出版四卷本《英译白居易诗歌》，其中后两册与诗人威尔斯(Henry W. Wells，1895—1978)合译。总之，目前来看，白居易诗歌英译总数是中国诗人里最多的，影响也自然最大。有关研究，可参见北京外国语大学莫丽芸的博士论文《英美汉学中的白居易研究》。在元稹研究方面，海外(尤其是日本)学者亦有相当突出之成绩，详见拙编《元稹研究论著目录》。

为了系统梳理元白对后世文学的影响，有必要全面收集和整理相关文献资料。同时总结元白研究历史的目的，无疑也是为了指出今后前进的方向。本书的编撰，分为两个部分：专书和论文评介、论著目录。前者求精，依照出版或发表时间为序；后者求全，在论著性质、语种国别分类的基础上以时间为序，并附列文献资料的来源，希望可以帮助大家拓宽和加深对 20 世纪元白研究状况的了解和认识。

当今社会，经济迅猛发展，信息化速度飞快，但生态失衡，环境污染，资源破坏，个体的孤独、焦虑、困顿等负面情绪日益蔓延；人与人之间的隔膜、疏离、对立日益加大。因此，对闲适安宁的渴望与追求，相应更为强烈，元稹、白居易经历了人生的宦海浮沉之后，还能以超然之志来淡然相对，尤其是白居易，人如其名其字，乐天知命，安闲顺世，其处变不惊的人生态度，善于自我调节的处世之道，其中所独具的诗性智慧富于启迪，令人深思；其人其诗所蕴含的知足保和的人生观念、闲静适世的志趣选择、和光同尘的哲学思想，正愈来愈显现出夺目的当代价值。我相信，元白研究的未来，也会随之走向新的高度，正所谓“野火烧不尽，春风吹又生”！

目　录

元白研究专书评介

《元白诗笺证稿》(存目)

陈寅恪

【评 介】

陈寅恪(1890—1969),江西修水人,生于湖南长沙。早年留学日本欧美,先后就读于德国柏林大学、瑞士苏黎世大学、法国巴黎高等政治学校和美国哈佛大学。1925年受聘于清华国学研究院,1928年任清华大学中文、历史系合聘教授,兼任中央研究院理事、历史语言研究所研究员、第一组主任及故宫博物院理事等,当选中央研究院院士。治学倡导"独立之精神,自由之思想"①。1937年始,先后任教于西南联合大学、香港大学、广西大学和燕京大学。1939年,被英国牛津大学聘为中国史教授。次年9月,离昆明赴香港,准备转往英国。因战事未能成行,旋任香港大学客座教授,后接任中国文学系主任。1942年7月到桂林,任教于广西大学。1943年12月到成都,执教燕京大学。1946年再任清华大学教授。1948年年底,任教于广州岭南大学。1952年院系调整,并入中山大学,自此一直担任中山大学教授。1955年当选中国科学院学部委员。1960年被聘为中央文史研究馆副馆长。

从1933年开始,陈寅恪陆续在《清华学报》、《国立中央研究院历史语言研究所集刊》、《岭南学报》发表《读〈连昌宫词〉质疑》(1933)、《元微之遣怀诗之原题及其次序》(1935)、《元白诗中俸料钱问题》(1935)、《〈长恨歌〉笺证》(1947)、《白香山〈新乐府〉笺证》

---

① 陈寅恪:《王观堂先生纪念碑铭》,《金明馆丛稿二编》,上海古籍出版社1980年版,第218页。

(1948)、《元微之悼亡诗及艳诗笺证》(1948)、《读〈莺莺传〉》(1948)、《论元白诗之分类》(1949)、《元和体诗》(1949)、《白乐天之先祖及后嗣》(1949)、《白乐天思想行为与佛道之关系》(1949)、《白居易与刘梦得之诗》(1949)、《白香山〈琵琶行〉笺证》(1950)、《元微之古题乐府笺证》(1950)等14篇有关元白诗的研究文章，同时开设“白居易诗”专题课。① 在此基础上，修订前文，由岭南大学中国文化研究室(广州)于1950年11月，线装印行《元白诗笺证稿》这部专著，列为《岭南学报丛书》第一种。再经修改，由文学古籍刊行社(北京)1955年9月正式出版。此后，古典文学出版社(上海)1958年4月重印；再经作者校正错误，增补材料，中华书局上海编辑所1959年11月重版；香港“商务印书馆”1962年5月翻印；台北世界书局1963年1月翻印；上海古籍出版社1978年3月新1版又增补12则校补记，1982年2月第2次印刷，列为《陈寅恪文集》之六；三联书店2001年4月重版，列为《陈寅恪集》第六种。

《元白诗笺证稿》共六章，分别笺证《长恨歌》、《琵琶行》、《连昌宫词》、艳诗及悼亡诗(附：读《莺莺传》)、《新乐府》、古题乐府。

第一章“长恨歌”，从文体关系和文人关系的角度进行阐说。认为陈鸿《长恨歌传》与《长恨歌》有不可分离的关系。在赵彦卫所云“文备众体”中，白氏之歌相当于“诗笔”部分；而“史才”、“议论”部分，“陈氏之传当之”。因此，二者“必须合并读之、赏之、评之”。唐明皇与杨贵妃的关系，“虽为唐世文人公开共同习作诗文之题目，而增入汉武帝李夫人故事，乃白、陈之所特创”。

第二章“琵琶引”，用比较研究的方法，与元稹《琵琶歌》、刘禹锡《泰娘歌》、李公垂《悲善才》等诗相互比较，考定作成年代，于同中求异，异中见同；指出元、刘诗在白诗前，李诗在其后，四首诗因创作者的交往而互有异同。其中白诗“既专为长安故倡女感念伤昔而作，又连绾己身迁谪失路之怀”，“专一而更专一，感慨复加感慨”，所以成就最高；不过在白诗中仍可找到演变扩充元稹诗歌以及自己旧

① 参见刘隆凯整理：《陈寅恪“元白诗证史”讲席侧记》，湖北教育出版社2005年版。

作的痕迹，可见《琵琶行》的成功并非偶然。

第三章“连昌宫词”认为，元稹此作深受白乐天、陈鸿《长恨歌》及《传》之影响，乃融唐代小说史才、诗笔、议论为一体而成，是元稹取白居易《长恨歌》的题材，依照白氏“新乐府”的体制改进创造的产物。作者考证，此诗作于元和十三年(818)暮春，即元稹任通州司马时；它不是元稹经过其地所作，而是其依题所悬拟。

第四章“艳诗及悼亡诗”，联系元稹及其家庭的社会地位以及当时风习道德对元稹的影响，分析其艳诗和悼亡诗，肯定它们“哀艳缠绵，不仅在唐人诗中不可多见，而影响及于后来之文学者尤巨”，同时指出：“纵览史乘，凡士大夫阶级之转移升降，往往与道德标准及社会风习之变迁有关。当其新旧蜕嬗之间际，常呈一纷纭综错之情态，即新道德标准与旧道德标准，新社会风习与旧社会风习并存杂用，各是其是，而互非其非也。斯诚亦事实之无可如何者。虽然，值此道德标准社会风习纷乱变易之时，此转移升降之士大夫阶级之人，有贤不肖拙巧之分别，而其贤者拙者，常感受苦痛，终于消灭而后已。其不肖者巧者，则多享受欢乐，往往富贵荣显，身泰名遂。”①这已超越元白研究乃至对一朝一代文学的探讨，上升为具有广阔视野的文化阐释。此章附录《读莺莺传》认为，崔莺莺并非出身于高门甲族；元稹对她始乱终弃，是受当时风习道德的影响。因为舍弃寒女而别婚高门，是当时社会所公认的正当行为。《莺莺传》集史才、诗笔、议论于一身。它作为元和小说之代表，与古文运动有着密切的关系。

第五章“新乐府”篇幅最长——《新乐府》五十篇“洵唐代诗中之巨制，吾国文学史上之盛业也”，“乃一部唐代《诗经》，诚韩昌黎所谓作唐一经者。不过昌黎志在《春秋》，而乐天体拟《三百》”。不过，对元白新乐府不可作等同的估价。作者指出，以作品言，白的成就不仅比元高，而且为元后来所效仿；而以创造此诗体的理论言，则元较白为详。

第六章“古题乐府”，针对元稹新乐府不及白居易新乐府的实际情况，著者指出，元稹创作古题乐府 19 首的动机，是“欲改创以求

① 陈寅恪：《元白诗笺证稿》，上海古籍出版社 1978 年版，第 82 页。

超胜”于自己的诗友和诗敌白居易。元氏的古乐府，或题古而词意俱新，或意新而题词俱古。虽内容创新而形式却要袭古，足以表现文心工巧之能事，所以比形实俱新的新乐府“似更难作”。

书后另附有《白乐天之先祖及后嗣》、《白乐天之思想行为与佛道关系》、《论元白诗之分类》、《元和体诗》、《白乐天与刘梦得之诗》五篇论文。《白乐天之先祖及后嗣》认为，白居易并非北齐五兵尚书白建的后裔，其祖先是后周的一位白姓弘农郡守，乃西域胡人。文章详细考证了白居易父母以舅甥相婚的事实。《白乐天之思想行为与佛道关系》论述白居易的“丹药之行为”与“知足之思想”。《白乐天与刘梦得之诗》考证白与刘的往来诗歌。《元和体诗》一文对“元和体诗”作了界说，提出“元和体诗”可分为两类：其一为“次韵相酬之长篇长律”；其二为“杯酒光景间之小碎篇章”。

《元白诗笺证稿》结合中唐时代的社会政治、科举制度、佛道文化、生活习俗、民间歌谣和古文运动等各种因素，来研究元、白的诗歌创作，将元、白对照并举，逐一加以详细的考释、分析、笺证，发覆其典故本事、写作背景，在字词语句背后寻绎其文化内涵；① 先考并世材料之异，复合古今情意之同；对元白作品与事实不符之处多有辨正。用他自己的话说就是：“区分其题目体裁，考定其制作年月，详绎其意旨词句”，以“比较分析之研究”探求“文学演化之迹象，与夫文人才学之高下”。② 其比较研究的典范意义，已远远超越元白具体作品的笺证，成为具有广阔视野的文化阐释。书中对新兴进士集团和社会风气的分析，从社会集团升降、道德标准与社会风习在历史转变时期的纷陈和演变，来探讨社会变革时期的价值标准的变迁，从而把握住一个时代的智慧与情感的主要潮流，体现出文化阐释与文学批

---

① 陈寅恪 1936 年 4 月 18 日致沈兼士函：“依照今日训诂学之标准，凡解释一字即是作一部文化史。”(《陈寅恪集 · 书信集》，三联书店 2001 年版，第 173 页)

② 陈寅恪：《元白诗笺证稿》，上海古籍出版社 1982 年版，第 300、45 页。

评中的超前性的现代意识。①

该著充分反映了陈寅恪研究中国古典文学的特点及其成就。② 其形式是传统的，但思路是现代的，在繁复征引和绵密演绎的深处，有着诗的才情的潜流，有着超越于史事证述的对人生、对社会的深刻思考，体现出一种古典文学研究中文化史批评的倾向。尽管在个别细节、个别结论上，或有时而可商，或后出乃转精，但其用思之绵密、学识之博深、见解之独到，却堪称超拔，罕有其匹；而且无论在“诗史互证”的文化分析方法上，还是在“比较分析”③的发覆与论证上，其思路都具有典范意义，沾溉至今。

著者继承并发扬清代乾嘉学派、欧洲近代研究梵文、佛典的传统，将文史哲融会，并与语言文字学贯通，一方面以史证诗，如在“长恨歌”一章，就《杨太真外传》所言杨氏“号太真，住内太真宫”一事，考证长安城中于宫禁之外，实有祀昭成太后的太真宫，而禁中抑或有别祀昭成窦后之处，与后来帝王于宫中建祠庙以祠其先世者相类，即所谓内太真宫。否则杨妃入宫，无从以窦后忌辰追福为词，且无因以太真为号。未可以传世唐代宫殿图本中无太真宫之名，而遽疑之也。关于《长恨歌》中“七月七日长生殿，夜半无人私语时”的诗句，有两个问题：一是时间问题，玄宗至温汤疗疾必在冬季春初寒冷之时节，两《唐书・玄宗纪》无一次记其于夏日炎暑时幸骊山。二为唐代宫中长生殿虽为寝殿，独华清宫之长生殿为祀神之斋宫。神道清严，不可阑入儿女猥琐。白居易未入翰林，犹不谙国家典故，习以世俗，未及详察，遂至失言。而胡三省为史学专家，亦混杂征引，转以为

---

① 参见林亚杰：《纪念陈寅恪国际学术讨论会综述》，《历史研究》1988 年第 6 期，第 66 页。

② 乔默主编：《中国二十世纪文学研究论著提要》，北京大学出版社 1994 年版，马自力所撰提要。参见胡守为：《陈寅恪先生对唐代文学研究的贡献》，中国唐代文学学会编：《唐代文学研究年鉴 1984》，陕西人民出版社 1985 年版；又收入张杰、杨燕丽选编：《解析陈寅恪》，社会科学文献出版社 1999 年版。

③ 即“就同一性质题目之作品，考定其作成之年代，于同中求异，异中见同，为一比较分析之研究，而后文学演化之迹象，与夫文人才学之高下，始得明了”。

证，实在粗疏。另一方面更以诗证史，例如《元白诗中俸料钱问题》一文。唐代官俸随时随地互不相同，今存史料如《唐会要·内外官料钱门》、《册府元龟·邦计部俸禄门》、《新唐书·食货志》等，所载极不完备。此文以元白诗涉及俸料钱者，与《唐会要》、《册府元龟》所载贞元四年(788)京文武及京兆府县官元给及新加每月当钱之数，及《新唐书·食货志》所载会昌时百官俸钱定额，进行互相比证，指出：凡关于中央政府官吏之俸料，史籍所载额数，与白居易诗文所言者无不相合。但地方官吏俸料，史籍所载，与白氏诗文所言多不相合。白居易诗文所言之数，悉较史籍所载定额为多。由此推知唐代中晚期以后，地方官吏除法定俸料以外，其他不载于法令，而可以认为正当之收入者，为数远在中央官吏之上。此外，同一时间同一官职，俸料亦因人因地而互异。"考史者不可但依官书纸面之记载，遽尔断定官吏俸料之实数。只可随时随地随人随事，偶有特别之记载，因而得以依据证实之。若欲获一全部系统之知识，殊非易事。此亦治唐史者所不可不知者也。"以这样严谨的史学态度处理元白诗歌，其笺其证，不仅具有跨学科意义，而且已隐然超越传统集部注疏的范畴，显露出现代学术的境界和姿态。其价值与影响可参见拙作《陈寅恪先生的白居易研究》(《扬州大学学报》2017 年第 2 期)。

《白居易研究》及其他(存目)

王拾遗

【评　介】

王拾遗(1917—2007),原名十仪,曾用名白尔、穆謇、石翊、石翼、欧阳爱梅等,笔名王拾遗,辽宁辽阳人。六岁时随父移居阿城,读完小学。1931年迁居哈尔滨。1933年考入海军学校水兵科,次年毕业,1935年春只身入关,参加东北义勇军,在冯占海部当兵。1937年8月参加固安战役。后转战鄂东各县,参加保卫武汉的外围战斗。1939年冬流寓湖北恩施,开始诗歌创作。1942年冬到重庆,一面自学,一面写作。次年出版诗集《奔赴祖国》。负责编辑大型刊物《东北前锋》。1944年考入东北大学中文系。在校期间主编文艺刊物《文穗》。1946年随东北大学回到沈阳。同年发表中篇小说《麦穗黄了》(《东北民报》副刊连载)。同时撰有《川居杂记》二十余篇。1948年东北大学毕业后到北京,次年入华北大学三部语文系深造,1950年在该校任教。1951年到天津中等学校任教,开始研究中国古代文学。1953年出版《中国政治家的故事》(通俗读物出版社)。1954年出版《白居易研究》(上海文艺联合出版社)。1957年出版《白居易》(上海人民出版社)。1958年,宁夏回族自治区成立,为支援大西北建设,赴宁夏大学任教。历任中文系教授、系主任。1962年参加中国作家协会。这一时期写成《白氏讽喻诗编年校注》,约六十万字,在"文革"中遗失。此后任中国唐代文学学会理事,宁夏回族自治区政协常委,宁夏文联委员、副主席,宁夏作家协会副主席,宁夏文学学会会长,宁夏诗词学会顾问。出版有《白居易生活系年》、《白居易传》、《元稹传》、《元稹论稿》、《横山斋杂著》、《一代天骄》(长篇历史小说)等，主编《回族文学史》、《回族民间故事集》等。①

王拾遗《白居易研究》对白居易的生活、思想、创作加以评述。全书由三篇自成体系又相互关联之论文组成：第一篇《白居易生平事迹考略》，考察白居易一生主要事迹，结合诗人所处时代的特点，列举许多具体事例，揭示诗人世界观形成之客观因素；注意对诗人政治生活之考述，以表现其刚正不阿、为民请命之精神。通过具体事件来证明白居易热爱人民。第二篇《试论白居易思想的发展》，从中唐社会的阶级矛盾以及其他意识形态的影响方面，分期论证诗人思想的发展与转化。认为白居易的思想由儒、释、道三教思想杂糅而成，但这三种思想并非平均发展，某种思想发生主导力量，其余两种思想则起着次要的作用。就白居易个人来说，其思想主流是继承儒家的民本思想，同时接受佛家的慈悲思想，道家的知足不辱思想，才能汇成关切劳苦大众的人道主义思想。第三篇《白居易创作精神与创作态度》，根据白居易文学主张与写作态度，并结合其一生创作经历，阐发其现实主义精神和通俗浅切的艺术特色，认为其创作主张和艺术实践是相一致的。白居易创作的主要特点是浅切通俗，虽然有太直太尽之病，但他反映现实生活的深度和广度都远超某些前人，这个成就的取得决定于诗人“穷则独善其身，达则兼济天下”的世界观，从当时的历史条件来衡量是进步的。评价白居易诗论，应该根据诗人生活时代的文学发展情况来衡量其意义，而不应以今天的理论水平来要求。不能因白居易的政论诗太直太露，艺术性不够理想，就认为他不懂艺术，不讲艺术。白居易诗之所以能够广为流传，除了通俗易懂外，音韵性强也是主要原因。作为中华人民共和国成立后第一本研究白居易思想和创作的专著，本书对后来的文学史撰写有一定影响，尤其是其立论主要着眼于当时学术界讨论文学遗产时所强调的“人民性”，现在看时

---

① 参见《中国文学家辞典》编委会编：《中国文学家辞典·现代第三分册》，四川人民出版社 1985 年版，第 31～32 页；王洪、田军主编：《唐诗百科大辞典》，光明日报出版社 1990 年版，第 694 页；马良春、李福田总主编：《中国文学大辞典·第二卷》，天津人民出版社 1991 年版，第 569 页；《桃李满天下著述耀人间——记名誉馆员王十仪》，收入宁夏回族自治区文史研究馆编：《宁夏文史》第 17 辑，2001 年 7 月，第 272～280 页。

代痕迹是比较明显的。某些论述也有不甚严谨之处。①

王拾遗《白居易》是一部从人民性角度来研究和分析白居易及其创作成就的传记。在此前后还有王进珊的《人民诗人白居易》、苏仲翔的《白居易传论》、万曼的《白居易传》、褚斌杰的《白居易评传》、陈友琴的《白居易》等。王著全文 89000 字，叙述白居易一生的主要事迹，并粗略地把白居易各个时期的主要活动联系起来，试图描绘出白居易在那个历史时代是如何生活着和战斗着的。全书分为十个小节，除最后“余论”外，把白居易的生平划分为九个时期：少年漂泊、“长恨歌主”(两年周至县县尉)、为民请命的谏官、躬耕渭北、“江州司马青衫湿”(迁谪江州)、南宾郡守(量移忠州)、西子湖边(为官杭州)、苏州刺史、悠闲而苦闷的晚年。前八个时段姑且不论，白居易从大和三年(829)被授予太子宾客分司东都，到会昌六年(846)溘然病逝，晚年在洛阳一共度过整整 18 年，将这段生活总结定性为“悠闲而苦闷”，值得留意。书中对白居易生平中的仕履、游历、交游多有交代，对其交游与创作的关系尤多抉发。著者善于将白居易思想中的战斗性格与诗歌中的人民性特征结合起来进行叙述，塑造出白居易作为一个现实主义伟大诗人的形象。书中所用材料主要来源于白居易的诗文，著者以白证白，充分发挥白居易诗文的现实性、纪实性的特点，依据《白氏长庆集》中作品来描述诗人的生平与思想，增强了传记的可信性，同时也可视为对白氏部分诗文的编年。书中对白居易的重要作品均有论列，对叙事长诗《长恨歌》、《琵琶引》(《琵琶行》的原题)以及《秦中吟》、《新乐府》两大组诗和诗论《与元九书》作了重点论述。本书可视为著者《白居易研究》中《白居易生平事迹考略》一文的补充扩展。书中对白居易生平事迹叙述得较为详细，对白居易的思想与创作的论述则比较简单。著者后来在本书基础上撰有《白居易传》，有所改进。

---

① 参见陈珏人(陈友琴)：《读〈白居易研究〉后的一些意见》，《光明日报》1955 年 11 月 20 日《文学遗产》第 80 期；《读了〈关于白居易研究中的一些问题〉以后的意见》，《光明日报》1956 年 9 月 2 日《文学遗产》第 120 期。两文收入其《温故集》，中华书局 1959 年版。

王拾遗《白居易生活系年》实为白居易年谱，以系年形式考订白居易生平、行事、思想、交游等各方面情况，记述从唐代宗大历七年(772)到武宗会昌五年(846)74年之间白居易主要的生平事迹。每年事迹下均列出论据若干，主要依据是诗人自己的诗歌和文章，必要时也引录一些史籍和别人的诗作。因资料来源有限，故发明不多。针对前人记述疏漏之处，著者在条目之下加以按语说明。在编写体例上与别的年谱有些不同，力求以适用为主，不追求“大而全”式的年谱样式，不作面面俱到的描述。简要地交代诗人每年的事迹以及交游人物，力求主线分明。书前有《白居易世系》，书后附有《白居易简要年表》，分“纪年”、“时事”、“出处”、“主要诗文”等四个栏目，简明实用，使读者对白居易一生行事和诗文创作一目了然。

关于白居易生平思想的研究，王拾遗又有《白居易传》。作者在《后记》中说：“前几年，我写过一些论述现实主义诗人白居易的文字，当时还觉得可以，可是后来发现存有的毛病不少：有的论点失误，有的事迹错了，有的评述欠妥。……我常常抱着获罪的心情，重新阅读白居易的诗文，用来检查我写的一些文字。与此同时，也产生了写这部稿子的想法，意在借以改正过去的错误，以弥补遗憾。”全书分为十二章，均以白居易诗句为题。卷首有一篇代序文章《白居易世界观刍议》，可视为统贯全书的指导思想。文章认为白居易思想分前后两期。前期积极乐观，“达则兼济天下”是这时期的表现。后期主要是“穷则独善其身”，线索分明，有利于把握白居易的人生轨迹。白居易创作的主要特点是“天怀坦白”(张维屏《斋中读书偶成断句·白香山》)，虽然也有“太露太尽”的毛病，但它反映现实生活的深度和广度都远远超过了某些前人，而这个成就的取得则是由诗人的世界观决定的。对白居易世界观的分析，文章先把白居易对人生的理解和认识归纳为三点：“其一，人的生命是短促的有限的；其二，人的一切遭遇，都是命定的，人无力改变；其三，人应该及时行乐，对生活要现实些。”然后分别谈儒家思想、佛家思想、道家思想对白居易的影响，总结说：“如果依据儒、释、道三教与居易接触的时间看，给予居易影响最深的首推儒家，其次才是佛家，至于道家，在元和元年(806)居易写《策林》时已有所闻，直到元和十一年(816)才与道家真正发生联系。”文章引录《与元九书》中的话：“古人云：‘穷则独善其身；达则兼济天下。’仆虽不肖，常师此语。”认为白居易的世界观，“他的思想核心，就是‘穷则独善其身，达则兼济天下’两句话而已。至于他的世界观的变化，则系于‘穷’和‘达’两个字上。假如白居易真的‘达’了，做了唐宪宗的宰相，掌握了朝柄，他可能为人民做些好事，也就是他所说的‘兼济天下’”。这种世界观，“从当时的历史条件来衡量，是进步的，是富有人民性的”。作者正是本着这样一种总的认识来叙述白居易的一生行事的，因而前后融通，其处世行事并不觉有明显抵牾之处。《白居易传》的写法类似于朱东润的《梅尧臣传》，应该归入传记文学的范围。全书评述白居易的思想事迹都是从其本人诗篇出发，进行归纳总结，让读者直接接触诗人的作品，体味其原意，不仅对白居易生平有大致了解，而且对诗人的诗歌也有所领略和欣赏。

由白居易研究，王拾遗又延伸至元稹研究。其《元稹传》叙议结合，对元稹一生加以述评。书首以题为“元稹其人”短文作为代序，对元稹的政治理想、人格品性、诗歌创作和创作理论作概括性的评价，作者指出：元稹政治理想的思想基础，在于他关心民瘼，就其思想境界来说，似乎比白居易还要高。元稹主张“达则济亿兆，穷亦济毫厘，济人无大小，誓不空济私”。这比白居易的“独善其身”境界要高得多。作者认为元稹赞颂的是现实主义诗歌，他推许“干预教化之优者”的《三百篇》，景仰陈子昂，崇拜杜甫，师法杜甫，对白居易提出的“文章合为时而著，歌诗合为事而作”的现实主义诗歌极为赞同，因此，他是一位现实主义诗人。书末附“元稹生平简要年表”。全书按元稹生平经历分为九章，每章选取元稹此期重要行为或行止作为本章题目，章下有节，以一、二、三、四标之，分述此时期内元稹其他行止。如七章以“三个月的宰相”为题，以元稹长庆二年(822)二月至五月曾短暂为相为本章叙述中心，章下有四节，一节叙述元和十四年(819)元稹自通州司马调任虢州长史，再任膳部员外郎事；二节叙述元和十五年(820)至长庆元年(821)元稹迁祠部郎中兼知制诰、结交宦官并受穆宗信任事，其间夹议“元和体”，并及元稹任知制诰时对制诰文的文体革新；三节叙述元稹长庆初由中书舍人为翰林承旨，进一步结交宦官并依赖宦官以工部侍郎同平章事，其间夹叙夹议元稹与裴度的矛盾斗争；四节叙述李逢吉挑拨裴、元关系，元稹罢相为同州刺史事。但也有变通灵活之处。如一章“贫困而激奋的童年”，章下三节，一节叙元稹家世，二节叙元稹童年生活和苦读经历，三节叙元稹明经及第开始诗歌创作。每节叙一事，并无中心大事件。又如三章“结托萧娘只在诗”，下分三节，中心事件即元稹与莺莺的恋爱史，自结识、相恋写到元稹高攀韦氏遗弃莺莺，始终围绕一个中心。

全书文字以叙述为主，叙述之间则以元稹诗文创作的征引作为叙述线索的转换。又叙议结合，兼及社会历史背景、人物交游、典章制度等。而无论叙议，其着重处，皆在元稹政治态度、人格品性和创作成就。文字全不涉及考订，亦无堆积资料之弊。作者长期从事白居易研究，元白至交，所以对元稹一生行事均已了若指掌，叙议之间，历史事件、元稹行止，皆信手拈来。如《莺莺传》中张生与莺莺之事，是传奇故事还是元稹自传，学术界尚有争议。关于这些争议，作者概不涉及，仅以数语作以判断，肯定张生即元稹。长庆初裴、元矛盾斗争，史实纷繁复杂，是非亦不易判定，而书中叙述简单明易，亦不征引繁琐史料扰乱读者耳目。就实际效果而言，作者这种简洁明快以简驭繁的叙述方法是可取的，做到了学术准确性与可读性的统一。元稹在诗歌创作方面的成就有目共睹，文学史上的评价亦无异议。但元稹的政治品质和人格品性则历来非议者多。作者在代序《元稹其人》中引用白居易赠元稹诗“其心如肺石，动必达穷民；东川八十家，冤愤一言中”后说：“如果从元稹被贬为江陵府士曹参军以前的言行来考察，这个评价是合适的。”至于元稹贬谪江陵以后，作者认为：“他的后半生所作所为，清楚地证明他已屈服于恶势力之下，说他已经是与旧官僚和宦官同流合污，也不为过。”至于元稹对莺莺“始乱终弃”的个人品性及浙西时的豪奢挥霍，作者同样以严厉的笔墨待之。这就构成此书又一大特色，即评判公允，是非分明，这对学术界颇为流行的研究某人便总是以某人为是，甚至不免于文过饰非的不正常现象，无疑是一剂良药。

继《元稹传》之后，王拾遗又有《元稹论稿》，以“元稹生平考略”、“元稹的政治思想”、“元稹的文学见解”、“元稹与白居易”、

“元稹交游笺证”、“元稹与《连昌宫词》”、“元稹的《伤悼诗》”、“元稹与《莺莺传》”、“元稹《艳诗》刍议”九个章节，表达观照元稹的所见与所思，试图对元稹人品、诗品进行探索。《元稹论稿》内容，可分为人物研究和作品研究两大部分。人物研究以“生平”和“交游”最为详切。

“生平考略”一节，以夹叙夹议笔法，对元稹一生予以全景式而客观化的评说。诸如家穷苦读、游仕河西、西厢秘居、上书论政、逐出朝廷、分务东台、诏还西京、贬谪江陵、奉诏入京、改官通州、出任宰相、外放刺史、节度武昌等，无不渐次推出，娓娓道来。其间，既有“聪慧”、“勤奋”、“努力”、“经济苍生”、“冷淡朝典”、“秉公处理”、“不畏强暴”、“敢于斗争”、“兢兢业业”等褒扬，也有“既不守信誓，又不忠于爱情”、“只以自身为中心”、“趋炎附势”、“文过饰非”等贬抑。为了说理有据，广征史籍，引用各种文史资料多达65条。同时，兼用形象生动的文学语言，质朴通俗的民间口语，使原本可能流于呆板干涩的考证，显得平易近人。以情诗连缀法写元、崔相爱，以白描法、画像法写生活场景和人物形象，均见艺术功力。

“交游笺证”一节，考索元稹与杨巨源、李建、李绅、李景俭、刘禹锡、柳宗元、吕温、韩愈、窦群、窦巩、张正甫、杨琼、卢戡、严涧、李夷简、李程、卢子蒙、张元夫、韦臧文、马逢、吴士矩、吴士则、胡灵之、崔韶24人的交游唱和情况，填补了元稹研究中的空白：这些笺证，来自对《唐才子传》、《御览诗》、《旧唐书》、《元氏长庆集》、《联珠集》等史料的谙熟与理解。如考杨巨源，以元稹寄乐天书，认定元稹跟这位蒲中人学诗；但又以对陆翰情况的了解，否定了有关经杨介绍去河中的说法。考李建，引白居易为李所写《墓志铭》，证明元与李的相识；引元稹赠李诗，证明元与李关系的密切。考李绅，以标举“永贞二年”与李闲行曲江不及盛观(改元元和大典)的诗作，印证元与李政治态度的一致；以《赠李二十牡丹花片因以饯行》、《长滩梦李绅》等诗印证元与李“情意相善”。考刘禹锡，以刘《碧涧寺见元九侍御和展上人诗，有三生之句，因以和》，和赠元石枕之事与诗，以及元回赠壁州马鞭之事与诗，分析二人侧重政治上互相劝勉的“语重心长”。考韩愈，分析元韩之交有“同辈”、“同官”的基础，以韩愈接受元稹荐甄济并为甄立传，后又有信于元一事，道出二人的彼此了解。对一些不能肯定的地方，著者坦然而言。如说："李景俭何时离开江陵，很难确定，大约是在元和八年的冬天。……李景俭似乎是去江州了，但无诗文可证。""《韩昌黎集》中无一首给元稹的诗，也许是有所佚失吧！""元稹与崔韶……在一起工作过，生活过，但在何时何地，则无诗文可证。"

对元稹与白居易关系的考察，是"交游笺证"之外的单独一节。对元白关系的考察，着一"情"字，领其始终。由于依靠元白诗文等第一手资料，遂将二人交往的具体过程，给予令人信服的描述。对元稹的人品，既有严厉的宣判："不管如何解释、辩白，结交宦官是事实，是抹杀不掉的。"也有温和的同情之引证："予尝悲公始以直躬律人……次以权道济事……居相位仅三月，席不暖而罢去。通介进退，卒不获心。"(白居易撰《元公墓志铭》)在二人交往的每一个阶段，多举元白诗文为证。写结识："赖得官闲且疏散，到君花下忆诸郎。"写订交："所合在方寸，心源无异端。"写深情："同心一人去，坐觉长安空。"写心知："以我今朝意，忆君此夜心。"写互助："三寄衣食资，数盈二十万……念我口中食，分君衣上暖。"写合作："安得故人生羽翼，飞来相伴醉如泥。"

该著对元稹诗文的论析，时出新见。如论《莺莺传》写作有三个原因(风气影响、身经艳遇、讲经帮助)；张生乃元稹"夫子自道"。径评元稹"未尝识倡优之门"的说法"纯系欺人之谈"，将其艳诗创作与其多年的放浪冶游生活联系起来，指出其艳诗确有庸俗淫靡的名声，不应属于"元和体"。又如，考证《连昌宫词》为元和十四年(819)四月初元稹途经连昌宫后寄寓洛阳期间所作，否定陈寅恪"依题悬拟之作"、"完成于元和十三年暮春"的说法。并通过对有关李杨史实与诗中传说材料的分析，提出创作主旨是"讽谕宪宗"的观点。凡此，皆足供参考。

《白居易诗评述汇编》及其他(存目)

陈友琴

【评　介】

陈友琴(1902—1996)，安徽当涂人，生于安徽南陵。1953年，就职于北京大学文学研究所古典文学组，直到去世。其代表作《白居易诗评述汇编》，1958年10月被列为中国科学院文学研究所《中国文学资料丛刊》第一种，由科学出版社出版。这部汇编是在文学研究所当时“提倡加强文献资料的收集和整理”这一思想指导下完成的。副所长何其芳的设想是，要把文学研究所资料室办成全国的“资料库”，为全国从事文学研究的工作者、大学教师、中学语文教师和大学中文系的学生服务。友琴先生时任文学研究所资料室副主任，自当身先士卒。在编撰之初，有人认为只要记录正确的，再加些重要的评论就够了，友琴先生却力主资料必须全面，坚持求真存实的原则，既要记载前人评论白居易的讽喻诗进步的一面，也要记录前人关于白居易学道佛学等“唯心主义”消极因素的评述。他认为，只有这样才能还白居易以本来面目，使后世学人得益。遵此原则，此书广泛搜集自中唐到清末有关白居易诗评论、叙述的资料，褒贬美刺，面面罗列，除诗文集、史籍而外，采集诗话、随笔、小说、年谱、日记等类记载，内容包括一百八十多家的评述，参考二百多种书籍，从中精选辑录出近一千则材料。从生平轶事、总体评价，到方言俚语、声调韵律，可谓巨细不遗。许多材料后面，附有编者按语，融入其个人研究的心得。在“卷头语”中，对这些评述还给予简括的分析。

书前附有白居易手书《楞严经》墨迹①、明代成化二十三年(1487)绍兴郡斋圣贤图石刻白居易肖像，末附白居易本人论诗的诗文及《乐天对日本文学之影响》。《白居易诗评述汇编》出版后，获得国内学术界广泛好评，在海外也深受欢迎。因为出版社分工的关系，科学出版社后来不再出这类书，友琴先生于是“加以修订增补”②，交中华书局重印。即将付印时，在具体处理此书编辑的傅璇琮先生的建议下，又决定纳入《古典文学研究资料汇编》③，于是删去书后附录的《乐天对日本文学之影响》，改称《古典文学研究资料汇编·白居易卷》，1962年11月正式出版。④ 1965年第2次印刷。1986年1月，中华书局第3次印刷时，又订正一些明显的错误，改称《白居易资料汇编》。2004年1月第4次印刷。

《白居易资料汇编》尽管远未收罗无遗(排除因转述而重复者)⑤，但筚路蓝缕，为当时白居易研究的进一步深入提供了必要的资料，同时也省却了研究者翻检之劳，方便后学之功也未可埋没。从《白居易诗评述汇编》到《古典文学研究资料汇编·白居易卷》，再到《白居易资料汇编》，这部书见证了数代白居易研究工作者的成长。至今大家

---

① 明李日华《味水轩日记》卷二认为，所谓白居易书《楞严经》，实为宋人张即之(1186—1266)书。参见张照等《秘殿珠林》卷二、缪荃孙《云自在龛随笔》卷二、徐邦达《古书画伪讹考辨》(上册，江苏古籍出版社1984年版，第141页)。

② 见《白居易资料汇编·序》1965年4月补记(中华书局1986年版，第9页)。

③ 见傅璇琮编《黄庭坚和江西诗派资料汇编》后记(中华书局1978年版)；傅璇琮《我和古籍整理出版工作》(收入张世林编《学林春秋·三编》上册，朝华出版社1999年版，第333~334页)；《走进中华——〈学林漫录〉忆旧及其他》(《出版史料》2005年第2期)。

④ 《白居易资料汇编》2004年1月第4次印刷本版权页标为“1962年12月第1版”，恐误。

⑤ 钱锺书收到傅璇琮的《古典文学研究资料汇编·黄庭坚和江西诗派卷》，1979年5月26日复函致谢时说：“十数年前，得见尊纂石湖资料(《古典文学研究资料汇编·杨万里范成大卷》)，博综精审，即叹可悬诸国门，为兹事楷模。敝同仁香山资料，相形遂成伧荒家当。”见徐季子主编《傅璇琮学术评论》扉页之原信影印件，宁波出版社2007年版。

提起友琴先生，大多首先想到这部汇编，毕竟这部书也是其著述中印数最多的。① 作为《古典文学研究资料汇编》中的开创之作，《白居易卷》有垂范后来者的意义。例如，按时代而非分类排列的编纂体例，就一直为后来者沿用。尤其值得一提的是，在许多资料后面，友琴先生加以自己的按断，这些编者按语，或对资料文字加以校勘，或对资料加以溯源，或对与资料有关的问题加以辨析，颇多精当之处。可惜这一优点，后来的《古典文学研究资料汇编》大多没有承继。其实文献资料的整理和搜集固然重要，可是编者的眼光和识见亦不可忽视。资料汇编如果加以精当的按断，自然会更利于使用。围绕《白居易诗评述汇编》的编撰，陈友琴先后撰写了一系列论文，其中比较重要、影响较大的是《白居易作品中的思想矛盾》、《白居易诗歌艺术的主要特征》这两篇长文。

20 世纪 50 年代中后期至 60 年代初，短短几年时间里，国内涌现出多部用马克思主义理论来研究和分析白居易及其创作成就的传记类著作。陈友琴撰写的《白居易》是其中出版较晚的，收入《古典文学基本知识丛书》，1961 年 12 月由中华书局上海编辑所出版。尽管只有 3. 6 万字，却是影响广泛的普及读物，多次重印。这是论说平实而准确的一部白居易传，在介绍生平的同时，以专节分析评价其代表作《长恨歌》、《秦中吟》、《新乐府》、《琵琶行》。其评述扼要简洁，语言通俗易懂，注释详略得当，而且在学术层面上，吸收此前著作成果的同时，避免了一些过于平面化、简单化的论断。今天看来，仍不失为值得推荐的白氏小传。

---

① 详见拙编《中国社会科学院学者文选 · 陈友琴集》序言。

《元稹年谱》(存目)

卞孝萱

【评　介】

卞孝萱(1924—2009)，江苏扬州人。1948年上海立信会计专科学校肄业。先后就职于上海远东商业银行、上海及厦门中国实业银行。1949年，调到北京工作。同年9月参加中国民主建国会。1952年至1956年，任北京市中国民主建国会秘书。1956年受推荐到中国科学院近代史研究所，协助范文澜修订《中国通史简编》。“文革”后期，回扬州，1976年至1981年，任扬州师范学院副教授。1984年调入南京大学中文系古典文献研究所，1986年任南京大学中文系教授。取刘禹锡赠白居易诗句“于树似冬青”，自号所居为冬青书屋。主编有《中华大典·文学典·隋唐五代文学分典》、《唐代文学百科辞典》等。所著集为《卞孝萱文集》(凤凰出版社2010年版，全7册)。

卞孝萱绩学多能，博闻强识，治学范围以隋唐五代文学为主，贯通文史，兼识书画，对唐代小说之新探，独具慧眼，别具匠心，于后学者启迪尤多。他很好地继承了刘师培、陈寅恪、邓之诚以来民国学者“诗史互证”和“文史不分”的传统，力求突破治文者不治史、治史者不治文的局限，不仅擅长考订，而且注意吸收各种新的研究手段，开拓出一个有点有面、又专又通、文史贯穿的学术领域。其《元稹年谱》(齐鲁书社1980年版)是新时期元稹研究的开山之作，对此后的元稹研究影响很大。此前，相关成果有宋人赵德麟《微之年谱》①、

① 见《侯鲭录》卷五，汪国垣(汪辟疆)校录：《唐人小说》，上海古典文学出版社1955年版。

孙望《元稹事迹简谱》①、苏仲翔《元白简谱》②、薛凤生《元微之年谱》③、花房英树《元稹年谱》④、张达人《唐元微之先生稹年谱》⑤，但限于篇幅，都只勾勒出元稹生平的大致轮廓，不免粗疏简略，许多细节晦而未明。

卞谱后来居上，是按年代逐年排列记述谱主生平、著述、升迁、交游的编年史，其体制是在每年之下先叙事实，列出谱文后，引据资料和考证；次系诗、文，把有确实写作年月可考者列于前，只能考订为某一时期而不能确知其年月者列于后，对绝大多数作品作了编年。"序言"概述对元稹的基本看法，认为元稹其人具有明显的两面性。他出身于一个父老母少、受异母兄弟歧视的破落的官僚家庭。入仕前，面对政治腐败、民不聊生的社会现实，他曾写过一些发愤和表示不满的诗，入仕后也采取过一些改革现状的措施。但是，他还有另一面，主要是热衷名利，利用当时新旧官僚、朝官与宦官、藩镇之间的矛盾，投机钻营，爬上高位。对于这样一个复杂的人物，作者力图全面地提供有关资料，以便读者对元稹有全面的了解，并作出全面的评价。

该书主要内容包括：(一)揭示元稹家庭、恋爱、婚姻等一系列的隐秘；(二)考订元稹一生的政治表现；(三)按年编排元稹的科名、官职、行事和作品；(四)重点介绍元稹与当时诗人、小说家、歌者、舞者的交游；(五)搜罗《全唐诗》、《全唐文》遗漏的元稹佚文佚诗；(六)纠正文献中对元稹记载的错误。其特点：(一)全面详实。全书资料征引详实完备，充分运用元稹本集、《才调集》、明马元调的六卷补遗，考订谱主的科名、官职、行事、编年等，并为统一起见，概

---

① 见《莺莺传事迹考》，《中国文化研究汇刊》(金陵大学、华西大学)第九卷，1950年；收入其《蜗叟杂稿》，上海古籍出版社1982年版。

② 《元白诗选》，春明出版社1956年版。

③ 台湾大学中文研究所硕士论文，《书目季刊》1976年第3期。

④ 收入其《元稹研究》，日本汇文堂1977年版；曾以《元稹年谱稿》为名，发表于《京都府立大学学术报告》1970年11月；《京都府立大学学术报告》，1971年10月。

⑤ 台北"商务印书馆"1980年版。

以《全唐诗》、《全唐文》为据，同时，博采同代人撰写的有关其生平活动的墓志、书表等及元稹为同代人撰写的序跋、墓志、碑表等，兼及各种笔记杂史等材料。(二)功力扎实。在生平考证、作品系年、史迹辨伪等方面，订正了不少文献讹误，对谱主家庭、恋爱、婚姻等一系列生活隐秘方面的揭示尤见别识，无疑将对研究元稹的艳体诗有一定帮助。例如，考证出谱主之家庭真相，乃没落鲜卑贵族之后，出身于一个父老母少家庭，父死姊嫁后，不容于异母兄，与寡母被迫离家，流落至凤翔，过着颠沛流离的生活。这段历史，对谱主思想和性格的形成，产生了重要影响。又如，考证出谱主所谓“变节”之真相：谱主曾于制科考试得中第一，足见主考官裴垍对其的赏识。在宰相裴垍的支持下，谱主敢于与权幸斗争。裴垍死后，谱主失去依靠，才转而交结宦官。(三)评断审慎。本书在对谱主的生平事迹进行考订时，辨正史实及前人观点慎重公允。如关于元稹恋爱、婚姻的考订，从《莺莺传》入手，分析张生、崔莺莺究指何人、元稹假托张崔二姓叙述亲历之事的原因，进而揭示元稹恋爱经过以及应考、入仕、结婚和抛弃“莺莺”的过程。作者认为，元义方为元稹做媒娶韦丛的可能性较大，但也没有完全推翻前人认为李绅是元稹媒人的旧说。作者同时明确指出元稹结婚当在25岁，《元白诗笺证稿》说元稹24岁结婚，是错误的。但“尚感不足的是《序言》中对元稹所作的‘投机钻营’之类的评价，在本谱中似还找不出多少相应的依据”①。另外，关于诗歌系年，吴伟斌撰有一系列论文加以商榷，其中如《元稹白居易通江唱和真相述略》，认为本年谱对元稹在通江任内与白居易唱和诗的系年，不符合历史实际：没有在“元和十三年”条下说明元稹于其时追和白居易32首寄赠诗的重要事实，并未系其中的任何诗篇，而是将其中21首酬诗依照白诗的写作年月分别系于元和十、十一、十二年和元稹通州任内，且《酬乐天东南行诗》漏系，另11首佚诗在本年谱中未作任何说明。看来，元稹生平事迹及诗文创作，还需要进一步深入探讨，而本年谱正提供了一个较好的基础。

---

① 见冀勤书评：《唐代文学研究年鉴(1983)·近几年新书选评》，陕西人民出版社1984年版，第253~254页。

因元稹研究，卞孝萱又延伸至与之友情深厚的白居易研究。其《白居易与新乐府运动》一文，分析新乐府运动兴起的政治背景，认为元稹、白居易是中唐以裴垍为首的政治集团的重要成员，在裴垍的支持下，白居易在元和初年大胆谏诤，而讽喻诗正是其谏诤手段之一，“从政治上说，中唐新乐府运动是在裴垍的支持下兴起的，它可以说是裴垍政治集团的一部分”。白居易为了配合宰相裴垍施政，创作新乐府诗，力求通俗，使唐宪宗看了能有所领悟。这对于解释“元白诗派”的形成，分析“新乐府”运动的前因后果都有一定意义。此文1985年被《文史知识》评为十篇最佳文章之一。

《白居易年谱》及其他(存目)

朱金城

【评　介】

朱金城(1921—2011),字兰客。江苏南京人,生于山东。20世纪40年代初毕业于上海交通大学,50年代初起,先后担任上海新文艺出版社、古典文学出版社、中华书局上海编辑所编辑、编辑室主任、上海古籍出版社编审、河南大学兼职教授、中国唐代文学学会常务理事、中国李白研究会副会长、《中国李白研究》主编。长期从事古籍整理和研究,对唐代诗人别集的整理和校注工作,成绩卓著。因长期研究李白与白居易,因此自号双白簃主。有《李白集校注》(与瞿蜕园合著,上海古籍出版社1980年版)等。

朱金城《白居易年谱》是目前最为完备翔实的白居易年谱。白居易年谱及生平事迹考方面,此前有王拾遗《白居易生平事迹考略》和《白居易生活系年》、苏仲翔《元白简谱》、顾肇仓《白居易年谱(简编)》、白书斋续谱和顾学颉编注《白居易家谱》,台湾地区则有罗联添《白香山年谱考辨》和《白乐天年谱》,日本有花房英树《白居易年谱》。朱谱源自其多年笺校白居易集积累的成果,征引广博,论证缜密,对白居易的生平事迹、作品系年、人事交游及相关史实进行考订,有不少自己的新见解。特别是关于人事交游的考证,在内容的丰富性和考证的准确性上,大大前进了一步。全书分谱文和笺证两部分。每年之下先列谱文,以叙述谱主行止、职官变迁和事迹为主,事迹可详而具体者,以月、日明之;不可详者,以春、夏、秋、冬序之。再列可编年的诗文,凡诸谱有错误或各本有误字异文其重要者,皆于此详析之。诗文之后单独列元稹与刘禹锡的简历和重要诗文创作。这一方面是因为谱主与元、刘二人过从甚密；另一方面，是因为谱主与他们之间多有唱和赠答。从他们的行止及诗文中，可以看出谱主与他们之间的关系以及相互影响。作者简述其他与白氏交游人物的简历，也同样是为了丰富读者对谱主的认识，并为他们了解当时文坛政界时代风云以及人们有关的心理反应，提供一些可资参考的材料。谱文之末，简要叙述当年有关时事，以及与谱主交游人物(政治人物、文学人物兼有)之行止。笺证部分，对谱文内容进行论证，凡属谱主生平、作品的考证资料，均录载于后，阙则补之，误则辩之。此外，对谱主所交游人物的生平及其创作情况，给予一定关注。如长庆四年条下，引《旧唐书·敬宗纪》、刘禹锡《谢中使送上表》考证李绅当年二月贬为端州司马、刘禹锡当年夏天转任和州刺史，指出顾学颉《白居易年谱(简编)》有关李绅和刘禹锡在这一年行实的考证失误。

本谱在参考现存的各种版本，校正《白居易集》有关诗文的同时，广泛地吸收前人研究成果，以及新、旧《唐书》等典籍的有关记载，对宋陈振孙《白文公年谱》、清汪立名《白香山年谱》等其他白居易年谱的疏漏失误多有补正。如谱中指出白居易自忠州召还、除尚书司门员外郎在元和十五年(820)夏初，而非陈谱、汪谱及陈寅恪《元白诗笺证稿》第二章《琵琶引》所云元和十五年冬。又如据陈思《宝刻丛编》考证《山中酬江州崔使君见寄》诗中"崔使君"为江州刺史崔能；考证《病假中庞少尹携鱼酒相过》诗中"庞少尹"为京兆少尹庞严；考证《期宿客不至》诗为酬徐凝之作。又如考证贞元四年(788)以前白居易无赴长安谒顾况的可能，纠正陈谱、汪谱据《旧唐书·白居易传》谓白居易"年十五六时袖诗谒顾况"之误；考证白居易贞元十六年(800)登进士第，纠正《旧唐书·白居易传》称其贞元十四年(798)登进士第之误；考证李洧为李正己之从弟，纠正两《唐书》谓李洧为李正己从父兄之误；考证李建卒于长庆元年(821)二月二十三日，纠正两《唐书》谓李建卒于长庆二年(822)之误；考证白居易罢太子少傅在会昌元年(841)，以刑部尚书致仕在会昌二年(842)，纠正陈谱、汪谱及花房英树《白居易年谱》、顾肇仓《白居易年谱(简编)》之误；考证《代书》作于元和十二年(817)，纠正花房英树系于元和十三年(818)之误；

据《登科记考》考证白敏中长庆二年进士及第，纠正花房英树据陈谱、汪谱谓长庆元年之误；考证《奉使途中戏赠张常侍》诗中“张常侍”为张正甫，纠正花房英树所指张仲方；据韩愈《韦丛墓志》及元稹授秘书省校书郎的时间，考定元稹贞元十九年(803)与韦丛结婚，纠正陈寅恪《元白诗笺证稿》据《侯鲭录》系于贞元十八年(802)、顾肇仓系于贞元二十年(804)；据白居易《雨中招张司业宿》及张籍《赠主客刘郎中》诗，考证刘禹锡大和二年(828)接替张籍任主客郎中，纠正卞孝萱《刘禹锡年谱》谓大和二年张籍接替刘禹锡任主客郎中。再如长庆元年(821)持节宣谕田布时尚未转中书舍人，长庆二年除杭州刺史为元舆之后任，授太子少傅分司东都在大和九年(835)十月，以及刘禹锡自和州刺史除主客郎中分司东都在大和元年等，都很见功力，足以匡正旧说。白居易的一生，与唐代贞元至会昌的文学、史事都有牵连。这一时期的重要政坛和文坛人物，几乎都与白居易有牵涉或有交游往还，因此，本谱不仅有功于白居易研究，对中唐文史研究也具有参考价值。谱文中有关元稹、刘禹锡之履历记载亦可视做元、刘简谱。①

朱金城《白居易研究》是其撰写《白居易集笺校》过程中陆续写出的，共收录 14 篇论文。以研究白居易生平和作品为主，其中白居易交游考证部分最多，占三分之二以上的篇幅。此外也有评析白居易诗歌创作的论文。题为《白居易交游考》、《白居易交游续考》、《白居易交游三考》的这三篇为全书重点。根据白居易诗文所提供的第一手材料，对诗人生平交游加以系统考订，涉及 83 人，包括白居易女儿、兄弟、挚友元稹、刘禹锡等。或纠正或补充唐史及历来有关典籍的缺误，可与其《白居易年谱》、《白居易集笺校》对看。书中另一部分是对白居易诗歌语词典故、名物制度等方面的考释，有《〈白居易诗选〉

① 参见彭黎明：《朱金城著〈白居易年谱〉》，《文献》第 16 辑，书目文献出版社 1983 年版，第 261~263 页；《白居易年谱》(朱金城著)，曹明纲撰《唐代文学研究年鉴(1983)·近几年新书选评》，陕西人民出版社 1984 年版，第 251~252 页；傅璇琮、罗联添主编：《唐代文学研究论著集成》第三卷(1981—1990 唐代文学研究著作提要)，三秦出版社 2004 年版，第 70~71 页。

编年注释质疑》、《读白居易诗札记》等。例如白居易《宿柴阁山北村》诗中有“紫衣挟刀斧，草草十余人”，有选本注释“紫衣”代指宦官，说宦官带三品将军职衔的人很多，而唐代三品以上文武官员穿紫衣官服。著者依据《唐会要》、《太平广记》等，谓“紫衣”乃唐代低级胥吏所穿的粗衣，较前说更有说服力。《白居易长安住宅坊里小考》、《“一夜乡心五处同”考释》等也有所发明，颇富启迪。

朱金城《白居易集笺校》是白居易全部诗文集第一个完备的笺校本。据著者介绍，属稿于1955年，历10余年而功就。“文革”中不幸遭劫，“文革”结束后始得珠还，其后又修订补充，刊行于世。白居易集版本流传有两大系统：一为先诗后笔本，二为前后续集本。《白居易集笺校》以先诗后笔系统之明万历三十四年(1606)马元调刊《白氏长庆集》为底本(但删去了马本附加之音注)，参校文学古籍刊行社影印敦煌残本《白氏诗集》、宋绍兴本《白氏长庆集》、《四部丛刊》影印日本那波道圆翻宋本《白氏文集》、清汪立名一隅草堂刊本《白香山诗集》、清武进费氏覆宋本《白氏讽谏》等各种白集刊本11种，以及《才调集》、《文苑英华》、《唐文粹》、《乐府诗集》等唐宋两代重要总集和选本7种，并参考清卢文弨《群书拾补》校《白氏文集》、清查慎行《白香山诗评》校语等重要校记，罗列异同，近乎集校。缺憾是日本古抄多据转引，间有缺收。全书71卷，各篇诗文均附系年，编次悉依底本以存其旧，而凡与底本、宋绍兴本卷次有异者，均注明卷数于后。凡底本、宋绍兴本未收之佚诗，另辑为外集3卷。附录三种：传记、序跋、白居易年谱简编。书末附白氏诗文篇目索引。作者同时尽力吸收已有的学术成果，因而具有较高的学术价值。全书笺校全部白集及补遗诗文共三千七百余篇，先列笺证，后列校记。笺证部分以笺释人名为主，兼及历史事件、人物交游、地理名物、典章制度、词语典故，采摭历来笔记、诗话、研究专著及有关考证，资料详备，着重总结历来之学术研究成果，在广泛吸收陈寅恪、岑仲勉等前辈学者相关成果的基础上，努力发掘新材料，纠正了不少前人和时人的失误。尤其是在人名或作品编年的笺释考证中，不但纠补了历来唐史及有关典籍的阙误，而且进一步考订同时重要文学家、政治家生平，解决了不少前人存留的学术疑题。① 谢思炜称《白居易集笺校》"取得了远超于清人的研究成果"。谢思炜《白居易诗集校注》在编年、行踪、交游、时事方面对朱金城《白居易集笺校》多有参考。《白居易集笺校》前言指出，白居易思想是儒、道、佛三家的混合产物，而"达则兼济天下，穷则独善其身"的儒家思想在他身上始终占主导地位。白居易的诗歌成就，与他的生活经历及时代环境分不开。其诗歌创作是他文学理论的实践，他主张用"文章合为时而著，歌诗合为事而作"这个尺度去衡量历来的诗人和作品，提倡"文学必须为政治服务，必须为现实而作，用来'补察时政''泄导人情'，使它成为一种改造社会的工具和武器，决不能为艺术而艺术"。他还指出"白居易文学理论也有其一定的片面性，过分单纯的政治标准，与他的创作实践有矛盾之处"；白居易诗歌的艺术特点是"用语流便"，"平易近人"，"善于学习和运用民间语言入诗，音韵优美，便于歌诵，容易为广大读者所接受"。这些意见，今天看来仍然富有参考价值。

---

① 参见傅璇琮：《卅年辛苦不寻常：读〈白居易集笺校〉》，《古籍整理出版情况简报》第 217 期，1989 年 11 月 10 日，后收入《唐代文学年鉴》1989—1990 年合辑，广西师范大学出版社 1991 年版；东生：《制从长庆寓高古，诗到元和体变新：〈白居易集笺校〉评介》，《古籍新书报》2004 年 2 月 28 日；傅璇琮、罗联添主编：《唐代文学研究论著集成》第三卷（1981—1990 唐代文学研究著作提要），三秦出版社 2004 年版，第 335～338 页。

《唐代社会与元白文学集团关系之研究》(存目)

马铭浩

【评　介】

马铭浩(1964—　)，台北人。淡江大学中国文学研究所博士毕业。现任淡江大学中国文学学系教授。研究专长为书法学、中国艺术史、古典诗词、版画文献。

关于唐代社会中文学集团的情形，陈寅恪、毛汉光等对于唐代知识分子的社会样态多有论述，罗联添、卞孝萱等注意到中唐文学集团的现象。但自近代以来，在拙著《元白诗派研究》之前，未见作一整体研究的专门论文，① 相关研究专著仅见马铭浩《唐代社会与元白文

① 如郭新和《试论元白诗派的五言长篇排律》(《河南师范大学学报》1997年第1期)仅论五言长篇排律，王红丽《论中唐女性在社会经济生活中的贡献：元白诗派妇女题材诗歌的文化解读》(《茂名学院学报》2004年第2期)、《论中唐女性的生活习俗：元白诗派妇女题材诗歌的文化解读》(《天府新论》2004年第6期)仅论妇女题材诗歌，陈贻焮《从元白和韩孟两大诗派略论中晚唐诗歌的发展》兼论元白和韩孟两大诗派。而有关元稹和白居易的研究论著，以及张修蓉《中唐乐府诗研究》、尚永亮《元和五大诗人与贬谪文学考论》、曾广开《元和诗论》、钟优民《新乐府诗派研究》、孟二冬《中唐诗歌的开拓与新变》、查屏球《唐学与唐诗：中晚唐诗风的一种文化考察》、胡可先《中唐政治与文学：以永贞革新为研究中心》、唐晓敏《中唐文学思想研究》、贾晋华《唐代集会总集与诗人群研究》、刘航《中唐诗歌嬗变的民俗观照》、马自力《中唐文人之社会角色与文学活动》、吴怀东《唐诗流派通论》、郭英德《中国古代文人集团与文学风貌》、陈文新《中国文学流派意识的发生和发展：中国古代文学流派研究导论》等，还有层出不穷的文学史著中，亦多涉及元白诗派，但均非专论性或整体性之研究。

学集团关系之研究》。该著收入学生书局《中国文学研究丛刊》，是其淡江大学中文研究所硕士论文。共6章。第一章题旨之阐发，阐述元白文学集团的认定。著者认为元白文学集团基本上系属依自然结合而成的非正式性团体，并无成文法令以确定该团体之关系，集团内成员的互动也没有规范化。因此，他们被关联在一起的基础，是一种未经正式说明而有很好了解的规范与角色期望。这一非正式性文学集团，主要是架构在元稹、白居易、刘禹锡这几个重要的文人身上，直接地以文学作品作为竞争、学习的主要对象。在人类学的领域中，对于不同文化接触后的相互调适而发生改变的现象，称之为“涵化”，而当时的元和文人无不充分展现了所谓的“反省意识”。该著以元白文学团体中，成员间互动行为的社会关系为基础，分析其角色的行为及文学现象，甚而在中国文学史上的作用和影响。第二章论述中唐文学集团形成的原因。其一为唐代文学社会的背景。在科举行为方面，文人能以优异的文学地位得到社会价值的认同，而有着进士出身“为国名臣者不可胜数”这一类的特殊现象；在经济环境方面，唐代整个社会几乎沉浸在文学崇拜的心理之下，因而多数人愿意以金银财货来换取所谓的“有价之文”，这也提升了文人的社会优越性；在信仰习惯方面，文学有被神秘化及权威化的倾向；在社会生活方面，婚丧喜庆、生离死别等，都必须借由文学作品来呈现其意义。其二为唐代文人地位的变动，唐代科举制度的推展结果，使得由知识分子所组成的文士阶层逐渐兴起。其三为唐代集团意识的扩张，或为“传道、授业、解惑”的师生关系，或为政治上的不同主张，或为文学地位的不同而组成不同的集团。正是以上科举行为、经济环境、信仰习惯、社会生活、政治主张等因素才促使元白文学集团的形成。第三章论述元白文学集团的组成，其一为文学意识，讽喻文学和闲适文学是元白文学集团创作的主流。元稹、白居易提倡讽喻文学，且更进一步地推展以《诗经》为仿效对象的新乐府文学，而后白居易晚年因历经世事之故，则以“闲适意识”作为唱和的主要内容。其二为政治关系，从组成人物上来说，元白文学集团不光是一个文人集团，还是一个政治家集团，这两方面的角色同时存在并且相互影响。以下分别就与元稹、白居易有文学作品往来的相关人物加以介绍。第四章讨论元白文学集团的文学表现，其一为讽喻诗，不仅有着强烈的实用主义，而且在设想对象上是全民的。文人可以作者劝诫的方式明白指陈，也可利用故事情节、人物描绘，将想要表达的思想显示出来。其二为考试文学，因元、白于文坛上之盛名，使其作品易为士子所仿效，其中较为特殊者为制策与律赋二项。其三为唐传奇，元白文学集团在唐传奇的作者群中，占有相当重要的分量。其四为民歌，白居易、刘禹锡的民歌仿创、相互酬唱，可谓其于诗、词之间颇有引渡之功。第五章研究元白文学集团在中唐的社会作用，认为主要有四点，其一为元和诗风的形成和流传，使倾向于世俗化之文学，不仅备受民众喜爱，而且逐渐为文人所接受。其二为促成唐传奇的兴起，因其能在文人风格的下移与世俗百姓的上达之间有所折中调和。其三为延续社会诗的传统，使得其后的诗人作品往往具有通俗化取材的倾向，而且或多或少地带有一些社会性。其四为文学运动的推行，为了由文学而达到理想中的目标，须有一连串的文学活动和计划，这就形成了所谓的古文运动与新乐府运动。第六章探讨元白文学集团的文学地位以及影响，并对后续研究进行预测。

透过该著对于元白文学集团的研究，使我们认识到，文学集团的组成以促使集团内文人的集体认同，是改变既有诗体概念的重要因素。尽管目前可能还无法建立起一套新的文学史观，但是对于文体变迁、作品影响等文学史上的重大问题，都应积极地重新审视第一手材料，不宜以前人论断的文学史观为准，以免陷入循环进化史观的偏执。

《白居易集综论》及其他(存目)

谢思炜

【评　介】

谢思炜(1954—　)，贵州习水人，生于北京。1982年毕业于北京师范大学中文系，1984年获北京师范大学硕士学位，留校任教。1996年获北京师范大学博士学位，师从启功、邓魁英先生。现为清华大学中文系教授，中国古典文献研究中心副主任，博士生导师。1997年4月—1998年4月赴日本名古屋学院大学讲学。学术专长是中国古代文学和文献学。主要研究领域是唐宋各体文学。

谢思炜《白居易集综论》是攻读博士学位时所作的学位论文，列入《唐研究基金会丛书》，分为上、下编。上编探讨白居易集的版本源流、演变与构成，对现存白集的构成情况进行调查和研究，由7篇文章组成，包括《〈白氏文集〉的传布及“淆乱”问题辨析》、《日本古抄本〈白氏文集〉的源流及校勘价值》①、《敦煌本白居易诗再考证》②、《明刻本〈白氏讽谏〉考证》、《〈新乐府〉版本及序文考证》③、《明刻本〈白氏策林〉考证》、《明郭勋刻本〈白乐天文集〉考证》。下编讨论白居易的生平和思想，也由7篇文章组成。其中《白居易的家世和早年生活》探讨白氏家世中的7个问题，包括白氏祖先世系、父母的婚姻以及对他的影响、白居易早年的恋爱经历等，认为这些对白居易思想性格的形成都有影响。《白居易与中唐儒学》从中唐儒学的角

① 《中国古籍研究》第一卷，上海古籍出版社1996年版。

② 《文献》1997年第1期。

③ 《北京师大学报》1996年第6期。

度入手，着重论述白居易与啖助、赵匡“春秋学”，中唐经世学，柳、刘之学的关系，以及白居易与韩愈的儒学革新。中唐儒学复兴中，白居易是积极响应者，他对儒学各家思想的接受吸收具有阶段性。元和之前他对儒学各家新学积极吸取，之后他的思想兴趣更多地转向释老。他对贞元时期蔚成风气的“春秋学”和经世学了解吸收得比较充分，而对元和时期才大有成就的柳、刘之学和韩门之学却濡染有限。其出入儒学和释老之间的思想特点，代表着后代多数上层知识分子的思想实况，具有普遍的典型意义。《白居易的佛教信仰》认为白居易及其所代表的中唐士人接受佛教思想的特点是，从单纯的理论兴趣更彻底地转向了直接的人生问题，更全面地根据佛教思想来检讨和引导自己的人生意识，同时更熟练地将佛教思想与其他思想协调起来，使之更加自然地融入士人的政治和精神生活追求中，故白氏的佛教信仰具有调和性和发展性的特点。《中唐社会变动与白居易的人生思想》讨论白居易的阶级概念、政治态度、“中人”意识和现世精神、偶然论思想和宿命论结局。《白居易的文学思想》①与《白居易的叙事诗创作》分别从理论和实践两个方面探讨白居易的文学思想和诗歌创作，认为白居易的叙事诗创作在题材、体裁、情节、人物、主题、语言等方面都有自己的创新，古典叙事诗创作在白居易手中已达到成熟境地。《白居易与李商隐》②从白、李之交谊入手论述白、李二人诗论的差异与诗歌题材的承接，白、李诗风差异的意义，并对两人诗歌“怨刺”和“绮靡”的特色作出诠释，颇有新意。这部论著论述扎实细致，立意新颖，材料详备，论证谨严，做到了论从史出、史论结合，是白居易研究中不可多得的一部力著。③

谢思炜《白居易诗集校注》收入中华书局《中国古典文学基本丛书》，是白居易诗集的全新整理本，主要内容分为校、注两部分。其

---

① 参见其《白居易诗学思想述评》，《中国诗学》第五辑，南京大学出版社1997年版。

② 《文学遗产》1996年第3期。

③ 参见严杰：《白居易研究的拓展深入：评〈白居易集综论〉》，《古籍整理出版情况简报》1999年第9期。

中校勘部分以国内近20种珍、善本及日本16种珍稀刻、写本参校，同时对照以相关总集，是迄今文字校勘上参照最为广泛、权威的白诗校本。注释部分以作者10余年个人研究为基础，广泛吸收海内外研究成果，于史实、典事、语源、词义均有揭橥，对理解、研究白诗及相关语言现象很有帮助。对白诗全部作品所涉及的各种问题，诸如地理、人事、制度朝章、官职服饰、农桑商贸、日用百工、房舍建筑、四时习俗、婚丧礼仪、歌舞伎艺乃至象戏博弈之类，都通过钩稽史料，提供尽可能详实的说明，或对前人考释成果有所补充修正。在用典和语言方面，首先，给出所有前代文献和书面语出典，确定白诗思想和语言表达的延承关系；其次，尽可能充分地给出同代语言用例，确定白诗作为断代语言标本的意义；再次，寻找白诗特有的语言表达和艺术处理方式，确认诗人的个性及其艺术创造性。

谢思炜《白居易文集校注》是《白居易诗集校注》的姊妹篇，以文学古籍刊行社1955年影印宋绍兴刻本《白氏文集》七十一卷为底本，收入该本除诗歌卷以外的卷三十八至卷七十一各卷作品，重编为卷一至卷三十四，作品原有编次不变。参校日本内阁文库藏《重钞管见抄》等十四种《白氏文集》文本，另诸家所辑佚文编入补遗卷。编年参考陈振孙《白文公年谱》、汪立名《白香山年谱》、朱金城《白居易集笺校》及《白居易年谱》、罗联添《白乐天年谱》等。在吸收岑仲勉诸作、朱金城《白居易集笺校》等近人成果的基础上，对典故、史实、人物、官制、地理等，一一加以必要的注释和说明，是近年来白氏文集文献整理的重要成果。对于白集中一些多有争议的问题，如翰林制诏与中书制诰的编类问题，翰林制诏中的"伪文"问题，中书制诰中的"新体"、"旧体"问题；还有白居易本人的家世、后嗣等问题，该书参考诸说，给予较充分的讨论。在将白居易全部文章与其他各种史料详加比勘过程中，该书也续有发现，如白居易有《孟简赐紫金鱼袋制》，《旧唐书·孟简传》称简"出为常州刺史。(元和)八年，就加金紫光禄大夫。……为廉使举其课绩，是有就加之命"。《册府元龟》卷六七三《牧守部·褒宠》则作"观察使举其课，故就赐金紫"。金紫光禄大夫为散官阶正三品，与孟简身份不侔。白集此制可证《册府元龟》之"就赐金紫"近实，《旧唐书》实误。又如《大唐故贤妃京兆韦氏墓志铭》，岑仲勉《唐集质疑》曾指出文中“母曰永穆公主”有误，并据《元和姓纂》校正了《唐会要》的舛误。该书则据新旧《唐书》及墓志的有关材料，考出妃父韦会的同父异母兄为王繇，其妻永穆公主实为韦妃之伯母，传本白集“母曰”二字有讹夺。再如《唐故通议大夫和州刺史吴郡张公神道碑铭》记吴郡张氏祖先“侍中肱”，该书据王楙《野客丛书》证明其与《新唐书·宰相世系表》所载之张睦为同一人。诸如此类之发明与发现，全书所在多有，文字校订与注释等方面，在朱金城《白居易集笺校》之后，确实后来居上。

《元白研究》(存目)

刘维治

【评　介】

刘维治(1944—　)，山东平度人，生于大连金州。1968年辽宁大学中文系毕业。1981年辽宁大学中文系硕士毕业，导师为孟庆文教授。任中文系教授、硕士生导师。开设“唐诗比较研究”、“唐宋词研究”、“元白研究”等选修课。

刘维治《元白研究》由程千帆先生题签，卞孝萱先生作序。全书29万字，由上、中、下三编组成。上编《元稹叙论》为著者硕士论文，分为7节，全面评述元稹家世、仕宦交游、恋爱婚姻、诗歌创作等。要目为：(一)元稹的家世与少年时代。(二)元稹的恋爱与婚姻。包括元稹的恋爱与《莺莺传》；元稹的婚姻与悼亡诗；元稹结识的另外几位女性。(三)元稹的仕途。包括为陆贽鸣冤叫屈；在永贞革新余波中；出使东川与分务东台；贬居江陵；召回长安后的意外打击；在通州；谋刺裴度的于方案件；在同州刺史任上；浙东七年；去鄂州。(四)元稹诗歌创作的思想意义及艺术特色。(五)元稹的诗论。(六)元稹的交游。包括：元稹与白居易；元稹与刘禹锡；元稹与李德裕。(七)元稹的病状及其死因。该编在前人研究成果的基础上在几个方面上有所创获：其一，对元稹同莺莺恋爱悲剧的社会意义重新加以评价。通过对元稹一些怀念莺莺的篇章的分析，探讨这一悲剧的社会原因并加深对这场悲剧的理解，这是历史上个人性爱与封建婚姻制度之间的冲突，结局是以个人性爱追求的失败告终，是有着深刻社会、历史原因的，而不仅仅是个别人的“负心”。其二，在对元稹的诗歌进行评价时，著者指出元稹的新乐府诗歌创作和诗论为白居易提供了借鉴和基础；没有这个借鉴和基础，白居易就不会有当时那样大的成绩；没有白居易的发扬光大，元稹在文学史上的贡献和地位也不会像现在这样的昭著和重要。通过元白二人在政治思想、诗歌创作方面异同的比较，可以看到作家相互的支持、谅解和借鉴对促进文学创作的繁荣发展十分重要。其三，考证了元稹的病状及其死因，认为元稹死于药石中毒，并对一些篇章的作意提出自己的看法。最后附录一文，即《元稹评传》①，从乐府诗、艳诗与悼亡诗、次韵排律三个方面探讨元稹诗歌创作的成就，认为“在平易坦荡中呈现出丽艳华美”是元稹诗歌独特的艺术特色，这一特色具体体现在浓墨重彩的画笔、曲尽其情的铺叙、传神的细节刻画、富有情趣的比兴手法、酣畅淋漓的自由抒写等五个方面。

中编是著者十几年来发表的关于白居易的研究文章结集，包括《长恨歌》、《琵琶行》、山水诗、咏物诗等，共十篇，其中的《对〈略论白居易晚年诗中的积极意义〉一文的两点意见》与陈友琴论文中关于白居易咏鹤诗的观点商榷，提出质疑。其结论后被陈友琴先生虚心采纳。《从“千花百草无颜色”到“六宫粉黛无颜色”》分析《白居易集》卷十五的一首诗题中提到的赠长安妓人阿软的绝句“缘水红莲一朵开，千花百草无颜色”，论证青年白居易之所以能把李隆基、杨贵妃故事写得生动感人，和他早年与“东邻婵娟子”及歌妓阿软之间的感情经历有关。《杜牧为何诋諆元白诗》颇有新意。文章与曹中孚《杜牧诋諆元白诗辨》(《学术月刊》1981 年第 9 期)商榷，曹文认为，所谓杜牧《唐故平卢军节度巡官陇西李府君墓志铭》诋諆元白诗纤艳不逞，只是一个李代桃僵的附会，本来杜牧讲得非常明白，这是墓主李戡的意见，后人却指鹿为马，硬说是杜牧的意见。《杜牧为何诋諆元白诗》则认为，杜牧之所以要诋諆元白之诗，事出有因。其原因有四：(一)元和时白居易讽刺杜佑(牧之祖父)不致仕；(二)元和时元稹反对杜从郁(牧之父)为谏官；(三)杜推崇韩愈，赞美李贺，厌恶李绅；(四)开成时有一股否定元白诗的潮流。

---

① 与卞孝萱合著，载《辽宁大学学报》1982 年第 5 期；又收入吕慧鹃编：《中国历代著名文学家评传》第二卷，山东教育出版社 1983 年版。

下编为著者翻译的4位日本学者关于元白的5篇研究文章，即京都大学川合康三教授《从词语繁复看唐代文学中的白居易》、《白居易人生态度价值取向比较》，横滨大学冈田充博教授《诗魔与闲吟》，帝塚山学院下定雅弘教授《白居易中书制诰“旧体”与“新体”分类的研究》，京都大学高桥美千子教授《关于元稹记梦诗的研究》。这些文章或取其选题、视角、论点新颖，或取其对中国学者的某种观点提出质疑。他们的研究多少代表了日本学术界近年来元白研究的动向。著者曾翻译出版日本学者松浦友久《李白诗歌抒情艺术研究》、《李白评传》二书。这部分译文对了解日本学术界元白研究的情况很有帮助。附录梅田雅子制《日本关于元稹研究论文资料一览表》，尽管远未搜罗无遗，但亦很有参考价值。

《唐宋之际诗歌演变研究：以元白之元和体的创作影响为中心》（存目）

刘　宁

【评　介】

刘宁（1969—　），江苏江阴人。1987 年至 1997 年在北京大学中文系学习，获得文学学士、硕士、博士学位，1997 年至 1999 年，在北京师范大学中文系博士后流动站工作，1999 年至 2009 年，任北京师范大学文学院副教授，2001 年至 2002 年，任韩国高丽大学中语中文学科交换教授；2006 年至 2007 年，受中美富布莱特访问学者项目资助，任美国哈佛大学东亚系访问学者。现任中国社会科学院文学研究所研究员，中国唐代文学学会理事，韩愈研究会副会长。主要从事唐宋诗学与文章学研究。

刘宁《唐宋之际诗歌演变研究：以元白之元和体的创作影响为中心》力求发掘诗歌体裁与表现内容及创作艺术之间的内在联系，从中唐元白之元和体入手，将中唐与北宋两个诗歌高潮之间的诗歌史置于唐宋诗转型的背景下观察研究，突出这段诗史在两个诗歌高潮之间所起到的纽带作用。第一章是元白之"元和体"及其精神意趣，认为"元和体"的艺术新变体现在入实趣味，品味、反思与感悟的理性趣味，使用散文句式。"元和体"的精神意趣体现在白居易对政治制度的关注，白居易的职责意识和安分观念，白居易制度意识之局限的成因。"元和体"启发了古典近体诗的"主理"倾向。第二章是晚唐近体诗与元白之"元和体"，认为"晚唐体"与"元和体"有着复杂的关系，台阁诗人群体对"元和体"有延续，姚合则将苦吟与"求味"旨趣相结合，许浑等南方州县幕府诗人对"元和体"有反拨，李商隐对"元和体"既有继承，也有创变：其七律情思兼备，其五律咏怀与体物深细结合，其咏史绝句则融入感悟的特色。第三章是唐末五代诗人群体，将唐末诗人群体分为寒素诗人群(曹邺与“咸通十哲”)、贵胄诗人群、干谒诗人群、隐逸诗人群(士隐、佛隐、道隐)，将五代十国诗人群体分为中朝诗人群、南唐诗人群、西蜀诗人群、楚国诗人群、闽地诗人群、吴越诗人群。第四章是唐末五代诗歌流变，五律有三种路数：接续姚合五律的“求味”旨趣：对贾岛“求奇”倾向的回避；清浅诗风的形成：“求味”旨趣的消极发展；李商隐五律的影响。七律有三种倾向：“元和体”与“晚唐体”的共同影响：唐末寒素及隐逸诗人、南唐诗人的七律创作；从李商隐到白居易：贵胄诗人的七律；讥弹时事与写实的“赋”笔：干谒诗人的七律与“元和体”七律的接近之迹；“元和体”的消极发展：五代中朝诗人的七律。绝句有三种特色：议论与感悟、抒情方式的多样尝试、叙事功能的开发。古体与乐府创作呈现衰落之相。第五章是唐末五代诗学批评与诗歌创作的关系。首先探讨空洞的风雅观，其次分析司空图“体味之旨”说与盛唐、中唐意境理论的变化，最后论述诗格、诗式类著作的两种倾向，即机械生硬的风雅比附、琐碎的艺术技巧分析。第六章是唐末五代“元和体”影响上升之外因分析，认为唐末五代政局和文官政治制度的发展，与士人“文官化”的消极发展密切相关，一方面闲适意趣在官场流行，另一方面寒士精神在科场消失；幕府的专制政权化趋势直接影响幕府士风的转变；唐末五代士人流行隐逸，既多失意、避乱之隐，亦有难以实现的高蹈理想。第七章是宋初诗坛的因袭与变革。分析宋初“白体”、“晚唐体”与“元和体”之关系，认为闲适意趣是宋初“元和体”流行的主要原因。同时讽喻诗复兴与“元和体”的并存，西昆体引发“元和体”的雅化，欧阳修用“以意为主”，通过入实的趣味、理性的趣味来提升“元和体”艺术品质，开始逐步确立宋诗的新面目。①

这部著作深入探索影响唐宋诗歌演变轨迹的政治文化背景，通过列举事实证明了士人的“文官化”，而且将这种变化与士人创作紧密地联系起来，解释了“元和体”特征的生成原因。元白诗流露的反思

① 参见陈斌书评，载《唐研究》第11卷，北京大学出版社2005年版。

现实、沉潜自适的理性气质呈现出新的人格特点，很大程度上来自对文官政治制度的理性认识，这种制度意识在中唐以后逐渐加强，深化了士人对政治的理性认识，促使士人精神面貌更加理智和内敛。在考察“元和体”的影响时，特别注意到它与晚唐体之间的中介，认为白居易在晚唐台阁唱和中的核心地位，使元白的“元和体”诗风对台阁诗人产生了显著的影响，通过台阁士人对白居易的接受说明这种制度意识的普遍性。

《白居易评传》及其他(存目)

蹇长春

【评　介】

蹇长春(1933—　)，生于四川营山。1960 年毕业于西北师范学院中文系，1987 年晋升教授。曾任《西北师大学报》(社科版)主编、西北师范大学中文系主任、敦煌学研究所所长。长期从事中国古代文学教学与研究。著有《傅玄阴铿诗注》(合作)等。参与编撰《中华大典·文学典·隋唐五代文学分典》，任该《分典》副主编兼《唐代文学部三》主编。

蹇长春《白居易评传》列入南京大学出版社《思想家评传丛书》，是一部扎实厚重、学术性较强的白居易评传。白居易思想儒释道杂糅，诗文中颇多思想史方面的资料。本着评、传相结合的原则，著者守正出新，在前人研究成果的基础上，甄辨别择，辅之以自己的审慎考订。第一章"白居易的世系与家族"，讨论郡望与籍里、父与母乃亲舅甥婚配、子嗣与后裔等关于白居易独特家世的几个问题；第二章"从艰难多故的童年到三登科第"；第三章"志在兼济：有所作为的十年"；第四章"宦情日减的蹉跎岁月"；第五章"寂寞的晚年"，文宗大和三年(829)春以太子宾客分司东都，至武宗会昌六年(846)八月病逝。用四章的篇幅，缕述白居易 75 年漫长曲折的一生。行文中多引述其各期的诗作，以见诗人内心世界的丰富，并从而窥知其思想转变的轨迹。第六、七章，评述其前后期的思想转变，是全书的重点所在。前期主导思想是激进的民本主义，包括弘扬君道，鼓吹仁政(如内圣外王，修身化下；恕己及人，制欲禁奢；选贤任能，澄清吏治；虚心纳谏，广开言路)；勖励臣节，崇正疾邪(如激扬忠烈，维护统一；党谠直，去谄佞；疾贪暴，尚清廉）；关心民瘼，为民请命（如轻敛薄赋，舒解民困；省刑慎罚，与民休息；销兵非战，矜恤民劳）。后期主导思想是知足保和的中庸主义，包括儒道互补：作为处世哲学的中庸主义的思想源泉，折中于出处进退之间的“中隐”观念，对待朋党之争的调和骑墙态度，对待儒释道三教兼容并包的圆融立场。第八、九章，分别评述其富有现实主义精神的诗歌理论文学主张与创作成就，在诗与政治的关系上认为“诗者，根于情而系于政”，在诗与现实的关系上须“文章合为时而著，歌诗合为事而作”，在诗与人民的关系上要“唯歌生民病”，处理诗歌内容与形式应“不为文而作”。评述白居易的诗文创作，分为题材广泛的讽喻诗、新乐府运动的倡导者、《长恨歌》与《琵琶行》、闲适诗与杂律诗、散文与辞赋五个部分。第十章，总述白居易在文学史上的地位和影响，分为“及身已风行海内”、从“有所为而作”的主张到“为人生”的艺术观、“似出复似处”的处世态度对后世士人的影响、白诗在日本与海外的传播及其世界声誉四个部分。综观全书，不愧为白居易评传领域的一部优秀著作。不仅文献全面详实，颇得益于从事《中华大典·隋唐五代文学分典》编撰所积累的资料；而且结论中肯平实，颇得益于从事白居易研究20余年的学术积累。该书后附尹占华撰《元稹评传》，第一章为元稹家世与生平，分为家世与童年，明经及第与初次恋爱，从校书郎到监察御史，从江陵士曹参军、通州司马到虢州长史，从翰林学士到为相，浙东七年到武昌暴逝，共计六个阶段。第二章为元稹的政治思想，包括销兵革、重农事、抑游惰、绝进奉，明考课、开言路。第三章为元稹的文学思想与实践，评述了元稹的改革制诰与律赋、散文，新乐府诗与元和体，悼亡、艳情与《莺莺传》。

蹇长春另著有《白居易论稿》，共收论文23篇，分为3部分：上篇7篇，专论白居易的生平和思想，包括《不教才展休明代，为罚诗争造化功：白居易生平、思想与创作道路述略》、《白居易思想论略》、《宦途自此心长别，世事从今口不言：论江州之贬是白居易前后期思想的分界线兼与王谦泰先生商榷》、《白居易的江州之贬与王涯的落井下石：兼论元和朝居及乐天遭贬的政治原因》、《进不趋要路，退不入深山：白居易的“中隐”观念及其影响》、《白居易的佛教信仰》、《〈三教论衡〉简析》。中篇8篇，专论白居易的诗论及创作，包括《试论白居易对永贞革新的态度及新乐府运动的历史背景》、《新乐府诗派与新乐府运动：关于白居易评价的一个问题》、《白居易讽喻诗的人道思想》、《〈长恨歌〉主题平议：兼论〈长恨歌〉悲剧意蕴的多层次性》、《试论白居易诗歌的艺术风格》、《白居易诗论的美学意义》、《从“有所为而作”的主张到“为人生的艺术观”：白居易诗论的现代意义》。下篇6篇，为白集杂论，收录《〈百道判〉及其学术价值：兼论白居易的早期思想》、《唐人为什么重视判的写作》、《关于〈白氏六帖事类集〉》、《从〈不致仕〉看白居易的廉退思想》、《白居易〈失婢〉诗考辨》、《也说“青衫”与“江州司马”》。另收附录两篇，为《〈长恨歌〉主题讨论述评》及《八十年来中国白居易研究述略》，虽列为附录，但依然是重要的学术论著，更显出作者广阔的学术视野和中肯的学术见地。这23篇论文，是蹇长春先生从过去三十年来所发表的白居易研究文章中精选出来的，大多发表于《白居易评传》之前，但两者对读，相得益彰，可视为姊妹篇。从“论稿”到“评传”，可以看到作者在白居易研究上，由微观分析逐渐走向宏观把握的前进轨迹。

《白居易论稿》在诸多有争议的疑难问题中有所开拓和创获，作者认为，儒家思想始终为白居易思想的主干，只是前期的激进民本主义，更多地反映了儒家思想的积极面，而后期儒道互补的中庸主义，则更多地反映了儒家思想的消极面罢了。作为白居易后期处世态度的“中隐”观念，陈义虽不甚高，却切实可行，因而，仕途遭际与白居易相仿的士人，大多选择“进不趋要路，退不入深山”的“中隐”道路。关于前后期思想分期问题的争论，著者认为，白居易思想转变不在元和五年(810)卸任拾遗之际，而在元和十年(815)贬江州司马之时。论及王涯落井下石，著者不把问题的实质仅仅归结为王涯的个人品质，而是与当时的政治形势联系起来，指出：王涯诬陷白居易，固然出于其贪婪、阴险的本质，但更为主要的是为迎合皇帝，讨好守旧的官僚集团，特别是讨好“恩顾莫二”、炙手可热的大宦官吐突承璀。关于新乐府运动是否存在，著者分析了“文学运动”的具体内涵和构成，以及“文学运动”的基本要素，认为白居易倡导的新乐府运动大体上是符合现代意义上“文学运动”的基本要素的，并指出运用现代文艺学观念评价分析古代文学时，宜宽不宜严。著者论述新乐府运动有三个层次，尽可能地展现了新乐府创作的原生态。关于《长恨歌》主题，学术界长期聚谈不休，形成五派，观点对立。著者主张打破“单一主题说”的禁锢，分层次地把握作品的悲剧意蕴。即在不同层次上，分别把《长恨歌》看做爱情悲剧、政治悲剧和时代悲剧，以便使爱情说、讽喻说和时代感伤说这三派主要观点各有所依存和附丽，并使居于不同层次的三重主题构成一个有内在联系的统一的整体；这样，就有分析地肯定了各派观点的合理性，避免了其片面性，从而变以往在论争中各派观点的相互排斥、相互否定为相互渗透、相互融合。

《元白诗派研究》(存目)

陈才智

【评　介】

陈才智(1971—　)，辽宁沈阳人。2000年毕业于中国社会科学院研究生院，获博士学位。现任中国社会科学院文学所研究员、中华文学史料学学会副会长兼秘书长。研究领域为中国古代文学，涉及唐宋文学与文献、古籍整理、海外汉学等。

晚近以来学界相沿而称之“元白诗派”，从现代的观念看，能否成立？如果成立，其成员有哪些人？它的形成过程、文学特征和发展状况又如何？针对以上问题，《元白诗派研究》在广泛吸收前人具体研究成果的基础上，首次对元白文学集团及其诗歌创作的历史原貌，从流派的角度在整体上予以描述和再现。在回答“元白诗派”何以可称之为诗派的基础上，探讨“元白诗派”的组成人员、形成过程、文学特征和发展状况。“绪论”包括“元白诗派之于中唐”、“元白诗派研究史述”、“本书的研究意旨”三个部分。第一章“《主客图》与元白诗派的成立”，通过回溯中国古代文论中流派范畴的形成历史，确立张为《诗人主客图》在这一历史上的重要地位，以此回答“元白诗派”成立的可能性问题。然后由《诗人主客图》入手，一一分析其所列白派成员名单，并据以拟出新的“元白诗派”成员名单。第三章“元白诗派的新乐府诗”、第四章“元白诗派的元和体诗”、第六章“元白诗派与元白体”、第八章“元白诗派与长庆体”，探讨“元白诗派”成立的现实性问题，在考辨新乐府、元和体、元白体和长庆体名义的基础上，结合诗人之间的交游唱和及各自诗作的内容、风貌，分别就新乐府、元和体、元白体和长庆体四个方面，考察“元白诗派”的具体形成过程。

第二章“《主客图》白派弟子群相之一”、第五章“《主客图》白派弟子群相之二”、第七章“《主客图》白派弟子群相之三”，探证“元白诗派”的成员，并就每一位成员与“元白诗派”在创作与交游上的离合加以具体分析。“结语”部分，总结对“元白诗派”的总体认识，指出进一步研究的线索。附表包括“白居易诗歌创作分地细表”等八种。

该著以张为《诗人主客图》为坐标，撬动元白诗派的整体研究，根据“元白诗派”的实际创作内容，讨论新乐府、元和体、元白体、长庆体等四种体式的创作情况，论从史出，议由诗发，使元白诗派得以立体而丰满地呈现在读者面前。全书不仅资料丰富，学风严谨，细致地排比文献，而且富有理论思考，善于以历史的眼光把握史料，发掘其中的精微之处，并勾勒出渊源流变之迹。对“元和体”、“元白体”、“长庆体”三个概念所作的细致辨析，深入论证，丰富了对文体发展的认识。关于张祜、周元范、施肩吾等诗人的考证与论述，论证严密，分析透彻，对中唐文学的研究起到了推动作用。

在研究方法上，作者提出建立一种发展的、动态的诗派观念，将“元白诗派”的形成理解为一个开放和变化的过程，从诗体、主题和时间等不同角度来综合分析不同诗人在流派中的不同参与方式。从时间上看，它有一个从发生、发展到壮大的形成过程；从构成上看，它既有着一种总体共通的东西，同时因为构成元素的多样性，又存在着差异，例如其成员组成，在新乐府旗下有一批人，在元和体、长庆体等其他创作内容之下又各有另一批人，各自有着不同的发展脉络和不尽一致的创作思想、表现内容、艺术风格，尽管都可在大的范围内划入“元白诗派”。作者希望通过这一个案的分析，为中国古代诗歌流派研究摸索新的思路。

《白居易散文研究》(存目)

付兴林

【评　介】

付兴林(1965—　)，陕西勉县人。先后于1988年7月、2001年6月、2006年6月毕业于陕西师范大学中文系、文学院，获文学学士、文学硕士、文学博士学位。1996年7月、2001年12月、2006年12月，分别获讲师、副教授、教授任职资格。现为陕西理工学院文学院教授、文学院副院长。主要从事中国古代文学及传统文化的教学及研究工作。

付兴林《白居易散文研究》收入中国社会科学出版社"中国社会科学博士论文文库"，是其2006年在陕西师范大学马歌东教授门下的博士论文，与之前姜素英《白居易散文研究》①和之后谢仲伟《论白居易的散文》②相比，诚可谓对于该论题的研究力著。白居易今存散文七百五十余篇，除"檄"外，当时的赋、策、论、箴、判、赞、颂、碑、铭、书、序、文、檄、表、记皆有收录。白居易还是新体古文的倡导者和创作者。其应试之作《性习相远近》等赋、百道判等，新进士竞相传于京师；《策林》75篇，识见超卓，议论风发，词畅意深，是追踪贾谊《治安策》的政论佳作；《草堂记》、《冷泉亭记》、《三游洞序》等，文笔简洁，旨趣隽永，是不逊于韩柳的优秀的山水游记。《旧唐书·元白传论赞》说："若品调律度，扬榷古今，贤不肖皆赏其文，未如元、白之盛也。昔建安才子，始定霸于曹、刘；永明辞宗，先让

① 台湾师范大学邱燮友教授指导的硕士论文，1999年。

② 山东师范大学陈元锋教授指导的硕士论文，2007年。

功于沈、谢。元和主盟，微之、乐天而已。臣观元之制策，白之奏议，极文章之壶奥，尽治乱之根荄。非徒谣颂之片言，盘盂之小说。就文观行，居易为优，放心于自得之场，置器于必安之地，优游卒岁，不亦贤乎。”①陈柱《中国散文史》立专章论及白氏散文，并说：“白乐天之文……吾则以为陶渊明以后一人而已。”尽管白居易散文水平如此之高，地位和影响如此之大，但却没有引起像白居易诗歌和韩柳散文那样的重视。2007 年，付著的出版，对这种缺憾颇有改观。

该著凡五章，共 55 万字，将文本研究、科举制度与拟作习笔、个体创作与时代思潮、创作心境与政治环境兼顾统观，在紧扣文本阐释的基础上，不仅对白文中与唐代科举体制紧密相关的律赋、判、策及与翰林学士和中书舍人的政治生活关系密切的诏诰、奏状、章表等主要文体进行了全面深入的探讨，凸显了白居易在文体建设方面的贡献，以生动的个案研究揭示了唐代科场文化对文学创作的重大影响，而且概括了这六类文体的创作背景、思想内容、艺术成就、精神特质，发掘了蕴藏在白文中的认识价值、政治价值、文化价值，从另一个侧面揭示了白居易的政治生活、心路历程、精神人格，对白居易散文在中唐古文运动中及散文史上的价值及地位进行了复原性追溯和公正评价。

首先，该著对于白居易散文的地位有准确定位。陈寅恪曾指出“其实当时致力古文，而思有所变革者，并不限于昌黎一派。元白二公，亦当时主张复古之健者。不过宗尚稍不同，影响亦因之有别，后来遂湮没不显耳”。该著亦将白居易的散文创作与古文运动加以联系，以白文创作中散体制诰为例，认为在中唐求新求变意识普遍增强的情况下，随着古文运动的展开，白居易已有意识地自觉加入到了文体革新的时代潮流中。白居易的文体改良与韩柳古文改革形成一股合力，共同推动了古文运动的发展进程。

其次，该著对于白居易散文的接受史有客观认知。白居易散文在唐五代曾广为流传，至宋以后则步入低谷。面对这种冷热转变，该著将其视为中唐文学一大奇观，考察其兴盛、衰落的过程，揭示白文命

① 《旧唐书》卷一六六，中华书局 1975 年版，第 13 册，第 4359~4360 页。

运的某些规律，还总结出与白文情形类似的其他骈文大家的盛衰规律。

再次，该著对于文体学研究有重要价值。通过对白文进行数量统计，并就白居易对自己作品进行自觉归类结撰行为加以研究，著者认为白居易具有明晰的文体学概念。在对唐代流行文体和白氏使用过的文体加以比对之后，发现绝大部分文体白居易均有创作，据此认为白文“有力地推动和强化了文体学的发展和建设”。尤其是他对“批答”、“解”等文体的体裁特征的形成并最终成为一种正式文体，起到了重要作用。

最后，该著对于唐代文化研究有推助作用。白居易不仅是中唐著名的文学家，还是重要的政治家。有鉴于此，该著密切联系中唐政治、经济、军事、法律、文化、哲学、宗教、伦理道德、文人心态以及对外关系等，从大文化的视角对白文中的判、策、诏诰、奏状等文体加以深入研究，认为白居易任翰林学士、知制诰等职期间代天子所作的制诏，不仅反映了唐王朝众国仰承的国际地位，且展现了睦邻是务的对外政策，慰问加官的交往礼数，捍卫权益的外交原则。在白氏《策林》研究中，认为白居易榷盐思想的本质是不满部分盐商逃税避徭的圆滑行径，并非针对整个盐商队伍、商业活动，由此可以帮助读者了解中唐时期商业活动的具体状况，对唐代经济史研究也具有推助作用。

《元稹考论》及其他(存目)

吴伟斌

【评　介】

吴伟斌(1943—　)，江苏吴江人。1966年毕业于南京师范学院中文系，1978年考回母校，随唐圭璋、孙望教授学习唐诗宋词，获文学硕士学位。后任江苏古籍出版社编辑室副主任、编审。

吴伟斌《元稹考论》、《元稹评传》是其总结28年研究成果的集成之作。自1978年起，著者即开始从事元稹政治仕迹与文学创作的研究，一面撰写专题论文，一面作评传、年谱及诗文编年笺注。65万字的《元稹考论》在已刊发的51篇论文基础上进行修订补充，重组为33篇，分成五编：第一编"元稹与宦官考论"包括论文8篇，即《宦官的跋扈与元稹的冤屈》、《宦官再三的打击与元稹一生的贬谪》、《裴度的弹劾与元稹的贬职》、《元稹"劝穆宗罢兵"考辨》、《元稹的"变节"与元稹的"依附"》、《元稹与唐穆宗》、《元稹的献诗与元稹的升职》、《关于元稹知制诰及翰林承旨学士任内的几个问题》，从元稹的政治品质着眼，兼顾君臣等不同角度来论述元稹与宦官的问题。第二编"元稹生平考论"含有论文10篇，即《元稹的家庭》、《元稹裴淑结婚时间地点考略》、《元稹与永贞革新》、《元稹与长庆元年科试案》、《元稹与穆宗朝"消兵"案》、《也谈元稹与薛涛的"风流韵事"》、《元稹诗中"李十一"非"李六"之舛误辨》、《关于元稹的史实及传说——〈年谱〉疏误杂拾》、《元稹谢世的前前后后——论述元稹的最后岁月》、《元稹评价纵览》，对如上这些元稹生平中的重大问题进行考察。第三编"元稹诗文考论"有论文4篇，即《关于元稹诗文评价的思考》、《试析元稹的现实主义创作道路》、《元稹诗歌艺术特色浅析》、《论元稹对中唐文学的贡献》，全面论述元稹诗文的内容和艺术特色及对中唐文学的突出贡献。第四编“元稹与《莺莺传》考论”共有论文9篇，即《〈莺莺传〉写作时间浅探》、《“张生即元稹自寓说”质疑》、《再论张生非元稹自寓》、《论〈莺莺传〉》、《关于元稹婚外的恋爱生涯——〈年谱〉疏误辨证》、《三论张生非元稹自寓——兼答尹占华程国赋两位先生的商榷》、《〈莺莺传〉写作时间的再探索——兼答尹占华程国赋两位先生的商榷》、《元稹的早恋及其艳诗——兼答尹占华程国赋两位先生的商榷》、《“元稹薄倖说”驳议》，重点论述《莺莺传》中的张生并非元稹自寓的问题、写作年月问题以及《莺莺传》对唐代传奇的独特贡献，详细回答质疑者的非难。前面四编的各篇论文虽从不同层面不同角度展开，但主旨只有一个，即拨开历史迷雾，以客观公正的态度还元稹于历史的本来面目，给予元稹诗文一个恰如其分的评价。一方面注意发掘第一手的原始资料，不沿用旧说成见，另一方面又着力于时间、地点等的细致考察。第五编“元稹诗文编年考论”的2篇论文，即《元稹白居易通江唱和真相考略》、《元稹诗文编年之我见——〈年谱〉诗文编年疏误商榷》，商榷卞孝萱《元稹年谱》之诗文编年，列举《元稹年谱》误编、漏编、重编以及编年不确的诗文计约493篇，占元稹现在存世诗文1100篇的45%。

该著全面考论元稹的方方面面，纠谬《旧唐书》、《新唐书》、《资治通鉴》等史书中的错误记载，商榷鲁迅、陈寅恪、岑仲勉、卞孝萱等名家的权威结论，围绕历来被学术界视为元稹“污点”的十多个重大问题逐一展开论证，诸如“勾结宦官”、“依附藩镇”、“献诗升职”、“钻营相位”、“河朔罢兵”、“破坏平叛”、“抛弃莺莺”、“玩弄薛涛”、“自寓张生”、“文章晦涩”、“诗歌直露”等，为元稹翻案平反。提出不少与传统说法截然不同的新论点：如否定“元稹反对永贞革新”，否定“张生就是元稹自寓”，否定元稹与薛涛的“风流韵事”，揭示元稹在穆宗朝得以升职祠部郎中知制诰臣、翰林承旨学士以及被拜为宰相的真正原因，揭示元稹与长庆元年科试案的关系，揭示元稹与穆宗朝消兵案的关系，揭示元稹与唐穆宗的关系，揭示元稹与裴度的关系，揭示元稹白居易通江唱和真相等，提出元稹裴淑结婚时间结婚地点的第四种说法。其中尤其以“勾结宦官”与“自寓张生”最为突出。前一个是元稹的“政治污点”，是历来否定元稹的主要理由。著者以各种证据从各个角度加以全面的论证，得出否定元稹勾结宦官的新结论。如元稹由虢州长史入朝任为祠部郎中、知制诰，史传即记为受宦官崔潭峻的推荐，时间在长庆初；白居易所作的《元稹墓志》也误记为穆宗长庆时。著者根据元稹自作《同州刺史谢上表》、《进诗状》，以及有关记载，考定元和十四年(819)下半年宪宗在位时，元稹即已入朝任职，后文臣令狐楚向穆宗举荐，皆与宦官无关。后一个是元稹的“生活污点”，《元稹考论》抓住传奇小说《莺莺传》中的张生是不是元稹自寓这一条主线，在九篇文章里展示多个证据加以探讨和论证，对“自寓说”的全部“理由”逐一给予否定，一方面论证元稹作此传奇的年月(贞元十八年九月)，另一方面从地理学角度辨正西河县非河西县，即元稹早年行迹皆与传奇中之张生未合，因此作者元稹并不等同于小说中人物张生，最终归结为张生是元稹塑造的文学形象的理性结论。由于这一问题的圆满解决，过去学术界论述《莺莺传》时前后互相矛盾的评价得到合理统一，从而进一步提高了《莺莺传》在中国小说史上的重要地位。

《元稹评传》在《元稹考论》对元稹重要仕迹与创作的考证基础上，以元稹自己以及白居易、刘禹锡、韩愈等同时代人的第一手资料作为证据，将元稹的家世、生平、交游、政治理想、政治活动、文学创作、文学成就重新加以介绍，梳理中晚唐以后，历宋元明清，直至20世纪，对元稹文学思想与创作业绩的评议，而元稹也得以全新的面目展现在读者面前。对于元稹某一个政治活动或某一个生活细节，如果与传统说法有分歧，则通过章节之后的注释来加以考证说明。其中一些重要的观点，得力于《元稹考论》的创造性成果。两书互相补充，互为印证：《元稹评传》全面展示元稹生平的各个方面，是《元稹考论》论述元稹的坚实基础。而《元稹考论》解决元稹的诸多重要问题，是《元稹评传》阐述元稹一生事迹的有力支撑。《元稹评传》借助于元稹以及同时代人的诗文，以生动的诗歌语言、形象的散文描绘、真实的史料记载，勾勒时代背景，再现生活情景，重现历史上的真实可信的元稹。尤其是对元稹家族世系的叙述、元稹晚年武昌生平的描绘、元稹谢世原因的揭示，补白居易等诗文之疏漏，纠史书记载的错误，尤为珍贵。而记述元稹在通州、浙东、武昌等地的游历，以及与当时诗文名家的文学交往，颇有胜读之感。总之，《元稹评传》堪称至今为止最为全面、客观的一部元稹评传之作。

《晚年白居易与洛下文人群研究》（存目）

赵建梅

【评 介】

赵建梅（1967— ），河北康保人，2000年毕业于中国社会科学院研究生院，获博士学位。现任首都经济贸易大学副教授，主要从事唐宋文学研究。

唐文宗、武宗时期，洛阳与长安有着迥然不同的政治、文化氛围，在长安，牛李党争激烈，大和九年（835），晚唐重要的政治事件"甘露之变"发生，洛阳却聚集了一批退罢官僚文人，他们以游赏、宴饮为主要活动与交游方式，居身园林，悠游闲适，其中以白居易在洛时间为最长，形成一个以白居易为核心的闲适文人群体。洛下闲适诗人群体的活跃时段，即文宗、武宗时期，具体来说，是文宗大和三年至武宗会昌六年（829—846）。大和三年（829），白居易归居洛阳，直至会昌六年（846）去世，这一时期洛阳诗坛呈现出相对稳定的局面。白居易以其长时间生活于洛阳，以及广泛的交往关系，成为这一时段洛阳文事活动的中心，由白居易这个中心点可以看到曾活跃于洛阳的各色人物；在这一诗人群中，诗歌数量最多，最能体现群体思想心态的就是白居易。

赵建梅《晚年白居易与洛下文人群研究》通过对几位重要人物与洛阳的关系，包括居洛原因、在洛活动、诗歌创作、思想心态诸方面的考察，以探究晚唐洛阳诗坛现象的特殊性，及其政治、历史、文化根源与内涵，由此折射出时代进入晚唐后士大夫精神心态的重要变化，如政治热情的丧失、普遍的归隐思想、自适情趣的追求等。这些主要人物与洛阳关系密切，又代表着几种类型，有任职东都留守的裴度、牛僧孺；任职分司的白居易、刘禹锡。这四人又分别代表了几种不同的情况，裴度乃功成身退，牛僧孺则是坚请退罢，白居易明哲保身，刘禹锡则是壮心难已不得已归居洛阳。李德裕在洛阳时间很短，不应作为闲适文人群成员，但之所以把他作为重要研究对象，是因为透过他对洛阳平泉庄的精心营造，对平泉庄的强烈思念之情，以及置身于党争无法脱身的命运，可以窥见当时士大夫的真实处境，也可以理解洛下文人如此姿态的真实原因。李德裕大园虚置、反遭祸患的命运，与全身远害、明哲保身、终老于洛阳、悠悠然做着小园主人的白居易，形成鲜明对比。除了主要人物外，此书还对晚唐洛下文人群其他人物进行考述。这一洛下闲适群体，在闲适的表象下，与牛李党争息息相关，他们的心灵有着党争的阴影。闲适文人群的形成又与洛阳特有职官设置、闲适风习、园林传统密切相关。可以说，这一诗坛现象是社会、政治与文化诸方面合力作用的结果。此书的研究有以下几个特点：

（一）由文学与政治的关系切入。唐文宗、武宗时期，朝廷内外政治矛盾异常激烈，大和九年(835)十一月，震惊朝野的“甘露之变”发生。在这样的政治气候中，或是为了逃避祸患，或是被异己排斥，或是退休养老，一批老年官僚文人会聚洛阳。他们追求闲适，诗酒游乐，呈现一种适意的生命状态。这种生命状态的外在呈现，源自他们内心中的重要变化，那就是从对政治的关注转向着意远离政治而关注自然和生命，这种思想心态的变化又源自于当时的政治环境和每个人的政治际遇。作者以一个个个体为具体对象，分别考察和论述白居易、刘禹锡、裴度、牛僧孺、李德裕等在洛任职的时间及原因，他们的园林情趣、交游生活、思想心态、诗歌创作诸方面，深入细致地探究洛下闲适诗人群出现的政治根源，以及政治境遇对每个官僚文人思想心态的具体影响，这也进而影响和决定了他们的生命状态和诗歌创作。这种立体式的结构安排，使得洛阳就像一面镜子，由这面镜子折射出当时文人士大夫的精神世界，揭示洛下闲适生活表象下的深层底蕴。

（二）以诗人间的交游关系贯穿始终。如果将白居易看做一个中心点，那么，由这个中心连接了许许多多的点，而其他点之间也有着联系，这样，呈现出的就是一个网状结构。而这种联系彼此的“线”即交游形式是多种多样的，有诗歌唱和，有文酒相会，有驿路送别，有山水同游，等等。所以，此书虽然对个体人物进行单章论述，实际上力求呈现的是一个有中心的网状的画面，体现“群”的特点。

（三）园林，也是此书在论述每一个重要人物时都关注的一个角度。老年官僚文人中绝大多数在洛阳都有园林，园林是他们在洛阳的主要生活、交游场所。对在洛园林的营造，总是以厌倦仕途和着意逃离政治、渴望归隐为动机，如白居易营造履道里池台，裴度营建午桥庄别墅，无不是这样。而且，能否归居自家园林，能否成为真正的园林主人，实际上已成了能否从险恶官场、政治中心抽身的问题。所以，从园林角度切入，除了可以更真切地呈现、感受其生活、创作的环境，体味其在洛阳的闲适趣味外，更重要的是，由此可以窥见每一位官僚文人的政治际遇和心态特点。老年官僚文人以白居易“中隐”思想为理论指导，追求身心自然合一的吏隐，除了洛阳的留司官职、自然环境能满足其实现这一生命姿态的条件外，园林这种一定空间内的审美配置，更能使其在有限空间内享受自然，体味身心与自然合一的妙境。所以，园林对这群中隐者有着不可忽视的重要意义。中隐者需要园林，而洛阳又恰是山水优美、气候温馨、花木宜生的建造园林的佳处，这也正是老年官僚文人聚集洛阳、实践中隐的一个重要因素。

在单章论述的几位中，除白居易、刘禹锡外，其他都是唐代历史中位登宰相的重要人物，牛僧孺、李德裕二人又被认为是党争领袖。他们中既有任留守的裴度、牛僧孺，又有任分司的白居易、刘禹锡，这是唐代洛阳两种重要官职；既有在洛阳度过 17 年、园虽小却是主人的白居易，又有羁身于宦途无法脱身，园最大却只能朝思暮想不能归去的李德裕；既有功成身退的裴度，又有壮心难已的刘禹锡。刘禹锡、裴度、牛僧孺，他们在洛时间较长，与白居易交游密切，文酒之事活跃，裴度曾一度成为洛阳闲适诗人交游的中心，而刘禹锡又是在洛阳与白居易唱和最多的诗人，其诗中的豪壮之音、苍劲之气，透露出其内心深处潜藏着的壮心，表现出中晚唐官僚文人精神世界中更真实的一面。李德裕则是特例，他不能算做洛下诗人群成员，他在洛时间极短，之所以将其单章论述，是因为他对洛阳的思念最多，归居洛阳的心情最强烈，其隐逸思想、处世哲学、心境个性等都表现出独特之处，与白居易可以说是两种迥然不同的范型，他是羁身官场、身不由己的典型。透过白、李这二人，我们可以更全面地了解那个时代的士大夫文人。除主要人物外，对闲适文人群其他人物与洛阳的关系，此书也一一作了考述。

《长恨歌》研究专书(存目)

周天等

【评　介】

唐宪宗元和元年(806)冬十二月，时年35岁的盩厔县尉、有"出世之才"的白居易作《长恨歌》，由此被呼为"《长恨歌》主"，《长恨歌》更被誉为"古今长歌第一"(明·何良俊《四友斋丛说》)和"才人之冠"(清·贺贻孙《诗筏》)。作为一部经典的长篇叙事诗，《长恨歌》研究已经成为唐诗乃至中国古代文学研究的一大热点、一块熟地。直接针对《长恨歌》的研究书籍，国内至少已有11部①，而在日本，与

① 杨国娟《白居易〈长恨歌〉与〈琵琶行〉的研究》(台北光启出版社1973年版)、周天《〈长恨歌〉笺说稿》(陕西人民出版社1983年版)、张秀华、陈兰芳《〈长恨歌〉研究资料》(郑州大学中文系资料室编，1987年，内部发行)、靳极苍《〈长恨歌〉及同题材诗详解》(山西古籍出版社1989年版)、贾恩洪《破绎〈长恨歌〉之谜》(台北文史哲出版社1989年版)、陈金现《白居易与宋代重"意"、"理"的诗学发展：宋人对白居易〈长恨歌〉的接受与评论》(春晖出版社2001年版)、陈金现《〈长恨歌〉的接受与评论：以宋人为主》(台北万卷楼图书股份有限公司2002年版)、周相录《〈长恨歌〉研究》(巴蜀书社2003年版)、张中宇《白居易〈长恨歌〉研究》(中华书局2005年版)、王万岭《〈长恨歌〉考论》(南京大学出版社2010年版)、付兴林、倪超《〈长恨歌〉及李杨题材唐诗研究》(中国社会科学出版社2013年版)。

《长恨歌》相关的书籍则至少已有16部①，国内外各类论文至少有800篇，单单是综述类文献中国大陆就有17种②，以单篇作品而论能有如

---

① 藤堂祐范编《长恨歌传・长恨歌・琵琶行》(贵重图书影本刊行会1930年版)、遠藤実夫《〈长恨歌〉研究》(建设社1934年版)、川濑一马解说、清原宣贤笔《长恨歌・琵琶行》(坂本龙门文库1962年版)、长况规矩也解说《长恨歌传・长恨歌・琵琶行・野马台歌》(汲古书院1974年版)、国田百合子编辑・解说・校异《〈长恨歌〉〈琵琶行〉抄》(室町期写本等，天理・内阁・京大藏，武藏野书院1976年影印版)、国田百合子《〈长恨歌〉、〈琵琶行〉诸抄本的国语学研究(资料篇)》(樱枫社1982年版)、国田百合子《〈长恨歌〉、〈琵琶行〉诸抄本的国语学研究(翻译、校异篇)》(樱枫社1983年版)、国田百合子《〈长恨歌〉、〈琵琶行〉诸抄本的国语学研究(研究、索引篇)》(樱枫社1984年版)、近藤春雄《〈长恨歌〉、〈琵琶行〉研究》(明治书院1981年版)、白井企勺子、八重樫直比古编《正宗敦夫文库本〈长恨歌〉》(福武书店1981年版)、川口久雄解说《〈长恨歌〉绘卷》(大修馆书店1982年版)、神鹰德治编《歌行诗谚解：长恨歌传・长恨歌・琵琶行・野马台诗》(勉诚社1988年影印版)、高木博《〈长恨歌〉札记》(双文社1988年版)、近藤春雄《〈长恨歌〉与杨贵妃》(明治书院1993年版)、诸田龙美《白居易恋情文学论——〈长恨歌〉与中唐的美意识》(勉诚社2011年版)、下定雅弘《〈长恨歌〉：杨贵妃的魅力与魔力》(勉诚社2011年版)。

② 周来祥《关于〈长恨歌〉的主题思想及其争论》(《文史哲》1958年第1期)、周亚齐、韦萍等《关于〈长恨歌〉主题思想的讨论》(《广西民族学院学报》1981年第1期)、建宇《对〈长恨歌〉主题的不同看法》(《光明日报》1982年4月20日)、陈尚君《六十年来国内〈长恨歌〉研究述要》(《文史知识》1983年第7期，又收入《文史知识》编辑部编《古典文学研究动态》，中华书局1993年版)、蹇长春《关于〈长恨歌〉主题》(《唐代文学研究年鉴》1984，陕西人民出版社1985年版)、晓风《关于〈长恨歌〉主题的争鸣》(《语文导报》1985年第6期)、朱振亚《近年来〈长恨歌〉研究述要》(《鞍山师专学报》1987年第1期)、张展《〈长恨歌〉以及李、杨爱情问题的讨论》(收入卢兴基主编《建国以来古代文学问题讨论举要》，齐鲁书社1987年版)、白平《〈长恨歌〉主题思想述评》(《山西大学学报》1995年第3期)、梁凯《〈长恨歌〉的讨论》(收入《社会科学争鸣大系1949—1989》文学・艺术・语言卷，上海人民出版社1995年版)、马宾《近二十年〈长恨歌〉主题之争综述》(《上饶师范学院学报》2000年第2期)、张强、李建香《新时期〈长恨歌〉主题研究述评》(《南京工业大学学报》2003年第3期)、朱凤相《〈长恨歌〉主题研究述论》(《西藏民族学院学报》2004年第4期)、张中宇《〈长恨歌〉主题研究综论》(《文学遗产》2005年第3期)以及张忠纲、吴怀东、赵睿才、綦维《中国新时期唐诗研究述评》第六章(安徽大学出版社2001年版)、杜晓勤《隋唐五代文学研究》第十章(北京出版社2001年版)、羊列荣《20世纪中国古代文学研究史・诗歌卷》第十一章(东方出版中心2006年版)。

此丰富的研究数量，可以说是绝无仅有。这里甄选其中几部加以评介。

周天《〈长恨歌〉笺说稿》由《说吴梅村〈圆圆曲〉》、《说〈长恨歌〉》、《再说〈长恨歌〉》、《三说〈长恨歌〉》组成。著者认为吴梅村《圆圆曲》和白居易《长恨歌》都为长篇叙事诗，艺术结构上有异曲同工之妙，可以进行比较。《说吴梅村〈圆圆曲〉》对《圆圆曲》加以笺释，关于写作动机，认为《圆圆曲》不按照生活中事件的原来过程，而是按照生活中的事件进展来展开叙述，而《长恨歌》则基本上是按照生活中的事件进展来展开叙述。故《长恨歌》自然，而《圆圆曲》用力；《长恨歌》浑成，而《圆圆曲》雕琢。《说〈长恨歌〉》首先解释"长恨"之意，认为"长恨"之"恨"是恨皇帝有欲而不节，因而便有所惑，此惑必然贻害百姓，也会贻害自己。自古至今君王均有所惑，绵绵不绝，因而白居易之恨也绵绵不绝，故曰"长恨"。《再说〈长恨歌〉》解释白居易对《长恨歌》评价先后不一致的矛盾问题，认为《长恨歌》在城市居民流传过程中，由于审美层次的差异以及其他的因素，白居易在将人物和情节典型化过程中所花的苦心在《长恨歌》的实际流传中大部分化为乌有，故白居易说"时之所重，仆之所轻"。《三说〈长恨歌〉》将《长恨歌》与《莺莺传》进行一系列比较。

靳极苍《〈长恨歌〉及同题材诗详解》，将《长恨歌》和《长恨歌传》加以比较研究，并汇编和详解同时代同题材诗歌。除白歌陈传外，共收录唐代 47 位诗人的相关诗歌 114 首，大体按时间先后排列。体例上分三部分，一是题解，二是详解，三是总结。著者不满于某些古籍的笺注方式，试图探索一种新的解说途径，故其详解在字词句的解析之外，又着重针对有关史实和诗歌美学情景给予辨正和阐发。书末附录《琵琶行》详解以及《〈长恨歌〉和〈长恨歌传〉在写作上的比较以见史笔与文笔的不同》、《〈琵琶行〉前一部分朗读法》两文。

周相录《〈长恨歌〉研究》是在其硕士论文（西北师范大学文学院 1992 年，导师蹇长春）基础上增订而成。共分七章，内容包括《长恨歌》研究的历史回顾、《长恨歌》与《长恨传》、白居易与《长恨歌》研究、《长恨歌》主题、艺术、影响的细读等。该著在陈寅恪、张宗原等前辈研究成果的基础上，比对《长恨歌传》各本创作缘起所载《长恨歌》写作时间、陈鸿与王质夫当时所居之地的差异，对《文苑英华》本

《长恨歌传》和《丽情集》本《长恨传》正文字句的比较分析，考订《丽情集》本《长恨传》接近陈鸿原作，从而解决了通行本陈传“创作缘起”对白居易创作意图的推测问题。第四章通过深浅两个层次考察《长恨歌》的主题，认为在浅层次上它是一首由爱情毁灭爱情的人生悲歌，兼含“爱而不得其爱”的无可奈何的感伤，在深层次上它是一把解剖封建制度的利刃，触及君主专制制度下“情场”与“朝纲”的矛盾，是一曲“朝纲”与“情场”不可兼得的制度悲歌。该著细致分析白居易仕宦沉浮对其创作《长恨歌》的影响，以及新乐府诗与《长恨歌》的关系。白居易连中两科被授予秘书省校书郎之后，为谋求在政治上的更大发展，参加了由皇帝主持的制举科考试，并得以中第，但因对策词锋太激而被授予盩厔尉。作者认为，降职盩厔尉是白居易人生道路上所受到的一次比较沉重的打击，使他能够在较大程度上从一个自由知识分子的角度、眼光和心灵去感悟生活，而不是以一个仕途通达、殚精竭虑地为王权出谋划策的官僚的身份去进行创作，这对白居易此期创作《长恨歌》有不可忽视的影响。如果用此后白居易任左拾遗、翰林学士政治热情高涨时的极端功利主义的创作主张去评论《长恨歌》，或把他创作新乐府时的心态与创作《长恨歌》时的心态等同，都是非常不恰当的，当然也不能用他的新乐府诗《李夫人》、《胡旋女》中对李杨的批判态度来衡量《长恨歌》。第五章结合西方现代叙述理论和传统的研究方法，从三个不同层面对《长恨歌》的艺术进行细致分析。首先，作者认为《长恨歌》既不注重叙述一个复杂、曲折、生动的故事，也没有塑造所谓的典型人物，并不像有些学者认为的那样，是一首典型的叙事诗，而是一首淡化情节、凸显文人主体意识的具有叙事性的抒情诗。其次，在《长恨歌》中，叙述者与作品中人物的口吻存在着互渗现象，蓬莱山上杨贵妃的话语，在相当程度上饱含着白居易的生活与情感体验。这种双声话语具有极强的激发读者心灵共鸣的力量，从而大大增强了作品的艺术感染力。再次，《长恨歌》的诗句存在着赅众理而约为一句而意义指向相反的复义现象。复义现象扩大了作品意义的含量。以前对它的主题的不同理解，与此语言特点密切相关。作品前半部分的很多诗句，既传达了李杨之间缠绵浓烈的爱情的一面，又表现了他们二人沉湎于声色以致荒淫乱政的一面。这一美一丑，一爱一恶，并纳一处，双声合唱，复线并进，充分展示了李杨爱情的复杂性。理解了这种复义性，有助于我们正确地把握和理解《长恨歌》深邃的主题。第七章对《长恨歌》的串解细读也颇有新见。作者没有采用常见的注释方法，也没有采用一般的赏析方法，而是选择串解的途径，逐字逐句细致入微地解说《长恨歌》的思想、情感内涵、艺术特点和自己对诗歌的感悟，又“走东家，串西家”，将相关材料呈现在读者面前。全书考论结合，资料与理论并重。除考订部分的语言不得不板正外，其他部分大多文笔活泼，流畅生动，兼顾了学术性与可读性，不乏巧妙形象的比喻，如将李杨爱情的一体两面，比做“音乐上的和声，是融有两个音符又超越其上的一个新的乐音”，其内蕴和感染力绝不等同于两个音符的简单叠加等。

张中宇《白居易〈长恨歌〉研究》是其自1992年发表《长恨歌》研究论文以来的集成之作，论及《长恨歌》归类、主题、结构、文本细节、创作与史实关系等。这部专著有两个特点，其一，以《长恨歌》作为“典型样本”，视野向理论的归纳延伸；其二，是集成性。此著旁搜远绍，在此基础之上，爬罗剔抉，条分缕析，考镜源流，辨正异同。在研究方法上，强调追源性、实证性。文学典籍的整理，除了考订版本、校勘文字、断句标点、注释评析之外，对较长文字进行段落划分也是一项重要内容。作者将《长恨歌》划分为五个段落。经过这样的划分，《长恨歌》是否表达婉讽主题，艺术结构是否具有一致性，便一目了然了。关于主题，著者认为，《长恨歌》不是批判，而是婉讽，更不是“无情”批判，而是“有情”婉讽。其《长恨歌》主题“有情”婉讽说认为，《长恨歌》有力描写李、杨深情，有利于表现婉讽主题，因为爱得越真越深，就越珍贵，失去的就越多，破坏就越重，对帝王的震动就越大，教训就越应记取。表达婉讽主题需要表现真挚的感情，尤其是刻骨铭心的感情，讽劝才更有力度，对帝王才更为有效。这是“有情”婉讽的核心，亦是与以前各说的根本区别。“有情”婉讽说不认为《长恨歌》采取无情揭露、严厉批判的态度。因为这既不符合《长恨歌》“婉丽多情”的文本特征，也与白居易一生忠于封建帝王而非反叛文臣的基本史实及身处李唐王朝的客观环境不符。身在李唐王朝的白居易，可以对权贵、官吏采用匕首投枪式的讽喻，对帝王则不可能也不敢采用尖锐的讽喻——不但很难有效，而且相当危险。而以帝王失去爱妃的切身之痛婉劝帝王，不但相对安全，而且较为有效。因此，从白居易所处的环境，白居易忠于李唐王朝的基本史实，以及他的进步思想来看，也只有“有情”婉讽最为合理。“有情”婉讽的独特之处在于：首先，它并非“纯情”或爱情主题；其次，它并非“无情”揭露、批判的讽喻（相反，是“有情”婉讽）；最后，它亦非爱情、讽喻任何形式的简单“相加”，即所谓双重主题。为了论证“有情”婉讽说，作者围绕白居易自述“一篇长恨有风情”，把《长恨歌》归入感伤诗，尤其是《长恨歌》文本及《长恨歌》接受效果等，一一展开讨论。首先，白居易自述“一篇长恨有风情”是爱情说的重要证据，但通过历史地考察“风情”在汉唐时代作为文学批评术语的准确含义，作者认为，“风情”并非指单纯的男女之情，而是与《诗经》“风诗”密切相关的概念。“风诗”本来基本上属于单纯的采集民谣，多为情歌，并没有特定政治目的。但自汉儒以来，“风诗”被严重扭曲，成为寄托隐刺、“婉转以讽”政治诗的经典。白居易以其思想倾向在唐代扭曲的语境中述说“一篇长恨有风情”，且与“十首秦吟近正声”相对，其意义甚为清楚。其次，马嵬之变描写贵妃之死惨状的细致、鲜明，在以庄雅为传统的中国古典诗歌中极其罕见。通过比较可以发现，艺术作品主要表现同情的，一般避免较多和较细地直接描写悲惨场面，而详述悲剧发生的前后过程；着重表达警示意义的，则比较直露，甚至夸张性地有意显示场面的残酷性，而不满足于一般叙述事实或前后过程。描写贵妃之死不但提供了《长恨歌》思想倾向的有力证明，亦一定程度预示《长恨歌》后半部分的发展方向。就此，作者胪列大量有关李、杨事件描写的诗、文、传奇、戏曲等，为上述说法提供例证。再次，在艺术形式上，《长恨歌》没有写出梦中可以团圆，仙、人可以重逢。“天长地久有时尽，此恨绵绵无绝期”更以非同寻常的力度，对各种可能的圆满结局加以相当明确的否定。这使《长恨歌》成为中国古典文学中罕见的非大团圆模式的真正悲剧。在未加消解的真正悲剧中，警醒、批评以推动改进的成分，超过同情、歌颂的分量。最后，就接受效果而言，《长恨歌》讽劝本有明确对象，即封建帝王等政治统治者，而非普通读者。因此，对帝王的影响是表达婉讽主题与否及是否有效的直接证据。《唐宋诗醇》记载乾隆皇帝慨叹“欲不可纵”、“总以为发乎情而不能止乎礼义者戒也”，是《长恨歌》表达婉讽主题有效性的关键证据。从主、客观条件来看，以歌妓传播为中心形成的接受效果相当可能偏离文本的真实内涵。其倾向往往不是基于对《长恨歌》本身的理解，而更可能是对各种途径传播的李、杨故事作出的综合甚至有选择的反应。

王万岭《〈长恨歌〉考论》从探讨全诗的主人公之一——李隆基入手，摘录历代诸家对于《长恨歌》的评说，具体解读分歧的方方面面。认为，《长恨歌》因为叙写的是唐玄宗与杨氏生死爱恋的故事，就题材来说有特殊性，简直“空前绝后”，严重“脱离群众”，致使历代评论者失却过去评说反映普通民众生活的文学作品的价值标准和道德原则，难以为此确定评论准则。所以，历代受众研读《长恨歌》，不得不因帝妃之恋而调整文学批评的基本观念和准则，尽管都作出种种努力，但客观效果不能令人满意，有关《长恨歌》思想内容的争论，没有随时间推移而消解。《长恨歌》的研究史说明，对《长恨歌》的研究非同一般诗歌，它是一项非常严密而复杂的“系统工程”，受到干扰的因素很多，只要一个细小的环节或因素出现误差，整个研究系统就会被打乱，就会形成种种错误的见解和说法，致使本来就众说纷纭的《长恨歌》研究更为争论横生。

付兴林、倪超著《〈长恨歌〉及李杨题材唐诗研究》探究《长恨歌》的“长爱”主题及其审美意义与艺术魅力。同时，将《长恨歌》与同时代的《长恨歌传》、《连昌宫词》等进行比较研究，考论李杨题材唐诗中的特殊意象，思考中晚唐李杨题材的主题变奏与审美特点，并论析李杨题材唐诗的个案。此外，论述了李杨题材唐诗对后世的文学影响及其在文学史上的意义。著者指出《长恨歌》以情为主的走向，将《长恨歌》与传统文化、时代趣尚、审美心理加以统筹考察，探究《长恨歌》的艺术魅力。通过对唐诗中李杨题材书写的整体研究，追索中晚唐诗人对待李杨故事的态度及其缘由。同时，通过对唐诗中李杨故事书写的研究，证明与皇权相关的文学作品本身所具有的主题的丰富性、多面性、不确定性，揭示不同时代作家根据自身所处时代的文化、趣尚、价值观多视角挖掘题材审美价值的创作规律。

元白研究论文评介

《元稹白居易的文学主张》

胡　适

文章合为时而著，诗歌合为事而作。

——(白居易《与元九书》)

自非有为而为，则文不妄作。

——(元稹《杜甫墓志序》)

9世纪的初期——元和、长庆的时代——真是中国文学史上一个很光荣灿烂的时代，这时代的几个领袖文人都受了杜甫的感动，都下了决心要创造一种新文学。中国文学史上的大变动向来都是自然演变出来的，向来没有有意的、自觉的改革。只有这一个时代可算是有意的、自觉的文学革新时代。这个文学革新运动的领袖是白居易与元稹，他们的同志有张籍、刘禹锡、李绅、李馀、刘猛等。他们不但在韵文方面做革新的运动，在散文的方面，白居易与元稹也曾做一番有意的改革，与同时的韩愈、柳宗元都是散文改革的同志。

元稹，字微之，河南人，本是北魏拓跋氏帝室之后，他九岁便能作文，少年登"才识兼茂，明于体用"科，他为第一，除右拾遗；因他锋芒太露，为执政所忌，屡次受挫折，后来被贬为江陵府士曹参军，量移通州司马。他的好友白居易那时也被贬为江州司马，他们往来赠答的诗歌最多，流传于世；故他们虽遭贬逐，而文学的名誉更大。元和十四年(819)，他被召回京。穆宗为太子时，已很赏识元稹的文学；穆宗即位后，升他为祠部郎中，知制诰。知制诰是文人最大的荣誉，而元稹得此事全出于皇帝的简任，不由于宰相的推荐，故他很受相府的排挤。但元稹用散体古文来做制诰，对于向来的骈体制诰诏策是一种有意的革新。(看他的《元氏长庆集》，四部丛刊本。)《新唐书》说他“变诏书体，务纯厚明切，盛传一时”。《旧唐书》说他的辞诰“复然与古为侔，遂盛传于代”。

穆宗特别赏识他，两年之中，遂拜他为宰相(822)。当时裴度与他同做宰相，不很瞧得起这位骤贵的诗人，中间又有人挑拨，故他们不能相容，终于二人同时罢相。元稹出为同州刺史、转为越州刺史；他喜欢越中山水，在越八年，做诗很多。文宗太和三年(829)，他回京为尚书左丞；次年(830)，检校户部尚书，兼鄂州刺史，御史大夫，武昌军节度使。五年(831)七月，死于武昌，年五十三(生于779)。

白居易，字乐天，下邽人，生于大历七年(772)，在杜甫死后的第三年。他自己叙他早年的历史如下：

> 仆始生六七月时，乳母抱弄于书屏下，有指“之”字“无”字示仆者，仆口未能言，心已默识。后有问此二字者，虽百十其试，而指之不差。……及五六岁，便学为诗。九岁，谙识声韵。十五六，始知有“进士”，苦节读书。二十已来，昼课赋，夜课书，间又课诗，不遑寝息矣。以至于口舌成疮，手肘成胝，既壮而肤革不丰盈，未老而齿发早衰白……盖以苦学力文之所致。又自悲家贫多故，年二十七方从乡试。既第之后，虽专于科试，亦不废诗。(《与元稹书》)

贞元十四年(798)，他以进士就试，擢甲科，授秘书省校书郎。宪宗元和二年(807)，召入翰林为学士，明年，拜左拾遗。他既任谏官，很能直言。元稹被谪，他屡上疏切谏，没有效果。五年(810)，因母老家贫，自请改官，除为京兆府户曹参军。明年，丁母忧；九年(814)，授太子左赞善大夫。当时很多人忌他，说他浮华无行，说他母亲因看花堕井而死，而他作赏花诗，及新井诗，“甚伤名教”。他遂贬为江州司马。他自己说这回被贬逐其实是因为他的诗歌讽刺时事，得罪了不少人。他说：

凡闻仆《贺雨》诗，众口籍籍以为非宜矣。闻仆《哭孔戡》诗，众面脉脉尽不悦矣。闻《秦中吟》，则权豪贵近者相目而变色矣。闻《登乐游园》寄足下诗，则执政柄者扼腕矣。闻《宿紫阁村》诗，则握军要者切齿矣。……不相与者，号为沽誉，号为诋讦，号为讪谤。苟相与者，则如牛僧孺之诫焉。乃至骨肉妻孥皆以我为非也。其不我非者，举世不过三两人。……

元和十三年冬(818—819)，他量移忠州刺史。他自浔阳浮江上峡，带他的兄弟行简同行；明年三月，与元稹会于峡口，在夷陵停船三日，他们三人在黄牛峡口石洞中，置酒赋诗，恋恋不能诀别。

元和十四年冬(819—820)，他被召还京师；明年(820)，升主客郎中，知制诰。那时元稹也召回了。与他同知制诰。长庆元年(821)，转中书舍人。《旧唐书》说：

时天子荒纵不法，执政非其人，制御乖方，河朔复乱。居易累上疏论其事，天子不能用，乃求外任。(二年，822)七月，除杭州刺史。俄而元稹罢相，自冯翊转浙东观察使，交契素深，杭越邻境，篇咏往来，不间旬浃。尝会于境上，数日而别。

他在杭州秩满后，除太子左庶子，分司东都。宝历中(825—826)，复出为苏州刺史。

文宗即位(827)，征拜秘书监，明年转刑部侍郎，封晋阳县男，食邑三百户。太和三年(829)，他称病东归，求为分司官，遂除太子宾客分司。《旧唐书》说：

居易初……蒙英主特别顾遇，颇欲奋厉效报。苟致身于讦谟之地，则兼济生灵。蓄意未果，望风为当路者所挤，流徙江湖，四五年间，几沦蛮瘴。自是宦情衰落，无意于出处，唯以逍遥自得、吟咏情性为事。太和以后，李宗闵、李德裕用事(智按："用事"二字衍)，朋党事起，是非排陷，朝升暮黜，天子亦无如之何。杨颖士、杨虞卿与宗闵善；居易妻，颖士从父妹也。居易愈不自安，懼以党人见斥，乃求致身散地，冀于远害。凡所居官，未尝终秩，率以病免，固求分务，识者多之。

太和五年(831)，他做河南尹；七年(833)，复授太子宾客分司。(洛阳为东都，各官署皆有东都分司，如明朝的南京，清朝的盛京；其官位与京师相同，但没有事做。)他曾在洛阳买宅，有竹木池馆，有家妓樊素蛮子能歌舞，有琴有书，有太湖之石，有华亭之鹤。他自己说：

水香莲开之旦，露清鹤唳之夕，拂杨石(杨贞一所赠)，举陈酒(陈孝仙所授法子酿的)，援崔琴(崔晦叔所赠)，弹姜秋思(姜发传授的；《旧唐书》脱“姜”字，今据《长庆集》补)，颓然自适，不知其他。酒酣琴罢，又命乐童登中岛亭，合奏霓裳散序，声随风飘，或凝或散，悠扬于竹烟波月之际者久之。曲未竟，而乐天陶然石上矣。(《池上篇自序》)

开成元年(836)，除同州刺史，他称病不就；不久，又授他太子少傅，进封冯翊县开国侯，会昌中，以刑部尚书致仕。他自己说他能“栖心释梵，浪迹老庄”；晚年与香山僧如满结香火社，白衣鸠杖，往来香山，自称香山居士。他死在会昌六年(846)，年七十五。(《旧唐书》作死于大中元年，847，年七十六，此从《新唐书》及李商隐的墓志)

白居易与元稹都是有意作文学革新运动的人。他们的根本主张，翻成现代的术语，可说是为人生而作文学：文学是救济社会，改善人生的利器；最上要能“补察时政”，至少也须能“泄导人情”；凡不能这样的，都“不过嘲风雪，弄花草而已”。白居易在江州时，作长书与元稹论诗，(《白氏长庆集》卷二十八，参看《旧唐书》本传所引)，元稹在通州也有“叙诗”长书寄白居易(《元氏长庆集》卷三十)。这两篇文章在文学史上要算两篇重要的宣言。我们先引白居易书中论诗的重要道：

圣人感人心而天下和平。感人心者，莫先乎情，莫始乎言，莫切乎声，莫深乎义。诗者，根情，苗言，华声，实义。上自贤圣，下至愚騃，微及豚鱼，幽及鬼神，群分而气同，形异而情一，未有声入而不应，情交而不感者。圣人知其然，因其言，经之以六义；缘其声，纬之以五音。音有韵，义有类。韵协则言顺，言顺则声易入。类举则情见，情见则感易交。于是孕大含深，贯微洞密，上下通而二气泰，忧乐合而百志熙。

这是诗的重要使命。诗要以情为根，以言为苗，以声为华，以义为实。托根于人情而结果在正义，语言声韵不过是苗叶花朵而已。

洎周衰秦兴，采诗官废，上不以诗补察时政，下不以歌泄导人情。用至于谄成之风动，救时之道缺，于时六义始刓矣。国风变为骚辞，五言始于苏李。诗骚皆不遇者各系其志，发而为文，故河梁之句止于伤别，泽畔之吟归于怨思，彷徨抑郁，不暇及他耳。然去诗未远，梗概尚存……虽义类不具，犹得风人之什二三焉。于时六义始缺矣。

这就是说，楚辞与汉诗已偏向写主观的怨思，已不能做客观地表现人生的工作了。

晋宋已还，得者盖寡。以康乐(谢灵运)之奥博，多溺于山水；以渊明之高古，偏放于田园。江鲍之流又狭于此。如梁鸿《五噫》之例者，百无一二。于时六义寖微矣。

陵夷至于梁陈间，率不过嘲风雪，弄花草而已矣，噫！风雪花草之物，《三百篇》中岂舍之乎？顾所用何如耳。……皆兴发于此，而义归于彼。反是者，可乎哉？然则“余霞散成绮，澄江净如练”，“归花先委露，别叶乍辞风”之什，丽则丽矣，吾不知其所讽焉。故仆所谓嘲风雪，弄花草而已。于时六义尽去矣。

他在这里固然露出他受了汉朝迂腐诗说的恶影响，把《三百篇》都看作“兴发于此而义归于彼”的美刺诗，因此遂抹杀一切无所谓而作的文学。但他评论六朝的文人作品确然有见地，六朝文学的绝大部分真不过“嘲风雪，弄花草”而已。

> 唐兴二百年，其间诗人不可胜数。所可举者，陈子昂有《感遇》诗二十首，鲍防《感兴》诗十五篇。又诗之豪者，世称李杜。李之作，才矣，奇矣，人不逮矣，索其风雅比兴，十无一焉。杜诗最多，可传者千余首；至于贯穿古今，覼缕格律，尽工尽善，又过于李。然撮其《新安》、《石壕》、《潼关吏》、《芦子关》、《花门》之章，“朱门酒肉臭，路有冻死骨”之句，亦不过十三四（《旧唐书》作“三四十”，误。今据《长庆集》）。杜尚如此，况不逮杜者乎？

以上是白居易对于中国诗的历史的见解。在这一点上，他的见解完全与元稹相同。元稹曾作杜甫的墓志铭，前面附了一篇长序，泛论中国诗的演变，上起《三百篇》，下迄李杜，其中见解差不多完全和上引各节相同。此序作于元和癸巳（813），在白居易寄此长书之前不多年。当时他们的文字见解相同，故元稹用此共同见解作《杜甫墓志铭》的引论。（看《元氏长庆集》卷五十六。）

元白都受了杜甫的绝大影响。老杜的社会问题诗在当时确是别开生面，为中国诗史开一个新时代。他那种写实的艺术，和大胆的讽刺朝廷社会的精神，都能够鼓舞后来的诗人，引他们向这种问题诗的路上走。元稹受了老杜的影响似比白居易更早。元稹的《叙诗寄乐天书》（《白氏长庆集》卷三十）中自述他早年作诗的政治社会的背景，最可帮助我们了解当时一班诗人作“讽谕”诗的动机。他说：

> 稹九岁学赋诗，长者往往惊其可教。年十五六，粗识声病。时贞元十年（794）已后，德宗皇帝春秋高，理务因人，最不欲文法吏生天下罪过。外阃节将动十余年不许朝觐，死于其地，不易者十八九。而又将豪卒愎之处，因丧负众，横相贼杀，告变骆

驿。使者迭窥，旋以状闻天子曰，某色(邑?)将某能遏乱，乱众宁附，愿为帅。名为众情，其实逼诈。因而可之者又十八九。前置介倅，因缘交授者，亦十四五。由是诸侯敢自为旨意，有罗列儿孩以自固者，有开导蛮夷以自重者。省寺符篆固几阁，甚者碍诏旨。视一境如一室，刑杀其下，不啻仆畜。厚加剥夺，名为进奉，其实贡入之数百一焉。京城之中，亭第邸店，以曲巷断。侯甸之内，水陆腴沃，以乡里计。其余奴婢资财生生之备称是。朝廷大臣以谨慎不言为朴雅。以时进见者，不过一二亲信，直臣义士往往抑塞，禁省之间，时或缮完隤坠；豪家大帅乘声相扇，延及老佛，土木妖炽，习俗不怪。上不欲令有司备宫闼中小碎须求，往往持币帛以易饼饵。吏缘其端，剽夺百货，势不可禁。仆时孩骏，不惯闻见，独于书传中初习理乱萌渐，心体悸震，若不可活，思欲发之久矣。适有人以陈子昂《感遇》诗相示，吟玩激烈，即日为《寄思玄子》诗二十首。……又久之，得杜甫数百首，爱其浩荡津涯，处处臻到，始病沈宋之不存寄兴，而讶子昂之未暇旁备矣。不数年，与诗人杨巨源友善，日课为诗；性复僻懒人事；常有闲暇，间则有作。识足下时，有诗数百篇矣。习惯性灵，遂成病蔽。……又不幸年三十二时，有罪谴弃，今三十七矣。五六年之间，是丈夫心力壮时，常在闲处，无所役用；性不近道，未能淡然忘怀；又复懒于他欲，全盛之气注射语言，杂糅精粗，遂成多大。……

8世纪末年，9世纪初年，唐朝的政治到了很可悲观的田地，少年有志的人都感觉这种状态的危机。元稹自己说他那时候竟是“心体悸震，若不可活！”他们觉得这不是“嘲风雪，弄香草”的时候了，他们都感觉文学的态度应该变严肃了。所以元稹、白居易都能欣赏陈子昂《感遇》诗的严肃态度。但《感遇》诗终不过是发点牢骚而已，“彷徨抑郁，不暇其他”，还不能满足这时代的要求。后来元稹发现了杜甫，方才感觉大满意。杜甫的新体诗便不单是发牢骚而已，还能描写实际人生的痛苦，社会利弊，政治得失。这种体裁最合于当时的需要，故元白诸人对于杜甫真是十分崇拜，公然宣言李杜虽然齐名，但杜甫远非李白所能比肩。元稹说：

> ……至于子美，盖所谓上薄风骚，下该沈宋，言夺苏李，气吞曹刘，掩颜谢之孤高，杂徐庾之流丽，尽得古今之体势，而兼人人之所独专矣。……能所不能，无可不可，则诗人以来，未有如子美者。……(《杜甫墓志铭序》)

这还是大体从诗的形式上立论，虽然崇拜到极点，都不曾指出杜甫真正伟大之处。白居易说的话便更明白了。他指出李白的诗，“索其风雅比兴，十无一焉”；而杜甫的诗之中，有十之三四是实写人生或讽刺时政的；如“朱门酒肉臭，路有冻死骨”一类的话，李白便不能说，这才是李杜优劣的真正区别。当时的文人韩愈曾作诗道：

> 李杜文章在，光焰万丈长。不知群儿愚，那用故谤伤！蚍蜉撼大树，可笑不自量。

有人说，这诗是讥刺元稹的李杜优劣论的。这话大概没有根据。韩愈的诗只是借李杜来替自己发牢骚，与元白的文学批评没有关系。

元白发愤要做一种有意的文学革新运动，其原因不出于上述的两点：一面是他们不满意于当时的政治状况，一面是他们受了杜甫的极大影响。老杜只是忍不住要说老实话，还没有什么文学主张。元白不但忍不住要说老实话，还要提出他们所以要说老实话的理由，这便成了他们的文学主张了。白居易说：

> 仆常痛诗道崩坏，忽忽愤发(《长庆集》“愤”作“愦”)，或食辍哺，夜辍寝(此依《长庆集》)，不量才力，欲扶起之。

这便是有意思要作文学改革。他又说：

> 自登朝来，年齿渐长，阅事渐多；每与人言，多询时务；每读书史，多求理道。(唐高宗名治，故唐人书讳“治”字，多改为

“理”字。此处之“理道”；上文元氏叙诗书的“理务因人”，“理乱萌渐”，皆与此同。)始知文章合为时而著，歌诗合为事而作。……(《与元九书》)

最末十四个字便是元白的文学主张。这就是说，文学是为人生作的，不是无所为的，是为救人救世作的。白居易自己又说：

是时皇帝(宪宗)初即位，宰府有正人，屡降玺书，访人急病。仆当此日，擢在翰林，身是谏官，手请谏纸启奏之外，有可以救济人病，裨补时阙，而难于指言者，辄咏歌之，欲稍稍递进闻于上。

“救济人病，裨补时阙”便是他们认为文学的宗旨。白居易在别处也屡屡说起这个宗旨。如读张籍《古乐府》云：

张君何为者？业文三十春，尤工乐府词，举代少其伦。为诗意如何？六义互铺陈；风雅比兴外，未尝著空文。……上可裨教化，舒之济万民。下可理情性，卷之善一身。……

又如他《寄唐生》诗中自叙一段云：

我亦君之徒，郁郁何所为？不能发声哭，转作乐府诗，篇篇无空文，句句必尽规。……非求宫律高，不务文字奇，惟歌生民病，愿得天子知。

唐生即是唐衢，是当时的一个狂士，他最富于感情，常常为了时事痛哭。故白居易诗中说：

唐生者何人？五十寒且饥；不悲口无食，不悲身无衣，所悲忠与义，悲甚则哭之。太尉击贼日(段秀实以笏击朱泚)，尚书叱盗时(颜真卿叱李希烈)，大夫死凶寇(陆长源为乱兵所害)，谏议谪蛮夷(阳城谪道州)，每见如此事，声发涕辄随。

这个人的行为也可以代表一个时代的严肃认真的态度。他最赏识白居易的诗，白氏《与元九书》中有云：

有唐衢者，见仆诗而泣，未几而衢死。

唐衢死时，白居易有《伤唐衢》二首，其一首云：

忆昨元和初，忝备谏官位。是时兵革后，生民正憔悴。但伤民病痛，不识时忌讳。遂作秦中吟，一吟悲一事。贵人皆怪怒，闲人亦非訾。天高未及闻，荆棘生满地。惟有唐衢见，知我平生志。一读兴叹嗟，再吟垂涕泗。因和三十韵，手题远缄寄。致吾陈(子昂)杜(甫)间，赏爱非常意。……

总之，元白的文学主张是“篇篇无空文……惟歌生民病”。这就是“文章合为时而著，歌诗合为事而作”的注脚，他们一班朋友，元白和李绅等，努力作讽刺时事的新乐府，即是实行这个文学主义。白居易的《新乐府》五十篇，有自序云：

……其辞质而径，欲见之者易喻也。其言直而切，欲闻之者深戒也。其事核而实，使采之者传信也。其体顺而肆，可以播于乐章歌曲也。总而言之，为君为臣为民为物为事而作，不为文而作也。

总而言之，文学要为人生而作，不为文学而作。

这种文学主张的里面，其实含有一种政治理想。他们的政治理想是要使政府建立在民意之上，造成一个顺从民意的政府，白居易说：

天子之耳不能自聪，合天下之耳听之而后聪也。天子之目不能自明，合天下之目视之而后明也。天子之心不能自圣，合天下之心思之而后圣也。若天子唯以两耳听之，两目视之，一心思之，则十步之内(疑当作“外”)不能闻也，百步之外不能见也，殿庭之外不能知也，而况四海之大，万枢之繁者乎？圣王知其然，故立谏诤讽议之官，开献替启沃之道，俾乎补察遗阙，辅助聪明。犹惧其未也，于是设敢谏之鼓，建进善之旌，立诽谤之木，工商得以流议，士庶得以传言，然后过日闻而德日新矣。……(《策林》七十，《长庆集》卷四十八)

这是很明白的“民意政治”的主张。(《策林》七十五篇，是元白二人合作的，故代表他们二人的共同主张。)他们又主张设立采诗之官，作为采访民意的一个重要方法。故《策林》六十九云：

问：人之致理(理即治，下同)也，在乎酌人言，察人情，而后行为政，顺为教者也。然则一人之耳安得遍闻天下之言乎？一人之心安得尽知天下之情乎？今欲立采诗之官，开讽刺之道，察其得失之政，通其上下之情。子大夫以为如何？

这是假设的问，答案云：

臣闻圣王酌人之言，补己之过，所以立理本，导化源也，将在乎选观风之使，建采诗之官，俾乎歌咏之声，讽刺之兴，日采于下，岁献于上者也。所谓言之者无罪，闻之者足以自诫。

他的理由是：

大凡人之感于事则必动于情，然后兴于嗟叹，发于吟咏，而形于歌诗矣。故闻《蓼萧》之诗，则知泽及四海也；闻《华黍》(智按：当为禾黍)之咏，则知时和岁丰也；闻《北风》之言，则知威虐及人也；闻《硕鼠》之刺，则知重敛于下也；闻“广袖高髻”之谣，则知风俗之奢荡也；闻“谁其获者妇与姑”之言，则知征税之废业也。故国风之盛衰由斯而见也，王政之得失由斯而闻也，人情之哀乐由斯而知也。然后君臣亲览而斟酌焉：政之废者，修之；阙者，补之；人之忧者，乐之；劳者，逸之。所谓善防川者，决之使导；善理人者，宣之使言。故政有毫发之善，下必知也；教有锱铢之失，上必闻也。则上之诚明何忧乎不下达，下之利病何患乎不上知？上下交和，内外胥悦，若此，而不臻至理，不致升平，自开辟以来，未之闻也。

这个主张又见于元和三年(808)白居易作府试官时所拟进士策问的第三问，意思与文字都与《策林》相同(《长庆集》卷三十，页二一至二二)，可见他们深信这个采诗的制度。白居易在元和四年(809)作《新乐府)五十篇，其第五十篇为《采诗官》，仍是发挥这个主张的，我且引此篇的全文如下：

采诗官　监前王乱亡之由也

采诗官，采诗听歌导人言。言者无罪闻者诫，下流上通上下泰。周灭秦兴至隋氏，十代采诗官不置。郊庙登歌赞君美，乐府艳词悦君意。若求兴谕规刺言，万句千章无一字。不是章句无规刺，渐及朝廷绝讽议。诤臣杜口为冗员，谏鼓高悬作虚器。一人负扆常端默，百辟入门两目媚。夕郎所贺皆德音，春官每奏唯祥瑞，君之堂兮千里远，君之门兮九重閟，君耳唯闻堂上言，君眼不见门前事。贪吏害民无所忌，奸臣蔽君无所畏。君不见厉王胡亥之末年，群臣有利君无利。君兮君兮愿听此：欲开壅蔽达人情，先向歌诗求讽刺。

这种政治理想并不是迂腐不能实行的。他们不期望君主个个都是圣人，那是柏拉图的妄想。他们也不期望一班文人的一字褒贬都能使“乱臣贼子惧”，那是孔丘、孟轲的迷梦。他们只希望两种“民意机关”：一是许多肯说老实话的讽刺诗人，一是采访诗歌的专官。那时候没有报馆，诗人便是报馆的记者与访员，实写人生苦痛与时政利弊的诗便是报纸，便是舆论。那时候没有议会，谏官御史便是议会，采诗官也是议会的一部分。民间有了什么可歌可泣的事，或朝廷官府有了苛税虐政，一班平民诗人便都赶去采访诗料，林步青便编他的滩簧，刘宝全便编他的大鼓书，徐志摩便唱他的硖石调，小热昏便唱他的小热昏。几天之内，街头巷口都是这种时事新诗歌了。于是采诗御史便东采一只小调，西抄一只小热昏，编集起来，进给政府。不多时，苛税也豁免了，虐政也革除了。于是感恩戴德的小百姓，饮水思源，发起募捐大会，铜板夹银毫并到，鹰洋与元宝齐来，一会儿，徐志摩的生祠遍于村镇，而小热昏的铜像也矗立街头，猗欤休哉！文学家的共和国万岁！

文学既是要“救济人病，裨补时阙”，故文学当侧重写实，“删淫辞，削丽藻”，“黜华于枝叶，反实于根源”。白居易说：

> 凡今秉笔之徒，率尔而言者有矣，斐然成章者有矣。故歌咏诗赋碑碣赞咏之制，往往有虚美者矣。有愧辞者矣，若行于时，则诬善恶而惑当代；若传于后，则混真伪而疑将来。……
>
> 且古之为文者，上以纫王教，系国风，下以存炯戒，通讽谕。故惩劝善恶之柄执于文士褒贬之际焉，补察得失之端操于诗人美刺之间焉。今褒贬之文无核实，则惩劝之道缺矣，美刺之诗不稽政，则补察之义废矣。虽雕章镂句，将焉用之？
>
> 臣又闻，稂莠秕稗，生于谷，反害谷者也。淫辞丽藻，生于文，反伤文者也。故农者耘稂莠，簸秕稗，所以养谷也。王者删淫辞，削丽藻，所以养文也。
>
> 伏惟陛下诏主文之司，谕“养文”之旨，俾辞赋合炯戒讽谕者，虽质，虽野，采而奖之；碑诔有虚美愧辞者，虽华，虽丽，禁而绝之。若然，则为文者必当尚质抑淫，著诚去伪，小疵小弊荡然无遗矣。(《策林》六十八)

“尚质抑淫，著诚去伪”，这是元白的写实主义。

根据于他们的文学主张，元白二人各有一种诗的分类法，白居易分他的诗为四类：

(1)讽谕诗：“自拾遗来，凡所适所感，关于美刺兴比者；又自武德讫元和，因事立题，题为新乐府者。”

(2)闲适诗：“或退公独处，或移病闲居，知足保和，吟玩情性者。”

(3)感伤诗：“事物牵于外，情理动于内，随感遇而形于叹咏者。”

(4)杂律诗：“五言七言，长句绝句，自一百韵至两韵者。”

他自己只承认第一和第二两类是值得保存流传的，其余的都不重要，都可删弃。他说：

> 仆志在兼济，行在独善。奉而始终之，则为道；言而发明之，则为诗。谓之讽谕诗，兼济之义也。谓之闲适诗，独善之义也。……其余杂律诗，或诱于一时一物，发于一笑一吟，率然成章，非平生所尚者……略之可也。(《与元九书》)

元稹分他的诗为八类：(1)古讽：“旨意可观，而词近往古者。”(2)乐讽：“意亦可观，而流在乐府者。”(3)古体：“词虽近古，而止于吟写性情者。”(4)新题乐府：“词实乐流，而止于模象物色者。”(5)律诗。(6)律讽：“稍存寄兴，兴讽为流者。”(7)悼亡。(8)艳诗。(见《叙诗寄乐天书》)

元氏的分类，体例不一致，其实他也只有两大类：

(一)讽诗——(1)古讽(2)乐讽(3)律讽。

(二)非讽诗——古体、律诗等。

元稹在元和丁酉(817)作乐府古题序，讨论诗的分类，颇有精义，也可算是一篇有历史价值的文字。他说：

> 乐府古题序
>
> 《诗》讫于周，《离骚》讫于楚。是后诗之流为二十四名：赋、颂、铭、赞、文、诔、箴、诗、行、咏、吟、题、怨、叹、章、篇、操、引、谣、讴、歌、曲、词、调，皆诗人六义之余，而作者之言(《长庆集》作“旨”，《全唐诗》同。今依张元济先生用旧抄本校改本)由“操”而下八名，皆起于郊祭军宾吉凶苦乐之际，在音声者，因声以度调，审调以节唱，句度短长之数，声韵平上

之差，莫不由之准度。而又别其在琴瑟者为操引，采民甿者为讴谣，备曲度者总得谓之歌曲词调，斯皆由乐以定词，非选调（智按：当为词）以配乐也。

由"诗"而下九名，皆属事而作，虽题号不同，而悉谓之为诗，可也。后之审乐者，往往采取其调（智按：当为词），度为歌曲。盖选词以配乐，非由乐以定词也。

而纂撰者，由"诗"而下十七名，尽编为"乐录""乐府"等题。除铙吹、横吹、郊祀、清商等词在乐志者，其余木兰、仲卿、四愁、七哀之辈，亦未必尽播于管弦，明矣。

后之文人达乐者少，不复如是配别，但遇兴纪题，往往兼以句读短长为歌诗之异。……况自风雅至于乐流，莫非讽兴当时之事，以贻后代之人。沿袭古题，唱和重复，于文或有短长，于义咸为赘剩。尚不如寓意古题，刺美见事，犹有诗人引古以讽之义焉。曹刘沈鲍之徒，时得如此，亦复稀少。近代唯诗人杜甫《悲陈陶》、《哀江头》、《兵车》、《丽人》等，凡所歌行，率皆即事名篇，无复倚傍。余少时与友人白乐天、李公垂辈谓是为当，遂不复拟赋古题。

昨南（各本无"南"字，依张校）梁州，见进士刘猛、李馀各赋古乐府诗数十首，其中一二十章咸有新意。余因选而和之。其有虽用古题，全无古义者，若《出门行》不言离别，《将进酒》特书列女之类，是也。其或颇同古义，全创新词者，则《田家》止述军输，《捉捕词》先蝼蚁之类，是也。刘、李二子方将极意于斯文，因为粗明古今歌诗同异之音（似当作"旨"字）焉。

他的见解以为汉以下的诗有两种大区别：一是原有乐曲，而后来依曲调而度词；一是原来是诗，后人采取其词，制为歌曲。但他指出，诗的起源虽然关系乐曲，然而诗却可以脱离音乐而独立发展。历史上显然有这样的趋势。最初或采集民间现行歌曲，或乐人制调而文人造词，或文人作诗而乐工制调。稍后乃有文人仿作乐府，仿作之法也有两种：严格地依旧调，作新词，如曹操、曹丕作《短歌行》，字数相同，显然是一种乐调，这是一种仿作之法。又有些人同作一题，如罗敷故事，或秋胡故事，或秦女休故事，题同而句子的长短，篇章的长短皆不相同，可见这一类的乐府并不依据旧调，只是借题练习作诗或借题寄寓作者的感想见解而已。这样拟作乐府，已是离开音乐很远了。到杜甫的《兵车行》、《丽人行》诸篇，讽咏当时之事，“即事名篇，无复倚傍”，便开“新乐府”的门径，完全脱离向来受音乐拘束或沿袭古题的旧乐府了。

当时的新诗人之中，孟郊、张籍、刘猛、李馀与元稹都还作旧式拟题的古乐府，但都“有新意”，有时竟“虽用古题，全无古义”（刘猛、李馀的诗都不传了）。这已近于作新乐府了。元稹与白居易、李绅（公垂）三个人作了不少的新乐府（李绅的新乐府今不传了），此外如元氏的《连昌宫词》诸篇，如白氏的《秦中吟》诸篇，都可说是新乐府。故我们可以说，他们认定新乐府为实现他们的文学主张的最适宜的体裁。

元稹自序他的新体乐府道：

> ……昔三代之盛也，士议而庶人谤。又曰：“世理（治）则词直，世忌则词隐”。余遭理世而君盛圣，故直其词，以示后，使夫后之人谓今日为不忌之时焉。

白居易的《新乐府》的自序，已引在上文了，其中有云：

> 其辞质而径，欲见之者易喻也。其言直而切，欲闻之者深诫也。其事核而实，使采之者传信也。其体顺而肆，可以播于乐章歌曲也。

要做到这几个目的，只有用白话做诗了。元白的最著名的诗歌大都是白话的。这不是偶然的事，似是有意的主张。据旧时的传说：

> 白乐天每作诗，令一老妪解之，问曰：“解否?”曰：“解”，则录之。不解，则又复易之。（《墨客挥犀》）

这个故事不见得可靠，大概是出于后人的附会。英国诗人华次华斯(Wordsworth)主张用平常说话做诗，后人也造成一种传说，说他每做诗都念给一个老妪听，她若不懂，他便重行修改。这种故事虽未必实有其事，却很可暗示大家公认这几个诗人当时确是有意用白话做诗。

近年敦煌石室发见了无数唐人写本的俗文学，其中有《明妃曲》、《孝子董永》、《季布歌》、《维摩变文》……我们看了这些俗文学的作品，才知道元白的著名诗歌，尤其是七言的歌行，都是有意仿效民间风行的俗文学的。白居易的《长恨歌》，元稹的《连昌宫词》，与后来的韦庄的《秦妇吟》，都很接近民间的故事诗。白居易自序说他的新乐府不但要"其辞质而径，欲见之者易喻"，还要"其体顺而肆，可以播于乐章歌曲"。这种"顺而肆，可以播于乐章歌曲"的诗体，向哪里去寻呢？最自然的来源便是当时民间风行的民歌与佛曲。试引《明妃传》一段，略表示当时民间流行的"顺而肆"的诗体：

> 昭军(君)昨夜子时亡，突厥今朝发使忙。三边走马传胡令，万里非(飞)书奏汉王。解剑脱除天子服，披头还着庶人裳。衙官坐位刀离面，九姓行哀截耳珰。□□□□□□□，枷上罗衣不重香。可惜未央宫里女，嫁来胡地碎红妆。……寒风入帐声犹苦，晓日临行哭未殃(央)。昔日同眠夜即短，如今独寝觉天长。何期远远离京兆，不忆(意)冥冥卧朔方。早知死若埋沙里，悔不教君还帝乡！(《明妃传》残卷，见羽田亨编的《敦煌遗书》，活字本第一集，上海东亚考究会发行)

我们拿这种俗文字来比较元白的歌行，便可以知道他们当日所采"顺而肆"的歌行体是从哪里来的了。

因为元白用白话做诗歌，故他们的诗流传最广。白居易自己说：

> 再来长安，又闻有军使高霞寓者，欲聘倡妓，妓大夸曰："我诵得白学士《长恨歌》，岂同他妓哉？"由是增价。……又昨过汉南日，适遇主人集众乐娱他宾。诸妓见仆来，指而相顾曰：

“此是《秦中吟》、《长恨歌》主耳!”

自长安抵江西，三四千里，凡乡校、佛寺、逆旅、行舟之中，往往有题仆诗者。士庶、僧徒、孀妇、处女之口，每每有咏仆诗者。……(《与元九书》)

元稹也说他们的诗：

二十年间，禁省观寺邮候墙壁之上无不书，王公妾妇牛童马走之口无不道。至于缮写模勒，衒卖于市井，或持以交酒茗者，处处皆是。(“勒”是雕刻。此处有原注云：“扬越间多作书模勒乐天及予杂诗，卖于市肆之中也。”此为刻书之最早记载。)其甚者，有至于盗窃名姓，苟求是(日本本《白氏长庆集》作“自”)售，杂乱间厕，无可奈何。予于平水市中(原注：镜湖傍草市名)，见村校诸童竞习诗，召而问之，皆对曰：“先生教我乐天、微之诗”，固亦不知予之为微之也……

自篇章已来，未有如是流传之广者。……(《白氏长庆集》序)

不但他们自己如此说，反对他们的人也如此说。杜牧作李戡的墓志，述戡的话道：

自元和以来，有元白者，纤艳不逞……流于民间，疏于屏壁；子父女母交口教授；淫言媟语，冬寒夏热，入人肌骨，不可除去。……

元白用平常的白话做诗，他们流传如此之广，“入人肌骨，不可除去”，这是意料中的事。但他们主张诗歌须要能救病济世，却不知道后人竟诋毁他们的“淫言媟语，纤艳不逞”!

这也是很自然的。白居易自己也曾说：

今仆之诗，人所爱者，悉不过杂律诗与《长恨歌》已下耳。

时之所重，仆之所轻。至于“讽谕”者，意激而言质；“闲适”者，思澹而词迂：以质合迂，宜人之不爱也。(《与元九书》)

他又批评他和元稹的诗道：

顷者在科试间，常与足下同笔砚，每下笔时，辄相顾语，患其意太切而理太周，故理太周则辞繁，意太切则言激。然与足下为文，所长在于此，所病亦在于此。……(《和答诗十首》序)

他自己的批评真说得精辟中肯。他们的讽谕诗太偏重急切收效，往往一气说完，不留一点余韵，往往有史料的价值，而没有文学的意味。然其中确有绝好的诗，未可一笔抹杀。如元稹的《连昌宫词》、《上阳白发人》、《苦乐相倚曲》、《将进酒》，都可以算是很好的诗的作品。白居易的诗，可传的更多了。如《宿紫阁山北村》，如《上阳白发人》，如《新丰折臂翁》，如《道州民》，如《杜陵叟》，如《卖炭翁》，都是不朽的诗。

白居易最佩服杜甫的“朱门酒肉臭，路有冻死骨”两句，故他早年作《秦中吟》时，还时时模仿老杜这种境界。如《秦中吟》第二首云：

昨日输残税，因窥官库门，缯帛来山积，丝絮如云屯。……夺我身上暖，买尔眼前恩！进入琼林库，岁久化为尘。

如第三首云：

厨有臭败肉，库有贯朽钱。……岂无穷贱者，忍不救饥寒！

如第七首云：

尊罍溢九酝，水陆罗八珍。是岁江南旱，衢州人食人。

如第九首云：

欢酣促密坐，醉暖脱重裘。秋官为主人，廷尉居上头；日中为一乐，夜半不能休。岂知阌乡狱，中有冻死囚！

如第十首云：

一丛深色花，十户中人赋。

这都是模仿老杜的“朱门酒肉臭，路有冻死骨”两句，引申他的意思而已，白氏在这时候的诗还不算能独立。

他作《新乐府》时，虽然还时时显出杜甫的影响，却已是很有自信力，能独立了，能创造了。如《新丰折臂翁》云：

是时翁年二十四，兵部牒中有名字。夜深不敢使人知，偷将大石捶折臂。张弓簸旗俱不堪，从此始免征云南。……

这样朴素而有力的叙述，是白氏独到的长处。如《道州民》云：

……城云“臣按六典书，任土贡有不贡无。道州水土所生者，只有矮民无矮奴”……

这样轻轻的十四个字，写出一个人道主义的主张，老杜集中也没有这样大气力的句子。在这种地方，白居易的理解与天才融合为一，故成功最大，最不可及。

但那是一个没有言论自由的时代，又是一个朋党暗斗最厉害的时代。韩愈、柳宗元、刘禹锡、元稹、白居易都是那时代的牺牲者。元白贬谪之后，讽谕诗都不敢作了，都走上了闲适的路，救世主义的旗子卷起了，且做个独善其身的醉吟先生罢。

【评　介】

胡适(1891—1962)，绩溪(今属安徽)人。中国新文化运动的领袖，早期提倡白话文、新诗，现代最有影响力的学者之一，曾担任中华民国驻美大使、国立北京大学校长、台湾“中央研究院”院长等。著有《白话文学史》、《胡适文存》、《尝试集》、《中国哲学史大纲》等。在文学、哲学、史学、考据学、教育学、伦理学、红学等领域有深入的研究。1939 年获得诺贝尔文学奖提名。

近代元白研究影响较大者，始于胡适。1927 年，胡适在北京文化学社出版《国语文学史》，称“白居易是有意做白话诗的”，“是一个平民诗人”。① 更为系统的论述是《元稹白居易的文学主张》，初刊载于《新月》第 1 卷第 2 期（1928 年 4 月 10 日），又载《浙江图书馆报》第 2 期（1928 年 8 月），后收入其《白话文学史》，② 成为第十六章的内容。此文开篇明确指出：“9 世纪的初期——元和、长庆的时代——真是中国文学史上一个很光荣灿烂的时代，这时代的几个领袖文人都受了杜甫的感动，都下了决心要创造一种新文学。中国文学史上的大变动向来都是自然演变出来的，向来没有有意的、自觉的改革。只有这一个时代可算是有意的、自觉的文学革新时代。这个文学革新运动的领袖是白居易与元稹，他们的同志有张籍、刘禹锡、李绅、李馀、刘猛等。”这个唐代文学革新运动的重大意义、领袖和创作群体在这里第一次被清晰地勾勒出来。接着，胡适又将这一革新运动的理论纲领概括为“写实主义”，“他们的根本主张，翻成现代的术语，可说是为人生而作文学：文学是救济社会，改善人生的利器；最上要能‘补察时政’，至少也须能‘泄导人情’；凡不能这样的，都‘不过嘲风雪，弄花草而已’”。而在更早撰写的《读白居易〈与元九书〉》（1915 年 8 月 3 日）中，他已将元白一派称为“唐代之实际派”，并云：“李公垂有《乐府新题》二十首，元微之和之有十二首，盖皆在白诗之前，则

① 《国语文学史》原是胡适 1921—1922 年在教育部主办的第三、四届国语讲习所和南开大学讲课时所编的讲义，1927 年由北京文化学社正式出版。此处引文见《胡适学术文集·中国文学史》上册，中华书局 1998 年版，第 43 页。

② 《白话文学史》1927 年完成，新月书店 1928 年版。此文又收入《新月杂志文史研究集》（台北盘庚出版社 1978 年版），朱传誉主编：《白居易传记资料》十二，台北天一出版社 1985 年版。

其时必有一种实际派之风动(Movement), 香山特其领袖耳。”①

胡适这些见解，皆颇具卓识。后人关于这一问题的研究，对胡适的这些观点或有所参考，或有所深入，或有所扩展。胡适在开创新一代中国文学史写作风格的同时，也开创了白居易研究的新思路。尤其值得一提的是，在中国文学批评史上，胡适是较早借鉴现代西方文艺思想来研究中国古代文学的，也是最早将白居易这一派诗人的创作称为“文学革新运动”的。尽管《白话文学史》尚未将“新乐府运动”五个字命予元、白等人的讽喻诗创作，只是在第十五章《大历长庆间的诗人》中说，杜甫、元结“两人同时发起的‘新乐府’运动在他们死后却得着不少有力的新同志，在这一世纪内放很大的异彩”②。但《白话文学史》第十六章开篇便指出：元和、长庆时代“是有意的，自觉的文学革新时代。这个文学革新运动的领袖是白居易与元稹”③。后来众多中国文学史著作中所谓“新乐府运动”的名称，乃是直接地受到了胡适的影响。

龙沐勋(榆生)《中国韵文史》完全承袭胡适的说法，谓元结、杜甫乃元白新乐府之先声，张籍、王建继而“从事新乐府运动”，至元白而臻极盛。④ 苏雪林《唐诗概论》则谓元稹“交结了一个白居易，便决心提倡文学运动，以为匡时之助”⑤。刘大杰《中国文学发展史》在评价《与元九书》时说，它“是一篇最大胆最有力的文学运动的宣言”，“这一篇宣言，可以代表8世纪中期到9世纪中期将近百年的文学运动最进步的主张”。但同时却有意无意间将杜甫追封为“新乐府运动”的领军，刘大杰说：“从杜甫到张籍、白居易、元稹许多重要的诗人……形成这一时代的有意识的新乐府运动。”“这一时代是杜甫的时代。新乐府运动一派的诗人不用说，就是韩愈、孟郊、李商隐、杜牧

---

① 季羡林主编：《胡适全集》第28卷，《留学日记》卷十，安徽教育出版社2003年版，第214页。

② 《胡适学术文集·中国文学史》上册，中华书局1998年版，第337~338页。

③ 《胡适学术文集·中国文学史》上册，中华书局1998年版，第366页。

④ 龙沐勋：《中国韵文史》，商务印书馆1934年版，第38页。

⑤ 苏雪林：《唐诗概论》，商务印书馆1934年版。

诸人，在各个角度上，无不蒙受他的影响。”①李长之《中国文学史略稿》是较早将“新乐府运动”五个字直接命予以白居易为代表的这一派诗人的讽喻诗创作的文学史著作，该书第八章第六节之(二)题为“白居易和现实主义的‘新乐府’运动”，李长之说：“不用说新乐府这样反映现实的作品是白居易特别有意识地去努力着写的，这是从他的计划可以看得出，从他的数量可以看得出，从他的(有)意识地提倡可以看得出的。但作为文学的一般现象看，《新乐府》在白居易的前后却曾是一个广泛的运动。”接下来分别列举杜甫、元结、王建、张籍、李绅、元稹的新乐府代表作，并总结说：“从这里可以看出新乐府运动的线索。”“就内容论，这些作品的共同点是反映现实、为人民说话；就形式论，这些作品的共同点是‘即事名篇’，不用古题。这是乐府诗的一大改革。这个大改革始于杜甫，完成于白居易。”②1958年9月出版的北京大学中文系文学专门化1955级集体编著的《中国文学史》，白居易与“中晚唐现实主义文学”同列于第四编第六章，下设“新乐府运动的其他参加者”专节。③ 1959年9月修订再版后，第八章题为“伟大的现实主义诗人白居易和新乐府运动”。此前五个月，1959年4月中华书局出版的复旦大学中文系古典文学组学生集体编写的《中国文学史》中册列有专章，第四编第六章题为“白居易和新乐府运动”，第一节“新乐府运动的先驱者”，第二节“新乐府运动及其理论”，第六节“新乐府运动的其它参加者”，第七节“新乐府运动的尾声”，论述全面深入。1961年8月中国青年出版社出版的北京大学中文系1957级文学专门化编著的《中国文学发展简史》第四章“白居易与中晚唐的现实主义诗歌”第一节题为“新乐府运动和白居易的进步文学主张”，开篇并以“新乐府运动”为小标题，专门论述来龙去脉。此后，“新乐府运动”成为中国文学史中的重要概念。

---

① 刘大杰：《中国文学发展史》上卷，中华书局1941年版，第388页。

② 李长之：《中国文学史略稿》第二卷，五十年代出版社1954年版，第112、114~115页。

③ 北京大学中文系文学专门化1955级集体编著：《中国文学史》上册，人民文学出版社1958年版，第356页。

《论〈白氏长庆集〉源流并评东洋本〈白集〉》

岑仲勉

(一)白氏各集编定之经过(甲)前集(乙)后集(丙)续后集(二)白氏全集源流(三)宋代之吴本蜀本(四)高斯得本《白氏长庆集》(五)评东洋本(甲)分卷(乙)分类(丙)帙数(丁)首数(戊)参差(己)陵乱(庚)篇复(辛)注削(六)东本与《全唐诗》比读(甲)卷第(乙)异同(丙)较量(丁)发微(七)汪编香山诗集之整理工夫(甲)次第(乙)类别(丙)考证(丁)补遗(八)东本与《全唐文》比读(甲)篇各失收(乙)误有同犯(丙)东本差长(丁)全文亘短(九)东本与卢见影宋本(一〇)马刻为见行白集较完本(一一)东本与《白氏讽谏》(一二)白氏诗文五篇杂校(甲)《长恨歌传》及歌(乙)《池上篇并序》(丙)初授拾遗献书(丁)《刘白唱和集解》(戊)记异(一三)检讨元刘酬和白诗后所见(甲)元稹酬和白诗表解(乙)刘禹锡酬和白诗表解(一四)宋见石刻中之白氏诗文(一五)拙见总述

(稿既成,余始购得《白香山诗集》,有顷而后见马刊全集,其有应在汪编、马本论及者,乃或散见他节,艰于大改革,故多仍之,要无关乎全篇之旨耳。1939 年 11 月 6 日再识。)

《郘亭知见传本书目》云:

> 《白氏长庆集》七十一卷,唐白居易撰,明锡山华坚兰雪堂活字本,明姑苏钱应龙刻本,明松江马元调刻。宋绍兴刻《白氏长庆集》,昭文张氏藏,缺三十一至三十三及三十五、三十六,凡五卷,皆钞补。中遇"构"字注"犯御名","桓"字注"渊圣御名"。绍兴三十年前刻,曾藏文氏、王氏、钱氏、李(?)氏处。

汲古阁校本与明刻小字本，俱藏吴门黄氏。汲古本又归张金吾。

此为莫友芝氏所知见之本。年前涵芬楼曾据瞿氏铁琴铜剑楼所庋宋刻影照，不幸而毁于“一·二八”之难。姜庆扬跋日本翻宋本，又称近获明锡山华氏铜活字本，然亦未闻翻刊。故见有《白氏长庆集》，就以《四部丛刊》景东洋本(省称东本)为最流行。迩来爱读唐史，寝馈于兹编者有日，觉其佳处固不可没，其阙点要复甚多，甚望更有他刻广传，庶读者得为互勘，斯则非徒个人之幸，且余草此文，不为徒劳矣。

(一)白氏各集编定之经过

(甲)前集

白氏官江州司马时，早有自编诗卷之事，观《集》二八《与元九书》云：

仆数月来检讨囊袠中，得新旧诗……凡为十五卷，约八百首。

又《集》一六《编集拙诗成一十五卷因题卷末戏赠元九李二十》云：

莫怪气粗言语大，新排十五卷诗成。

两篇均约元和十至十二年(815—817)所作，然此不过一时掇拾，未为定卷，其合诗笔而成集，则自长庆四年(824)冬始。《全文》六五三元稹《白氏长庆集序》：

长庆四年，乐天自杭州刺史以右庶子诏还，予时刺郡会稽，因得尽征其文，手自排缵，成五十卷，凡二千二百五十一首。前辈多以前集、中集为名，予以为国家改元，长庆讫于是，因号曰《白氏长庆集》。……长庆四年冬十二月十日微之序。

“诏”，《旧书》一六六居易本传作“召”。“刺”下无“郡”字，丛刊本《元氏集》及东本同。“凡二千二百五十一首”，《元氏集》及东本作“凡二千一百九十一首”。“予以为”一句，《旧传》作“予以为陛下明年当改元，长庆讫于是矣”。又“号”下，《旧传》无“曰”字。按首数，两文相差六十，实计东本首数，虽属相近，未得全合。况此本复错羼乱，不一而足(见下文)。是不能因其数近而断定《全文》、《旧传》之非，此涉前集首数之疑问也。抑元序固谓不以“前集”为名者，但后来白氏自称如是(引见后)，故兹用之，以资辨别。

《文苑英华辨证》四云：

> 元稹《白氏长庆集叙》：“长庆四年，乐天手自排缵，成五十卷，予以为皇帝明年当改元，长庆讫于是。”集作明年秋当改元。按长庆四年穆宗崩，敬宗即位，明年改元，即正月也，按制诏内“宝历赦书”，长庆五年正月七日改宝历元年，安得谓之秋乎？

汪立名云：

> 《序》作于长庆四年冬，故曰明年当改元，即位必逾年改元，礼也，时本明年下有秋字，又删去“讫”字、“矣”字，误。

余按：皇帝即位，逾年改元，自是常例。然稹于先一年作文，要不应呆测其何时，今元、白两集明年秋之“秋”字，显是衍文，《全文》作“国家改元”，文意亦略嫌不足，《旧传》、《英华》所著录为最善也。《英华》之“皇帝”，《旧传》元、白两集作“陛下”，为友人作集序而单称“陛下”，似不合体，余意仍主从《英华》。至稹为居易编定，有《白集》五一“后序”：

> 前三年，元微之为予编次文集而叙之，凡五帙，每帙十卷。

可证，《辨证》作“乐天手自排纂”，盖彭氏节引之误，非见文有异也。

(乙)后集

在《前集》编定之后，《后集》未编之前，白氏又尝自作《长庆集后序》一首，兹录《全文》六七五之文如下：

> 前三年，元微之为予编次文集而叙之，凡五帙，每帙十卷，讫长庆二年冬，号《白氏长庆集》。迩来复有格诗、律诗、碑志序记表赞，以类相附，合为卷轴，又从五十一以降，卷而第之，是时太和二年秋，予春秋五十有七，目昏头白……因附前集报微之，故复序于卷首云尔。

东本五一“讫”讹“记”，唯“太和”正作“大和”（通用者不记）。按：《元序》谓居易罢杭，尽征其文，代为编集，居易系以长庆四年五月罢杭州，《序》又作于是年十二月，则此《序》中之“讫长庆二年冬”，显“四年冬”之误。由大和二年（828）追溯，则长庆四年应为前四年，此《序》曰“前三年”，殆由白氏奉到《元序》（宝历元年初）之时计之欤。白氏是时加附诗文若干首，《序》中不详，后来当再事编定，故此一回追附之卷数、首数，无从寻究。

或者谓稹长庆三年八月除浙东（《嘉泰会稽志》），十月上任，今东本五三首载《元微之除浙东观察使喜得杭越邻州先赠长句》，《全诗》题下原注云：“十七首并与微之和答。”此十七首为稹路经苏州洎抵郡后唱和之作，一览自明，不烦多证。尤是《苏州李中丞以元日郡斋感怀诗寄微之及余辄依来篇七言八韵走笔奉答兼呈微之》一首中，有云“再把江南新岁酒”，居易二年冬十月到杭（见《集》二〇）。曰“再把”，则已越三年而至四年之春矣。外此为杭任之作尚多，兹更举一二言之；如《早春忆微之》，《元集》二二和作云：“湖添水剂消残雪，江送潮头涌漫波。”湖，镜湖，切越州；江，钱塘，切杭州。又《得湖州崔十八使君书喜与杭越邻郡因成长句代贺兼寄微之》，崔即玄亮，诗云：“越国封疆吞碧海，杭城楼阁入青烟。”则崔上湖州，更在元上越州之后。①

① 《嘉泰吴兴志》四：“崔玄亮，长庆三年十一月二十二日自刑部郎中拜”，可证。

又卷五九《钱唐湖石记》，末题“长庆四年三月”。

凡此诸据，足征《前集》实编至二年冬为止，其二年已下诗属《后集》，符于东本之编第，两者诚互相发明，君以“二年”为“四年”之讹，非也。

余对曰：子知一不知二，余请以东本二〇明之。据卷中第二首之《宿阳城驿对月》，非注云“自此后诗赴杭州路中作”乎？又《游恩德寺绝句》，非云“二年十月到杭州”乎？顾卷中又收：

《题霞隐寺红辛夷花戏酬光上人》。
《题孤山寺山石榴花示诸僧众》。
《戏题木兰花》。

数种名花，皆入春始开，其不得为二年春而最少为三年春，抑又明矣。此犹曰言外见之。更有明著于文字者，如：

《钱塘湖春行》。
《送李校书趁寒食归义兴山居》。
《二月五日花下作》。（中云，“五十二人头似霜”，即长庆三年癸卯。）
《清明日观妓舞听客诗》。
《杭州春望》。
《正月十五日夜月》。
《湖上招客送春泛舟》。

最少已入三年之春矣。又：

《新秋病起》。
《木芙蓉花下招客饮》。（诗云：“莫怕秋无伴醉物，水莲花尽木莲开。”）
《游恩德寺绝句》题有云：“予以长庆二年冬十月到杭州，明年秋九月，始与……”

且入三年之秋矣。又：

《与诸客携酒寻去年梅花有感》。

诗云：“马上同携今日杯，湖边共觅去春梅。”是盖居易到杭后之第二春，益见入四年之春矣。前举《正月十五日》、《湖上招客》两题，原编此诗之后，或亦四年初所作也。更如《晚兴诗》云：“等闲消一日，不觉过三年。”说出居杭三岁，非四年春日诗而何。若有史实可证者为：

《醉送李协律赴湖南辟命因寄沈八中丞》。

沈八即传师，考《昌黎集》三二《孔戣志》注：

长庆元年正月，(孔)戢自湖南观察又(入之讹)为少府监。

又《旧纪》一六长庆三年下：

六月，宰相监修国史杜元颖奏史官沈传师除镇湖南。

知此诗亦三年作。如谓“迄长庆二年冬”为是，何以《前集》内竟收三、四年之诗？故无论如何，今东本非将《后集》混入《前集》，即是将《前集》混入《后集》，二者必居其一，然由《元序》全征其文一句观之，余是以信后者为是，而二年应正作四年也。汪立名云：

盖白诗岁月本井然可考，如《长庆集》公自谓讫二年冬，而胡(震亨)本于三年诗亦注《前集》。公自杭州还始卜居洛中，得履道宅，乃《别杭州》等诗并在《后集》，而《洛中卜居履道里》等诗反注《前集》。虽本相沿之缪，要其考据亦不得谓之详密矣。

又云：

> 顾《前集》八卷及二十卷卷末反杂长庆三年诗者，要亦有故。尝考《元序》与公《自序》，《长庆集》五十卷，《后集》二十卷，各以诗文编次，旧本既亡，今本尽编文稿于三十七卷后，中间取足卷尾，未免移补，遂失其旧。如《曲江感秋序诗》云，元和二年、三年、四年皆有《曲江感秋诗》，编在第七集卷，今本第七卷尽江州诗，而所谓第七集卷者皆莫可考。

是盖明乎白氏全集之纠纷遗坠，而因未见分列前、后集之本——如今东本——遂不能决其症结。夫今东本固分次前、后两集，非截然列文于后者，然其不尽循年分，则与先诗后文之本无异。然则纠纷所起，自有前因，不由文稿移后而发生也。同时元、白唱和之什，又别编为《因继集》，《全文》六七五载居易《因继集重序》云：

> 去年，微之取予《长庆集》中诗未对答者五十七首追和之，合一百一十四首寄来，题为《因继集》卷之一。今年，予复以近诗五十首寄去，微之不逾月，依韵尽和，合一百首，又寄来，题为《因继集》卷之二。……予不敢退舍，即日又收拾新作格、律共五十首寄去。……《和晨兴》一章，录在别纸，语尽于此，亦不修书，二年十月十五日乐天重序。

东本"予复以"三字误倒为"复予以"，唯新作格律下多一"诗"字。稹卒大和五年，则《序》之二年，非大和即宝历。《晨兴》一章，今见东本五二《和微之诗二十三》首中之第二十(《元集》似无以晨兴为题者，待考)。其全题为《和晨兴因报问龟儿》，诗有云：

> 西院病孀妇，后林孤侄儿……双目失一目，四肢断两肢……前时君寄诗，忧念问阿龟，喉燥声气窒，经年无报辞，及睹晨兴句，未吟先涕垂。

阿龟即行简子，居易之侄，行简“宝历二年冬病卒”，附见《旧书》一六六《居易传》，故诗言“孤侄”、“断肢”。居易宝历二年(826)八月三十方解苏州，而诗谓经年无报，合此以推，知断为大和二年(828)无疑矣。《因继》今虽不传，然从白氏文章，亦可约知其卷数，如前引《和微之诗二十三首》之《序》云：

微之又以近作四十三首寄来，命仆继和……四十二章麾扫并毕，不知大敌以为如何。……况曩者唱酬，近来《因继》，已十六卷，几千余首矣。

《全诗》七函五册同，然前云四十三首，后云四十二章，大敌当前，居易未必示弱，则疑任一数目有误。且今存二十三首，尤与册三、册二相差太远，非白氏自行删汰，即传本有阙矣。又《全文》六七五《白氏长庆集后序》云(东本七一题为《白氏集后记》)：

又有《元白唱和因继集》共十七卷……其文尽在大集内录出……会昌五年夏五月一日乐天重记。

知最后写定为十七卷，今已不传。

白氏大集(二字见前引文)在大和二年秋后，尚继续自行编定，其可考者，如《全文》六七六《东林寺白氏文集记》云：

昔余为江州司马时，常与庐山长老于东林寺经藏中，披阅远大师与诸文士唱和集卷，时诸长老请余文集亦置经藏，唯然心许他日致之，迨兹余二十年矣。今余前后所著文大小合二千九百六十四首，勒成六十卷，编次既毕，纳于藏中。……仍请本寺长老及主藏僧依远公文集例，不借外客，不出寺门，幸甚。太和九年夏，太子宾客晋阳县开国男太原白居易乐天记。(东本六一，太和正作大和。)

此为东林寺六十卷本，定于大和九年夏。自元和十年居易初贬江州起计，后先二十一年，故曰余二十年。如依《旧传》及《全文》，《前集》为文二二五一首，则宝历元年初至大和九年夏十一年中，得文七一三首；依东本有《元集》，则得七七三首。

次《全文》六七六《圣善寺白氏文集记》云：

> 中大夫守太子少傅、冯翊县开国侯、上柱国、赐紫金鱼袋、太原白居易，字乐天，与东都圣善寺钵塔院故长老如满大师有斋戒之因，与今长老振大士为香火之社……故以斯文置于是院。其集也帙六十五卷，凡三千二百五十五首，题为《白氏文集》，纳于律疏库楼。仍请不出院门，不借官客，有好事者仍就观之，开成元年五月十三日乐天记。（“也”字误，东本六一正作“其集七袠”，唯东本误“大师”为“太师”。又“仍就”，东本作“任就”，未详孰是。五月十三日作闰五月十二日，是岁恰闰五，则或有闰字者为正也。）

此为东都圣善寺六十五卷本，定于开成元年夏，比上年（即大和九年）夏所定者增多五卷，文则多二九一首。《全诗》八函一册，李绅《题白乐天文集》注云：“乐天藏书东都圣善寺，号《白氏文集》，绅作诗以美之。”其诗云：

> 寄玉莲花藏，缄珠贝叶扃，院闲容客读，讲倦许僧听，部列雕金榜，题存刻石铭，永添鸿宝集，莫杂小乘经。

东本六一附刻此诗，题为《看题文集石记因成四韵以美之》，似斟对诗中“题存刻石铭”句，但未著明何人文集，恐非当日原题真相，石亦未见宋人著录也。下署“中散大夫守河南尹赐紫金鱼袋李绅”。按《旧纪》一七下，开成元年四月，庚午朔，以太子宾客分司东都李绅为河南尹，六日癸亥，以河南尹李绅检校礼部尚书、汴州刺史充宣武军节度使。是岁闰五月时，绅正在河南尹任上，盖即题圣善寺六十五卷本之诗也。

次《全文》六七六《苏州南禅院白氏文集记》云：

唐冯翊县开国侯太原白居易字乐天，有文集七帙，合六十七卷，凡三千四百八十七首。……故其集家藏之外，别录三本，一本置于东都圣善寺钵塔院律库中，一本置于庐山东林寺经藏中，一本置于苏州南禅院千佛堂内……开成四年二月二日乐天记。

此为开成四年春六十七卷定本，距前开成元年夏圣善寺本，三年中计增二卷，文增二三二首。除家藏外，别录三本，一存庐山东林寺，一存东都圣善寺，一存苏州南禅寺。前此庋东林寺之六十卷本，圣善寺之六十五卷本，是否换回改定，并无明文，此节将于下文再讨论之。

次《全文》会昌五年五月《白氏长庆集后序》云：

白氏前著《长庆集》五十卷，元微为之序，《后集》二十卷，自为序。（“为之”二字乙，东本不误。）

依此，则介开成四年二月与会昌五年五月之间，白氏曾继元稹之后，把宝历已来文字，总编为《后集》二十卷。所谓自为之序，未知即指前引之《后序》否？汪立名曾疑之云：

按各本《后序》列二十一卷之首者，乃序长庆三年至太（大）和二年六载之诗，尚未及洛中诸作，似非二十卷之序也，今姑仍之。

又云：

然公自记《后集》二十卷自为序，而此序中未详卷数，且止六年之诗。岂其初随年类卷，迨二十卷编次既成，遂因以为《后集》序耶？抑别有自序散失未载耶？

故《后集》增成为二十卷后，实载文若干首，殊有疑问。《全文》八七九载居易《醉吟先生墓志铭》云：

前后著文集七十卷，合三千七百二十首，传于家。（东本不载此文，马本七一有之。）

卷数与《集后记》不符。《书录解题》一六《白氏长庆集》下，对此已有疑问，乃为之说云：

墓志乃云集前后七十卷，当时预为志时，未有《续后集》。

余极疑此志是伪作，（当别于《白氏集伪文》篇详之。）故兹不取。次《全诗》七函七册居易《题文集柜》云：

前后七十卷，小大三千篇。

三千举其大数，然卷则七十，惜此诗作于何年，无可捉摸。又次《全诗》七函八册《送后集往庐山东林寺兼寄云皋上人》云：

《后集》寄将何处去，故山迢递在匡庐，旧僧独有云皋在，三二年来下得书，别后道情添几许，老来筋力又何如，来生缘会应非远，彼此年过七十余。（东本六九"递"作"遰"）。

居易会昌二年才七十一，今日年过七十，则《后集》之编定，或即在是年。

当此时期中，白氏与刘禹锡唱和之什，又别出为《刘白唱和集》，如《全文》六七七居易《刘白唱和集解》：

彭城刘梦得，诗豪者也，其锋森然，少敢当者，予不量力，往往犯之。……一二年来日寻笔砚，同和赠答，不觉滋多，至太和三年春以前，纸墨所存者凡一百三十八首，其余乘兴扶醉率然口号者不在此数。因命小侄龟儿编录，勒成两卷，仍写二本，一付龟儿，一授梦得小儿仑郎，各令收藏，附两家集。……己酉岁

三月五日乐天解。(按东本六〇，太和正作大和)

己酉即大和三年。越四年，又再续一卷，名《刘白吴洛寄和集》，如《全文》六七四居易《与刘苏州书》云：

与阁下在长安时，合所著诗数百首，题为《刘白唱和集》卷上下。去年冬，梦得由礼部侍郎中集贤学士迁苏州刺史，冰雪塞路，自秦徂吴，仆方守三川，得为东道主，阁下为仆税驾十五日，朝觞夕咏，颇极平生之欢，各赋数篇，视草而别。岁月易迈，行复周星，一往一来，忽又盈篋。……然吴苑、洛城相去二三千里，舍此何以启齿而解颐哉。……今复编而次焉，以附前集，合成三卷，题此卷为下，迁前下为中，名曰《刘白吴洛寄和卷》，自太和六年冬送梦得之任之作始，居易顿首。(按东本五九，“与阁下”上多一“仆”字，“礼部侍郎中”不衍“侍”字，“吴洛寄和卷”之卷作集，“太和”正作“大和”，均以东本为是。唯“易迈”作“易得”，“合成三卷”作“合前三卷”，则又《全文》为可从也。)

此书虽未署年月，然据汪校，禹锡以五年冬之吴任，六年字是讹，(说见后。)则行复周星，应六年秋末之作。后此刘、白唱和尚多，故会昌五年夏之《长庆集后序》称《刘白唱和集》五卷，其编次今不可得见矣。

更别出为《洛诗》及《洛中集》者，《全文》六七五《序洛诗序》云：(东本六一无下“序”字。)

序《洛诗》，乐天自序在洛之诗也。……自三年春王八年夏，在洛凡五周岁，作诗四百三十二首。除丧明、哭子十数篇外，其他皆寄怀于酒，或取意于琴，闲适有余，酬乐不暇。……故集洛诗别为序引，不独记东都履道里有闲居泰适之叟，亦欲知皇唐太和岁有理世安乐之音，集而序之，以俟夫采诗者。甲寅岁七月十日云尔。(东本六一，“在洛之诗”作“在洛之乐诗”，“丧明”作

“丧朋”，“太和”作“大和”，均是也。元稹卒大和五年，东本五六《元相公挽歌词》三首，五七《哭微之》二首，即“丧朋”之作，否则丧明即哭子，何用重言之。)

甲寅，大和八年也，此不过一时编集，其后更扩而为《洛中集》。《全文》六七六载《香山寺白氏洛中集记》云：

白氏《洛中集》者，乐天在洛所著书也。太和三年春，乐天始以太子宾客分司东都，及兹十有二年矣，其间赋格、律诗凡八百首，合为十卷，今纳于龙门香山寺经藏堂。……大唐开成五年十一月二日，中大夫守太子少傅、冯翊县开国侯、上柱国、赐紫金鱼袋白居易乐天记。(太和，东本七〇正作大和。)

大和八年七月至开成五年十一月，计余五年，比前增诗三六八首，最后会昌五年《长庆集后序》称曰《洛下游赏宴集》十卷，今亦失传。

(丙)续后集

《全文·白氏长庆集后序》云：

白氏前著《长庆集》五十卷，元微为之序，《后集》二十卷，自为序，今又《续后集》五卷，自为记。前后七十五卷，诗笔大小凡三千八百四十首。集有五本：一本在庐山东林寺经藏院；一本在苏州南禅寺经藏内；一本在东都胜善寺钵塔院律库楼；一本付侄龟郎；一本付外孙谈阁童，各藏于家，传于后。……会昌五年夏五月一日，乐天重记。(按“为之”二字应乙，已校见前文。文中言“自为记”，则东本题《集后记》者合，此题《集后序》者非也。南禅，前引各文同①，东本此处作“禅林”，误。“胜善”，前引各文均作“圣”，《旧书》本传同，《太平广记》一六三引《朝野佥载》、二二七引《国史补》有圣善寺，《全文》与东本此处讹“胜”。东本又讹“钵塔”为“益塔”，“钵”古作“盋”，故讹“益”

① 范成大《吴郡志》三一云：“南禅寺，唐有之，今不知所在。”

也。谈氏外孙，《全诗》称“玉童”，东本六九缺一点为“王童”，此称“阁童”，或后来改名。)

此即白氏易箦前一年自行编定之七十五卷本也。一年之内，虽有续作，(如东本七一《自咏老身示诸家属》之“寿及七十五”，及《六年立春日人日作》，均显是会昌六年所咏。)数谅无多，后人殆附入卷末矣。依此《记》，则自开成四年春至是，增文笔三五三首，白氏全集如完好弗缺者，其首数应在三千八百四十已上。

凡上引文，除大集别出者不计，其卷数、首数，可撮举如下：

《前集》	长庆四年编	五十卷	文二二五一或二一九一首
《后集》	会昌二年?	二十卷	文一五三九或一六四九首
《续后集》	会昌五年夏	五卷	
集后			不详

(二)白氏全集源流

依白氏《集后记》，最末手定之七十五卷本，凡写五本：

(1)庋庐山东林寺经藏院

(2)庋东都圣善寺钵塔院

(3)苏州南禅寺经藏

(4)付侄龟郎

(5)付外孙谈阁童

按：东林初有六十及六十七卷本，圣善初有六十五及六十七卷本，南禅初有六十七卷本，观其《送后集往东林诗》，是否换回前本，抑续写送上，滋难言也。龟郎即东本六〇《祭弟文》之龟儿，文有云：

龟儿颇有文性，吾每自教诗书，三二年间，必堪应举。阿罗日渐成长，亦胜小时。……尔前后所著文章，吾自检寻，编次勒成二十卷，题为《白郎中集》……他日及吾文集同付龟、罗收传（“检”，《全文》六八一讹“纶”）。

盖行简之子，今以集付，践其前言也。龟郎亦疑即景受，《全文》七八〇李商隐《刑部尚书致仕白公墓碑碑铭并序》云：

子景受，大中三年，自颍阳尉典治集贤御书……奉公之遗，畏不克既，乃件右功世以命其客取文刻碑。

《新表》七五下居易下亦云：

景受，孟怀观察支使，以从子继。

独《旧书》一六六传谓“无子，以其侄孙嗣”，与《醉吟墓志》同，疑不确。又外孙姓作谈，《全诗》、《全文》及东本同。唯《墓碑铭》“一女妻谭氏”，亦疑误。

白卒而后，其集始著录者厥为《墓碑铭》，时大中三年也。《碑》云：

集七十五卷，元相为序。

白氏自序数次，而未之言，则似未尝披览其全集者。且稹所序止《前集》五十卷，故知商隐之言甚粗略也。继其后者有《全诗》十二函四册齐己《贺行军太傅得白氏东林集诗》：

乐天歌咏有遗编，留在东林伴白莲，百尺典坟随丧乱，一家风雅独完全，常闻荆渚通侯论，果遂吴都使者传，仰贺斯文归朗鉴，永资声政入薰弦。

齐己常游匡庐、荆湘间，《新书》一九〇《钟传传》：

> 僖宗擢传江西团练使，俄拜镇南节度使、检校太保中书令。

《五代史补》又言：

> 钟传虽起于商贩，尤好学重士。

或疑行军太傅是传，似有可能。然贺传诗而用“传”字韵，唐人多忌讳，想必不然，且何解于吴都使者乎。唯宋敏求《春明退朝录》下云：

> 白公自勒文集，成五十卷，《后集》二十卷，皆写本，寄藏庐山东林寺，又藏龙门香山寺。高骈镇淮南，寄语江西廉使，取东林集而有之。香山集经乱亦不复存。其后履道宅为普明僧院，后唐明宗子从荣又写本置之经藏院，今本是也。后人亦补东林所藏，皆篇目次第未真，与今吴、蜀本摹板无异。

谓东林真本为高骈威取，似与诗吴都使者合。旧、新书《骈传》均未叙其历行军太傅。始领淮南节度，在乾符六年末，其败也光启三年，于时钟传廉察江西，本骈所汲引(见《桂苑笔耕》)。《广记》二〇〇引《谢蟠杂说》云：

> 唐高骈幼好为诗，雅有奇藻，属情赋泳，横绝常流，时秉笔者多不及之，故李氏之季，言勋臣有文者，骈其首焉。集遇乱多亡，今其存者盛传于时。

则骈之取集，传之应命，要皆有故。齐己又有《与崔校书静话言怀诗》：

> 同年生在咸通里，事佛为儒趣尽高。

骈取集当中和年，齐己时代亦可相及。所须注意者，敏求北宋弘雅，尤专唐故，而叙《白集》卷数只曰七十，若其时尚未见七十一卷本者。然吴、蜀已有摹板，岂振孙所见吴、蜀刻，有异乎敏求所见欤？抑敏求未详为比观欤？

李从荣，据《新五代史》一五本传：

> 长兴元年，拜河南尹兼判六军诸卫事，从璟死，从荣于诸皇子次最长，又握兵柄，然其为人轻隽而鹰视，颇喜儒学，为歌诗，多招文学之士，赋诗饮酒。

从荣以长兴四年诛死，其补写《白集》当在长兴中，盖杨氏补写东林本前不二三年也。香山、东林两处之掇拾，数岁之间，南北辉映，且皆发自王子，堪称无独有偶；然赝作羼入，亦当斯时，其幸，亦其厄也。

抑白氏全集庋藏之地，在东都唯圣善寺，龙门香山寺所庋，不过《洛中诗》十卷，白氏遗文，可一一按，宋氏乃谓七十卷本又藏香山，直是失实。（谓香山后来分钞一本，或许有之。）然由此可设想圣善写本，早成劫灰，故即在文人，已勿复能详矣。

稍后，则《全文》九一九载匡白《江州德化东林寺白氏文集记》云：

> 皇唐白傅之有文动钩私，乃惟曰，此必补之，盖不销吾之力也。及旋旆于府，即命翰墨者缮之。不期月，操染毕函而藏之于辨觉大师堂之座左，诫其掌执者严以锁钥开闭，准白侯文集，无令出寺，勿借外人。又图白侯真于其壁，使人敬惮之，不敢苟违也。仍传教令，下属幽患，令纪徽猷，用刊琬玉，匡集七十卷，一置东都圣善，一置苏州南禅，一置庐山东林。……洎唐之季世，兵火四起，向来之美，殆为煨烬，余则固知东林者其已坠焉。……德化令公大王处青宫日，虽以宴游参侍宸扆，而友爱棣华之美，靡间于君臣。……俄膺天命，秉旄钺，出抚江城……视事之暇，闲图经，蹶然而悟，且曰，白傅尝谪为是邦典午。及访之遗迹，又洗然。忆东林等（疑寺讹）有其集焉，又询诸老僧，咸曰，执事者不勤，翦无遗矣。王咨嗟良久，顾谓诸辈，何疏慢之若是，亡斯宝耶？然于胜事颇（原注：阙一字）。白也冥蒙释

子，述作非能，仰认奖录之深，讵可辄为陈让，含毫簨纸，愧惧煎恪，股栗流汗，不能已矣。时太和六年岁次甲午，八月己巳朔，十二日庚辰，管内僧正讲论大德赐紫沙门匡白记。

此文内错简一大段，故不能不详为摘录，先事校正，后加讨论。考“皇唐白傅之有文”及“然于胜事颇”之下，均文气不接。细审之，乃知前一句应下接“集七十卷……”，其“动钩私”已下至“用刊琬玉匡”一段凡一百有七字，应钩于“然于胜事颇”之下，如是，则前文为“皇唐白傅之有文集七十卷，一置东都圣善……”后文为“然于胜事，颇动钩私……用刊琬玉，匡白也冥蒙释子……”文义整然。匡白乃作记之僧名，原注谓“颇”下阙一字，亦非。《宝刻丛编》一五江州引《诸道石刻录》云：

《唐东林寺德化王童置白氏文集记》，僧匡白记，余文真正书，倪康明篆额，大(太)和六年八月十二日。

童、重之讹，可为证也。

太和为杨行密子杨溥年号，由《记》之“友爱棣华”，知抚江州者亦行密子加官中书令者也①。《记》谓“向来之美，殆为煨烬”，南禅、圣善，应在数中。一则曰：东林已坠，再则曰“剪无遗矣”，则知东林本亦为高骈胁去而《记》讳言之也。《记》末之颂又云：

缅彼乐天，其真古贤，才器天付，辞华世传，集有七帙，芳逾百年。……念彼东林，而尝有之，尸掌不专，逸漏堪悲，爰命传写，用补阙仪。

---

① 《江西通志》四五“鄱阳郡公杨澈”下引《十国春秋》云：“太祖第六子，武义元年七月丙戌，封鄱阳郡公，太和二年正月，徙封德化王，不知所终。”合观匡白之记，德化令公大王即澈无疑。太和末澈加中书令出守江州，可以补吴书之阙。

余按：

(1)文集七帙，白氏自记南禅六十七卷本，虽是如此，但后来续增七卷，帙数果仍前不变乎？惜《集后记》不提帙数，无所是正。

(2)如《记》之说，苏州、洛城等真本，均已丧失。东林写补，果何所凭，试为下一转语，其当取资于外间传行之本矣。

《元氏集》二二《酬乐天余思不尽诗自注》云：

> 后辈好伪作予诗，传流诸处，自到会稽，已有人写官词百篇及杂诗两卷，皆云是予所撰，及手勘验，无一篇是者。

又白氏《集后记》云：

> 若集内无而假名流传者，皆谬为耳。

元、白生前已赝品不少，故白亟为之辨，例如《郡斋读书志》一八云：

> 独集中载《闻李崖州贬》二绝句，其言浅俗，似幸其祸败者，余固疑非乐天之语。及考之编年，崖州贬时乐天没将逾年，或曰浮屠某所作也。(按二疑三讹，振孙所见及东本均是三首也。)

《书录解题》一六《白集年谱》下云：

> 知忠州汉嘉何友谅以居易旧治，既刊其文集，又作年谱……其辨《李崖州三绝》非乐天作……与余暗合。

余亦尝于《会昌伐叛集编证上》辨之(《中大史学专刊》二卷一期一〇九页)，今东本编入卷二十，乃为长庆已前作，其尤妄也。抑白集七十五卷，匡白只云七十，遗漏正多，岂《续后集》定于白氏晚岁，迟留未致之东林，及白卒而事不果行，故东林遂阙五卷耶？今世所传，有第七十一卷，又岂后人拾《续后集》五卷之孑遗而补附于末者耶？是皆不可知。李、杨掇补，功非不巨，然搀入伪作，亦当在此时期，实白集之大厄也。

次《全文》八六三陶谷《龙门重修白乐天影堂记》云：

> 今居守佐相太原武公自许下之抚三川也。……广顺三禩，岁在癸丑，暮春之初，余因芟除入洛，获谒拜上公……因以白公影堂为说。……予曰：……有文七十卷，导平生之志向。……公耸身长揖而言曰：……子其行矣，予果得修之。予归朝未再旬，邸吏捧公书相授，具报讫事。（东本七一附录载此文，“佐相”作“左相”，是也。“三禩”作“三祀”，“朝”上空一格，例与前文“天子”上空一格同，非阙文也。唯篇末比《全文》多“广顺癸丑岁七月十有二日记”凡十二字。）

按武公即行德，《宋史》二五二本传：

> 武行德，并州榆次人。……广顺初，加兼侍中，俄改忠武军节度，迁河南尹西京留守。

“侍中”称“左相”，故作“佐”者误。抚三川即河南尹，陶氏作记，距东林修补仅二十年，所云集七十卷，与匡白记同，是五代人殆以七十卷为足本矣。

越在天水，著录之家，如《崇文总目》五云：

> 《白氏文集》八十卷，白居易撰。

《新书·艺文志》六〇云：

> 《白氏长庆集》七十五卷。（《通志·略》同）

《读书志》一八云：

> 《白居易长庆集》七十一卷。……《前集》五十，有元稹序；《后集》二十卷，自为序纪；又有《续后集》五卷，今亡三卷矣。

《解题》一六云：

> 《白氏长庆集》七十一卷……今本七十一卷，苏本、蜀本编次亦不同。蜀本又有《外集》一卷，往往皆非乐天自记之旧矣。

《中兴书目》文已佚，大致想与他家从同。今有可论者：(1)《新志》之七十五卷，当是据文著录，非见本如是，因五代至宋初皆只言七十卷也。(2)《晁志》称今亡三卷，则所存应七十二卷，何以只著录七十一，如谓合《解题》所谓《外集》者言之，更不应于标目内漏去，则《晁志》必有舛误也。若宋已后著录，皆逃不出宋本范围，无事繁引矣。

宋著录家外，论东林集源流者尚有《渭南文集》四六之《入蜀记》，其言曰：

> 白公尝以文集留草堂，后屡亡逸，真宗皇帝尝令崇文院写校，包以斑竹帙送寺，建炎中又坏于兵，今独有姑苏版本一帙备故事耳。

如陆游说，真宗去吴太和约七十年，东林之本，亦已屡逸，不徒非会昌旧录，且非复杨氏补本之真面目矣。《读书敏求记》四云：

> 《白氏文集》七十一卷，《年谱》一卷。乐天自杭州刺史以右庶子诏还，排纂其文，成五十卷，号《长庆集》，微之为之序。又成《外集》二十卷，自为之序，尝录一部，置庐山东林寺经藏院，北宋时镂诸板，所谓庐山本是也。绛云楼藏书中有之，惜乎不及缮写，庚寅一炬，此本种子断绝，自此无有知庐山本者矣。予昔从娄东王奉常购得宋刻，卷次与世行本无异，后亦归之沧苇。此乃对宋本校写者，其一之二，五之七，四十三，四十八之五十二，共宋刻十一卷，仍同奉常本。十三之十六，二十六之三

十，三十三之三十八，共十七卷，是金华宋氏景濂所藏小宋板，图记宛然，古香可爱，更精于奉常本。然总名《白氏文集》，愈知庐山旧本之为艰得矣。（海山本。十七卷数不合，《敏求记校证》引黄丕烈说，乃十三之十六，二十六之三十四，五十五之五十八云。）

所云卷数，似与《晁志》今亡三卷合。然《年谱》一卷，非《白集》原有，秦鉴《崇目辑释》谓今本七十二卷，恐即误并《年谱》言之。当五代初期，东林所庋已失，洛、苏亦同遭厄，下逮真宗，屡经亡逸，崇文写送，必犹是《总目》七十卷本，非乐天自记之旧，振孙立论最的，安所从得庐山真迹者。且《续后集》五卷，晁、陈引文如一，钱曾舍此弗提，足征其于白集源流之昧昧也。《张氏藏书志》云（据管庭芬《敏求记校证》引）：

《白氏文集》七十一卷，宋绍兴刊本，玉兰堂藏。书中遇构字注犯御名，桓字注渊圣御名，盖绍兴三（十）年以前刊本也。案《敏求记》云，宋刻《白集》从娄东王奉常购得，后归诸沧苇，此本玉兰堂、王烟客、季沧苇俱有印记，盖文氏故物，后归王氏，转入钱氏、季氏者。缺卷三十一至三十三，又三十五至三十六，共缺五卷，钞补。

大抵后世所传宋本《白集》，多属南渡之刻。就如钱说谓北宋镂板，似不能逾真宗而上之，非庐山真迹，又显然者。俞大纲氏云：

特遵王称牧斋之藏为庐山、东林本者，略有疑义。考宋敏求《春明退朝录》卷下云……则东林本已为后人所补，遵王直引白氏自记藏书东林事，而谓北宋时取而镂诸板，一若牧斋藏本，无异东林旧帙者，微觉失于考据。

藏书家尚板本，人即因其所好以中之，受欺当不少，真《白集》之种子断绝，断在五代，宁待绛云一炬也哉。钱氏又以《白氏文集》

与《长庆集》之各异标题，为非庐山或庐山之判别，顾谦益旧藏，据曾所见，非为足本。汪立名则云：

> 公之没去长庆末二十有二年，距微之之没亦十有五年。从杭州召还及苏州、洛中诗皆在《后集》，奈何以《长庆集》括公之作乎？此误相承已久，至今莫辨，良不可解。

此汪氏谓名《长庆集》为不合，与钱曾以题《长庆集》为庐山真本者异。《四库提要》(一五一)乃云：

> 案钱曾《读书敏求记》称所见宋刻居易集两本，皆题为《白氏文集》，不名《长庆集》，汪立名校刻《香山诗集》，亦谓宝历以后之诗，不应概题曰长庆……曾及立名所辨，不为无据。

则若钱主张应名《白氏文集》者，殊不知钱氏之意，盖谓昔年昔在绛云楼见一庐山本，内五十卷号《长庆集》，又二十卷号《外集》，自绛云一炬，此本种子遂绝，后从王奉常购得宋刻，归诸季氏，今本系对宋景濂藏小宋板校写，然此两宋刻均总题"《白氏文集》"，究不如庐山本之分题《长庆集》、《外集》者为真云云。申言之，则钱以总题《白氏文集》者为不合，分题《长庆集》为合，汪以总题《长庆集》者为不合，反言之，即汪以总题《白氏文集》者为合，钱、汪持论，适属相反，《提要》竟以异途为同趋，可为愦极。《提要》又云：

> 然《唐志》载《白氏长庆集》七十五卷，《宋志》亦载《白氏长庆集》七十一卷，而《白氏文集》之名转不著录。又高斯得《耻堂存稿》有《白氏长庆集序》，宋人目录传于今者，晁公武《读书志》、尤袤《遂初堂书目》、陈振孙《书录解题》亦均作《白氏长庆集》，则谓宋刻必作《白氏文集》，亦未尽然。况元稹之序，本为《长庆集》作，而《圣善寺文集记》中载有居易自注，称元相公先作集序，并目录一卷在外，则《长庆集序》已移弁开成新作之目录，知宝历以后之诗文，均编为《续集》，袭其旧名矣，未可遽

以总题“长庆”为非也。

按：《集后记》命宝历后会昌前者曰《后集》、《续后集》，其上即隐含长庆两字，以白所言，名白之集，何得曰误，钱、汪之说，均有未通。吾人不得曰题“白氏文集”者必为恶，犹诸吾人不得目今题“白氏长庆集”者必为善。坊贾射利，常有改名，要须看其内容如何耳。涉于卷帙，《提要》亦有讨论，今并引于此。《提要》云：

其卷帙之数，晁公武谓《前集》五十卷，《后集》二十卷，《续集》五卷。今亡三卷，则当有七十二卷；陈振孙谓七十一卷之外，又有《外集》一卷，亦当有七十二卷；而所标总数，乃皆仍为七十一卷，与今本合，则其故不可得详。

按：《年谱》成于《晁志》之后，《晁志》之七十二，断非包《年谱》言之，公武本书，纂行于蜀，所录殆蜀本，蜀本多《外集》一卷，故曰亡三卷；所标总数仍作七十一，则许后人据见本改正，不然，两数终无以相合也。草堂所备是苏版，可见其当日通行江、浙间，振孙生于浙，必据苏本入录，故曰七十一；若蜀本增一卷，当曾见而知之，附说于《解题》之内，更不足为异也。俞氏解云：

今胡氏引牧斋宋刻善本，明著为久佚之《续后集》，且所引诗十八首，皆传世旧本所无……由此论之，则牧斋所藏《续后集》，倘即宋时所存二卷中之一，而七十一卷本中之(第)七十一卷，亦为《续后集》中之一卷耶。如此，则晁、马两氏《续后集》亡三卷，藉此可得一通解矣。

按：十八首应作二十七首，且非全为他旧本所无，余将举之；(见下文《异同》节及《考证》节。)居易全集是生时按年序编下，《续后集》五卷，自应最暮年之作；且据《自记》，开成四年春犹不过八十七卷，《续后集》应为会昌作品，事更灼然。若《全诗补遗》所收诗，其时代可考者，如：

《江南喜逢萧九彻因话长安旧游戏赠五十韵》，历叙少年放浪事，末有云："旧游千里外，往事十年强。"则是居易官江南时诗，大和前——或且元和末——作品也。

《一字至七字诗》。注云："白乐天分司东洛，朝贤悉会兴化亭送别，酒酣各请一字至七字诗，以题为韵。"此即大和三年白以太子宾客分司东都事。

《岁夜咏怀兼寄思黯》。诗云："遍数故交亲，何人得六旬，今年已入手，余事岂关身。"白生大历壬子，则诗为大和五年六十岁作。

《和梦得夏至忆苏州呈卢宾客》。诗原注："予与刘、卢三人前后相次典苏州，今同分司，老于洛下。"又诗云："齐云楼上事，已上十三年。"居易宝历二年罢苏州，依诗计之，约开成三、四年作。凡此年分不同之四首，而谓居易至《续后集》始编入乎？胡震亨《统签叙录》云：（据俞氏引。）

> 《续后集》之止存一卷者，近复于钱太史受之所藏宋刻善本，录得一卷，附各体后，注补字以别之。

由汪编则知所谓"录得一卷"者，实补诗二十七首，请更就其年代可考者详之。

《送滕庶子致仕归婺州》。此珦也，据《全诗》四函八册，珦大和初致仕。

《酬令狐留守尚书见赠十韵》。楚也。《旧书》一七二本传，大和三年三月，检校兵部尚书东都留守，其年十一月，进位检校右仆射天平军节度，诗云："太（大）和膏雨降，周、邵保釐初。"又云："洛中归计定，一半为尚书。"是此诗为大和三年尚未自刑侍改东都分司时作。

《初见刘二十八郎中有感》。二十八即禹锡，大和初和州召还，自主客郎中累转礼部郎中，应大和五年元稹卒后之作。

《送刘郎中赴任苏州》，又《福先寺雪中饯刘苏州》。同是大和五年冬作，于《刘白唱和集解》见之。

《雨中访崔十八》。崔名玄亮，卒大和七年七月，见东本六一墓志。

《池畔闲坐兼呈侍中》。池即东都履道白宅之池，诗曰“一卷晋公诗”，则侍中指裴度，《旧纪》一七下，大和八年三月，度充东都留守依前守司徒兼侍中，九年十月，进位中书令，此应八、九年作。

《除夜言怀兼赠张常侍》。诗云：“三百六旬今夜尽，六十四年明日催。”大和八年白六十三，则此是八年岁除作。

《送张常侍西归》。此即前条之张仲方也。《旧书》一七一本传：“七年，李德裕辅政，出为太子宾客分司，八年，德裕罢相，李宗闵复召仲方为常侍。”据《旧纪》一七下，德裕以大和八年十月十七罢相，仲方之召，盖在八年底九年初，故诗云“二年花下为闲伴”，又“洛城久住留情否，省骑重归称意无”，而八年除夕仲方尚居洛也。

《和河南郑尹新岁对雪》。郑澣也；澣以大和八年九月除三川尹，开成元年四月内召（参拙著《唐集质疑》河南七易尹条）。又诗云“又有诗人作尹来”，当大和九年新岁作。

《赠郑尹》。尹即澣，其任河南尹之时期，已见前文，此总是开成元年初已前作。

《别杨同州后却寄》。《旧纪》大和八年七月，工侍杨汝士为同州刺史，九年九月内召，此诗亦约九年作。

《西还寿安路西歇马》，又《寿安歇马重吟》。寿安今河南宜阳县。按居易自大和九年除同州刺史不拜之后，未尝闻其西归，此断非开成、会昌之作。

凡此二十七首之十四首，约言之，皆大和末已前作，而谓白氏乃编入《续后集》乎？且总全集观之，乐府古调篇幅较长，亦最少二十首为一卷，十八首不足一卷，于事甚明，是拟此十八首为《续后集》之一卷，断断乎其不可也。反观今第七十一卷之诗五十六首，虽未能完全证其本事，然竟未观开成已前之迹，两者固不能相提并论矣。抑《容斋五笔》八《白苏诗纪年岁》条云：

> 白乐天为人诚实洞达，故作诗述怀，好纪年岁，因阅其集，辄抒录之。

征引颇为详尽，独至《全诗补遗》所收之“身年三十未入仕”，“六十四年明日催”，“何人得六旬，今年已入手”，未见引入。由此详之，当洪氏所见乐天集无其文，易言之，即宋刻第七十二卷，应宋人搜补遗佚而附，必非原有《续后集》之一卷也。

引辨既竟，余于《白集》源流，敢作简单之断论曰，《白集》除传家者外，其东林真迹，于唐末或五代初期，已被武人胁去，兵火四起，洛、苏两分，殆同灰烬，杨氏子出抚江城，始为补写，大约据外间传本，连缀成书，未加详审，今本杂伪文多篇，当即此时混入。自此历后周迄宋仁宗，诸家所记，卷只七十，其第七十一卷，应是南宋以前拾遗补附，观今东本卷首总目不列此卷，又此卷之内，特标“刑部尚书致仕太原居易”十字，为他卷所无，异同之故，颇耐人思也。宋时蜀刊更多《外集》一卷，今所传白文不见于七十一卷本者，意即从是而出，凡诸家《外集》，都是后人纂辑，惑于疑似，恐伪乱真，故创斯名，其非白氏之旧，无待论矣。

(以下从略)

(十五)拙见总述

总上十四节所讨论，拙见可概举如次：

(1)《白氏文集》寄存东林寺者，僖宗时高骈劫去，不知下落。洛、苏真本亦经乱散失。后唐李从荣在洛为补写，不数年，德化王杨澈，又为重掇置东林，至宋真宗世，屡次亡逸，朝廷乃令崇文院写校送寺，所谓东林真迹，唐末早已失传，北宋时通行于代者，宋敏求谓是从荣补本。

(2)自五代起至北宋宋敏求时止，文献所征，均称《白氏集》七十卷。《新唐志》作七十五卷，只依文著录，非见本如是。厥后传世之第七十一卷，始自何时，未得而详。或称七十二卷，不过连《别集》卷数之，疑南宋至今复佚去一卷者误也。

(3)依白氏遗文观之，《续后集》五卷应载会昌一代作品。然元、刘诗敌，次第凋沦，复从《前》、《后》两集之年期卷数，为比例的推测，白氏晚岁诗笔，恐无五卷之多。如谓阙佚者为会昌前之卷，则又与白氏数集记不符，此犹为全集总卷数之一疑问。

(4)东本《白集》，除诗笔参错略存《前》、《后》集面目一点外，其余卷第、篇次，大致同乎他刻，且因东人多昧我国字义，乌焉满纸，未得见其独善。

(5)唯东本几全删原注，读诗者必求其一，则汪编、《全诗》均胜东本。

(6)留心于白氏散文者，讹字不在论外，则东本视《全文》稍胜，然均原注不全。通行者仍以马本为较善。

(7)明刻《白氏讽谏》，殆多经明人臆改，卢氏未免推许过当。光绪吴门景宋本，大致与严本相近。

(8)陈振孙谓苏、蜀本编次有异，其异殆即诗笔错杂略存《前》、《后》集之旧。或先诗后笔不复为《前》、《后》集之分者是。南宋东林所贮，陆游见是苏板，余意东本与之同源，先诗后笔者与蜀本同源。

白氏早岁即以乐天自号，其旷其达，初不自饱尝宦味始，生平弗亟亟求进，与元稹异，然有所事任，亦恰能尽其职责，固非积极，要自别乎消极一流。余夙慕之，故草此篇时，偶有生发，便立节目，不自知其冗长耳。

【评　介】

岑仲勉(1885—1961)，广东顺德人。1903年考入两广大学堂(后改名为两广高等学堂，即广州广雅书院)，攻习经史与宋人理学，深受乾嘉考证学熏陶，对高邮王念孙、引之父子考据学方法尤为服膺，遂潜志治史。1908年，进两广游学预备科(设在广州粤秀书院)。1912年转读北京高等专门税务学校，学习近代科学诸如经济、数学、外语，初步奠定社会科学和自然科学的基础。毕业后由于家境困窘，曾任财政、税务、邮政等机关小职员。1937年年初到1948年，经陈垣推荐，进入中央研究院历史语言所，任研究员。1948年至1961年，进入中山大学文学院历史系任教授，开设蒙古初期史及隋唐史课程。著有《佛游天竺考释》、《元和姓纂四校记》、《隋唐史》等。

1947年9月，岑仲勉《论〈白氏长庆集〉源流并评东洋本〈白集〉》发表于《国立中央研究院历史语言研究所集刊》第九本。此后又有《白氏长庆集伪文》、《〈白集·醉吟先生墓志铭〉存疑》、《从〈金泽图录〉

〈白集〉影页中所见》、《〈文苑英华辨证〉校白氏诗文附按》、《补白集源流事证数则》、《从〈文苑英华〉中书翰林制诏两门所收白氏文论〈白集〉》，前后合计七篇有关白居易文集的考证文章，共十八万多字，对白集流传的版本、白居易诗文的真伪进行了详细、精博、系统的研究和考证，解决了白居易研究在文本方面的不少关键性问题，这七篇论文后来均收入《岑仲勉史学论文集》①。此外，岑仲勉的另一些著作，如《唐人行第录》《唐史馀瀋》《贞石证史》等，也涉及对白居易作品中的人或事的阐释、论证。岑仲勉的成果，代表了20世纪上半叶白居易研究领域在史料学实证研究方面的最高水准。

---

① 《岑仲勉史学论文集》，中华书局1990年版；2004年版，收入《岑仲勉著作集》。

《白居易贬谪江州的前因后果》

顾学颉

唐代大诗人白居易于元和十年(815)七月，被贬谪为江州司马。这件事，对于白氏来说，当然是一次很大的打击，也是他对于政治方面和诗歌创作方面态度有所转变的一个转折点。

请先看看《旧唐书》本传关于这件事的记载："(元和)九年冬，入朝，授左赞善大夫。十年七月，盗杀宰相武元衡，居易首上疏论其冤，急请捕贼，以雪国耻。宰相以宫官非谏职，不当先谏官言事。会有素恶居易者，掎摭居易言浮华无行，其母因看花堕井而死，而居易作赏花及新井诗，甚伤名教，不宜置彼周行。执政方恶其言事，奏贬为江表刺史。诏出，中书舍人王涯上疏论之，言居易所犯状迹，不宜治郡，追诏授江州司马。"

大家都知道的，唐代自安史之乱以后，地方割据势力(藩镇)越来越根深蒂固，形成一股强大的力量，与唐王朝相对抗，若明若暗，时紧时松，有时兵连祸结，连皇帝也不得不到外地逃难。唐宪宗(李纯)元和中，盘踞在淮蔡的节度使吴元济、镇州的王承宗和淄青的李师道，互相勾结，拥兵叛唐。元和十年六月三日，王承宗派遣刺客刺杀主战派(主张用武力平息叛乱的)宰相武元衡，刺伤御史中丞裴度，引起了一场政治上的轩然大波。当时，唐王朝的宰相为武元衡、张弘靖、韦贯之等人。武为积极主战派，主张用兵讨平叛乱，不能姑息养奸。御史中丞裴度受命到河南前方视察，向皇帝汇报情况，也主张用兵。这两人深得宪宗的信任和支持，而为地方军阀和朝内的绥靖派所不喜。张弘靖本人，只有一点虚名，本是个庸才，靠祖辈门荫才爬上高位(稍后，长庆时，河北诸镇，唐王朝本有机会收复，但因张在那里自高自大，应变无方，导致再乱，迄于唐亡）。张、韦两人表面上以不宜同时讨伐两河（河北、河南，即王、吴等）为辞，实际主张绥抚，息事宁人，承认既成事实，而与武元衡意见不合。韦贯之与武的私人关系也不好，他曾经阻止武元衡之婿段文昌为翰林学士，即其一例。① 所以，于公于私，武和张、韦都不是一条船上的人。

事情发生以后，朝臣们大为惊恐，纷纷找人保镖，生怕自己也丢了性命，对于这样重大的案情，也顾不上讨论了。这时，白居易丁母忧服满后补官不久，他虽然是一名闲官——太子左赞善大夫，即所谓"宫官"（太子宫内的官，不管实际政治上的事），但忧国忧民之心，却仍旧非常强烈（在此之前，他曾任左拾遗、翰林学士多年，屡向皇帝建议，参与过国家大事），实在看不惯那些贪生怕死的官僚们的行径，自己即日首先向宪宗上疏，请求迅急逮捕凶犯，以雪国耻。尽管代表了公议，却反而遭到重大打击。他为武元衡之死，积极上言，遭到张、韦等人的不满，当然是意料中的事。不满是不满，但要对他加一罪名，却也不太容易，于是异想天开，说他"宫官不当先谏官言事"。就是说，别人（谏官等）没讲话，他却先讲，不应该！（我曾查过《唐六典》、《唐会要》、两《唐书》职官、刑法等志及唐律、唐人笔记等书，没查到有这样一条规定，可见是他们随意捏造，横加罪名的。也可见"长官意志"，由来已久！）只应看讲的对不对，而不应看讲的先后；就情理而言，先讲的、讲对的有功，而不是有罪。

这条莫须有的罪名，还不算很严重。于是，"素恶居易者"，捏造事实，以"伤名教"罗织诬陷成罪。在封建社会里，尤其对作官为宦的人，这是非常严重的一个罪名。所谓"名教"，就是以名为教，即：君君、臣臣、父父、子子，各按名分行事，如若违背、不忠不孝，就算大逆不道，人人得而诛之。尤其儿子对父母不孝，更为国法所不容，人情所不齿。用这样的罪名加在白居易的身上，使他有口难辩，无地自容，真是毒辣已极！不应该先讲话和"伤名教"两件罪加起来，于是贬官，叫他去作一名长江以南边远地区的刺史（唐制：贬官的任地，以距离长安的近远为犯罪轻重的衡量标志，罪名越重的贬

① 见《旧唐书·段文昌传》。

地越远)。但是，事情并没完，还有一个恩将仇报、落井下石的王涯，利用自己作中书舍人的职权(中书舍人有权驳回皇帝下达的诏书)，不仅不仗义直言，反而加上一块大石头压在他身上，说他的罪太大，不宜作一州之长。从六月初到七月，这件事经过反复酝酿、制造，两次下令，最后，追回前诏，另下一道命令，让他作一名江州的副职——司马。白居易在那儿整整呆了四年。这就是当时被贬的全部经过。

下面，让我们来看看，除了张弘靖、韦贯之两人以外，其余那些"素恶居易者"是些什么人？为什么"素恶"？白居易因为什么得罪了他们？这就要从白居易的有名的诗歌说起。他元和十年在江州写的《与元九书》说：

> 自登朝来，年齿渐长，阅事渐多。每与人言，多询时务；每读书史，多求理道。始知文章合为时而著，歌诗合为事而作。是时，皇帝初即位，宰府有正人，屡降玺书，访人急病。仆当此日，擢在翰林，身是谏官，月请谏纸。启奏之间，有可以救济人病，裨补时阙，而难于指言者，辄咏歌之，欲稍稍进闻于上。上以广宸听，副忧勤；次以酬恩奖，塞言责；下以复吾平生之志。岂图志未就而悔已生，言未闻而谤已成矣。又请为左右终言之。凡闻仆《贺雨》诗，众口籍籍，以为非宜矣。闻仆《哭孔戡》诗，众面脉脉，尽不悦矣。闻《秦中吟》，则权豪贵近者，相目而变色矣；闻《登乐游园》寄足下诗，则执政柄者扼腕矣。闻《宿紫阁村》诗，则握军要者切齿矣。大率如此，不可遍举……

就是说：白居易根据自己明确提出的"文章合为时而著，歌诗合为事而作"的积极现实主义的诗歌理论，在创作的实践中，加以实现，也就是要用诗歌作为武器，来揭露社会黑暗，反映民生疾苦，使得当权者有所警惕，在政治上有所改革，人民的痛苦有所减轻。写诗歌，是为了达到政治改革的目的。正因为如此，他在元和初年，写下了大量的反映现实生活的著名诗篇，如前面所举的以及《新乐府》等等，每首针对性都很强，有事实作根据，有所为而发。正是这个缘故，得罪了“权豪贵近”、“执政柄者”、“握军要者”，召致了许多许多人的非议和不满。他因这些诗歌而招来的很多敌人，暗中怀恨在心，等待时机，对他或施明枪，或射暗箭；但因这时白居易正在皇帝跟前作翰林学士，虽“为奸人所排陷”，但有一道护身符保护，对他莫可奈何，无从下手。而到元和十年、盗刺宰相这一公案发生时，白是一名闲官，不仅没有保护伞，而且曾经信任他的那位皇帝，对他的“直言极谏”，早已厌烦了。这时，白居易的敌手们，看见有机可乘，便一窝蜂地、集中火力对准他开炮，一个罪名不够，加一个，再加一个，必置之死地而后快。下面再来看看《贺雨》等诗，讲了些什么？所讽刺的是什么人？

《贺雨》诗云：“……乃命罢进献，乃命赈饥穷。宥死降五刑，已责宽三农。宫女出宣徽，厩马减飞龙。庶政靡不举，皆出自宸衷（出于皇帝自己的意见）。……诏下才七日，和气生冲融。……昼夜三日雨，凄凄复濛濛。……冠佩何锵锵，将相及王公：蹈舞呼万岁，列贺明庭中……”这首诗歌颂皇帝能“罪己”、行“仁政”，“感动”了天，于是下了三日三夜大雨，解除了旱灾的威胁。而那一班“冠佩锵锵”的将相王公们在旱情严重的时刻，作了什么有益于农民的事情呢？——什么也没作。大雨恰巧降下（当然，并不是皇帝行善，感动了老天爷），他们却赶快“蹈舞呼万岁，列贺明庭中”，大拍皇帝的马屁。这不是对将相王公的绝大讽刺吗！难怪“众口籍籍，以为非宜”了。

《哭孔戡》诗云：“……人言明明代，合置在朝端：或望居谏司，有事戡必言。或望居宪府，有邪戡必弹。惜哉两不谐，没齿为闲官。……”叹息孔戡这样的正派人，宰相不任命他作谏官或御史。不仅责难了宰相，对一班的谏官（如拾遗、补阙、谏议大夫等）和御史（自御史大夫以下管弹劾的官员），言外之意，也颇为不满（他们没有尽到自己的职责）。《登乐游园望》诗云：“……孔生（戡）死洛阳，元九（稹）谪荆门：可怜南北路，高盖者何人。”骂尽往来于长安道上乘坐高车大马的大官僚们，难怪“执政柄者扼腕”、“众面脉脉”了。

《宿紫阁山北村》诗云：“……举杯未及饮，暴卒来入门：紫衣挟刀斧，草草十余人；夺我席上酒，掣我盘中飧。……中庭有奇树，种来三十春。主人惜不得，持斧断其根。口称采造家，身属神策军。——主人慎勿语，中尉正承恩!”这首诗，作者通过亲身的见闻，描绘出一幅皇帝的禁卫军(神策军)对老百姓的抢劫图，情景逼真，意义深刻，不仅暴露了手持刀斧的暴卒们的抢劫罪行，还把责任明确地追溯到他们的统帅(中尉：即皇帝的亲信、掌握军权的宦官)身上，而这个中尉，却正受到皇帝的宠任，说明最后的罪责在于皇帝。我们今天读起来，不能不佩服作者的胆子大，难怪“握军要者切齿”了。还不能不佩服唐代到底是“文明盛世”，对于这样大胆的诗人，皇帝当时也并未科以罪名，或“追查责任”。

至于《秦中吟》和《新乐府》等组诗，讽刺揭露的对象更为广泛，几乎全面涉及统治集团里的各个阶层，其中有向皇帝贡“羡余物”以求升官的封疆大吏的贪官，有“厨有臭败肉，库有贯朽钱”的大官僚，有忘旧弃贱的暴发户；有娇生惯养、以富傲上的阔小姐，有贪恋名位不肯退休的老官僚，有吃饱喝足，不顾百姓的旱灾，不顾囚犯死活掌权的内臣(宦官)和秋官廷尉(刑部、大理寺的长官)，还有专门吃喝玩乐，用“十户中人赋”的代价去买“一丛深色花”的王孙公子，等等。以上各诗，均作于元和初年，即元和三、四、五等年。

这几年里，执政柄、握军要、掌大权的具体是什么人呢？观下简表，即可一目了然。

司徒：杜佑。

司空(同平章事)：于頔。

同平章事(宰相)：郑絪(四年二月，罢相)、李吉甫(三年九月，出为淮南节度使)、裴垍(五年十一月，罢相)、李藩(四年二月任命)、权德舆(五年五月任命)等。

度支使(管全国财赋)：裴均(时间较短)、李巽、李鄘等。

左神策护军中尉：吐突承璀(宪宗最信任的宦官)。

右神策护军中尉：薛盈珍(三年)、第五直(四、五年)等。

元和三年至五年，三公中，杜佑是勋旧贵戚，时年已七十多(佑卒于元和七年，年七十八。)犹掌朝政。《秦中吟》第五首《不致仕》云：

“七十而致仕，礼法有明文。何乃贪荣者，斯言如不闻？……挂冠顾翠緌，悬车惜朱轮。金章腰不胜，伛偻入君门。……贤哉汉二疏，彼独是何人！”对于七十以上高龄而贪恋禄位、不肯致仕（退休）的大官僚，讽刺备至，刻画深切。白氏另有《高仆射》诗，对高（郢）之能行古礼，七十即告老回家（五年，高致仕），深深赞美。两相对比，一贬一褒，命意可见。而杜佑官高望重，年逾古稀而不退位，显然是白氏讽刺的具体对象；遭到杜佑（及其子孙和门生故吏）之忌，自是意料中之事。不惟杜佑及身忌怨白氏，几十年之后，他的孙子杜牧还利用李戡墓志铭，肆意诋毁居易，盖即为此事而发；可见一诗之微，结怨深至如此！元和十年居易被贬时，杜佑虽已早卒，但他在朝内的亲友还很多，“素恶居易者”之中，这批人当然在内。

于頔，是贞元末、元和初极为专横的一个方镇，《旧唐书》本传说他“公然聚敛，恣意虐杀，专以凌上威下为务”，德宗对他亦无可奈何。宪宗即位后，不得已，和他结了儿女亲家。自山南东道节度入朝拜司空、同平章事。又与权宦掌枢密的梁守谦相勾结，后来事发被贬。对于这种人，白氏是深恶痛绝，元和三年九月，曾向宪宗上奏《论于頔、裴均状》，论其三不可，说他们“皆欲仰希圣恩，傍结权贵，上须进奉，下须人事。莫不减削军府，割剥疲人。每一入朝，甚于两税。又闻于頔、裴均等数有进奉；若又许来，荆襄之人，必重困于剥削矣。……”宪宗没有听从白氏的意见，让于頔作了司空和宰相。之后，于頔又暗中把自己的爱妾送给宪宗。白氏知道了，又有《论于頔所进歌舞人事宜状》，揭露于頔的丑恶，劝阻宪宗不应接受。这两次劝谏，于頔在朝内的耳目众多，不会不知道，自然也不会不恨白居易。尽管元和十年，于已罢相，但仍在朝，他和他的党羽推波助澜，打击白氏，当然是十分可能的。

其次，宰相中的李吉甫和度支使中的裴均，也都是白氏的对手。元和三年，新考中制科的牛僧孺、李宗闵和皇甫湜三人的对策，切中时弊，引起裴均和李吉甫等的不满和李、裴彼此间的矛盾。于是，把主持这场考试的官员杨於陵等或贬或外放，连复试官也遭到谴责。考中了的牛等三人，也不依常规授官。白居易是复考官之一，他深为同伴和三位考生抱屈，认为太不公平，向皇帝上奏，说明此事。不言而喻，和李吉甫、裴均等唱对台戏，李、裴当然不会高兴。之后，李吉甫的儿子德裕当权时，屡次排挤、打击白居易，亦与此事有关(后来牛、李两党的形成，即种因于此)。而李吉甫又和宪宗的亲信、掌军权的吐突承璀内外勾结。白氏对于后者，更是深恶痛绝。至于裴均的种种不法行为，白氏屡有状奏，向皇帝揭露其奸恶。这些人的党羽，一直在朝内外掌权，“素恶居易者”之中，这些人和他们的党羽自然也包括在内。

至于一直被皇帝信任、统率禁军的宦官吐突承璀，正是白居易在诗中斥责的“中尉正承恩”那个“中尉”。他是宪宗的亲信，拥立者，所以宪宗叫他统率禁卫军；还叫他做讨伐河北藩镇的各路军的统帅。此事，被许多正派的大臣和谏官反对，白居易反对最激烈，受到皇帝的斥责，几乎丢了官。“握军要者切齿”，指的正是此人。元和十年，吐突承璀还在掌权，他不趁机报复，才是怪事哩!

还有一个落井下石的中书舍人王涯。他曾在翰林院与白居易同事。元和三年制科考试案中的皇甫湜是他的外甥，因亲累而外贬。白氏曾向皇帝论救，说他和皇甫湜都不应受责。不知为什么，到元和十年的事件发生、白氏被众人打击的时候，王涯不顾公理私谊，反而恩将仇报，狠狠地在白氏头上抛下一块大石头!

总合上述各方面的打击力量，使得白居易在江州过了四年的贬谪生活。其实，他们所加于白氏的罪名，都是些捕风捉影、没有道理、没有根据的，是假公济私，乘机报复的假案、冤案。而罪名中，“伤名教”一罪，更是毒辣；让我们看看到底是怎么一回事。

所谓“伤名教”，具体是说白居易对他的母亲不孝。母亲看花、掉在井里死了，他还作新井和赏花的诗，毫无伤心和忌讳的表现。这种行为，被认为是大逆不道，连作“人”的资格都丧失了的，还哪能作官呢？——这也可以说是我国历史上的一件“文字狱”。

从现存的白集看，没有新井诗，宋代人也没有看见新井诗；看花的诗的确不少。就一般的诗题而言，“新井”不像个诗题，也没有什么诗的情趣可咏，作这样的诗似乎没有什么意义；但据高彦休说，这诗是白母死前四五年作的，那就更扯不到一起了。至于赏花，白集中却很多；那要看是什么时间作的。据现存的白集看，元和六年白母卒后至九年补官前，白氏在渭村丁忧期间，所作诗数量不算多，基调大都是悲伤哀痛的，与其他时间的作品很不一样，也根本没有《赏花》诗。母亲死了，难道儿子一辈子都不能作看花的诗？恐怕没有这种道理。

再看，他母亲堕井死，是否因为白居易不孝所致呢？先让我们看看白氏自己对这件事的说法。元和十一年，白氏在江州写信给他的舅子杨虞卿（也是他的好友），表明自己一向的行为，并非不孝之人，是亲友们所共知的；但不知底细的人究竟多，他们听了那些捏造诬蔑的话，也难辨真假。信中说：

> ……且以此（指先谏官言事）获辜，顾何如耳？况又不以此为罪名（指另以“伤名教”为罪）乎？此足下（杨虞卿）与崔（群）、李（建）、元（宗简）、庾（敬休）辈十余人（都是白氏最亲近的好友），为我悒悒郁郁长太息者也。然仆始得罪于人也，窃自知矣。当其在近职时，自惟贱陋，非次宠擢，夙夜腆愧，思有以称之。性又愚昧，不识时之忌讳。凡直奏密启外，有合方便闻于上者，稍以诗歌导之。意者，欲其易入而深诫也。不我同者，得以为计，媒孽之辞一发，又安可君臣之道间自明白其心乎？加以握兵于外者，以仆洁慎不受赂而憎，秉权于内者，以仆介独不附己而忌，其余附丽之者，恶仆独异，又信狺狺吠声，唯恐中伤之不获。以此得罪，可不悲乎？然而寮友（同事的）益相重，交游（朋友）益相信，信于近而不信于远，亦何恨哉？近者少，远者多，多者胜，少者不胜，又其宜矣。师皋，仆之是言，不发于他人，独发于师皋，师皋知我者，岂有愧于其间哉（指对“伤名教”的罪名，自己问心无愧，而且杨也是知道的）？苟有愧于师皋，固是言不发矣。且与师皋，始于宣城相识，迨于今十七八年，可谓故矣。又仆之妻，即足下从父妹，可谓亲矣。亲如是，故如是，人之情，又何加焉？（还有什么别的关系比这更亲密呢?）然仆与足下相知，则不在此。何者？夫士大夫家，闺门之内，朋友不能知也；闺门之外，姻族不能知也，必待友且姻者，然后周知之。足下视仆莅官事、择交友、接宾客，何如哉？又视仆抚骨肉，待妻子，驭僮仆，又何如哉？小者近者，尚不敢不尽其心，况大者远

者(意指孝亲、忠君等大事)乎？所谓斯言无愧而发矣，亦犹仆之知师皋也。

这封信，把被打击的原因讲得很清楚，把“伤名教”的罪名，用已往的行为来证明自己是无罪的，是问心无愧的，也是多年相处的朋友和亲戚们所能证明的。对于这种捏造诬陷横加的“罪名”，自己只好“以理遣”，“以情恕”而已，别的也没有什么可说了。

上面所引，是白氏自己的说明。以下，再看看唐代(比白氏稍后)及宋人关于此事的记载。宋代陈振孙《白文公年谱》元和十年下辨明此事，云：

……新井之事，世莫知其实，史氏亦不辨其有无，独高彦休《阙史》言之甚详。公母有心疾，因悍妒得之。及嫠，家苦贫。公与弟不获安居，常索米丐衣于邻邑。母昼夜念之，病益甚。公随计宣州(按：时在贞元十五、六年)，母因忧愤发狂，以苇刀自刭，人救之得免。后遍访医药，或发或瘳。常恃二壮婢，厚给衣食，俾扶卫之。一旦，稍怠，毙于坎井(在元和六年四月)。时裴晋公(度)为三省，本厅对客，京兆府申堂状至，四坐惊愕。薛给事存诚曰：“某所居与白邻，闻其母久苦心疾，叫呼往往达于邻里。”坐客意稍释。他日，晋公独见夕拜(唐人称给事中为夕拜)，谓曰：“前时众中之言，可谓存朝廷大体矣。”夕拜正色曰：“言其实也，非大体也。”由是晋公信其事。……凡曰坠井，必恚恨也，陨获也。凡曰看花，必怡畅也，闲适也。安有怡畅闲适之际，遽致颠沛废坠之事？乐天长于情，无一春无咏花之什，因欲黻藻其罪。又验《新井》篇，是尉盩厔时(元和元、二年)作，隔官三政，不同时矣。——彦休所记，大略如此。闻之东都圣善寺老僧。僧故佛光和尚弟子也。今考集中，亦无所谓《新井》诗者，意其删去。然则公母死以心疾，固人伦之大不幸；而傅致诗篇，以成谗谤，则憸壬媢嫉者为之也。故删述彦休之语，以告来者。

按：佛光和尚与居易为友，会昌二年尚在；高彦休唐末五代人，认识佛光的弟子完全可能，故高氏所记可信。惟今本《唐阙史》无此条，或已为后人删去。但宋人张耒《张右史文集》卷四十八《题贾长卿读高彦休续白乐天事》一文，谓：“高彦休作《唐阙史》，辨白乐天无因母坠井作赏花新井诗，贾子又从而续辨之。……”可见宋代在陈振孙之外，另有人亦见到《唐阙史》关于此事的记载，并非陈振孙杜撰。据高所记，新井诗是元和元、二年作的，白母死于六年六月；而王涯则混淆时间的前后，捏为一事，横加罪名，真算得上卑鄙无耻了！

白居易对于政治（国家大事）上的热情减退，并不始于元和十年的遭贬。当然，这次对他的打击更大，对他的思想转变影响更深，使他的态度更坚决罢了。为什么热情减退呢？因为除了过去接近老百姓，知道人民的许多疾苦，和现实中存在的一些矛盾之外，他还作皇帝的近臣四、五年，对于国家的种种危机都了如指掌，对于朝内朝外当权派的明争暗斗，钩心斗角，洞若观火（还有边境的少数民族的问题和危机，他也常提到）；对于全国老百姓越来越深的灾难痛苦，知道得更加深刻，而力不从心，爱莫能助，对于唐王朝“中兴”的前途，已经不抱什么幻想；而对于宦途风波，对于自己的危险处境，阴影时时笼罩在头上而经常暗自惊心，因此，元和初年，他就在诗中透露了：“中年忝朝班，备知朝廷事。作客诚已难，为臣尤不易！”（这种调子很多，不一一列举。）被贬之后，有时偶然地又被国家大事所激动，而“愚计忽思飞短檄，狂心便欲请长缨（他想请求皇帝让自己从军，去攻打吴元济）”。写到这里，自己又觉得多事，好笑，赶快又警戒自己，说：“从来妄动多如此，自笑何曾得事成！”后来，就干脆发誓：“世事从今口不言”——因为“忧国朝廷自有贤”（宋代陆放翁诗，“诸公自有匡时策，吾辈空怀畎亩忧”，与此同意。这都是时代的悲哀）。国家大事，自己只好不管、其实也管不了！不过，话虽如此，当自己在其位、有说话的机会和责任时，他仍然为国为民，积极建议，以求尽到自己的职责，例如后来作中书舍人时，就对河北用兵等事，多次向皇帝上奏，表明自己的主张，事实的发展，也证明了他的意见是正确的，可惜掌权的人不能采用，他也就只好请求外放、去作地方官了。

至于他的创作，经过贬江州这次打击，“讽谕诗”确实少了，这有两个原因：一则，鉴于揭露、讽刺的对象太多，树敌招灾，不愿再冒风险惹祸。二则，元和初年在政治上略见转机，有可为之时，自己冒着风险写下的许多诗歌，还有希望在政治上起一点作用，收到一点实际效果；就是说，还希望没有白费气力。及至洞悉国情的上下内外，种种矛盾和黑暗，知道大势已定，无可挽救，个人不仅无能为力，并遭到迫害，"讽谕诗"再写多些也没有用了，反而招来无妄之灾，何必再干这样的蠢事呢！但是，经过这场灾难之后，白居易也并非"讽谕"完全绝迹，遇上重大事件，仍然要写几句来抒发自己的感慨和意见，不过，不用"讽谕"之名，也不像过去那么集中、那么多而已。

【评　介】

顾学颉《白居易贬谪江州的前因后果》，1964 年草稿，1981 年 1 月修订，刊载于《武汉大学学报》1981 年第 3 期，后收入《顾学颉文学论集》(中国社会科学出版社 1987 年版)，略有校改。上文据《顾学颉文学论集》。

顾学颉(1913—1999)，字肇仓，号莜坎，别署坎斋；湖北随州人。国立北平师范大学国文系毕业，华北人民革命大学政治研究院毕业。历任国立西北大学、西北师院、湖北师院、湖南师院、私立民国大学等院校讲师、副教授、教授、系主任。中华人民共和国成立后调到人民文学出版社古典文学编辑室，任高级编辑；1975 年退休；曾任国家古籍整理出版规划小组顾问、世界文学名著丛书编委、《艺文志》杂志常务编委，兼任南开大学教授，湖北省社会科学院文学学会顾问、北京元代文学研究会副会长；中国作家协会会员。著有《顾学颉文学论集》、《元曲释词》、《坎斋诗词稿》等，编有《元人杂剧选》、《元明杂剧》、《关汉卿戏曲选》等，校点《醒世恒言》、《今古奇观》、《随园诗话》、《介存斋论词杂著》等。遗著有《白居易集编年校证》16 卷。①

---

① 参见《顾学颉自传》，《中国当代社会科学家》第 7 辑，第 270 页；《中国现代社会科学家传略》第 4 辑，第 350 页；顾学颉：《我与元剧释词、白居易研究及其他》，收入《家学与师承：著名学者谈治学门径》，广西师范大学出版社 2007 年版，第 377～389 页。

顾学颉的白居易研究，缘起出版社计划出版一部白诗选，其成果是与周汝昌合作而成的《白居易诗选》(作家出版社1962年版；人民文学出版社1963年版)，这部诗选后来列入《中国古典文学读本丛书》，甄选一百八九十篇白诗加以校注，校勘以宋本为依据，参考敦煌写本、通行的汪立名本、覆宋刻《白氏讽谏》、《全唐诗》等，遇有异文，择善而从。为了节省篇幅，不另作校记，校记皆列入注释。注释文字简明扼要，为选注者用力之处，除字词、典故的注解以外，还包含诗作的历史背景、社会情况及作家生平、交游等方面的说明，遇有可供参考的较为重要的资料而为注释所无法包容的，则采取“备考”的形式，放在注释的后面。对所选白诗进行编年，编年依据也列入注释部分。前有王士菁所撰“前言”，后附顾学颉编“白居易年谱简编”。此后又据宋绍兴本《白氏长庆集》点校出版了《白居易集》(中华书局1979年版)，虽然并非现存各本之会校，但参考本子很多，《文苑英华》及《文苑英华辨证》、《唐文粹》、《册府元龟》、《乐府诗集》等宋籍尤其多加参考引用。举凡原本明显的错误和脱漏之处，或改或补，都一一作了校记；对于仅依刻本不能解决的问题，整理者也参证史料(包括出土实物如碑铭等)或本集互证，辨其真伪，尽量使它接近白氏诗文原貌。白氏集中不少作品亦见于他人名下，恐非白氏之作，但也有确系白氏作品，而白集佚失未收入者，应分别不同情况加以对待。该书将此类宋本集中未收之补遗性质的诗文，编为外集备考。外集中的两卷所收诗词文百余首，大多系根据前人拾遗补阙而来，另又据笔记、石刻等补收若干篇。在此前后，撰写了《白居易世系、家族考》《白居易与永贞革新》《白居易贬谪江州的前因后果》《白居易和他的夫人：兼论白氏青年时期的婚姻问题和与“湘灵”的关系》《白居易与牛、李两党关系考》《白居易所书诗、书、志、石刻考释》《刘禹锡、白居易酬赠诗中“二十三年”的“三”字问题》《张好好与白居易》等论文(均收入《顾学颉文学论集》)。其中《白居易世系、家族考》对白氏世系传说、得姓来源误传、托古冒名的社会原因等，给予考证。对白氏自序及两《唐书》白传所述事实，予以反驳，证明其不可信，澄清了千年误说。对其家族情况系统进行清查。如其曾祖辈之行次，其父母异常婚配，白居易本身之婚姻，青年时期之恋情，子女及承继问题，殁后之葬、墓、谥等，一一加以考察，使历代相沿的误传讹闻，有了比较可信的说法。

本文论述白居易被贬，赏花和新井诗只是莫须有的罪名，背后的根本原由，是其早年讽刺朝贵的讽喻诗，及弹劾于頔、吐突承璀等皇帝宠臣的奏状，加之政见多与宰相背道而驰，因此素恶于白居易的张弘靖、韦贯之、杜佑门生及李吉甫等朝臣才会捏造罪名，趁机将白居易逐出京城，所谓欲加之罪何患无辞。这些分析无疑在宋人旧论基础之上，更加细密全面。当然，王涯恩将仇报背后的细节，还可参见蹇长春《白居易的江州之贬与王涯的落井下石》(《西北师大学报》2005年第1期)。至于其中与唐宪宗的干系，则可参见翟海霞《白居易与江州之贬》(广西师大硕士论文，2007年)。

《一篇长恨有风情——漫谈〈长恨歌〉的思想和艺术》

褚斌杰

唐代诗人白居易的《长恨歌》，是一篇久为传诵的名作。据记载，这篇诗写出不久，就给诗人带来很高的荣誉，被称为"《长恨歌》主"，后世评论家亦诩为"自是千古绝作"。《长恨歌》是一篇长篇叙事诗，所咏的是历史上唐玄宗和杨贵妃的故事。但对这样一篇为大家所喜读熟诵的作品，它的主题思想究竟是怎样的，却一直是古今研究者所争论的问题。从古人的评论来看，不外两种意见，一种认为这篇诗的主题是讽喻，"讥明皇迷于色而不悟也"；一种认为它仅仅写了李、杨的爱情，"不过述明皇追怆贵妃始末，无他激扬"。中华人民共和国成立以后，这个问题，仍是大家所讨论的问题，始终还没有达到比较统一的认识。本来，在文学史上这样的事例是不少的，凡是一部伟大或者优秀的作品，它所蕴含的思想往往是比较复杂的，是需要经过人们长久的探讨，深入的分析，才能揭示其底蕴的。

在我看来，白居易《长恨歌》所要表达的思想，也正是诗人为这篇长歌所取的诗题，即"长恨"二字。恨，就是遗憾，遗恨；而作者写李、杨的故事，所引以为长恨的是什么呢？这作者在本诗的结穴中实际已经点明。诗中的最后一节，在铺写了李、杨二人生死隔离，思而不能相见，爱而不能复聚的情况以后，于是诗人用"天长地久有时尽，此恨绵绵无绝期"这样两句情深意长的诗句，结束了全篇。在诗人看来，一对彼此刻骨思念的情人，遭遇到这样的不幸，正是一个令人哀怜的悲剧，这对于这对情侣来说，以至对于后人来说，都只能为之遗恨千古，悲叹莫置。南朝江淹曾作过一篇有名的《恨赋》，叙述了某些古人“伏恨而死”的情况，对于历史上遭遇不幸的人寄予同情；而白居易这篇以“长恨”名篇的诗，也正写的是历史上的一个悲剧，写的是一个感人的爱情悲剧故事，而且于诗篇中也毫不掩饰地流露出作者对所写悲剧主人公的莫大同情。

所以，我们认为《长恨歌》写的是一个爱情故事，是一篇描写爱情，歌颂爱情的诗篇，并不是一篇什么政治讽谕诗。但是由于这篇作品题材的特殊性，因而使它与一般的爱情悲剧故事有所不同。它所写的是历史题材，写的是历史上实有其人的唐玄宗和杨贵妃的故事。如果说他们的生离死别由爱情方面说是个悲剧的话，那么这个悲剧的铸成，也正有他们自己的过错在内。唐代安史之乱这场历史浩劫的发生，与唐玄宗宠爱杨妃，贻误政事有很大关系。因此，诗人在描写这个悲剧故事的时候，就不能不涉及悲剧发生的原因问题。在诗人白居易看来，唐玄宗过分地宠爱杨妃，不理朝纲(“春宵苦短日高起，从此君王不早朝”)，任用非人(“姊妹弟兄皆列土，可怜光彩生门户”)，都是作为一个君主所不应该的事，对此他不能不有微辞。而在诗篇中，当写到这方面的时候，诗人也毫不掩饰地流露出不满情绪。正是因为这样，也就增加了这首诗的复杂性。但是，从作者的创作意图，从作品的主要内容和基本思想来看，它所力图表现的仍是李、杨在后期事变中爱情方面所遭遇的不幸，是一篇描写爱情，咏叹爱情悲剧的故事诗，而不是一首政治讽谕诗。

《长恨歌》是一篇具有高超艺术表现力的诗篇。作为一篇故事诗，它的篇幅并不太长，但是它具有生动的故事性。它比较完整地表现了一个悲剧故事的始末。全诗以“汉皇重色思倾国”开端，首先写了杨妃的入宫、专宠；接着写了事变的发生，杨妃的惨死；然后写唐明皇的幸蜀以及回宫后对杨妃的笃诚思念；最后则以丰富的想象，构思了在蓬莱仙岛上杨妃亦不忘旧情的情景，完成了整个故事。正由于它刻画了人物，具有较完整的故事性，因而具有小说，特别是传奇小说的色彩，给人以特殊的吸引力。但作为一篇诗来说，它又始终没有离开诗歌的素质，它语言精醇简炼，感情浓郁，以情叙事，借景托情；诗中故事情节的每一发展，作者无不以情语出之，诗中对景物的每一描写，作者也无不以情来渲染。总之，生动、完整的故事性与浓烈的写情、抒情相结合，构成了这首诗的主要特色，也是它在艺术上最成功的地方。

《长恨歌》作为一篇故事诗，它的情节进展大致可以分为三个部分。首先，从“汉皇重色思倾国，御宇多年求不得”开始，到“缓歌慢舞凝丝竹，尽日君王看不足”，主要是叙写杨氏入宫，李、杨在一起时的生活。作者在这一部分里，用极为夸张的语言，写杨妃的美丽和娇媚，“回眸一笑百媚生，六宫粉黛无颜色。春寒赐浴华清池，温泉水滑洗凝脂；侍儿扶起娇无力，始是新承恩泽时”；同时，写唐玄宗李隆基对杨妃的专宠和纵情，“后宫佳丽三千人，三千宠爱在一身。金屋妆成娇侍夜，玉楼宴罢醉和春”。这一段既写了杨妃的入宫和李隆基对她的专宠，以至发展到纵情的经过，又寄寓了诗人对他们纵情误国行为的极大的痛心和无限的感慨之情，“春宵苦短日高起，从此君王不早朝”，“遂令天下父母心，不重生男重生女”。诗人这样来写，就为后面事变的发生，悲剧的必然到来作了预示。

果然，“渔阳鼙鼓动地来，惊破《霓裳羽衣曲》”，安史之乱发生了，故事转到了第二段。这一段主要写杨妃之死和李隆基对杨妃的不能须臾忘怀的思念之情。这时唐明皇的形象，已经完全转化为一个爱情悲剧的男主角了。诗中写马嵬坡杨妃死后，唐明皇心情十分痛苦。其遭遇和心境的变化，诗人是通过情景相托的表现手法形象地表现出来的。“黄埃散漫风萧索，云栈萦纡登剑阁；峨嵋山下少人行，旌旗无光日色薄。蜀江水碧蜀山青，圣主朝朝暮暮情。行宫见月伤心色，夜雨闻铃肠断声。”前四句，是以情写景，借景托情，用萧索、孤凄、暗淡的景物色彩，渲染了幸蜀路途中悲凉的气氛；后四句，更借景物月色、铃声等给予唐明皇的特殊感觉，表达出人物当时的悲痛心情。下面更以一定的篇幅，铺写了唐明皇重回长安后的情景，“归来池苑皆依旧，太液芙蓉未央柳。芙蓉如面柳如眉，对此如何不泪垂！”深刻地刻画了唐明皇回宫后“物在人非”的感触和悲哀。如果单纯作为一个历史故事，其情节至此，本已结束；但诗歌作者却未受此局限。诗人以丰富的想象和富有才华的文笔，构思和描写了杨妃死后独居蓬岛仙山的故事，补足了对悲剧故事女主人公——杨妃的描写。在这一情节里，诗人描绘了杨妃“昭阳殿里恩爱绝，蓬莱宫中日月长”的幽怨，描写了“回头下望人寰处，不见长安见尘雾”的相思，尤其是通过杨妃“唯将旧物表深情，钿合金钗寄将去”的不忘旧情的举动和“但教心比金钿坚，天上人间会相见”的旦旦誓言，丰满地刻画了杨妃执着于爱情的动人的形象。这最后一段的描写，虽然超出了历史事实的范围，但却完满地表达了这一爱情悲剧故事的主题，从艺术上说，它给故事涂上了一层为当时人们所喜闻乐道的传奇色彩，从诗的要求来说，它增强了以“情”感人的力量。

作为一首故事诗来说，它有情节的推移、转换，但从全诗来看，它又一气旋折，完全灭去转落之痕。如写杨妃被选入宫廷，只用了“天生丽质难自弃，一朝选在君王侧”两句过渡；写安史之乱爆发，明皇幸蜀，只用了“渔阳鼙鼓动地来，惊破《霓裳羽衣曲》”两句过渡；写马嵬之变，悲剧的发生，只用了“君王掩面救不得，回看血泪相和流”两句带过；写仙山觅魂的情节，又用“悠悠生死别经年，魂魄不曾来入梦”两句推引。诸如这类转折接榫处，作者都构思、处理得十分自然、精炼而且形象生动，既保持了故事发展的层次和连接，使之不断其脉络；又保持了诗歌体裁所要求的凝炼、含蓄和抒情的色彩，充分表现了诗人高超的艺术才能。

这我们是从《长恨歌》总的构思和结构来说，至于这首诗的每一局部，每一细节，也无不精美、诱人。我们读这首长诗，宛如步入一座雕梁玉砌的殿堂，一檐一壁，一柱一石，无不佳美，精到。如开端部分写杨妃的入宫，用了“天生丽质难自弃”一语，这既缘上文写了“汉皇”的重色和无所不到的寻求，又写了杨妃的终难自掩的容颜丽质，“难自弃”三字，可谓一鼓双敲，善于足意。又如下文用“回眸一笑百媚生”写杨妃的顾盼生姿；用“侍儿扶起娇无力”，写杨妃的娇媚之态；用“梨花一枝春带雨”，写杨妃的美丽、哀怨的形与神，细按之，均有工致入画之妙。诗中还善于通过对人物意态和活动的细节描写，深刻地写情达意，揭示出人物的内心世界。如写唐明皇幸蜀归来复又经过马嵬坡时，诗中用“到此踌躇不能去”，“不见玉颜空死处”，来表现唐明皇的痛苦、留恋、怅恨之情；接着下面又用“东望都城信马归”，形象地写出了唐明皇由于失去杨妃，而余痛在心，虽东归长安，也无情无绪的样子。又如诗中写方士去仙山叩寻杨妃的一段，杨妃闻讯后，先是“九华帐里梦魂惊”，次是“揽衣推枕起徘徊”，最后是“花冠不整下堂来”，分别依次地写出了杨妃闻讯之后的那种先是吃惊，后又半信半疑，最后则急急欲与使者相见的整个心理过程。正是由于《长恨歌》在每一细节上都有这样无意不透，无语不灵的艺术表现力，所以它能够生动、传神，博得人们永远的传诵。

《长恨歌》是一篇所谓写“风情”的作品，其所写的又是一桩宫廷的爱情故事，但它的整个风格却不流于浮艳。我们如果把这首诗与六朝时期的那些写宫廷男女生活的诗相比，就会发现它们的巨大区别。其所以如此，这是与作者的思想高度与作者创作这首诗的严肃态度分不开的。在《长恨歌》故事的前一部分，虽然由于故事发展的需要，诗中也写到李、杨前期的宫廷生活，甚至叙写了李隆基的纵情声色和杨妃的逞媚邀宠，但作者所持的不是欣赏的态度，对那一段生活不是作自然主义的描写，而是持批判的态度，作了概括性的艺术处理，因此它与历史上的那些肆意渲染淫靡色情的所谓香艳诗，在性质上乃是完全不同的。而且《长恨歌》所要着意表现的，是一个悲剧性的主题，诗中写李、杨的情和事，主要放在他们身罹不幸之后，重点在表现一对男女在爱情上的笃诚和他们生死不渝的信念，也就是说，作者所同情和借诗篇所歌颂的，是爱情的专一和坚贞，这无疑是严肃的，所表达的感情是感人而美好的。

诗人白居易在一首诗中曾不无自负地题写道：“一篇《长恨》有风情，十首《秦吟》近正声”，《长恨歌》和《秦中吟》虽属不同题材，不同思想感情和风格的作品，但它们都是诗人白居易的力作，都是文学史上不朽的名篇。

【评　介】

褚斌杰(1933—2006)，笔名楚子。北京人。1954 年毕业于北京大学中文系，留校任助教，师从游国恩、林庚。1958 年调中华书局哲学编辑室，1978 年调回北京大学中文系执教，先后任副教授、教授、中国广播电视大学主讲教师。著有《中国文学史纲要》先秦、秦汉部分，《中国古代文体概论》、《白居易评传》、《中国古代神话》、《古典新论》，主编有《中国文体百科辞典》、《白居易诗歌鉴赏集》等。

《白居易评传》(作家出版社 1957 年版；人民文学出版社 1980 年版；北京大学出版社 1994 年版。后二版为修订本)是其代表作，系统评述白居易的生平、思想以及文学创作。“导言”首先阐述主要观点：白居易作为安史之乱严重后果的遭遇者，痛切地感到社会矛盾的复杂激化，提出了现实主义的文学理论，并以大量的诗篇，反映了民间的疾苦，歌出了人民的愿望，并大胆、尖锐地揭露统治阶级的罪恶。因此，他不愧为一位伟大的现实主义诗人；他的诗歌，尤其是讽喻诗，是富于人民性的作品。作者评述白居易从为民请命、为国直谏到醉心佛老、半官半隐的人生历程；特别谈到白居易在出处的转变中，其内心的矛盾和痛苦，进而强调他对正义事业的自信，对人民的热爱以及他作为现实主义诗人的进步性。对白居易早期思想的进步性和后期思想中消极的一面，作者有明确的认识，但在作总的评价时则特别看重前者，认为白居易隐逸思想的实质，绝不可理解为是他对现实的屈服，是他对国家、人民感情的冷淡；他不愿做官的思想恰恰是对社会现实的反抗。因为他在沉重的黑暗势力包围之下，自己的政治理想虽得不到实现，但也绝不肯同流合污，绝不肯与统治阶级在罪恶的活动上实行任何的合作。作者对白居易作品的评价，偏重于人民性、现实主义方面。对讽喻诗进行了详尽的论述，而对闲适诗，基于对白氏隐逸思想实质的认识，也同样给予较多的肯定，认为它们在题材上似乎与社会政治现实相脱离，但实质上，与社会现实仍有密切关联。诗人对闲散生活的追求和归隐思想的萌长，是在对现实的不满和否定的基础上提出来的，包括白居易的参禅、学道思想，也是在与庸俗现实对立中提出来的。

褚斌杰《一篇长恨有风情：漫谈〈长恨歌〉的思想和艺术》，原载《文史知识》1983 年第 7 期，又收入其《白居易评传》(北京大学出版社 1985 年版)及《国际白居易研究论文集》(中国洛阳白居易研究会编，银河出版社 2006 年版)。关于《长恨歌》主题思想的阐述，作者 1955 年曾发表《关于〈长恨歌〉的主题思想及其评价》(《光明日报》1955 年 7 月 10 日《文学遗产》第 62 期；收入《文学遗产选集》第二辑，作家出版社 1957 年版；《“唐诗”研究论文集》第三集，香港中国语文学社 1970 年版)。其中的主要观点，在 20 世纪 50 年代末 60 年代初引起广泛讨论。作者认为，白居易对主题的选择和评价有两种思想：一面是对唐明皇、杨贵妃荒淫误国的不满和痛恨，一面是对他们的爱情以及不幸遭遇的同情。这就使《长恨歌》主题思想具有复杂性和多样性。但从全部内容看，同情超过了讽刺，占了主要地位。因此，表现和歌颂爱情的思想，是《长恨歌》的主要思想，亦即是它的基本思想。1956 年林志浩发表《论〈长恨歌〉的主题思想兼及其争论》(《光明日报》1956 年 8 月 19 日)一文，对上述观点进行评论。林文认为，这种意见“虽然把《长恨歌》看成一个爱情悲剧”，“着重分析了后半部的悲剧描写，但又把这一悲剧理想化和一般化，忽视了它的特殊矛盾、特殊性质”；没有把白居易对李、杨的谴责看成是“主题思想的一个重要方面”，因而对它与爱情悲剧的关系，如何跟同情、赞颂爱情的思想统一起来，缺乏深刻的了解。林文指出，《长恨歌》写了一个完整的爱情悲剧，自始至终贯穿着爱情生活、爱情悲剧的承担者与破坏爱情生活、爱情悲剧的制造者的冲突，“结果是人物的长恨”。冲突主要体现在人物本身，而不是人物与外部的关系，这是《长恨歌》爱情悲剧的本质。关于《长恨歌》主题思想的探讨，至今未有定论。在这方面，作者有着发轫之功。

《以白居易、元稹为核心的中唐小说集团述论》

苏　兴

一、叙　说

唐诗，特称盛唐，以李、杜为代表；在以古文(散行之文)为工具的传奇小说，其兴盛乃在中唐：传奇小说佳作多产生于中唐，著名的传奇小说作者个别的搭盛唐的边，然主要创作是在中唐。传奇小说与诗歌在此不同步。

中唐的传奇小说作者是以白居易、元稹为中心而组织、创作小说活动的。相关的人士有白行简、陈鸿、李公佐、韩愈、柳宗元、牛僧孺、刘禹锡、李绅、蒋防、许尧佐等人。白、元和上列一些人都是文士以至官僚，他们的交往可以借用"文艺沙龙"的洋味词语来形容。他们主要是诗酒酬唱，切磋琢磨小说也比较经常。并无大的集会，多是几个人在一起谈谈写写。白行简是白居易的弟弟，埙篪相应是不必说的了；陈鸿与白居易共同约定一作《长恨歌传》，一作《长恨歌》；韩愈与白、元间有诗文交流(可参看各本集)；柳宗元与元稹有诗歌赠答(参见各本集)；牛僧孺与白居易、元稹、刘禹锡的诗酒交往颇频(参见各本集)；刘禹锡与白、元关系密切，参见各本集的诗文；李公佐命白居易弟白行简作《李娃传》；李绅与元稹配合，一作《莺莺歌》，一作《莺莺传》；蒋防之作《霍小玉传》，可能是在元稹、李绅的鼓励下写出的；元稹与许尧佐(弟)、许康佐(兄)有诗文交往。

按上述诸人的小说创作、交流情况，可列以下时序表：

年份	小说创作活动
贞元十八年(802)	李公佐作《南柯太守传》
贞元二十年(804)	元稹作《莺莺传》，李绅作《莺莺歌》
贞元二十一年(805)或稍前	牛僧孺作《玄怪录》(个别篇章有以后写的)
贞元、元和间	许尧佐作《柳氏传》
元和元年(806)	陈鸿作《长恨歌传》，白居易作《长恨歌》
元和元年至元和十年间(806—815)	柳宗元作《三戒》
元和三年(808)或四年(809)	白居易在新昌宅讲“一枝花话”
元和四年(809)	元稹作《感梦记》(?)
元和四年(809)或五年(810)	韩愈作《毛颖传》
元和五年(810)	陈鸿(?)作《东城老父传》
元和六年(811)	李公佐作《庐江冯媪传》
元和七年(812)	韩愈作《石鼎联句诗序》
元和九年(814)	李公佐作《古岳渎经》
	白居易作《纪异》(《王裔老》)
元和十年(815)	刘禹锡讲“虎抛死人话”
元和十三年(818)	李公佐作《谢小娥传》
元和十四年(819)	白行简作《李娃传》，元稹作《李娃行》
元和十五年(820)	元稹作《崔徽歌》
长庆元年(821)	蒋防作《霍小玉传》

二、白居易与小说

白居易并非某一传奇名篇的作者。他有一篇《纪异》，载《白氏长庆集》卷四十三，记从祖兄白皞遇鬼事，文中自称为“予”，《太平广记》卷三百四十四（鬼二十九）收入，是它的节录，改为他人叙白居易从祖兄的口气，题曰《王裔老》。由《纪异》内容与被《广记》收入“鬼类”的情况看，它可以算作是一篇志怪小说。该文作于元和九年（814）九月。然而它与当时盛行的传奇小说比，是相形见绌的，即使纳它入唐前的志怪小说，也是中下品。

白居易能在小说阵地领袖群伦，在于他促成民间说话进入文人创作的轨道。元和三年或四年，他在长安新昌宅说“一枝花话”。元稹在《酬翰林白学士代书一百韵》的“翰墨题名尽，光阴听话移”下自注云：“乐天每与予游从，无不书名于壁。又尝于新昌宅说‘一枝花话’，自寅至巳，犹未毕词也。”（《元氏长庆集》卷十，《全唐诗》卷四〇五）按：罗烨《醉翁谈录》癸集卷一“不负心类”之《李亚仙不负郑元和》云：“李娃，长安倡女也，字亚仙，旧名一枝花。”张政烺《一枝花话》（《中央研究院历史语言研究所集刊》二十期下册）据《醉翁谈录》的记载论证于新昌宅说的“一枝花话”，即说李娃与郑元和的故事。对于元稹的注，过去研究者多理解为是白、元二人听别人（或许就是说话人）讲说“一枝花话”，因为《渊鉴类函》卷二百四十八“妓四”有“称一枝花”条目云：“《异闻录》：天宝中，常州刺史荥阳公子应举，狎长安倡女李娃，娃后封汧国夫人，夫人旧名一枝花。元稹《酬白乐天代书一百韵》云：‘翰墨题名尽，光阴听话移’，注云：‘乐天每与予同游，常题名于屋壁，顾复本说一枝花，自寅至巳。’”这里明言“说一枝花〔话〕”的是名叫顾复本的一个人。今见元稹的该诗，如1956年文学古籍刊行社的影印宋抄本《元氏长庆集》，过去商务印书馆四部丛刊影印明嘉靖壬子东吴董氏据北宋刘麟本的翻刻本，清康熙间御纂《全唐诗》（《全唐诗》依据的是明、清藏书名家胡震亨《唐音统签》、季振宜《唐诗》），都如前引，无“顾复本”三字。《渊鉴类函》所说的《异闻录》，程毅中认为即《纂异记》的别名（《古小说简目》），已佚；官桂铨说“就是引自《类说》卷二十八《异闻集·汧国夫人传》附语的”（《“顾复本说一枝花”的出处》，《文学遗产》1988 年第 1 期），但《类说》的附语是“旧名一枝花本说一枝花自演”。如说有“顾复本”字样的是从另一旧刻已佚元稹集子引来的，又绝无佐证。所以戴望舒认为说“一枝花话”的乃是白居易本人(《读李娃传》，载《小说戏曲论集》)，今之论者多从之，马幼垣辩论此点说：“要求一位职业说书人，可能早到在凌晨三点(寅时)开始说故事，这种事虽说并非不可能，但却甚为荒谬……如果真的安排了如此奇怪而不合理的表演，则必然要有很多听众才讲得过去，但又到哪里去凑这一大群人，在这该睡的时刻，毫不介意地坐着听呢？如果推理不合逻辑，则整套理论只有破产。这一切都指向一个可能的答案，此处所指的只是人情之常的做法，好友相聚，有时会牺牲睡眠用来闲谈。……从白居易早该熟悉此故事这一点来看，他确是很可能的人选。”(《中国职业说书的起源》，《中国小说史集稿》，第188页)由今见《类说·汧国夫人传》附语，似也可以证明是白居易本人讲了一枝花话。“本说一枝花，自演”，是说：白居易依据“说一枝花”的故事，自己演述。至于与前引元稹注语的不合，则不能明。在此，只是肯定白居易说过“一枝花话”，可能影响了白行简《李娃传》的创作。元稹诗《一百韵》写于元和五年，白居易居家在新昌坊，盖元和三年白居易37岁时，所以可定他说“一枝花话”应是元和三年或四年事。白居易讲一枝花的故事，渲染到由寅至巳五六个小时犹未毕词，如果按所讲作记录(或如今天的录音)稍加文字整理，该有三四万字，即使用“三言两拍”的单篇来衡量，也是长的短篇话本小说了。一说：白氏家族熟悉李娃与郑元和的故事，形诸文字的是后些年居易弟白行简完成的(参下述白行简项)，名《李娃传》(或《汧国夫人传》)。可以做合理的推测：此次白居易说“一枝花话”，白行简也在场，此后白行简向李公佐“述汧国之事”，实际也是讲的“一枝花话”。李公佐命白行简为传(用传奇文写成之)，白行简便“握管濡翰，疏而存之”。白行简讲“一枝花话”，自然有原来哥哥白居易在新昌宅说“一枝花话”时的艺术创造在内，所以《李娃传》的成立，白居易有促成民间说话进入文人创作轨道之功，且在某种程度上也参与了这创作。

白居易在说“一枝花话”之前，还可能讲过“唐明皇杨贵妃话”(或叫“长恨话”)，并最后参与《长恨歌传》的创作。此元和元年事。《白氏长庆集》卷十二《长恨歌》前之《传》与《文苑英华》卷七百九十四载陈鸿《长恨歌传》相同，其末段云：“元和元年冬十二月，太原白乐天自校书郎尉于盩厔(周至)，鸿与琅玡王质夫家于是邑，暇日相携游仙游寺，话及此事，相与感叹。质夫举酒于乐天前曰：‘夫希代之事，非遇出世之才润色之，则与时消没，不闻于世。乐天深于诗，多于情者也，试为歌之，如何？’乐天因为《长恨歌》。意者不但感其事，亦欲惩尤物，窒乱阶，垂于将来者也。歌既成，使鸿传焉。世所不闻者，予非开元遗民，不得知。世所知者，有《玄宗本纪》在。今但传《长恨歌》云尔。”据上述，陈鸿、王质夫、白居易三人在一起，“话”李杨事的应主要是白居易，“话”毕，故王质夫举酒请白居易歌之，然后陈鸿又按《歌》的基本内容和思想导向而为“传”。《太平广记》卷四百八十六所载《长恨传》结尾的几句话很简单，说明不了什么问题。明刊《文苑英华》本传后附刊一篇，云出《丽情集》及《京本大曲》，其相应的结尾一小段却是：“元和元年冬十二月，太原白居易尉于盩厔。予与琅玡王质夫家仙游谷，因暇日携手入山，质夫于道中语及于是。白乐天，深于思者也，有出世之才，以为往事多情而感人也深，故为《长恨词》以歌之，使鸿传焉。世所隐者，鸿非史官，不知。所知者有《玄宗内传》今在。予所据，王质夫说之尔。”这里又明确地说，故事本源是王质夫说之。李三郎离开人世，到白居易等人话及之作歌作传，已过了四十多年，关于李杨的“爱情”，民间虽不至有说话人在瓦肆勾栏或寺院公然讲述，小范围的传说编演当不会少。如长生殿夜话，上穷碧落下黄泉的寻觅，会几经传播，逐渐成型的。而这些理应在长安产生且盛行，所以从贞元十六年(800)入长安(中进士)，到元和元年(806)经校书郎职而下放盩厔尉的白居易，才有资格向僻居盩厔的陈鸿、王质夫讲京中传说的奇事，哪里能是王质夫的原版初印品呢。我为白居易争的是原始说李杨话的权，至于他参与《传》的创作是明显的，陈寅恪由于通行本(即《白氏长庆集》文)与《丽情集》本传文的差异，说“觉通行本之文较佳于《丽情》本，颇疑《丽情》本为陈氏原文，通行本乃经乐天所删易”(《元白诗笺证稿》第一章《长恨歌》)。若是，结尾交待如何创作的情景，《丽情》本也是被白居易改动，把原始说故事的权利归为己有了，因为白氏清楚原始说故事的是自己，陈鸿弄错了，兹予改正。陈寅恪又认为陈鸿之《传》与白居易之《歌》，“非通常序文与本诗之关系，而为一不可分离之共同结构”，

"《长恨歌》本为当时小说文中之歌诗部分，其史才议论已别见于陈鸿《传》之内，《歌》中自不可涉及，而详悉叙写燕昵之私，正是言情小说文体所应尔，而为元白所擅长者"(同前)。就是说，白居易不仅促成传奇小说《长恨歌传》的撰写，且是用小说叙事抒情的笔法担当了小说有机构成部分的歌诗创作。白居易这一活动的元和元年，他35岁。

白居易说过"长恨话"，说过"一枝花话"，都是受当时盛行的民间说话影响的结果。还有证据证明，他对唐代民间(主要是寺院)流行的说唱变文是相当熟悉的。孟棨《本事诗》："诗人张祜，未尝识白公。白公刺苏州，祜始来谒。才见白，白曰：'久钦籍。尝记得君款头诗。'祜愕然曰：'舍人何所谓?'白曰：'鸳鸯钿带抛何处，孔雀罗衫付阿谁?非款头何耶!'张祜顿首微笑仰而答曰：'祜亦尝记得舍人目连变?'白曰：'何也?'祜曰：'上穷碧落下黄泉，两处茫茫皆不见。非目连变何耶?'遂与欢宴竟日。"(王定保《摭言》卷十三记同一事，文字稍有差违)由张祜说《目连变》，白居易便会心地与之宴欢竟日，可见白居易对当时民间盛行的变文是很熟悉的，而变文和俗讲有时难分彼此(一说：二者是一回事)，白居易熟变文，自然熟俗讲，说"长恨话"和"一枝花话"，毫不奇怪。他刺苏州在敬宗宝历元年(825)至二年(826)，一个整年多一点，他五十四五岁。

作为小说创作的组织者与参与者，白居易的诗歌创作也表露出小说创作的才情，这，包括《长恨歌》歌诗本身(不是指它与《长恨歌传》合体的部分)，人们又可以轻易地想到他另外的名篇《琵琶行》。《琵琶行》与《长恨歌》并称，都是抒情性很浓的叙事诗。《琵琶行》在叙事抒情中白居易踊跳入诗，《长恨歌》则以诗中人物李杨抒情而叙事。《琵琶行》记叙一个生活场景，由琵琶女以回叙方式讲自己过去一段平凡又不平凡的经历；《长恨歌》是按李杨由结合到死别以至杨死后的序列描述。若按一般文学概论教科书所定概念来看两篇诗，《琵琶行》写的是生活的横断面，短篇小说的典型格局；《长恨歌》则是中篇小说式的述两位主人公较长一段情爱线索的经历。两诗有一个共同的结尾法，正如沈德潜评《长恨歌》："迷离恍惚，不用收结，此正作法之妙。"(《唐诗别裁》)，此评语也可移之《琵琶行》。这种叙事抒情长诗深得今天人们较公认的短篇小说正宗写法，比之陈鸿《长恨歌传》之必须结以“使者还奏太上皇，皇心震悼，日日不豫，其年四月，南宫宴驾”，自不可同日而语。而马致远杂剧《青衫泪》与顾大典《青衫记》之改易《琵琶行》情节，结之以皇帝出面或主婚或下诏复白居易官职等，更不可评说了。而白居易叙事歌诗更得短篇小说作法三昧的，当数《卖炭翁》。《卖炭翁》写的正是生活的横断面，表达方式与杜甫《石壕吏》极相似。今天的名诗人艾青评《石壕吏》云：“有没有用散文写诗的呢？……杜甫的《石壕吏》‘暮投石壕村，有吏夜捉人’，整个是叙述的，是押韵的散文。”(《与青年诗人谈诗》，《诗刊》1980 年第 10 期)，《石壕吏》结尾“天明登前途，独与老翁别”，示以妇随吏去，老翁自归，而“独与老翁别”者，也正是不正面做结的写法之妙处。《卖炭翁》云“一车炭，千余斤，宫使驱将惜不得。半匹红纱一丈绫，系向牛头充炭直”的结尾，真是不尽之尽的神趣。前边说“卖炭得钱何所营？身上衣裳口中食，可怜身上衣正单，心忧炭贱愿天寒”，则此所偿之“半匹红纱一丈绫”，以充商品交换中的货币，远远低于千余斤的炭直；以充防御天寒的布帛，老翁披上贵族夏季服用的红纱绿绫，何能抵御寒气，且亦滑稽。老翁得此值时的心情将如何？诗没有写明，读者自由地驰骋想象可也。这又正是今天短篇小说写法的正宗。都是写宫市的韩愈《顺宗实录》记一则宫使买农夫柴，给值绢数尺，并须送柴入宫内，农夫殴宫使，被皇帝知道了，“诏黜此宦者，而赐农夫绢十匹”。如果把这也看作是小说的话(实为历史实录)，那么它的结尾是一般中国小说的惯用手法，视《卖炭翁》之不结之结，意趣索然矣。——由上述，说白居易写了不止一篇的诗体小说佳构，当非臆造曲说。

三、元稹与小说

元稹在小说史上的名声当然是由于他创作了《莺莺传》而确立的。他之写《莺莺传》，几百年来论之者颇多，几乎是一致的意见，认为《传》中的张生即元稹本人，整个作品是他自己一段艳遇的幻造。而据《传》的结尾作者又特意申明这乃是好友张生经历的事，还有杨巨源作证云云。他元稹多次向友朋讲过这段事，“贞元岁九月，执事李公垂宿于予靖安里第，语及于是，公垂卓然称异，遂为《莺莺歌》以传之。崔氏小名莺莺，公垂以命篇”。这一段话与陈鸿《长恨歌传》结尾相应的那段话很相似，因此，可以说，即使《莺莺传》是元稹自己一段艳遇的幻造，也不能把它当作改名换姓的实录，实质还是小说，有自己经历的影子，主体还是虚构。陈寅恪因《莺莺传》又称《会真记》，所以论证“‘会真’即遇仙”，“仙(女性)之一名，遂多用作妖艳妇人，或风流放诞之女道士之代称，亦竟有以之目倡伎者”。“莺莺所出必非高门”，“唐世倡伎往往谬托高门”(《读〈莺莺传〉》)。陈寅恪把莺莺看成是倡伎，或者颇有“酒家胡”嫌疑(《元白诗笺证稿》第四章《艳诗及悼亡诗》校补记第十一则)。如果是元稹自己的一段艳遇，那他是与某一妖艳的倡伎有一段情爱的了。由此，更可证小说的虚构性。《莺莺传》的具体写作时间之所谓“贞元岁”，应是贞元二十年(804)元稹26岁为校书郎时(陈寅恪《元白诗笺证稿·长恨歌》、卞孝萱《元稹年谱》从之)。《莺莺传》也有李公垂(绅)作《歌》，同于陈鸿为《长恨歌传》，白居易作《长恨歌》，成为歌、传(即诗、散文)结合的常体传奇小说作品。李绅的《莺莺歌》乃七言古诗，《全唐诗》卷四八三只存八句，冀勤点校《元稹集》(中华书局1982年)附录四，据戴望舒从诸宫调《西厢记》引证又录出三十四句，是今存共四十二句，诗大体也是与《传》相辅相配的。另外，我们由《传》尾说李公垂宿于元稹居第，元稹向李讲了所谓张生遇莺莺的始末，是亦夜间讲一通“莺莺话”，然后在李公垂督促下形诸文字的。文人夜“话”“一枝花”和“崔莺莺”，促成《李娃传》、《莺莺传》的产生，亦小说历史文坛佳话也。

我们推断元稹说“莺莺话”，而不是一般的干干巴巴讲个故事，即元稹受过当时俗讲的影响，这有确凿的证据。他的《答姨兄胡灵之见寄五十韵》(《元氏长庆集》卷十一，《全唐诗》卷四百六)云：“岐下寻时别，京师触处行。醉眠街北庙，闲绕宅南营(原注：‘予宅在靖安北街，灵之时寓居永乐南街庙中，予宅又南邻弩营’)，柳爱凌寒软，梅怜上番惊。观松青黛笠，栏药紫霞英(原注：‘开元观古松五株，靖安宅牡丹数本，皆曩时游行之地’)。尽日听僧讲，通宵咏月明。正耽幽趋乐，旋被宦途萦。”卞孝萱《元稹年谱》谓元稹于贞元九年(793)十五岁时登明经科，入居原长安靖安坊老宅，姨兄胡灵之旋亦来西京，寓永乐坊永寿寺(兴按：靖安坊与永乐坊南北相邻，都在皇城南)。据卞谱，结合《答姨兄》诗考察，元稹与胡灵之“尽日听僧讲”事，当在贞元十年(794)16岁至贞元十二年(796)18岁之间。他们听什么样的僧讲呢？日本沙门圆珍撰《佛说观普贤菩萨行法经记》说：“言讲者，唐土两讲：一、俗讲。即年三月就缘修之，只会男女，劝之输物，充造寺资，故言俗讲(僧不集也云云)。二、僧讲。安居月传法讲是(不集俗人类，若集之，僧被官责)上来两寺皆申所司(京经奏，外中州也。一日〔月〕为期)。蒙判行之，若不然者，寺被官责(云云)”(转引自胡士莹《话本小说概论》第一章第三节)。据这段文字看，与元稹讲的似有矛盾。既然元稹与胡灵之尽日听的是“僧讲”，而圆珍却说当“僧讲”时不集俗人类，若集之，僧要被官责。因此，胡士莹认为圆珍的记载未必可信；僧讲时是僧俗均可参加的，即举元稹本诗“尽日听僧讲”句为证(《概论》第一章第四节)。窃以为，不必拘泥元稹诗“僧讲”二字与圆珍对“僧讲”时情景介绍的对应。元稹与胡灵之尽日听的应是僧的“俗讲”，此“俗讲”是“僧不集也”的，所讲的内容当是“一枝花话”、“长恨话”、“莺莺话”之类。元稹“僧讲”的内涵与圆珍“僧讲”的内涵不同。十几岁的两位少年人(胡灵之不会比元稹大多少的)，正是“耽幽趋乐”的时节，怎么会尽日听老和尚讲佛教经典，且是偷摸地要干犯法规呢。比元稹、胡灵之听“僧讲”时间要晚的有一位“俗讲”和尚叫文溆(穆宗末年至文宗顷)，“公为聚众谈说，假托经论，所言无非淫秽鄙亵之事。不逞之徒转相鼓扇扶树，愚夫冶妇乐闻其说，听者填咽寺舍，瞻礼崇奉，呼为和尚。教坊效其声调以为歌曲。其甿庶易诱，释徒苟知真理及文义稍精，亦甚嗤鄙之”(赵璘《因话录》卷四，按：宛委山堂本《说郛》卷第二十三载《因话录·和尚教坊》说“元和中有僧文溆者，聚众论说内典，托言鄙亵之事，不逞同辈争其音调为歌曲，呼所居为和尚教坊”)。由是，知像文溆这样的俗讲僧在僧寺讲的乃是变文之类，元稹与胡灵之尽日听僧讲的“僧”当不是文溆，而那个和尚却也是类似文溆不只是讲唱“降魔变”或“目连变”的，甚或不只讲唱变文，也要讲“莺莺话”之类的故事吧。

我们说的民间说话人，应包括文溆一类的俗讲僧人在内。在此，倒不必细究元稹“尽日听僧讲”的是讲唱的“变文”呢，还是说评书式的“说话”？总之，元稹在二十岁以前就受过僧人俗讲的影响，他之创作《莺莺传》与此密切相关。白居易说过“一枝花话”，暗中的线索是他熟悉民间说话，明证是他知晓“目连变”；元稹讲过“莺莺话”，也是暗中的线索是他熟悉民间说话，明证是他二十岁前曾“尽日”听过“僧讲”。

元稹在传奇小说方面相关的还有三点须搜及。

一是，他曾配合白行简的《李娃传》作《李娃行》，或者又配合白行简的《崔徽传》作《崔徽歌》，有如白居易之写《长恨歌》。《李娃行》在《全唐诗》卷四百二十三收残诗两句，系据许彦周《诗话》辑录；冀勤整理校点的《元稹集·外集》卷七又由任渊《后山诗注》辑出三句，今存合计五句；同样，《崔徽歌》在《全唐诗》残两句(卷四百二十三)，《元稹集》加补辑共十一句(外集卷七)，《崔徽歌》有小序。按陈寅恪对唐传奇小说中倒有以二人合作，即一人为散文之传，一人为歌诗，共同合成的看法，所以“白行简作《李娃传》，元稹作《李娃行》；白行简作《崔徽传》，元稹作《崔徽歌》，此唐代小说体例之原则也”(《论再生缘校补记》)。《李娃行》作于元和十四年(819)，元稹四十一岁；《崔徽歌》或成于元和十五年(820)，元稹四十二岁。按：《崔徽传》今不存全文，仅有宋皇都主人《绿窗新话》有题为《崔私会裴敬中》(卷上)的，中有“敬中友东川白知退(按：白行简字知退)至蒲”云云，故论者谓《绿窗新话》的该文就是节录白行简《崔徽传》而成；然而卞孝萱《元稹年谱》却论证白行简没有写过《崔徽传》，《绿窗新话》等所引出《丽情集》(据尾注)，系摘录元稹《崔徽歌》前边的小序。卞孝萱还由罗虬《比红儿诗》有句“一首长歌万恨来”，“费得微之尔许才”，证元稹《崔徽歌》是一首很长的歌诗。这样，程毅中在《古小说简目》则径题“《崔徽传》，佚，唐·元稹撰”，似即以《崔徽歌》的序文当作被人称谓的《崔徽传》，白行简没有另外的《崔徽传》。如果确是如此，元稹既作歌又作传，元稹名下又多一传奇小说矣。

二是，一种说法：蒋防《霍小玉传》或即在元稹鼓动下写出的。

卞孝萱、刘维治《元稹评传》(《中国历代著名文学家评传》第二卷)说:“元和末,长庆初,在元稹、李绅的鼓动下,蒋防写出《霍小玉传》。元稹是小说的爱好者、创作者和提倡者。”另据卞孝萱在《元稹年谱》中的推论,所以认为元稹鼓动蒋防写《霍小玉传》,一是因为《新唐书》卷一百零四《于志宁传》附传说“庞严为元稹、李绅所厚,与蒋防俱荐为翰林学士”,证明元稹与蒋防有特殊关系;二是《霍小玉传》中韦夏卿乃元稹的岳父,李绅的知己,所以霍小玉事应是从韦夏卿口中传出,蒋防从元、李处听到。三是元、李都喜爱小说,《霍小玉传》在艺术描写方面有描摩《莺莺传》的地方。根据上述三点的联系,所以卞孝萱有此推论。这可备一说,尚不能四脚落地。

三是,尚有元稹作有《感梦记》的说法,也是卞孝萱在《元稹年谱》中的推论。卞氏认为,今习见的白行简的《三梦记》第二梦(写元稹奉使剑外,白居易、白行简等游曲江,元稹梦之,并寄诗云云),“盖取材于元稹《感梦记》加以改写而成的”;黄永年《〈三梦记〉辨伪》则认为所谓的白行简《三梦记》是五代到北宋一段时间内人们伪造的。“《感梦记》疑即伪《三梦记》的别称”[《陕西师大学报》(哲社版)1979年第2期]。卞、黄二氏相左的论断,孰是孰非,或尚有另外的说法,遽难判定,暂存以待考。使人感兴趣的倒是希望元稹有《感梦记》一作,那么元稹则又多一篇传奇小说,元稹的小说库更加丰满了。对黄永年否定整个《三梦记》都不是白行简所撰,暂不能从(见以下白行简项)。

四、元、白友人们与小说

(A)白行简。白居易亲弟,字知退,作《李娃传》与《三梦记》。《李娃传》结尾有下述一段话:“予伯祖尝牧晋州,转户部,为水陆运使,三任皆与生为代,故谙详其事。贞元中,予与陇西公佐话妇人操烈之品格,因遂述汧国之事,公佐拊掌竦听,命予为传。乃握管濡翰,疏而存之。时乙亥岁秋八月,太原白行简云。”这里提出两个问题,须辨明。一是,李娃事是白氏家族从祖父辈传下的真人真事,从而白居易对元稹讲过,以“话”的形式叫作说“一枝花话”,白行简又向李公佐说过“汧国夫人话”，从而形成《李娃传》？还是白行简综合从祖父辈听来的零星话柄与民间流行的“一枝花话”，予以艺术加工而成的？由唐时传奇小说是作者们作意好奇之作，即使像《莺莺传》那样据证是以元稹本人一段生活经历写成的作品，仍故弄玄虚，显示它的虚构性质，所以对于白行简的特意交待故事的实录性、可靠性，恰恰是虚构的烟幕，即使他哥哥讲过“一枝花话”，他也不会亦步亦趋地描红临帖，应看到白行简的个人艺术创造。二是，《李娃传》作于何时？按前引白行简的叙述，乃是贞元十一年乙亥(795)，白行简20岁。近今学者戴望舒、卞孝萱持异议。戴氏《读〈李娃传〉》的考证谓作于贞元二十一年(805)，白行简30岁时；卞氏《校订〈李娃传〉的标题和写作年代》(《社会科学战线》1979年第1期)则证成为作于元和十四年(819)，白行简43岁时。由白居易说“一枝花话”的时间为元和三年或四年来推证，卞说较合理。如白行简在贞元间(十一年或二十一年)已写成《李娃传》，那么白居易又讲了那么长时间的“话”给元稹听，岂可理解？至于《三梦记》的问题，现在还不能剥夺白行简的作者权，但何时作？是三个梦同时写成，还是不同时间写的，最后凑成三梦，不能明。

(B)陈鸿。陈鸿作《长恨歌传》事，见前白居易作《长恨歌》情况的叙说，他似还作有《东城老父传》。《东城老父传》载《太平广记》卷四百八十五。《宋史·艺文志》著录，均称陈鸿撰，鲁迅《中国小说史略》从之，一般的文学史、小说史亦多从之。陈寅恪据《传》中四次提到作者“鸿祖”如何，因此论证《东城老父传》的作者不是作《长恨歌传》的陈鸿，而是经历不详的“颍川陈鸿祖”，这内证颇为有力，所以也得到学术界一部分人的支持。但学术界很有依违二者之间的，即依《广记》原标是陈鸿作，又注明近人之疑为“颍川陈鸿祖”作，并非《长恨歌传》作者陈鸿的另一作品，存疑待考。《东城老父传》的撰述时间当是本传叙述的贾昌96岁的“元和庚寅岁”即元和五年(810)。

(C)李公佐。李公佐命白行简作《李娃传》，见前白行简项。今存作家写的单篇传奇小说以李公佐为最多。按写作先后顺序是：《南柯太守传》，贞元十八年(802)，见《太平广记》卷四百七十五，题《淳于棼》。《庐江冯媪传》，元和六年(811)，见《太平广记》卷三百四十三，题《庐江冯媪》。《古岳渎经》，元和九年(814)，见《太平广记》卷四百六十七，题《李汤》，《古岳渎经》是《李汤》主要部分。《谢小娥传》，元和十三年(818)，见《太平广记》卷四百九十一。——按：李公佐的四篇作品，它们隶《太平广记》的"昆虫"类(《南柯》)、"鬼"类(《冯媪》)、"水族水怪"类(《古岳渎经》)，皆志怪性质。《谢小娥传》虽隶"杂传记"类，但梦中父告曰："杀我者：车中猴，门东草"；夫告曰："杀我者：禾中走，一日夫"。隐申兰、申春姓名，亦怪异的情节。所以李公佐评论说："神道不昧"。此传无疑是李公佐的撰造，却被宋祁采入《新唐书·列女传》，把李公佐释所谓梦中十二字事也当作实有被采录。本来谢小娥父与夫被申兰、申春所杀，小娥查访得贼，亲手斩杀申兰，并擒得申春，小娥祝发为尼等基本情节，可能是实有，李公佐据之加进所谓神道不昧的奇梦和自己的奇解，夸张自己是破案的关键性人物，从而形成一篇也是怪异性质的传奇小说。史学家宋祁不察，竟以之入史。但后于李公佐作《谢小娥传》十二年的太和四年(830)，李复言作《尼妙寂》(本是《续玄怪录》中的一篇，今见《太平广记》卷一百二十八)，情节大体与《谢小娥传》同，但女主人公是姓叶而非谢小娥，完全是小说的格局了。它在《太平广记》已隶"报应"类，当然属志怪范畴。值得一提而有趣的是，此《谢小娥传》竟被凌濛初编成话本小说，题为《李公佐巧解梦中言，谢小娥智擒船上盗》，收《拍案惊奇》第十九卷，李公佐变成了货真价实的小说人物了。小说家而成为小说中人物，李公佐可能是占头筹的。

(D)韩愈。韩愈的《毛颖传》夙被视同小说之作；《石鼎联句诗序》也被近人认为即唐时流行的，具备众体(史才、诗笔、议论)的小说文字。陈寅恪有专文《韩愈与唐代小说》讨论上两篇作品之小说性质。《毛颖传》盖元和四年或五年作；《石鼎联句诗序》作于元和七年。韩愈或许也熟悉当时流行的俗讲，他的《华上女》诗(韩集卷六)写"街东街西讲佛经"，"听众狎恰排浮萍"；"黄衣道士亦讲说，座下寥落如明星"。——这是说和尚与道士不高明的俗讲，受到冷落(如严格地讲佛经与道经，不会是街东街西都讲起来，且僧、道对垒的比赛着讲)，于是故意"洗妆拭面着冠帔"打扮成女仙真模样的华山女"遂来升座演真诀"，女俗讲者登场了。虽然"龙门不许人开扃"，却因"不知谁人暗相报，訇然振动如雷霆。扫除众寺人迹绝，骅骝塞路连辎軿。观中人满坐观外，后至无地无由听”。华山女是不让于文溆和尚的俗讲能手女道姑吧。韩愈写来如见，恐怕他也是听众中的积极分子。

(E)柳宗元。柳氏的《三戒》(《黔之驴》等三篇)是被誉为著名的寓言故事，较之常被称道的《宋清传》、《种树郭橐驼传》、《童区寄传》、《梓人传》、《李赤传》、《蝜蝂传》等，以小说或准小说的标准衡量，《三戒》更是小说一些，且可视为唐人小说的优秀名篇。《三戒》作于元和元年(806)至十年(815)之间，柳宗元三十四岁至四十三岁时。由《三戒》的总序谈及：“吾恒恶世之人，不推己之本，而乘物以逞，或依势以干非其类，出技以怒强，窃时以肆暴，然卒迨于祸。有客谈麋、驴、鼠三物，似其事，作‘三戒’。”其属文动机等节的叙述，与《李娃传》、《莺莺传》等典型传奇小说一致，所以说它也是唐传奇文，未尝不可。而《太平广记》却不收于“畜兽类”，甚憾。又，由总序知三篇动物文篇盖同时作。

(F)牛僧孺。牛李党争的一方主将牛僧孺，他的传奇小说专集《玄怪录》(今散见于《太平广记》者三十三篇)，绝大部分作于贞元最末一年的二十一年他登进士第以前，极少部分容有后作的。赵彦卫《云麓漫钞》卷八：“唐之举人，先借当世显人以姓名达之主司，然后以所业投献。逾数日又投，谓之温卷。如《幽怪录》、《传奇》等皆是也。盖此等文备众体，可以见史才、诗笔、议论。”《幽怪录》即《玄怪录》，赵彦卫为避宋太祖赵匡胤字玄朗讳，故改称如此。“玄怪”或“幽怪”，其名目似与魏晋六朝时的《神怪录》、《幽明录》同，然旨趣却大异。牛僧孺是有意识地借“怪”写“人”，其中一篇即名《元无有》(《太平广记》卷三百六十九“精怪”类)，即“原无有”也。写元无有之事，正是“作意好奇，假小说以寄笔端”，并非如同六朝时“未必尽幻设语”，“变异之谈”(胡应麟《少室山房笔丛·二酉拾遗卷中》)。牛僧孺之作与李公佐相同。由于《玄怪录》以集子的形式出现，影响就相对地增大。李复言乃作《续玄怪录》，尤其是牛僧孺外孙张读撰《宣室志》，系继其外祖家和本家传统的作品。张读的祖父张荐，作有《灵怪集》，张荐的祖父即张读的高祖，就是初唐《游仙窟》的作者张鹫(张文成)。

(G)刘禹锡。刘是诗人，他的散文据今存的来看(《全唐文》卷五百九十九至六百一十)，无传奇小说或模样相似的作品。而韦绚的《刘宾客嘉话录》，是其侍刘禹锡左右时，刘禹锡讲述过的一些“国朝文人剧谈，卿相新语，异常梦话”以及“谐谑卜祝，童谣佳句”等，韦绚“即席听之，退而默记”，成此嘉话之录(韦序)。文笔虽不是刘禹锡的，而原始的“异常梦话”等却源出于刘禹锡。《嘉话录》中的隽永小品居多，虽然《嘉话录》多被著录于子部小说家类，但能属于小说的作品，当只有刘禹锡讲老虎抛死人的“话”一则，且是民间说话的格局，精妙之至。从而知白居易、元稹、柳宗元的友人刘禹锡，也应是“小说”的佳手。刘禹锡所讲的“老虎抛死人话”少被人注意，见录于《太平广记》卷二百五十一，题作《刘禹锡》。兹将今人唐兰校辑的《刘宾客嘉话录》(《文史》第四辑)中所载该话转录如下：“刘禹锡守连州，替高霞寓，霞寓后入为羽林将军，自京附书，曰：‘以承眷，辄请自代矣。’公曰：‘奉感，然有一话。曾有老妪，山行见大虫，羸然跬步而不进，若伤其足者。妪因即之，而虎举前足以示妪，妪看之，乃有芒刺在掌下，因为拔之。俄而，奋迅阚吼，别妪而去，似愧其恩者。及归，翌日，自外掷麋鹿狐兔至于庭者，日无阙焉。妇登垣礼之，乃前伤虎也。因为亲族具云其事而心异之。一旦，忽掷一死人入，血肉狼藉，乃被村人凶者呵捕，云：杀人。妪具说其由，始得释缚。乃登垣，伺其虎至而语之，曰：感则感矣，叩头大王，已后更莫抛人来也’。”(按：《太平广记》最末一句作：莫抛死人)此“话”从内容看，可能袭自至德(肃宗第一个年号)初登进士第的戴孚撰《广异记》中一则虎的故事(《太平广记》卷四百二十九题《张鱼舟》；另，四百三十一未标出处题《李大可》的虎的故事亦类似)，戴孚早于刘禹锡一个辈数(四十年左右)，而写法似又取自侯白《启颜录》的《遭见贤尊》条(《太平广记》卷二百四十八题《侯白》条包括之)，皆以虎寓意，且《启颜录》是杨玄感要求侯白“说一个好话”，故侯白云云；而《嘉话录》也是“然有一话”领起。由上可以推断，刘禹锡对当时的民间说话很熟悉(笔者针对刘禹锡关于虎“话”的研究，可参见《从〈刘宾客嘉话录〉的虎报恩“话”到〈醒世恒言·大树坡义虎送亲〉》一文，载《明清小说研究》1995 年第 2 期)。

(H)李绅。李绅配合元稹《莺莺传》作《莺莺歌》，见前。又，据卞孝萱说，李绅也对蒋防《霍小玉传》的撰作曾有鼓动之力。

(I)蒋防。如前述，长庆元年(821)左右作《霍小玉传》。

(J)许尧佐。许尧佐作《柳氏传》(《太平广记》卷四百八十五)，写作时间当是贞元、元和间。尧佐兄名康佐，元稹在元和五年或稍后赠许康佐诗(诗题《酬许五康佐》，《元氏长庆集》卷十一)有云："珠玉惭新赠，芝兰忝旧游。"芝、兰正指康佐与尧佐，他们兄弟是自己的旧游之侣。尧佐先于康佐登第，为太子校书郎八年，该同时，白居易与元稹在贞元末则曾任职秘书省校书郎。尧佐作《柳氏传》的具体情况不详。

上边所述，只是白居易、元稹以及与他们有关系的人士，算作是所谓的以元、白为中心的小说集团人物吧。而与元、白没有证明有关系，只是与本集团其他人有关的小说作者，没有包容在内。如，被李贺盛称的"吴兴才人"沈亚之，常游于韩愈之门，他的传奇小说创作活动，在元和年间；牛僧孺的儿女亲家张荐(张读的祖父)作《灵怪录》也是在贞元时。沈亚之、张荐就不在叙述之列。又如李贺，他是韩愈的晚辈，韩愈很赏识他，他是熟变文的，有人说《许公子郑姬歌》中的"长翻蜀纸卷明君，转角含商破碧云"就是指郑姬是演唱"王昭君变文"的。当然，证明李贺熟变文，而《仁和里杂叙皇甫湜》之"欲雕小说干天官"句，钱仲联即引《云麓漫钞》卷八所谓唐之举人投献、温卷作传奇文以翻之(《李贺年谱会笺》)。所以李贺虽未留下传奇小说，是也想要撰作之的。然而，他也不能阑入本集团。

五、赘　论

(1)主张、看法。

用"集团"二字表述以元、白为中心的一些文士关于小说创作、组织活动等情状，是今天习用语词的借用，犹如我们把当时一些诗人的诗酒酬唱行为称作文艺沙龙一样。上述这些文士(大多是官员)并没有召开过小说创作的讨论会，发表过什么宣言。但是几个人的集会谈论或者在作品中表露，倒是有大体相接近的主张的。这主张就是“奇”、“异”或“怪”。凡人事之不经见者曰“奇”、“异”，李公垂对崔莺莺之事“卓然称异”，常州刺史荥阳公听儿子叙李娃事，“大奇之”，从而李公佐“拊掌竦听”关于汧国之事，命白行简为传。于是《莺莺传》当时便称为“传奇”(《类说》引《异闻集》及宋人著作便如此引称)。晚唐的裴铏把自己的传奇小说集子直命名为《传奇》。由此，可以说唐代小说之被后人称为“传奇小说”，实是中唐的元白集团奠定的。关于韩愈作《毛颖传》在友朋间的争论，也可以说它是对这类作品性质、写法的范定，与定名“传奇”有一定的关联。韩愈还未作《毛颖传》时，张籍就曾经批评他“尚驳杂无实之说”，致“有以累于令德”(《上韩昌黎书》)。韩愈《答张籍书》说“此吾所以为戏也”。后来韩愈自己解释说这叫“文穷”，因此“不专一能，怪怪奇奇，不可时施，祇以自嬉”(《送穷文》)。此“怪怪奇奇”、“祇以自嬉”的文字，当然就是张籍指摘的“驳杂无实之说”(至少包括之)。陈寅恪认为，这被指为“驳杂无实之说”设非如《幽怪录》、《传奇》之类，“此外亦更无可指实”，所以“虽籍致愈书时，愈尚未撰《毛颖传》，而由书中陈述，固知愈与小说，先有深嗜。后来《毛颖传》之撰作，实基于早日之爱好”(《韩愈与唐代小说》)。这是说韩愈认为小说是“怪”是“奇”的。韩愈作《毛颖传》，柳宗元作《读韩愈所著〈毛颖传〉后题》，透露出世人的看法是：“独大笑以为怪。”柳宗元也声言这是“韩子之怪于文也”，然而说它似乎是“尽天下之奇味以足于口”，是“有益于世者也”。——韩愈与柳宗元都共同对传奇小说有“怪”和“奇”的看法，亦即他们的主张。

(2)诗歌、散文等对中唐小说的影响。

诗歌对中唐小说集团创作的影响，前叙白居易与小说项已略涉及。尚可补充的是：如前引白居易的《卖炭翁》诗，整首中无议论，仅在题下注云：“苦宫市也。”这也可以算作是诗、史笔与议论的结合了。但白居易并无典范性的传奇小说作品。元稹的《连昌宫词》虽有叙事成分，设为问答，却是仿白居易的《长恨歌》而未达标之作，其乐府《有鸟》的第十八章《有鸟有鸟名鸜鹆》是较好的一首叙事诗，唯二十句诗仅写了三个鸜鹆的命运，嫌逼促，而竟在结尾用四句诗议论之，更减少了描绘的笔墨。所以，元稹虽作有《莺莺传》的名篇传奇小说，窥其写作水平，显不如白居易之展伸缩卷自如。白居易如肯作传奇小说，则必超元稹而上之。此诗歌叙事抒情能力之与小说创作必然影响而互为作用者也。

散文对小说的创作影响比诗歌对小说的影响更直接一些。初唐时盛行骈文，四杰或燕许大手笔都是骈文的作手，作《游仙窟》的张鷟也是写骈文的(《全唐文》卷一七二至一七四收张鷟文)，所以那时的《游仙窟》便是用骈文写的(《古镜记》等乃沿六朝志怪余脉)。故中唐时的古文运动伴传奇小说兴盛起来，不是偶然的。正如诗歌对小说创作的影响与白居易、元稹联在一起一样，古文运动对小说的影响，必然联系到古文运动主将韩愈、柳宗元。韩愈、柳宗元的古文是复西汉以及之前的散行之文，他们自称爱好太史公文(参韩愈《答刘正夫书》、柳宗元《答韦中立论师道书》)。唐传奇小说受《史记》笔法的影响是明显的。韩愈《圬者王承福传》、柳宗元《种树郭橐驼传》，正是史传文学到传奇小说的中介，类似的韩柳古文作品，都是兼古文辞与传奇小说两种身份的。至于像《毛颖传》就更加明显了。

中唐当时盛行的变文、俗讲对小说家的深重影响于前述白居易、元稹、韩愈、刘禹锡等已涉及，具体比较，材料不济，故不多赘。

(3)中国小说历史之小说创作集团的演变。

中国的诗、词、散文以至戏曲，在历史上代有派别即集团的存在，此例至多，不烦举。小说则相比之下为人轻视。有身份的文人学士难于倡言组织团体，以唐的传奇而言，正如鲁迅所说："此类文字，当时或为丛集，或为单篇，大率篇幅曼长，记叙委曲，时亦近于俳谐，故论者每訾其卑下，贬曰'传奇'，以别于韩柳辈之高文。"(《中国小说史略》第八篇)元、白诗可以标榜为"元和体"，传奇小说便不能打出什么旗号，但如前所述，此集团是客观存在的。考中国小说发展的历史，正由于其发轫期有诗和散文的名家给予垂青，他们互相鼓励，使创作出的传奇小说发出光彩，促使以后的小说向更成熟的境界迈进。宋代的书会继唐代俗讲的传统，虽然不单纯是小说创作的组织机构，但小说的撰述却是重要的组成部分。其参加者"大部分是科举失意但有一定才学和社会知识的文士，也有一部分是低级官吏、医生、术士、商人以及较有才学和演唱经验的艺人”(胡士莹《话本小说概论》第二章第四节)，高阶层人士是没有参加的，这与中唐传奇小说的情况有差别。《武林旧事》卷三《社会》条说，二月八日百戏竞集，提到有“雄辩社”，注云：“小说”，说明“雄辩社”是说话人的组织，属于百戏之一种。宋元话本大约就是由“雄辩社”类中的说话人雄辩过，由书会才人据以写成文字，然后说话人再去“雄辩”。由此我们知晓，宋代有小说创作集团，是文化水平高的文士与善于雄辩的说话人结合而成的，书会中人士知医生、术士等当是讨论过程中的参与者，当然也可能有执笔创作的。元末明初，通俗小说可能有集团存在，即传说施耐庵与罗贯中是师生关系，一说施是杭州的民间艺人，罗也有杭人一说，那么他们是什么样的“师生”关系？如果暂臆测他们是书会才人的师生，那么元末明初的小说创作集团就不会只有施罗二人。当然，此点暂时只能立案存照，假说而已。明中叶，学术界有一说谓《水浒传》系郭勋门客假名施耐庵者所作，说郭勋也是爱好小说或者顾倩门客作小说《国朝英烈记》(上述是戴不凡《小说见闻录·疑施耐庵即郭勋》的说法)。郭勋确实刻过《水浒传》，如果他的门客替他作过《国朝英烈记》小说，又有门客作《水浒传》的嫌疑，那么可以说在郭勋的国公府里有一个小说创作集团了。明末清初以金陵、苏州、杭州和福建的建阳等地的书林业为中心，团结了不少失意文人，以撰述小说为主要工作，甚至由书坊约撰，随撰随刻，文人间互相串连，形成了以冯梦龙、天花藏主人、徐震等人为首领的松散的小说创作集团。好的、较好的与不怎么好的长、中、短(主要是中与短，因更能适应小说市场的快速供求)的白话小说纷纷出笼。不管今天对其中的大量才子佳人小说如何评价，它的盛行，总是与集团性质的作者群有关。清代乾隆之世，是产生《儒林外史》、《红楼梦》以及另外一些长篇小说的时代，但找不出小说创作集团的蛛丝马迹，只好从略。倒在清末，上海是当时小说创作活动的中心，以大报、小报，大刊(杂志)、小刊以及许多石印、铅印的大小书局为依托的创作群体，并不是一个两个，林林总总，目不暇接。创作、翻译的小说多而滥，在中国小说历史上是突出的。作者、译者很多人便是报刊或书局的编辑或编者，作、译者混然一体，这种情状对当时小说创作和翻译之影响程度自不待言。“五四”以后各种文学团体的产生，晚清小说集团也是它的母体之一。

纵观中国小说历史，中唐传奇小说集团为嚆矢，是以文人也是官吏组成的。以后便有宋和元(?)的书会才人组成集团进行创作；明中叶又有可能由大官僚家庭门客组成的小说创作集团。到明末清初，以书林业为依托的小说创作集团又具特色。降而至于清末，是带有资本主义性质的，以报刊编辑兼作译小说的人员组成庞大的小说集团，已经走到现代小说社会集团的门槛边了。——考察中唐以白居易、元稹为中心的小说创作集团，下延观察宋元明清各代的小说集团，我们看到的是：

第一，中唐以白、元为中心的小说集团滋育当时小说创作的繁荣，从而给以后小说的发展奠定了基础，其后各种形式小说集团的出现，可以说与中唐情况一样是带有规律性的。综观诗歌、散文以至戏曲的情况，会发觉文学创作之有集团，是必然的，也是历史规律使然。中唐小说集团顺应历史规律而出现，预示着中国小说日后的兴旺发达。

第二，同样是文学集团，创作成果的水平不齐等，诗、散文、戏曲、小说皆如此。其高低的关键是这集团有否大手笔，从而影响社会风尚。中唐时代，白、元以大诗人称，韩、柳以古文大家称，无疑都是时代的大手笔。他们带头煽呼，代表了时代风尚之所趋。于是中唐不仅诗歌、散文丰收，小说的收获也特丰。宋代传奇小说数量也不少，然而歉收不熟者，作者力弱故也。今见的宋话本小说以见于“三言”的来看，都是经过冯梦龙氏润色过的；清平山堂所刊的话本小说便粗糙一些(所谓《京本通俗小说》并不能单独存在，乃《通言》、《恒言》诸作的汇编也，学术界已有辨)。元末明初的施、罗当然是特大手笔，他们的作品将彪炳百代。然而后来的小说集团的作手竟无以为继！似乎明中叶的吴承恩和兰陵笑笑生并不是哪个集团的成员，而是单干户(当然不考虑郭勋及其门客可能有的小说创作集团问题)。倒在明末，冯梦龙为首的苏州创作集团并不弱，由冯氏辑成的“三言”，其中的宋元作品是经过他润饰的(与清平山堂刊的相同作品比较可知)，点铁成金，信不虚也。冯梦龙把原二十回的《平妖传》扩充为四十回，也颇著特色，但未能开创新路，成一代楷模。继踵“三言”的“二拍”及其他短篇白话小说，固与冯梦龙有关，但不能把全功都归冯梦龙一人。天花藏主人、徐震开创的才子佳人小说领域，实际是小说发展史的低谷，被曹雪芹所指斥便是明证。清乾隆世的大作家吴敬梓、曹雪芹也仍是单干户。降而至于清末，成绩平平，更无论已。本来明末清初的冯梦龙以及清末的李伯元、吴趼人都是有才力的作者，如果善于把握创作的严谨性，不为商业性质的快写快发表所左右，不仅自己的作品质量更高，对当时小说创作导向也会起积极作用的。从唐代以白居易、元稹为中心的小说创作集团对中国小说发展历史的深远影响来考察，有一条规律是值得记取的，即：作者须有相当的写作水平，并有集团性质（或组织成或事实上形成）的互相切磋琢磨，精思殚想，从而能保证质量以形成风气，使小说的创作健康地发展。其后几次有集团性质的创作，高低不平，也有教训经验可吸取。

【评　介】

苏兴（1923—1994），字建勋，号草禾子，辽宁昌图人。1949 年东北大学文学院硕士毕业，留东北师范大学中文系任教，从事古典文学教学和研究近 50 年。20 世纪 50 年代末开始学术研究，60 年代初晋为讲师。1978 年晋为副教授。发表在《文物》1978 年第 3 期上的《〈京本通俗小说〉辨疑》考订《京本通俗小说》之为话本集子乃缪荃孙伪造，其所收话本不都是宋代作品，在海内外产生强烈的反响，为多数学者认同。1983 年晋为教授，延聘至 1986 年离休。著有《吴承恩年谱》、《吴承恩小传》等。

《以白居易、元稹为核心的中唐小说集团述论》是苏兴遗著，由其子苏铁戈整理，原载《明清小说研究》1997 年第 3 期（又收入《苏兴学术文选》，上海古籍出版社 2011 年版）。此文首次勾勒出中唐以元白为中心的小说集团。集团成员还有白行简、陈鸿、李公佐、韩愈、柳宗元、牛僧孺、刘禹锡、李绅、蒋防、许尧佐等，从贞元十八年（802）至长庆元年（821），创作了一系列传奇小说，堪称繁荣，为以后小说的发展奠定了基础。集团成员中水平不齐等，白、元以大诗人、大手笔称，无疑是集团的核心领袖，以白居易、元稹为核心的中唐小说集团顺应历史规律而出现，对中国小说发展历史的影响深远，预示着中国小说日后的兴旺发达。其中有一条规律值得记取，即：作者须有相当的写作水平，并有集团性质(或组织成或事实上形成)的互相切磋琢磨，精思殚想，从而能保证质量以形成风气，使小说的创作健康发展。论文还分析了元白诗歌、散文等对其小说创作的影响，尽管比较简略，当颇富启迪。

《元白长篇叙事诗的类型特征及其流派意义》

陈文新

中唐的文化品格，其基本特征是入俗，即以艺术化的游戏态度将传统中的各种风格或因素推向极端，以取得一种近似戏曲中的面具的夸张效果：新乐府是教化（兴寄）传统的极端，唱和诗是应酬传统的极端，闲适诗是山水田园诗传统的极端，艳诗是宫体诗传统的极端。因此，尽管教化、应酬、田园、宫体等类型的诗原本区划井然，但经过元白的夸张处理后，却相安无事地统一在同一作家笔下。新乐府诗和闲适诗是读者较为熟悉的，这里试以元白长篇叙事诗为例，经由对其类型特征的考察，从一个侧面透视时代精神在价值层面和表达层面对元和诗派的影响，以较为深入地理解其流派意义。

元白长篇叙事诗的第一个特征是“有风情”，即对私生活感情的淋漓尽致的表达。这其实是传奇小说的题材特征在元白长篇叙事诗中的延伸。唐人传奇是在德宗至宪宗朝臻于鼎盛的，而其引人注目的标志之一便在于爱情题材的作品骤然勃兴。清章学诚《文史通义》卷五《诗话》谈到唐人传奇时说：“大抵情钟男女，不外离合悲欢，红拂辞杨，绣襦报郑，韩李缘通落叶，崔张情导琴心，以及明珠生还，小玉死报。凡如此类，或附会疑似，或竟托子虚，虽情态万殊，而大致略似。”①这类“风流”故事令一批作家如痴如醉，一方面是受了整个社

① 章学诚著，叶瑛校注：《文史通义校注》，中华书局1994年版，第560页。

会风气的影响："贞元之时，朝廷政治方面，则以藩镇暂能维持均势，德宗方以文治粉饰其苟安之局。民间社会方面，则久经乱离，略得一喘息之会，故亦趋于嬉娱游乐。因此上下相应，成为一种崇尚文辞、矜诩风流之风气。"①另一方面也与进士阶层自身的好尚相关。当时社会政治生活中存在两股势力，一为山东士族如李德裕等人，一为出身寒门的进士阶层如元稹、牛僧孺等人。山东士族，严于礼法；进士阶层，则"重词赋而不重经学，尚才华而不尚礼法，以故唐代进士科，为浮薄放荡之徒所归聚，与倡伎文学殊有关联"②。《莺莺歌》写莺莺与张生越轨的恋爱，《长恨歌》着眼于唐明皇和杨贵妃之间那种"在天愿为比翼鸟，在地愿为连理枝"的"绵绵无绝期"的深情，所关注的当然不是社会公共生活而是私生活。

对于私生活感情的表达，正宗诗学一向采取不予理睬或蔑视的态度。不错，《诗经》中并不缺乏抒写男女恋爱的作品，但在春秋时代赋诗言志的格局中，却被用来表达属于社会公共生活领域的想法或感情。朱自清《经典常谈·诗经第四》举过一个例子：《左传》襄公二十七年，郑伯宴晋使赵孟于垂陇，赵孟请大家赋诗，想看看大家的"志"。子太叔赋的是《野有蔓草》。原诗首章说："野有蔓草，零露漙兮，有美一人，清扬婉兮。邂逅相遇，适我愿兮。"全诗原是男女私情之作，子太叔不管，只取末二句，借以表示郑国欢迎赵孟的意思。如此赋诗言志，本是行政事务中的断章取义、借题发挥，却对后人解《诗》产生了重大影响，以至于学者们习惯于从比兴和象征的角度对私生活题材加以阐释，使之转换为社会公共生活题材。这种阐释套路，连国学大师章太炎也是认同的。其《国学概论》第二章《国学的派别》(一)说："古人作诗托男女以喻君臣，《离骚》以美人香草比拟，也同此意。朱文公对于《诗序》(唐时《本事诗》相类)解诗指为国事而作，很不满意，他径以为是男女酬答之诗，这是不可掩的过。当时陈傅良反对朱文公，有'城阙为偷期之所，彤管为行淫之具'等语(不见于今《诗传》，想已删去)。清人亦指斥朱文公释《丘中有麻》诗为女人

---

① 陈寅恪：《元白诗笺证稿》，上海古籍出版社 1978 年版，第 87 页。

② 陈寅恪：《元白诗笺证稿》，上海古籍出版社 1978 年版，第 86 页。

含妒意为不通者。”①朱熹(文公)视《诗经》中的“男女酬答之诗”为私生活题材，竟然招致如此严厉的抨击，说明自汉以来，视《诗经》为发表社会公共生活领域的感慨之作，乃是占主导地位的学术见解。这样一种诗学理论，对言情诗及其作者有着巨大的震慑力量。宫体诗的遭遇便是明证。唐杜确《岑嘉州集序》说：梁简文帝及庾肩吾之属，“始为轻浮绮靡之辞，名曰‘宫体’，自后沿袭，务为妖艳”。《隋书·文学传序》等也有相似的议论。这种情形传达出正宗诗学关于诗的题材畛域的信念：诗务必与私生活绝缘，诗只能“言”社会公共生活领域之“志”。清章学诚《文史通义·妇学》以不容置疑的口吻宣称：“《离骚》求女为真情，则语无伦次；《国风》溱、洧为自述，亦径直无味。作为拟托，文情自深。”“古人思君怀友，多托男女殷情。”②《文史通义》卷五《诗话》，江氏《灵鹣阁丛书》本比通行本多出九条，其中一条说：“声诗三百，圣教所存，千古名儒，不闻异议。今乃丧心无忌，敢侮圣言，邪说猖狂，骇人耳目。六义甚广，而彼谓雅颂劣于国风。风诗甚多，而彼谓言情妙于男女。凡圣贤典训，无不横征曲引，以为导欲宣淫之具，其罪可胜诛乎？”③锋芒所向，自然是直指袁枚，但也足见正宗诗学是极力反对诗与私生活结缘的。元白长篇叙事诗之惊世骇俗，首先即在表达私生活感情这一方面。清潘德舆《养一斋诗话》卷三云：“‘力士传呼觅念奴，念奴潜伴诸郎宿。’‘侍儿扶起娇无力，始是新承恩泽时。’此南北曲中猥亵语耳，词家不肯道此，而况诗哉！”④潘德舆所用的依然是正宗诗学的论诗标准，他没有意识到，《长恨歌》是一种新兴的与

---

① 章太炎讲演，曹聚仁整理：《国学概论》，上海古籍出版社 1997 年版，第 27 页。

② 章学诚著，叶瑛校注：《文史通义校注》，中华书局 1994 年版，第 535 页。

③ 章学诚著，叶瑛校注：《文史通义校注》，中华书局 1994 年版，第 569 页。

④ 见郭绍虞编选，富寿荪校点：《清诗话续编》，上海古籍出版社 1983 年版，第 2047 页。

传奇小说打成一片的诗。① 舒位《又题元白长庆集后》："元九才情逊乐天，《梦游春》曲太缠绵。白头宫女闲能说，何必《连昌》又一篇。"②舒位所鄙薄的"缠绵"，其实正是唐人传奇中恋爱题材作品的

---

① 早期的元白长篇叙事诗本是包容在传奇小说之内的。宋赵彦卫《云麓漫钞》卷八说："唐之举人，先借当世显人以姓名达之主司，然后以所业投献。逾数日又投，谓之温卷，如《幽怪灵》《传奇》等皆是也。盖此等文备众体，可以见史才、诗笔、议论。"（赵彦卫：《云麓漫钞》，古典文学出版社 1957 年版，第 111 页。）传奇小说的体制特点是将史才、诗笔、议论打并在一起，由此导致的一个不容忽略的情形是：诗人与小说家在创作中互相协作，而他们处理的乃是同一题材。元稹《莺莺传》云：

> 贞元岁九月，执事李公垂宿于余靖安里第，语及于是，公垂卓然称异，遂为《莺莺歌》以传之。

可见元稹与李公垂写的都是莺莺的故事。又陈鸿《长恨歌传》：

> 元和元年冬十二月，太原白乐天自校书郎尉于周至，鸿与琅玡王质夫家于是邑，暇日相携游仙游寺，话及此事，相与感叹。质夫举酒于乐天前曰："夫希代之事，非遇出世之才润色之，则与时消没，不闻于世。乐天深于诗、多于情者也。试为歌之，如何?"乐天因为《长恨歌》。意者不但感其事，亦欲惩尤物，窒乱阶，垂于将来者也。歌既成，使鸿传焉。（鲁迅辑：《唐宋传奇集》卷三，上海古籍出版社 1998 年版，第 264 页。）

陈鸿与白居易所处理的同为李杨故事。可以这样说：《长恨歌》、《莺莺歌》作为一种新兴的诗体，是伴随着同题材传奇小说而行世的。赵彦卫所谓"史才"，指小说的叙事散文部分；所谓"诗笔"，指韵文部分，即《长恨歌》、《莺莺歌》等；所谓"议论"，指小说中垂教的部分。《长恨歌》、《莺莺歌》乃文备众体的传奇小说的一部分，不可独立于《长恨歌传》、《莺莺传》之外。换句话说，白居易等人的长篇叙事诗是伴随着传奇小说的兴盛而兴盛起来的。明确了这一事实，联系唐人传奇来考察元白长篇叙事诗，我们将获得一个有利的观察角度：写私生活感情本是传奇小说所长。

② 陈友琴编：《白居易资料汇编》，中华书局 1962 年版，第 389 页。

特征之一，正是元白长篇叙事诗的特征之一。①

时代精神对文学流派的影响，不仅表现在价值取向上，还表现在艺术手段的选择上。元白长篇叙事诗对于虚构的浓厚兴趣便是这种影响的显著表现。一个民族的文学有多种表达手段，但各种表达手段并未受到一视同仁的待遇。以虚构为例，中国的史家理所当然地将之排除在正当的表达手段之外，因为历史著作的最基本也最重要的标志即是实录。即使是诗人，他们对虚构也并不一致表示热烈的欢迎。中国古代的诗人，以对虚构的不同态度划线，可大体分为两类：一类以屈原为代表，在诗中大规模地展开虚构情境；一类以《诗经》作者为代表，写实，写生活，写日常感受，凭虚构象在其创作过程中如果不被视为缺点，也决不被视为优点。中国古代的这两类诗人，《诗经》作者一脉占有稳固的主导地位，而屈原一脉不只是人数较少，且不时遭到非议。如东汉班固的《离骚序》批评《离骚》："多称昆仑冥婚宓妃虚无之语，皆非法度之政，经义所载。"②刘勰《文心雕龙·辨骚》也非议屈原："托云龙，说迂怪，丰隆求宓妃，鸩鸟媒娀女，诡异之辞

① 一部分学者将《长恨歌》等视为宫体诗或宫体诗的变相，并将其产生归因于市民文学的影响，如林庚。他认为："在中国封建时代，所谓正统文学主要是指以寒士为代表的文学，而寒士文学乃是以寄托怀抱的政治抒情诗为中心的。""大历以后，市民文学有了一个普遍的繁荣。如唐代的变文便是在这以后兴盛起来的。""市民文学的兴趣以故事为主，白居易的《长恨歌》那么广泛流传，所谓'一篇《长恨》有风情'，正是建立在这个基础上。""市民文学的涌现，带来了新的内容和情调。它们的一个共同特点就是以女性为主角。这本是民间文学的普遍特征，而到了市民文学中，女主角便越发活跃起来。词里的爱情的歌唱自然不必多说，而在传奇中，如李娃、霍小玉等也都成了被歌颂的正面形象，这便在正统文学之外，开辟了一个新的领域。"白居易"与元稹唱和的所谓'元和体'中的'艳情诗'"，"其实也就是宫体诗的变相，只不过背景从宫廷移到了秦楼楚馆罢了"。见林庚：《唐诗综论》，人民文学出版社 1987 年版，第 147、148、149、151 页。参见孟二冬：《中唐诗歌之开拓与新变》，北京大学出版社 1998 年版，第 138~139 页。

② 严可均辑：《全上古三代秦汉三国六朝文·全后汉文》卷二十五，中华书局 1958 年版。

也；康回倾地，夷羿彈日，木夫九首，土伯三目，谲怪之谈也。”①具体到中国古代叙事诗的领域，纪事性和纪实性一向稳固地结合在一起。《诗经·大雅》中的《生民》、《公刘》、《绵》、《皇矣》、《灵台》、《大明》、《文王有声》等，汉代乐府诗中的《陌上桑》、《羽林郎》、《东门行》、《病妇行》、《上山采蘼芜》以及《古诗为焦仲卿妻作》(《孔雀东南飞》)等，唐代杜甫的“三吏”、“三别”等，无不遵循“缘事而发”的创作原则。所谓“缘事而发”，即因为生活中某些真实事件的触发而创作。如《古诗为焦仲卿妻作》，最早见于徐陵所编的《玉台新咏》卷一。诗前小序说：“汉末建安中，庐江府小吏焦仲卿妻刘氏，为仲卿母所遣，自誓不嫁，其家逼之，乃没水而死。仲卿闻之，亦自缢于庭树。时(人)伤之，为诗云尔。”②徐陵言之凿凿，必有所据。尽管结尾处松柏梧桐交枝结叶、鸳鸯相向日夕和鸣的描写带有幻想色彩，但无伤其主体部分的写实性。故元稹《乐府古题序》说：“自风雅至于乐流，莫非讽兴当时之事，以贻后代之人。沿袭古题，唱和重复，于文或有短长，于义咸为赘剩，尚不如寓意古题，刺美见事，犹有诗人引古以讽之义焉。曹、刘、沈、鲍之徒，时得如此，亦复稀少。近代惟诗人杜甫《悲陈陶》、《哀江头》、《兵车》、《丽人》等，凡所歌行，率皆即事名篇，无复倚傍。予少时与友人白乐天、李公垂辈谓是为当，遂不复拟赋古题。”③其中，“讽兴当时之事”、“刺美见事”、“即事名篇”云云，强调的正是其“缘事而发”的写实性。

中国叙事诗这种“缘事而发”的传统，元白把握到了并有意识地加以继承。但不是他们的长篇叙事诗，而是其新乐府。白居易《新乐府序》说：“首句标其目，卒章显其志，诗三百之义也。其辞质而径，欲见之者易谕也；其言直而切，欲闻之者深诫也；其事核而实，使采之者传信也；其体顺而肆，可以播于乐章歌曲也。总而言之，为君、

① 刘勰著，周振甫注：《文心雕龙注释》，人民文学出版社1981年版，第36页。

② 徐陵编，吴兆宜注：《玉台新咏笺注》卷一，中华书局1985年版，第43页。

③ 元稹：《元稹集》卷二十三，中华书局1982年版，第255页。

为臣、为民、为物、为事而作，不为文而作也。"①"其事核而实"、"为事而作"云云，并非门面话，元白确实是努力躬行的。陈寅恪《元白诗笺证稿》第五章依次讨论《新乐府》各篇，其论《七德舞》云："乐天此篇旨在陈述祖宗创业之艰难，以寓讽谏。其事尊严，故诗中不独于叙写太宗定乱理国之实事，一一采自国史，即如'速在推心置人腹'等词语，亦系本之实录。"论《捕蝗》云："考贞元元年乐天年十四，时在江南，求其所以骨肉离散之故，殆由于朱泚之乱。而兴元贞元之饥馑，则又家园残废之因。……乐天于此，既余悸尚存，故追述时，下笔犹有隐痛，其贞元十四五年间所作《寄家人》诗，实可与元和四年所作此《捕蝗》诗互相证发也。"论《牡丹芳》云："据上引唐代牡丹故实，知此花于高宗武后之时，始自汾晋移植于京师。当开元天宝之世，犹为珍品。至贞元元和之际，遂成都下之盛玩。此后乃弥漫于士庶之家矣。李肇《国史补》之作成，约在文宗大和时，其所谓'京师贵游尚牡丹三十余年矣'云者，适在德宗贞元朝。此足与元白二公集中歌咏牡丹之多，相证发者也。白公此诗之时代性，极为显著，洵唐代社会风俗史之珍贵资料，故特为标出之如此。"论《卖炭翁》云："盖宫市者，乃贞元末年最为病民之政，宜乐天新乐府中有此一篇。且其事又为乐天所得亲有见闻者，故此篇之摹写，极生动之致也。""《顺宗实录》中最为宦官所不满者，当是述永贞内禅一节，然其书宫市事，亦涉及内官，自亦为修订本所删削。今传世之《顺宗实录》，乃昌黎之原本，故犹得从而窥见当日宫市病民之实况，而乐天此篇竟与之吻合。于此可知白氏之诗，诚足当诗史。比之少陵之作，殊无愧色。"②这一类例证甚多，不再枚举。

有别于元白新乐府"其事核而实"的实录品格，他们的长篇叙事诗却带有浓郁的幻设或虚构的色彩。元虞集《道园学古录》卷三十八《写韵轩记》说："唐之才人，于经艺道学有见者少，徒知好为文辞。闲暇无所用心，辄想像幽怪遇合，才情恍惚之事，作为诗章答问之

① 白居易：《白居易集》卷三，中华书局1979年版，第52页。

② 陈寅恪：《元白诗笺证稿》，上海古籍出版社1978年版，第141、182、238~239、248、250页。

意，傅会以为说。盍簪之次，各出行卷，以相娱玩。非必真有是事，谓之'传奇'。元稹白居易犹或为之，而况他乎！"（据文渊阁本《四库全书》）虞集的话，自是就元白的传奇小说而言，但揆之以他们的长篇叙事诗，也同样适用。元白长篇叙事诗所显示的这种看重虚构的风尚更能见出他们在艺术手段的选择方面的开拓精神和创新精神。因为，其新乐府的实录品格只是一种深厚传统的继续延伸，做来顺理成章，不需要特殊的勇气和技术准备，而其长篇叙事诗的虚构风格，不仅缺乏足够的传统资源，而且有悖于正宗诗学所建立的传统，这里既需要勇气，也需要在虚构才能方面有必要的训练。元白热心于虚构的勇气和兴趣从何而来？解答这一问题，仍需从中唐的特殊文化氛围入手。胡应麟曾指出，陶醉于"幻设"是唐人文化生活的特征之一："凡变异之谈，盛于六朝，然多是传录舛讹，未必尽幻设语。至唐人乃作意好奇，假小说以寄笔端，如《毛颖》、《南柯》之类尚可，若《东阳夜怪录》称成自虚，《玄怪录》元无有，皆但可付之一笑，其文体亦卑下无足论。"①"子虚、上林不已，而为修竹、大兰，修竹、大兰不已，而为革华、毛颖，革华、毛颖不已，而为后土、南柯，故夫庄、列者诡诞之宗，而屈、宋者玄虚之首也。后人不习其文而规其意，卤莽其精而猎其粗，毋惑乎其日下也。"②胡应麟敏锐地意识到，唐以前并非没有虚构，但一般只存在于三种情况中：一是六朝志怪的"传录舛讹"，并非有意虚构；三是庄、列等哲学家，借用虚构的故事来阐发某种理论；三是屈、宋等辞赋作家，以虚构的情境来言志抒怀。而唐人之热心于虚构，却不属于这三种情况：第一，与六朝志怪不同，唐人乃"作意好奇"，有意虚构；第二，与庄、列等不同，唐人虚构故事并非为了阐发某种哲学理论；第三，与屈、宋等不同，唐人虚构种种奇幻的情境并非为了言志抒怀。一句话，唐人热心于虚构，其动机不同于六朝志怪作家、庄列等哲学家和屈、宋等辞赋作家，他们的目

① 胡应麟：《少室山房笔丛》卷三六《二酉缀遗中》，上海书店出版社 2001 年版，第 371 页。

② 胡应麟：《少室山房笔丛》卷二九《九流绪论下》，上海书店出版社 2001 年版，第 283 页。

的是获得一种幻想的乐趣，即虞集所说的“娱玩”。这样一种对待虚构的态度，与传统迥异，究其产生的原因，当与西域文明的影响有关。“李唐起自西陲，历事周隋，不惟政制多袭前代之旧，一切文物亦复不间华夷，兼收并蓄。第七世纪以降之长安，几乎为一国际的都会，各种人民，各种宗教，无不可于长安得之。太宗雄才大略，固不囿于琐微，而波罗逑之盛行唐代，太宗即与有力焉。开元、天宝之际，天下升平，而玄宗以声色犬马为羁縻诸王之策，重以蕃将大盛，异族入居长安者多，于是长安胡化盛极一时，此种胡化大率为西域风之好尚：服饰、饮食、宫室、乐舞、绘画，竞事纷泊；其极社会各方面，隐约皆有所化，好之者盖不仅帝王及一二贵戚达官已也。”①向达没有提到唐人对虚构的热衷及其与西域文明的关系，而这一点与我们的论题紧密相关。据杨宪益研究，“板桥三娘子的故事显然是与唐宋时著名的昆仑奴同来自非洲东岸，被大食商人带到中国来的”“西方的扫灰娘(Cinderella)故事”“至迟在九世纪或甚至在八世纪已传入中国了”。② 诸如此类的例证表明，唐人热心于从虚构故事中获得幻想乐趣，与唐王朝“不间化夷，兼收并蓄”的文化生活是息息相关的。没有这个开放的时代，就没有唐人传奇，就没有元白的长篇叙事诗。

以下我们即具体考察元白长篇叙事诗中的虚构情形。以《长恨歌》为例，其中“方士访至蓬莱，得妃密语，归报上皇一节”，即出于白居易等人的虚构。“若依唐代文人作品之时代，一考此种故事之长成，在白歌陈传之前，故事大抵尚局限于人世，而不及于天界，其畅述人天生死形魂离合之关系，似以《长恨歌》及传为创始。此故事既不限现实之人世，遂更延长而优美。然则增加太真死后天上一段故事之作者，即是白陈诸人，洵为富于天才之文士矣。”③

与《长恨歌》的部分虚构相辉映，《琵琶行》或许整个就是虚构的产物。清舒梦兰《古南馀话》卷四载：

① 向达：《唐代长安与西域文明》，三联书店 1957 年版，第 41 页。

② 杨宪益：《译馀偶拾》，三联书店 1983 年版，第 76 页，78 页。

③ 陈寅恪：《元白诗笺证稿》，上海古籍出版社 1978 年版，第 13 页。

> 归舟过琵琶亭时，戏语敬修："有一州司马，江头送客，闻茶商之妾，夜弹琵琶，乃竟登其舟，再三求见，求其弹，并对之作诗流涕，久坐谈情。其夫见还舟，见之，怒否?"敬修曰："何处有此缪官耶?"余笑指曰："即此是!"①

语带谐谑，旨在表明琵琶女一事属于虚构，不必心眼太死地当作实事。

元稹的《连昌宫词》亦多虚构。陈寅恪《元白诗笺证稿》第三章详尽地讨论了《连昌宫词》的诸多问题，在细密考证的基础上，得出下述结论：1.《连昌宫词》"非作者经过其地之作，而为依题悬拟之作"，凭虚构象，所依据的并非实际的观感；2. 杨贵妃于开元二十九年入宫之后，从未以皇帝妃嫔的资格伴侍玄宗一游连昌宫，"诗中'上皇正在望仙楼，太真同凭栏干立'及'寝殿相连端正楼，太真梳洗楼上头'等句，皆傅会华清旧说(乐史《杨太真外传》下云：'华清宫有端正楼，即贵妃梳洗之所。')构成藻饰之词"；3. 安史之乱爆发后安禄山从未"经过连昌宫前之御路"，诗中所云"明年十月东都破，御路犹存禄山过。驱令供顿不敢藏，万姓无声泪潜堕"，亦为"假想虚构"。这些例证表明，元稹的《连昌宫词》就基本品格而言是非写实的。大规模地在叙事诗中采用虚构手段，白居易如此，元稹如此，构成元白诗派的标志之一。这种热衷于虚构的创作风气，离开了中唐的特殊文化背景，是不可能流行开来的。

时代精神对文学流派的影响，往往通过流派内部的社交活动来实现。论及中唐士大夫的社交文化，有一点是值得指出的：那时的文化人除了爱切磋诗、文、赋，也爱谈说奇闻异事，诸如神仙、鬼怪、才子、佳人等。他们不求事情的真实，而希望从中获得超越日常生活的幻想情趣。关于传奇小说的创作，一些作者曾自报家门略述其创作缘起或过程，如沈既济《异梦录》(《太平广记》卷二八二题作《邢凤》)：

---

① 陈友琴编：《白居易资料汇编》，中华书局 1962 年版，第 394 页。

> 元和十年，沈亚之以记室从陇西公军泾州。而长安中贤士，皆来客之。五月十八日，陇西公与客期，宴于东池便馆。既坐，陇西公曰："余少从邢凤游，得记其异，请语之。"客曰："愿备听。"陇西公曰："……事在贞元中，后凤为余言如是。"是日，监军使与宾府郡佐，及宴客陇西独孤铉、范阳卢简辞、常山张又新、武功苏涤，皆叹息曰："可记。"故亚之退而著录。明日，客复有至者，渤海高允中、京兆韦谅、晋昌唐炎、广汉李瑀、吴兴姚合，洎亚之，复集于明玉泉，因出所著以示之。

李公佐《古岳渎经》：

> 唐贞元丁丑岁，陇西李公佐泛潇湘苍梧，偶遇征南从事弘农杨衡，泊舟古岸，淹留佛寺，江空月浮，征异话奇。杨告公佐云：……公佐至元和八年冬，自常州饯送给事中孟简至朱方，廉使薛公苹馆待礼备。时扶风马植、范阳卢简能、河东裴蘧，皆同馆之，环炉会语终夕焉。公佐复说前事，如杨所言。

这类资料表明，若干传奇小说的问世，其催化剂是士大夫间的社交文化。讲故事的与写故事的，可以是同一人，也可以不是同一人。他们相互切磋，直到小说臻于完善为止。

元白的长篇叙事诗本是伴随着传奇小说而产生的，因而其起点具有与传奇小说的创作相似的特点：一个富于魅力的题材常常是从朋友那里获得的。李绅《莺莺歌》的题材得之于元稹，白居易《长恨歌》的题材得之于王质夫，均为显而易见的事实。不仅此也，就对题材的处理即具体的写作而言，同一流派的诗人之间互竞高低，互相启迪，尤其值得注意。白居易《编集拙诗成一十五卷因题卷末戏赠元九李二十》云：

> 一篇长恨有风情，十首秦吟近正声。
> 每被老元偷格律，苦教短李伏歌行。

世间富贵应无分，身后文章合有名。
莫怪气粗言语大，新排十五卷诗成。①

“每被”一联，说的就是同一流派的诗人之间相互影响的情形。“每被老元偷格律”白居易自注云：“元九向江陵日，尝以拙诗一轴赠行，自后格变。”又“苦教短李伏歌行”自注云：“李二十尝自负歌行，近见予乐府五十首，默然心伏。”“元九”即元稹，“李二十”即李绅。白居易《和答诗十首序》也说：

(元和)五年春，微之从东台来，不数日，又左转为江陵士曹掾。……仆职役不得去，命季弟送行，且奉新诗一轴，致于执事，凡二十章，率有兴比，淫文艳韵无一字焉。意者欲足下在途讽读，且以遣日时，销忧懑，又有以张直气而扶壮心也。及足下到江陵，寄在路所为诗十七章，凡五六千言，言有为，章有旨，迨于宫律体裁，皆得作者风。……岂仆所奉者二十章，遽能开足下聪明使之然耶？……何立意措辞，与足下前时诗如此之相远也。②

这里所提到的作品，当然不尽是长篇叙事诗，但并不妨碍我们的立论。一个不容忽视的事实是：白、陈的《长恨歌》及传，实受李、元的《莺莺歌》及传的影响，而元稹的《连昌宫词》又受白、陈《长恨歌》及传的影响。其间因革演化的痕迹，昭昭可见。试作说明。《长恨歌》及传完成于《莺莺歌》及传之后。二者在体制上大体相近：《长恨歌传》的散文部分相当于《莺莺传》的散文部分，《长恨歌》相当于《莺莺歌》及《会真》等诗；二者的意境宗旨则显然不同：一写平民，一写帝王，一写人世，一写仙山，一写生离，一写死别，一写生而负心，一写死抱痴情，两相对照，可见《长恨歌》别开生面之处。至于元稹的《连昌宫词》，就题材言，颇与《长恨歌》相近；但体制则更为完整：

① 白居易：《白居易集》，中华书局1979年版，第349页。
② 白居易：《白居易集》，中华书局1979年版，第39页。

《长恨歌》与陈传相辅而行，诗本身未交待缘起，无真正结尾，实不宜脱离传文而单独行世，而《连昌宫词》却融史才、诗笔、议论为一体，圆满自足，成为无需依附传奇小说的新型叙事诗。在艺术追求方面，白居易、元稹、李绅这种相互学习、相互竞争的进取精神令我们肃然起敬。

以上我们以元白长篇叙事诗为例，考察了时代精神对文学流派的影响。在某种程度上，也可以说是考察了文学思潮对文学流派的影响。文学思潮既是时代精神与文学流派之间的中介因素，又常常与文学流派融为一体。在各种文学辞典和类书的编纂中，我们时常见到的一种体例是，将文学思潮、文学流派、文学社团作为一个大类来处理，其原因之一就是，尽管思潮、流派、社团在理论上是存在区别的，但在实际操作中却难以断然分开。在考察时代精神对文学流派的影响时，准确把握文学思潮的作用，是值得研究者关注的一个领域。

【评　介】

陈文新(1957—　)，湖北公安人。1977 年考入武汉大学，获文学学士、文学硕士、哲学博士学位。1982 年 1 月留校任教。1991 年破格晋升副教授，1995 年破格晋升教授，1998 年获湖北省跨世纪学术带头人称号，2004 年获湖北省优秀研究生导师称号。现为武汉大学珞珈学者特聘教授、文学院中国古代文学专业博士生导师、武汉大学中国传统文化研究中心(教育部人文社会科学重点研究基地)副主任、《人文论丛》副主编，兼任中国俗文学学会副会长、中国红楼梦学会理事、中国水浒学会常务理事、中国西游记文化研究会理事、中国明代文学学会理事。

陈文新《元白长篇叙事诗的类型特征及其流派意义》，原载《贵州社会科学》2001 年第 1 期。此文以元白长篇叙事诗为例，经由对其类型特征的考察，从一个侧面透视时代精神和文学思潮在价值层面和表达层面对元和诗派的影响，以较为深入地理解其流派意义。元白长篇叙事诗的重要特征是“有风情”，即对私生活感情的淋漓尽致的表达。这是传奇小说的题材特征在元白长篇叙事诗中的延伸。时代精神对文学流派的影响，不仅表现在价值取向上，还表现在艺术手段的选择上。有别于元白新乐府“其事核而实”的实录品格，他们的长篇叙事诗带有浓郁的幻设或虚构的色彩。唐人热心于从虚构故事中获得幻想乐趣，与唐王朝“不间化夷，兼收并蓄”的文化生活是息息相关的。没有这个开放的时代，就没有唐人传奇，就没有元白的长篇叙事诗。时代精神对文学流派的影响，往往通过流派内部的社交活动来实现。元白的长篇叙事诗本是伴随着传奇小说而产生的，因而其起点具有与传奇小说的创作相似的特点：一个富于魅力的题材常常是从朋友那里获得的。在艺术追求方面，白居易、元稹、李绅互相启迪，互相学习，相互竞争，这对一个流派的形成无疑关系重大。

《〈主客图〉与元白诗派的成立》

陈才智

流派，是中国诗歌艺术研究中一个重要环节，是在语言、修辞、意象、意境、风格之上更高的一个研究层次，“流”偏重历时性，“派”偏重共时性。“流派论的提出，一向被认为是文学研究走向成熟的标志。”①近年来，中国古代文学研究中，流派视角的运用不断成熟和扩大，已有两套名为“中国古代文学流派研究”的丛书面世。② 就唐宋诗歌研究而言，学术界对所谓“山水田园诗派”、“韩孟诗派”、“江西诗派”、“江湖诗派”都已有了相当深入和全面的研究。③ “边塞诗派”、“吴中诗派”、“姚贾诗派”、“睦州诗派”、“李贺诗派”、“皮

① 陈伯海主编：《历代唐诗论评选》，第157页，刘晓平撰《唐诗主客图序》说明；又见陈伯海主编：《唐诗学史稿》，第153页，许连军撰“张为《诗人主客图》”。

② 一为辽宁大学中文系钟林斌和辽宁大学出版社李文禄主编，辽宁大学出版社1993年开始陆续出版；一为武汉大学中文系陈文新主编，武汉大学出版社2003年至2004年出版。

③ “韩孟诗派”之研究见前。其他就专著而言，有葛晓音《山水田园诗派研究》（辽宁大学出版社1993年版）、龚鹏程《江西诗社宗派图研究》（文史哲出版社1983年版）、莫砺锋《江西诗派研究》（齐鲁书社1986年版）、张宏生《江湖诗派研究》（中华书局1995年版）、张瑞君《南宋江湖派研究》（中国文联出版社1999年版）、陈书良《南宋江湖诗派与儒商思潮》（甘肃文化出版社2004年版）。

陆诗派”也相继进入了研究者的视野。① 程千帆先生还曾提出“唐宋诗歌流派研究”的大课题，列入国家哲学社会科学“七五”规划、国家教委哲学社会科学“七五”规划。②

值得注意的是，由于创作实践和文化背景的差异，中国古代文论与现代文学理论之间，关于“流派”这一范畴的具体涵义有通有隔，难以等同而论。中国古代文学的流派现象纷繁而复杂，如果严格按照现代文学理论教材之定义来考察，难免削足适履。在这一问题上，陈文新《中国文学流派意识的发生和发展：中国古代文学流派研究导论》③、吴怀东《唐诗流派通论》④二著做出了相应的具体论述，读者不妨参阅。应该说，中国传统文化中社群意识较强，文学创作实践的

① “边塞诗派”之研究概述参见刘德重《唐代边塞诗的评价》(《唐代文学研究年鉴 1984》，陕西人民出版社 1985 年版)、王学太《关于唐代边塞诗的评价》(收入卢兴基主编：《建国以来古代文学问题讨论举要》，齐鲁书社 1987 年版)、胡大浚和马兰州《七十年边塞诗研究综述》(《中国文学研究》2000 年第 3 期)、杜晓勤《隋唐五代文学研究》第四章第二节“盛唐边塞诗派研究”(北京出版社 2001 年版)及任文京《唐代边塞诗的文化阐释》绪论(人民出版社 2005 年版)。“吴中诗派”有赵昌平《“吴中诗派”与中唐诗歌》(《中国社会科学》1984 年第 4 期，又收入《赵昌平自选集》)、梁成《唐代的“吴中诗派”》(《常熟高专学报》1994 年第 3 期)；“姚贾诗派”有徐希平《“武功体”价值新探：兼论姚贾诗派心理定势及内部差异》(《西南民族学院学报》1992 年第 4 期)、尹占华《论郊岛和姚贾》(《文学遗产》1995 年第 1 期)、张宏生《姚贾诗派的界内流变和界外馀响》(《文学评论》1995 年第 2 期)、刘宁《“求奇”与“求味”：论贾姚五律的异同及其在唐末五代的流变》(《文学评论》1999 年第 1 期)、周衡《姚贾诗派简论》(《徐州师范大学学报》2002 年第 2 期)。“睦州诗派”有朱睦卿《睦州诗派》(《文教资料》2000 年第 4 期)。“李贺诗派”有房日晰《李贺诗派及余波》(《文学遗产》2000 年第 3 期)。“皮陆诗派”有尹楚兵《论皮陆诗派的形成》(《中国文学研究》2001 年第 4 期)、《试论皮陆诗派尚才自娱的唱和观及其表现形态》(《南京师范大学文学院学报》2002 年第 4 期)、《从吴中唱和看皮陆诗派在唐宋诗史中的地位》(《中国文学研究》2004 年第 1 期)。

② 见莫砺锋：《江西诗派研究》，第 337 页；张宏生《江湖诗派研究》扉页及傅璇琮序。

③ 陈文新：《中国文学流派意识的发生和发展：中国古代文学流派研究导论》，武汉大学出版社 2003 年版。

④ 吴怀东：《唐诗流派通论》，新华出版社 2004 年版。

成熟和发达程度也举世无双，但由于文学观念上审美与功利的离合纠缠，文学批评的重直觉轻理性，多片段少体系，多判断少推论，以及交通不便造成的地域隔碍，文人交往途径和渠道的有限，大众文化传播的相对落后与局限，因而，中国古代的文学流派从自发走向自觉的历程，决非一帆风顺，一蹴而就。无论在理论还是实践上，中国古代文学的流派，都有着同中外现代文学不同的、别样的发展轨迹，这轨迹正如那“流”那“派”，往往曲曲弯弯。

在中国古代文论中，“流派”这一范畴由萌芽到成熟，经历了四个阶段：

(1) 萌芽 → (2) 自发 → (3) 自觉 → (4) 成熟

⋮ ⋮ ⋮ ⋮

先秦两汉时期 → 魏晋南北朝时期 → 唐宋时期 → 元明清时期

在中国固有的文学批评术语中，“流派”一词出现以前，相近、相应的名词，称“体”、称“派”。“体”、“派”是一对相互联系、有所交叉的范畴：

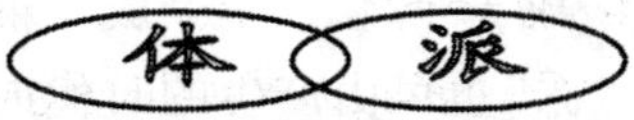

清·厉鹗(1692—1752)《樊榭山房文集》卷三《查莲坡〈蔗塘未定稿〉序》论体派之衍变云：

> 诗不可以无体，而不当有派。诗之有体，成于时代，关乎性情，真气之所存，非可以剽拟似、可以陶冶得也。是故去卑而就高，避缛而就洁，远流俗而就(一作向)雅正，少陵所云“多师为师”，荆公所谓“博观约取”，皆于体是辨。众制即明，炉鞴自我，吸揽前修，独造意匠，又辅以积卷之富，而清能灵解，即具其中。盖合群作者之体而自有其体，然后诗之体可得而言也。自吕紫微作《西江诗派》，谢皋羽序《睦州诗派》①，而诗于是乎有

① 谢翱：《睦州诗派序》，见其《晞发集》卷十，《四库全书》第1188册，第327~328页。

派。然犹后人瓣香所在，强为胪列耳，在诸公当日，未尝龂龂然以派自居也。迨铁崖(一作雅)滥觞，已开陋习。有明中叶，李、何扬波于前，王、李承流于后，动以派别概天下之才俊，啖名者靡然从之，七子五子，叠床架屋。①

其扬“体”而抑“派”，不无意气之见，但对由“体”到“派”之衍变的论述，要亦吻合。

详细而论，“体”在中国固有的文学批评中，大抵有四重涵义：(一)可以指文章的体裁、体式、体制、体例，相当于“genre”；(二)可以指文章的内容、要旨、思想；(三)可以指文章的文辞、采藻、辞气、语意；(四)可以指文体、作品、时代、地域的风格、体貌，相当于“style”。前三种涵义姑且不论，仅就本书所及之第四种涵义而言，在六朝时期它已经成为一个较为成熟的文学批评范畴，其标志即《文心雕龙》和《诗品》中对这一概念的论述和运用。②

尽管在中国古代文学批评的某些场合中，“体”、“派”二词的界限仍未十分明确，但一般而言，“体”大致相当于“风格”③，“派”大致相当于“流派”。“体”成于个体，“派”成于群体。“体”可“以时而论”、“以人而论”，④“派”也可由产生的时代或代表作家来命名，但更多的是以风格而论、以地域而论、以体裁而论、以题材而论、以审美趣味而论、以创作主张而论。在中国文学批评史上，由“体”到“派”的发展、嬗变过程中，大致经历了以下四个重要的环节点：

---

① 陈九思标校：《樊榭山房集》中册，第735页。

② 参见陈兆秀：《文心雕龙术语探析》第三章：“体”字之析解，文史哲出版社1986年版。

③ 对“风格”范畴的研究书籍，有黄美铃《唐代诗评中风格论之研究》、吴功正《文学风格七讲》、严迪昌《文学风格漫说》、王昌猷《意境·风格·流派》、王明居《文学风格论》、《唐诗风格美新探》和《唐诗风格论》、周振甫《文学风格例话》、许自强《新二十四诗品——古典诗歌风格鉴赏》、吴承学《中国古典文学风格学》、李伯超《中国风格源流论》等。

④ 见严羽：《沧浪诗话·诗体》(郭绍虞《沧浪诗话校释》，第52、59页)。

(1)	(2)	(3)	(4)
《文心雕龙》→	《诗品》→	《主客图》	→《江西诗社宗派图》
⋮	⋮	⋮	⋮
“八体”	→“溯流别”→	“主客法度一则”→	“宗派”

作为“体派”说滥觞期之代表,《文心雕龙·体性篇》的奠基作用毋庸置疑:①

若总其归途,则数穷八体:一曰典雅,二曰远奥,三曰精约,四曰显附,五曰繁缛,六曰壮丽,七曰新奇,八曰轻靡。②

“八体”也就是八种不同的文学风格,③“这可以视为我国最早的文章风格分类”④。此后,初唐佚名《文笔式》“论体”所云博雅、清典、绮艳、宏壮、要约、切至等六体;⑤ 唐·崔融(635—706)《唐朝新定诗格》“十体”论形似体、质气体、情理体、直置体、雕藻体、映带体、飞动体、婉转体、清切体、菁华体;⑥ 皎然(720—798?)《诗式》“辩体有一十九字”:高、逸、贞、忠、节、志、气、情、思、

① 罗根泽《中国文学批评史》第一册论列曹丕等六人所云体派之“体”后,谓:“对体派的文体加以精密的分析者,还要推论文专家的刘勰。”(上海古籍出版社1984年版,第146~147页)

② 范文澜:《文心雕龙注》下册,人民文学出版社1998年版,第505页。

③ 参见陆侃如、牟世金:《文心雕龙译注》,第69页;缪俊杰:《文心雕龙美学》,第147页;詹锳:《文心雕龙义证》中册,第1015页;祖保泉:《文心雕龙解说》,第541页;詹福瑞:《中古文学理论范畴》,第183页。

④ 许自强:《新二十四诗品——古典诗歌风格鉴赏》,第9页。

⑤ 见张伯伟:《全唐五代诗格校考》,第55页;《全唐五代诗格汇考》,第78页。引自日僧遍照金刚(774—835)《文镜秘府论》,见王利器《文镜秘府论校注》,第331页。王利器谓“其为刘善经《四声指归》之文”。小西甚一(1915—)《文镜秘府论考》[讲谈社,昭和二十六年(1951)版]谓其出于初唐佚名所撰《文笔式》(见《全唐五代诗格校考》,第55页;《全唐五代诗格汇考》,第79页)。后说可从。

⑥ 《全唐五代诗格校考》,第109页;《全唐五代诗格汇考》,第129页。参见王利器《文镜秘府论校注》第146页“十体”所引。旧题李峤撰《评诗格》所云“十体”,实即剪取自崔说。

德、诚、闲、达、悲、怨、意、力、静、远;① 齐己(864—943?)《风骚旨格》论“诗有十体”:高古、清奇、远近、双分、背非、无虚、是非、清洁、覆妆、阖门;② 元·杨载(1271—1323)《诗法家数》所云:“诗之为体有六:曰雄浑,曰悲壮,曰平淡,曰苍古,曰沉着痛快,曰优游不迫。”③都不同程度地借鉴了《文心雕龙·体性篇》“八体”之说,与之一脉相承。

钟嵘(约468—518)《诗品》,亦多以“体”字指陈诗人作品的体貌、风格。④ 而尤可注意的是,它在推源溯流的基础上所建立起的诗人序列和渊源系统。对此,钱谦益(1582—1664)《与遵王书》曾云:“古人论诗,研究体源。钟记室谓李陵出于《楚辞》,陈王出于《国风》,刘桢出于《古诗》,王粲出于李陵,莫不应若宫商,辩如苍素。”⑤章学诚(1738—1802)《文史通义·诗话篇》更表彰道:“《诗品》深从六艺溯流别也。如云某人之诗,其源出于某家之类,最为有本之学。其法出于刘向父子。论诗论文,而知溯流别,则可以探源经籍,而进窥天地之纯,古人之大体矣。此意非后世诗话家流所能喻也。钟氏所推流别,亦有不甚可晓处。盖古书多亡,难以取证。但已能窥见大意,实非论诗家所及。”⑥《四库提要·诗文评类》总论部分比较《文心雕龙》与《诗品》体例之别云:“勰究文体之源流,而评其工拙;嵘第作者之甲乙,而溯厥师承。”⑦陈延杰《诗品注·跋》开篇即云:“钟嵘著《诗品》三卷,第作者之甲乙,而溯厥师承,颇有鉴裁。”⑧其《读〈诗品〉》又云:“《诗品》既为三十六人溯

① 《全唐五代诗格校考》,第219~220页;《全唐五代诗格汇考》,第242页。参见李壮鹰:《诗式校注》,第53~54页;《历代诗话》上册,第35~36页。

② 《全唐五代诗格校考》,第379页;《全唐五代诗格汇考》,第401页。

③ 《历代诗话》下册,第726页。

④ 参见廖蔚卿:《六朝文论》,第290~292页;吕德申:《钟嵘〈诗品〉校释》,第268页;王运熙、杨明:《魏晋南北朝文学批评史》,第547页。

⑤ 《牧斋有学集》卷三十七(钱仲联标校本下册,第1361页)。

⑥ 引文据叶瑛:《文史通义校注》上册,第559页,楷体为章氏原注。

⑦ 《钦定四库全书总目提要》(整理本)下册,第2736页。

⑧ 《诗品注》,人民文学出版社1961年版,第158页。钱基博:《钟嵘〈诗品〉校读记·最指第五》首句与之雷同(见《钱基博学术论著选》,第518页)。

厥师承，使后世得以探其源而寻其流者，钟氏之功也。已大劳经营矣！”①

按，《四库提要》所论言简意赅，恰得其实。而章实斋所谓“进窥天地之纯，古人之大体”未免言过。② 首先，其“溯流别”、“溯厥师承”乃“法出于刘向父子”（章学诚）③，而运用于文学批评亦非其首创或独创，此前之沈约（441—513）《宋书·谢灵运传论》、刘勰（约465—约532）《文心雕龙·才略篇》，同时之萧子显《南齐书·文学传论》均有类似之举，④ 挚虞还有《文章流别集》（附《文章流别志》、《文章流别论》）⑤。《晋书·挚虞传》云：“（挚虞）又撰古文章，类聚区分为三十卷，名曰《流别集》，各为之论，辞理惬当，为世所重。”其次，

---

① 原载《东方杂志》第23卷第23号（1926年12月），引文据《中国古代文论研究论文集》第282页（上海古籍出版社1989年版）。

② 《庄子·天下》：“后世之学者，不幸不见天地之纯，古人之大体，道术将为天下裂。”（王先谦《庄子集解》卷八，沈啸寰点校本，第288页）

③ 钟嵘《诗品序》提及“《七略》裁士”（陈延杰《诗品注》，人民文学出版社本，第3页；曹旭《诗品集注》，第66页），陈延杰《读〈诗品〉》云：“昔刘歆造《七略》，其叙诸子，必云某家者流，盖出古者某官之掌，所以讨源也。《诗品》著例，每评一人之诗，必云其原出于某家，殆本《刘略》欤？”（《中国古代文论研究论文集》，第281页）此外，班固《汉书·艺文志·诸子略》亦对九流十家加以溯源。

④ 详见张伯伟《中国古代文学批评史上“推源溯流”法的成立及其类型》（《中国诗学》第一辑，南京大学出版社1991年版，后收入其《钟嵘〈诗品〉研究》，见1999年6月新版，第347~356页）。袁行霈、孟二冬、丁放《中国诗学通论》第299~303页之论述与之大略相同。

⑤ 挚虞，西晋人。钟嵘《诗品序》：“挚虞《文志》，详而博赡，颇曰知言。”（陈延杰《诗品注》，第4页；曹旭《诗品集注》，第186页）刘师培《搜集文章志材料方法（自秦汉迄隋）》：“志者，以人为纲也；流别者，以文体为纲也。”（《国故》第三期，引自陈引驰编校《刘师培中古文学论集》，第105页）方孝岳《中国文学批评》：“他所谓‘流别’，是对于每种文体必推求他的发源，然后下溯他的变迁。根据原来创立那种文体的初意，和立言措辞的派头，来鉴定后人所作的是否合体。”（三联书店本，第59页）罗根泽《中国文学批评史》第一册：“以‘流别’命名，因为他特别注意各体文学的流别；以今语释之，就是历史的演变。”（上海古籍出版社本，第156页）

“惟其论某人源出某人，若一一亲见其师承者，则不免附会耳”。①在“溯流别”的运用上，亦不乏致人诟病处。②

但另一方面，我们也不能因此忽视《诗品》“溯流别”所展现出的系统性、全面性、代表性以及因此所产生的深远影响。可以说，在中国的文学批评史上，是《诗品》使后来的批评者开始有意识地兼顾到第甲乙与溯师承，由单纯品评个体风格转到对彼此相承相传之“流别”关系的注意。而且，《诗品》在“溯流别”中，结合着“论品第”，包含着“辨流派”。明·何良俊(1506—1573)《四友斋丛说》卷二十四“诗·一”有云：“诗家相沿，各有流派。盖潘、陆规模于子建，左思步骤于刘祯，而靖节质直，出于应璩之《百一》，盖显然明著者也。则钟参军《诗品》，亦自具眼。”③清·纪昀(1724—1805)更明确断言：“钟嵘《诗品》阴分三等，各溯其源，是为诗派之滥觞。”④许文雨《钟嵘诗品讲疏》亦谓：“记室品第之说，第以其卷次求之，殊多未尽。彼之心目中固尚有明划之三派焉。一派为正派诗，以曹子建为首……一派为古体诗，以应璩为首……一派为新体诗，以张华为首。”⑤

具体而言，《诗品》之纵向“溯流别”，一为“远溯”，即“其源出于《国风》”、“其源出于《小雅》”、“其源出于《楚辞》”之类；一为“近溯”，即以同一朝代之前人为源流者，如“汉婕妤班姬诗，其源出

---

① 《钦定四库全书总目提要》(整理本)下册，第2738页。胡玉缙撰、王欣夫辑《四库全书总目提要补正》云：“嵘之根本错误，全在以某人源出某人，故品第遂多违失。《提要》既知其附会，而仍欲有所回护，殆以其古书而尊之耳。”(上海书店本下册，第1659页)

② 参见(清)王士禛《古夫于亭杂录》卷五(赵伯陶点校本，中华书局1988年版，第102页)、《带经堂诗话》卷二(戴鸿森校点本上册，第58页)及张伯伟《钟嵘〈诗品〉研究》第167页所引叶梦得、王世贞、许学夷、宋大樽之评。

③ 何良俊：《四友斋丛说》，中华书局1983年版，第214页。按，“刘祯”当作“刘桢”。潘(岳)与子建并非一系，见罗根泽《中国文学批评史》第一册第248页，廖蔚卿《六朝文论》第293~294页，张伯伟《钟嵘〈诗品〉研究》第117、129、418页及曹旭《诗品研究》第154页所列《诗品》之源流系统。

④ 《纪文达公遗集》卷九《田侯松岩诗序》，孙致中、吴恩扬、王沛霖、韩嘉祥校点《纪晓岚文集》第一册，第201页。

⑤ 许文雨：《钟嵘诗品讲疏》，成都古籍出版社1983年版，第9页。

于李陵”。除去纵向“溯流别”外，其更值得重视的是，对同时代人诗歌风格横向的辨同异，即置同一时期风格相近的诗人于同条或同品，并列而论；而风格之相近相似正是流派形成的必要条件之一。此外，在论及品评范围时，《诗品·序》谓：“网罗今古，词人殆集。轻欲辨彰清浊，掎摭病利，凡百二十人。预此宗流者，便称才子。”①文学批评意义上的“宗流”一词，此为首见，其义已很接近流派、宗派。②由此可以确认，钟嵘《诗品》是中国文学批评范畴由“体”到“派”这一嬗变过程中的重要环节点，正如清人李光廷(1812—1880)所云：“诗派之说起自钟嵘《诗品》。”③

但无论是刘勰，还是钟嵘，都还只是“泛流派”④的时代，真正名副其实的“诗派之说”，在中国文学史上，应当确立于宋代吕本中(1084—1145)所作之《江西诗社宗派图》。陈振孙(1179—1262)《直斋书录解题》卷十五总集类《江西诗派》之解题云：“诗派之说本出于吕居仁。”⑤至于《宗派图》的写作时间，一说酝酿于北宋徽宗崇宁、大观年间，完成于北宋徽宗政和元年(1111)，⑥ 二说作于北宋徽宗崇宁元年(1102)或崇宁二年(1103)初，⑦ 三说作于南宋初年，⑧ 四说

---

① 陈延杰：《诗品注》，第4页；曹旭：《诗品集注》，第192页。“预此宗流者”一作“预此宗派”。韩国李徽教《〈诗品〉汇注》谓：“宗流者，宗上流下者也。《诗品》常论诗家源流，故云。”(引自曹旭：《诗品集注》，第195页)

② (宋)毛晃增注、毛居正重增《增修互注礼部韵略》卷一释“宗”云：“流派所出为宗。”(《四库全书》本)

③ (清)张丙炎辑、张允颢重辑《榕园丛书》丙集《主客图》跋。

④ “泛流派”这三个字是借用陈圣生《现代诗学》第四章“风格与流派”之三“诗派的形成及其利弊”中的说法，见该书第187页(社会科学文献出版社1998年版)。

⑤ 陈振孙：《直斋书录解题》，徐小蛮、顾美华校点本，第449页。

⑥ 谢思炜：《吕本中与〈江西宗派图〉》，《文学遗产》1985年第3期，又收入其《唐宋诗学论集》，第206页。

⑦ 莫砺锋：《江西诗派研究》，第309页。

⑧ 游国恩等主编：《中国文学史》，1996年5月湖北第13次印刷，第3册，第77页；黄宝华：《〈江西诗社宗派图〉的写定与〈江西诗派〉总集的刊行》，《文学遗产》1999年第6期。

作于高宗绍兴三年(1133)夏。① 前两说较为合理。

而“诗派”一词首见于宋·狄遵度《杜甫赞》:“其祖审言,当景龙际,以诗自名,高视一世。殆(逮)子美生,其作愈伟。少而不羁,跌宕徙倚。大章短篇,纯乎首尾。诗派之别,源远乎哉!波流沄沄,乃自我回。”②然其义与“江西诗派”取“诗派”的共时性角度有别,盖指诗学渊源,是一种历时性的认识。宋·程大昌(1123—1195)《考古编》卷二“诗论·六”:“汉人赘目《国风》,以参《雅》、《颂》,其源流正自(荀)况出也。何以知其然也?汉之诗师莫有出申公之先,而其诗派亦无能与鲁诗为匹者。申公之师则浮丘伯,而浮丘伯者,荀况门人也。”③虽特指《诗三百》,但取义也是一种历时性的认识。

此后,杨万里(1127—1206)有《江西宗派诗序》(《诚斋集》卷七十九)、刘克庄(1187—1269)有《江西诗派·总序》(《后村先生大全集》卷九十五)。④ 尤袤(1127—1194)《遂初堂书目》总集类、陈振孙(1179—1262)《直斋书录解题》卷十五总集类皆著录有《江西诗派》一书。⑤ 岳珂(1183—?)《桯史》卷六《快目楼题诗》:“江西诗派所在,士多渐其余波。”岳珂《宝真斋法书赞》卷十四《黄鲁直书简帖》赞云:

---

① 龚鹏程:《江西诗社宗派图研究》,第264页。

② 见吕祖谦(1137—1181)《宋文鉴》卷七十五,《四库全书》第1350册,第774页。

③ 《丛书集成初编》第292册,第7页。

④ 陶秋英编选,虞行校订:《宋金元文论选》,第285页和第396页。龚鹏程《江西诗社宗派图研究》第327页注4谓:“当时称名,亦有凡例,大抵不包山谷者称江西诗派,其诗则派家也;包山谷者,称为江西宗派,以山谷为江西之宗也;至于不论本中之图,而论后世所谓江西诸人诗集者,则名为江西宗派诗,或江西诗派。”可供参考。

⑤ 《说郛三种》百卷本之卷二十八(上海古籍出版社1988年版,第一册,第501页;宛委山堂一百二十卷本卷十);徐小蛮、顾美华校点:《直斋书录解题》,第449页。陆九渊《象山先生全集》卷七“书”《与程帅》(《象山先生全集》卷三十六“年谱”称为《答江西程帅叔达惠新刊〈江西诗派〉札子》):“伏蒙宠贶《江西诗派》一部。”卷十七“书”《与沈宰·二》:“某乡(向)有《复程帅惠〈江西诗派〉书》,曾见之否?其间颇述诗之源流,非一时之说。”

“诗至江西，始别宗派。”①楼钥(1137—1213)《攻媿集》(《四部丛刊》本)卷二《江西李君千能能和墨及画梅艮斋许以三奇而诗非所长也》：“江西有诗派，皎皎俱成编。”清·厉鹗(1692—1752)《樊榭山房文集》卷三《查莲坡〈蔗塘未定稿〉序》断云：“自吕紫微作《西江诗派》，谢皋羽序《睦州诗派》，而诗于是乎有派。”②李审言(1858—1931)《学制斋文钞》卷一《论桐城派》亦谓：“古有师法，无所谓派者。有之，自宋吕居仁《江西宗派图》始。”③

清·朱彝尊(1629—1709)《曝书亭集》从各种角度多次提到“江西诗派”，如卷二十《寄乐平石明府(为崧)》：“天开彭蠡潴南邦，石墨峰连羊角双。近说循声过朔郡(明府旧宰灵丘)，定知诗派压西江。书帘茗荚香闻灶，夜阁琴丝月满窗。望眼侧身非一度，相思聊复采兰茳。”卷二十三《送徐甥(焞)之豫章》三首之一：“涪翁诗派授诸甥，中有师川调更清。我亦南州矜宅相，雁池赋雪早知名(西江诗派山谷甥居其四)。”卷三十七《重镘裘司直诗集序》：“宋自汴京南渡，学诗者多以黄鲁直为师，吕居仁集二十五人之作，目曰‘江西诗派’。考其官阀门世不尽学诗，鲁直之门亦不尽江西人也。杨廷秀于诗推尤、萧、范、陆，豫章居其一焉。继萧东夫起者，姜尧章其尤也。余子多见录于《江湖集》，盖终宋之世，诗集流传于今，惟江西最盛云。竹斋裘先生为真希元、魏华父之友，而仕宦不达一官。司直以终其诗，不作硬语，清疏韶亮，异乎鲁直流派。顾世未见其全，裔孙始镂板行之。予因慨诗派诸人之作，当年布诸通邑大都，今遗集存者，惟陈无己、韩子苍、洪玉父、饶德操、晁以道、谢幼盘及居仁七家而已。身后之名显者或晦，司直藏之名山者，晦久而明，虽显晦有时，亦系乎子孙之贤，能表其幽光潜德也。”卷三十八《石园集序》：“江西非楚之分壤乎，自晋以降代有作者。至宋涪翁黄氏厌格诗近体之平熟，务去陈言，力盘硬语，于是吕居仁辈演为诗派，同调二十五人，斯云盛矣。”卷三十九《鱼计庄词序》：“犹夫豫章诗派，不必皆江西人，亦取

① 《丛书集成初编》第1629册，第209页。
② 陈九思标校：《樊榭山房集》中册，第735页。
③ 李稚甫编校：《李审言文集》下册，第887页。

其同调焉尔矣。”卷五十二《竹友集跋》：“临川谢幼盘与兄无逸并负诗名，吕居仁集江西诗派二十五人，幼盘其一矣……诗派遗集，传者无几。予所储陈无己、饶德操、洪玉父、韩子苍、晁叔用、吕居仁，仅六家，得此而七焉。”江西诗派甚至成为人们观察后代其他诗派的一个视角，如曾国藩(1811—1872)《曾文正公文集》卷一《欧阳生文集序》：“历城周永年书昌为之语曰：天下之文章，其在桐城乎？由是学者多归向桐城，号桐城派，犹前世所称江西诗派者也。”

诗派之说，在诗坛上有了“江西诗派”之后，渐渐成为评诗论艺之常谈。如宋·杨万里(1127—1206)《诚斋集》卷五《挽郑恭老少卿》：“天不遗耆老，人谁尚典刑？向来卿月白，无复史天青。诗派回风雪，心源贝叶经……”戴复古(1168—1250?)《石屏诗集》卷三“雅言”《诸诗人会于吴门翁际可通判席上，高菊磵有诗，仆有：“客星聚吴会，诗派落松江”之句。方子万使君喜之，遂足成篇》：“客星聚吴会，诗派落松江。”马金汝《书石屏诗集后》：“以见台郡人物之盛，戴氏诗派之远。”刘克庄(1187—1269)《后村先生大全集》卷三十四《锦湖新亭告成宸翰大书水村二字以落之二诗辄附贺客之后·四和》：“诗派相邀容入社，酒泉虽远愿移封。”宋末吴渭编《月泉吟社诗·方尚老》：“泉流明月，独分诗派之清；村隐白云，远借骚盟之重。”明·宋濂(1310—1381)《宋学士文集》(《四部丛刊》本)卷四十九《芝园集》卷九《故诗人徐方舟墓铭》：“先是睦多诗人，唐有皇甫湜、方干、徐疑(凝)、李频、施肩吾，宋有高师鲁、滕元秀，世号为睦州诗派。”清·黄宗羲(1610—1695)《南雷文案》(《四部丛刊》本)卷一《景州诗集序》：“顾他年有定姚江诗派者，菊涧为诗祖。”曹溶(1613—1685)《诗家鼎脔序》：“宋季江湖诗派，以尤、杨、范、陆为大家。”①朱彝

① 《诗家鼎脔序》原署“倦叟”。朱彝尊《曝书亭集》卷十六《论画和宋中丞十二首》之十二：“退翁(孙侍郎承泽)倦叟(曹侍郎溶)嗟沦没。”《四库全书·诗家鼎脔提要》：“《诗家鼎脔》二卷，不著选辑人姓名，卷首有小序，署曰倦叟，亦无姓氏。案，倦圃为曹溶别号，此序当即溶所题。其书乃宋末人所录南渡诸家之诗。”《钦定四库全书总目提要》(整理本)下册，第2627页，无以上案语。胡玉缙《四库全书总目提要补正》谓：“倦叟当为(宋)宁宗、理宗时人。”(上海书店1998年版，下册，第1605页)恐误。

尊(1629—1709)《曝书亭集》卷三十七《方编修锦官集序》："今君之诗盖将与王先生并传，其或不同者，非诗派之流别也。一在蜀未乱之先，一在乱定之后。览观土风，感慨异焉。后之读诗者兼可以考其时矣。"同上卷三十九《楝亭诗序》："浏览全唐诗派，多师以为师，宜其日进不已。"厉鹗(1692—1752)《樊榭山房文集》卷七《征刻宋诗纪事启》："为西崑、为江西，诗派之源流具在；曰元祐、曰庆元，党人之述作靡遗。"全祖望(1705—1755)《鲒埼亭集》卷二十二《史雪汀墓版文》："吾乡吟社久替，至是忽争传雪汀之诗泒(派)，而雪汀之风格乃骤衰。"同上卷三十二《宝甈集序》："世之操论者每言：学人不入诗派，诗人不入学派。吾友杭堇浦亦力主之。余独以为是言也，盖为宋人发也，而殊不然。张芸叟之学出于横渠，晁景迂之学出于涑水，汪青溪、谢无逸之学出于荥阳吕侍讲，而山谷之学出于孙莘老，心折于范正献公醇夫，此以诗人而入学派者也。杨尹之门而有吕紫薇之诗，胡文定公之门而有曾茶山之诗，湍石之门而有尤遂初之诗，清节先生之门而有杨诚斋之诗，此以学人而入诗派者也。章泉、涧泉之师为清江，栗斋之师为东莱，西麓之师为慈湖，诗派之兼学派者也。放翁、千岩得之茶山，永嘉四灵得之叶忠定公水心学派之中，但分其诗派者也。安得以后世之诗歧而二之，遂使三百篇之遗教自外于儒林乎?"同上外编卷七《翰林院编修初白查先生墓表》："浙之诗人首朱先生竹垞，其嗣音者先生，暨汤先生西厓，实鼎足至今，浙中诗派不出此三家。"钱大昕(1728—1804)《潜研堂诗续集》卷八《题吴兰雪新田十忆图》其二："西江诗派奇古，东乡山色清嘉。独立苍茫自咏，主人疑是浣花。"(草堂寻句)①洪亮吉(1746—1809)《洪北江诗文集·更生斋诗》卷四《沪渎消寒集》：《消寒第二会，汪庶子学金趣园座上追赋，嘉庆戊午四月编辑〈娄东诗派〉成，为诸诗老设供，建水陆道场，用瑜伽荐度法，并考生平行，诣分上中下三坛，别设闺秀一坛，七日乃竣，分赋得栢梁体一首》。同上卷五《箬岭授经集》：《将至旌德赵兵备翼枉诗相饯，未暇报也。山馆无事，戏作长句柬之并约同游黄

---

① 吕友仁标校：《潜研堂集》，上海古籍出版社本，第1283页。

山》："座中诗派判唐宋，壁上兵锋看秦楚。"①阮元（1764—1849）《揅经室三集》卷五《存素堂诗续集序》："念先生具良史才，主持诗派，衷于雅正，足为后学之式。"《揅经室四集》诗卷十一"文选楼诗存"《由南康入蠡泽》："欲向涪翁问诗派，横流可要挽江牛。"《揅经室外集》卷四《毅斋别录一卷提要》："十一世孙兴序一首云：（毅斋）乃理宗时之名臣，不以诗名，然无讲学家习气，颇近江湖诗派。"②钟秀《观我生斋诗话》光绪五年（1879）刊本杨应钊序："吾钟官城先生《观我生斋诗话》一书所为，以庄语力矫流弊，标举正旨，不能已已也。其书凡四卷，曰诗原，曰诗体，曰诗派，曰诗声，总名之曰诗话。"③宗廷辅（1825—？）辑《诗家标目》更开辟了全面梳理诗派名称的先河，著者汇集了历代诗人、诗派、诗人集团之并称、专称，卷一为地域类，卷二为家族类，卷三为源流类，卷四为会集、耆老会之类。④

还有专门从流派角度对唐代诗歌做出总结和研究的，如明·杨慎（1488—1559）《升庵诗话》卷十一论"晚唐两诗派"：

> 晚唐之诗，分为两派：一派学张籍，则朱庆馀、陈标、任蕃、章孝标、司空图、项斯其人也。一派学贾岛，则李洞、姚合、方干、喻凫、周贺、九僧其人也。其间虽多，不越此二派……二派见《张洎集》序项斯诗，非余之臆说也。⑤

---

① 分别见刘德权点校：《洪亮吉集》第三册，中华书局本，第1299、1316页。按，（清）汪学金（1748—1804）辑《娄东诗派》二十八卷，嘉庆九年（1804）诗志斋刻本，收入罗琳主编《四库全书未收书辑刊》第九辑，北京出版社1997年版。

② 分别见邓经元点校：《揅经室集》下册，中华书局本，第688、970、1264页。

③ 转引自蒋寅：《清诗话考》，中华书局2005年版，第602~603页。

④ 见蒋寅：《清诗话考》，第611~612页。

⑤ 《历代诗话续编》中册，第851页，参见杨文生《杨慎诗话校笺》，第97页。按，二派说昉自《瀛奎律髓》。（清）贺裳《载酒园诗话》卷一"升庵诗话"条肯定杨慎之说后，又稍作补充（《清诗话续编》，第262~263页），可参阅。

明·李拭《唐诗会选》论唐人五古“二派”：

五言古诗旧无分别，自余观之，实有二派。朱子尝云：作诗不从陶、柳门中来，无以发冲淡萧散之趣。盖明言之矣，然未分也。予今以悲壮雄浑者为苏、李、曹、刘一派，择唐初及李、杜、高、岑以下诸公之作实之；以冲淡萧散者为渊明一派，择张、储、王、孟、韦、柳诸公之作实之。①

明·叶羲昂《唐诗直解》论唐诗分“正派”、“别派”：

诗有宗派者，李太白、杜子美、陶、韦、韩、柳、储、孟、元、白、高达夫、郎士元、卢纶、李商隐，皆正派也；王、杨、卢、骆、段成式、司马礼、张乔诸子，别派也。②

清·李怀民（1738—1793）《重订中晚唐诗主客图》论贞元以后近体诗分“两派”：

予读贞元以后近体诗，称量其体格，窃得两派焉：一派张水部，天然明朗，不事雕镂，而气味近道，学之可以除躁妄，祛矫饰，天然出入风雅；一派贾长江，力求险奥，不吝心思，而气骨凌霄，学之可以屏浮靡，却熟俗，振兴顽懦。二君之诗，各有广大奥逸、宏拔美丽之妙，而自成一家。③

其他如明·胡应麟（1551—1602）《诗薮》续编卷一“国朝·上”论

---

① 《唐诗会选·辨体凡例》，载明万历刻本《唐诗会选》卷首，转引自陈伯海主编：《历代唐诗论评选》，河北大学出版社 2003 年版，第 159 页。

② 《唐诗直解·诗法》，载清博古斋刻本《唐诗直解》卷首，转引自陈伯海主编：《历代唐诗论评选》，河北大学出版社 2003 年版，第 159 页。按，“司马礼”，当为“司马札”。

③ 上录文字及标点据孙琴安《唐诗选本六百种提要》，第 473～474 页；陈伯海主编：《历代唐诗论评选》，第 1019 页，有修订。

明代吴诗派、越诗派、闽诗派、岭南诗派、江右诗派，续编卷二“国朝·下”论献吉派、仲默派。① 又如清·宋荦(1634—1713)《漫堂说诗》第十二则论“唐以后诗派”。② 又如王国维(1877—1927)《人间词话》：“有造境，有写境，此理想与写实二派之所由分。”③又如黄宗羲(1610—1695)《姜山启彭山诗稿序》(《南雷文定后集》卷一)④、全祖望(1705—1755)《宋诗纪事序》(《鲒埼亭集》外编卷二十六)论宋诗诸派；王士禛(1634—1711)《花草蒙拾》、汪森(1653—1726)《词综序》、郭麐(1767—1831)《灵芬馆词话》、谢章铤(1820—1903)《赌棋山庄词话》、谭献(1832—1901)《复堂词话》、陈廷焯(1853—1892)《白雨斋词话》论宋词、清词流派。⑤ 又如《明史》列传第一百七十三《文苑传一》论明代诗文流变，钱谦益(1582—1664)《列朝诗集小传》指出有明一代“诗派”的流弊，⑥ 以及朱彝尊(1629—1709)针对钱谦益《列朝诗集小传》所作《静志居诗话》对明代诗文流变的见解。⑦ 有些评论，即使未出现“派”或“流派”一词，更带有对作家风格、时代思潮加以辨析的色彩，但对我们今天认识“派”或“流派”的各种发展中的形态，也很有参考价值。

再来看有关中唐诗歌流变的，其中明初高棅《唐诗品汇·总叙》中对唐诗流别的纵论，广为人知，他所说的“晚唐”(大历、贞元、元

---

① 胡应麟：《诗薮》，王国安校补本，第342、363页。

② 《清诗话》，第419页。

③ 姚柯夫编：《人间词话及评论汇编》，书目文献出版社1983年版，第1页。

④ 见《续修四库全书》第1397册，影印中国科学院图书馆藏清康熙二十七年靳治荆刻本；王运熙、顾易生主编，王镇远、邬国平编选：《清代文论选》上册，人民文学出版社1999年版，第87页。

⑤ 参见王水照主编：《宋代文学通论》，第132页；刘扬忠：《唐宋词流派史》，第15页；张宏生：《清代词学的建构》，第140~163页；文廷式：《纯常子枝语》卷首钱仲联序。

⑥ 见钱谦益：《列朝诗集小传》出版说明，古典文学出版社1957年版。

⑦ 参见郭英德：《中国古代文人集团与文学风貌》，第202页；郭英德等：《中国古典文学研究史》，第430~443页。朱彝尊论明诗之大旨，亦见《曝书亭集》卷三十三《答刑部王尚书论明诗书》。

和），相当于今人一般认为的中唐，引录如下：

> 大历、贞元中，则有韦苏州之雅澹，刘随州之闲旷，钱郎之清赡，皇甫之冲秀，秦公绪之山林，李从一之台阁：此中唐之再盛也。下暨元和之际，则有柳愚溪之超然复古，韩昌黎之博大其词，张、王乐府，得其故实，元、白序事，务在分明，与夫李贺、卢仝之鬼怪，孟郊、贾岛之饥寒：此晚唐之变也。①

又如清·袁枚（1716—1798）《小仓山房诗文集》卷十七《再与沈大宗伯书》所论唐诗“众体”：

> 夫诗之道大而远，如地之有八音，天之有万窍，择其善鸣者而赏其鸣足矣，不必尊宫商而贱角羽，进金石而弃弦匏也。且夫古人成名，各就其诣之所极，原不必兼众体；而论诗者则不可不兼收之，以相题之所宜。即以唐论，庙堂典重，沈、宋所宜也；使郊、岛为之，则陋矣。山水闲适，王、孟所宜也；使温、李为之，则靡矣。边风塞云，名山古迹，李、杜所宜也；使王、孟为之，则薄矣。撞万石之钟，斗百韵之险，韩、孟所宜也；使韦、柳为之，则弱矣。伤往悼来，感时记事，张、王、元、白所宜也；使钱、刘为之，则仄矣。题香襟，当舞所，弦工吹师，低徊容与，温、李、冬郎所宜也；使韩、孟为之，则亢矣。②

总之，流派范畴的形成，在中国诗歌批评史上，经历了一个由隐而显的过程，其间曲曲弯弯的脉络还需要我们针对具体的研究对象，仔细加以梳理。

在钟嵘《诗品》和吕本中《江西诗社宗派图》之间，有一个常为人忽略的重要环节点，即张为的《主客图》。

---

① 《唐诗品汇》，上海古籍出版社 1988 年版，第 8~9 页。

② 周本淳标校：《小仓山房诗文集》第 3 册，第 1505 页。

张为，唐末诗人，生卒年不详，唐懿宗大中年间(847—859)在世，① 袁州宜春(今属江西)人②。《登科记考》卷二十七据《永乐大典》引《宜春志》列为“进士科”，无年月。③ 有人推断其咸通后曾登第，④ 也有人推测其宣宗季年曾领乡荐，但未登科。⑤ 与周朴(？—879)、贯休(832—912)、方干(809—888？)均有交往。两《唐书》、两《五代史》皆无传，惟《新唐书·艺文志》著录《张为诗》一卷，列于唐末五代作者之间，今已不传，仅存诗四首、句二联。张为所撰《主客图》，又称《诗人主客图》、《唐诗主客图》。此图今存本将中晚唐八十四位诗人分为广大教化、高古奥逸、清奇雅正、清奇僻苦、博解宏拔、瑰奇美丽六派，每派都有主有客，客分上入室、入室、升堂、及门四格，于诗人之下大都摘列其诗句，亦有引录其全诗者。“排比联贯，事同谱牒，故以《图》名。”⑥

在中国文学批评史上，《主客图》借鉴钟嵘《诗品》划分三品、追溯流别之举，创造了以风格类型辨析和区分诗派的先河，可谓是由“体”到“派”这一嬗变过程中一次质的飞跃。其意义巨大、影响深远。但遗憾的是，无论从著录、称引，还是从品评、研究上看，《主客图》都远未受到如《诗品》、《江西诗社宗派图》那样的重视。在晚唐五

① 王梦鸥《唐〈诗人主客图〉试析》(载《中央日报》1985 年 3 月 21 日、28 日，后收入其《传统文学论衡》，台湾时报出版公司 1987 年版)据《唐诗纪事》卷六十五“张为”条所引杜光庭(850—933)述毛仙翁事为证，推断张为生于文宗开成年间。

② 据《永乐大典》引《宜春志》，见《登科记考》卷二十七(赵守俨点校本下册，第 1071、1073 页)。《唐才子传》卷十称其为闽中人，周祖譔主编：《中国文学家大辞典·唐五代卷》第 409 页(吴在庆撰)、陈伯海主编：《历代唐诗论评选》第 156 页(刘晓平撰)等袭之，误。参见王梦鸥《唐〈诗人主客图〉试析》及《唐才子传校笺》第四册第 319 页周祖譔、贾晋华所撰“张为”条。

③ 《登科记考》赵守俨点校本下册，第 1071 页。

④ 见《唐才子传校笺》第四册，第 320 页，周祖譔、贾晋华所撰“张为”条之考证。

⑤ 见王梦鸥《唐〈诗人主客图〉试析》。

⑥ 《四库提要》总集类存目一《文选句图》，《钦定四库全书总目提要》(整理本)下册，第 2667 页。

代以后，历代论及此书者寥寥无几，而且讥贬多，肯定少。①

《主客图》在北宋时很可能即已残佚不全。据王梦鸥《唐〈诗人主客图〉试析》推断，“北宋诗论，高标李杜，无视晚唐，《主客图》之零落或即在其时”，“计有功当时所据以收录之《主客图》，原为零落之残本”。② 后世论者执其残佚不全之帙，谓之“要皆有未然者”（陈振孙《直斋书录解题》卷二十二）、“义例迂僻”（胡应麟《诗薮》外编卷三）、“谬僻尤甚”（胡震亨《唐音癸签》卷三十二），自然亦有其“未然者”。那么，今存本之《主客图》，是从计有功据以收录之“零落之残本”而来，还是从计有功《唐诗纪事》转辑而来呢？据纪昀《纪文达公遗集·张为〈主客图〉序》，可知是后者。序云：“张为《主客图》一卷。世无刊本，殆佚久矣。其文时散见《唐诗纪事》中。长夏养疴，即原序所列八十四人，一一钩稽排纂之，可以考者，犹七十有二。张氏之书，几还旧观矣。”③又，《四库提要》诗文评类一《唐诗纪事》之提要云：“其某篇为某集所取者，如《极玄集》、《主客图》之类，亦一一详注。今姚合之书犹存，张为之书独借此编以见梗概，犹可考其孰为主，孰为客，孰为及门，孰为升堂，孰为入室。则其辑录之功，亦不可没也。”④由此可知，纪昀所辑《镜烟堂十种》中收录之《主客图》，乃从计有功《唐诗纪事》中转辑而来，当为今存《函海》、《反约篇》、《榕园丛书》、《谈艺珠丛》、《豫章丛书》等其它各本之祖本。⑤

让我们来回溯一下《主客图》的流播历史。它最早为晚唐吴融

① 详见以下对《主客图》一书流传过程的考察。

② 引文据其《传统文学论衡》，第210页。

③ 据孙致中、吴恩扬、王沛霖、韩嘉祥校点：《纪晓岚文集》第一册，第181页，惟其原文于“一一钩稽排纂之”后无句读。参见（清）张丙炎辑、张允颤重辑《榕园丛书》丙集《主客图》李光廷跋语。

④ 《钦定四库全书总目提要》（整理本）下册，第2746页。

⑤ 《唐才子传校笺》第五册，第473页，陈尚君之补正认为：“今传《函海》、《历代诗话续编》本，即辑自《纪事》。”笔者认为，《历代诗话续编》即丁福保据《函海》本收录，而《函海》本当据《镜烟堂十种》而来。其理由除陈尚君补正所论《函海》本（其文中又改称为“今本”）未引和缺收者《镜烟堂十种》亦然之外，还有一点可以参证：“薛寿”之下，《镜烟堂十种》本注：“唐无薛寿，疑是薛涛之讹。”《函海》本与之一字不差。

(？—903)《禅月集序》所称赏——“厥后白乐天为《讽谏》五十篇，亦一时之奇逸极言。昔张为作诗图五层，以白氏为广德大教化主，不错矣。”①时为唐昭宗光化二年己未(899)②。至后蜀，何光远《鉴诫录》卷五“禅月吟”条云：“禅月大师贯休所吟千首，吴融侍郎序之，号曰《西岳集》，多为古体，穷尽物情。议者称白乐天为大教化主，禅月次焉。”③在著录方面，《旧唐书·经籍志》、《新唐书·艺文志》均未著录此书，亦未见有北宋人称引或提及《主客图》者，则“《主客图》之零落或即在其时”④。

至南宋初绍兴年间，计有功《唐诗纪事》尽录其所见遗文⑤，分系于各诗人名下，注明某诗某句，“张为取为《主客图》”，其卷六十五“张为”条又云：⑥

> (张)为作《诗人主客图》，序曰：若主人门下处其客者，以法度一则也。⑦

---

① 据《文苑英华》卷七百一十四(中华书局影印本，第5册，第3688页)。《四部丛刊》影宋写本《禅月集》“白乐天”后，无“为”字。

② 据《禅月集序》文末所署“时己未岁嘉平月之三日”。“己”，《文苑英华》卷七百一十四(中华书局影印本，第5册，第3689页)误刻为“巳”，据《四部丛刊》影宋钞本《禅月集》卷首校改。参见万曼：《唐集叙录》，第362页。

③ 《丛书集成初编》第2843册，第34页。“西岳集”，原文作“巨岳集”，据《文苑英华》卷七百一十四吴融《禅月集序》校改。

④ 王梦鸥：《唐〈诗人主客图〉试析》。《唐才子传校笺》第五册第473页陈尚君补正云：“为《唐诗主客图》，宋时虽屡见著录，但录书中文字者，惟《唐诗纪事》引录较多。元以后此书不存。”南宋书目著录此书者有三家，详下。《宋史·艺文志》和胡震亨《唐音癸签》(卷三十二)均著录有此书，前者为二卷，后者为一卷。《唐才子传校笺》第四册，第321页周祖譔、贾晋华所撰“张为”条引《宋史·艺文志》之著录为据，认为：“元时传世可信。”

⑤ 《唐诗纪事》写作时间据王仲镛《唐诗纪事校笺》前言第4页。

⑥ 王仲镛：《唐诗纪事校笺》下册，第1751~1752页。经对照，《全唐文》卷八百一十七所收张为《诗人主客图序》，当据《唐诗纪事》而来。惟“张祜”误作“张祐”。

⑦ 陈尚君云，仅此二句为序中语。余则“为《纪事》撮述全书所收主客门目，并非序中语”(《唐才子传校笺》第五册，第473页)。

以白居易为广大教化主：上入室，杨乘；入室，张祜、羊士谔、元稹；升堂，卢仝、顾况、沈亚之；及门，费冠卿、皇甫松、殷尧藩、施肩吾、周元范、祝元膺、徐凝、朱可名、陈标、童翰卿。

以孟云卿为高古奥逸主：上入室，韦应物；入室，李贺、杜牧、李馀、刘猛、李涉、胡幽贞；升堂，李观、贾驰、李宣古、曹邺、刘驾、孟迟；及门，陈润、韦楚老。

以李益为清奇雅正主：上入室，苏郁；入室，刘畋、僧清塞(按，即周贺)、卢休、于鹄、杨洵美、张籍、杨巨源、杨敬之、僧无可、姚合；升堂，方干、马戴、任蕃、贾岛、厉玄、项斯、薛寿；及门，僧良乂、潘诚、于武陵、詹雄、卫准、僧志定、喻凫、朱庆馀。

以孟郊为清奇僻苦主：上入室，陈陶、周朴；及门，刘得仁、李溟。

以鲍溶为博解宏拔主：上入室，李群玉；入室，司马退之、张为。

以武元衡为瑰奇美丽主：上入室，刘禹锡；入室，赵嘏、长孙佐辅、曹唐；升堂，卢频、陈羽、许浑、张萧远；及门，张陵、章孝标、雍陶、周祚、袁不约。

南宋末季人顾文荐①之《负暄杂录》“诗人主客图”条则录云：

唐张为编诸家诗人作《主客图》。

以白居易为广大教化主，上入室则杨乘；入室则张祐、羊士谔、元稹；升堂则卢仝、顾况、沈亚之；及门则费冠卿、皇甫崧、殷尧藩、施肩吾、周元范、祝元膺、徐凝、朱可名、陈标、童翰卿。

以孟云卿为高古奥逸主，上入室则韦应物；入室则李贺、杜

① 时代据昌彼得：《说郛考》(文史哲出版社1979年版，第187~188页)之考证。

牧、李馀、刘猛、李陟、胡幽贞；升堂则李观、贾驰、李宣古、曹邺、刘驾、孟迟；及门则陈陶、韦楚老。

以李益为清奇雅正主，上入室则苏郁；入室则郑畋、僧清塞、卢休、于鹄、杨洵美、张籍、杨巨源、杨敬之、僧无可、姚合；升堂，方干、马戴、任藩、贾岛、厉玄、项斯、薛寿；及门则僧良乂、潘诚、于武陵、詹雄、卫准、僧志定、喻凫、朱庆馀。

以孟郊为清奇僻苦主，上入室无；入室则陈陶、周朴；升堂无；及门则刘得仁、李涣。

以鲍溶为博解宏援主，上入室则李群玉、刘禹锡；入室则赵嘏、长孙佐辅、曹唐；升堂则卢频、陈羽、许浑、张萧远；及门则张陵、章孝标、雍陶、周祚、袁不约。

各有集传于世，间有无闻者。吕东莱编《江西宗派》，以黄庭坚为主，亦寿(按，疑为“俦”之误)作尔。①

将上录两个版本的《主客图》名单加以对比，可以见出以下十二处差异：②

	《唐诗纪事》本	《负暄杂录》本
1	张祜	张祐
2	皇甫松	皇甫崧
3	況元膺	祝元膺
4	李涉	李陟

① 《说郛三种》之百卷本，上海古籍出版社1988年版，第一册，卷十八，第331页。《说郛三种》之宛委山堂一百二十卷本卷二十四《负暄杂录》无此条。

② 按，《唐才子传校笺》第五册，第473页，陈尚君之补正，只道出其中三处(5、6、8)，且引《说郛》未注明版本，《负暄杂录》误作《负暄野录》。《负暄野录》为(宋)陈櫰撰，收入《四库全书》子部杂家类、《丛书集成初编·艺术类》。

续表

	《唐诗纪事》本	《负暄杂录》本
5	陈润	陈陶
6	刘畋	郑畋
7	任蕃	任藩
8	上入室，陈陶、周朴	上入室无；入室则陈陶、周朴
9	李溟	李涣
10	鲍溶	鲍涪
11	博解宏拔主	博解宏援主
12	上入室，李群玉；入室，司马退之、张为。以武元衡为瑰奇美丽主，上入室，刘禹锡	上入室则李群玉、刘禹锡

按：第一处当作“张祜”。① 第二处据陈尚君《“花间”词人事辑》，当作“皇甫松”。② 第三处当作“祝元膺”③，盖因形近而致误。第四处当作“李涉”，因为目前尚未发现名为“李陟”的唐代诗人，亦因形近而致误。第五处，《负暄杂录》“陈陶”两见，而唐五代有两陈陶，一为晚唐人，一为南唐人，《主客图》所列皆中晚唐人，故不应两见，当作“陈润”。第六处当作“郑畋”，因为目前尚未发现名为“刘畋”的

① 参见吴企明：《唐音质疑录》，第 114 页；《唐才子传校笺》第三册吴在庆所撰“张祜”条（中华书局 1990 年版，第 161～162 页）。还可以补充一则，即（清）杭世骏《订讹类编》卷三“字讹 · 张祜非祐”条（上海书店 1986 年版，影印《嘉业堂丛书》本，第 177 页；陈抗点校《订讹类编 · 续补》，中华书局 1997 年版，第 99 页）。

② 收入其《唐代文学丛考》（中国社会科学出版社 1997 年版，第 370 页）。

③ 据王仲镛：《唐诗纪事校笺》下册，第 1753 页，注[2]。

唐代诗人，当因形近而致误。① 第七处据《唐才子传校笺》第三册梁超然所撰“任蕃”条,② 当作“任翻”。第八处，尚难断定孰是孰非。惟其它五派之下，上入室皆仅有一人，不知此处是否亦然。第九处当作“李溟”，因为目前尚未发现名为“李涣”的唐代诗人，当因形近而致误。第十处当作“鲍溶”，因为目前尚未发现名为“鲍涪”的唐代诗人，当因形近而致误。③ 第十一处当作“博解宏拔主”，“宏拔”意谓气势等宏伟出众，“宏”者，宏大广博；“拔”者，超特拔萃。南宋晁公武(1102 至 1106 间—1187 前)《郡斋读书志》卷十八《鲍溶集》解题云：“张为谓溶诗气力宏赡，博识清度，雅正高古，众才无不备具。”④正可与此义参证。⑤ “宏援”不通，当因形近而致误。第十二处，笔者以为，可能《负暄杂录》漏抄了一行。

另外，①“薛寿”之下，《镜烟堂十种》本和《函海》本《诗人主客图》均注云：“唐无薛寿，疑是薛涛之讹。”②二书之“潘诚”均当作“潘咸”⑥，因形近而致误。③《唐诗纪事》中还有一些属于版刻上的讹误，详见王仲镛：《唐诗纪事校笺》⑦，此不赘述。以下是校订后的《诗人主客图》名录：

---

① 李涉、陈陶、陈润、郑畋简况可参见周祖譔主编：《中国文学家大辞典·唐五代卷》，第 312、468~469、521 页。

② 《唐才子传校笺》第三册，中华书局 1990 年版，第 347 页。

③ 李溟、鲍溶简况可参见周祖譔主编：《中国文学家大辞典·唐五代卷》，第 334、779~780 页。

④ 孙猛：《郡斋读书志校证》，上海古籍出版社 1990 年版，第 899 页。

⑤ 参见杨明《浅论张为的〈诗人主客图〉》(《文学遗产》1993 年第 5 期，后经修改，并入《隋唐五代文学批评史》；又收入其《汉唐文学辨思录》，上海古籍出版社 2005 年版)。

⑥ 据王仲镛：《唐诗纪事校笺》下册，第 1708 页，注[1]；第 1753 页，注[6]。

⑦ 见王仲镛：《唐诗纪事校笺》下册，第 1753 页。

主客 诗派	主	客			
		上入室	入室	升堂	及门
广大教化（18人）	白居易	杨乘	张祜、羊士谔、元稹	卢仝、顾况、沈亚之	费冠卿、皇甫松、殷尧藩、施肩吾、周元范、祝元膺、徐凝、朱可名、陈标、童翰卿
高古奥逸（16人）	孟云卿	韦应物	李贺、杜牧、李馀、刘猛、李涉、胡幽贞	李观、贾驰、李宣古、曹邺、刘驾、孟迟	陈润、韦楚老
清奇雅正（27人）	李益	苏郁	郑畋、僧清塞（周贺）、卢休、于鹄、杨洵美、张籍、杨巨源、杨敬之、僧无可、姚合	方干、马戴、任翻、贾岛、厉玄、项斯、薛涛	僧良乂、潘咸、于武陵、詹雄、卫准、僧志定、喻凫、朱庆馀
清奇僻苦（5人）	孟郊	？	陈陶、周朴	？	刘得仁、李溟
博解宏拔（4人）	鲍溶	李群玉	司马退之、张为	？	？
瑰奇美丽（14人）	武元衡	刘禹锡	赵嘏、长孙佐辅、曹唐	卢频、陈羽、许浑、张萧远	张陵、章孝标、雍陶、周祚、袁不约

在著录方面，南宋绍兴中改定之《秘书省续编到四库阙书目》卷一总集类著录有张为《唐诗主客图》一卷，又著录《唐诗主客集》六卷，但未标明撰者，目前尚不知与张为《唐诗主客图》有何关系；“六卷”者，按《唐诗主客图》之六派而分欤？① 与此同时，南宋郑樵（1104—1162）《通志·艺文略》“总集·诗评”著录“《唐诗主客

① 参见孙琴安：《唐诗选本六百种提要》，陕西人民出版社1987年版，第43~44页。

图》三卷，张为撰”①。此外，南宋陈振孙(1179—1262)《直斋书录解题》卷二十二“文史类”亦著录有此书一卷本，其解题既指出：“近世诗派之说殆出于此。”紧接着又补充说：“要皆有未然者。”②至元代，《宋史·艺文志》则著录此书为二卷。诸书目著录卷数之不一，亦见其流传情况之复杂。

至明代，胡应麟(1551—1602)《诗薮》外编卷三云：“唐人好集诗句为图，今唯张为《主客》，散见类书中，自余悉不传。”“张为《主客图》，义例迂僻，良堪喷饭。然其所诠，亦自有意，特创为主客之说，与钟嵘谓某源出某者，同一谬悠耳。”③胡震亨(1569—1645)《唐音癸签》卷三十二先述后评：“《主客图》一卷，张为撰。立诗人六家为主，余分入室、升堂、及门为客……各录其诗一二联，如近世所云诗派者然。”“如近世所云诗派者然”当承自陈振孙《直斋书录解题》。《唐音癸签》又批评说：“张为《主客》一图，妄分流派，谬僻尤甚。唐人工诗，而诗话若此，有不可晓者。”④乃与胡应麟《诗薮》同声附和。

至清代，朱彝尊(1629—1709)《曝书亭集》卷三十八《沈明府〈不羁集〉序》云：“唐以赋诗取士，作者期见于有司，若射之志于彀。故于诗有格、有式、有例、有秘旨、有秘术、有主客之图，无异揣摩捭阖之学。”⑤按，张为《主客图》主客之说，或有鉴于兵家之谈，借兵家之主客喻诗家之派别渊源。《老子》云：“用兵有言，吾不敢为主而为客。”银雀山汉墓竹简《孙膑兵法·客主人分》云：“兵有客之分，有主人之分。客之分众，主人之分少。客负(倍)，主人半，然可敌也。”⑥朱彝尊将

---

① 王树民点校：《通志二十略》下册，中华书局 1995 年版，第 1797 页。据顾颉刚《郑樵传》，《通志》完成于其去世前一年，即绍兴三十一年(1161)，见王树民点校：《通志二十略》下册，“附录四”，第 2088 页。

② 《直斋书录解题》，徐小蛮、顾美华校点本，第 645 页。

③ 《诗薮》，王国安校补本，第 166~167 页，重见杂编卷二，第 272~273 页。

④ 《唐音癸签》，周本淳校点本，第 329~330 页。

⑤ 《四库全书》第 1318 册，第 90 页。

⑥ 至于主客的含义，可参见饶宗颐：《释主客》，收入其《文辙——文学史论集》上册，第 193~195 页。

《主客图》归为“捭阖之学”，而纵横捭阖之学，正兵家之要义，故其评虽含贬义，但不为无见。而韩菼(1637—1704)《有怀堂文稿》卷五《五大家文稿序》则云：“梁钟嵘品诗，谓‘吟咏性情……多非补假，皆由直寻’。然必曰某诗之源出于某，唐之《主客图》亦其遗意。盖主者专家之谓，客则如归其家云尔。”①也可成一家之言。又，杨明先生谓，“主客”之“主”，非张为独创，皮日休(约834—883)曾称杜甫为“风雅主”，齐己(864—943?)也曾称白居易为“风雅主”②。

而“升堂、入室”之说，亦非张为首创，乃源自《论语·先进》：“子曰：由也升堂矣，未入于室也。”③用于文学批评当始于扬雄《法言·吾子》：“如孔氏之门用赋也，则贾谊升堂，相如入室矣，如其不用何?”④钟嵘《诗品》评曹植诗也说“故孔氏之门如用诗，则公幹(刘桢)升堂，思王(曹植)入室，王(粲)、阮(籍)、潘(岳)、陆(机)，自可坐于廊庑之间矣”⑤。初唐吴兢(670—749)《贞观政要》卷四“尊敬师傅第十”亦云：“固以锱铢万代，冠冕百王，屈(原)、宋(玉)不足以升堂，钟(繇)、张(芝)何阶于入室。”⑥日僧遍照金刚(774—835)《文镜秘府论·天卷·四声论》则谓：“纵复屈、宋奋飞于南楚，扬、马驰骛于西蜀，或升堂擅美，或入室称奇，争日月之光，

① 《四库全书存目丛书》集部第245册，齐鲁书社1997年版，第445页。标点参考张伯伟《钟嵘〈诗品〉研究》，第163页，又见第359页。

② 《隋唐五代文学批评史》，第725页。皮日休《陆鲁望昨以五百言见贻，过有褒美，内揣庸陋，弥增愧悚，因成一千言》：“既作风雅主，遂司歌咏权。”齐己《送僧游龙门香山寺》：“且寻风雅主，细看乐天真。”

③ (清)刘宝楠撰，高流水点校：《论语正义》，中华书局1992年版，第453页；程树德撰，程俊英、蒋见元点校：《论语集释》，中华书局1990年版，第772页。

④ 汪荣宝撰，陈仲夫点校：《法言义疏》，中华书局1987年版，第50页。又见《汉书·艺文志·诗赋》。

⑤ “王阮”原作“景阳”(张协字)，据徐复《诗品校记》改，见曹旭：《诗品集注》，第100页。

⑥ 谢保成：《贞观政要集校》，中华书局2003年版，第206页。又见《旧唐书·马周传》。

竦凌云之气。”①主客及升堂入室之说虽然并非张为的首创，但是他把升堂入室和主客之说结合了起来，又增加了“及门”一项，才真正使得这一师承传授的结构谱系趋于完整和系统，这就不能不说是相当难得了。

“卷帙浩博、为亘古所无”②之《四库全书》未收录张为《主客图》，《四库提要》存目中亦未著录。③ 不过，《提要》总集类存目一《文选句图》云：“摘句为图，始于张为。其书以白居易等六人为主，以杨乘等七十八人为客。主分六派，客亦各有上入室、入室、升堂、及门四格。排比联贯，事同谱牒，故以《图》名。”④但正如罗根泽所云：“张为虽也摘句为图，但重要的用意是在讲诗人的主客派别。”⑤《四库提要》别集类四《鲍溶诗集》之提要又云：“溶诗在后世不甚著，然张为

---

① 王利器：《文镜秘府论校注》，第 73 页。

② 《钦定四库全书总目提要·凡例》（整理本）上册，第 31 页。

③ 1931—1946 年民国学者所编《续修四库全书总目》集部·诗评类著录“《主客图》，一卷”。见《续修四库全书总目索引》，齐鲁书社 1999 年版，第 319 页；中国科学院图书馆整理之《续修四库全书总目提要（稿本）》，第 19 册，第 25 页下～第 26 页上，张寿林撰。

④ 《钦定四库全书总目提要》（整理本）下册，第 2667 页。

⑤ 《中国文学批评史》第二册，上海古籍出版社 1984 年版，第 223 页。摘句之研究有黄维樑：《诗话词话中摘句为评的手法：兼论对偶句和安诺德的“试金石”》（收入郑树森、周英雄、袁鹤翔编：《中西比较文学论集》，台湾时报文化出版公司 1980 年版；温儒敏编：《中西比较文学论集》，北京大学出版社 1988 年版；黄维樑《中国文学纵横论》，东大图书股份有限公司 1988 年版；邝健行、吴淑钿编选：《香港中国古典文学研究论文选粹 1950—2000·文学评论篇》，江苏古籍出版社 2003 年版）、张伯伟《摘句论》（《文学评论》1990 年第 3 期，又收入其《中国诗学研究》，辽海出版社 2000 年版）、周庆华《诗话摘句批评研究》（台北文史哲出版社 1993 年版）、曹旭《摘句批评·本事批评·形象批评及其他：〈诗品〉批评方法论之二》（《上海师范大学学报》1997 年第 4 期）、曹文彪《论诗歌摘句批评》（《文学评论》1998 年第 1 期）、张福勋《读诗札记·说摘句》（《集宁师专学报》1999 年第 1 期）、凌郁之《句图论考》（《文学遗产》2000 年第 5 期）、张福勋《说摘句》（《名作欣赏》2000 年第 6 期）、于翠玲《古代摘句现象综论》（《河南社会科学》2003 年第 3 期）、胡建次《中国古代诗歌摘句批评的发展及其特征》（《齐鲁学刊》2005 年第 5 期）。

作《主客图》，以溶为博解宏拔主，以李群玉为上入室，而为与司马退之二人同居入室之列，则当时固绝重之也。”此外，《姚少监诗集》之提要又云：“其(姚合)自作则刻意苦吟，冥搜物象，务求古人体貌所未到。张为作《主客图》，以李益为清奇雅正主，以合为入室。然合诗格与益不相类，不知为何以云然。”①清·程恩泽(1785—1837)《徐廉峰仁弟诗律精密，才笔华整，得唐贤三昧，顷以〈问诗图〉相属，因取问唐贤意，仿遗山绝句奉答，略举数端，罣漏正不少也》诗亦就此讽刺云：“武功焉可配君虞？绝倒张为《主客图》。”②

清·纪昀(1724—1805)所辑《镜烟堂十种》中，收录有《主客图》一卷。其《纪文达公遗集》卷九《田侯松岩诗序》论及《主客图》，中云：“钟嵘《诗品》阴分三等，各溯其源，是为诗派之滥觞。张为创立《主客图》，乃明分畦畛。”③其《张为〈主客图〉序》又评价说：“顾其分合去取之间，往往与人意不相惬，岂如《诗品》源出某某之类，约略臆测耶？抑为去诸人甚近，其说或有所受耶？唐人论诗最不苟。高仲武书，郑都官排之甚力；此书孤行，唐末人无异词，又何也？夫儒者识见，系乎学问之浅深；吾党十年以前所诋诃，十年后再取阅之，帖然悔者不少矣。又安知惬吾意者必是，不惬吾意者必非耶？”④这里有四个问号。前两问，道出两种可能；第三个问号，是真有疑问，后

---

① 分别见《钦定四库全书总目提要》(整理本)下册，第2019、2020页。

② 《丛书集成初编》十卷本《程侍郎遗集》卷五。按，“武功”指姚合，因曾任武功(今陕西兴平)主簿，人称姚武功，“君虞”是李益的字。

③ 据孙致中、吴恩扬、王沛霖、韩嘉祥校点：《纪晓岚文集》第一册，第201页。

④ 据孙致中、吴恩扬、王沛霖、韩嘉祥校点：《纪晓岚文集》第一册，第181页，惟其原文于“岂如《诗品》源出某某之类”后标为句号。(清)张丙炎辑、张允颤重辑《榕园丛书》丙集《主客图》李光廷跋语引录《纪文达公遗集·张为〈主客图〉序》所云，作：“高仲武于郑都官排之甚力。”当误。“郑都官”，郑谷(848—909)，晚唐诗人，其《读前集二首》之一云：“殷璠鉴裁《英灵集》，颇觉同才得契深。何事后来高仲武，品题《间气》未公心。”(傅义：《郑谷诗集编年校注》，第229页。“鉴裁”，《全唐诗》作“裁鉴”；“契”，一作“旨”)而高仲武为中唐人，其《中兴间气集》编于贞元初，“起自至德元首，终于大历十四年己未”(《中兴间气集》自序，据《唐人选唐诗新编》，第456页)。

面则尝试着给与推测性的回答；最后一问乃反问，是通达之语。

清·李调元(1734—1803)编刻的《函海》丛书中收有《诗人主客图》，其叙曰：

> 唐张为撰《诗人主客图》一卷，所谓主者，白居易、孟云卿、李益、鲍溶、孟郊、武元衡，皆有标目。余有升堂、入室、及门之殊，皆所谓客也。宋人诗派之说实本于此。求之前代，亦如梁参军钟嵘分古今作者为三品，名曰《诗品》，上品十一人，中品三十九人，下品六十九人之例。然彼捃拾闳富，论者称其精当无遗，兹则落落仅此数人，于唐代诗人中未及十分之三四。即所引诸人之诗，亦非其集中之杰出者，或第就其耳目所及而次第之，故不繁称博引也。余喜其名之旧，前人有引以入诗歌者，且是本与陈振孙《书录解题》所记符合，故刻以公世之闻其名而未见其书者。童山李调元序。①

虽然肯定其开创诗派之说的意义，但主要还是通过与《诗品》比较，细论其捃拾不富、引诗不当之缺陷，并归因于“就其耳目所及而次第之”。

值得一提的是，清代乾隆诸生李怀民不满张为《主客图》的种种不惬人意，乃“裒录贞元以后诸家五言律诗，仿张为例，重订中晚唐诗主客图”②。李怀民(1738—1793)，名宪噩，以字行，号十桐、石桐，山东高密人，有《十桐草堂集》、《石桐先生诗钞》。③ 李怀民与

① 《函海》之刻本最早为清乾隆中绵州李氏万卷楼刊本。上引据《历代诗话续编》上册，第70页。

② 《重订中晚唐诗主客图》刘大观序，见孙琴安：《唐诗选本六百种提要》，第473页。《重订中晚唐诗主客图》两卷，据蒋寅：《清诗话考》，第87、384页(中华书局2005年版)，有北京大学图书馆藏稿本，嘉庆十年(1805)刘大观思误书斋刊本，嘉庆十七年(1812)临川李秉礼桂林重刊本，南开大学藏道光二年(1822)李运钞本，咸丰四年(1854)赵子绳据李秉礼旧板补刊本，民国间金陵大学国学研究班油印本。

③ 生平参见《清诗纪事》乾隆朝卷，第7364~7366页；《中国文学家大辞典·清代卷》，第260页，赵杏根撰；蒋寅：《清诗话考》，第385页。

弟宪乔、宪暠并有诗名，世称“高密三李”，乡人景从，世称高密诗派。李怀民的《重订中晚唐诗主客图》，是高密诗派的“主要理论纲领”①。在作《重订中晚唐诗主客图》之前，乾隆三十九年(1774)，李怀民先有《重订中晚唐诗主客图说》，中云：“喜得张为《主客图》，本钟氏孔门用诗之意推广之，虽所用不当，而取义良佳。”②在列举了张为《主客图》之名目后，予以褒贬：

> 计敏夫《唐诗纪事》：张为作《诗人主客图》……共六主七十八客。余尝读其诗，皆不类；所立名号亦半强摄。即如元、白、张、刘，当时统称“元和体”，为乃独以元稹属白居易，而张籍、刘禹锡更分承之李益、武元衡，诚不知其何所见。以韦应物之冲淡，独步三唐，宋人论者惟柳宗元稍可并称，而乃仅入孟云卿之室，且与李贺、杜牧比肩，何其不伦耶？其他不可胜举。至其所标目，适如司空表圣《二十四品》，但彼特明体之不同，非谓人专一体；且即六者，亦不能尽其体矣。是盖出奇以新耳目，未为定论也。

接着，李怀民谈了自己的看法：

> 予读贞元以后近体诗，称量其体格，窃得两派焉：一派张水部，天然明朗，不事雕镂，而气味近道，学之可以除躁妄，祛矫饰，天然出入风雅；一派贾长江，力求险奥，不吝心思，而气骨凌霄，学之可以屏浮靡，却熟俗，振兴顽懦。二君之诗，各有广大奥逸、宏拔美丽之妙，而自成一家。③

---

① 张宏生：《宋诗：融通与开拓》第三章“姚贾诗派的界内流变与界外馀响”第五节“高密诗派及其他”，上海古籍出版社2001年版，第66页。

② 按，钟嵘《诗品》卷上评曹植语云：“故孔氏之门如用诗，则公干升堂，思王入室，王、阮、潘、陆，自可坐于廊庑之间矣。”(曹旭：《诗品集注》，第98页；蒋祖怡：《诗品笺证》，第32页)参见《隋唐五代文学批评史》第725页。

③ 以上所录文字及标点据孙琴安：《唐诗选本六百种提要》，第473～474页；陈伯海主编：《历代唐诗论评选》，第160、1019页，略有修订。“余尝读其诗，皆不类。”不类，不象或不当。《逸周书·官人第五十八》：“六曰言行不类，终始相悖，外内不合，虽有假节见行，曰非诚质者也……规谏而不类，道行而不平，曰窃名者也。”

在实践中，李怀民《重订中晚唐诗主客图》选张籍、王建、姚合、贾岛以下三十人，别为清真雅正与清真僻苦二派，所列人物“但因其体格之相近者次为先后，并时代亦不拘”。全书将所论列的二主二十八客，分为上、下两卷，仿张为原图，以主、上入室、入室、升堂、及门五等列为二图，前冠以主客图人物表，各以年代系之，注明科第；后附各家诗选，均作小传，传后引录诗集序跋、前贤评语等资料，亦有自家按语。具体名目如下：①

上卷(16人)		下卷(14人)	
清真雅正主	※张　籍	清真僻苦主	※贾　岛
上入室	※朱庆馀	上入室	李　洞
入　室	王　建	入　室	周　贺
	※于　鹄		※喻　凫
升　堂	※项　斯		曹　松
	※许　浑	升　堂	※马　戴
	司空图		裴　说
	※姚　合		许　棠
及　门	※赵　嘏		唐　求
	顾非熊	及　门	※张　祜
	※任　翻		郑　谷
	※刘得仁		※方　干
	郑　巢		于　邺
	李咸用		林　宽
	※章孝标		
	崔　涂		

① 参见孙琴安：《唐诗选本六百种提要》，第473页；李嘉言：《长江集新校》，第209页。

因《重订中晚唐诗主客图》仅仅着眼于五律一体，所以其论列的三十位诗人中，与张为《主客图》相重者仅占半数(人名前加※者)。不过，在“评语”中，李怀民的评骘却并非局限于五律一体，而是将每位诗人的五律创作置于其总体创作的背景下，与其他诗体相互比较来评骘，因此他对这些诗人五律创作的风格、师承，可谓自有一得之见。姑举与本研究有关的三人为例：

> 张籍：水部五言，体清韵远，意古神闲，与乐府词相为表里，得风骚之遗。当时以律格标异，信非偶然。得其传者，朱庆馀而外，又有项斯、司空图、任翻、陈标、章孝标、滕倪诸贤。今考滕倪、陈标诗已无存,① 任翻、司空图、章孝标亦寥寥数页，唯朱庆馀、项斯两君赖后人搜辑，规格略具。愚按水部既没，闻风而起者尚不乏人，后世拘于时代，别为晚唐，要其一派相沿之绪，故自不爽。兹得奉水部为“清真雅正主”，而以诸贤附焉。合十六人，得诗四百四十一首。
>
> 王建：世之称仲初者，但知其七言古与宫词耳。即张、王并列，亦止于乐府。若五七律，则概不相许，至谓司马律不能工，或病其俗。噫嘻！世所谓不俗者，吾知之矣：错彩镂金，矫饰补假，以要博大精深之誉；至与言苦心体物，刻发难显，其实不能耐心一思也。顾唯纵其情不以礼防者，为俗耳。俗情入诗，直寻天妙，因是风雅之本。世唯认错“俗”字，并“雅”亦失之；而所谓不俗者，乃真俗矣。按仲初律诗，实与司业合调。第司业妙于清丽，司马偏于质厚，不无微分，不似朱庆馀之句句追步。至其字清意新，工于匠物，则殊涂(途)同归也。尊为入室，良不诬矣。
>
> 张祜：承吉作宫词、绝句，韵味风情不下王仲初；乐府长歌，亦各成格调。独五言近体刻入处太逼阆仙，或亦私淑贾氏

① 按，《全唐诗》卷四百九十一存滕倪诗 1 首，卷五百零八存陈标诗 12 首。

者也。①

至于其选诗的情况，刘大观为此书所作之序评价说：

> 是选搜择精审，句评字勘，称量高下，直与古人精神命脉相引接。其持论欲使世之观是图者求为古之豪杰，一洗时俗鄙琐之见，又非只以格律对偶求功于字句之间而已。②

刘大观，字松岚，曾学诗于李怀民三弟、高密诗派的中坚李宪乔。为人作序，每不免溢美揄扬，作为高密诗派的追随者，刘大观躬任为李怀民、李宪乔刊印遗书时，自然更要尽鼓吹之力。但实际上，李怀民《重订中晚唐诗主客图》中的基本思路并非前无古人，晚唐张洎《项斯诗集序》中已云：

> 吴中张水部为律格诗，尤工于匠物，字清意远，不涉旧体，天下莫能窥其奥，唯朱庆馀一人亲授(受)其旨。沿流而下，则有任蕃、陈摽(标)、章孝标、倪胜、司空图等，咸及门焉。宝历、开成之际，君声价籍甚，时特为水部之所知赏，故其诗格颇与水部相类。词清妙而句美丽奇绝，盖得于意表，迨非常情所及。③

---

① 转引自陈伯海主编：《历代唐诗论评选》，第 1025~1026、1028 页。

② 转引自孙琴安：《唐诗选本六百种提要》，第 473~474 页。

③ (清)席启寓(1651—1703)辑《唐诗百名家全集·项斯诗集》卷首；陆心源(1834—1894)《唐文拾遗》卷四十七(《全唐文》中华书局影印本，第 11 册，第 10906 页下；山西教育出版社标点校勘本，第 7 册，第 6495 页上)。按，“授”当作“受”，“摽”当作“标”，“君”指项斯，“迨”当作“殆”。此后，《唐诗纪事》卷四十九“项斯”引述云：“始张水部籍为律格诗，惟朱庆馀亲授其旨，沿流而下，有任蕃、陈标、章孝标、司空图，咸及门焉。宝历、开成之际，斯尤为水部之所知，故其诗格与之相类。”(《唐诗纪事校笺》下册，第 1326 页，注[5]引张洎《项斯诗集序》，“律格”作“格律”，并据改，不知何据。)《后村诗话》后集卷二：“张洎序《项斯诗集》云：元和中，张水部为律格，字清意远，惟朱庆馀一人亲受其旨。沿流而下，则有任蕃、陈摽(标)、章孝标、司空图等，咸及门焉。”(王秀梅点校本，第 65 页)

元代方回(1227—1307)《瀛奎律髓》又添上了贾岛一派，其卷二十朱庆馀五律《早梅》诗后之评云：

> 张洎《序项斯诗》，谓“元和中，张水部律格不涉旧体。惟朱庆馀一人，亲授(受)其旨。沿(流)而下，则有任藩(蕃)、陈标、章孝标、司空图等及门。项斯，于宝历、开成之际，尤为水部所赏”。然则韩门诸人，诗派分异，此张籍之派也。姚合、李洞、方干而下，贾岛之派也。①

明代杨慎(1488—1559)则将“韩门”易为“晚唐”，其《升庵诗话》卷十一“晚唐两诗派”条云：

> 晚唐之诗，分为两派：一派学张籍，则朱庆馀、陈标、任蕃、章孝标、司空图、项斯其人也。一派学贾岛，则李洞、姚合、方干、喻凫、周贺、九僧其人也。其间虽多，不越此二派……二派见《张洎集》序项斯诗，非余之臆说也。②

清代嘉庆间余成教(1778—?)《石园诗话》卷二亦述及二派说，内容与方回《瀛奎律髓》之说大致相同：

> 韩门诸人诗分两派，朱庆馀、项斯以下为张籍之派，姚合、李洞、方干而下则贾岛之派也。③

---

① 冯班补充说：“方干学钱起，不近长江，曹松方学贾。”均见李庆甲集评校点《瀛奎律髓汇评》中册，第754页。

② 《历代诗话续编》中册，第851页，参见杨文生：《杨慎诗话校笺》，第97页。按，二派说昉自《瀛奎律髓》，张洎《项斯诗集序》只道及张籍一派。又，(清)贺裳《载酒园诗话》卷一“升庵诗话”条肯定杨慎之说后，又稍作补充(《清诗话续编》，第262~263页)，可参阅。

③ 《清诗话续编》，第1773页；杜松柏主编：《清诗话访佚初编》第三册，第201页。

而李怀民只是在此基础之上，参考并借鉴张为《主客图》的体例，做了一番更细密的工作。其推尊张水部和贾长江，除个人爱好之外，固有其时代背景,① 然就对中晚唐诗坛总貌的概括而言，其全面性反远不及张为的《主客图》。即如上引杨慎《升庵诗话》于那番话之后，尚补充说："晚唐惟韩、柳为大家。韩、柳之外，元、白皆自成家。余如李贺、孟郊，祖骚宗谢；李义山、杜牧之，学杜甫；温庭筠、权德舆，学六朝；马戴、李益，不坠盛唐风格，不可以晚唐目之。数君子真豪杰之士哉！彼学张籍、贾岛者，真处裈中之虱也。"②此言正好像预为李怀民所发。

嘉庆诗坛的领袖翁方纲(1733—1818)对李怀民就颇多讥嘲，其《近人有仿张为〈主客图〉，取张司业、贾长江以下五律成集者，赋此正之四首》云：

> 五字论中晚，谁将杜法参。宗支从渭北，甲乙到樊南。是有君形者，宁徒正味含。罪言如不朽，绮语又何惭。(原注：唐五言律诗继少陵者，樊川、玉溪也。)
>
> 十子钱郎后，谁升李杜堂。寓言原楚些，古赋自班香(原注："浓薰班马香"，谓上林、两都诸赋，非迁、固史也)。力挽千钧上，神周万象旁。弦歌韶武接，岂止律三唐。
>
> 律句趋平弱，人心学术关。声虽严黍尺，气可敌江山。五字推敲处，千秋祖述间。如何凭窘步，骚雅欲追攀。
>
> 捻断吟髭者，牙弦叩轸徽。沁心非僻苦，放手乃精微。长律申之秘，中圆彀者机。借他评画说，打破作家围。(原注：五七律

① 汪辟疆《论高密诗派》(《中华文史论丛》第二辑；《汪辟疆文集》，上海古籍出版社1988年版，第262页)谓清初诗学，其末流之弊，宗虞山者则入于饾饤肤廓，宗渔洋者则流于婉弱空洞。李怀民生乾隆之时，见举世阿谀取容，庸音日广，乃欲以中晚唐寒瘦清真之格律一洗百年藻缋甜熟之习。参见刘开扬：《唐诗论文集续集》，第327~328页；刘世南：《清诗流派史》，人民文学出版社本，第378页。

② 《历代诗话续编》中册，第851页。参见杨文生：《杨慎诗话校笺》，第97页。

同彀率也，而谓唐人捻髭句不属七言，可乎？近日恽南田谓打不破画家一字围，曰：“窘也。”此仿《主客图》者，正坐一“窘”字。）①

翁方纲《书李十桐〈重订主客图〉后二首》也表达了相似的意见。②

因李怀民《重订中晚唐诗主客图》只限于五律，所以另一位高密人王宁焯又有《中晚唐诗主客图七律》一书加以续貂。③

近现代以来提及《主客图》者，有郭绍虞的《中国文学批评史》（1934）④、方孝岳的《中国文学批评》（1934）⑤、罗根泽的《中国文学批评史》（1943）⑥、朱东润的《中国文学批评史大纲》（1944）⑦等四部中国文学批评史著作。其中，郭著述而未论，方、朱二著承前人胡应麟、胡震亨、李调元之说，均对《主客图》不以为然。惟罗著单列“张为《诗人主客图》”为一节，既指出其“奇怪”、其“高下倒置”、其“时代倒置”，亦据陈振孙、李调元“宋人诗派之说实本于此”的意见，认为：“就历史而言，也不无相当的价值。”

1949年至今出版的各种中国文学批评史著作中，论及《主客图》

---

① 翁方纲：《复初斋诗集》卷六十三“石画轩草六”，见《续修四库全书》第1455册，第262页下，影印清刻本。参见张宏生：《宋诗：融通与开拓》，第69页。

② 翁方纲：《复初斋文集》卷十八，见《续修四库全书》第1455册，第532页，影印清李彦章校刻本。

③ 著录于孙葆田（1840—1910）等撰《山东通志》卷一百四十六“艺文志·十·集部”，见《中国省志汇编》之十二，《山东通志》第七册，第4331页，台北：华文书局股份有限公司据民国四年（1915）重印本影印，1969年版。参见孙琴安：《唐诗选本六百种提要》，第475页；孙琴安：《唐诗选本提要》，第392页。

④ 郭绍虞：《中国文学批评史》上卷，百花文艺出版社，1999年3月重印本，第251页。

⑤ 方孝岳：《中国文学批评》，上海世界书局1934年版，刘麟生主编《中国文学丛书》（后改名《中国文学八论》）之一；三联书店1986年重印本，第93页。

⑥ 罗根泽：《中国文学批评史》第二册，上海古籍出版社1984年版，第223页。

⑦ 朱东润：《中国文学批评史大纲》，上海古籍出版社1983年版，第101页。

者有以下几部：(1)复旦大学中文系古典文学教研组所编：《中国文学批评史》(1979)，其结论为后来论及《主客图》者奠定了适度的中庸的基调："内容虽多牵强之处，但在文学批评方面开了一种风气，对后代发生一定的影响。"①(2)罗宗强《隋唐五代文学思想史》(1986)："《诗人主客图》意在论述诗人流派。所谓'主'，殆即某一流派之代表人物，下又分上入室、入室、升堂、及门……以诗派论诗，是以品论诗的进一步发展。陈振孙《直斋书录解题》谓：'近世诗派之说，殆出于此。'从这一点说，它有一定意义。但张为所论，率多不伦，如孟云卿、韦应物、李贺、杜牧数人，风格差异极端悬殊，他把他们列为一派。白居易与卢仝，也相去甚远，他也列为一派，等等；所引例诗，也非各人佳作。从对诗人的选择、诗句的摘引，与诗派特征的把握上，都显出他眼光的庸浅。《诗人主客图》实无甚理论价值。"②(3)张少康、刘三富《中国文学理论批评发展史》(1995)只一笔带过，结语云："虽是一选本，但对所选诗歌分为不同流派。其他的诗句图，则只是选诗句而已。"③(4)蔡镇楚《中国古代文学批评史》(1999)："真正以诗歌流派出之者，当数晚唐张为《诗人主客图》为先。"此举"无疑是一大创新之举，对后世影响很大"。但就某些不惬人意之处而言，"说明张为之评尚经不起历史的检验，缺乏诗学批评应该具备的远见卓识"④。(5)王运熙、顾易生主编《中国文学批评史新编》(2001)，王运熙所撰"张为的《诗人主客图》"一节在结语部分，基本上承袭了复旦大学中文系古典文学教研组所编《中国文学批评史》(1979)的看法："总之，《诗人主客图》虽有不妥处，但其分别流派，

① 复旦大学中文系古典文学教研组编：《中国文学批评史》上册，第101页(上海古籍出版社，1979年10月)；王运熙、顾易生主编：《中国文学批评史》上册，第330页(上海古籍出版社1985年版)。后者是前者的再版，所引文字未作更改。

② 罗宗强：《隋唐五代文学思想史》，上海古籍出版社本，第429~430页；中华书局本，第390~391页。

③ 张少康、刘三富：《中国文学理论批评发展史》上册，第467页。

④ 蔡镇楚：《中国古代文学批评史》，第208、210页。

也自有其意图和理由。它对后世有一定的影响。”①

至于今人的研究论文，除前面提到的王梦鸥《唐〈诗人主客图〉试析》(1985)一文以外，还有杨明的《浅论张为的〈诗人主客图〉》(1993)②。王梦鸥之结论为：“未失为一晚唐人谈诗之参考资料。”杨明之结论为：“在文学批评史研究中，《诗人主客图》还是值得注意的。”

其他论著中论及《主客图》的，还有以下几部：(1)《中国古典文学研究史》(1995)于翠玲所撰“隋唐五代的文学研究”一章论及《主客图》，谓其“创造了以风格类型辨析诗歌流派的新形式”，“对后人的诗派研究产生了重要影响”。③ (2)中国社会科学院文学研究所董乃斌、吴庚舜主编：《唐代文学史》(1995)下册列“张为《诗人主客图》”为一节，撰者刘扬忠评云：“此图所列诗人，大多数还是在当时颇有影响，在后世也得到承认的杰出作者。所分宗派，尚未尽合理；所列诗人，也不及当时诗人数量的十分之三、四，但此图仍不失为粗具规模的一份中晚唐诗歌流派图，它对于后人了解当时诗歌流派的盛况及诗坛的风尚，有一定的史料价值和参考作用。”④文章并指出，尽管此图常凭偏爱论高下，仅凭耳目以录列，未能全面真实反映中晚唐的诗坛面貌，但在诗歌批评史上仍有其独特的作用，对后代有很大影响。(3)陈伯海主编《历代唐诗论评选》(2003)所选《唐诗主客图序》说明(刘晓平撰)称此书“所论多有失当之处，但其专注于流派研究，重视白居易，推其为‘广大教化之主’，应当说是颇有见地的。特别是其中的分门别派意识，已开后人以流派论唐诗之端绪”。⑤ 以上对《主

① 王运熙、顾易生主编：《中国文学批评史新编》，第259页。

② 杨明：《浅论张为的〈诗人主客图〉》，《文学遗产》1993年第5期，后经修改，并入《隋唐五代文学批评史》；又收入其《汉唐文学辨思录》，上海古籍出版社2005年版。

③ 《中国古典文学研究史》，第185、287页。

④ 见董乃斌、吴庚舜主编：《唐代文学史》下册，第516页。

⑤ 陈伯海主编：《历代唐诗论评选》，第156页。又，罗立刚《史统、道统、文统：论唐宋时期文学观念的转变》，第213~215页(东方出版中心2005年版)，从文统观的角度，高度评价了《主客图》的意义。

客图》的评论是较为公允的。

通过以上对《主客图》流传、研究情况的简述，可以看出，对《主客图》的褒贬经历了一个曲线形的波动，曲线的起点(吴融)和终点(今人的某些认识)较高，中间则较低。笔者认为，《主客图》不仅描绘和梳理出中晚唐诗坛众派纷呈的风貌，而且其描绘范围大致全面，梳理脉络相当清晰，因而在诗歌史上有重要意义。此外，从描绘和梳理的出发点或角度上看，《主客图》在诗歌批评史上的地位更加值得表彰，它的诗派分类综合考虑了诗人与诗作，将创作主体与其文本(既有摘篇，也有摘句)相结合来考镜源流，这是一个重大的突破和超越。

相信随着时间的推移，人们会逐渐加深对《主客图》在诗歌史和批评史上的重要意义，尤其是在"诗派"范畴形成过程中的重要地位的认识。《主客图》在"诗派"范畴形成过程中地位的重要，与所谓"元白诗派"是否能够成立，有密切的关系。既然"诗派"之说在《主客图》中已基本确立——虽无其名而有其实，那么，《主客图》所列六派之中的第一派则不啻"元白诗派"颇具规模的一个研究成果的雏形。如前所引，计有功《唐诗纪事》"张为"条云："为作《诗人主客图》，序曰：'若主人门下处其客者，以法度一则也'。""法度一则"，可视为《诗人主客图》区别诗派的依据。"法度"者，与《文心雕龙》所云之"体势"是一个意思，且一脉相承。而体势，即风格的客观因素。①"法度一则"，也就是说风格一则、一致。在这一点上，与今日文艺理论的"流派"概念，就有了沟通的可能。

《诗人主客图》所列六派之中的第一派"以白居易为广大教化主，上入室杨乘，入室张祜、羊士谔、元稹，升堂卢仝、顾况、沈亚之，及门费冠卿、皇甫松、殷尧藩、施肩吾、周元范、祝元膺、徐凝、朱可名、陈标、童翰卿"，其领袖("主"：白居易)、群体("客"：17 位诗人)、主旨("广大教化")皆大体具备。尽管从今天的眼光来看，其入选诗人未必全面恰当，其品第诗人亦未必公允无疑，但其时代之近已足资参考，而开创之功更宜独置高标。虽然张为未明标"元白诗

① 从王元化《文心雕龙讲疏》第 131 页(上海古籍出版社 1992 年版)之说。

派”之名，但无其名而有其实。除此之外，还有三点值得一提：

其一，《主客图》置以白居易为主之广大教化派于六派之首，“以白居易为中晚唐第一人，为无所不包的众主之主”①，见出对白居易这一诗人和“广大教化”这一诗派的高度重视。

其二，此派门下之诗人高达十八人，除“清奇雅正”派之外，即以此派成员最多，这也从一个侧面反映出白居易在中晚唐诗坛的重要地位和巨大影响。

其三，此派以“广大教化”为一则之法度，见出其对白居易诗之理解角度。

首先，“教化”二字，无疑是标举白派诗歌所具有的美刺教化的实用价值。这既可从《主客图》所选此派“派主”和“上入室”之诗作中略见一斑，② 也可从最早称引此书的吴融（？—903）《禅月集序》的理解中得到印证——“夫诗之作者，善善则咏颂之，恶恶则风刺之……国朝能为歌诗者不少，独李太白为称首。盖气骨高举，不失颂咏风刺之道。厥后白乐天为《讽谏》五十篇，亦一时之奇逸极言。昔张为作诗图五层，以白氏为广德大教化主，不错矣。”③清·苏宗经（1793—1865）《读乐天讽谕诗有感》“谁知教化虽称大，顽石无心不点头”④亦取此义。

其次，“广大”二字，从后人之理解来看，应有多重涵义：

（1）诗品出于人品，故“广大”首先指诗歌创作主体海纳百川、无所不容的“广大”性。明代“四友斋”主何良俊（1506—1573）以白居易为四友之一，其《四友斋丛说》卷三十“求志”云：“唐人以白太傅为‘广大教化主’。苏端明自言：‘上可以陪玉皇大帝，下可以陪悲田院

① 董乃斌、吴庚舜主编：《唐代文学史》下册，第516页，刘扬忠撰。

② 所选白居易诗为《读史》、《秦中吟》、《寓意》，所选杨乘诗为《甲子岁书事》，皆为有关教化之作。

③ 据《文苑英华》卷七百一十四（中华书局影印本，第5册，第3688页）。《四部丛刊》影宋写本《禅月集》“歌”后，有一“为”字；“咏”作“美”；“道”后，有一“焉”；“白乐天”后，无“为”字。

④ 《万首论诗绝句》第二册，第876页。

乞小儿。’此二人者于人无所不容，其柳下惠之颜、闵欤。”①

(2)指诗歌创作表现领域的开掘和扩展。正如明·江盈科(1553—1605)江进之《雪涛小书》“诗评·评唐”中所云：“白香山诗，不求工，只是好做。然香山自有香山之工：前不照古人样，后不照来者议；意到笔随，景到意随；世间一切，都着并包囊括入我诗内。诗之境界，到白公不知开扩多少。较诸秦皇、汉武，开边启境，异事同功，名曰‘广大教化主’，所自来矣。”②

(3)指诗歌风格平易的艺术价值和流传广远、影响广泛的社会价值。正如明·王世贞(1526—1590)《艺苑卮言》卷四所云：“张为称白乐天‘广大教化主’。用语流便，使事平妥，固其所长，极有冗易可厌者。少年与元稹矫靡逞搏，意在警策痛快；晚更作知足语，千篇一律。诗道未成，慎勿轻看，最能易人心手。”③明·许学夷(1563—1633)《诗源辩体》卷二十八也说：“退之五、七言古虽开宋人门户，然欧苏外无人能学；乐天律绝，悉开宋人门户，而宋人实多学之，当时称为‘广大教化主’是也。然但得其浅易耳。”④又，清·王士禛(1634—1711)《戏仿元遗山论诗绝句》之十一：“广大居然太傅宜，沙中金屑苦难披。诗名流播鸡林远，独愧文章替左司。”⑤褒贬暂且不论，只就对“广大教化”一词的理解而言，显然是指“用语流便，使事平妥”的平易风格。正因为白诗“用语流便，使事平妥”，风格平易，故“最能易人心手”，所以才能“诗名流播鸡林远”。清·李必恒(1666—?)《又题白氏长庆集》“广大诗名盖代推”⑥，张维屏(1780—1859)《松心诗录》卷八《斋中读书偶成断句·白香山》“广大诗家推教

① 何良俊：《四友斋丛说》，中华书局1983年版，第276页。

② 据《古今诗话丛编》第三册，《雪涛小书》，第7页。

③ 罗仲鼎：《艺苑卮言校注》，第189页。参见《历代诗话续编》中册，第1011页。

④ 许学夷：《诗源辩体》，杜维沫校点本，第277～278页。“律”误为“津”。

⑤ 《万首论诗绝句》第一册，第233页。

⑥ 《万首论诗绝句》第一册，第332页。

主，泽民遗爱至今传。天怀坦白天机乐，不愧人称白乐天”,① 况澄(1799—1866，一说1807—1875)《仿元遗山论诗三十首》“领袖当年主客图，香山广大见规模”，许奉恩(1815—1878)《兰苕馆论诗》九十九首之七十三“琵琶老泪湿青衫，广大如公自不凡。价重鸡林妪亦解，新诗讽喻抵韶咸”,② 亦有此义。

(4)指诗歌体貌与手法的多样性。如许文玉谓明·胡应麟《诗薮》“乐天之浩博”③乃本自《主客图》以白氏为“广大教化主”之说④，即取其体貌多样之义，尽管胡应麟云：“唐人称乐天广大教化主，李益清奇雅正主，二子不足当，谓两瑯琊可耳。”⑤白乐天各体兼善的情形，许学夷《诗源辩体》卷二十八，就五、七言及律绝等各诗体，有详细的分析，可以参看。⑥ 清·翁方纲(1733—1818)《石洲诗话》卷八驳上述王士禛(1634—1711)《戏仿元遗山论诗绝句》之十一所云：“白公之为广大教化主，实其诗合赋、比、兴之全体，合风、雅、颂之全体，他家所不能奄有也。若以渔洋论诗之例例之，则所谓广大教化主者，直是粗细雅俗之不择，泥沙瓦砾之不拣耳。”⑦则取其手法多样之义。宋荦(1634—1713)《漫堂说诗》第九则云：“少陵包三唐，该正变，为广大教化主。”⑧指称对象转为杜甫，但对“广大教化主”之理解，亦可供参证。

总之，《诗人主客图》不仅为研究元白诗派提供了理论根据，而且标明了其对元白诗派主导思想的理解。此外，其所列六派之中的第一派，还提供了一份元白诗派成员名单，笔者的研究即始于这份名单。

---

① 《续修四库全书》第1496册，第42页上，影印中国科学院图书馆藏清咸丰四年赵惟濂羊城铅印本。

② 《万首论诗绝句》第二册，第884页；第三册，第1379页。

③ 胡应麟：《诗薮》外编卷四“唐·下”，王国安校补本，第187页。

④ 许文玉：《唐诗综论》，国立北京大学出版部，1929年，第76页。

⑤ 见胡应麟《诗薮》续编卷二“国朝·下”，王国安校补本，第354页。

⑥ 许学夷：《诗源辩体》，杜维沫校点本，第271~278页。

⑦ 翁方纲：《石洲诗话》，陈迩冬校点本，第242页。

⑧ 《清诗话》，第419页。

【评　介】

陈才智《〈主客图〉与元白诗派的成立》，原载《中国诗学》第7辑，人民文学出版社2002年版。在中国诗歌批评史上，流派范畴的形成，经历了由隐而显的过程，在钟嵘《诗品》和吕本中《江西诗社宗派图》之间，有一个常为人忽略的重要环节点，即张为的《主客图》。《主客图》借鉴钟嵘《诗品》划分三品、追溯流别之举，创造了以风格类型辨析和区分诗派的先河，可谓是由"体"到"派"这一嬗变过程中一次质的飞跃。其意义巨大、影响深远。《主客图》在"诗派"范畴形成过程中地位的重要性，与所谓"元白诗派"是否能够成立，有密切的关系。既然"诗派"之说在《主客图》中已基本确立，那么，《主客图》所列六派之中的第一派则不啻"元白诗派"颇具规模的雏形。《诗人主客图》所列六派之中的第一派"以白居易为广大教化主，上入室杨乘；入室张祜、羊士谔、元稹；升堂卢仝、顾况、沈亚之；及门费冠卿、皇甫松、殷尧藩、施肩吾、周元范、祝元膺、徐凝、朱可名、陈标、童翰卿"，其领袖("主"：白居易)、群体("客"：17位诗人)、主旨("广大教化")皆大体具备。尽管从今天的眼光来看，其入选诗人未必全面恰当，其品第诗人亦未必公允无疑，但其时代之近已足资参考，而开创之功更宜独置高标。虽然张为未明标"元白诗派"之名，但无其名而有其实。

《元白诗体理论探析》

钱志熙

对于元稹、白居易的诗歌理论，历来最关注的是他们围绕着新乐府创作的儒家“六义”之说及其讽喻比兴的实践主张。这果然是最能显示元白诗论特色的地方，但并不能概括其创作实践之全部。其实，元白在诗歌理论上的建树，除了上述新乐府创作的理论外，其关于诗歌体裁的理论，是比前者更为完整、更能反映其创作整体构成的一个理论体系。就是他们的新乐府创作的理论，虽然是从教化、讽喻的诗歌功能出发，但也还是落实在诗歌体制之范畴中的，构成其诗体理论的一部分，脱离这个整体，也难以得到合理的阐述。

一

所谓诗体理论(或可扩大其意义称为“诗歌体裁学”)，包括诗歌的体裁分类、诗体艺术特征与功能、特定体裁的创作法则、各类体裁的源流演变等内容。它实际上是与整个诗歌理论联系在一起的，在中国古代更可以说，诗体理论构成了传统诗学的主要部分。但是与一般所说的诗论不同的是，诗体理论是以诗歌的体裁问题为核心的、围绕此一问题而展开的一种诗歌理论。正如传统的诗歌本体论着重于情志、情性，诗教说着重于诗歌的社会与伦理的功能一样，诗体理论规范了一种具体的创作的体制形式与格调、作意等内容，它更直接地联系着法度、格律等因素，与具体的创作实践有着比其它诗歌理论更为切近的关系。自然，诗学①的这些分野之间经常是相互重叠、联系在一起的。但各自都围绕着自己的主题而展开，显示出把握诗歌艺术的对象与方法上的不同。从这个意义上说，我们在研究中国古代的诗歌思想、诗歌理论与批评时，应该将传统的诗体论作为一个相对独立的分野来把握。这对于深化传统诗学的研究是很有必要的。

元白的诗体理论体系的建立，是以编集他们的个人诗集为契机的。由于编集的需要，促使他们对诗歌的体裁进行了系统的分类。元稹《叙诗寄乐天》(元集卷三十)很详细地阐述了他的诗体分类观点：

> 适值河东李明府景俭在江陵时，僻好仆诗章，谓为能解，欲尽取观览，仆因撰成卷轴。中有旨意可观，而词近往古者，为古讽。(案：又称为古风。)意亦可观，而流在乐府者，为乐讽。词虽近古，而止于吟写性情者，为古体。词实乐流，而止于模写物象者，为新题乐府。声势沿顺属对稳切者，为律诗，仍以五言、七言为两体。其中有稍存寄兴，与讽为流者为律讽。不幸少有伉俪之悲，抚存感往，成数十诗，取潘子"悼亡"为题。又有以干教化者，近世妇人晕淡眉目，绾约头鬟，衣服修广之度，及匹配色泽，尤剧怪艳，因为艳诗百余首。词有古今，又两体。自十六时，至是元和七年矣，有诗八百余首，色类相从，共成十体，凡二十卷。②

元稹这里所说的十体，依照文中叙述顺序，依次为古讽、古体、乐讽、新题乐府、五言律诗、七言律诗③、律讽、悼亡诗、古体艳

---

① 这里所说的"诗学"，是在一个传统的含义上使用的，请参看拙文《诗学一词的传统涵义及其在历史上的使用情况》，载首都师大中国诗歌研究中心《中国诗歌研究》第1辑。

② 《元稹集》卷三十，中华书局1982年出版冀勤校点本(据原书点校说明，是以明弘治本《元氏长庆集》为底本)，以下引元稹作品，如不特别注明者，出据此本。

③ 五律、七律这类名目为后人所用，唐宋人总称近体或律体，而在编集时又各分出七言、五言两类。

诗、今体艳诗。这里体现三个分类标准，一是体裁形式，即古体、律体、乐府；二是创作的性质和作品所体现的价值，即有无讽兴的作用，即于古诗、乐府与律诗中分别出古讽、乐讽、律讽三种；三是一些特殊的诗歌品种(往往由题材决定)，即悼亡诗、艳诗。这十体，如果按照纯粹的体裁形式来分，其实只有三大类，即古体、近体、乐府体，也就是唐诗的三大体裁系统。它们是唐诗创作中客观存在的，但元稹给他作了明确的分类。元氏的这个二十卷编集早已亡佚，他后来还编过一个五卷本自选集，是为呈诗时相令狐绹(智按：应为令狐楚)编的，分古体歌诗与律诗两大类，其中恐怕没有再按上述的这个分类法细分。详见本集卷三十《上令狐相公诗启》。另外在长庆二年奉旨进诗穆宗皇帝，其中的作品仍分古律两类，“自古风诗至古今乐府，稍近兴寄，颇近讴谣，虽无作者之风，粗中遒人之采。自律诗百韵，至于两韵七言，或因朋友戏投，或以悲伤自遣，既无六义，皆出一时，词旨繁芜，倍增惭恐”(《元稹集》卷三十五《进诗状》)，虽是自谦之语，但也反映出他尊古轻律的体裁思想。这两次编集，其基本的分类标准及所体现的体裁思想，与第一次编集是一脉相承的，但分类上似乎作了一些归并，恐怕不再细分十类。这可能是受到白居易四类分法的影响。但元氏十类分法自有特殊的体裁学上的价值，这个问题下文会谈到。现存元集，为宋本所遗①，也可能沿承了元氏自编本的某些因素，如古诗、古体两种，即是古讽、古体之遗制。存讽兴者为古诗，词虽近古，而其功能与价值仅止于咏写情性者为古体。但是律诗与乐府，则今存集中不再有律讽、乐讽等区分。据此也可推测元氏后来的编集，不完全遵守早年二十卷本的分类法，有所简化。

白居易也给自己的诗歌作了分类，见于《与元九书》中：

> 自拾遗以来，凡所适所感关于美刺兴比者，又自武德迄元和，因事立题，题为新乐府者。共一百五十首，谓之“讽谕诗”。又或退公独处，或移病闲居，知足保和，吟玩情性者一百首，谓之“闲适诗”。又有事物牵于外，情理动于内，随感遇而形于叹

① 详见冀勤《元稹集》卷首《点校说明》，中华书局 1982 年版。

> 咏者一百首，谓之“感伤诗”。又有五言、七言、长句、绝句，自一百韵至两韵者四百余首，谓之“杂律诗”。凡为十五卷，约八百首。①

白居易的这四类诗，前面讽喻、闲适、感伤三类是根据创作的性质和作品所体现的价值来分的，最后的“杂律”这一种，则是根据体裁形式来分的，前三类中其实包含着古体与乐府体两种。其中贯穿以讽兴时事为高，自抒为次，流连风物为下的价值判断在内。基本思想与元稹是一致的。元稹《叙诗寄乐天》中有“自十六时至是，元和七年(812)矣，有诗八百余首，色类相从，共成十体，凡二十卷”之语，可知此次编集的时间。而白居易《与元九书》作于元和十年(815)，可能是参照元氏的分类，但又作很大的简化，其后元白的编集，也奠定了其后元白两人编诗分类的基本标准。元氏将古、律、乐府三类，都按有无讽兴的标准分为两类，作为个人的结集分类是可行，但从编辑的方面来讲，操作起来很困难，即使是给自己的诗集分类，要准确判断那些是有讽兴的，那些是没有讽兴的，也是很难，至于如果按此分类来编辑别家的诗集或总集，那更是不大可能的。所以从编辑的可操作性来说，白氏的四类分法，是对元氏十类分法的一个改良。但从反映实际的创作情况，尤其是辩证地看待古体、乐府体、近体的体裁与作意的关系等方面来说，元稹的体裁分类看似烦琐，实际上更为科学，他的这十体，除了“悼亡”一体有些例外，其他九体，都同时贯彻了体裁形式与创作性质两个方面，体现了一以贯之的分类标准。而白居易的分类方法，实在有些混乱，他试图突出创作的性质，所以前三类完全从性质与功能着眼，鲜明地体现其重视讽喻教化，以吟咏性情为次，流连风物为下的创作思想。就他所追求的这个目的来讲，应该说是成功，这也是后人在论述元白的新乐府理论时总是首先想到白居易的理论的原因所在。但是他没有客观地反映出唐诗创作中古诗、

---

① 《白居易集》卷四十五，中华书局1979年版顾学颉校点本(据原书点校说明，是以南宋绍兴年间刻《白氏长庆集》为底本)，以下所引白居易作品，如不特别注明者，皆为此本。

乐府、近体三大体裁系统并存的实际情况。而他自己数量众多的近体诗，一并名之为“杂”，完全摒弃于讽喻教化之外，甚至不承认其有吟咏情性与感伤哀怨的作用，则是不符合创作实际的。比较起来，元稹的在分类上所体现的对于体裁的形式与功能的关系认识上，更加辩证、科学一些。承认古诗与乐府中也有不存讽兴之旨的作品，而律诗中也有讽兴之作。这个思想，在律体的发展史上是很重要的。也反映了元稹在对待律诗的体格与功能的关系上，比白居易要开通一点，积极一点，有改革律诗的愿望，这一点下面还会谈到。

当然，从《白氏长庆集》①的编集分类来看，白居易在上述四类的基础上，也还是对各类诗中所含的体裁形式作了注明，计有古调诗(讽喻一、二，闲适一至四，感伤一至三等卷)、新乐府(讽喻三、四)、歌行曲引杂言(感伤四)，五言七言律诗(卷十三至卷二十八，卷三十一至三十五，卷三十六半，卷三十七等卷)、格诗歌行杂体(卷二十一)、格诗(卷二十九、卷三十)、半格诗(卷三十六)。这个编集分类基本上能同时贯穿体裁形式与创作性质双重标准。将以上分类进行更高一层的归纳，古调诗即古体诗，其中也包括一部分古乐府体；歌行曲引杂言、新乐府，基本上不出广义的乐府诗的范围。律诗则包括近体诗的全部体裁。这几类的归属都是比较清楚的。情况比较复杂是格诗与半格诗这两类。从白集所收作品来看，其实格诗即古体诗，这一点清人汪立名、赵翼都是这样认为的。而上举卷三十六“半格诗、律诗附”，据汪氏之说，是指本卷中半为格诗、半为律诗。其说见于汪氏编订《白香山诗集》后集卷第一：

> “格诗　凡八十九首”
>
> 立名按：按唐人诗集中无号格诗者，即大历以还有齐梁格、元白格、元和格、葫芦、辘轳进退诸格，多兼律而言，不专主古体也。顾格诗之义虽亡考，而见诸公之文章者可证。《元少尹诗集序》“宗简河南人，自举进士历御史府尚书郎，讫京亚尹，二十年著格诗若干首，赋述铭记等若干首，合三十卷”。由是观

① 《白氏长庆集》，文学古籍出版社1955年影印宋本。

之，格诗但别于律诗之谓。公前集即分古调、乐府、歌行，以类各次于讽谕、闲适、感伤之卷，后集不复分类别卷，遂统称之曰格诗耳。时本十一卷之首格诗下，复系歌行杂体字，是以格诗另为古诗之一体矣。岂元少尹生平独不为歌行杂体乎。况公《后序》但曰"迩来复有格律诗"，《洛中集记》亦曰："分司东都及兹十二年，其间赋格、律诗凡八百首。"初未尝及歌行杂体者，固以格字该举之也。又时本三十六卷，首作半格诗附律诗。半者，本谓卷内半是格诗，而附以律诗云尔。乃直标半格诗，而注"附律诗"于其旁。是又将以半格诗为另一体矣。其误不几于眇者之扪烛揣以为日乎？

其后赵翼作《瓯北诗话》，也完全赞同汪氏之说①。汪氏所引之外，白集中有关格诗一词的文字，如《格诗歌行杂体后序》："迩来复有格诗、律诗、碑志、序记、表赞，以类相附，合为卷轴，又从五十一以降，卷而第之。"②也是以格诗与律诗相对，其为古体诗无疑。又《因继集重序》"予不敢退舍，即日又收拾新作格、律诗五十首寄去"。其以格诗指律诗外的各类古体之总称，意思十分清楚。近人闻一多亦云："白香山《长庆后集》分格律二体，将古调、乐府、歌行编入格诗。"③

汪氏、赵氏认为格诗即古诗，并且包括乐府和歌行在内，这种说

---

① 《瓯北诗话》卷四："香山《长庆集》，以讽谏、闲适、感伤三类分卷，而古调、乐府、歌行各体，即编于三类之内。后集不复分此三类，但以格诗、律诗分卷。古来诗未有以格称者，大历以后，始有齐梁格、元和格，则以诗之宗派而言。辘轳格、进退格，则律诗中又增限制也，无所谓格诗也。兹乃分格律二种。其自序谓迩来复有格律诗，《洛中集记》亦曰：分司东都以来，赋格律诗，凡八百首。《序元少尹集》亦曰：著格诗若干首。是格与律对言，实香山创名，此外亦无有人称格诗者。即以格与律相对，则古体诗、乐府、歌行俱属格诗矣；而俗本于后集十一卷之首格诗下，复系歌行杂体字样，是直以格诗为古诗中之一体矣，汪立名辨之甚晰。"

② 《白居易集》卷二十一。

③ 闻一多《律诗的研究》，孙敦恒编：《闻一多集外集　古典新义》，教育科学出版社 1989 年版，第 139~172 页。

法基本上是对的。但是从概念的内涵来看，格诗与古调诗并不是完全相同。从体制上看，格诗与古调诗同指古体诗，但正如元稹将古体分古讽与不含讽兴的古体两类，白居易的古调诗、格诗的分别，也是为了区别其在体现讽兴教化上的不同成就。古调是体现讽喻之旨的，格诗则高者仅至于吟咏情性，低者不免于流连风物，也就是元稹所说的“词虽近古而止于吟写性情者”，其不同于律诗体者，只在于体制、语言、格调之比较高古，所以白氏又称其为格诗。格即骨格、格力，元稹在杜甫墓志铭中比较古、近两体时说“律切则骨格不存，闲暇则纤秾莫备”，又《上令狐相公诗启》亦云“律体卑下，格力不扬”，说律诗声律、对仗精切而骨格不存，则古诗所持以较胜律诗者，正在于骨格，律诗之所以卑下者，正在格力之不扬。律诗重在律切，格诗重在格高。白居易之称古诗为格诗，正是体现了这样的体裁观念。这可以说是唐人作古体时的基本的体裁思想，格在这里是一个正面标举古诗品格的美学范畴，它单纯地体现于风格上，与表现的内容有无讽兴教化之旨没有必然的关系。从这里透露出唐代古体诗创作的最重要的美学理想，是在于骨格、格力等与汉魏风骨直接联系概念。但元、白对古诗还有更高的要求，即体现上述诗教之旨，所以更列出古讽、古调等名目，以体现他们在古诗创作中与众不同的追求。从复古的追求来说，古调诗是更加全面的复古。而格诗则是仅在语言、风格上学习汉魏六朝之作。这实际上反映了唐人在古体创作上的两个不同层次。唐代的古体、古乐府，虽然标榜学唐，并且与律诗相比，在语言艺术也确实体现出元稹所说的“近古”的特点。这是唐人古诗古乐府之所以为古诗、古乐府的根本依据所在。

但是在艺术与内容的各项因素上，唐诗中古体、古乐府体，都是充分体现其作为唐诗的特点。这一点清人王尧衢在《古唐诗合解》的“凡例”中讲得最透彻：他将唐诗艺术作为一个整体来把握，指出“如古诗(唐人古诗)，乃唐之古诗，与汉魏晋不同”。① 唐代古诗及古乐府歌行的“格”，虽然唐人在意识上是将它看成对汉魏六朝诗的一种追求，将它看成是从汉魏六朝古诗及乐府那里接受过来的一种语言艺

① 单小青、詹福瑞点校：《古唐诗合解笺注》，河北大学出版社 2000 年版。

术与审美规范。但实际上正如王尧衢所说的那样是唐人融会古今的一种新创。它虽然是不断的发展变化，在不同的诗人那里体现着个性的创造，但又有一种统一性。从这个意义上说，“格”为唐诗古体、乐府最重要的美学范畴，为其创作之维系。如果从古体与乐府找出一个可以与近体诗创作之维系的概念，也只有这个“格”字。正如近体诗以“律”之于近体诗。故格诗一名，虽为白居易之个人用法，但却完全符合唐诗古体、乐府创作实际的。白氏之所以早期编集用古调一名，是因为他前期创作实践以讽喻教化为宗旨。而后期不再用古调一名，并且也不再分讽喻、闲适、感伤等种类，也是因后来的诗歌创作，讽喻教化性质已经不那么明显了。所以古体与近体的差别，主要在于体制与风格这两方面。所以不再称古调，而改用格诗一名。这正是反映了白居易创作上的重要变化。

与唐代诗歌创作与理论不相平衡的整体情况相应，唐人在诗体方面的理论表述，相对于其后的宋元明清时代的来说，是比较缺乏的。他们并没有将其在创作实践中形成的诗体观念及丰富的体裁艺术经验及时地表述为理论性的成果。所以唐代的诗体理论与唐代诗学思想的整体一样，基本上还处于隐而未显的状态中。初唐时期，由于近体诗规范的确立，出现了一些侧重于探索声律、对仗问题的诗学著作，而同期中的一些具有复古思想的诗人也开始提倡创作体现汉魏风骨的古风，这相对着的两方面，差不多同时分别地为了唐代近体与古体的创作思想作了奠基，也可以说是唐代诗体理论的发端。中晚唐的诗格类著作，一个重要的内容，就是在诗体、诗法的意识下探讨诗句的格式，也应该属于诗体理论的范畴。但是上述唐代诗论的各派，虽涉及体裁问题，但都不是明确地从体裁问题出发的。在这种情况下，元、白的诗体理论及其所达到的完整的、初具体系的成就，就显得十分突出。他们以给自己的诗作分类、结集为契机，第一次对唐代的诗歌体裁系统作出完整的表述，并对各类体裁的渊源流变及表现功能，尤其是对唐诗中古、近两体之间所存在的复杂矛盾而又并存共生的关系这个唐代诗人创作实践中的最重要的问题作了深入的揭示，是我们现在所看到的由唐代诗人所提供的关于他们的诗体思想的最完整的资料。

二

元白诗体分类理论不仅仅是客观地体现了唐诗体裁系统的构成情况，而且体现了他们自己的诗体尊卑的判断标准。关于这个问题，我想模仿中国佛教中“判教”一词，称为“判体”问题，来尝试作为唐诗体裁研究方面的一个基本概念。佛教里的判教，始于南北朝时期，至天台宗的五时判教，为成熟的形态①。“所谓判教，即教相判释之谓；它要求对释家的全部教典内容与形式进行总体上的分析与诠释，以阐明佛教体系的完整性与统一性。”②

佛教的宗派通过判断以树立本宗的地位。同样，一个成熟的、艺术上高度的诗人，也会力图在把握纵向的诗歌史与横向的诗歌体裁系统的前提，来确定他对各种诗歌体裁的评价，使他自己在诗体的运用上从自然的、被动的接受转为自觉的驾驭。所以，我在这里尝试采用佛学的这个术语，称之为判体。这种我们所说的判体，在唐代诗人的实际创作中是十分重要的问题。他们面临着新旧体裁并存的局面，并且各体裁之间体现的艺术传统、审美理想都十分不同，所以对于一个成熟的诗人来说，都必须形成自己明确的判体的标准。

元、白在分类中所体现的判体思想，尤其是元稹所确立的词之近古与否和有无讽兴之旨这样两个判体标准，就为我们提供了唐人判体方面的一个典型的实例。他们的一个重要策略是对自己的创作施以尊卑、轻重的褒贬，解决了理论与创作的矛盾，同时也增加其新乐府主张的说服力，这在唐人的判体思想中是一种创举：

> 况臣九岁学诗，少经贫贱，十年谪宦，备极惶，凡所为文，多因感激。故自古风诗至古今乐府，稍存兴寄，颇近讴谣，虽无作者之风，粗中遒人之采。自律诗百韵，至于两韵七言，或因朋友戏投，或以悲伤自遣，既无六义，皆出一时，词旨繁芜，倍增

① 参考吕澂：《中国佛学源流略讲》，第 167~173 页。

② 董平：《天台宗研究》，上海古籍出版社 2002 年版，第 29 页。

惭恐。今谨随状进呈，无任战汗屏营之至。(元稹《进诗状》)①

稹自御史府谪官，于今十余年矣，闲诞无事，遂专力于诗章。日益月滋，有诗向千余首。其间感物寓意，可备瞽之讽者有之，词直气粗，罪尤是惧，固不敢陈露于人。唯杯酒光景间，屡为小碎篇章，以自吟畅。然以为律体卑下，格力不扬，苟无姿态，则陷流俗。常欲得思深语近，韵律调新，属对无差，风情宛然，而病未能也。(元稹《上令狐相公诗启》)②

这些地方，都是反复地强调古体之尊于近体在其体现讽兴、教化之旨。汉魏古诗、乐府，或寄托讽兴，或吟咏情性，都是出于自然，并无上述唐人这样的判体思想。这种思想主要是唐代的复古派确立起来的，到了中唐时期，古体与近体在功能上又逐渐变得界限不清，一般作品，都只是体现了体裁、词句上的近古，讽兴之旨逐渐沦失，这样古诗、乐府也就失去必须存在的理由，或蜕变为近体风格之附庸，或僵化为拟古之品。元、白在词之近古之上，再次论定唐人古诗创作中的讽兴之旨。成为他们判体标准中最重要的一点。他们通过判体的方法强调了讽兴、教化的诗歌思想，在理论上比陈子昂复古思想更为完整。所以可以说，元白是唐人复古诗学理论的完成者。

从元、白两人的编集分类中，我们可以发现，唐人诗人所理解的诗体，它的含义与我们今天所说的单纯的体裁形式有所不同，而是包含了一个无限丰富的属于该体裁的艺术传统与创作法则，并且不同的诗人，对它的把握都不尽相同。我们研究一个诗人的体裁理论与实践，就是要深入到这样一个层次。从元稹这里我们可以看到，古体与律诗的不同，不仅仅是有无声律和规定性对仗及用韵宽严等形式性因素，还有语言艺术上的不同，古体在语言风格上是以汉魏六朝的五言古诗为规范，即元氏所说的“词近往古”。而近体则体现了近体的一种语言风格，它的包容也极为丰富，其中最重要的、可以对近体语言起了质的规定性作用的，则是“声势沿顺、属对稳切”这一体裁特征，

① 《元稹集》卷三十五。

② 《白居易集(智按：应为元稹集)》卷六十集外文章。

这是近体之大法，近体的其它的语言特征与表现功能、艺术法则，都是依附这个大法而存在的。与古、近体一样，乐府也有它语言风格，即所谓“词实乐流”。当然元稹所说的“词”是广义，不仅是指语言风格，也包括体裁的特征。而这种语言风格、体裁特征，作为诗体的内涵，远比单纯的体裁形式要素复杂得多、活跃得多，它正是与一个艺术传统联系着的。所以，唐人所说的诗体，实在是一个相对固定的体裁形式与无限丰富的体裁特征、艺术规范的统一体。也可以这样说，所谓诗体，并不只是一种简单的、诗人用来实现其艺术的工具，而且也是艺术实现的结果。除了语言风格与艺术法则外，这个体裁的传统中还有一个很重要的内容，就是各类诗歌由于其渊源与审美趣味的不同，形成了不同的思想价值与艺术品格。以有无“旨意可观”和讽喻寄兴为鉴别之要点。古诗与乐府，源于汉魏，其时的诗歌以缘事而发、抒情言志为原则，所以都是有为而作，艺术上则较多采用比兴寄托的方法，形成言近旨远的风格，尤其是在元、白一派看来，古诗的主流是直接《诗经》六义，关乎教化之旨的。唐人的古体，不仅学习汉魏晋宋古诗的体制(篇制、字法句法、用韵等)，保持“词近古”的作风，而且合格的古诗、古乐府，还必须保持上述的这种传统。但是，在继承中总会产生变化，于是出现一种只以吟咏个人的情性为主，不能体现教化之旨的古诗。其实，现在看来，元白一派所说的古诗古乐府的这种教化功能，实际上也是他们拿儒家诗教观来改造汉魏六朝古诗、古乐府的结果。不一定完全符合这些古人创作的实际情况。这是另外一个问题，这里不打算细论。

为了区别上述两种古诗、乐府，元稹将前者叫作“古讽”、“乐讽”，后者只是一般的古体、乐府体。其实从唐代古体、乐府体创作的基本情况来看，完全体现讽兴原则，达教化之旨的是极少的一部分，大部分的古诗，都只保持着词近古、及吟咏性情这两个原则。而且吟咏性情，本来就是儒家诗教的一部分。但有过完全贯彻教化之旨的新乐府创作的元稹、白居易，其对古体、乐府体的思想价值与艺术品格的强调，比起一般的诗人要自觉得多。这一点是元、白古体、乐府体思想中最能显示其本派特色的地方。可见，元、白的新乐府思想，与其说是从诗道的观念出发，还不如说是从诗体观念出发而上升到诗道，换言之，他们赋予了古诗、古乐府尚讽兴、达教化之旨的诗体功能，将其视为它们固有诗体特征，才能在创作上固持之。

三

元、白不仅对自己的作品作出了分类，提供了唐人诗体分类的重要资料。而且还对他们在诗体实践上经历作了重要的自述。为了解唐代诗人的体裁运用情况提供了重要的个案。理论的系统表述，虽是以编集为契机，但它本身却是长期的创作实践的总结。元稹在《叙诗寄乐天》中说：

> 稹九岁学赋诗，长者往往惊其可教。年十五六，粗识声病。时贞元十年以后……(引者注：其下一段述德宗晚年时政之坏)仆时孩骙，不惯闻见，独于书传中初习，理乱萌渐，心体悸震，若不可活，思欲发之久矣。适有人以陈子昂《感遇》诗相示，吟玩激烈，即日为《思玄子诗》二十首。……又久之，得杜甫诗数百首，爱其浩荡津涯，处处臻到，始病沈宋之不存兴寄，而讶子昂之未暇旁备矣。

可见他对于古诗的基本理念是来自于陈子昂的《感遇》诗和他自己学陈所作的《思玄子诗》。后来又因为学习杜甫的诗歌，从杜诗中学到了“浩荡津涯，处处臻到”的艺术表现，反省了陈子昂这一派古诗艺术上过于质朴、古简。这两次由于经典作家中的启迪而达到的诗学上的顿悟，对于元稹的古体诗创作理论的形成是极为关键的。唐代是近体诗的时代，近体诗的体制初唐时期已经定型，经则天、中宗时期沈宋一派诗人的努力，在格律、语言风格两方面都已经成熟，出现了一批典范之作。此后的唐诗，可以说体裁的主体是近体，尤其是唐代科举用的是律诗。所以唐代诗人(包括宋代诗人)，总的来说，诗歌的基本功是在近体方面，元稹说自己“九岁学赋诗”，学的就是律体，到“十五六粗识声病”，则是声律技术的完全掌握。近体看起来比古体多了一种声律与规定性的对仗的技术处理上的难度，但也正是因为这个，使诗歌增加了一种可学习性。相比之下，古体则缺少了这样一种可学习性，它只有一些典范、一种品格与其中体现的审美的理想、诗歌观念，这些对于一个初学者来说，是无从把握，甚至根本领悟不到的。也可以说，古体的创作需要诗人有成熟的思想或高古的审美趣味，元稹正是在初步建立了他对现实的批判的思想之后才走上古体创作的道路。白居易的情况也是这样，他说自己“及五六岁，别学为诗，九岁谙识声韵”，学的也是当时流行的律体，只不过他学得更早，进程更快。“十五六，始知有进士，苦节读书。二十以来，昼课赋，夜课书，间又课诗，不遑寝息矣”，他为准备进士考试而课诗，学的当然主要是声律体。乃至到了“授校书郎时，已盈三四百首，或出示交友，如足下辈，见皆谓之工”①，这些诗应该还是近体，至少绝大部分是近体，纵有古风、古乐府之类，亦是模仿学步而已。所谓“见皆谓工”这其中也透露这个信息，因“工”这个评语，习惯是用在对近体的评价，近体因为有格律句法可寻，工拙易见。若是古风、古乐府，是不能只用工拙与否来衡量的。可见白居易直至及第为官之初，其诗学还是属于近体范畴的。但随着他政治见解的形成，再加上元稹这样已经掌握古体讽兴旨的朋友的推激，他创作古风、乐府的条件也具备了。对于这一次诗学顿悟，他自己也说得很清楚，“自登朝来，年齿渐长，阅事渐多，每与人言，多询时务；每读书史，多求理道：始知文章合为时而著，歌诗合为事而作”②。这样看来，白居易在近体方面较元稹功底更深，而在自觉走上古诗、乐府的讽兴之道方面，却较元氏为晚。对于大多数唐代诗人在诗体思想与实践方面的发展情况，我们都缺乏研究。元、白为我们留下他们这方面的自述。这为我们了解唐代尤其是中唐时期古体的创作及古近体的关系提供了很重要的个案。从元、白的个案中可以看到，唐诗的近体、古体、乐府三大系统之间，对于具体的诗人来讲，不完全是并列的关系，而往往是从近体而进于古体、乐府，表明其艺术上更高的追求。唐代虽为近体为主体的时代，诗人最熟练运用的也是近体，但人们在体裁观念上

① 《与元九书》。

② 《与元九书》。

却常是轻近体尊古体。这样一种现象，也可从上面这个事实中得到部分的解释。

四

元稹诗体理论方面的贡献，不仅在古体、新旧乐府体制、功能、源流之抉发，还在于对近体诗的功能及其艺术特色的论定。近体诗我们今天按照其体裁的不同，分出五律、七律、五绝、七绝、五排、七排等名目，但这种细分的名目，是后起的。元白当时，统称为律诗。元氏《上令狐相国诗启》中说“百韵至两韵律诗一百首”，即包括从绝句开始的各种长度的格律诗。从实践上看，五七言绝句、律诗，在唐代都是十分固定了诗体，但唐人每笼统地称为律诗，绝句一名也是偶一用之。这种情况，从一定程度上反映出唐人对近体诗在观念上的不甚重视。元、白在格律诗理论方面的贡献，首先在于论定近体之名目，并且重新回顾律体的渊源，以厘清了古近两体不同诗体系统。元稹《唐故京兆府周至县尉元君墓志铭》云：

> 君少孤力学，通五经书，善鼓琴，能为五言、七言近体诗。

“近体诗”一词，为当时普遍使用的名目，或为元稹之首创，有待考证。元稹还称律诗为“近诗篇”，《见人咏韩舍人新律诗因有戏赠》诗篇①：

> 喜闻韩古调，兼爱近诗篇。玉磬声声彻，金铃个个圆。高疏明月下，细腻早春前。花态繁于绮，闺情软于绵。轻新便妓唱，凝妙入僧禅。欲得人人伏，能教面面全。延之苦拘检，摩诘好因缘。七字排居敬，千词敌乐天。(原注：侍御八兄，能为七言绝句。赞善白君，好作百韵律诗。)殷勤闲太祝(原注：张君籍)，好去老通川(原注：自谓)。莫漫裁章句，须绕紫禁仙。

① 《元稹集》卷十二。

又称为“近题”，《唐故使持节万州诸军事万州刺史赐绯鱼袋刘君墓志铭》(集卷五十六)：“文咏词调，有古时人气候，不肯学蹙蹙近题者。”①

以近体称律诗，不是简单地增加一别称，而是为了论定其与古诗、古乐府不同的渊源与艺术品格。元稹《唐故工部员外郎杜君墓系铭》云：

> 宋齐之间，教失根本，士以简慢、翕习、舒徐相尚，文章以风容、色泽、放旷、精深为高，盖吟写性灵、流连光景之文也。意义格力，无取焉。陵迟至于梁陈，淫艳、刻饰、佻巧、小碎之词剧，又宋齐间之所不取也。唐兴，官学大振，历世之文，能者互出，而又沈宋之流，研练精切，稳顺声势，谓之律诗。由是之后，文体之极焉。然而莫不好古者遗近，务华者去实，效齐梁则不逮于魏晋，工乐府则力屈于五言，律切则骨格不存，闲暇则纤秾莫备。

所谓“好古者遗近”，“古”即古体，“近”即近体，即齐梁以下之体。律诗源出于齐梁，白居易在《与元九书》中曾以六义为标准对整个诗史作了一个回顾，认为周衰秦兴，“六义始刓”，楚辞及汉代苏、李，“六义始缺”，晋宋时代，“六义寖微矣”，齐梁时代，“六义尽去矣”。

所谓律诗，正是在这样一个诗歌史阶段中发生的，所以元、白等人又称其为“近体诗”，“近”在这里不仅是指时间上的起于晚近，同时也已经是一个风格上的概念。律诗是伴随着一种刻饰佻巧、雕藻淫艳的诗歌趣味而来的，虽然经过唐代几辈诗人的努力，自觉地改良齐

---

① 按中华书局出版冀勤校《元稹集》“近题”作“近一题”，并校注云：“一、原阙，据宋蜀本、马本、丛刊本，《全唐文》卷六五四补。”按此处仍当据明弘治本作“近题”为是，“近题”即近体诗也。作“近一题”不可解，诸本“一字当为传写之衍”。

梁陈隋之余风，但这种品格只能使它在艺术上更加成熟，也就是境界与风格的创造上趋于浑厚、清新、老成，克服齐梁陈隋时代低劣的审美趣味在律体上的原始遗留，基本的体裁功能和审美上属性并没有发生根本的变化。尤其是在唐人看来，作为后起的体裁，不能接替古体、乐府体讽兴、教化的功能。这是由于体制的审美特征所决定的，如果勉强地改造它，要它承担前者的功能，那无疑会破坏它的这种特征，也就取消其存在的价值。所以，只有承认它渊源出于近体，不具备古诗、古乐府之品格与功能。这样即阐扬了诗教的原则，复兴了古体、乐府的艺术精神，同时又保存了唐代律诗的艺术传统。可以说，元、白对于古、律两体的判体，主要不是使之两合，而是使之两离，他们依据自己长期的创作经验，清楚地看到，虽然可以部分地改变律诗的品格与功能，如元稹就有“律讽”，是以古诗的创作方法革新律诗的成果。但这种革新是有限的，不可举整个律诗系统归于古诗、乐府的讽兴教化原则之下，那样做是对诗歌艺术审美性的削弱，无视诗歌自身的艺术功能。元白实际上并没有那样作。所以元、白一方面持讽兴教化之旨批评近体，另一方面对近体独特的艺术，又极尽钻研磨砺之能事，这两者之间并不矛盾。这样看来，“近体诗”名目，即使不是元稹的首倡之称，但元氏反复提出“近”、“近体诗”、“近诗篇”、“近题”等名目，正是其判体理论的重要建树。

元稹在保持近体的体裁特征的前提下，为其树立了更高的审美理想。这个理想，一方面是来自于杜甫近体诗。元氏在分析唐诗中古体与律体各自的不足之后，认为只有杜甫在两种体裁上达到了某种平衡，对它们同时作出了发展，达到了“词气豪迈而风调清深，属对律切而脱弃凡近”。这就是说使古风有了清新、纤秾之美，尽可能体现唐诗艺术上新的发展，克服陈子昂古风“不暇旁备”；而近体则即体现声律、对仗的精切，同时具备气格、风力，脱弃凡近之格。当然，律诗的格力，不是简单地从古诗中移植过来，而是通过律诗自身艺术上的提高而达到的，所以，同样讲格，律诗之气格与古诗之气格本质上是不同的。这一点，在元、白那里是明白的。所以，元白革新律诗的策略，不是援古入律之类的作法。元稹关于律诗创作的看法，最完整的表现还在于《上令狐相公诗启》一文：

……然以为律体卑下，格力不扬，苟无姿态，则陷流俗。常欲得思深语近，韵律调新，属对无差，风情宛然，而病未能也。江湖间多新进小生，不知天下文有宗主，妄从仿效。又从而失之，遂至支离偏浅之词，皆目为元和诗体。稹与同门生白居易友善，居易雅能为诗，就中爱驱驾文字，穷极声韵，或为千言，或为五百言律诗，以相投寄。

小生自审不能以过之，往往剧排旧韵，别创新词，名为次韵相酬，盖欲以难相挑耳。江湖间为诗者，复相仿效，力或不足，则至于颠到语言，重复首尾，韵同意等，不异前篇，亦自谓为元和诗体。而司文者考变雅之由，往往归咎于稹。辄写古体歌诗一百首，百韵至两韵律诗一百首，合为五卷，奉启跪陈。①

这里虽然仍将古体置于律体之上，但还是如实地表明了他们在律体艺术上的积极追求。针对律诗凡近、格力不扬之病，元氏提出“姿态”这样一个概念。姿态又是什么的，它的主要表现应该是指艺术上有一种超越于千篇一律的体制、平常风格之上的极具个性化的风格表现，体现矫健不凡的风力和气骨。因为这纯粹是一种风格造诣和个性的体现，并不直接体现作者的深沉的思想与教化之旨，所以元稹称之为姿态，将它纯粹看成是艺术范畴内的事。除了提出“姿态”这样一个总的概念之外，元稹在底下几句还阐述了他创作律诗的具体的追求目标，“常欲得思深语近，韵律调新，属对无差，风情宛然，而病未能也”。这几句话很平实，但却是概括了近体诗艺术的精髓，尤其是对于了解元、白一派的律诗风格主张，是极为关键的论点。

“语近思深”概括了语言运用与表现效果两个方面的标准。从宋人苏黄开始，元、白常蒙轻俗之讥。这种轻俗之讥，一方面来自对元、白所写的内容涉及艳丽及过于日常生活化，其中所表现的趣味，在宋代追求高雅脱俗的士大夫看来，未能充分地文人化，未能以俗为雅。这种对诗歌表现对象的不同理解，是难以达成共识。但是唐人近

① 《元稹集》卷六十，集外文章。

体诗比之宋人近体，在审美趣味上仍然是有会于流俗的倾向，元、白这一点上还是体现了唐诗的共性。所以宋人对元、白的轻俗之讥，很大程度上是因为审美趣味的不同。但另一方面，宋人讥元、白诗风轻俗，也是出于对于诗歌语言艺术的不同理解，宋诗比较唐诗，语言普遍地较为雅化、文人化，在深、新、奇、巧这几方面，比唐人要求的更高。唐诗中，在这方面为宋诗推为典范，只有杜甫、韩愈、李商隐等少数几家，其余唐代诗人，尤其是中晚唐的诗人，语言普遍较宋诗为浅。所以浅近，实际上是唐代近体主流的语言风格。元稹据说的“语近”，是指齐梁以下的一种以清新流丽为为特点的诗歌语言，在回环谐婉、韵律调新的近体诗，语言不能过于典雅、古奥，也不能过于质直无华，这些都是“语近”这个原则所包含的内涵。元、白不用古体的语言风格来改变近体，正体现了他们对近体艺术的理解。所以宋人所讥的轻俗，有一部分是因为不了解或者说不认可唐律的主流的语言风格。坚持“语近”的同时，元稹更强调“思深”，这更能体现他对近体诗艺术的积极改造的态度的一个主张。“思深”是一个朴素的词，其实包含着多种意思，“语近”容易让人感觉到率易、流便，但“思深”则是强调诗人在立意、构思、炼境等方面的覃深之思，要达到很强的表现效果，诗意的营造新而又深，出人意表。对于元、白在这方面的追求，一般人是比较忽略。元稹上文中说当时效仿元白体的“江湖间多新进小生”，并不能真正体会他两家诗歌的艺术风格，“遂至支离偏浅之词，皆目为元和诗体”。造成这个情况，正是由于只知道“语近”一端，而对于更加关键的“思深”一方面，是完全没有领会到的。当然，元、白自己的诗歌，是否都能在“语近”的同时做到“思深”呢，也就都能营造出新而深的诗意、获得一首成功的诗应有的表现效果呢？这恐怕也不是完全没有问题的，宋人批评两家诗轻俗，如果站在宋诗的立场上，也不是毫无道理的。但是，这是另一个问题，至少在目标上，他们并不像宋人理解的那样满足于轻俗的。我们现在看他们的许多成功的作品，确实是做到了这一点的。可见“语近思深”是体现了实践中的一个重要的原则。

“韵律调新，属对无差”更是从近体诗体裁与格律上说的，是它们成功地实现所达到的艺术效果。近体在美学上胜过古体，在于声律之美，元稹《见人咏韩舍人新律诗因有戏赠》诗中用“喜闻韩古调，兼爱近诗篇。玉磬声声彻，金铃个个圆”，又说“轻新便妓唱”①，正可作“韵律调新”的注脚。杜甫已经开始作拗律诗，作为增加律诗风骨矫健之一法，中晚唐诗人多有效法，北宋黄、陈诸家，更是以拗律为常用之体。但元、白一派，却是维持律诗的声律谐美的特征。这与他们的近体诗，还具有作为候补歌词的功能有关，即元稹所说“选词以配乐”。所谓“轻新便伎唱”，正是这种现象的如实描写。其实元稹对于近体的其它的审美特征的认识，所谓“高疏明月下，细腻早春前。花态繁于绮，闺情软于绵”，乃至“凝妙入僧禅”，无不与这一创作目的相关，而在上述的关于近体诗追求的目标的几句话中，最后将“风情宛然”作为近体诗的整体的艺术效果的实现，与他们将近体作为选词以配乐的候补歌词来看待的审美功能的体认，也是分不开的。现在看来，元稹关于近体的创作理论，与元、白一派的创作实际相符合，也反映了中晚唐近体诗创作的一个走向，从盛唐的风骨、声律、兴象俱备，走向比较浅近、谐婉、趣味为主，所谓“语近思深”、“姿态”、“凝妙”(“凝妙入僧禅”)、“风情宛然”，实为中晚唐大部分近体诗作者所视为最高的造诣。盛唐诸家的格高、浑成，杜甫的博大精深、沉郁顿挫、天涵地负之态，并没有成为主流，甚至连对杜甫关注较多元、白，也是这样。

对近体诗中各种体裁的创作法则的探讨，从理论上看，主要是从宋代开始，至明清而极盛。元稹的近体理论，主要还将近体作为一个整体来论述的，它的意义是论定了近体作为一个与古体、乐府体并存的体裁系统，在艺术的传统、审美的规范与艺术的功能上的独立的存在，作为元、白重教化讽兴、尊古轻近的诗学体系的一个构成部分。所以，基本上还没有发展到建立近体中的分体理论的这一步，这当然仅是指理论而言，不是指实践的情况，在实践上他们对近体中各种体裁的创作法则，当然是有着很充分的认识的。但元稹也偶尔涉及对近体中不同体裁的艺术特点的论述，元稹在论白居易各体创作的特点时说，“是以讽喻之诗长于激，闲适之诗长遣，感伤之诗长于切；五字

① 《元稹集》卷十二。

律诗，百言而上长于赡；五字七字，百言而下长于情”①，可以看作是后世盛行的分体理论的滥觞。这在诗歌体裁理论的发展上，也是值得注意的。

余　论

元、白之所以能够形成比较系统的体裁理论，我想有这样几个方面的原因：首先是因为他们的编集工作，唐代诗人很少有为自己作品编集的习惯，唐诗的一些选集，也都多是按照作家或流派来编的，不需要严格的体裁分类理论。元、白却在一生中，都多次为自己的作品作编排、整理工作，这是他们形成完整的体裁理论的最重要的原因。我们上面所引述的他们的体裁理论的文献，都是有关编集问题的。这说明一个重要的事实，诗歌体裁理论，虽然是创作实践的反映，但促使其理论化的原因，却是另有所在，尤其是学术性强的分类理论，往往是与编集工作分不开。就诗歌分类之精细、科学性来说，宋人超过唐人，明清人又超过宋人，这都是编集工作的深入有直接关系的。但这种编集所带来的分体理论的发展，又反过来影响到诗歌创作的发展，明清时代的创作，较之唐诗，其对体裁特征的重视，对各种体裁的创作法则的深入体认与创作上的体现，是明清诗学的一大特征。与之相比，作为近体原创时代的唐代，客观上没有如此精细的分类理论，对体裁特征的理论与把握，也是相当的自由的，有更大探索性与个人的独创性的空间。

其次是元、白的体裁理论，与他们在创作实践上的探索性、开拓性分不开的。元、白并非像一般诗家那样，因承习惯地运用诗体，他们在创作，对各种诗体都重新论定，重新审视，以建立其整个创作的基础。这种探索的起点当然是他对古体与乐府体讽兴、教化功能的重新论定。而在他们确立了这种诗歌思想后，又必须对自己的近体方面的创作作出合理的解释，寻求近体的存在价值，即吟咏性灵、展现才华、娱乐目前的价值。尽管在元、白诗歌价值体系中，这是比较低一

---

① 《元稹集》卷五十一《白氏长庆集序》。

等的价值，但其存在的依据是充分。所以，元、白诗歌体裁理论的一个功能，就是解释性。当然，元、白对近体功能的认识，只是说明他们自己一派的创作，与唐代近代诗的实际成就并不相称，事实上，在盛唐诗家那里，近体已经完全摆脱齐梁至初唐的卑格，创造出很高的品格，而杜甫的创作，不仅发展了盛唐的兴象、声律、风骨兼备的成就，而是提高了它们在思想上价值。元、白只看到了杜甫"即事名篇，无复依傍"的新乐府的诗教价值，而没有看到杜甫近体所达到的足以与古体、新乐府媲美的艺术品格与思想价值。这是因为固执尊古体、轻近体的思想所造成局限。元、白对杜甫近体艺术的吸取，主要还是在艺术的形式方面，其"百韵律诗"就是对杜甫的排律的发展。在七律等体裁上，他们也只学到杜甫白描写物与浅近叙事的那些体裁，《秋兴八首》、《咏怀古迹》之类的深闳富美、博大精深的作品，是元、白所无法梦想的。

元白的诗体理论，虽然反映了他们在诗体思想上的一些局限性，作为唐代重要诗人所阐述的一个系统的诗体理论，可以说是我们系统研究唐诗体裁及唐代诗人的体裁思想的最重要的文献。本文正是基于这样的认识，对其进行初步的探析，并且涉及唐诗体裁学的一些重要问题。我们认为，如果要深化迄今为止的唐诗研究，对唐诗的体裁进行深入的研究，在充分吸取唐、宋、元、明、清各代诗学家的在唐诗体裁研究方面所取得的丰富的成果的基础，建立现代的唐诗体裁学，是重要的研究方向。

【评　介】

钱志熙（1960—　），浙江乐清人。1982 年毕业于杭州大学中文系，获文学学士学位；1985 年获文学硕士学位。毕业后曾任教于温州师院。1987 年考入北京大学中文系，1990 年获文学博士学位；后留校任教。现为北京大学中文系教授、博士生导师。

钱志熙《元白诗体理论探析》，原载《中国文化研究》2003 年第 1 期。作为唐代重要诗人所阐述的一个系统的诗体理论，元白诗体理论，是系统研究唐诗体裁及唐代诗人的体裁思想的最重要的文献。文章首次对元白的诗歌体裁理论及其与创作实践的关系加以系统论述，指出其在诗体理论的发展史上的重要地位。作者认为，元白诗体分类理论不仅仅客观地体现了唐诗体裁系统的构成情况，而且体现了他们自己的诗体尊卑的判断标准。文章介绍了元白诗歌体裁分类理论并做比较，同时对白居易称古体为“格诗”的原因加以分析，然后依据元白自述，研究其尊古轻律思想的实践历史，并以两人为典型，透视唐诗体裁系统中古近两大类体裁的关系，最后研究元稹的近体诗理论，并探讨元白近体艺术风格与此种理论的对应性，对唐宋两代诗人在近体方面的不同艺术标准这一问题也有涉及。元、白在分类中所体现的判体思想，尤其是元稹所确立的词之近古与否和有无讽兴之旨这样两个判体标准，提供了唐人判体方面的典型实例。他们的一个重要策略是对自己的创作施以尊卑、轻重的褒贬，解决了理论与创作的矛盾，同时也增加其新乐府主张的说服力，这在唐人的判体思想中是一种创举。古体与律诗的不同，不仅仅是有无声律和规定性对仗及用韵宽严等形式性因素，还有语言艺术上的不同，古体在语言风格上是以汉魏六朝的五言古诗为规范，而近体则以“声势沿顺、属对稳切”为体裁特征，近体的其他的语言特征与表现功能、艺术法则，都是依附此而存在。元、白不仅对自己的作品作出分类，提供了唐人诗体分类的重要资料，而且还对他们在诗体实践上经历作了重要的自述。为了解唐代诗人的体裁运用情况提供了重要的个案。元稹诗体理论方面的贡献，不仅在于古体、新旧乐府体制、功能、源流之抉发，还在于对近体诗的功能及其艺术特色的论定。元稹论白居易各体创作所云“讽喻之诗长于激，闲适之诗长遣，感伤之诗长于切；五字律诗，百言而上长于赡；五字七字，百言而下长于情”，可以看做后世盛行的分体理论的滥觞。元、白的体裁理论，与他们在创作实践上的探索性、开拓性是分不开的。

《论“元和体”之原初内涵及其与接受学的关联》

尚永亮

近人陈衍首倡诗史“三元”之说：“诗莫盛于三元，上元开元，中元元和，下元元祐。”①沈曾植亦有“三关”之论：“诗有元祐、元和、元嘉三关。”②这里，无论是“三关”，还是“三元”，元和均在其中，起着承上启下的作用。可以说，以诗歌之变为主要标志的元和诗坛既是唐代诗史的一大转捩点，也是古今诗运的一大转关。其时流派纷呈，争奇斗艳，韩孟、元白、张王、刘柳等大家名家皆以独特风貌彪炳当代，享誉后世，以致叶燮论诗明确申言：“贞元、元和之际，后人称诗，谓为‘中唐’。不知此‘中’也者，乃古今百代之‘中’，而非有唐之所独得而称‘中’者也。……后此千百年无不从是以为断。”③与元和诗歌受到后人特别重视相伴随，“元和体”也受到后人的广泛关注，诚如张少康等先生所谓：“认真研究‘元和体’诗歌及其文学思想，不仅可以对元白的文学思想有更全面的认识，而且可以了解中晚唐文学思想发展的一个很重要的方面。”④然而，千百年来，关于“元和体”的定义、阐释却众说纷纭，莫衷一是，给有关研究造成了极大的混淆和困难。有鉴于此，本文拟对元和体之内涵及其与接受学的关

① 陈衍：《石遗室诗话》卷一第4则。

② 《与金甸丞太守论诗书》，引自《学术集林》第3卷所刊《沈曾植未刊遗文》，上海远东出版社1995年版。

③ 《已畦集》卷八《百家唐诗序》。

④ 张少康、刘三富：《中国文学理论批评发展史》上册，第367～368页，北京大学出版社1995年版。

联作一系统梳理，提出一些意见，庶几有助于对元和体的准确理解和把握。

一、关于“元和体”之纷争及众说的渊源所自

据不完全统计，自20世纪中叶，陈寅恪先生《元白诗笺证稿》附论之《论元和体诗》对“元和体”首次给予现代意义上的学术关注以来，共发表相关论文27篇①。这些研究成果大多产生于新时期，尤其是近十年。不可否认，这些成果对我们了解“元和体”乃至元和诗坛都起到了重要作用，但其不足乃至偏颇也是明显的。统而观之，关于“元和体”的指称，主要存在以下几种说法：

第一种范围广大，如胡可先将元和年间的诗文称之为“中唐的元和体”②，刘宁将“中唐富于新变特色的诗体与文体”称为“广义元和体”③。

第二种指以元白等人为代表的元和诗歌，如李培峰《元和体辨说》称“元和体是对唐宪宗元和年间普遍流行的，以新变为主要特征的元白、韩孟等多种诗歌创作倾向的一种概括”④；曾广开《元和体

---

① 本文统计数字来源于罗联添：《唐代文学论著集目》，台湾学生书局1984年增订再版；中山大学中文系资料室编：《1949—1980中国古典文学研究论文索引》，广西人民出版社1984年版；1983—2001年《唐代文学研究年鉴》；“中国期刊网”；《全国报刊资料索引》等。含相关部分的专著未计入。“相关”论文包括以下几类：一、“元和体”的专题论文，二、以元和诗歌为观照对象，其中有相当篇幅涉及元和体诗歌者；三、以元白倡和诗为观照对象者；四、以元白诗论为观照对象，其中有相当篇幅涉及元和体者。

② 胡可先：《中唐政治与文学——以永贞革新为研究中心》第三章第三节《论元和体》，安徽大学出版社2000年版。

③ 刘宁：《唐宋之际的诗歌演变研究——以元白之元和体为中心》第一章《元白之元和体及其精神意趣》，北京师范大学出版社2002年版。

④ 李培峰：《元和体辨说》，《新疆师范大学学报》(哲社版)，2002年第2期。

辨说》也持此论，但认为元白诗派功劳与成就最大①。

第三种指元白的部分诗歌，而在具体论述中又有着诸多细微的差别。

如陈寅恪认为“元和体”主要包括两人“杯酒光景间”的“小碎篇章”和“次韵相酬”的长篇排律，王拾遗、罗宗强以及复旦版《中国文学史》都认同此说②；胡可先将“元和体”分为中唐的、宪宗的、元白的三种，认为元白之“元和体”“专指元白状风态物色之诗”，即“小碎篇章”和“次韵诗”；刘宁也认为“狭义的元和体”指“元白之元和体”，但在认同陈说的基础上，将元和体诠释为元白“同时代人对他们后期创作的近体诗的一种称呼”，将时限扩展至元白在元和、长庆以后的后期创作。

此外，众多学者对“小碎篇章”之属于元和体虽无异议，但对其具体指称则有不同看法（详见本文第二部分）。

至于元白讽谕诗，多数学者认为不属“元和体”，也有少数人持相反意见，如社科院文研所《唐代文学史》说：“‘元和体’自然不能排除新乐府，又绝不限于新乐府”③；周桂峰《论元和体》一文也认为新乐府、讽谕诗应该纳入“元和体”范围之内④；而郭绍虞《中国文学批评史》第五章谈到元白“继承杜甫新题乐府之作，用浅显的笔调提倡现实主义的诗，当时称为‘元和体’”⑤，更是十分纯粹地认为“元和体”就是新题乐府形式的讽谕诗。

---

① 曾广开：《元和体辨说》，《河南大学学报》（社科版），1994年第2期。其说亦见作者专著《元和诗论》。

② 参见王拾遗《略论元和诗体与新乐府诗派》（《唐代文学论丛》1982年第1期，陕西人民出版社1982年版）、罗宗强《隋唐五代文学思想史》第七章《中唐文学思想》中篇《尚实、尚俗、务尽的诗歌思想》（中华书局1999年版）、章培恒、骆玉明主编《中国文学史》第四编（《隋唐五代文学》）第三章《杜甫与中唐诗歌》（复旦大学出版社1996年版）。

③ 中国社会科学院文学研究所：《唐代文学史》下册，人民文学出版社1995年版，第92页。

④ 周桂峰：《论元和体》，《淮阴师范学院学报》1999年第5期。

⑤ 郭绍虞：《中国文学批评史》，百花文艺出版社1999年版。

以上众说，皆非无据之论。现将重要的古人立说以简表列出，借以见出今人众说渊源所自，见表1。

表1　**古人对元和体的主要界说①**

<table>
<tr><th colspan="2">类别</th><th colspan="2">指称</th><th>时代</th><th>出处</th></tr>
<tr><td colspan="2">中唐之元和体</td><td colspan="2">中唐诗文</td><td>唐</td><td>李肇《国史补》</td></tr>
<tr><td rowspan="7">以元白为代表的元和诗</td><td rowspan="4">部分诗人的全部诗歌</td><td colspan="2" rowspan="3">元白韩孟等诗</td><td>唐</td><td>《唐语林》引李珏语</td></tr>
<tr><td>宋</td><td>刘克庄《后村诗话》</td></tr>
<tr><td>明</td><td>许学夷《诗源辨体》</td></tr>
<tr><td colspan="2">元白一派诗</td><td>北宋</td><td>严羽《沧浪诗话》</td></tr>
<tr><td rowspan="3">部分诗人的部分诗歌</td><td colspan="2" rowspan="2">元白张王等乐府诗</td><td>五代</td><td>张洎《张司业诗集序》</td></tr>
<tr><td>元</td><td>辛文房《唐才子传》</td></tr>
<tr><td colspan="2">元和诗人和韵长篇(含刘柳)</td><td>清</td><td>冯班《钝吟杂录》</td></tr>
<tr><td colspan="2" rowspan="7">元白诗</td><td colspan="2" rowspan="2">元白全部诗</td><td>唐</td><td>顾陶《唐诗类选后序》</td></tr>
<tr><td>五代</td><td>《旧唐书·元稹传》</td></tr>
<tr><td rowspan="5">元白部分诗歌</td><td>元白乐府诗</td><td>北宋</td><td>《新唐书·元稹传》</td></tr>
<tr><td rowspan="3">元白千字律诗(倡和诗)</td><td>唐</td><td>白居易《白氏长庆集》自注</td></tr>
<tr><td>宋</td><td>程大昌《考古编》</td></tr>
<tr><td>清</td><td>《全唐诗》元稹小传</td></tr>
<tr><td>元白倡和排律及小碎篇章</td><td>唐</td><td>元稹《上令狐相公诗启》《白氏长庆集序》</td></tr>
</table>

由表1可知：前述第一种说法(即“中唐元和体”或“广义元和体”)主要源于唐人李肇的《国史补》。该书卷下《叙时文所尚》谓：

元和已后，为文笔则学奇诡于韩愈，学苦涩于樊宗师；歌行

① 本表统计依据《四库全书》电子版，共检得相关资料71条。为简明计，未将类书、札记类转录成说者列入。

> 则学流荡于张籍；诗章则学矫激于孟郊，学浅切于白居易，学淫靡于元稹，俱名为“元和体”。大抵天宝之风尚党，大历之风尚浮，贞元之风尚荡，元和之风尚怪也。

李肇并不是一位文学评论家，更算不上一位诗人，据《自序》，《国史补》的撰写大抵在长庆或长庆以后，其目的乃“虑史氏或阙则补之意”，并非专为诗歌或文学而作，因而本段论述的着眼点是时代的某种风尚。联系下文“大抵天宝之风尚党，大历之风尚浮，贞元之风尚荡，元和之风尚怪”之论，可以看出，李肇是将元和文学置于自开元以来的时风背景下，选择此一时期最具特色的作者，并试图用最贴切的一个字来概括其总体特征，则其包罗面必然宽广。“时文”者，某一时段文学之谓也；据此以论元和，则元和体的内涵与外延必然大大延展，不仅包含诗歌，也包含文章，不属同一流派而面目各异的作者皆被囊括其中。常识告诉我们，当一种概念无所不包的时候，它实际上也许什么都不能指称，失去了实质性的意义。从这一点看，将李肇出于补史目的而界定的笼统概念作专门的诗学研究之用，其不妥是不言自明的。

前述第二种说法(即以元白为代表的元和诗)主要源于宋人王谠的《唐语林》。该书卷二《文学》条引述李珏之言谓：

> 水部员外郎贾嵩说云：文宗好五言诗，品格与肃、代、宪宗同，而古调尤清峻。尝欲置诗学士七十二员，学士中有荐人姓名者，宰相杨嗣复曰：今之能诗，无若宾客分司刘禹锡。上无言。李珏奏曰：当今起置诗学士，名稍不嘉。况诗人多穷薄之士，昧于识理。今翰林学士皆有文词，陛下得以览古今作者，可怡悦其间；有疑，顾问学士可也。陛下昔者命王起、许康佐为侍讲，天下谓陛下好古宗儒，敦扬朴厚。臣闻宪宗为诗，格合前古；当时轻薄之徒，摛章绘句，聱牙崛奇，讥讽时事，尔后鼓扇名声，谓之元和体，实非圣意好尚如此。今陛下更置诗学士，臣深虑轻薄小人，竞为嘲咏之词，属意于云山草木，亦不谓之开成体乎？玷黯皇化，实非小事。

李珏，为人“寡欲”，为官“忠荩”，死后赠谥“贞穆”。两《唐书》有传，载珏数次上疏言事，皆为国为民为君，观念极为正统。上文所述谏阻置诗学士事，其目的一为回护宪宗，一为肃清文风，更多的是为政治考虑，而不是文学。所谓“摛章绘句，聱牙崛奇，讥讽时事”的“轻薄之徒”，虽未明指何人，但衡之当日情形，似当以曾作有大量艳词和讽谕诗的元白等人为主，兼指曾作有两首《玄都观》绝句以讥讽权要的刘禹锡。又因“元和体”在宪宗朝颇为风行，故李珏特意拈出作为矢的，责之从苛，实际上则是一种泛称，并未落到实处。如果说，前引李肇之说以其出于补史目的而有欠切当，那么，李珏出于政治目的对元和体的泛称，同样缺乏说服力。

在第二种说法中有将元白一派诗人的创作视为元和体者，此说初见于严羽《沧浪诗话·诗体》。沧浪曰：“以时而论，则有……元和体”，其下注“元白诸公”。此“元白诸公”，当专指元稹、白居易二人及其流派成员。以他们指代元和体，较第一派论者将中唐诗文皆包罗于元和体内的说法前进了一大步，但因其泛指元白等人所有诗作，而未能在题材和体裁上有所区划，故仍一间有隔。

第二种说法中还有将元白等人乐府诗视为元和体者。南唐张洎《张司业诗集序》云：

> 公为古风最善。……元和中，公及元丞相、白乐天、孟东野歌词，天下宗匠，谓之“元和体”。

张籍诗最受重视的是乐府，白居易在其生前就予以高度评价，说他“尤工乐府诗，举代少其伦”(《读张籍古乐府》)。张洎在此是为张籍文集作序，自当突出其最具特色的一类作品。无论为帮助读者计，还是为作者宣传计，将张籍与元稹、白居易、孟郊并列，共用“元和体”之名，都有其功利性的一面，而不可遽视为科学定义。

第三种说法中将“元和体”界定为元白全部诗歌者，其源头可上溯至晚唐顾陶所编《唐诗类选》的《后序》与成书于五代的《旧唐书》。顾《序》云：

余为类选三十年，神思耗竭，不觉老之将至。今大纲已定，勒成一家，庶及生存，免负平昔。若元相国稹、白尚书居易，擅名一时，天下称为元白，学者翕然，号元和诗。

后晋刘昫等所撰《旧唐书》卷一六六《元稹传》云：

稹聪警绝人，年少有才名，与太原白居易友善，工为诗，善状咏风态物色，当时言诗者称元白焉。自衣冠士子至闾阎下里悉传讽之，号为“元和体”。

两则材料从表面看，都以元白二人全部诗作为元和体诗。然而，结合《后序》上下文可知，顾氏此处言及“元和诗”，只是为了说明元白诗在生前就影响极大，且有文集行世，故其书未选二人之作；而《旧唐书》作为一部史学著作，主要是从整体上对元稹的文学成就作概括性说明；二者均非从诗学角度对“元和诗”、“元和体”作严格界定，而属泛称一类。他们的解释有助于后人了解元白诗在当时的传播盛况与元和体得名的部分原因，却不足以成为研究元和体概念的原始起点。

将元和体界定为元白乐府诗也是第三种说法中的意见之一。北宋欧阳修等所撰《新唐书》卷一七四《元稹传》云：

稹尤长于诗，与居易名相埒，天下传讽，号元和体，往往播乐府。穆宗在东宫妃嫔近习皆诵之，宫中呼“元才子”。

《新唐书》此论与前引张洎之说对今人将讽谕诗纳入元和体颇具影响。但需注意的是：仅据其中“往往播乐府”一句即将“元和体”的主体视为讽谕诗，是否妥当？退一步讲，即使这种理解符合作者原意，那么，将“元和体”界定为元白乐府，也只是表明了宋人对此类诗的重视，而不能说明唐人尤其是元、白本人就是这样认识的（详见后文有关辩析）。从接受学角度看，我们可以将其视为“元和体”诗歌接受史流程中的一个环节，而不足以作为原始依据。

以上，我们对有关元和体的众多解说作了大致辨析，概略地指出了其所存在的问题：有的指称过于宽泛，使得“元和体”这一诗学概念因其无所不包而失去了特定的意义；有的主要是出于某种文学之外的目的而使用“元和体”，遂导致此一概念解说上的功利性和随意性，相应地偏离了文艺学方向；有的则因时间久远，语境变换，对此一概念外延、内涵的理解均已偏离了最初的意义指向，因此缺乏发生学意义上的可信性。此外，诸种说法对元和体的创作主体、类型、时间、特征等意义要素多语焉不详，因而也不具备科学定义的严谨性。

那么，什么是元和体的正解和确解呢？我们认为：元稹在《上令狐相公诗启》和《白氏长庆集序》中对“元和体”所作详细说明，是准确把握元和体这一概念的关键。尽管从传播接受学的角度看，对一种概念的理解在历史上屡屡发生变易已形成恒定规律，其中不无合理性与导致概念增殖的丰富性；它不仅让我们了解到该概念内涵与外延在不同时期的变易情形，而且有助于我们对特定概念作多角度多层面的理解，因而上述众说均有其存在的价值与合理性；然而，察终须得原始，溯流更宜探源，欲了解此一概念的原初内涵和形成背景，则必须借助发生学的方法，回到最初的提出者及其特定语境之中。只有这样，才能扫除雾障，正本清源。从这一意义上说，第一位在文章中使用“元和体”概念的元稹以及对其相关言论的详细解读，便不能不成为我们面对的最重要的对象和亟待解决的问题了。

二、“元和体”的原初内涵及相关辨析

在《上令狐相公诗启》和《白氏长庆集序》中，元稹将元和体界定为元白二人的两类诗作，即“小碎篇章”和“次韵相酬”的长篇排律，其说成为今天大多数第三种说法持有者的原始依据，众说之间的差别也仅在于对材料理解的不同。为明晰起见，试将历代学者对元和体的不同理解及其在认可元白诗这一大前提下的部分分歧予以量化统计，借以窥察总体态势。见表 2。

表 2　　历代学者对元和体不同理解的量化统计

指称	元和诗文	元白等诗	元白诗			
			全部诗	乐府诗	次韵倡和(排律)与小碎篇章	合计
所占数量	11	18	21	12	27	60
所占比率	12. 50%	20. 45%	23. 86%	13. 64%	30. 68%	68. 18%

表 2 的统计数据显示：从接受情况看，将“元和体”理解为元和诗文者仅占 12. 50%，理解为元白等人诗者占 20. 45%，而理解为元白诗者多达 68. 18%，已远超半数。这表明在千余年的接受史中，“元和体”即指元白二人之诗的说法最为论者承认和接受。进一步看，在承认元白诗为元和体基本内涵的大前提下，仍有一些小的分歧。如认为元和体是指元白全部诗者占 23. 86%，指元白乐府诗者占 13. 64%，指元白之次韵倡和诗与小碎篇章者占 30. 68%。其中后者所占比率最高，几达前二者之和。据此，我们有理由认为：元和体主要指元白二人所作倡和排律和小碎篇章是接受史中占主流的观点，而元稹之说也应是判断元和体原始内涵的最重要的依据。

为了证成这种说法，我们来看元稹对“元和诗体”的两次集中阐述：

> 稹自御史府谪官，于今十余年矣。闲诞无事，遂专力于诗章。日益月滋，有诗向千余首。其间感物寓意，可备曚瞽之讽者有之，词直气粗，罪尤是惧，固不敢陈露于人。唯杯酒光景间，屡为小碎篇章，以自吟畅。然以为律体卑下，格力不扬，苟无姿态，则陷流俗。常欲得思深语近，韵律调新，属对无差，而风情宛然，而病未能也。江湖间多新进小生，不知天下文有宗主，妄相仿效而又从而失之，遂至于支离褊浅之词，皆目为元和诗体。稹与同门生白居易友善，居易雅能为诗，就中爱驱驾文字，穷极声韵，或为千言，或为五百言律诗，以相投寄。小生自审不能有

以过之，往往戏排旧韵，别创新词，名为次韵相酬，盖欲以难相挑耳。江湖间为诗者，复相仿效，力或不足，则至于颠倒语言，重复首尾，韵同意等，不异前篇，亦自谓为元和诗体。而司文者考变雅之由，往往归咎于稹。

《上令狐相公诗启》(元和十四年)

予始与乐天同校秘书，前后多以诗章相赠答。会予谴掾江陵，乐天犹在翰林，寄予百韵律诗及杂体，前后数十章。是后各佐江、通，复相酬寄。巴蜀江楚间洎长安中少年，递相仿效，竞作新词，自谓为"元和体诗"，而乐天《秦中吟》、《贺雨》、讽谕、闲适等篇，时人罕能知者。然而二十年间，禁省、观寺、邮堠、墙壁之上无不书，王公、妾妇、牛童马走之口无不道，至於缮写模勒，衒卖於市井，或持之以交酒茗者，处处皆是。其甚者，有至于盗窃名姓，苟求自售。杂乱间厕，无可奈何。予尝于平水市中，见村校诸童，竞习歌咏，召而问之，皆对曰："先生教我乐天、微之诗。"固亦不知予之为微之也。又鸡林贾人求市颇切，自云本国宰相每以一金换一篇，其甚伪者，宰相辄能辨别之。自篇章已来，未有如是流传之广者。

《白氏长庆集序》(长庆四年)

这二则材料是目前所见对"元和体"的最早说明，历来为人重视。在《诗启》中，元稹依据内容和创作动机将自己的诗歌作品分为三类：即"感物寓意，可备曚瞽之讽"的讽谕诗、"杯酒光景间"的"小碎篇章"和"次韵相酬"的排律之作。下面试依次辨析之：

第一类作品亦即讽谕诗是否属于元和体？从以下三点来看，答案当是否定的。

其一，元稹认为元和体的主要特点在于它的传播广远，被人仿效。以此标准衡量元白二人旨在讽谕时政的讽谕诗和乐府诗，则其不仅没有广泛传播，甚至很少被时人知晓。元稹说自己此类作品"词直气粗，罪尤是惧，固不敢陈露于人"，可见在当时并无影响；至于白居易，其讽谕诗代表作《秦中吟》作于"贞元元和之际"(《秦中吟十首》序)，《新乐府》作于"元和四年为左拾遗时"，而至元和七年大体改定①。关于前者，前引《集序》已明言“时人罕能知者”；关于后者，白氏元和八年作《效陶潜体十六首》其六有言：“我有乐府诗，成来人未闻”；元和十年所作《读张籍古乐府》谓：“愿播内乐府，时得闻至尊”，都说明其时《新乐府》尚未进入广阔的传播领域。据日本学者下定雅弘考订，《新乐府》五十章是元和七年冬白氏在下邽最后完成的，丁母忧服除回京后曾给李绅看过，李是最早看到五十章全部的人，而且这些诗直到《白氏长庆集》问世的长庆四年才发表②。准此，则白氏《新乐府》进入广阔的传播领域已是长庆以后事，它与早在元和年间已被江湖间“新进小生”“妄相仿效”并由元稹于元和十四年即为之正名的“元和体”缺乏必然的关联。

其二，从这类诗的创作目的看，主要是“为君”而作，所谓“唯歌生民病，愿得天子知”（《寄唐生》）者是也。由于作者的期待读者主要是上层执政者，这就限制了此类诗的流播范围。白居易的《新乐府》固然有上佳之作，但因为在很大程度上把诗当作谏书来写，便导致了其中相当一部分作品在艺术上流于简单粗糙，缺乏真情实感，甚至是议论和说教的堆积。至于元稹的《新题乐府》，“则不独词义复杂，不甚清切，而且数意并陈，往往使读者不能知其专主之旨”，其“造句遣词，颇嫌晦涩，不似乐天作品词句简单流畅”。③ 既然二人此类诗作存在如上问题，则其未能在下层社会广泛流播且不为时人看好，便也在情理之中了。

其三，元稹《诗启》在述说了其讽谕之作因词直气粗而不敢陈露于人之后，用了一个非常明确的转折语句——“唯杯酒光景间，屡为

---

① 《新乐府》序前自注，《白居易集》卷三。关于《新乐府》的作年，陈寅恪先生认为作于元和四年，元和七年犹在修改，参见《元白诗笺证稿》第五章《新乐府》。

② ［日］下定雅弘：《白居易〈新乐府〉五十章——兼论其成立时期》，“中国唐代文学学会 1996 年西安国际学术讨论会”论文；亦可参阅袁行霈主编《中国文学史》第四编第七章《白居易与元白诗派》注解⑦，第二卷第 357 页，高等教育出版社 1999 年版。

③ 陈寅恪：《元白诗笺证稿》，上海古籍出版社 1978 年版，第 300～301 页。

小碎篇章，以自吟畅”。这里的“唯”，颇堪注意，它以明确的排他性和转折性语气表示上面所述并非重点，而以下内容才是自己要着意说明的部分，也就是所谓“元和诗体”的指称对象。换言之，“唯”字的功用当一直贯穿到前引《诗启》之末句，即“司文者考变雅之由，往往归咎于稹”。设若此一推断不误，则元稹两度提及的“元和诗体”自当指在元和年间影响极大并屡被时人仿效的“小碎篇章”和“次韵相酬”的长篇排律，而不应包括时人罕知的讽谕之作。

第二类作品亦即元稹明确指认为元和体的是“杯酒光景间”的“小碎篇章”。这些“小碎篇章”指哪些作品？古人并未指明，随着研究的日趋精密，这个问题渐渐引起了学者们的关注，出现了多种不同的意见。比如陈寅恪认为其中包括艳体诗，王拾遗认为大部分是元稹的艳体诗，罗宗强则认为小碎篇章就是元稹的艳体诗，而刘宁虽同意陈氏之说，实际所论却为元白后期所有近体诗，似将其中的短篇律绝都当成了“小碎篇章”。

那么，究竟什么是“小碎篇章”？从体裁上看，这类诗最令元稹担心的是“律体卑下，格力不扬”。“律体”即律诗的体式，亦即律诗。《元稹集》中诗歌分为古诗、古体诗、挽歌伤悼诗、伤悼诗、律诗、乐府诸类。“律诗”一类不仅包括八句律诗和排律，还包括四行的绝句。其中律、绝两类篇幅短小，容量不大，属于“小”而“碎”者，亦即《诗启》所谓“百韵至两韵律诗”中相对短小之四、八句律绝也。元稹《小碎》诗云：

> 小碎诗篇取次书，等闲题柱意何如。诸郎到处应相问，留取三行代鲤鱼。

“小碎诗篇”即“小碎篇章”；“取次”，随便任意；“等闲”，轻易随便，可见此类诗歌的创作并非郑重其事，字斟句酌，而是随心感悟，信笔写来。诗末句取汉乐府《饮马长城窟行》“呼儿烹鲤鱼，中有尺素书”意，以“鲤鱼”代称书信；诗既代书信之用，内容便与国家大事、理乱之道关系不大，而应如古诗所谓“上言加餐食，下言常相忆”，传达对对方的关心与思念，告知最近的经历与心情，具有世俗化、家常化、生活化的特点。同时，“鲤鱼”在古诗中多指男女间的书信往来，所以，“小碎篇章”中当有不少涉及男女恋情之作，元稹作于元和五年的《鱼中素》一诗可以为证。诗云：

重叠鱼中素，幽缄手自开。斜红馀泪迹，知着脸边来。

“鱼中素”者，即上引诸诗“中有尺素书”、“留取三行代鲤鱼”之意；而此“鱼中素”又“斜红馀泪迹”，则寄信人显系女性无疑。据宋邦绥注引《谢氏诗源》：“灼灼与河东人神通目授，不复可见，以软绢帕裹红泪寄之”①，可知这里用的是一段爱情典故，则这首诗自然也应列入艳情诗的范围；由于艳情诗题材的独特性，所以元稹此类作品除了上文言及的世俗化、家常化等特点，还具有私人化、情感化的特征。陈寅恪指出：“杯酒光景间之小碎篇章”。“实亦包括微之所谓艳体诗中之短篇在内。”②这是正确的；但从句法上看，他并不认为艳体诗就是小碎篇章的全部，除此之外还应包括哪些作品，惜未言明。

据前引《诗启》，元稹在说了杯酒光景间屡为小碎篇章后，还明确指出其创作的目的在于“以自吟畅”。类似的话，在白居易《与元九书》言及其杂律诗时亦有表述：“诱于一时一物，发于一笑一吟，率然成章”，“以亲朋合散之际，取其释恨佐欢”。元白交谊甚密，创作观相近，故白氏此论似也可作为理解元稹说法的参照。准此，是否可以认为，所谓“以自吟畅”，应是浅斟慢酌之际，面对山川草木、风云月露、人生世事，偶生感悟，醉饮清歌，吟哦赋诗，宣泄情臆；而与此相关的惜春悲秋、叹老伤穷、愁离恨别、思亲恋友等情怀也都可阑入“自我吟畅”的范围。倘若这种理解不致大误，则前述将艳情诗视作“小碎篇章”唯一内容的观点，就值得商榷了，而将“小碎篇章”与元白后期所有近体诗划等号的做法，也显得过于宽泛。

当然，“小碎篇章”是有其先天不足的。《诗启》所谓“律体卑下，格力不扬，苟无姿态，则陷流俗”，即指此而言。关于“律体”，元稹

---

① 参看《说郛》卷八十《谢氏诗源》。

② 陈寅恪：《元白诗笺证稿》，上海古籍出版社1978年版，第337页。

《进诗状》有言："自古风诗至古今乐府，稍近兴寄，颇近讴谣，虽无作者之风，粗中遒人之采。自律诗百韵至于两韵七言，或因朋友戏投，或以悲伤自遣，既无六义，皆出一时，词旨繁芜，倍增惭恐"，表现出明显的尊古体轻律体的倾向。白居易在《与元九书》中也明确声言杂律诗"非平生所尚者"，"他时有为我编集斯文者略之可也"，可见与元稹同心。古律之分，表面在于是否讲究格律属对，深层则在于是否存有兴寄和讽谕。古体之高在其内存讽兴教化之旨，多具风骨；而律体源自齐、梁，刻饰佻巧，隐没六义，乃是其体卑弱的根本原因。所谓"格"，即格诗，白居易《格诗歌行杂体后序》云："迩来复有格诗、律诗、碑志、序记、表赞，以类相附，合为卷轴。"以格诗与律诗相对，可见格诗即古体诗，格力即古体诗的骨力，它既指古诗因讽兴教化之旨而显示出的现实精神，也指其诗语建构的古朴劲直和矫健有力，二者合在一起，诗歌便有了"姿态"。"姿态"是针对"流俗"而言的，它是诗歌呈露的超凡脱俗、富有个性的磊落风貌；假如失去了这种富有个性的风貌，律诗便陷于流俗而缺少价值了。

那么，如何避免上述情况的发生呢？《诗启》道出了十六字箴言："思深语近，韵律调新，属对无差"，"风情宛然"，这便是元稹为"小碎篇章"开出的药方，亦即律诗应在审美方面力求达到的境界。所谓"思深语近"，当指诗歌创作应以对自然、人生、世态等的深邃思考为基础，立意与构思要深远超拔，而语言表现却需浅近畅达，即深入浅出之意。"韵律调新"，是对诗歌声律的强调。自杜甫始作拗律以来，中晚唐人多有效法，元白虽亦偶尔为之，但其创作的总体倾向却是极力追求律诗声律的和谐流美的。这种声律的和谐流美，在元稹的"小碎篇章"中表现最为突出，说明其中确实体现了诗人的自觉意识。至于"属对无差"，专指律诗在对仗方面的工稳妥帖。而"风情宛然"，则是对律诗整体风貌的一种追求，即律诗应思绪宛转，情趣盎然，具有风流华美的面貌和感动激发人意的力量。如上所言，元稹对古、近体的优劣长短非常清楚：古体之长在讽兴，其短在风貌质朴无华；近体之长在流美，其短在思想贫瘠薄弱。若将华美的言辞套在古诗身上，或把厚重的思想塞进律诗体内，而又缺乏李杜那样的才力，则如此取长补短的结果只能是古诗与律诗都丧失了个性，双双走向没落。

在元稹看来，最好的办法是扬长补短，而扬长应是更为重要的方面，因此其十六字箴言中只有“思深”二字涉及立意构思，其余皆是从艺术、审美层面作要求，他的主要目的在于：强化律诗的形式美①。

对于小碎篇章在思想意义上的先天缺陷，“思深”二字的药力如同蜻蜓点水，即使才大如元白，也往往流于轻率肤浅，何况江湖间新进小生，既才疏学薄，又东施效颦，最终导致了“支离褊浅”之作泛滥诗坛。

第三类作品是元白“次韵相酬”的排律之作，也是“元和诗体”的重要构成部分。这些作品篇幅不一，大型的长达百韵、百三十韵，中型的有二三十韵，小型的六韵八韵之作在两人集中也比比皆是；而其中影响最大、最为时人效仿和后人瞩目的显然是长达五百、千言的次韵排律。白居易在其“诗到元和体变新”句下自注曰：“众称元白为千字律诗，或号元和格”(《馀思未尽加为六韵重寄微之》)，独独将千字律诗拈出即为明证。一般来说，唐诗的和韵方式有三种：用韵，指按照原诗原韵部的字来协韵：依韵，指在用韵的基础上按照原诗原字来协韵；次韵，指在用韵的基础上按照原诗原字原序来协韵，次韵实为其中最难者②。据程大昌《考古编》卷七考证：次韵始于“梁天监中……武帝宴华光殿联句”；而唐代次韵的状况，谢榛《四溟诗话》卷二谓：“许敬宗《拟江令九日》三首皆次韵，初唐殆不多见”；《四库全书总目·松陵集》云：“依韵倡和……至唐代盛于元白而极于皮陆。”可见时至中唐，诗艺趋熟，次韵渐多，至元白为一关节，且此风至晚唐尚未衰歇。元稹《酬乐天馀思不尽加为六韵之作》“次韵千言曾报答”句下亦自注云：“乐天曾寄予千字律诗数首，予皆次用本韵酬和，后来遂以成风耳”，也可证明中唐时期，元白对促成“次韵”这种诗歌形式的成熟居功甚伟，并领导了当时的诗坛风尚。

---

① 参见钱志熙：《元白诗体理论探析》，《中国文化研究》2003 年第 1 期。

② (宋)刘邠：《中山诗话》云：“唐诗赓和，有次韵：先后无易；有依韵：同在一韵；有用韵：用彼韵，不必次。”《历代诗话》上册，第 289 页。后人也有将依韵、用韵视为一种者，参见《全唐诗大辞典》，语文出版社 2000 年版，第 497 页。

长篇排律主要有以下几方面内容：对至交好友的关心和思念，游山玩水或都市游冶的描写实录，面对世间悲欢离合的感怀，人生荣辱沉浮的沉思……由于篇幅的无所拘限，这些内容往往同时出现在一首诗中。复杂久远的事件，曲折跌宕的思绪，深沉细腻的情感，出之以从容不迫的铺排，娓娓道来，绝少约束；或收以雅正之情，成曲终奏雅之典美；或发乎不尽之叹惋，成回味悠长之隽永。如白居易《代书诗一百韵寄微之》，前半回忆两人同在长安时诗酒风流的生活，踏入仕途后的踌躇满志，文笔华丽张扬，极尽铺陈描写之能事；后半描述元稹被贬后环境之恶劣和心境之痛苦，情调转为哀婉感伤，最终收于叹老伤别，语尽情长，掩卷不绝。再如元稹《梦游春七十韵》，先写早年一段情感经历，将缘起、过程、余事一一坦陈；继叙与韦丛成婚的盛况和对其早逝的悼亡之情；最后回顾自己一生在情感与政治上的浮沉起落，笔调从起初的秾艳华丽转为庄重雅洁，结之以深长慨叹。

诗歌的表现内容直接取决于作者的创作动机与心态。元白的排律诗多是"赠答"、"酬寄"之作，其创作动机除有如同"小碎篇章"一般的代书与自我吟畅二端外，尚有戏投之意。白居易《和微之诗二十三首序》云："微之又以近作四十三首寄来，命仆继和，其间瘀絮四百字、车斜二十篇者流，皆韵剧辞殚，瓌奇怪谲。又题云：'奉烦只此一度，乞不见辞。'若欲定霸取威，置仆于穷地耳。大凡依次用韵，韵同而意殊；约体为文，文成而理胜。此足下素所长者，仆何有焉？今足下果用所长，过蒙见窘，然敌则气作，急则计生，四十二章麾扫并毕，不知大敌以为如何？夫劚石破山，先观镵迹；发矢中的，兼听弦声。以足下来章惟求相困，故老仆报语不觉大夸。况曩者唱酬，近来因继，已十六卷，凡千余首矣。其为敌也，当今不见；其为多也，从古未闻。所谓天下英雄，唯使君与操耳。戏及此者，亦欲三千里外一破愁颜。勿示他人以取笑诮。"①此序语气诙谐，将元白以诗相挑的游戏心态展现得颇为生动。前引《诗启》述及元白二人次韵之作有"戏

① 按：此序有"二十三"、"四十三"、"四十二"几组数字，易致混淆，可参看朱金城先生的有关辩证。见《白居易集笺校》第三册，上海古籍出版社 1988 年版，第 1465 页。

排旧韵，别创新词”，“以难相挑”云云，亦透露出诗歌游戏的意味。不过，深一层看，元白二人的此类作品又不可简单地以游戏之作视之，在其争难斗胜、呈技献巧的笔墨中，也还包含着一种创前古所未有、示来世以轨辙的意图。清人赵翼《瓯北诗话》卷四有言：“大凡才人好名，必创前古所未有，而后可以传世。古来但有和诗，无和韵。唐人有和韵，尚无次韵，次韵实自元白始。依次押韵，前后不差，此古所未有也。而且长篇累幅，多至百韵，少亦数十韵，争能斗巧，层出不穷，此又古所未有也。他人和韵不过一二首，元白则多至十六卷，凡一千余篇，此又古所未有也。以此另成一格，推倒一世，自不能不传。盖元白觑此一体，为历代所无，可从此出奇；自量才力，又为之而有余。故一往一来，彼此角胜，遂以之擅场。”这话说得切中肯綮。从元白角度看，二人自负才高，选择前贤忽视的领域，求新奇求变化，力图在开天之后诗坛盛况不再的情况下，另辟蹊径，开拓诗歌新天地，实可视作潜藏于他们内心深处的一大情结，亦为长篇排律创作的深层动因。而从当时接受者的角度看，新进江湖小生所钟爱的可能正是元和体中流露的游戏趣味，习作时变其本而加其厉，形成诗坛流弊。这始料不及的后果固然是元白不愿看到和不愿接受的，但他们却也实在无法将责任尽数推卸。

在表现艺术上，元白对排律创作首先追求的是“穷极声韵”。元稹《梦游春七十韵》用了七十个不同韵字，白居易《和梦游春诗一百韵》用足百韵，而《游悟真寺诗》更多达百三十韵；不仅如此，元白还常常在诗题或诗序中特意标明作品有多少韵，除了说明的意图，更含有一种自我矜夸的意味，而这种矜夸正昭示了二人对声韵的重视。其次，“别创新词”也是元白颇为用力的一个方面。如元诗《江边四十韵》中形容屋宅破败，有句“桥横老颠枿，马病裛刍茭。一一床点头，连连砌下泡”；形容修葺旧居，有句“隐锥雷震蛰，破竹箭鸣骹”。再如《纪怀赠李六户曹崔二十功曹五十韵》写自己的落寞情态，有句“有时鞭款段，尽日醉儚僜……闲随人兀兀，梦听鼓鼟鼟”。所用词语均生新怪奇。即使久蒙“浅切”之名的白居易也有此类生新艰涩之语，如《代书诗一百韵寄微之》有句“交贤方汲汲，友直每偲偲……正色摧强禦，钢肠嫉喔咿……金言自销铄，玉性肯磷缁”。这种情况虽然不多，但其存在证实了元稹所言“别创新词”确非虚语。如果说，开拓诗歌新天地是元白排律创作的深层原因，那么文场争胜就是元白排律创作的表层原因，而对“穷极声韵”的追求常常导致对某部韵字的竭泽而渔，为了迁就生僻韵字而“别创新词”则是这些原因的必然结果。综而观之，游戏化、技巧化和创新性，乃是此类诗作的显著特点。

由于体制阔大，形式翻新，技巧性强，长篇排律的影响较之“小碎篇章”有过之而无不及；但也由于篇幅的加长，对作者语言、声韵以及谋篇布局等方面能力的要求更高，因此时人的模仿往往出现“颠倒语言，重复首尾，韵同意等，不异前篇”等弊端，这种情形，恐怕也是元白不愿看到的吧。

三、“元和体”与接受学的关联

据前文对《上令狐相公诗启》和《白氏长庆集序》所作分析可知，在元稹那里，所谓“元和体”专指次韵倡和与小碎篇章两类作品，而这两类作品都可用以代书、自我吟畅或戏投，亦即都具有世俗化、私人化、情感化和游戏化、技巧化、创新性等特征。这些特征，是元和体诗得以广泛传播乃至被人效法的一大要因，而这种传播、效法反过来无疑又使这些特征得以强化乃至定型。就此而言，元、白所作元和体诗以及“元和体”之称谓便与传播、接受有了紧密的关联，在某种意义上甚至可以说，它们都是创作者与接受者交相影响、双向互动后的产物。

首先，从“元和体”的称谓看，最早即源于江湖间新进小生。元稹《诗启》中先说：“江湖间多新进小生，不知天下文有宗主，妄相仿效而又从而失之，遂至于支离褊浅之词，皆目为元和诗体。”再说：“江湖间为诗者，复相仿效，力或不足，则至于颠倒语言，重复首尾，韵同意等，不异前篇，亦自谓为元和诗体。”《集序》也明确指出：“是后各佐江通，复相酬寄，巴蜀江楚间洎长安中少年，递相仿效，竞作新词，自谓为元和体诗。”据此表述，可以确定：“元和诗体”这一概念的发明者应是当时无法查考的一位(群)“新进小生”，而使之首次见诸文献的则是元稹。我们知道，元和体诗的创作始于贞元、元和年间(详见下文论述)，直至元和十四年，元稹才正式对此类诗作的特点有所解释，可见他的关注是渐渐自觉的；其所以如此，与第一批接受者——新进小生的仿习成风，造成了引人瞩目的流传盛况关系密切。换言之，这一称谓的产生，与接受者的接受行为有着至为密切的联系。在上述引文中，元稹反复指出：“元和体诗”是江湖间新进小生自称对自己与白居易的模仿、效法之作，而他对此做法并不认同。也就是说，元稹并不认为时人的模仿之作是“元和诗体”，其潜台词当是：真正的元和体诗乃是他与白居易之作。元稹之所以要将自己和白氏之作与仿作划清界限，主要原因有二：一是这些仿作大都“支离褊浅”、“颠倒语言，重复首尾，韵同意等”，如果将己作与之混同，便降低了身份和层次；二是《诗启》的呈送对象是时任宰相的令狐楚，而此时元稹才从贬所返朝，既需获得在上位者对自己作品的赏识，又担心“司文者考变雅之由，往往归咎于稹”的事情会淆乱视听，故反复申明这些所谓的“元和体诗”确实与己无关，不过是那些“不知天下文有宗主”者的仿作和称谓而已。但实际情况并不这样容易撇清，“元和诗体”既然是传播接受中的产物，则作为传播源的元白诗便与之脱不了干系。

其次，从元和体的创作、传播与形成过程看，大致经历了元和(包括此前之贞元末)、长庆(包括此后之大和初)两大阶段。关于元和体产生的时间，《诗启》说是“自御史府谪官”之时，即元和五年(810)；《集序》说是“始与乐天同校秘书”时，即贞元十九年(803)。《诗启》作于元和十四年(819)，《集序》作于长庆四年(824)，从元和五年到长庆四年已有十五年时间，自贞元十九年至长庆四年则已长达二十二年，故元稹用“二十年间”概称之；而自长庆末至大和二年(828)，元白二人又数度唱和，前后相加，已是二十六年。在这二十多年间，依据元稹的自述及元白二人社会地位和创作情形的变化，可约略看出两大阶段的先后嬗变和差异：

第一阶段为元和十四年前，这是元和体诗创作和被仿效由发展到鼎盛的时段。其中又可分为三个时期：一是元和五年前，二人同在长安，过往极密，已有一些唱酬之作，而其大量艳词，亦为此期所作。二是自元和五年至十年，元稹被贬江陵，白居易独留长安并因丁母忧回归故里下邽三年，其间艳词创作减少，唱酬诗逐渐增多。三是元和十年后，白居易被贬江州，元稹转徙通州，著名的通江唱和由是形成，二人的唱酬创作达到全盛。据《诗启》、《集序》，元稹对元和五年前的创作未多提及，只是一笔带过，说明此期诗作传播的范围尚不广远；而对其元和五年"自御史府谪官"与始于元和十年的通江唱和则极力渲染，说明此二期诗作不仅传播广远，而且被大量仿效，形成了接受的高潮。进一步看，在元和五年至十年、十年至十四年这两个时期中，仿效者接受的重点也有不同：前一时期，因元白虽有唱酬，然长篇大作尚不多见，其传播于外的主要还是"杯酒光景间"的"小碎篇章"亦即以言情抒怀为主的"律体"，《诗启》所谓"江湖间多新进小生……妄相仿效而又从而失之……皆目为元和诗体"云云，当主要指此期对小碎篇章的接受和指称；后一时期，元白二人"或为千言，或为五百言"的长篇唱酬剧增，"穷极声韵"、"以难相挑"成为其主要特点，故"江湖间为诗者"遂"复相仿效"，"亦自谓为元和诗体"。这里的"复相"、"亦自谓"诸词语，已明确显示了仿效者的接受重点的变化，即从对"小碎篇章"的模仿转向了对长篇唱酬之作的效法。

第二阶段自元和末经长庆至大和初，元和体的创作和接受偏重于长篇唱和之作。此一阶段，元、白均已返朝，其身份由被弃逐的贬臣一变而为朝官，元稹甚至一度为相；其后二人虽分别出守越、杭等地，但占据方面，颇具风光，其政治地位已远非前一阶段所能比。由于身份、地位和处所、环境的改变，二人"小碎篇章"中的艳情之作较前减少，长篇酬唱仍在继续，甚至于越、杭二州间以竹筒贮诗邮递，号称"诗筒"，成为唐诗史上的一段佳话。其后白居易返京任职秘书监和刑部侍郎，二人又批量唱和，因继至三。凡此种种说明：元白此期的创作方向较前既有变化，亦有延续；随着政治地位的提升和诗歌接受史的惯性作用，其诗作的影响力大大增强，而前引《集序》所描述的接受盛况，也主要发生在这段时间里。

再次，从元和体的传播范围、方式和接受者层次、态度看，元和与长庆两大阶段也颇有不同。在元和年间，由于元白二人在朝官职不高，其后又长期谪居偏远处所，故其诗的影响力和传播地域都受到限制，仿效者主要是《诗启》所说"江湖间新进小生"，《集序》所谓"巴蜀江楚间洎长安中少年"。也就是说，元和年间元和体诗的传播地域大致在今江西、湖北、四川和陕西一带。此一阶段，元和体诗虽为下层江湖小生广为接受，但其接受行为更多地带有年青人特有的感性特征，他们主要是因了粗浅的审美快感、好奇心态、练习备考和追逐时尚的功利心走向元和体的，故而接受的方式仅有诵读、传抄、仿作等。与此相对，上层司文者对元和体诗的流传则有所不满，以至于"考变雅之由，往往归咎于稹"。

到了长庆至大和年间，接受者从文化层次来看已大大扩展，不仅有更多的青年士子，还有"王公、妾妇、牛童、马走"与"村校诸童"，高低贵贱各色人等几乎都被吸引。其地域范围也扩展至市井、乡村、驿路、邮亭，以至"自六宫、两都、八方至南蛮、东夷国，皆写传之"①。接受者层次的拓展直接丰富了传播接受的方式，除此前的阅读仿作传抄外，乡村学校也以之为教授内容；为了适应市场的需求，坊间亦开始刻售；部分文化素养较高的接受者对元和体诗风格特色的理解和把握已有相当的深度，以至外国宰相都可辨别真伪！《集序》谓"禁省、观寺、邮堠墙壁之上无不书"，允许在"禁省"等办公场所题录元和体诗，足见官方态度已大为软化；观寺历来是庄严肃穆的场所，但元和体诗歌也可公然攀墙上壁，可以推知宗教界对其并不排拒。简言之，此一阶段，接受者在人群层次，传播接受方式以及对文本把握的深度等方面显出了扩大、丰富、深化的趋势，元和体诗的影响得到了极大的增强。这种状况的形成，原因是多重的：有元白诗艺的日臻成熟，两人对元和诗体的渐渐重视与多番解说，两人文集的编定，新进小生的追捧跟风；但最重要和最直接的原因恐怕还是元白二人从贬所被重新启用。迅速提高的政治地位使得二人社会、文化地位也随之提升，此一变化直接造成了接受者对两人态度的改变：一般仿习者言必称乐天、微之，显以二人为诗坛领袖；时任宰相的令狐楚亲自向元稹索诗，誉之为"今代之鲍谢也"②，甚至穆宗也"前后索诗数

---

① 《白居易集》卷七〇《唐故武昌军节度处置等使……元公墓志铭》。
② 《旧唐书》卷一六六《元稹传》。

百篇，命左右讽咏，宫中呼为元才子”①。我们或许可以说，在第一阶段，主要是作品本身的特征对接受者的吸引造成了元和体诗歌在一定范围的盛行；第二阶段，则是作者、作品、接受者三方的合力将元和体诗歌的传播接受推上了另一波高峰。

最后，从元、白对元和体这一称谓的接受心理看，呈现出颇可玩味的两面性态度。一方面，出于尊古轻律的诗体观念，元稹认为“律体卑下，格力不扬”，似乎并未将同属律体的元和体诗看得很重；另一方面，当他面对元和体诗传播接受的盛况时，对于自己和好友的创作能够受到如此的推崇仍有着无法掩饰的自得。进一步说，即使同为律体，也有“格力不扬”与“风情宛然”之别。元稹说自己“常欲得思深语近，韵律调新，属对无差，而风情宛然，而病未能也”，在很大程度上不过是面对在上位者的自谦之语，实际上他不仅将之作为自己的追求目标，而且也很可能是对自己作品所达之境的一种宛转表述。与元稹相似，白居易一方面说“今仆之诗，人所爱者，悉不过杂律诗与长恨歌以下耳。时之所重，仆之所轻”(《与元九书》)，好像对“杂律诗与长恨歌”(其中包含元和体诗)并不重视；但在“诗到元和体变新”句下特别加注：“众称元白为千字律诗，或号元和格”(《余思未尽加为六韵重寄微之》)，语气又明显有自矜之意。事实上，元白这种自得与无奈交织的态度，在很大程度上与接受者蜂拥而拙劣的效仿有关，并对其此后的创作造成了一定影响。唐文宗大和二年(828)，白居易在《因继集重序》中追述自己与元稹二人递相酬唱，往来再三，忽然念及彼此已是发白齿落，却难舍章句，不禁生出“癖习如此之甚”的感叹。于是回顾前半生倡和诗的创作，自省道：“未忘少年时心，每因唱酬，或相侮谑。忽忽自哂，况他人乎？《因继集》卷且止于三可也。忽恐足下懒发，不能成就至三。前言戏之者，姑为巾帼之挑耳。然此一战后，师亦老矣。宜其櫜弓匣刃，彼此与心休息乎？”言语间对倡和诗创作中的轻率之举颇有悔意②；但自省归自省，对于

① 《白居易集》卷七〇《唐故武昌军节度处置等使……元公墓志铭》。

② 《白居易集》卷二三《酬微之》也说：“满袠填箱唱和诗，少年为戏老成悲。”

两人“和答之多，从古未有”的成绩仍是沾沾自得，所以《因继集》也必得作完卷之三方可结束。

综上所述几端，可将元和体在元和、长庆两个阶段的传播接受方式、地域、原因以及接受者层次、态度等作一简要归纳，详见表3：

表3　**元和体在元和、长庆年间传播接受之基本情形**

<table>
<tr><td colspan="2">时间</td><td>元和五年——元和十四年(第一阶段)</td><td>元和末年——长庆四年(第二阶段)</td></tr>
<tr><td rowspan="2">方式</td><td>传播</td><td>题壁</td><td>题壁、坊间刻售、村校教习</td></tr>
<tr><td>接受</td><td>阅读、仿作</td><td>阅读、仿作、伪作</td></tr>
<tr><td colspan="2">地域</td><td>巴蜀江楚间洎长安中</td><td>市井、乡村乃至海外鸡林</td></tr>
<tr><td colspan="2">接受者</td><td>新进小生</td><td>新进小生、王公、妾妇、牛童、马走、村校诸童</td></tr>
<tr><td colspan="2">民间态度</td><td>青年士子竞相仿效</td><td>不同层次接受者均持积极态度，元白名重其时</td></tr>
<tr><td colspan="2">宗教界态度</td><td>——</td><td>认可</td></tr>
<tr><td colspan="2">官方态度</td><td>不喜</td><td>认可</td></tr>
<tr><td colspan="2">被传播接受的原因</td><td>情感近俗，
审美趣味标新立异，
利于演习诗艺以备科考，
时风所尚
要之，是作品本身对接受者的吸引</td><td>前一阶段各种原因仍起作用，
元白创作日益成熟，
两人文集编定，刻售，
两人政治、社会、文化地位迅速提高
要之，作者、作品、接受者的综合作用</td></tr>
<tr><td colspan="2">元白对传播接受状况的态度</td><td>不满，夹杂些许自谦</td><td>自满，夹杂些许无奈</td></tr>
</table>

借助表3，不难看出元和体在元和、长庆两个时段传播、接受的概况

和异同。由于表中所列各项内容主要以《诗启》、《集序》及元白相关论说为据，因而元、白二人围绕元和体而表现出的传播接受意识便不能不引起我们的特别关注。

元、白二人对传播接受均具有突出的自觉意识。这只要看看白居易自元和十年(815)至会昌五年(845)三十年间七次自编诗文集，并于“家藏之外，别录三本”(《苏州南禅院〈白氏文集〉记》)，冀其“传于后……若集内无而假名流传者，皆谬为耳”(《白氏长庆集后序》)的做法和说法，便可以明白。至于他早年在《新乐府序》中所说“其辞质而径，欲见之者易谕也；其言直而切，欲闻之者深诫也；其事核而实，使采之者传信也；其体顺而肆，可以播于乐章歌曲也”，更是分别强调了语言须质朴通俗，议论须直白显露，写事须绝假纯真，形式须流利畅达，而所有这些，都是站在读者的立场来考虑的，都是为使其作品能够传播得更为深入人心、更为广远而设计的。日本学者有言：“白居易把传诵和保存最大限度的诗歌，始终作为自己的一种执著信念。”①可谓具眼之论。与白氏相比，元稹正堪伯仲。不言其它，即以前引《诗启》和《集序》二文而言，便不仅是站在接受、传播角度对自己与白氏所作元和体诗的一种自我评价和巧妙宣扬，而且在对元和体作规定的同时，已隐然发掘出了传播过程中的三个基本要素：

A：作　者——元稹，白居易

B：作　品——元和体诗

C：接受者——直接接受者：作为次韵相酬之一方的元稹或白居易

间接接受者：新进小生(仿作者)、司文者(评论者)、王公妾妇牛童马走、村校诸童(阅读者)……

这里的 A→B→C，虽还只是一个简单的传播接受链条，但已有明确的信源(创作个体)、信道(创作文本)和信宿(文本接受者)。由此向前稍作延伸，便可以勾勒出如下稍为复杂的传播接受流程图：

① ［日］西村美富子：《白乐天》，角川书店 1988 年版，第 24~25 页。

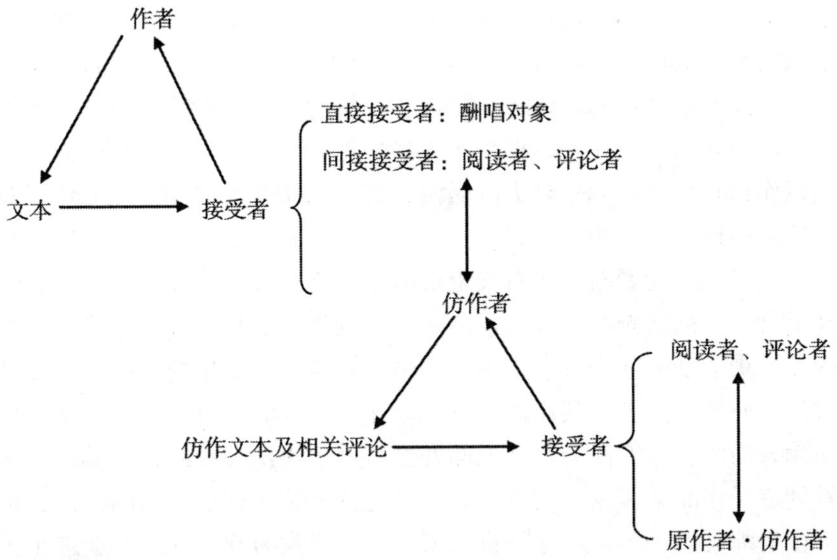

这里，传播和接受都不是单向度的，而是双向互动的：作者创作出文本，文本进入传播过程，便有了直接接受者(唱酬之对象)和间接接受者(包括阅读者、评论者和仿作者等)，于是形成传播接受的第一流程；再由接受者拿出仿作的文本和评论，进入传播渠道，便有了新的阅读者、评论者、仿作者和包括原作者在内的接受者，于是形成传播接受的第二流程。这样一个流程，就仿作者来说，是一个不断延续、不断接受影响、不断扩大队伍的过程；就原作者来说，则是一个不断得到反馈、不断修正创作方向并对接受者及其仿作发表意见的过程。于是，在仿作者和原作者之间，形成交互影响，一方面是仿作者的接受活动受制于文本和原作者，另一方面原作者因仿作者及其仿作文本又影响到自己的再创作，而这种再创作，正是新的一轮传播接受活动的开始。前述元和诗体的产生、发展和定型，便是这一过程的形象展现。

综上所论，我们认为：元和体诗是原作者与接受者合力作用并在传播接受规律制约下的产物，在它的形成过程中，表现出极为典型的接受学特征。这主要体现在三个方面：

其一，原作者受接受者影响而导致作品某一方面的特点更为集中、鲜明，为了引导或迎合读者的审美趣味而在创作方式、方向上发生一定程度的改变，因接受者期待视野的召唤而强化自己的创作动力。前述元和体诗的世俗化、私人化、情感化和游戏化、技巧化诸特点，以及元白二人在创作时“穷极声韵”、“别创新词”，使得诗歌篇幅越作越长，难度越来越大的做法，似都与接受者的期待和原作者对此期待的回应具有相当的关联。

其二，接受者在一定意义上成就了原作者及其作品的声名，有时甚至会为作品影响度的扩大带来革命性的推动。我们知道，接受者是传播接受活动中除作者、文本外的另一要素，接受学的一大功绩便是对读者亦即接受者及其作用的发现。作品是作者安身立命的资本，作品无人问津，作者便会默默无闻乃至被历史淘汰。因此，与其说是作者创造了作品并影响了读者，毋宁说是读者给了作品长久的生命，给了作者绵延的声名。从这一意义来讲，如果没有当日江湖间新进小生的狂热仿效和追捧，元和体诗恐难以形成今日所能看到的特点和规模，而如果没有来自这些接受者的发明创造，“元和体”的称谓不仅无从谈起，而且其对后世的影响度也会大大减低。

其三，接受者与原作者的互动或各自的作用力并不必然地指向同一方向。从原作者方面说，他们希望接受者做的自然是对自己作品的正确理解和成功仿效，亦即达到元稹所谓“思深语近，韵律调新，属对无差”、“风情宛然”之境；而从接受者方面说，他们之喜爱元和体诗更多的是因了它世俗化、情感化的特征和异于传统的形式技巧，所以其仿作自然多集中在元白轻浅华艳的词语和争难斗胜的游戏笔墨上，而相对忽视了元白的创新意图和诗美追求，遂导致舍本逐末，流弊斯行。这种情况，一方面说明有不同的接受者便会有不同的期待视野和接受取向，便会形成接受过程中的错位和变异；另一方面说明，接受过程犹如一柄双刃剑，它既可以扩大原作者及其作品的影响，也可以发挥意想不到的杀伤力，以致原作者反受其累。清人贺裳有言：“凡诗受累，大都不由于谤者，而由于谀者”①，钱锺书先生于此更

① 《载酒园诗话》梅尧臣条，《清诗话续编》，上海古籍出版社 1983 年版，第 414 页。

进一解，谓："诗文之累学者，不由于其劣处，而由于其佳处……盖在己则窃憙擅场，遂为之不厌，由自负而至于自袭，乃成印板文字；其在于人，佳则动心，动心则仿造，仿造则立宗派，宗派则有窠臼，窠臼则变滥恶，是则不似，似即不是，以彼神奇，成兹臭腐，尊之适以贱之，祖之翻以祧之，为之转以败之。"①这话说得是深刻的。综观整个中国诗史，不少名篇佳作即由于后人一再模拟仿效而失去了其原初的鲜活意趣，而仿效之作亦多归于庸滥一途。以尊之始，而以败之终，这种大大背离接受者原初意愿的现象，实已成为中国诗歌发展演进的一种阻碍，也成为接受者难以摆脱的一个怪圈。前述元稹对仿效者及其仿作的种种不满，以及现存元和体诗或浅俗或冗长等不少弊端，似也都可从这一角度去观察和思考。

【评　介】

尚永亮(1956—　)，河南长垣人，长于西安。1982 年毕业于陕西师范大学中文系，留校任教。1984 年、1987 年攻读中国古代文学研究生，获硕士、博士学位。1995 年评为教授，翌年担任博士生导师。2000—2007 年，先后任武汉大学中文系副主任、文学院院长。现任武汉大学珞珈学者特聘教授，教育部高等学校中文教学指导委员会副主任委员、中国唐代文学学会副会长、柳宗元研究学会会长、中华诗教学会副会长等。

《论"元和体"之原初内涵及其与接受学的关联》，收入其《唐代诗歌的多元观照》，湖北人民出版社 2005 年版；又载《文学评论》2006 年第 2 期。"元和体"是诗史上的重要概念，但从古至今，众说纷纭，莫衷一是。本文择其要者逐一梳理，探本清源，通过对元稹《上令狐相公诗启》、《白氏长庆集序》的细密解读，理清"元和体"的原初内涵，并对元稹、白居易所作"小碎篇章"和"次韵相酬"之长篇排律的内容、形式、特点、创作意图等逐一考察，对"元和体"称谓的产生，创作与传播、接受的时间，形成的过程，传播的范围、方式和接受者的层次、态度，元、白的两面心态及其趋于自觉的接受意识等，详加

① 《谈艺录》，中华书局 1987 年补订本，第 171 页。

考订和辨析，最后认为："元和体"与接受学具有紧密关联，其接受过程犹如一柄双刃剑，既在接受者与原作者间形成有力的双向互动，又因拙劣的仿效而导致大量庸滥作品的产生。而从终极意义上讲，没有接受者，元和体诗就难以形成完备的规模和传播的高潮，也就没有从唐代开始一直传到今天的"元和体"的称谓。

著者又与其弟子刘磊、洪迎华等合著有《中唐元和诗歌传播接受史的文化学考察》(武汉大学出版社 2010 年版)，运用接受美学的理论，从文化学的角度，按照中晚唐、两宋、金元、明清、近现代诸时段，描述元和诗人群在传播接受过程中的不同变化和情形，用文本分析、心理分析、文化分析、计量分析等方法，对元和诗歌与当时文学与文化之间的复杂关系作出多方位的观照。它改变过去接受史研究停留于静态的点式交待的做法，而代之以动态的曲线式的描述分析，翔实地探讨元和诗歌三大诗群在后代影响的变化历程，并总结出若干规律性的认识，发展和深化了文学接受的相关理论。其中有关元白诗派的内容篇幅最大，值得在此补充介绍。

《新校〈白居易传〉及〈白氏文集〉佚文汇考——以日本中世古文献为中心》

陈　翀

一、新校《白居易传》与白居易生卒年再考

日本文献学泰斗、原斯道文库文库长太田次男先生在研究平安时期文献所引白居易诗文时，曾经提到过《政事要略》卷六十一收有一篇中国不传的《白居易传》①。遗憾的是，由于太田先生文章着力于《政事要略》所收白诗文本文之研究，对这篇新出的《白居易传》并未予以详考。而且，太田先生虽然也对这篇传记进行了一些简单的文字校勘，但其所翻字本文不可读处还是甚多，句读亦有多可商榷之处。种种原因，时至今日，这篇新出的《白居易传》还是一直没有能够引起海内外学者的注意。

其实，《政事要略》并非一部文学性书籍，乃是一条天皇(980—1011)时明法博士令宗允亮(？—1009)所编撰的一部律令格式要文集，大致成书于日本长保四年(1002)。由此可知这篇《白居易传》的问世，比北宋嘉祐六年(1061)成书的《新唐书》所收《白居易传》至少还要早半个世纪。如果再考虑到从其撰出到传入日本被平安文人广泛接受再到被收入《政事要略》所需的时间，我们甚至还可以将其视为

① 参见太田次男：《旧鈔本を中心とする白氏文集本文の研究》中卷《四、所引本文の研究》之《(1)〈政事要略〉所引の白氏文集》，勉诚社 1999 年版，第 641～689 页。

与《旧唐书·白居易传》同一时期甚至更早的一级史料。令宗允亮还在文末按语中谈到当时平安贵族所用慧萼抄南禅院本《白氏文集》以及单行《讽谕诗卷》均在卷头附有此文①。而《政事要略》本身又是一部非常严肃的法律政令文书集。因此，如果这篇传记真的只是一篇文字混乱的奇闻怪谈，估计平安文人也不会将其附录于文集与诗卷之卷头，令宗允亮也不会将其收入到这部耗费了自己一辈子心血所编成的著作之中②。

基于此，笔者以太田先生所翻字的本文为基础，总合目前管见到的《政事要略》各种版本与校语，新校出以下之文章③：

> 白居易传云：白居易，字乐天，太原人也。或言其先秦将武安君白起后也。父钦④，通达三公，兼解文章。媵妾梁氏女，合卺之后，未几有娠。先是，梁氏梦与一大夫对语亲昵，共玩笔墨，语曰："我是天帝之孙也，感渠神慧，来作配疋，今降文星，拟为儿息。"梁氏既而怀孕，静居一室，心执端正，十一月间，披经阅传。诞生之时，忽闻钟鼓之乐，从天降来，铿锵之响，彻于屋宇。如是之事，孔是奇诡。大历四年岁也，(大历六年岁)次辛亥春二月十七日，生于新昌坊舍。然则准据

---

① 《政事要略》先抄录《白居易传》，接着又抄录了《苏州南禅院白氏文集记》，后加按语云："《文集》《鉴诫触类》载之，仍抄其传，兼载此说。"《新订增补国史大系》第28卷所收本，吉川弘文馆1972年版，第535页。

② 令宗允亮又名惟宗允亮。据考《政事要略》虽初编成于1002年，但直到1009年逝去之时令宗允亮还不断对这部书进行了修改。相关考证可参见和田英松：《本朝书籍目录考证》，明治书院1936年版；太田晶二郎《〈政事要略〉补考》，《太田晶二郎著作集》第二册所收，吉川弘文馆1993年版；木元好信、大岛幸雄编：《政事要略総索引》，国书刊行会1982年版。

③ 有关具体的校勘注记以及传中所记白母之姓氏、白居易成佛、作者以及文中典故等相关问题的考证，可参考拙著《〈政事要略〉所收の〈白居易伝〉を読み解く》，日本白居易研究会编：《白居易研究年报》第10号，勉诚社2009年版，第194~213页。

④ 此处按文脉之意或可解为"其父名'钦'"，但现存诸本均在此字之上标有训读"つつしむ"，由知古人将此句解为"其父为人谨慎"之意。

> 奇异之事非一，故名白居易，而字乐天。乐天未能言，试指之无二字，能不误语。六岁识声韵，十五志辞赋，二十七举进士，拔萃甲科。会昌五年，岁次乙丑冬十月十五日卒，于时年七十五，生大历卒于会昌。天子遣中使择取二百余帖策子，皆是诸子百家秘要抄注也。就中有乐天稿草诗书等未出世者也，言天下之事，得失分明矣。罗于红笺之中，点于青简之上。或曰："古则宝历菩萨下他世间号伏羲，吉祥菩萨为女娲。中叶则摩诃迦叶为老子，儒童菩萨为孔丘。今时文殊师利菩萨为乐天。"又曰："岁星为曼倩，文曲星为乐天焉。"

如上所述，这篇经过笔者重新校勘的《白居易传》(下文简称《白传》)，虽然还脱落了一大段文字，但现有部分基本上可以称得上文字通顺，应该比较接近其流传初始的面貌。另外，通读这篇《白传》，就不难知道这是一篇旨在神话白居易的传记，且其所记有关白居易的生平事迹，特别是对白居易生卒年之记载，与现在学界常识迥然有异。这篇未署作者之名的白居易传记，在现存诸多的白居易相关资料当中，无疑可算得上一篇异色之作。

白居易于大历七年(772)正月二十日诞生于郑州新郑县东郭宅，卒于会昌六年(846)，这已经可以算得上中国古典文学界的一个常识。可是另一方面，这篇《白传》又是现存白居易资料中唯一对其生卒年月日均有记载的文章。且其所记白居易于大历六年(771)二月十七日生于长安新昌坊宅，卒于会昌五年(845)十月十五日，详细到了具体的生日与卒日，却又令人隐约感到这不可能是一个毫无根据的捏造①。

如果对现存白居易相关的文献资料稍作翻检的话，就不难知道，

---

① 本文所参考白居易年谱及传记有如下之六种：(1)花房英树：《白居易研究》，世界思想社1971年版。(2)顾学颉：《白居易年谱简编》，《白居易集》第四册所收，中华书局1979年版。(3)朱金城：《白居易年谱》，上海古籍出版社1982年版。(4)罗联添：《白乐天年谱》，台湾"国立编译馆"1989年版。(5)蹇长春：《白居易评传》，南京大学出版社2002年版。(6)谢思炜：《白居易年谱简编》，《白居易诗集校注》第六册所收，中华书局2006年版。

现已成为学界常识之白居易大历七年诞生说其实并无任何直接的文献依据。查过去在研究白居易生年生地所依据的主要文献——《醉吟先生墓志铭并序》，其所记白居易生年竟然也是大历六年，与这篇《白传》恰好一致①。而且两文所记白居易之诞生地有所不同，还可以由此推知其所依据的并非同一来源。又据宋人陈振孙所言，其所见到的北宋苏杭诸本，亦均是记白居易出生于大历六年。其文如下：

> (代宗大历七年壬子)正月二十日，公始生于郑州新郑县东郭宅，见公自为墓志。新郑，公祖巩县府君所居也。杭苏集本皆作六年、岁在辛亥。而公尝有诗云："何事同生壬子岁，老于崔相及刘郎。"谓崔群、刘禹锡皆同庚，则非辛亥明矣。集本误也。生六七月，乳母抱立屏下，指之无二字，百试不差，见公《与元九书》(按：引文中下线为笔者所加，下同)②。

也就是说，至少从唐末到北宋，白居易出生于大历六年才是定说，而非现在学界所公认的大历七年。单从原始文献记录来看，显然《白传》所记时间更具有说服力！

而现今学界之所以甘冒篡改原始本文之大不韪来坚持白居易大历七年出生说，其根据的正是上引陈振孙之考证③。由上引文可以得知，陈振孙引白居易《花前有感兼呈刘郎中》诗中"何事同生壬子岁，老于崔相及刘郎"一句，指出"集本误也"，从而得出白居易生于大历七年的结论。姑且不论其考证是否正确，先让我们来看看其所引白诗之原文。此诗收于绍兴本卷二十五，那波道圆本卷五十五。绍兴本录其原文如下：

---

① 参见绍兴本《白氏文集》卷七十一，原文如下："大历六年正月二十日，生于郑州新郑县东郭宅。以会昌六年月日，终于东都履道里私弟，春秋七十有五。"

② 参见汪立名《白香山诗集》前附陈振孙《白文公年谱》，台湾"中华书局"1978年版。

③ 顾学颉《白居易集》所收《醉吟先生墓志铭并序》本文将"六"改成了"七"。

落花如雪鬓如霜，醉把花看益自伤。少日为名多检束，长年无兴可颠狂。四时轮转春常少，百刻支分夜苦长。何事同生壬子岁，老于崔相及刘郎。（自注）余与崔刘年同，独早衰白。

白居易在诗中先云自己与崔宰相（崔群）与刘郎中（刘禹锡）同生于"壬子岁"，即大历七年。又在自注中再次强调"余与崔刘年同"。一见言之凿凿，因此陈振孙才敢据此断定"集本误也"，亦为后人所深信不疑，奉为金玉真言。

但不知是有意还是无意，陈振孙并没有提到这首诗在北宋时就存在着几处非常重要的文字异同。这已为谢思炜《白居易诗集校注》所指出，其所施校语如下：

※　何事同生壬子岁　　"同生"《文苑英华》作"共同"
※　余与崔刘年同　　"年同"《文苑英华》作"同年"①

查《文苑英华》明刊本卷二百五十八所录本文为："落花如雪鬓如霜，醉拾（集作把）花看益自伤。少日为文（集作名）多检束，长年无兴可颠狂。四时轮转春常少，百刻支分夜苦长。何事共同（集作同生）壬子岁，老于崔相及刘郎。（自注）余同崔刘同年，独早衰白。"②如此一来，在讨论陈振孙推证思路是否正确之前，还有必要对其所引诗文是否就是白居易本人原文之问题作进一步的考证。

其实，现存于日本内阁文库之保留了唐抄旧貌的《管见抄白氏文集》第八册中亦抄录了这首诗，原文如下：

落花如雪鬓如霜，醉把花看益自伤。少日为名多检束，长年无兴可颠狂。四时轮转春常少，百刻支分夜苦长。何事共同壬子

① 参见谢思炜《白居易诗集校注》第四册卷二十五《花前有感兼呈崔相公刘郎中》诗校语，第2005~2006页。

② 参见《文苑英华》第二册，中华书局1966年版，第1297页。

岁，老于崔相及刘郎。(自注)余与崔刘年同，独蚤衰白。

《管见抄》所录文字与上述两本均有些异同，但事关白居易生年考证之最重要一句的"何事共同壬子岁，老于崔相及刘郎"却完全与《文苑英华》一致。也就是说，单以这句诗并不能确定白居易与刘禹锡及崔群同生于大历七年。要知道，古人在诗歌中对自己的年龄算法并不十分精确①。即使是白居易比刘禹锡要大一岁，但自降一岁对挚友称同年，也是古人交友中常有之事。由知陈振孙之考并非铁证，而是其所用诗歌文本存在着重大缺陷。

当然，近代学者也并不是没有对陈振孙之说进行再考证。但由于他们都没有注意到这首诗歌所存在的文字异同，因此均对陈说深信不疑。这就直接导致了近代学者所撰白居易年谱中均存在着不同程度的穿凿之处。比如朱金城撰《白居易年谱》将白居易中乡试举系为白居易 28 岁时事、将白居易致仕年龄系为 70 岁之事，这均与白居易以及元稹所留下的记载不符②。要说元白两人连中举与致仕的年龄都记不清楚的话，这是很难让人信服的。

其次，《白传》记白居易出生地为长安新昌坊宅，也正与谢思炜《白居易诗集校注》的考证吻合。《白居易诗集校注》第四册卷二十一《宿荥阳》诗"生长在荥阳，少小辞乡曲"句注云：

白氏故居在郑州新郑县。见卷十四《晚秋有怀郑中旧隐》(0709)注。朱《笺》引《醉吟先生墓志铭》(《白氏文集》卷七一)"大历六年正月二十日生于郑州新郑县东郭宅。"然此文岑仲勉、

---

① 古人之年龄之计算或有三说，也就是实际年龄(足岁)、实际年龄加 1 岁(即我们现在所谓的"虚岁")或实际年龄加 2 岁(现在还有很多地方保存了在"虚岁"上再挂一岁的算法)。对于此，今后还有必要根据具体作品作更细致的分类与考证。

② 白居易在《与元九书》(绍兴本卷四十五)中云"二十七方从乡试"，与《白传》所记相同，然现有诸年谱均系为二十八岁时事。又，诸谱系白居易致仕为会昌元年七十岁时事，但白居易《香山居士写真诗序》(绍兴本卷三十六)云："会昌二年，罢太子少傅，为白衣居士。"

陈寅恪均判为伪作。据白居易《故巩县令白府君事状》(《白氏文集》卷四六)，其祖父白锽大历八年殁于长安。可知其时白家居长安，居易亦当生于长安。此后移家新郑①。

对于谢思炜的考证，静永健作过如下之述评：

第四册《宿荥阳》诗(花 2230·谢 1434)首联云“生长在荥阳，少小辞乡曲”。在此句注中，谢氏先陈述了学界传统观点之“白氏故居在郑州新郑县”。紧接着又引用了朱氏笺校本所录《醉吟先生墓志铭》(花 3798)，提出这篇墓志铭早已被岑仲勉、陈寅恪判为伪文，其所云“(白居易)大历六年正月二十日生于郑州新郑县东郭宅”并不可信。此后，谢氏再根据白居易《故巩县令白府君事状》(花 1469)所记白锽大历八年五月三日遇疾殁于长安这一事实，提出了白居易应生于长安之新观点(此说在第六册所附《白居易年谱简编》中亦有言及)。由于当时白居易也只有两岁，又没有更详细的史料，因此目前还不可能再作进一步的落实。但这个新观点的提出，无疑具有极高的学术价值。我们期待学界今后能发现出更新的史料来巩固这一新观点②。

由静永师的评述可以看出，谢思炜所提出的白居易生于长安之观点也得到了日本学界一定的赞同。静永师还在文中提出期待今后有更有力的新资料来证明这个新观点。而笔者所新校出的这篇《白传》之记载恰恰就与谢思炜考证一致，为其提供了直接的文献依据。同时，谢考也有力地反证出这篇《白传》并非一篇无稽之谈。其所记内容，无疑

---

① 谢思炜《白居易集综论》之《白居易的家世和早年生活》中对此亦有详考，可以一并参照，中国社会科学出版社 1997 年版，第 157~210 页。

② 静永健：《謝思煒〈白居易詩集校注〉(全六冊、北京·中華書局)の刊行を賀す》，原载日本白居易研究会编：《白居易研究年報》第 10 号，勉诚社 2007 年版，第 246~263 页。拙译中文稿《谢思炜〈白居易诗集校注〉述评——兼祝其新刊发行》，载日本中唐文学会编：《中唐文学会报》第 14 号，好文出版 2007 年版，第 239~240 页。

值得我们今后再作进一步慎重的思索与考证①。

二、新见《白氏文集》佚诗与《长恨歌序》考

此处还可举出一则材料，来进一步证明《白传》所记白居易卒于“会昌五年十月十五日”之记载为史实。平安后期著名文人、大学寮博士大江匡房(1041—1111)之讲课语录《江谈抄》卷四“洗开蛰户雨飜雪，投出蟠龙水破冰”条下云：

> 古老相传，昔我朝传闻，唐有白乐天巧文。乐天又闻日本小野篁能诗，待依常嗣(京朝ィ)来唐之日所谓望楼为篁所作也。篁副使入唐之时，与大使有论不进发。会昌五年冬，乐天已亡，而后年也《文集》渡来，中篁所作相同之句三矣。“野草芳菲红锦地，游丝缭乱碧罗天”、“野蕨人拳手，江芦锥脱囊”、“元和小臣白乐天，观舞闻歌(音ィ)知乐意”等句也。天下珍重篁者也②。

文中所提到的“而后年也《文集》渡来”，指的是大中元年(847)日本入唐僧人慧萼将其转抄之南禅院本《白氏文集》带回日本一事。慧萼抄本其后成为了平安贵族文人所用《白氏文集》之定本。按照文章敘事之脉络可知，就是慧萼一行将白居易的死讯带回到了平安。此外，后文还要谈到，这条记载还为我们牵连出了白居易研究史上的一个过去完全没有注意到的问题，即白居易自编文集与现存诸本所存在着比较大的差异，应该收有比现存诗集(不包括后人所附的补遗卷)更多数量的诗文。

---

① 如根据这篇《白传》所记的白居易卒年，可以对通行本白居易集所收七十卷以外作品的真伪再作考证。

② 本文所引《江谈抄》文均以国史研究会 1914 年出版之翻字本为底本，同时还参照了川口久雄、奈良正一著《江谈证注》中的相关考证，勉诚社 1984 年版。又按：引文原为古日语时，为节省篇幅，均只引笔者所译文。下同，不再一一注出。

慧萼于会昌四年(844)奉日本皇太后之命入唐，除了邀请马祖一派名僧、杭州灵池寺齐安的得意弟子义空到日本首传禅法之外，还有一个重要任务就是抄写藏于苏州南禅院的七十卷《白氏文集》。通过今存金泽文库旧抄本所留下的十二条慧萼跋语可知，一行于三月中旬到南禅院，得到众寺僧的协助开始抄写《白氏文集》。一直到五月初南禅院被毁的前一刻，慧萼还在马不停蹄地校对这些抄卷。然而，当慧萼一行匆匆离开苏州赶到楚州时，港口已被推行毁佛政策的官府所查封，无法立即返回日本。直到大中元年(847)唐宣宗登基之后，慧萼才与义空一起将这些抄卷带回到了日本。白居易去世之时慧萼尚在大陆，而其与白居易的亲友诸如南禅院主事契元、元稹女婿韦询等人又交往甚密。因此，他所带回来的白居易之死讯，应该是非常准确的①。

慧萼抄本传入平安之后便立即成为了皇家贵族们的定本。一方面，这部文集抄本成为了日本皇族建构其灿烂多彩之平安王朝文化的最重要的基石；另一方面，白居易本人则诚如《白传》所云，在日本平安镰仓时期的文人之间一直被尊奉为了“文曲星”与“文殊菩萨”的双重化身。“文集”一词更是演变为了慧萼抄本之专有名词。人们将稍后传入日本的宋刻本称为《白氏文集》，以区别于慧萼旧抄本。对于此，江户著名学者松下见林(1637—1703)在其《异称日本传》卷上二中曾有过如下之论述：

> 慧萼抄本题曰：文集。太原白居易乃此本流布于世，故我朝古之人引《白氏长庆集》惟称《文集》。《源氏物语》《江吏部集》等俱曰《文集》，是也。其后，中国印本《文集》渡于我朝，尔来亦签称《白氏文集》，《咏歌大概》曰《白氏文集》，

---

① 参见拙稿《慧萼と蘇州南禅院本〈白氏文集〉の日本伝来——会昌四年識語を読み解く——》，《白居易研究年报》第9号，勉诚社2008年版，第123~144页；以及《中国の観音霊場〈普陀山〉と日本僧慧萼》，日本東アジア地域間交流研究会编：《から船往来——日本を育てたひと・ふね・まち・こころ》，中国书店2009年版，第177~188页。

是也，各知其所由矣①。

也就是说，如果真如令宗允亮所述，慧萼所抄《白氏文集》卷头已经附有这篇《白居易传》的话，这篇传记就极有可能是慧萼在白居易去世之后不久请人撰写的。而撰写这篇传记的人，又应该是与白居易极为亲密之人。也正因如此，这篇《白传》才被平安镰仓两朝文人看作奉白居易为文曲星与文殊菩萨之化身的最重要的文献根据，同时也成为了慧萼将白居易作为文殊与观音之合体菩萨供奉于普陀洛迦山之出发点②。.

另外，从时间来看，松下见林云藤原定家（1162—1241）《咏歌大概》所记《白氏文集》当是北宋前期刻本。从现存资料来看，这个刻本《白氏文集》除了因雕刻不善所产生的一些脱文误字之外，还与慧萼旧抄系统本之文集分帙有比较大的差异。慧萼抄本，也就是白居易自编系统本将全卷分为七帙，一帙又细分为十卷。如《政事要略》所引《白传》之后附抄的《苏州南禅院白氏文集记》就并在题目之上注明“文集　七帙第一”。“七帙第一”即卷六十一，与白居易在《苏州南禅院白氏文集记》云“有文集七帙”吻合。然而，日本战国时期著名儒将与藏书家细川幽斋（1534—1610）却指出，藤原定家所用《白氏文集》乃十帙本，其在《咏歌大概抄卷》中云：

第一帙七卷　三百三十首　第二帙七卷　四百七十二首　第一帙第二帙即言此事也。第三帙七卷　六百五首　一帙凡

① 《新著皇学叢書》第十一卷所收本，广文库刊行会 1927 年版，第 251～252 页。

② 参见拙稿《慧萼と蘇州南禅院本〈白氏文集〉の日本伝来——会昌四年識語を読み解く》，将《白氏文集》当作一部重要佛典，这也是平安镰仓时代日本文人的一个共识。另外，拙稿《慧萼东传〈白氏文集〉及普陀洛迦开山考》，还谈到慧萼于普陀山所尊奉的观音菩萨其实就是白居易的化身，《浙江大学学报》（人文社会科学版）2010 年第 5 期。从这一点看，这篇《白居易传》也极有可能就是慧萼将白居易奉为普陀观音之最根源的文献根据。

七卷共十帙①。

由知宋初《白氏文集》刻本虽仍为七十卷，但被分演为十帙，一帙七卷。细川幽斋在文中没有指出其文笔编次有异，由此又可推知这个本子还是保留了旧"前后续集"的形态。但其所记第一、二帙之前十四卷的作品数量，却已无异于现存诸本了。

之所以要作如上之考证，是想在这里强调一个东亚《白氏文集》传承史上的一个新事实：如果细川幽斋所看到的真是藤原定家所用宋刻本《白氏文集》的话，那么，这本《白氏文集》在形态上已经发生了较大的变动。如下文所要详述，这一变动还不是我们现在已知的"前后续集"到"前诗后笔"之体例上的调整，而是将前十四卷中一部分原有的白居易诗歌大量删出了本集。现存之《白氏文集》，包括"前后续集"之朝鲜旧活字本、那波道圆本与"前诗后笔"之南宋绍兴本、马元调刻本，其前十四卷的诗歌数量基本与细川幽斋所云一致，则可考虑均为从此本之基础上后再变化而出的后编本。

日中两国古文献中散见有大量《白氏文集》未收诗文，这已是一个不争的事实。故金子彦二郎博士曾从大江维时编《千载佳句》中辑得二十七联佚句②。据博士所考，大江维时卒于日本应和三年(963)，享年七十六岁，是平安中期最富有盛名的学者。他曾历任过文章博士、大学头、式部大辅、东宫学士、参议、中纳言等要职，还一直担任着天皇的《白氏文集》侍读③。其实，慧萼将南禅院七十卷本《白氏文集》带回平安之后，最先负责为天皇加点诠释这部文集的，正是大江维时的父亲大江千里。此后，《文集》侍读之职在大江家薪

---

① 细川幽斋：《咏歌大概抄卷》卷中，《歌学文库》(三)，一致堂 1910 年版，第 31 页。按：此文原为古日语。

② 参见金子彦二郎《增補平安時代文学と白氏文集——句題和歌·千載佳句》第三《千載佳句の研究》之第三章第二节《千載佳句に於ける白楽天の詩篇数》，艺林社 1977 年复刻本，第 436~444 页。

③ 参见金子彦二郎《增補平安時代文学と白氏文集——句題和歌·千載佳句》第三《千載佳句の研究》之第一章第一节《维時の小伝及び其の詩文·著作》，艺林社 1977 年复刻本，第 411~413 页。

火相传，由维时到齐光、齐光到定基、定基到匡衡、匡衡到举周、举周到匡房，讲读《白氏文集》成了大学寮大江一家的独门学问①。由此可以推断，大江维时编撰《千载佳句》所用底本无疑正是慧萼抄本。换句话说，也就基本可以确定，大江家所用慧萼抄本曾载有不少不见现存诸本的诗篇。

而北宋所传白居易旧诗卷中也保留了不少佚诗文，除了通行本已经收入的一些补遗作品之外，笔者还曾于宋代类书之中辑出白居易佚文《酥香(歌)》一篇(仅存故事大概)、佚诗《次韵》(元稹《八月十四夜玩月》之次韵诗)一首、佚句五联，而且引于《锦绣万花谷》之《酥香》还被标明出自"乐天集"②。由知与慧萼旧抄本同样，北宋亦有一本(从集名来看当为旧抄系统本)保留了不少现今诸本之不存的诗文。

除了以上这些佚诗文之外，笔者最近又在日本平安古文献有关江家所用慧萼抄本的相关记载中收集到了一些白诗佚句。如上文所提到的《江谈抄》之引文中"野蕨人拳手，江芦锥脱囊"一联就不见于现存诸本。考《和汉朗咏集》卷上《早春》记小野篁原诗如下："紫尘嫩蕨人

① 大江匡房的祖父大江匡衡之《江吏部集》卷中有诗云："近日蒙纶命点《文集》七十卷。夫江家之所为江家，白乐天之恩也。故何者，延喜圣代，千古、维时父子共为《文集》之侍读；天历圣代，维时、齐光父子共为《文集》之侍读；天禄御寓，齐光、定基父子共为《文集》之侍读；爰当今盛兴延喜、天历之故事，而匡衡独自为《文集》之侍读，举周未遇升，欲罢不能，以诗慰意。研朱仰风点文集，汗竹割鸡居武城。若用父功应赏子，老荣欲拟昔桓荣。"九州大学图书馆藏松平文库照片复制本。又，大江匡衡写此诗之目的也就是乞求天皇任命其子大江举周接替自己之侍读《文集》一职。大江举周不久如愿以偿，此后又将此殊荣传给了儿子大江匡房。由这段大江家的历史可知，大江家历代博士有关《白氏文集》的记载，可以说如实地反映历代天皇所用慧萼抄本之最真实的面目。

② 详考参见拙稿《宋代私撰類書所收の白居易逸文考》，九州大学中国文学会编《中国文学論集》第36号，2007年，第42~56页。辑录佚诗《次韵》全文为："光彩偏空轮欲满，青霄映出皎云端。纵绕唤得嫦娥下，不许人间取次看。"佚句依次为(1)"雾里不胜琼液冷，雨余惟见玉容低。冰肌玉骨钟琼萼，雪魄蟾魂孕秀根"(2)"杏园淡泊开花落"(3)"银台南畔路，始是到人间"(4)"林馆经春瑞气浮，当时曾约相车遊"(5)"剪绡裁锦一重重"。

拳手，碧玉寒芦锥脱囊。”①确实与白居易诗非常接近。且不论小野篁是否真的是在没有见到白居易原诗的情况下咏出此诗句的，至少大江家传承的慧萼抄系统本原载有这一佚句之事实，是毋庸置疑的。

除了“野蕨人拳手，江芦锥脱囊”一联以外，《江谈抄》还记录了一些慧萼抄系统本原有而今本没有的白诗，如卷四“菀花如雪同随辇，宫月似眉伴直庐　白(居易)”条下云：“此诗《文集》中有两所云云。在天宝乐叟长韵诗，又在四韵诗。”平安文人所云“四韵诗”专指四韵八句律诗，此处可以确认为指收于卷十四的《答马侍御见赠》诗。查卷十二收有《江南遇天宝乐叟》一诗，但未见有此句。由此可以推知，或是今存《江南遇天宝乐叟》诗有脱文，或是原集中另有一首“天宝乐叟长韵诗”。又，《江谈抄》卷四“蹈沙披练立清秋，月上长安百尺楼”句下注“文集　八月十五夜诗”，此联亦不见现存《白氏文集》。又知慧萼抄本原本还收有一首“八月十五夜诗”。以上佚句均注明出自慧萼旧抄系统之《文集》，可以推测出，慧萼抄本之作品数量应该与藤原定家所用宋本已经产生了一定的差距。

那么，这些散佚诗文又是从《白氏文集》的何处脱落出去的呢？笔者推测，其极大多数是有可能从卷十二“感伤四”中散佚出去的。金泽文库旧抄本卷十二之卷题记为：

> 文集卷第十二　大原白居易
>
> 歌行曲引　感伤四　杂言　凡八十五首(左旁小字注“二十九首　折本”)

也就是说，旧抄本卷十二原本应该收有“感伤诗”八十五首，而此后用来校刊的宋刻本则只有二十九首。“折本”所记校语之“二十九”正与今存诸本此卷收入的作品数一致，也与藤原定家所用宋本数量相同。由此可知，从白居易自编之慧萼抄系统本到校勘所用的“折本”

---

① 参见《伝藤原行成筆　御物和漢朗咏集》第一册，雄山阁出版株式会社1968年版。有关小野篁此句与白居易诗暗合之记载，还可参证传为西行所撰《撰集抄》卷八第一《篁任宰相事》。

之宋刻本，此卷曾脱落了多至五十六首的作品。而这些作品，大都为白居易所创作的“歌行曲引”，亦与现在所知的诸如《任氏歌行》、《酥香(歌)》《天宝乐叟长韵诗》等散佚白诗之诗体并不矛盾。

或有学者问，金泽本卷十二末转抄有慧萼跋语，乃慧萼系统之转抄本无疑。但其本卷亦只收入“二十九”首诗歌，与今存诸本并无异。那么，其卷头所云之“八十五首”会不会纯属一时之笔误呢？其实这是完全不可能的。金泽本抄成之后，曾经过了多次对校。如有误抄之处，或在字下注上“见消点”，再在旁边写上正字；或用胡粉(相当于今之修改液)直接涂盖误字，再在之上写上正确的文字。考此处并无任何涂改之痕迹，字里行间又无任何符号。且其右旁小注还明确标明为与折本所对校之文字异同，并非校改本文之语。由此可以断定，“八十五首”正是慧萼旧抄本之原文。

其实，今存之金泽本卷十二之所以只抄有与现存诸本无异的二十九首作品，乃是其卷帙本身另有玄机。笔者在大东急纪念文库对此卷进行实物调查时已感觉到，从抄录“真娘墓/长恨歌传”到“(长恨歌)遂令天下父母心，不”之五纸有些蹊跷。之后又从影印本中再次确认出“(长恨歌)遂令天下父母心，不”一纸与后一纸“重生男重生女”之粘接处乌丝底栏线差距甚大，极不自然，前纸可推定为后人裱入的后抄本①。再根据本卷两纸粘接各处所写入的训注，又可确定这五纸当

① 这与日本古抄卷之制作方法有所关联。日本古抄卷轴一般有两种形态：画有乌丝栏(大多用来抄写汉诗文)与没有乌丝栏(大多用来抄写和歌类的假名作品)。但两者于制作书写之时均有严格的规定。没有乌丝栏的抄卷，一般会使用一种被称为“丝挂”的道具(按照纸的大小先做一个木框架，在按照所要书写的行数在木框里传入细线)覆盖于各单张纸之上进行书写，以保持装裱之后各纸间天地及行数的一致。而画有乌丝栏的抄卷，则一般是先在一模纸上画上乌丝栏，然后将其放在所要书写的纸叠之上，用细针穿透各栏线的接头之处，于下面所要书写的各纸之上留下表示栏线的“指示穴”。这样的话，各纸在画上乌丝栏时天地栏线就不会出现偏差，行数也会保持一致。也就是说，如果是同一时期抄写的纸张，其装裱成卷轴之后绝无可能出现天地栏线大幅度不一致的现象。关于此，可参照櫛司節男著《書庫涉猟　書写と装訂正》之第二节《書写と道具》，东京印书馆 2006 年版，第 44~54 页。

是嘉祯二年(1236)以"唐本(宋刊本)"重校之时所补贴入①。随后，笔者又将此卷与日本现存白居易《长恨歌》单行卷(正确的应该称之为陈鸿《长恨歌传》单行本)对校，发现《长恨歌》原题《长恨歌并序》，与《琵琶引》一样，诗前还附有一篇简短的序文。这样一来，就可推知，此处原来五纸当抄有白居易《长恨歌序》以及其他五十六首诗歌。嘉祯二年(1236)重校之时，为与"折本"体例保持一致，将原来五纸剪去，再将新写入陈鸿"长恨歌传"之五纸贴入。金泽文库旧抄卷本属于当时镰仓幕府之宋学发源地称名寺僧侣学习用的转抄本，其配合宋本作如此之改动也是情理之中②。又，从其卷中施有大量的训读与文字校对的情况还可看出，现存这些抄卷还并非寺中"定本"。称名寺还应藏于此本之无校注训点的白文祖本(如《集注文选》残卷)。只是由于时间久远，祖本亦已散佚，也就导致了原存于慧萼旧抄本之《长恨歌序》以及其他五十六首"感伤诗"和宋本一样，永远地消失于旧抄系统本之外，仅在同时期之其他的文献资料中留下了一些吉光片羽。

至于宋人为何要将白居易原序从《白氏文集》中删去，而代之以陈鸿《长恨歌传》；镰仓文人为何又要参照宋本对慧萼旧抄本进行改篡；现存日本镰仓旧抄《长恨歌传》单行卷中《长恨歌序》之系统等问题，笔者将另作专论予以详考。此处兹抄录散佚于大集之外而又不为中国学者所知的《长恨歌序》于下，以先供

---

① 这种将原卷剪开贴入他纸的现象也存在于其他金泽文库旧抄本卷帙之中。如静永健曾经指出，其卷六十五所收《咏老赠梦得》一诗，根据东京国立博物馆所藏旧抄本卷六十六可以确定，此诗原当是排于卷六十六之卷末倒数第四首。静永健还在对此卷的实物调查中发现，金泽文库旧抄卷写入此诗的纸张与其他稍异，考为嘉祯二年第二次校勘时据"折本"所补入之别纸。详考参见静永健《東京国立博物館蔵古筆残巻〈白氏文集卷六十六〉の本文について》，日本中国学会编：《日本中国学会报》第55集，2003年，第226~239页。

② 有关金泽文库以及称名寺还具备镰仓幕府学校教授宋学之功能，可参见拙稿《两宋时期刻本东传日本考——兼论金泽文庫之创建经纬》，《西华大学学报》(哲学社会科学版)2010年第3期，第35~43页。

大家讨论①：

长恨歌一首　并序　白舍人

长恨者，杨贵妃也。既葬于马嵬，玄宗却复宫阙，思悼之至，令方士求致其魂魄。升天入地，求之不得。乃于蓬莱山仙宫，忽见素貌。惨然流泪，谒使者曰："我本上界诸仙也。先与玄宗有恩爱之故，谪居于下界，得为夫妇。既死之后，恩爱已绝。令汝求我，恩爱又生，不久却于人世得为配偶，以是为恨耳。"使者曰："天子使我至此，既得相见，愿得平生所玩之物，以明不谬。"乃授钿盒一扇、金钗一般与之，曰："将此为验。"使者曰："此常用之物，不足为信。曾至尊平生有何密契，愿得以闻。"答云："但云：七月七日夜长生殿私语时，曾复记否？"使者

① 此处文字以龙门文库藏清原宣贤笔《長恨歌・琵琶行》抄卷为底本，阪本龙门文库复制丛刊之四附册，1963年。此外，此《长恨歌序》还见于正宗敦夫文库本《長恨歌》正安二年(1300)抄本、三重大学学艺学部藏《長恨歌琵琶行注》享禄四年(1531)以前抄本、京都府立图书馆藏《長恨歌伝・長恨歌・琵琶行・野馬台》庆长(1596—1615)古活字本、安田文库藏《長恨歌伝》古活字本、神宫文库藏村井古严献刻本(《長恨歌序》为抄入)、贞享元年(1684)刊《歌行詩諺解》等本。另外，阳明文库藏外记入道雪庵讲、日重注《長恨歌琵琶行聞書》云："此序乐天之自序也。"(原文为古日语)，《歌行詩諺解》亦有相同注语。过去日本国文国语学者多认为此序乃伪作，但究竟为何人所作又各有臆测。且究其论据，一是多举此序不见于宋本，二是认为金泽文库旧抄卷不收此序。盖不知宋刻原非白居易自编之原貌。又不审金泽本于重校之时已遭改动。因此，在没有更有力的文献证据来推翻此序非白居易之原作之前，我们应该尊重古文献之原始记录，将其视为白居易之原作。日本方面对于此序之研究专论也极少，管见之内，日本方面只有以下之四篇专论(不包括各旧抄以及刊本的解题)：三条西公正《古写本長恨歌に就きて》，《文学》第2卷第6号，岩波书店1934年版，第949~955页；福田襄之介《菅宗本长恨歌古写本をめぐる問題》，东京支那学会编《東京支那学報》第8号，1962年，第77~87页；近藤春雄《長恨歌・琵琶行の研究》第一章第三节《長恨歌の序》，明治书院1981年版，第110~127页；太田次男《〈長恨歌序〉の成立》，《旧鈔本を中心とする白氏文集本文の研究》下卷所收，第409~435页。大陆方面则有胡可先、文艳蓉《论〈长恨歌〉的序与传》一文，《社会科学战线》2008年第5期，第89~95页。

还，因以钿盒金钗奏御，玄宗笑曰："此世所有，岂得相怡?"使者因以贵妃密契以闻。玄宗动绝良久，语使者曰："乃不谬矣。"今世人犹言："玄宗与贵妃，处世间为夫妻之至矣!"歌曰：(其下换行录长恨歌本文)

白居易这篇序言开篇即明言"长恨"乃贵妃之恨。又于文中云"不久却于人世得为配偶，以是为恨耳"，指明此"恨"乃杨贵妃不可再重返人间，重续玄宗之白头偕老前约之"恨"。最后在篇末再次点题，云"玄宗与贵妃，处世间为夫妻之至矣!"这些叙述，正与《长恨歌》所咏浑然一体①。如果能进一步落实这篇序文为白居易亲笔所作的话，悬案至今的《长恨歌》主题之争，是亦可作一个终结了。

三、《白氏六帖》成书时期与新见《白氏洛中集序》佚文考

由上文考证可知，现存《白氏文集》散佚出了大量的"感伤诗"。其实，在白居易研究之中，对于《白氏文集》以及白居易之相关著作等问题还存在着其他许多疑问，比如，《白氏文集》卷五十四、五十五所收制策文是否为伪文之问题；《白氏六帖》是否为伪作等问题。而本文所提到的《白传》以及日本所存的一些古文献资料，也为我们解决这些问题提供了一些非常重要的线索。

有关《白氏文集》卷五十四、五十五所收制策文是否为伪文之问题，过去一直为学界所争论不休的一则悬案。直到最近谢思炜发表了《拟制考》一文，才明确指出这些制策均应为白居易亲自所作之拟制②。让我们来看看《白传》"天子遣中使择取二百余帖策子，皆是诸子百家秘要抄注也。就中有乐天稿草诗书等未出世者也，言天下之

① 拙稿《友の亡妻に代わって詩を賦す白居易——元稹の妻韋叢の死とその悼亡唱和詩一》曾通过元白之韦丛悼亡唱和诗以及梦游春唱和诗的考证，指出《长恨歌》之主题乃是超越了传统之帝妃爱情故事，将唐玄宗与杨贵妃之爱情升华到了人间最伟大的夫妇之爱，也正好与此序所言一致。日本中国学会编：《日本中国学会报》第59集，2007年，第109~123页。

② 参见谢思炜：《拟制考》，《文学遗产》2009年第1期，第42~50页。

事，得失分明矣。罗于红笺之中，点于青简之上"之语，其中一句之"就中有乐天稿草诗书等未出世者也，言天下之事，得失分明矣"，无疑正是指明白居易曾在宫中创作过大量没有公开的"拟制"，这就为谢思炜论证提供了直接的文献依据。附言一句，其实宋人已经知道《白氏文集》中存在着大量"拟作"，如《文苑英华》卷五百《策》所收白居易《议祥瑞辨妖灾》篇后注云："此下五篇，并于白居易集准备制科七十五门中摘取，其问答皆居易拟作。"①由是还知宋刻本《白氏文集》或还曾将《策林》之四卷列为"准备制科"，与今存诸本又是另一番面貌了。

还要引起我们注意的是，《白传》所云之前一句"天子遣中使择取二百余帖策子，皆是诸子百家秘要抄注也"，当是指白居易之《白氏六帖》。从这段记载可知，《白氏六帖》并非白居易身前所亲自编撰的。而是其去世之后，登基不久的唐宣宗命中使收集其原在宫中所留下的、为撰写策文奏章而抄录的"诸子百家秘要"草稿汇集而成的遗作。这样一来，就不难理解为何白居易本人没对此书予以过记录。傅增湘《宋本白氏六帖事类集跋》云："按晁氏《郡斋读书志》、陈氏《直斋录解题》皆载六帖三十卷，惟陈录引唐志作《白氏经史事类》，一名《六帖》，又据《醉吟先生墓志铭》言著事类集要三十部，时人目为白氏六帖，是六帖之名乃当时所加，非白傅旧题也。"②傅氏虽不知此书本编成于白居易死后，但指出《白氏六帖》之书名乃后人所加，却也正好与《白传》暗合。而曾一度得到了日本学界认可的故花房英树博士之以《白氏六帖》中罕见佛典而推定其为元和六年以前所编的观点，则可据这则记载予以彻底否定③。其实《白传》中这段话说得很明白，非常明确地指出这些"诸子百家秘要抄注"乃白居易于宫中为写作制策文所抄录的参考资料。其不录佛典类语言，也就不足为怪了，这亦

---

① 参见《文苑英华》第三册，第2562页。

② 参见《白氏六帖事类集》前附傅增湘《宋本白氏六帖事例类集跋》，台湾新兴书局1969年版，第4页。

③ 花房英树《白氏六帖について》，广岛文理科大学汉文学会《漢文学紀要》第3号，1949年，第28~45页。

与唐初类书诸如《北堂书抄》之体例相符。

另外，在过去的《白氏六帖》研究之中，还曾有学者认为《白氏六帖》原本无注，今本注记可考虑为晁仲衍所补入①。其实这个问题也可以从《白传》之记载中得到解决。《白传》明记其为“抄注”，则其原稿当已有本文之抄文与白居易之注文之明确区别了。山崎诚先生曾将傅增湘旧藏天理图书馆藏南宋前期刊本、陆心源旧藏静嘉堂文库藏北宋刊本、台湾“国立中央图书馆”藏《新雕白氏六帖事类集添注出经》三十卷之三本所使用典注进行对校，得出晁仲衍之前《白氏六帖》就已当存在着部分注记②，此结论正与《白传》所云相符。此外，《白传》还明确指出原稿“抄注”只有二百余门，与《醉吟先生墓志铭》中所云“又著事类集要三十部一千一百三十门，时人目为白氏六帖行于世”之记载出入甚大。这又可落实《醉吟先生墓志铭》当如岑仲勉、陈寅恪二先生所考之伪文。而且，通过两文于《白氏六帖》记载之比较，我们还可以确定，《醉吟先生墓志铭》当作于晁仲衍增补《白氏六帖》行世之后，其被编入卷七十一，也可断定为宋仁宗朝之事了。

又，《白氏六帖》虽不见著录于《日本国见在书目》，但笔者发现其在平安中期著名文人源为宪于日本宽弘八年(1011)编撰的《世俗谚文》一书中已有被引用。其“老将智而耄及之文”条下注：“白氏六帖云，谚曰：可谓老将智而耄及之者。注云：赵孟之谓乎。”③这则引文的发现，一可以证实晁仲衍增补之前的《白氏六帖》原稿本就有抄、注之分。二是这则文字现被收于《白氏六帖》卷十七“老第二十五”门，其文云：“谚曰：可谓老将智而耄及之者，赵孟之谓乎。”④可以看

---

① 有关日本学界之《白氏六帖》的研究概况，可参见下定雅弘《戦後日本における白居易の研究》第四章《賦・文・白氏六帖の研究》，太田次男、神鹰德治等编《白居易研究講座》第七卷《日本における白居易の研究》，勉诚社 1993 年版，第 165~176 页。

② 参见山崎诚《白氏六帖考》，《白居易研究讲座》第二卷《白居易の文学と人生Ⅱ》，勉诚社 1993 年版，第 331~349 页。

③ 《世俗諺文》今仅存上卷，原卷为日本国宝。本文所用底本为古典保存会 1931 年观智院藏版复制本。

④ 《白氏六帖事类集》第二册，第 715 页。

出，晁仲衍在补注《白氏六帖》之时，存在着将白居易注文与本文混同的现象。这也难怪后人会误认为《白氏六帖》当初乃无注之本了。

谈到《世俗谚文》，其中还另有一则非常重要的引文，即提及了不为学界所知的《白氏洛中集序》之存在。其“文士数奇，诗人薄命”条下注文云：“白氏洛中集序云：古人有言曰：文士数奇，诗人薄命，诚哉斯言！”查今存诸《白氏文集》均未收有题为《白氏洛中集序》的序文。考白居易《序洛诗》云：“世所谓文士多数奇，诗人尤薄命，于斯见矣。”又云：“以其多矣，作一数奇命薄之士亦有余矣。”文与《世俗谚文》引文虽然相近，但显然并非同一文章。且《序洛诗》为白居易于大和八年(834)时所作，此时仅收诗四百三十二首，不过一时之编集，不可能以之为全书总序。再据《香山寺白氏洛中集记》“白氏洛中集者，乐天在洛所著书也。大和三年春，乐天始以太子宾客分司东都，及兹十有二年矣。其间赋格律诗凡八百首，合为十卷。今纳于龙门香山寺经藏堂”之记载①，可知此书最终编成于开成五年(840)。《香山寺白氏洛中集记》是奉纳《白氏洛中集》之时的碑记，因此《世俗谚文》所引之《白氏洛中集序》才应是白居易于开成五年为编撰好的《白氏洛中集》所写序文。但此文是否当初收入了大集，由于白居易自编之最后五卷已不存世，也就无法再作更深入的追究了。

其实，源为宪在编撰《世俗谚文》这部书时就是模仿了《白氏洛中集》之编撰方针。其序文云“但有讳于代，有惮于言之类，舍而不取，是白氏洛中集惯例”。虽然还不能断定这段文字是否就是《白氏洛中集序》之直接引文，但至少我们可以据此看出，白居易在编撰《白氏洛中集》时曾将其认为“有讳于代，有惮于言”的文字摒弃于集子之外，并在序中予以了明记。可见其在编撰《白氏洛中集》之态度与编撰大集之态度又有所不同。可以说，《世俗谚文》中有关《白氏洛中集》的记录虽只有短短两条残文，但无疑是考察晚年白居易之思想动态以及文集编撰态度之最重要的原始资料，字字千金，其文献价值不容轻视。

---

① 顾学颉校点：《白居易集》卷七十一，中华书局1979年版，第1499页。

四、结　论

如上所述，本文着重以新校出的《政事要略》所收《白居易传》为中心，再结合其他诸如《世俗谚文》、《江谈抄》等日本古典文献资料中所见的白居易及《白氏文集》之相关记载，对白居易之生卒年以及《白氏文集》佚文、《白氏六帖》成书时间、《白氏洛中集》佚文及编撰方针进行了考证，得出以下几点结论：

其一，白居易之生卒年应从新校出《白居易传》，其生年为大历六年(771)二月十七日，生于长安新昌坊宅；卒年为会昌五年(845)十月十五日。现存诸白居易年谱有关生卒年的系年乃出自宋人陈振孙的误考，应予以订正。今后，我们有必要根据这个生卒年对白居易年谱以及作品系年作一些必要的调整。

其二，通过对从最早载有此《白居易传》之慧萼旧抄南禅院七十卷本所散佚出去的白居易诗文的收集考证，可知在两宋时期曾对文集之卷十二进行过调整。因为这一调整，陈鸿的《长恨歌传》进入《白氏文集》，而原附于歌前的白居易自序以及其他五十七首“感伤诗”被调整出大集，为何要进行如此调整，还有待进一步考证。这个被调整后的本子其后成了现存诸本之祖本。而过去一直被认为属于慧萼抄系统本的金泽文库旧抄卷十二，其实也在1236年第二次校勘时为了配合宋本体例而遭到了篡改。被调整出去的部分诗歌佚句现散见于各种古文献中，《长恨歌序》则被完整地保存在日本所传《长恨歌传》单行抄卷之中。这篇《长恨歌序》的发现，可以帮助我们认清白居易《长恨歌》的创作意图。

其三，《白居易传》中的记载还为我们提出了解决《白氏文集》中的伪作和《白氏六帖》成书经纬等问题的重要线索。《白居易传》明确指出白居易存在着大量没有公开的“拟制”，还指出《白氏六帖》乃是白居易死后，唐宣宗命中使收集白居易为写作奏状策文而留下的“诸子百家秘要抄注”草稿所编撰而成的。其原始形态为有抄有注，只有二百余门，规模并不大。此外，保留了一条原编《白氏六帖》引文的《世俗谚文》，还保留了一些有关《白氏洛中集》的珍贵材料。这些材料向我们揭示，白居易在《白氏洛中集》最后成书之时还写作了一篇现在不为人所知的《白氏洛中集序》，而其“但有讳于代，有惮于言之类，舍而不取”之编撰方针，不但直接影响到了平安文人的编书态度，还对我们认知晚年白居易之思想动态以及文集编撰意图，具有非常重要的文献价值。

最后，还要指出的是，本文所使用的日本古文献，均为日本方面国语文或史学的基础文献，并非所谓的罕见之珍善本。只是，这些原属于日本国史国文学范畴的书籍，过去很少进入中国文学研究者的视野。笔者认为，在现今中国学界之方兴未艾的“域外汉籍研究”中，我们还不应该只将视野过分集中在寻找珍本佚书之上。希望今后有更多的学术平台，来为大家整理提供一些散见于日本基础文献中的相关史料。这些散见于日本基础史料中对各个时期东亚汉文学的相关记载，比起那些未曾广泛流传于世的秘本，对我们今后在研究中国文学之未解决问题乃至总括东亚汉文学史之流变问题，或许更有一层深远而积极的意义。

【评　介】

陈翀(1974—　)，日本九州大学人文科学研究院专门研究员、广岛大学大学院文学研究科准教授，研究领域为晋唐文学及文献学研究、东亚汉籍交流史。著有《白居易の文学〈白氏文集〉の成立——庐山から东アジアへ—》(东京：勉诚社 2011 年版)等。

陈翀《新校〈白居易传〉及〈白氏文集〉佚文汇考——以日本中世古文献为中心》，原载《文学遗产》2010 年第 6 期，利用其新校之日本平安古文献《政事要略》所收《白居易传》，结合其他日本古文献中所见白居易相关记载，对白居易研究中的几个重要问题进行再考证。得出三个结论：(1)现今诸年谱所系白居易生卒年乃出自宋人陈振孙之误考。(2)通过《江谈抄》中新发现的白佚诗文可以看出，现存诸本均已散佚了大量诗文。这些佚诗歌原本极有可能被收于卷十二，其中还包括白居易之《长恨歌序》。(3)《白氏六帖》乃白居易死后唐宣宗命人编撰而成。另外，据《世俗谚文》之引文可知，白居易在《白氏洛中集》编成之时还曾在书前附有一篇《序文》，且还对白居易对《白氏洛中集》之编撰态度有所叙录，具有非常高的文献价值。

元白研究论著目录

元稹研究论著目录

元稹研究书目 汉文

文 集

《四部丛刊初编·集部·122·元氏长庆集》，上海：商务印书馆，1919 年初次影印本；1929 年第二次影印本；1936 年缩印本；上海书店，1989 年版。据明嘉靖三十一年董氏茭门别墅刻本影印，二次印本附校文一卷。除采卢文弨《群书拾补》校记外，并借傅增湘本录其宋本钱谦益钞两校笔

《元氏长庆集》，文学古籍刊行社，1956 年 1 月影印，用明弘治元年杨循吉据宋本传抄之本重印，内有钱谦益据另一宋本所作之补校

《新刊元微之文集》，上海古籍出版社，1994 年 9 月影印，“宋蜀刻本唐人集丛刊”

《元稹集》，冀勤点校，中华书局，1982 年 8 月第 1 版；2000 年 6 月重印；2010 年 7 月修订本。以文学古籍刊行社《元氏长庆集》为底本

《增订注释全唐诗·元稹诗》，陈贻焮主编、陈铁民、彭庆生副主编，卞孝萱、杨军撰写，文化艺术出版社，2001 年 5 月

《元稹集编年笺注》(诗歌卷)，杨军笺注，三秦出版社，2002 年 6 月，以明弘治元年杨循吉据宋本传抄之本为底本

《元稹集编年笺注》(散文卷)，杨军笺注，三秦出版社，2008 年 12 月

《元稹诗文选》，杨军、文笙、吕燕芳，人民文学出版社，2004

年6月

《元稹集》，孙安邦、蓓蕾解评，山西古籍出版社，2005年1月，“中国家庭基本藏书·名家选集卷”

《元稹集校注》，周相录，上海古籍出版社，2011年12月，“中国古典文学丛书”

诗 选

《元白诗选》，苏仲翔，春明出版社，1956年2月；古典文学出版社，1957年2月新一版；中州书画社，1982年8月，改名《元白诗选注》

《元稹白居易诗选译》，吴大奎、马秀娟，成都：巴蜀书社，1991年10月

《元稹、白居易诗》，吴大奎、马秀娟选译，宗福邦审阅，台北：锦绣出版事业股份有限公司，1993年，收入戴月芳主编“中国名著选译丛书”

《白居易元稹韩愈柳宗元诗歌精选200首》，王一娟、傅绍良选注，太原：山西古籍出版社，1995年12月，霍松林、卢兴基主编“唐宋诗词三十家丛书”

《元白诗传》，郭杰，吉林人民出版社，2000年1月，“中国历代名家流派诗传丛书”

《白居易、元稹、刘禹锡唱和诗编年集》，白高来、白永彤编著，沈阳：白山出版社，2009年8月，“洛都文苑丛书”

《元稹白居易诗选译》，吴大奎、马秀娟选译，宗福邦审阅，南京：凤凰出版社，2011年5月，收入“古代文史名著选译丛书”。选译元稹诗23篇，白居易49篇

年 谱

《元微之年谱》，薛凤生，台北：学生书局，1977年4月。台湾大学中文研究所硕士论文，初刊于台北《书目季刊》第10卷第3期，1976年2月

《唐元微之先生稹年谱》，张达人，台湾：“商务印书馆”，1980

年4月

《元稹年谱》，卞孝萱，齐鲁书社，1980年6月，收入《卞孝萱文集》第一卷，凤凰出版社，2010年9月。书评：《元稹年谱》(卞孝萱著)，冀勤撰，《唐代文学研究年鉴(1983)·近几年新书选评》，中国唐代文学学会、陕西师范大学中文系编，1984年3月，第253~254页

《元稹年谱新编》，周相录，上海古籍出版社，2004年11月。书评：《翔实博洽　后出转精——评周相录著〈元稹年谱新编〉》聂永华《唐都学刊》2005年第6期

传　记

《元稹评传》，刘维崇，台北：黎明文化事业股份有限公司，1977年12月，“国立编译馆”主编“文学名家传记丛书”

《元稹传》，王拾遗，宁夏人民出版社，1985年2月。按，王拾遗《元稹评传》，陕西人民出版社，“中国古代作家研究丛书”)，仅见书目(周天《长恨歌笺说稿》封底)，当即其后来出版之《元稹传》

《五凤求凰：风流诗人元稹情史》，姚思源，广西民族出版社，1991年12月

《元稹全传》，吴伟斌，长春出版社，1997年4月

《元稹与崔莺莺》，许总，中华书局，2004年4月，“文人情侣丛书”

《元稹评传》，吴伟斌，河南人民出版社，2008年3月

《曾经沧海难为水——风流才子元稹诗传》，吴俣阳，华文出版社，2011年7月

《元稹诗传》，桃花潭水，时事出版社，2015年1月

专　著

《元白诗笺证稿》，陈寅恪，文学古籍刊行社，1955年9月；古典文学出版社，1958年4月；中华书局上海编辑所1959年11月；台北：世界书局，1963年；上海古籍出版社，1978年3月新1版；1982年2月第二次印刷，《陈寅恪文集》之六；三联书店，《陈寅恪

集》第六种，2001 年 4 月

《从莺莺传到西厢记》，王季思，上海古典文学出版社，1955 年

《论崔莺莺》，戴不凡，上海文艺出版社，1963 年 10 月

《元稹及其乐府诗研究》，范淑芬，台北：文津出版社，1984 年 7 月

《元白新乐府研究》，廖美云，台北：学生书局，1989 年 6 月，"中国文学研究丛刊"（台湾师范大学国文研究所硕士论文，1987 年）

《诗情与友情：元稹、白居易》，金文男，香港："中华书局"，1991 年 12 月；2004 年 1 月，"古典诗词漫话"

《唐代社会与元白文学集团关系之研究》，马铭浩，台北：学生书局，1991 年 6 月，"中国文学研究丛刊"（台湾淡江大学中文研究所硕士论文，1991 年 6 月）

《元稹论稿》，王拾遗，陕西人民出版社，1994 年 1 月

《元白研究》，刘维治，人民教育出版社，1999 年 4 月

《唐宋之际诗歌演变研究：以元白之元和体的创作影响为中心》，刘宁，北京师范大学出版社，2002 年 9 月

《元稹考论》，吴伟斌，河南人民出版社，2008 年 3 月

《元稹与元和文体新变》，郭自虎，安徽大学出版社，2010 年 10 月，"中国古代文学论丛·安徽师范大学中国诗学研究中心学术丛书"

元稹研究论文　汉文

1918

《甲寅立春超社第十九集·赋得何处春生早用元微之韵……》，沈瑜庆，《东方杂志》第 15 卷第 12 期，1918 年，第 125 页

1928

《元稹白居易的文学主张》，胡适之，《新月》第 1 卷第 2 期，1928 年 4 月，第 12~38 页；又载《浙江图书馆报》第 2 期（1928 年 8 月），后收入其《白话文学史》（新月书店 1928 年 6 月出版）。又收入

《新月杂志文史研究集》(台北：盘庚出版社，1978 年 9 月)，朱传誉主编《白居易传记资料》十二，台北：天一出版社，1985 年

1930

《〈会真记〉事迹真伪考》，王桐龄，《史学年报》第 1 卷第 2 期，1930 年 11 月

1933

《元白诗中的唐代社会》，刘真，《学风》第 3 卷第 1~2 期，1933 年 3 月

《读〈连昌宫词〉质疑》，陈寅恪，《清华学报》第 8 卷第 2 期，1933 年 6 月

1935

《元微之遣怀诗之原题及其次序》，陈寅恪，《清华学报》第 10 卷第 3 期，1935 年 7 月

《元稹与白居易》，邹恩两，《安徽大学文史丛刊》1935 年 7 月

1941

《元稹悼亡诗研究》，许惕生，《中日文化》第 1 卷第 5 期，1941 年

1942

《读元稹〈遣悲怀〉一首》，申乃绪，《国文杂志》第 1 卷第 1 期，1942 年 8 月

《说元白》，玄修，《同声》(月刊)第 2 卷第 4 期，1942 年 4 月，第 1~18 页

1948

《读〈莺莺传〉》，陈寅恪，《国立中央研究院历史语言研究所集刊》第 10 本，1948 年

《元微之悼亡诗及艳诗笺证》，陈寅恪，《国立中央研究院历史语言研究所集刊》(本院成立二十周年专号)上册，1948 年

1950

《〈莺莺传〉事迹考》，孙望，《中国文化研究汇刊》(金陵大学、华西大学)第九卷，1950 年；收入其《蜗叟杂稿》，上海古籍出版社，1982 年 1 月

1952

《元白诗笺证稿》，陈寅恪，《岭南学报》第 12 卷第 1 期，1952 年，第 50 页

1954

《元稹〈莺莺传〉》，曹家琪，《光明日报》1954 年 9 月 14 日

1956

《略谈〈莺莺传〉》，霍松林，《光明日报》1956 年 5 月 20 日

《陈寅恪著〈元白诗证稿史〉》，萧公权，《清华学报》(台北)第 1 卷第 1 期，1956 年 6 月，第 170~173 页；后收入汪荣祖编《迹园文存》，台湾大西洋图书公司，1970 年

1957

《群书斠补》(〈元白诗笺证稿〉补等五篇)，刘文典，《云南大学学报》1957 年第 2 期

《〈元白诗选〉中的几个问题——和苏仲翔先生商榷》，霍松林，《光明日报》1957 年 3 月 31 日

《〈莺莺传〉的生活素材、主题及其他》，周祖譔，《学术论坛》1957 年第 3 期

1958

《元稹的新题乐府和古题乐府》，吴翠芬，《教学与研究汇刊》

1958年第2期

《与陈寅恪先生商榷〈连昌宫词〉笺证问题》，卞孝萱，《光明日报》1958年8月17日，《文学遗产》第222期

《对陈寅恪〈元白诗笺证稿〉的一些意见》，卞孝萱，《光明日报》1958年12月28日，《文学遗产》第241期，又收入《文学遗产选集》三辑(中华书局，1960年5月)

1959

《陈寅恪教授和〈元白诗证史〉》，李春棠，《史学月刊》1959年第4期

1960

《〈连昌宫词〉的历史背景》，唐木，《新民晚报》1960年2月4日

1963

《元稹的〈分水岭〉》，余俑，《广西日报》1963年4月9日

1964

《论崔莺莺》(书评)，南熏，《文学评论》1964年第4期，评戴不凡《论崔莺莺》(上海文艺出版社，1963年10月)

1965

《重读三篇唐人传奇(莺莺传、李娃传、霍小玉传)》，廖仲安，《光明日报》1965年5月2日

1977

《"难为水"和"难为用"》，黎闻，《安徽文艺》1977年第10期

1978

《关于元稹的几个问题》，卞孝萱，《扬州师院学报》1978年第3期。按：《论裴延龄表》、《莺莺传》、《剧谈录》中的元稹系另一人、

柳宗元文中的元侍御、白居易文中的樊李、《连昌宫词》写作时间

1979

《介绍几首元稹的佚诗》，卞孝萱，《扬州师院学报》1979 年第 4 期

《元稹家庭真象》，卞孝萱，《历史研究》1979 年第 4 期

《元稹诗真伪考》，卞孝萱，《教学与进修》(镇江)1979 年第 2 期

《元稹“变节”真相》，卞孝萱，《华中师院学报》1979 年第 4 期

《白居易及其同时代的诗人：为路易·艾黎英译〈白居易诗选〉而作》，茅盾，《收获》1979 年第 1 期。按：谈及元稹

《〈莺莺传〉新解》，禹学文、吕有宽，《郑州大学学报》1979 年第 2 期

《叛逆的贵族少女：试谈唐传奇〈莺莺传〉中崔莺莺的形象》，葵生，《教与学》(邵阳)1979 年第 3 期

1980

《元稹〈连昌宫词〉“吹管逐”试释》，徐实曾，《南京师院学报》1980 年第 2 期

《元稹、薛涛、裴淑》，卞孝萱，《四川师院学报》1980 年第 3 期

《元稹与两浙诗人》，卞孝萱，《浙江师范学院学报》1980 年第 1 期

《元稹与小说》，卞孝萱，《徐州师范学院学报》1980 年第 3 期

《元稹诗文校记》，卞孝萱，《淮阴师专学报》1980 年第 3 期

《谈刘禹锡与元稹、崔群、崔玄亮的“深分”：兼评刘、柳、元、白作品选注本的某些错误》，卞孝萱，《四川师范学院学报》1980 年第 1 期

《元稹〈连昌宫词〉“吹管逐”释》，徐实曾，《南京师院学报》1980 年第 2 期

《白居易与元稹》，闻国新，《山花》1980 年第 3 期

《致〈莺莺传新解〉的作者》(关于《〈莺莺传〉新解》的讨论)，王季思(王起)，《郑州大学学报》1980 年第 1 期。按：禹学文、吕有宽

文，载《郑州大学学报》1979 年第 2 期

《两点质疑》(关于《〈莺莺传〉新解》的讨论)，简茂森，《郑州大学学报》1980 年第 1 期

《也谈〈莺莺传〉中的遗弃问题》(关于《〈莺莺传〉新解》的讨论)，光宇、力建，《郑州大学学报》1980 年第 1 期

《是性格悲剧还是社会悲剧》(关于《〈莺莺传〉新解》的讨论)，张清华，《郑州大学学报》1980 年第 1 期

《应当公允评价〈莺莺传〉》(关于《〈莺莺传〉新解》的讨论)，王世声，《郑州大学学报》1980 年第 1 期

《关于〈莺莺传〉爱情悲剧的讨论》，郑州大学，《光明日报》1980 年 6 月 8 日

《论西厢"三幻"：〈莺莺传〉〈董西厢〉〈王西厢〉》，段启明，《西南师范学院学报》1980 年第 2 期

1981

《元稹原配夫人是韦氏而非谢氏》，刘维治，《社会科学辑刊》1981 年第 1 期

《对〈白居易与元稹〉一文的两点辨正》，刘维治，《山花》1981 年第 1 期

《元稹简表》，卞孝萱，《山西大学学报》1981 年第 2 期

《白居易元稹诗的韵系》，鲍明炜，《南京大学学报》1981 年第 2 期

《未容倾耳已伤心：读元、白的四首小诗》，赖汉屏，《名作欣赏》1981 年第 4 期

《〈辨传奇莺莺事〉补证》，牛维鼎，《淮北煤炭师院学报》1981 年第 2 期

《以少总多，以乐写哀：读元稹〈行宫〉诗札记》，林东海，《名作欣赏》1981 年第 4 期

《此花开尽更无花：读元稹的〈菊花〉诗》，洪峰，《吉林日报》1981 年 11 月 22 日

《元微之诗中"李十一"非"李六"之舛误辨》，吴伟斌，《南京师

院学报》1981 年第 1 期

《试论元稹的“销兵”主张》，吴伟斌，《教学与进修》1981 年第 3 期

1982

《元稹〈唐工部员外郎杜君墓系铭并序〉跋文三篇》，屈守元，《草堂》1982 年第 1 期

《元稹佚诗佚文辑存》，冀勤，《文学评论》1982 年第 4 期

《元稹评传》，卞孝萱、刘维治，《辽宁大学学报》1982 年第 5 期；又收入《中国历代著名文学家评传》第二卷，吕慧鹃编，山东教育出版社，1983 年 5 月

《“篇章竞出奇”：读〈连昌宫词〉札记》，王拾遗，《光明日报》1982 年 10 月 26 日

《读元稹的〈伤悼诗〉》，王拾遗，《宁夏大学学报》1982 年第 1 期

《金字塔》，肖文苑，《朔方》1982 年第 2 期。按：《一字至七字诗·茶》

《回环往复，情韵兼美》，李元洛，《湖北日报》1982 年 4 月 21 日。按：《过襄阳楼呈上府主严司空》诗

《读书札记》，李林生，《沈阳师范学院学报》1982 年第 4 期。按：《酬翰林白学士代书一百韵》诗

《也谈“弃掷今何道”》，于德馨，《昆明师院学报》1982 年第 4 期

《性格就是命运：谈〈莺莺传〉中的崔莺莺》，宁宗一，《文史知识》1982 年第 4 期

1983

《同是名篇，格有高下：李白与元稹两首七绝的比较》，吴汝煜，《光明日报》1983 年 6 月 14 日。按：《闻乐天授江州司马》

《元稹主要交游考（上）》，王拾遗，《宁夏大学学报》1983 年第 1 期

《元稹主要交游考（下）》，王拾遗，《宁夏大学学报》1983 年第 2 期

《元稹生平考略》，王拾遗，《宁夏教育学院学刊》1983 年第 4 期

《〈行宫〉赏析》，孟醒仁，《艺谭》1983 年第 1 期

《也谈〈连昌宫词〉的内容与写作》，邓元煊，《四川师院学报》1983 年第 2 期

《读〈霍小玉传〉：兼论〈莺莺传〉及〈李娃传〉》，唐异明，《文学遗产》1983 年第 3 期

《杜牧为何诋諆元白诗》，卞孝萱、刘维治，《江海学刊》1983 年第 3 期，第 98 页

《元稹评传》，卞孝萱、刘维治，《中国历代著名文学家评传》第二卷，吕慧鹃编，山东教育出版社，1983 年 5 月

1984

《论〈会真记〉》，王达津，《社会科学战线》1984 年第 4 期

《语少意足、耐人寻味：读元稹〈行宫〉诗》，朱向明，《语文园地》1984 年第 4 期

《语少意足、发人深思：简析元稹〈行宫〉》，王英志，《语文学习》1984 年第 7 期

《读〈莺莺传〉札记》，石星，《固原师专学报》1984 年第 1 期

《薛涛与元稹的关系问题及其他》，邓剑鸣、李华飞，《社会科学研究》(四川)1984 年第 4 期

《谢公最小偏伶女》，金性尧，《书林》1984 年第 5 期

《一代风流千古绝调——谈元稹悼亡诗的艺术成就及其地位》，卞良君，《东疆学刊》创刊号(1984 年 6 月)

《元稹饮茶诗二首》，蔡嘉德、吕维新，《福建茶叶》1984 年第 2 期

1985

《唐代四大诗人》，林庚，收入其《唐诗综论》，第 144 ~ 154 页(人民文学出版社，1987 年 4 月)，论述唐代四大诗人之一白居易时涉及元稹

《“长庆体”名义辨说》，刘德重，《文学遗产》1985 年第 1 期

《元稹其人》，董乃斌，《文史知识》1985 年第 1 期

《元稹在通州的诗歌理论及创作》，屈小玲，《四川师院学报》1985 年第 2 期

《元稹在绍兴》，余德余，《绍兴师专学报》1985 年第 2 期

《元稹简论》，裴斐，《光明日报》1985 年 3 月 12 日，《文学遗产》第 676 期，又收入其《看不透的人生——裴斐学术论文集》(北京燕山出版社，1992 年 6 月)

《元白雌黄》，裴斐，《光明日报》1985 年 5 月 7 日，《文学遗产》第 680 期，又收入其《看不透的人生——裴斐学术论文集》(北京燕山出版社，1992 年 6 月)

《再论关于元白的评价》，裴斐，《光明日报》1985 年 9 月 10 日，《文学遗产》第 689 期，又收入其《看不透的人生——裴斐学术论文集》(北京燕山出版社，1992 年 6 月)，附录：《关于元白文学成就和“新乐府运动”的争鸣》

《从白居易的〈失婢〉诗谈起：与裴斐同志商榷》，吴汝煜，《光明日报》1985 年 6 月 4 日，《文学遗产》第 682 期

《论元白之争》，王拾遗、袁宗一，《光明日报》1985 年 7 月 3 日，《文学遗产》第 686 期

《元白四题》，梁超然，《语文园地》1985 年第 8 期

《元白评价琐议》，王拾遗，《光明日报》1985 年 11 月 5 日，《文学遗产》第 693 期

《也论元白优劣》，朱易安，《光明日报》1985 年 12 月 3 日，《文学遗产》第 695 期

《元稹在男女问题上“一往情深”吗：与裴斐同志商榷》，苏者聪，《光明日报》1985 年 7 月 2 日，《文学遗产》第 684 期

《元稹诗歌艺术特色浅析》，吴伟斌，《扬州师院学报》1985 年第 3 期

1986

《唐代次韵诗为元稹首创考》，卞孝萱，《晋阳学刊》1986 年第 4 期

《元白次韵诗新探》，卞孝萱，《汉唐文史漫论》，陕西人民出版社，1986 年 5 月

《关于元白文学成就和“新乐府运动”的争鸣》，王锡九，《语文导报》(杭州大学中文系)1986 年第 12 期，第 36~39 页

《〈连昌宫词〉与元稹》，智振章，《洛阳师专学报》1986 年第 3 期

《元稹与宦官》，吴伟斌，《苏州大学学报》1986 年第 1 期

《〈莺莺传〉写作时间浅探》，吴伟斌，《南京师院学报》1986 年第 1 期

《也谈元稹“变节”真相》，吴伟斌，《复旦学报》1986 年第 2 期，与卞孝萱《元稹“变节”真相》(《华中师院学报》1979 年第 4 期)商榷

《元稹“劝穆宗罢兵”考辨》，吴伟斌，《徐州师院学报》1986 年第 3 期

《试析元稹的现实主义创作道路》，吴伟斌，《晋阳学刊》1986 年第 4 期

《元稹与永贞革新》，吴伟斌，《文学遗产》1986 年第 5 期

《关于元稹诗文评价的思考》，吴伟斌，《光明日报》1986 年 12 月 18 日

《说元稹的政治品格》，冀勤，《光明日报》1986 年 7 月 29 日

《近年来对元稹和白居易的评价问题讨论综述》，陈书录、胡腊英，《文史知识》1986 年第 12 期；又收入《文史知识》编辑部编《古典文学研究动态》，中华书局，1993 年

《智慧的技巧的文学——关于元白唱和诗的诸种形式》，前川幸雄撰，马歌东摘译，《陕西师范大学学报》1986 年第 4 期

《〈薛涛与元稹的关系问题及其他〉一文辨误——与邓剑鸣、李华飞同志商榷》，陈坦，《社会科学研究》1986 年第 2 期

《也谈元稹与薛涛的关系》，陈坦，《成都师专学报》1986 年第 2 期，驳《元稹在男女问题上“一往情深”吗：与裴斐同志商榷》，苏者聪，《光明日报》1985 年 7 月 2 日，《文学遗产》第 684 期

《论元稹〈三遣悲怀〉》，闵振贵、刘继才，《锦州师院学报》1986 年第 3 期，第 94~99 页

《关于元稹、薛涛的关系问题》，刘知渐，《社会科学研究》1986

年第 5 期，第 123～125 页

1987

《“张生即元稹自寓”说质疑》，吴伟斌，《中州学刊》1987 年第 2 期

《关于元稹通州任内的几个问题》，吴伟斌，《贵州文史丛刊》1987 年第 1 期

《元稹裴淑结婚时间地点考略》，吴伟斌，《唐代文学论丛》第 9 辑，陕西人民出版社，1987 年 3 月

《元稹道德品格之我见》，冀勤，《文史哲》1987 年第 3 期

《〈元稹集〉整理琐记》，冀勤，《出版工作》1987 年第 5 期

1988

《元稹与唐穆宗》，吴伟斌，《贵州文史丛刊》1988 年第 1 期

《元稹与穆宗朝“消兵”案》，吴伟斌，《海南大学学报》1988 年第 2 期

《元稹白居易通江唱和真相述略：〈元稹年谱〉献疑之十一》，吴伟斌，《苏州大学学报》1988 年第 2 期

《也谈元稹与薛涛的“风流韵事”》，吴伟斌，《扬州师院学报》1988 年第 3 期

《元稹评价纵览》，吴伟斌，《复旦学报》1988 年第 5 期

《“顾复本说一枝花”的出处》，官桂铨，《文学遗产》1988 年第 1 期

《论元稹与薛涛》，苏者聪，《天府新论》1988 年第 2 期

《“沉玉在弱泥，泥弱玉易沉”：略论元稹》，王拾遗，《西北师院学报》1988 年第 3 期

《也说元稹的不白之冤》，刘明华，《读书》1988 年第 5 期

《后世非议元稹晚节原因初探》，胡振龙，《殷都学刊》1988 年第 4 期

《试论〈莺莺传〉崔张离异的原因与性质》，姚瑾，《西南师大学报》1988 年第 1 期

《试论〈莺莺传〉〈董西厢〉〈王西厢〉中的婚宦矛盾》，陈良海，《贵州文史丛刊》1988 年第 1 期

《元稹的货币思想》，万安培，《中南财经大学学报》1988 年第 5 期，第 105～109 页

《大处落墨波澜壮阔——读元稹〈连昌宫词〉》，魏明安，《固原师专学报》1988 年第 4 期

1989

《"元稹献诗升职"别议》，吴伟斌，《北方论丛》1989 年第 1 期

《元稹与长庆元年科试案》，吴伟斌，《中州学刊》1989 年第 2 期

《元稹交游考》，胥洪泉，《西南民院学报》1989 年第 2 期

《元薛姻缘脞证》，朱德慈，《成都大学学报》1989 年第 4 期

《死生契阔三十载，歌诗唱和九百章：试论元白唱和诗》，梁德林，《广西师院学报》1989 年第 2 期

《重新评估〈莺莺传〉的思想价值》，周承明，《洛阳师专学报》1989 年第 3 期，第 26～30 页

《张生不是无情种：关于元稹的〈莺莺传〉》，曾祥麟，《贵州民院学报》1989 年第 3 期

《张生与元稹：兼论〈莺莺传〉的主题》，罗弘基，《学术交流》1989 年第 5 期

《对陈寅恪先生〈读莺莺传〉的质疑》，黄忠晶，《江汉论坛》1989 年第 8 期

1990

《元白友谊及其文学史意义》，李乃龙，《南宁师专学报》1990 年第 1 期

《再论张生非元稹自寓》，吴伟斌，《贵州文史丛刊》1990 年第 2 期

《元稹"曾经沧海"的来龙去脉》，轩辕翱驰，《人文杂志》1990 年第 2 期

《〈莺莺传〉到〈西厢记〉看"才子佳人"戏剧模式的形成》，朱昆

槐，《河北师院学报》1990年专刊

《在日本的唐代传奇小说：〈莺莺传〉关于莺莺诀别诗的解释》，[日]西冈晴产，《山西大学师院学报》1990年第1期

1991

《论元稹对中唐文学的贡献》，吴伟斌，《海南大学学报》1991年第2期

《李杜并称、李杜优劣论探源：兼为元稹“李杜论”一辩》，李一飞，《湘潭师范学院学报》1991年第2期

《元、白诗简论》，吴大逵，《江西社会科学》1991年第4期

《苏轼所说的“元轻白俗，郊寒岛瘦”指的是什么?》，吴小如，《文史哲》1991年第7期

《〈明月三五夜〉题解》，蒋星煜，《文史知识》1991年第2期

《以少总多，从无见有：读元稹〈行宫〉》，朱鉴珉，《北京师范大学学报》1991年第5期

《论〈莺莺传〉》，吴伟斌，《扬州师院学报》1991年第1期

《元稹〈莺莺传〉非文过饰非作》，谢柏梁，《中国文学研究》1991年第2期

《〈莺莺传〉本事考》，宋谋玚，《山西大学师范学院学报》1991年第3期

《近年来关于〈莺莺传〉的讨论综述》，吴在庆，《社会科学动态》1991年第11期

1992

《元稹的诗歌的批评》，王运熙，《贵州大学学报》1992年第2期

《试论元稹诗歌创作的美学追求》，胡振龙，《解放军外语学院学报》1992年第6期

《诗中翘楚，人中鬼魅——中唐诗人元稹和他的〈莺莺传〉》，刘毅(南京师范大学历史系1988级学生)，《文史知识》1992年第5期，第110~113页；收入《怎样读文学古籍》第103~108页，中华书局，1994年3月

《读〈莺莺传〉献疑》，周振甫，《文学遗产》1992 年第 6 期

《〈莺莺传〉研究综述》，程国赋，《文史知识》1992 年第 12 期

《元稹品节片论》，尚永亮，《唐都学刊》1992 年第 2 期

《从元稹〈茶〉诗看唐人茶俗》，郭杰，《文史杂志》1992 年第 4 期

1993

《近 10 年元稹研究述评》，吴在庆，《唐代文学研究年鉴 1992 年》，广西师范大学出版社，1993 年 11 月，后改题为《元稹若干问题研究概述》，《北方论丛》1993 年第 3 期，第 62~66 页

《韩、元、白与永贞革新》，任晖，《西南师大学报》1993 年第 3 期，第 73~75 页

《读〈元稹年谱〉札记》，胡振龙，《文献》季刊 1993 年第 4 期

《元稹〈莺莺传〉辨》，陈文新，《江海学刊》1993 年第 4 期，第 153~156 页

1994

《元稹李杜优劣论和当时创作风尚》，王运熙，《上海文化》1994 年第 1 期

《唯其有情方需忍：记元稹笔下的张生》，丁国祥，《苏州铁道师院学报》1994 年第 4 期

《"元稹薄幸"说驳议》，吴伟斌，《苏州大学学报》1994 年第 4 期

《元稹与薛涛姻缘辩正》，王辉斌，《荆门大学学报》1994 年第 4 期

《平中出奇寓意深微：元稹〈菊花〉诗赏析》，伍秀来，《语文月刊》1994 年第 11 期

《评吴伟斌的〈莺莺传〉研究》，王枝忠，《固原师专学报》1994 年第 2 期

《论元稹"莺莺诗"的创作心态——兼论"文不必如其人"》，黄世中，《唐代文学研究》(五)，广西师范大学出版社，1994 年 10 月

《元稹在通州的作官与作诗》，陈正平，《四川教育学院学报》1994 年第 3 期

1995

《从〈有唐武威段夫人墓志铭〉看元稹为人》，程章灿，《中国典籍与文化》1995 年第 3 期

《浅俗表意与浓郁伤情：论元白两面性人生与心态》，许总，《陕西师大学报》1995 年第 4 期，第 98～104 页

《从性爱方式看〈莺莺传〉》，吴维中，《社科纵横》1994 年第 4 期

《张生新论》，力芸，《名作欣赏》1995 年第 2 期

《崔莺莺与杜十娘的悲剧命运及其文化内涵》，王瑜，《黑龙江教育学院学报》1995 年第 3 期

《元稹〈莺莺传〉悲剧结局新探》，王瑜，《北方论丛》1995 年第 6 期，第 69～72 页

1996

《通州司马元稹》，陈正平，《川东学刊》1996 年第 3 期

《元稹在通州》，陈正平，《唐都学刊》1996 年第 3 期；又见《中华文化论坛》2003 年第 1 期

《莺莺人物心理浅探：兼论莺莺形象的文化意义》，安小兰，《安徽教育学院学报》1996 年第 4 期

《追求、反思与逃避：读〈莺莺传〉》，周相录，《芹献集》，河南大学出版社，1996 年

1997

《试论元白诗派的五言长篇排律》，郭新和，《河南师大学报》1997 年第 1 期

《浅谈元、白对策文》，张守军，《辽宁教院学报》1997 年第 2 期

《往来淹留为爱山：简说元稹的华山诗以见其为人》，李炎，《渭南师专学报》1997 年第 2 期

《论元白文学思想的现实功利性及其诗化形态》，许总，《上海师大学报》1997 年第 2 期

《论元稹、白居易的文学观》，许总，《江苏社会科学》1997 年第

3 期

《人去室空斯人憔悴：元稹〈空屋〉诗赏析》，徐乐军，《语文月刊》1997 年第 12 期

《元稹和灯影牛肉》，欧阳军，《文史杂志》1997 年第 6 期

《以白居易、元稹为核心的中唐小说集团述论》，苏兴遗著，苏铁戈整理，《明清小说研究》1997 年第 3 期；又收入《苏兴学术文选》，上海古籍出版社，2011 年 5 月

《〈元稹集〉断句之误例析》，杨军，《苏州铁道师院学报》1997 年第 3 期

《评〈元稹集〉点校中的讹误》，杨军，《古籍整理研究学刊》1997 年第 6 期

《评吴伟斌的元稹研究》，姜光斗，《聊城师范学院学报》1997 年第 2 期；又见《南通师范学院学报》1997 年第 3 期

《一位戴着封建枷锁追求爱情幸福的女性：论〈莺莺传〉中的崔莺莺》，周亮，《贵州师大学报》1997 年第 3 期

1998

《陈寅恪先生元稹“休兵”即“消兵”说商榷》，郭绍林，《洛阳师范学院学报》1998 年第 4 期

《为莺莺正名：论元稹笔下莺莺形象，兼评“娼妓说”之失》，欧阳江琳，《江西教育学院学报》1998 年第 2 期

《从〈莺莺传〉看元稹的性格悲剧》，刘玉红，《贵州师大学报》1998 年第 2 期

《元稹〈梦井〉诗赏析》，张樾晖，《古典文学知识》1998 年第 5 期

1999

《“元和体”诗流行原因试析》，石明庆、马纳，《临沂师专学报》1999 年第 1 期

《元和体考辨》，邓新跃，《益阳师专学报》1999 年第 2 期

《元和诗风新变的文学史意义》，邓新跃，《益阳师专学报》1999 年第 4 期

《论元和体》，周桂峰，《淮阴师院学报》1999年第5期

《元稹评传》，吴翠芬，《明清小说研究》1999年第4期

《唐代元稹农业思想研究》，邹国慰、张剑光，《上海师大学报》1999年第4期

《有梦无梦皆关情——元稹白居易两首唱和诗赏读》，贾子恒，《语文月刊》1999年第9期

《〈莺莺传〉的叙事艺术和写情艺术》，周先慎，《名作欣赏》1999年第2期

《一个闪耀着独立人格光辉的女性：从〈莺莺传〉中崔张离异谈起》，范林芳，《唐山师专学报》1999年第1期

《"在"的意义与追问——元稹〈行宫〉新析》，蒋济永，《阅读与写作》1999年第11期

2000

《"在"的意义与追问——元稹〈行宫〉新析》，蒋济永，《江海学刊》2000年第4期

《论元和体》，胡可先，《中国韵文学刊》2000年第1期

《读〈元稹集〉札记(一)》，周相录，《江海学刊》2000年第4期

《〈元稹集〉校点的音韵学质疑》，周相录，《陕西师范大学学报》2000年第3期

《元稹洛阳行迹考述》，周相录，《洛阳师范学院学报》2000年第6期

《"爱"与"死"的纠结与升华——对元稹言情诗的解构与认识》，徐乐军，《广东农工商管理干部学院学报》2000年第3期

《论元稹悼亡诗悲情之缘起》，苏勇强，《职大学报》2000年第3期

《元稹"艳诗"考论》，袁梅、孙鸿亮，《唐都学刊》2000年第4期

《元稹通州诗歌编年——〈元稹年谱〉疏误举例》，吴伟斌，《中州学刊》2000年第4期

《元稹诗文编年新解——〈元稹年谱〉疏误商榷》，吴伟斌，《聊城师范学院学报》2000年第6期

《关于元稹的史实及传说——〈元稹年谱〉疏误杂拾》，吴伟斌，《固原师专学报》2000 年第 2 期

《关于元稹诗文的系年——〈元稹年谱〉疏误举例》，吴伟斌，《北方论丛》2000 年第 6 期

《元稹白居易“初识”之年考辨》，金卿东，《文学遗产》2000 年第 6 期

《元白交谊论》，周桂峰，《淮阴师范学院学报》2000 年第 1 期

2001

《“在”的意义与追问——元稹〈行宫〉新析》，蒋济永，《名作欣赏》2001 年第 11 期

《白居易元稹对杜甫理解的差异》，李俊，《唐都学刊》2001 年第 1 期

《元稹“两经擢第”考论》，谢建忠，《重庆三峡学院学报》2001 年第 2 期

《论元稹的文学成就》，杨军、凌郁之，《苏州铁道师范学院学报》2001 年第 2 期，第 51～56 页

《关于元稹婚外的恋爱生涯——〈元稹年谱〉疏误辨证》，吴伟斌，《文学遗产》2001 年第 1 期

《元稹诗文编年别解——〈元稹年谱〉疏误商榷》，吴伟斌，《广西师范大学学报》2001 年第 2 期

《元稹的家庭——〈元稹年谱〉疏误拾芥》，吴伟斌，《漳州师范学院学报》2001 年第 2 期

《元稹通州行踪考述——〈元稹年谱〉疏误举证》，吴伟斌，《海南大学学报》2001 年第 1 期

《元稹诗文编年探析——〈元稹年谱〉疏误商榷》，吴伟斌，《福州师专学报》2001 年第 3 期

《元稹诗文编年补正——〈元稹年谱〉疏误商榷》，吴伟斌，《聊城师范学院学报》2001 年第 6 期

《元稹诗文编年新说——〈元稹年谱〉疏误商榷》，吴伟斌，《宁夏大学学报》2001 年第 6 期

《〈元稹集〉校点的音韵学质疑》，周围，《绵阳师范高等专科学校学报》2001 年第 1 期

《〈元稹集〉校勘献疑》，周围，《古籍整理研究学刊》2001 年第 3 期

《元稹唱和诗考述》，周围，《周口师范高等专科学校学报》2001 年第 3 期

《元稹白居易"初识"之年再辨》，陈才智，《文学遗产》2001 年第 5 期

《元白长篇叙事诗的类型特征及其流派意义》，陈文新，《贵州社会科学》2001 年第 1 期

《元白同题乐府诗研究》，周桂峰，《淮阴师范学院学报》2001 年第 1 期，第 106~110 页

《元白"小碎篇章"与"花间"词风》，叶帮义，《安徽师范大学学报》2001 年第 2 期，第 286~291 页

《〈莺莺传〉是元稹自寓——兼与吴伟斌先生商榷》，尹占华，《西北师大学报》2001 年第 4 期

《白居易元稹评贞元会盟》，李公，《云南日报》2001 年 1 月 29 日

《〈莺莺传〉"忍情说"新解》，卞孝萱，《中华文史论丛》2001 年第 3 辑

2002

《元白风情诗产生原因及其文化心理研究》，石明庆，《廊坊师范学院学报》2002 年第 1 期，第 49~53 页

《元白文历史评价的变迁——一个文学接受史现象的个案分析》，刘曙初，《江淮论坛》2002 年第 6 期

《元稹〈连昌宫词〉"尔后相传六皇帝"辨正》，周相录，《苏州铁道师范学院学报》2002 年第 1 期

《中华书局版〈元稹集〉校点的音韵学质疑》，周相录，《古汉语研究》2002 年第 2 期

《元稹妻韦丛卒地考》，周相录，《江海学刊》2002 年第 2 期

《有关元稹几个问题的新考订》，周相录，《河南社会科学》2002

年第 4 期

《〈全唐诗·元稹诗〉校误》，张剑，《咸阳师范学院学报》2002 年第 5 期

《雪中探梅　雾里看花——元稹、李商隐悼亡诗比较》，施红梅，《江南社会学院学报》2002 年第 4 期

《绝境中的悲吟，泣血般的华章——读元稹〈得乐天书〉和秦观〈踏莎行〉》，杜玉珍，《语文天地》2002 年第 1 期

《心路与归路追求与悔恨——元稹、白居易同题之作〈缚戎人〉之比较》，赵其钧，《学语文》2002 年第 1 期

《元稹评价考论——读陈寅恪先生〈元白诗笺证稿〉》，孙鸿亮，《唐都学刊》2002 年第 4 期

《〈元稹集编年笺注〉序》，霍松林，《苏州科技学院学报》2002 年第 4 期

《论元稹的小说创作及其婚外恋——与吴伟斌先生商榷》，程国赋，《文学遗产》2002 年第 1 期。针对吴伟赋《关于元稹婚外的恋爱生涯——〈元稹年谱〉疏误辨证》(《文学遗产》2002 年第 1 期) 提出异议，认为《莺莺传》中的张生即元稹自寓，吴伟赋所言《莺莺传》作于贞元十八年(803)有自相矛盾之处，所谓元稹与管儿的初恋也值得怀疑

《〈莺莺传〉写作时间的再探索——兼答尹占华、程国赋两位先生的商榷》，吴伟斌，《中州学刊》2002 年第 6 期。针对程国赋文及此前的尹占华《〈莺莺传〉是元稹自寓》(《西北师大学报》2001 年第 4 期) 作出回应，坚持己见

《元稹的早恋及其艳诗——兼答尹占华、程国赋两位先生的商榷》，吴伟斌，《聊城大学学报》2002 年第 4 期

《关于元稹知制诰以及翰林承旨学士任内的几个问题》，吴伟斌，《苏州大学学报》2002 年第 2 期

《〈元稹集〉重印本斠正》，杨军，《苏州科技学院学报》2002 年第 4 期

2003

《元稹悼亡诗之悲缘》，苏勇强，《汕头大学学报》2003 年第 3 期

《元稹诗三议》，杨军、文生，《荆州师范学院学报》2003 年第 4 期

《简论元稹诗中的政治内容》，孙琴安，《苏州科技学院学报》2003 年第 4 期

《元稹真的是一个势利小人吗——〈从有唐武威段夫人墓志铭看元稹为人〉商榷》，周相录，《中国典籍与文化》2003 年第 1 期

《新世纪元稹研究的重大收获——评杨军〈元稹集编年笺注〉(诗歌卷)》，周相录，《苏州科技学院学报》2003 年第 3 期

《中华书局版〈元稹集〉存在的八个主要问题略说》，周相录，《唐都学刊》2003 年第 2 期

《元稹诗文人物考实》，周相录，《周口师范学院学报》2003 年第 3 期

《元稹在通州》，陈正平，《中华文化论坛》2003 年第 1 期；又见《唐都学刊》1996 年第 3 期

《三论张生非元稹自寓——兼答尹占华、程国赋两位先生的商榷》，吴伟斌，《福州大学学报》2003 年第 2 期

《元稹诗文编年新探——〈元稹年谱〉疏误商榷》，吴伟斌，《宁夏社会科学》2003 年第 2 期

《"以无涯之情爱，悼不驻之光阴"——元稹与李商隐悼亡诗之比较》，李聪亮，《社科纵横》2003 年第 1 期

《曾经沧海难为水——元稹的悼妻诗》，陶栀，《课外语文》2003 年第 1 期

《诗与画合情与景协——元稹〈早春寻李校书〉赏读》，陈世忠，《语文月刊》2003 年第 12 期

《崔莺莺家世与行踪辨正》，许总，《中国典籍与文化》2003 年第 1 期。提交"中国唐代文学学会第十一届年会暨唐代文学国际学术研讨会(重庆北碚 · 西南师范大学，2002 年 4 月 20—25 日)的论文

《元白诗体理论探析》，钱志熙，《中国文化研究》2003 年第 1 期

《谈崔莺莺身世角色的探索——与宁宗一先生商榷》，葛承雍，《光明日报》2003 年 10 月 8 日

《莺莺何曾作胡女》，孙鸿亮，《文史杂志》2003 年第 3 期

2004

《元稹迟抵通州原因初探》，李厚琼、于军民，《达县师范高等专科学校学报》2004年第1期

《形象大于思想——元稹〈莺莺传〉创作缘起与艺术效果谈》，杨文榜，《语文学刊》2004年第1期

《元稹与管儿》，陈世忠，《宝鸡文理学院学报》2004年第1期

《一首署名徐凝的元稹诗作》，周相录，《江海学刊》2004年第1期

《元稹〈莺莺传〉创作心态揭秘》，苏建新，《厦门教育学院学报》2004年第2期

《读元稹〈蚁〉诗有感》，曾和平，《作文教学研究》2004年第4期

《元稹百年研究综述》，李丹、尚永亮，《学术交流》2004年第4期

《〈唐国史补〉元稹诗章“淫靡”说考论》，陈世忠，《上饶师范学院学报》2004年第4期

《元稹〈代曲江老人百韵〉诗作年质疑》，谢思炜，《清华大学学报》2004年第4期

《元稹诗文编年初探——〈元稹年谱〉疏误商榷》，吴伟斌，《聊城大学学报》2004年第3期

《吴伟斌先生关于元稹诗文系年的失误》，周相录，《广西师范大学学报》2004年第6期

《潘岳〈悼亡诗〉与元稹〈三遣悲怀〉比较》，王淑梅，《辽宁工程技术大学学报》2004年第4期

《韦縠〈才调集〉卷五录元稹诗歌考索》，孙鸿亮，《唐都学刊》2004年第4期

《元稹诗文编年辩说——〈元稹年谱〉疏误商榷》，吴伟斌，《宁夏社会科学》2004年第5期

《元稹诗文编年别说——〈元稹年谱〉疏误商榷》，吴伟斌，《南京广播电视大学学报》2004年第5期

《死生都如梦：论元稹悼亡诗的幻灭感》，彭建华、漆娟，《龙岩

师专学报》2004 年第 5 期

《信守规范追求卓越——〈元稹诗文选〉读后》，韩星婴，《苏州科技学院学报》2004 年第 6 期

《白居易的交友关系——元稹、刘禹锡、李建、崔玄亮、崔群》，西村富美子，《唐代文学研究》第 10 辑，广西师范大学出版社，2004 年 11 月。按：《白居易的交友关系：李建、崔群、崔玄亮》，西村富美子，《白居易研究年报》2002 年第 3 期

《一篇存在严重文献与逻辑失误的考订文章——吴伟斌先生〈关于元稹知制诰以及翰林承旨学士任内的几个问题〉商榷》，周相录，《唐都学刊》2004 年第 6 期

2005

《巧设奇喻映衬生辉——元稹〈离思〉诗赏读》，李秀莲，《青年科学》2005 年第 1 期

《对元稹一首诗的不同理解》，易嘉言，《中华诗词》2005 年第 1 期

《元稹的宦海浮沉与禅心消长》，何剑平，《四川大学学报》2005 年第 1 期

《元稹“量出为入”的货币思想》，沈端民，《广东金融学院学报》2005 年第 2 期

《元稹诗文编年异议——〈元稹年谱〉疏误商榷》，吴伟斌，《南京广播电视大学学报》2005 年第 2 期

《几分矫饰几分真——元稹〈遣悲怀〉等悼亡诗质疑》，秦吟、杨民，《名作欣赏》2005 年第 4 期

《元稹自叙艳诗的佛学渊源及其形成机制》，孙鸿亮，《人文杂志》2005 年第 3 期

《元稹裴淑结婚时间地点新考订——兼与吴伟斌先生商榷》，周相录，《周口师范学院学报》2005 年第 3 期

《从女性主义视角解读元稹笔下的崔莺莺形象》，邓桃莉，《新余高专学报》2005 年第 6 期

《〈元稹集〉辨伪与辑佚》，周相录，《古籍整理研究学刊》2005 年

第 4 期

《悲心贯日月哀情动千古——元稹〈遣悲怀三首〉赏析》，姜光斗，《名作欣赏》2005 年第 8 期

《元稹明经及第确切年代考》，周相录，《唐都学刊》2005 年第 4 期

《元稹〈莺莺传〉的精神分析学解读》，邓建，《琼州大学学报》2005 年第 4 期

《他生缘会此生休——试论元稹诗歌与佛教》，赵缈缈，《长春工业大学学报》2005 年第 5 期

《宦官再三的打击与元稹一生的贬谪——再论"元稹勾结宦官"真相》，吴伟斌，《聊城大学学报》2005 年第 6 期

《翔实博洽　后出转精——评周相录著〈元稹年谱新编〉》，聂永华，《唐都学刊》2005 年第 6 期

2006

《一厢情愿的诗人——读元稹的〈行宫〉》，曾晓渊，《古典文学知识》2006 年第 1 期

《元稹"模勒"续考》，苏勇强，《晋阳学刊》2006 年第 1 期

《元稹诗集整理中的若干问题》，王辉斌，《襄樊学院学报》2006 年第 1 期

《从元稹〈会真诗〉的用典看崔莺莺的身份》，景凯旋，《古典文学知识》2006 年第 2 期

《元稹诗疑难俗词考释》，魏耕原，《福州大学学报》2006 年第 4 期

《论元稹江陵诗中的荆楚地域文化特色》，周建军、王丹，《中央民族大学学报》2006 年第 3 期

《只有爱是不会忘记的——元稹〈遣悲怀〉三首赏析》，杜立新，《语文知识》2006 年第 6 期

《伉俪之悲——论元稹悼亡诗之悲情》，周燕，《科技信息(学术研究)》2006 年第 6 期

《元稹的薪水》，五丁，《中学生百科》2006 年第 4 期

《惟将终夜长开眼，报答平生未展眉——元稹“悼亡诗”赏析》，韩冬，《深交所》2006 年第 5 期

《伪情与真情——论元稹悼亡诗情感的真挚性》，王林，《现代语文》2006 年第 6 期

《新编历史传奇剧〈薛涛与元稹〉》，吴永艺，《福建艺术》2006 年第 6 期

2007

《元稹〈霓裳羽衣谱〉辨析》，秦太明，《中国音乐学》2007 年第 1 期

《唐代一桩贪污案始末分析——从元稹〈弹奏剑南东川节度观察处置等使严砺文〉说起》，张艳云，《唐都学刊》2007 年第 1 期

《对元稹〈仁风李著作园醉后寄李十〉及〈琵琶歌〉两诗系年的考辨——兼向杨军先生及卞孝萱先生献疑》，顾春军、刘宏英，《河北北方学院学报》2007 年第 2 期

《〈莺莺传〉乃元稹游戏之作》，罗永忠，《贵州民族学院学报》2007 年第 2 期

《元稹谢世的前前后后——论述元稹的晚年》，吴伟斌，《宁夏师范学院学报》2007 年第 2 期

《泪沧海　泣巫云　生死爱无涯——浅论元稹悼亡诗的写作特点》，吴丽丽，《科技咨询导报》2007 年第 3 期

《“望”与“既望”究竟指什么时间？——从元稹〈莺莺传〉谈权威辞书的一个释词错误》，周相录，《河南师范大学学报》2007 年第 3 期

《也谈元稹诗集整理中的问题——答王辉斌》，杨军，《苏州科技学院学报》2007 年第 3 期

《痛悼阴阳两相隔　难忘举案齐眉情——论元稹悼亡诗》，李达红，《濮阳职业技术学院学报》2007 年第 3 期

《裴度的弹劾与元稹的贬职——三论“元稹与宦官”》，吴伟斌，《宁夏社会科学》2007 年第 3 期

《试论元稹与薛涛的关系》，郑枚梅，《四川文理学院学报》2007 年第 6 期

《元稹与白居易农业思想述议》，贾名党，《东北农业大学学报》2007 年第 4 期

《读元稹〈三遣悲怀〉(其一)》，过常宝，《文史知识》2007 年第 5 期

《再谈元稹诗集整理中的问题——杨军〈也谈〉一文商评》，王辉斌，《襄樊学院学报》2007 年第 5 期

《元稹文章理论及创作的作用和影响》，梁志刚，《社科纵横》2007 年第 5 期

《不应忽视元稹对古文运动的贡献》，梁志刚，《前沿》2007 年第 5 期

《达州"元稹文化"现象复兴价值的综合解读》，毕英涛，《达州新论》2007 年第 5 期

《也谈〈莺莺传〉中张生即元稹自寓说——以文本解读为中心》，刘维治，《南阳师范学院学报》2007 年第 5 期

《元稹与韦丛情感考辨——从〈遣悲怀三首〉等悼亡诗谈起》，桑绍龙，《兰台世界》2007 年第 6 期

《吴伟斌〈元稹考论〉序》，傅璇琮，《中国文化研究》2007 年第 6 期

《元稹诗集注释错误例说》，王辉斌，《贵阳学院学报》2007 年第 6 期

《元稹诗风辩议成因论略》，陈磊，《时代文学(理论学术版)》2007 年第 6 期

《元稹家世及对其社会阶层的自我体认》，段承校，《盐城师范学院学报》2007 年第 6 期

2008

《从元稹、白居易、李端诗看〈西凉伎〉在唐代的发展》，黄颖玲、项群胜，《新余高专学报》2008 年第 2 期

《对于元稹艳诗的再解读》，吴洪生，《乐山师范学院学报》2008 年第 2 期

《元稹与白居易农业思想述略》，贾名党，《农业考古》2008 年第

2 期

《论元稹诗歌创作的政治内涵》，刘铁峰，《船山学刊》2008 年第 4 期

《元稹爱情诗〈离思〉的道教文化解读》，张振谦，《名作欣赏》2008 年第 6 期

《元稹和白居易之比较》，羊亚，《南昌高专学报》2008 年第 6 期

《元稹母系家族考——兼及崔莺莺之父》，谢思炜，《文献》2008 年第 4 期

《白居易与元稹》，薛秋影，《写作》2008 年第 4 期

《元稹悼亡诗研究中若干争论复议》，周如月，《安徽文学(下半月)》2008 年第 4 期

《同病相怜，文人相亲——白居易、元稹两首唱和诗赏析》，宗尧，《初中生辅导》2008 年第 5 期

《略论胡适诗歌的"言之有物"及叙事成分——兼及元稹、白居易与乐府民歌的影响》，王培敏，《安徽文学(下半月)》2008 年第 5 期

《元稹碑志文研究》，陈丽娟，《现代语文(文学研究版)》2008 年第 5 期

《元稹：故事里的事，说是就是不是也是》，瑞奇，《国学》2008 年第 6 期

《读元稹〈离思〉之四》，杨映红，《文学教育(上)》2008 年第 6 期

《论元稹的入世精神》，刘铁峰，《唐都学刊》2008 年第 6 期

《序〈元稹考论〉》，傅璇琮，《中国出版》2008 年第 6 期

《从"互文性"角度看元稹与张生之关系》，祖国颂，《漳州师范学院学报》2008 年第 6 期

《〈元氏长庆集〉版本源流考》，周相录，《唐代文学研究》第 12 辑，广西师范大学出版社，2008 年 10 月

2009

《元稹集编年笺注散文卷序》，朱季海，《苏州科技学院学报》2009 年第 2 期

《"元稹自寓说"辩议》，罗朝蓉，《时代文学(下半月)》2009 年第

2 期

《元稹佚诗〈题虎丘山生公讲堂影牌〉考》，陈翀，《文学遗产》2009 年第 3 期

《元稹散文概说》，杨军，《苏州科技学院学报》2009 年第 3 期

《元稹〈遣悲怀〉与苏轼〈江城子〉比较探析》，董以平，《飞天》2009 年第 3 期

《对元稹〈离思〉五首之四属于悼亡诗的疑议》，乔任，《文教资料》2009 年第 3 期

《从元稹、白居易艳诗看中唐诗歌的写实倾向》，刘艳萍，《长安大学学报》2009 年第 6 期

《悰绪竟何如？棼丝不成绚——元稹爱情婚姻复杂心态别论》，许金华，《福建论坛》2009 年第 6 期

《元稹诗歌理论与创作思想的离与合》，顾春军，《文教资料》2009 年第 4 期

《从崔莺莺的姓氏谈起——论元稹与山东士族》，黄贤忠，《合肥学院学报》2009 年第 4 期

《中西方爱情诗的差异——以元稹〈离思〉与拜伦〈雅典的少女〉为例》，苏秀莉，《陕西师范大学学报》2009 年第 4 期

《元稹与禅宗关系摭谈》，刘铁峰，《天水师范学院学报》2009 年第 4 期

《〈才调集〉元稹诗歌考略》，黄冬红，《柳州师专学报》2009 年第 4 期

《元稹悼亡诗"夸张矫饰"说质疑》，王军，《忻州师范学院学报》2009 年第 4 期

《杜牧艳诗的雅化色彩及其与元白艳诗之异同——从杜牧对元稹、白居易艳诗的批评说起》，刘艳萍，《长春大学学报》2009 年第 5 期

《论宦官内争与元稹及其制诰改革》，傅绍磊，《西南交通大学学报》2009 年第 5 期

《诗到元和体变新——元稹次韵律诗刍议》，郭自虎，《安庆师范学院学报》2009 年第 5 期

《论贬谪对元稹诗歌创作的影响》，刘铁峰，《湖南人文科技学院学报》2009 年第 5 期

《元稹与禅宗论略》，刘铁峰，《南华大学学报》2009 年第 5 期

《“黄泉”的得名与元稹通州诗》，周宗旭，《文史杂志》2009 年第 6 期

《文人也相“亲”——浅谈白居易元稹的交往》，谢仁明，《中学语文》2009 年第 6 期

《浅论元稹伤悼诗的艺术特色》，廖丽梅，《鸡西大学学报》2009 年第 6 期

《封建礼制的叛逆女性——崔莺莺与杜丽娘形象比较研究》，施晓雷，《濮阳职业技术学院学报》2009 年第 4 期

2010

《“重白抑元”之论对唐代诗人元稹公允吗？——兼论周相录〈元稹集校注〉的价值与意义》，沈文凡、张德恒，《西华大学学报》2010 年第 3 期

《画中人与话外音——〈莺莺传〉“元稹自寓说”的一个内证》，张同利，《名作欣赏》2010 年第 1 期

《元稹佚诗〈题虎丘山生公讲堂影牌〉》，陈翀，《文献》2010 年第 1 期

《元稹研究的标志性成果》，卞孝萱，《苏州科技学院学报》2010 年第 1 期

《理想与现实：中唐文学家对农业经济的关注——以韩愈、白居易、元稹为例》，张剑光，《贵州财经学院学报》2010 年第 1 期

《元稹诗歌与政治中心长安》，付莉萍，《昌吉学院学报》2010 年第 2 期

《“元轻”之再检讨——以元稹、白居易诗歌题材为中心进行考察》，王顺贵，《广西社会科学》2010 年第 2 期，第 111～114 页

《〈元稹集编年笺注(诗歌卷)〉简介》，杨军，《苏州科技学院学报》2010 年第 2 期

《汗流珠点点，发乱绿葱葱——浅析元稹艳情诗》，刘畅，《黑龙

江史志》2010 年第 4 期

《元稹的得与失》，曾昭游，《安徽文学》2010 年第 4 期

《元稹排律创作的得失》，杜学霞，《南都学坛》2010 年第 3 期

《〈元稹集编年笺注(散文卷)〉简介》，杨军，《苏州科技学院学报》2010 年第 3 期

《元稹、白居易、韩愈等为何不受高棅重视》，申东城，《内江师范学院学报》2010 年第 3 期

《风流才子元稹》，史宗义，《文史天地》2010 年第 4 期

《情与教的沉浮——试论萧纲宫体诗与元稹艳诗创作的不同》，彭丽，《黑龙江史志》2010 年第 4 期

《以古赋为律赋——论元稹对律赋的革新》，郭自虎，《安徽师范大学学报》2010 年第 4 期

《浅析从元稹〈莺莺传〉到王实甫〈西厢记〉的发展变化》，蒋佳青，《安徽文学》2010 年第 4 期

《元稹讽谕诗的题材》，万建军，《语文学刊》上半月刊，2010 年第 9 期，第 3~4 页

《论元稹的宗教信仰及其人生意趣》，段承校，《江苏教育学院学报》2010 年第 5 期

《元稹哀祭文刍论》，陈丽娟，《现代语文(文学研究)》2010 年第 5 期

《论元稹咏物诗的时代精神》，王琴，《佳木斯教育学院学报》2010 年第 5 期

《复杂的元稹》，朱辉，《文史月刊》2010 年第 6 期

《诗到元和体变新——元稹次韵律诗刍议》，郭自虎，《唐代文学研究》第 13 辑，广西师范大学出版社，2010 年 9 月

《关于元稹〈乐府古题序〉的几个问题》，吴相洲，《唐代文学研究》第 13 辑，广西师范大学出版社，2010 年 9 月

2011

《〈元稹与元和文体新变〉序》，余恕诚，《中国韵文学刊》2011 年第 1 期

《唐代元稹乐府诗的音乐思想述评》，丁庆，《黑河学刊》2011 年第 1 期

《关于元稹〈遣悲怀三首〉的争论》，莫砺锋，《文史知识》2011 年第 2 期

《天长地久有时尽，此恨绵绵无绝期——浅论元稹悼亡诗》，王燕，《赤峰学院学报(汉文哲学社会科学版)》2011 年第 2 期

《元稹制诰文简论——兼谈元白与中唐古文运动之关系》，周艳波、岳五九、胡作法，《安徽农业大学学报》2011 年第 2 期

《浅析元稹悼亡诗情感的真挚性》，寇芙蓉，《科教导刊(中旬刊)》2011 年第 4 期

《元稹与乐人交往考》，柏红秀，《盐城师范学院学报》2011 年第 4 期

《论〈西厢记〉主题变迁和人物形象变化的意义——从元稹〈会真记〉到王实甫〈西厢记〉》，肖智才、蒋利，《开封教育学院学报》2011 年第 6 期

《一样柔肠万种情思——试比较纳兰性德悼亡词与潘岳、元稹、苏轼的悼亡作品》，杨雁，《石河子大学学报》2011 年第 6 期

《元稹唱和诗考论》，万建军，《现代语文(学术综合版)》2011 年第 4 期

《"说"的断想与追问——元稹〈行宫〉新析》，万建军，《语文学刊》2011 年第 4 期

《元稹花木审美特点刍议》，俞香顺，《阅江学刊》2011 年第 4 期

《论元稹、李商隐悼亡诗的时空结构》，胡玲，《华章》2011 年第 4 期

《曾经沧海难为水，除却巫山不是云——论元稹的感情世界》，李娜莎，《科技信息》2011 年第 6 期

《试论元稹的文学思想——以〈唐故工部员外郎杜君墓系铭并序〉为中心》，吴振华，《宁波大学学报》2011 年第 6 期

《元稹、白居易唱和诗初探》，李汉南，《安徽文学》2011 年第 6 期

《元稹在汉中的诗歌创作浅谈》，李青石，《陕西教育》2011 年第

6 期

《元稹〈离思〉与贺铸〈鹧鸪天〉的比照——兼论诗词表达情感的特征》，陈光祖，《现代语文(学术综合版)》2011 年第 6 期

《从元稹的婚恋与仕宦态度看其人品——读〈元白诗笺证稿〉札记》，刘媛媛，《语文学刊》2011 年第 6 期

《关于元稹〈郭钊等转勋制〉的标点与编年》，吴伟斌，《南京师范大学文学院学报》2011 年第 6 期

2012

《元稹〈莺莺传〉爱情悲剧原因探究》，段怡，《语文学刊》2012 年第 1 期

《元稹李商隐爱情诗比较》，陈颀、袁弋婷，《才智》2012 年第 1 期

《廿一年刻就元稹〈咏茶〉》，林乾良，《茶博览》2012 年第 1 期

《元稹不同场合唱和诗研究》，臧焱辛，《长春工业大学学报》2012 年第 1 期

《冲破生死界限的情感——元稹〈遣悲怀三首〉与爱伦坡〈安娜贝尔·李〉之比较》，朱佳宁，《商洛学院学报》2012 年第 2 期

《元稹：怅望残春万般意，满棂湖水入西江》，王洁茹，《老年人》2012 年第 2 期

《风流才子元稹的内心纠葛》，李佳恩，《黄河·黄土·黄种人》2012 年第 2 期

《元稹、白居易的李白评论分析——兼及两个问题的辨析》，吴要利，《内江师范学院学报》2012 年第 2 期

《元稹诗歌中的女性形象》，常庆，《新余学院学报》2012 年第 4 期

《元稹"忍情论"新议》，罗朝蓉，《韩山师范学院学报》2012 年第 4 期

《中唐"新乐府"与"乐府诗"押韵韵脚四声韵律之比较研究——以白居易、元稹、刘禹锡为例》，耿志坚，《乐府学》2012 年第 4 期

《白居易的商州诗及与元稹商州诗情感特质之差异》，马玉霞、

付兴林，《陕西理工学院学报》2012 年第 3 期

《论元稹农事诗》，郭自虎，《安徽农业大学学报》2012 年第 3 期

《元稹浙东幕诗酒文会活动考论》，咸晓婷，《阅江学刊》2012 年第 6 期

《从〈莺莺传〉看元稹的感情世界》，李新，《作家》2012 年第 6 期

《论元稹的古体诗》，周京艳，《河南师范大学学报》2012 年第 4 期

《唐·元稹新竹诗(行书)》，于海涛，《青岛文学》2012 年第 5 期

《刘禹锡元稹枕鞭唱和诗系年纪事辨正》，孙思旺，《文学遗产》2012 年第 5 期

《元稹艳诗与悼亡诗中女性形象透视——结合唐代士大夫婚姻观念展开》，沈文凡、左红杰，《吉林师范大学学报》2012 年第 5 期

《元稹笔下“模勒”可释为雕版印刷之证》，刘卫武，《当代图书馆》2012 年第 5 期

《潘岳与元稹的悼亡诗浅析》，方明智，《文教资料》2012 年第 5 期

《浅论元稹诗歌的艺术特色》，万建军，《宿州教育学院学报》2012 年第 6 期

《论元稹悼亡诗之情感意蕴》，张迎双，《安徽文学》2012 年第 6 期

港台论文

《元稹》，张秀亚，台北《中国文学史论集》第 2 期，1958 年 4 月

《元稹诗平议》，严南，香港《文学世界》第 25 期，1960 年 3 月

《元微之连昌宫词发微》(上)，赵冈，香港《民主评论》第 10 卷第 17 期，1960 年 9 月

《元微之连昌宫词发微》(下)，赵冈，香港《民主评论》第 10 卷第 18 期，1960 年 9 月

《陈寅恪著元白诗笺证稿读后》，王尔敏，台北《食货月刊》第 2 卷第 10 期，1973 年 1 月

《元白讽谕诗的理论与创作态度》，吕正惠，台北《幼狮》第 39 卷

第5期，1974年5月

《元稹评传》（上），张达人，台北《生力》第7卷第80期，1974年5月

《元稹评传》（下），张达人，台北《生力》第7卷第81期，1974年6月

《元微之与其元配夫人韦丛》，张达人，台北《古今谈》第117期，1975年1月

《中唐诗人元微之钱重物议状述评》，张达人，台北《生力》第6卷第92期，1975年5月

《多情才子——元稹》，唐润钿，台北《文坛》第171期，1974年9月

《说元白》，夏敬观，见《唐诗说》，台北河洛图书出版社，1975年12月

《领导文学改革的元微之》，林宗霖，台北《艺文志》第128期，1976年5月

《元微之年谱》，薛凤生，台北《书目季刊》第10卷第3期，1976年12月

《论元稹忍情说》，龚鹏程，收入《读诗偶记》，台北：华正书局，1982年4月

《元白讽喻诗的理论与创作态度》，杨石隐，《东方杂志》第22卷第6期，1988年12月

《元白叙事诗中的戏剧成分》，王瑷玲，《中国文哲研究集刊》第5期，1994年9月

《元稹讽喻诗初探》，简光明，《中国国学》第25期，1997年

《试论元白唱和诗的创作手法》，林明珠，《东吴中文研究集刊》1996年第3期

《元稹诗文中反映的婚姻生活》，张静如，《中国文化月刊》第232期，1999年7月

硕士论文

《元稹古诗及乐府之韵例及用韵考》，郑建华，台湾大学中文研

究所，1968 年，【导师】许世瑛

《元白诗韵考》，萧永雄，文化大学，1973 年，【导师】陈新雄

《元白比较研究》，吕正惠，台湾大学，1974 年，【导师】罗联添

《元稹叙论》，刘维治，辽宁大学，1981 年，【导师】孟庆文

《元稹评传》，吴伟斌，南京师范学院，1982 年，【导师】孙望

《白居易、元稹货币思想述论》，万安培，中南财经大学，1989 年，【导师】侯厚吉

《元稹及其诗研究》，吕惠贞，台湾大学中国文学研究所硕士论文，1993 年，【导师】罗联添

《元稹若干问题研究》，石明庆，南开大学，1996 年，【导师】郝世峰

《元稹美刺风教文学思想浅探》，陈世忠，华南师范大学，2004 年，【导师】刘晟

《元稹诗歌与长安》，付莉萍，新疆师范大学，2005 年

《“元轻”考论》，任芃朴，河北师范大学，2005 年，【导师】崔际银

《元稹江陵诗研究》，张旋，华中师范大学，2005 年，【导师】戴建业

《元稹近体诗研究》，萧亚男，北京师范大学，2006 年，【导师】刘宁

《元稹艳诗与悼亡诗研究》，黄冬红，广西师范大学，2007 年，【导师】殷祝胜

《元稹公文研究》，王婵，河南师范大学，2007 年，【导师】曾祥芹

《元稹、白居易唱和诗三论》，赵现平，厦门大学，2007 年，【导师】吴在庆

《元稹诗歌接受史研究》，宗顶侠，安徽师范大学，2007 年，【导师】胡传志、余恕诚

《元稹歌诗研究》，梁宇，首都师范大学，2007 年，【导师】吴相洲

《元稹浙东幕府文学研究》，咸晓婷，浙江大学，2007 年，【导

师】胡可先

《元稹及其古体诗研究》，顾春军，广州大学，2007 年，【导师】吴晟

《元稹入蜀和蜀中诗歌创作考论》，郑枚梅，四川师范大学，2008 年，【导师】吴明贤

《元稹五古研究》，陈和平，江西师范大学，2009 年，【导师】胡耀震

《元稹诗学思想研究》，李焕霞，中央民族大学，2009 年【导师】陈允锋

《元稹诗歌研究》，万建军，扬州大学，2009 年，【导师】汪俊

《元白派散文研究》，肖莹星，江西师范大学，硕士论文，2009 年，【导师】杜华平

《走近元稹——元稹研究》，丁河滨，黑龙江大学，2009 年，【导师】任海天

《元稹公文研究》，韩治宇，长春理工大学，2010 年，【导师】张永明

《元稹唱和诗研究》，臧焱辛，东北师范大学，2010 年，【导师】陈向春

《元稹白居易相异性研究》，李扬扬，河南师范大学，2011 年，【导师】周相录

《元白相似性考索》，彭芳，河南师范大学，2011 年，【导师】周相录

《元稹的婚恋经历及其婚恋作品研究》，曾昭游，江西师范大学，2011 年，【导师】胡耀震

《元稹贬谪诗歌研究》，宁欣，内蒙古大学，2012 年，【导师】高建新

《元稹诗歌叙事性研究》，夏芳莉，安徽大学，2012 年，【导师】吴怀东

博士论文

《元稹生平与作品考索》，周相录，陕西师范大学，2001 年，【导

师】霍松林

《元稹与白居易之唱和诗研究》，邱月儿，复旦大学，2009年，【导师】陈尚君

元稹研究论著　日文

掘敏一《元稹》，平凡社，1951年，“世界历史事典”

花房英树编《元稹索引简编》，京都府立大学中文研究室，1971年

花房英树、前川幸雄编《元稹歌诗语汇索引》，汇文堂书店，1977年

花房英树、前川幸雄《元稹研究》，汇文堂书店，1977年3月

金子彦二郎《元白诗笔与篁春道的诗》，《东京大学国语和国文学》第29卷第2期，1952年2月

星川清孝《白乐天的〈琵琶行〉和元微之的〈琵琶歌〉》，《茨城大学文理学部纪要》7，1957年4月，第1~11页

山本和义《元稹的艳诗及悼亡诗》，《中国文学报》第9期，1958年10月

花房英树《元稹年谱稿》（上），《京都府立大学学术报告》第22期，1970年11月

花房英树《元稹年谱稿》（下），《京都府立大学学术报告》第23期，1971年10月

前川幸雄《〈连昌宫词〉之评价》《福井工业高等专门学校研究纪要》第5期，1972年3月

前川幸雄《元白唱和诗的现代语译》（1），《木马》第21期，1972年11月，第12~14页

前川幸雄《元白唱和诗的现代语译》（2），《秋雨中赠元九》乐天的和篇，《木马》第22期，1973年

前川幸雄《〈早春忆微之〉——乐天的和篇》，《青树》第5期，1973年

前川幸雄《元稹作品系年表稿》，《福井工业高等专门学校研究纪

要》(人文社会科学)第7卷第2期，1974年2月，第1~17页

前川幸雄《白居易的〈梦微之〉及元稹的和篇》，《国语界》第12期，1974年

前川幸雄《元稹的〈遣悲怀〉及乐天的和篇》，《国语界》第14期，1974年

前川幸雄《元白唱和诗一例：〈山中与元九书因题书后〉及其和篇》，《诗界》(日本诗人)第125期，1974年

前川幸雄《元稹歌诗句数之研究》，《福井工业高等专门学校研究纪要(人文社会科学)》1975年8号

前川幸雄《元稹的“菊花”诗及其和诗》，《木马》(东京，西冈光秋)第24期，1975年

前川幸雄《〈唐诗类苑〉中所见元稹的歌诗作品》，《汉文学会会报》(国学院大学汉文学会)第21期，1975年

前川幸雄《元稹诗作押韵之研究》，《福井工业高等专门学校研究纪要》(人文社会科学)1976年9号

前川幸雄《关于静嘉堂文库藏及东大图书馆藏宋本“元氏长庆集”的零本》《汉文学》第15期，福井汉文学会，1976年

前川幸雄《理智的游戏文学：元、白唱和诗的一例》，《汉文学会会报》(国学院大学)第22号(藤野岩友先生喜寿记念号)，1976年11月，第96~105页

前川幸雄《元稹的杜甫观》，《国学院杂志》(国学院大学出版部)第97卷第11期，1996年11月

前川幸雄《元白唱和诗鉴赏》(1)，高田文化协会《文芸たかだ》第226号，1996年11月

前川幸雄《元白唱和诗鉴赏》(2—7)，高田文化协会《文芸たかだ》第227~232号，1997年

前川幸雄《元白唱和诗鉴赏》(8—12)，高田文化协会《文芸たかだ》第234~238号，1998年

前川幸雄《关于元稹的“醉”诗》，《上越教育大学研究纪要》第18卷第2期，1999年3月

入谷仙介《关于悼亡诗：从潘岳到元稹》，收入《入矢教授小川教

授退休记念中国文学语学论集》筑摩书房，1974 年

柳濑喜代志《复古的诗：〈长恨歌传〉〈莺莺传〉见免召杨贵妃的像》，《学术研究》23(国语和国文学编)1974 年 12 月，81~94 页

高桥美千子《关于元稹记梦诗的研究》，《中国文学报》(京都大学文学部)第 32 期，1980 年 10 月，第 47~73 页，刘维治中译文，收入其《元白研究》，人民教育出版社，1999 年 4 月

市川桃子《元稹〈四皓庙〉——中唐诗的批判精神》，收入伊藤漱平(编)《中国古典文学——作品选读》(东京大学出版会)，1981 年 4 月

二宫俊博《关于元稹〈代曲江老人百韵〉诗》，《中国文学论集》(九州大学中国文学会)第 11 期，1982 年 10 月

坂野学《元稹〈梦井〉诗试论》，《函馆大学论究》第 20 期，1988 年 3 月

目加田诚《白居易与元稹》，《鹤见国文》(鹤见大学日本文学会)第 23 期，1988 年 12 月

坂野学《元稹〈三遣悲怀〉诗札记》，《函馆大学论究》第 21 期，1989 年 3 月

赤井益久《论元稹的文学理念(上)——以元和五年为中心》，《汉文学会会报》(国学院大学汉文学会)第 36 期，1990 年 10 月

赤井益久《论元稹的文学理念(下)——以元和五年为中心》，《汉文学会会报》(国学院大学汉文学会)第 37 期，1991 年 12 月

静永健《元稹〈和李校书新题乐府十二首〉的创作意图》，《日本中国学会报》第 43 期，1991 年 10 月

橘英范《关于元稹〈生春〉二十首》，《广岛大学文学部纪要》第 53 期，1993 年 12 月

畑村学《韩愈的“新律诗”——关于元稹对韩愈近体诗的评价》，《宇部工业高等专门学校研究报告》第 44 期，1998 年 3 月

赤井益久《元稹的政治与文学》，收入林田慎之助博士古稀纪念论集编集委员会编《中国读书人的政治与文学》，创文社，2002 年 10 月

赤井益久《自注的文学——以〈元氏长庆集〉为中心》，收入《中国

古典研究》(中国古典研究会)第47期，2002年12月

丸山茂《白氏交游录——元稹、刘禹锡》(上)，《日本大学人文科学研究所研究纪要》第65期，2003年2月

丸山茂《白氏交游录——元稹、刘禹锡》(中)，《日本大学人文科学研究所研究纪要》第67期，2004年

丸山茂《白氏交游录——元稹、刘禹锡》(下)，《日本大学人文科学研究所研究纪要》第74期，2007年

上野裕人《唐诗中所见曹植、曹丕诗的影响——以孟浩然、王昌龄、柳宗元、元稹为中心》，《语文与教育》(鸣门教育大学国语教育学会)第20期，2006年8月

秋谷幸治《元稹〈闻白乐天左降江州司马〉诗的解释——关于诗人情感的表现方法》，《人文科学》(大东文化大学人文科学研究所)第12期，2007年3月

中木爱《元、白的音乐描写及其相关关系——中唐音乐描写的盛行》，《中国中世文学研究》(广岛大学中国中世文学研究会)第51期，2007年3月

元稹研究论著　西文

James R. Hightower(海陶玮)："Yuan Chen and The Story of Ying-Ying"(《元稹与〈莺莺传〉》)，*Harvard Journal of Asiatic Studies*(《哈佛亚洲研究》)，Vol. 33，1973 (1973)，pp. 90-123

Angela J. Palandri(容芷英，又名荣之颖，美籍华人，1926-　)："Yuan Chen's Hui Chen Chi：A Re-Evaluation"(元稹的《会真记》)，*Pacific Coast Philology*，Vol，9，(Apr.，1974)，pp. 16-61

Angela Jung Palandri(荣之颖)，"The Friendship of Yuan Chen and Po Chu-i：a telescopic view"(《元稹与白居易的友谊：一种放大的视角》)，*Proceedings of PNCFL* (*Pacific Northwest Conference on Foreign Languages*)，Vol. 27(1976)，pt. 1，pp. 7-10

Chihying Jung；Angela Palandri(容芷英)：*Yuan Chen*(《元稹》)，*Twayne's World Authors Series*［*TWAS*］(《特怀恩世界作家丛书》)，

1977 年

Lily Hwa（华莉莉）：*Yuan Chen, A. D. 779-831: The Poet-Stateman, His Political and Literary Career*（《元稹：诗人兼政治家，其政治与文学生涯》），伊利诺斯大学厄巴纳·尚佩恩分校博士论文，

1984 年

Ludger Ikas（1963- ）：Der klassische chinesische Vierzeiler：das Beispiel Yuan Zhen（779-831），Frankfurt am Main；New York：P. Lang，c1995. p. 232

Pauline Yu（余宝琳），Stephen Owen（宇文所安），Willard Peterson（裴德生），Peter Bol（包弼德）[Editor]：*Ways With Words: Writing About Reading Texts from Early China*，University of California Press，January 2000，p. 283

Anna M. Shields："Defining Experience：The Poems of Seductive Allure（Yanshi 艳诗）of the Mid-Tang Poet Yuan Zhen（779-831）"，*The Journal of the American Oriental*（《美国东方学会会刊》），Vol. 122，2002

Kerstin Storm（施可婷）："Decisions on crimes in the pan of Yuan Zhen（779-831）". Internationale Konferenz "Public Notion of Crime and Law in East Asia"，Westfälische Wilhelms-Universität Münster，Münster，Deutschland，03/09/2012

Kerstin Storm（施可婷）："'Schöne Worte sind nicht wahr' —Argumentationsformen in den Entscheidungen（pan）des Yuan Zhen（779-831）". 32. Deutscher Orientalistentag，Westfälische Wilhelms-Universität Münster，Münster，Deutschland，25/09/2013

Kerstin Storm（施可婷）："Two pan by Yuan Zhen". International philological workshop organized by Prof. Dr. William Boltz，University of Washington，Seattle，USA，26/06/2014

白居易研究论著目录

白居易研究书目　汉文

全　集

《四部丛刊初编·集部·白氏长庆集》，白居易著，上海：商务印书馆，1919年初次影印本；1929年二次影印本；1936年12月缩印本；上海：上海书店，1989年翻印本。影印日本后水尾天皇元和四年(1618)那波道圆铜活字覆宋印本《白氏文集》，中国国家图书馆藏原刊本

《白香山集》七十一卷，白居易著，(1)上海：商务印书馆，据《四部丛刊》影印日本那波道圆翻宋本《白氏长庆集》排印，1933年12月初版，共1058页，32开。平装全10册。(2)上海：商务印书馆，1934年3月初版，1934年10月再版；1935年6月第三版，共1048页，32开。精装全2册。(3)上海：中央书店，1935年。题名为《白香山全集》，《国学基本文库》。32开。平装全4册，138页+232页+228页+232页。(4)北京：文学古籍刊行社，1954年12月，用商务印书馆排印《万有文库》纸型重印本。32开。平装全3册。(5)台北："商务印书馆"，1968年(精装1册；平装全4册)；台湾"中华书局"，1978年4月，中国国家图书馆藏

《白氏长庆集》七十一卷，白居易著，明万历三十四年(丙午)松江马元调刊本(娄坚重刻序)，全十二册

《白氏长庆集》十帙七十一卷，白居易著，北京：文学古籍刊行社，1955年版，据宋绍兴刊本《白氏长庆集》影印，附敦煌卷子本白

氏诗集残一卷，用中国国家图书馆所摄唐钞本影印，又附《白氏长庆集》补阙字表。精装全三册，线装一函十册；台北：艺文印书馆，1957 年、1971 年、1981 年 2 月再版；北京：北京图书馆出版社，1997 年

《白氏长庆集》七十一卷，白居易著，台北："商务印书馆"，1967 年；1979 年；1983 年；台北：世界书局，1986 年

《白氏长庆集》七十一卷，白居易著，台北：艺文印书馆，1976 年，精装全三册

《白氏长庆集》七十一卷，白居易著，上海：上海古籍出版社，1987 年 8 月，影印台湾文渊阁本《四库全书》，第 1080 册；1994 年 1 月，"四库唐人文集丛刊"

《白氏文集》七十一卷，白居易著，北京：北京图书馆出版社，2004 年 3 月，线装全十册，"中华再造善本·集部·唐宋编"(宋刻本，卷三十二至卷三十三配明影宋抄本)

《白氏文集》七十一卷，白居易著，台北："商务印书馆"，1965 年

《白香山诗集》四十卷，白居易著，清·汪立名(西亭)编订，(1)清康熙四十一年至四十二年汪氏一隅草堂刻本，中国社会科学院文学研究所图书馆藏，一函六册；善本室藏，二十册。包括《白香山诗长庆集》二十卷，附后集十七卷，补遗二卷，别集一卷，附(宋)陈振孙编《白香山年谱旧本》、(清)汪立名编《白香山年谱》。(2)《四库全书》本。(3)1915 年上海会文堂据清汪立名刊本重刊石印本，中国社会科学院文学研究所图书馆藏，四函十二册。(4)《四部备要·集部·白香山诗集》，清·汪立名编《白香山诗集》之排印本，《四部备要》第 71 册；国学整理社，1935 年 12 月初版，共 102 页+478 页，32 开，中国国家图书馆藏；上海：中华书局，1936 年 8 月排印本及缩印本；台北："中华书局"，1965 年；1966 年；1978 年三版；1981 年，全 2 册；台北：世界书局，1961 年；1969 年；1987 年 2 月；台北："商务印书馆"，1983 年；北京：中华书局，1989 年 3 月第 1 次印刷

《白居易集》，白居易著，顾学颉(1913—1999)校点，北京：中

华书局，1979年10月第1版；1985年9月第2次印刷；1988年3月第3次印刷；1991年7月第4次印刷；1996年2月第5次印刷，以宋绍兴刻七十一卷本《白氏长庆集》为底本，全四册，“中国古典文学基本丛书”

《白居易集》，白居易著，王进祥编，台北：汉京文化事业有限公司，1984年3月

《白居易集笺校》，白居易著，朱金城(1921—2011)笺校，上海：上海古籍出版社，1988年12月；2004年1月。“中国古典文学丛书”，以明万历三十四年(1606)马元调刊本为底本，校以文学古籍刊行社影印敦煌残本《白氏诗集》、宋绍兴本《白氏文集》、《四部丛刊》影印日本那波道圆翻宋本《白氏长庆集》等11种，分71卷，各篇诗文均附系年。附白氏诗文篇目索引。全六册。书评：(1)傅璇琮《卅年辛苦不寻常：读〈白居易集笺校〉》，《古籍整理出版情况简报》第217期，1989年11月10日，后收入《唐代文学年鉴》1989—1990年合辑，广西师范大学出版社，1991年9月。(2)东生《制从长庆寓高古，诗到元和体变新：〈白居易集笺校〉评介》，《古籍新书报》2004年2月28日第2版。(3)傅璇琮、罗联添主编，陈友冰(执行)，戴伟华、李丰楙副主编，阎琦本卷主编《唐代文学研究论著集成》第三卷(1981—1990唐代文学研究著作提要)，三秦出版社，2004年10月，第335~338页

《白居易集》，白居易著，喻岳衡点校，长沙：岳麓书社，1992年7月，《古典名著普及文库》，以《四部丛刊》影印那波道圆翻宋本《白氏长庆集》为底本，胡国瑞前言

《白居易全集》，白居易著，刘明杰点校，珠海：珠海出版社，1996年11月，全二册，以宋绍兴刊本《白氏长庆集》为底本

《传世藏书·集库·别集·白居易集》，白居易著，张岱年等主编，海口：海南国际新闻出版中心，1996年1月

《中国古典名著．第十八卷．白居易全集》，白居易著，席子杰、迟双明主编，西宁：青海人民出版社，1998年

《白居易全集》，白居易著，杭州：浙江古籍出版社，1999年3月，“古代文学大师全集丛书”

《白居易全集》，白居易著，丁如明、聂世英校点，上海：上海古籍出版社，1999年5月，底本：宋绍兴刊本《白氏文集》

《中国古代十大文豪全集·白居易全集》，白居易著，张春林编，北京：中国文史出版社，1999年

《白居易诗集》，白居易著，齐豫生、夏于全主编，乌鲁木齐：新疆青少年出版社，2000年4月，“中华文学名著百部丛书”，全二册

《中华文学名著宝库·白居易集》，白居易著，韩鹏杰点校，长春：时代文艺出版社，2000年1月；2001年

《增订注释全唐诗·白居易诗》，陈贻焮(1924—2000)主编、陈铁民、彭庆生副主编，陈冠明、潘竟翰、周吟芬、朱茂汉撰写，北京：文化艺术出版社，2001年5月

《中国十大文豪文学经典·白居易》，白居易著，长春：吉林文史出版社，2004年3月

《中国古代名家诗文集·白居易集》，白居易著，哈尔滨：黑龙江人民出版社，2005年11月，全二卷

《白居易诗集校注》，白居易著，谢思炜(1954—)校注，北京：中华书局，2006年7月，全六册，“中国古典文学基本丛书”

《白居易文集校注》，白居易著，谢思炜(1954—)校注，北京：中华书局，2011年1月，全四册，“中国古典文学基本丛书”

《白居易文集》，白居易著，刘振鹏主编，沈阳：辽海出版社，2010年5月，全四卷

选　集

古人选本

《王凤洲先生校选白乐天长庆集》二十二卷，明·王世贞辑，收入明徐守铭编《元白长庆集》，明万历三十一年(1603)徐氏宁寿堂刻本

《白乐天诗》二卷，白居易著，清·周曰沆辑。清乾隆三十四年(1769)静观草庐刻《六家七律诗选》本

《白氏长庆集选》二卷，白居易著，清·周文在选。智按：周文

在，字振之，一字(号)了闲。海宁(今属浙江)人。乾隆间人。周春(1729—1815)父。监生。《海宁州志稿》卷十四《艺文一一》载此书。周春《髦余诗话》卷四："先君子诗稿毁于丁丑之火，仅存《长庆集选》二卷，载郡邑志艺文。春同先兄谨辑《香山诗评》一卷，桐城张樊川祭酒夫子撰序，谓不减方虚谷，而出刘须溪、冯钝吟之上。"孙殿起《贩书偶记》著录有《香山诗评》(一卷)，乾隆间精刊本，又见于《民国杭州府志》卷九五《艺文志》。即周春兄弟辑《白氏长庆集选》书中评语而成。参见孙琴安《唐诗选本六百种提要》第430页，西安：陕西人民出版社，1987年9月；孙琴安《唐诗选本提要》第355~256页，上海：上海书店，2005年1月

《香山诗钞》二十卷，白居易著，清·杨大鹤(？—1715)选，康熙四十年(1701)刻本，一函四册，白页十行，行十九字，白口，左右双边；台南：庄严文化事业公司，1997年。智按：杨大鹤，字九皋，号芝田，江苏武进人。康熙己未(1679)进士，官至左春坊左谕德

《香山诗选》六卷，白居易著，清·曹文埴(1735—1798)选。清光绪十七年(1891)黔县李氏金陵书局重刻本；上海扫叶山房1915年石印本；上海扫叶山房1918年石印本(署曹竹虚先生选《香山诗选》；上海扫叶山房1927年石印五卷本。智按：曹文埴，字荠原，一字近薇，号竹虚，安徽歙县人。乾隆庚辰(1760)进士，改庶吉士，授编修，官至户部尚书、太子太保。谥文敏。有《石鼓砚斋集》六十二卷，中国国家图书馆藏嘉庆本

《白居易诗》，白居易著，清·姚文田(1758—1827)选，钞本，一函二册。智按：姚文田，字秋农，归安(今浙江湖州)人，嘉庆四年(1799)己未一甲一名进士，授修撰，官至礼部尚书，谥文僖。有《邃雅堂集》十卷[《续修四库全书》影印上海辞书藏清道光元年(1875)江阴学使署刻本第1482册集部]《续编》一卷(《续修四库全书》影印上海辞书藏清道光八年刻本第1482册集部)

《白诗选》七卷，白居易著，清·迭名选，清刻本

《白香山诗集》二卷，白居易著，清·佚名选，清抄本，美国国会图书馆藏

《香山诗选》不分卷，白居易著，旧钞《唐宋四家诗选》本，台湾“中央”图书馆藏。智按：余元甲（？—1765），字柏岩，编《四家诗选》二十一卷，上海师范大学图书馆藏清扬州刻本，选韩、白、苏、陆四家诗。康熙四十九年（1710），王渔洋在去世前一年为其撰有《韩白苏陆四家诗选序》，台湾“中央”图书馆所藏，疑即为此

专题选本

《白文公赠樊谏议诗》一卷，白居易著，清·樊镇辑，山阴樊氏绵绛书屋刻本

《香山闲适诗选》二卷，白居易著，周学熙（1866—1947）选。辑入《周氏师古堂所编书·八家闲适诗选》，民国至德周氏师古堂刊本。其他七家为渊明闲适诗选一卷，苏州闲适诗选一卷，少陵闲适诗选一卷，东坡闲适诗选二卷，剑南闲适诗选六卷，朱子闲适诗选一卷。周学熙有《止庵诗存·外集》，收入“近代中国史料丛刊”（0397）

《香山酒颂》二卷，白居易著，明·周履靖和，《丛书集成初编》第1758册，上海：商务印书馆，1939年；北京：中华书局，1985年新1版；台北：艺文印书馆，1966年；台北：“商务印书馆”，1969年；台北：新文丰出版公司，1984年；台北：“国立故宫博物院”，1997年

《白氏讽谏》一卷，白居易著，上海：中华书局上海编辑所，1958年12月，据光绪十九年（1893）武进费念慈（1855—1905）影刻宋本《新雕校正大字白氏讽谏》影印

《白氏讽谏》一卷，白居易著，台湾：开明书店，1976年

《白氏讽谏》一卷，白居易著，台北：“国立故宫博物院”，1997年

《白居易判》二卷，台北：新文丰出版公司，《丛书集成续编》第52册，影印民国壁经堂丛书本，1989年

白氏六帖

《白氏六帖事类集》三十卷，白居易撰，1933年吴兴张氏用江安傅氏藏宋本影印，中国社会科学院文学研究所图书馆藏，一函十二册

《白氏六帖事类集》三十卷，白居易著，台北：新兴书局，1969年；1975年，据宋绍兴丙辰（1136）刻本影印，2册，第4页附傅增

湘《宋本白氏六帖事例类集跋》

《白氏六帖事类集》三十卷，白居易著，北京：文物出版社，1987年5月影印本。刘叶秋前言。线装一函六册，三十卷，计235目，分1367门，另附有503小目，合计1870门。《略谈〈白氏六帖事类集〉、〈白孔六帖〉和〈六帖补〉》刘叶秋《古籍整理出版情况简报》1986年第5期

《宋本白氏六帖事类集》三十卷，白居易著，收入董治安主编《唐代四大类书》，北京：清华大学出版社，2003年11月，第3册

《唐宋白孔六帖》一百卷目录二卷，白居易撰，(宋)孔传补，明嘉靖刊本，中国社会科学院文学研究所图书馆善本室藏

《白孔六帖》一百卷，白居易著，宋·孔传补，台北：新兴书局，1969年；1975年；台北："商务印书馆"，1983年，据明嘉靖壬午(1522)刻本影印，2册

《唐宋白孔六帖》一百卷，白居易著，宋·孔传补，台北：鼎文书局，1975年；台北："国立故宫博物院"，1997年(映像公司)

其他

《洛中九老会》，白居易等著，上海：扫叶山房，1926年；台北：新兴书局，1968年、1985年

《香山九老会诗》一卷，白居易等著，台北：新文丰出版公司，1989年；上海：上海书店，1994年

《太湖石记》，白居易著，上海：商务印书馆，1914年

《五泉亭记》，白居易著，上海：中华书局，1924年

今人选本

《音注白乐天诗》，沈伯经(沈镕1886—1949)，上海：文明书局，1924年；1928年石印本

《(新式标点)白香山诗后集》(1)杜芝泉标点，胡协寅校阅，上海：大达图书供应社，1935年4月初版，共356页，32开，全2册，分上下卷，收1300余首。书前有序。中国国家图书馆藏。(2)上海：达文书店，1936年5月初版，全2册(共176页；共180页)，32开。封面题有"名人杰作"。上海图书馆藏

《白居易诗》傅东华(1893—1971)，选注：(1)上海：商务印书

馆，1928年9月初版；1947年2月第4版，王云五、朱经农主编“学生国学丛书”，共289页，32开。(2)上海：商务印书馆，1930年4月初版，王云五主编《万有文库》第800种，共279页；1939年12月，《万有文库》第一、二集简编；1934年2月第2版，1934年6月第3版，王云五主编《学生国学丛书》，共289页，36开。(3)台北：“商务印书馆”，1964年；1967年；1969年第1版。(4)祝祚钦校订，武汉：崇文书局，2014年8月，“民国国学文库”。以清·汪立名编《白香山诗集》为底本，共选诗549首，有注释。书前有傅东华的导言，介绍作者生平和成就等。1947年版增列丛书名为“新中学文库”。北京、上海图书馆藏

《白居易诗选》高剑华选注，上海：群学社，1932年；香港：实学书店，1958年

《(音注)白乐天·柳柳州·韦苏州诗》沈归愚(德潜)选，中华书局辑注，上海：中华书局，1936年8月第1版，共90页；1941年1月第3版，共124页，32开，页数不连，“中国文学精华丛书”。共收三家诗156首，每首诗均有注释。每部分前有提要及作者小传

《〈长恨歌〉英译：汉英对照》，任泰，上海：中华书局，1939年

《白居易诗选》，王学正编，上海：经纬书局，1936年1月，共164页，50开，“经纬百科丛书”。选诗170余首。封面书名前加题“中国民间第一诗人”。北京、上海图书馆藏。见北京图书馆编《民国时期总书目》(1911—1949)上册，第331页(书目文献出版社，1992年11月)。一说共163页，见上海图书馆编印《中国近代现代丛书目录》第724~725页(上海图书馆，1979年9月第1次印刷；1980年9月第2次印刷)

《元白诗选》，苏仲翔(1908—1995)选注，上海：春明出版社，1956年2月第1版；上海：古典文学出版社，1957年2月，新一版；修订版，郑州：中州书画社，1982年8月，改名《元白诗选注》

《白居易诗选译》，霍松林(1921—2017)选译，天津：百花文艺出版社，1959年7月第1版；修订本，1986年2月；2003年7月；其间曾改名《白居易诗译析》，哈尔滨：黑龙江人民出版社，1981年9月；台北：建文书局，1965年

《白居易诗选集》，许凯如，台北：五洲出版社，1960 年

《白居易诗选译》，许凯如选译，台北：华联出版社，1976 年

《白居易诗选》，顾肇仓(1913—1999)、周汝昌(1918—2012)，北京：作家出版社，1962 年 12 月第 1 版；北京：人民文学出版社，1963 年 7 月；1982 年；1986 年 6 月；1997 年 6 月，“中国古典文学读本丛书”

《一曲琵琶说到今：白居易诗赏析》，李瑞腾辑，吴哲夫审定，台北：伟文图书公司，1978 年；1981 年，共 172 页，张梦机主编“诗与诗人丛刊”

《李白、杜甫与白居易》，欧阳彬、许慎知编注，台南：大夏出版社，1978 年。选白诗 99 首，加以题解、注释、今译

《白居易选集》，王汝弼(1910—1982)选注，上海：上海古籍出版社，1980 年 10 月第 1 版，《中国古典文学名家选集》

《大众化的诗人白居易》，王光华编译，台北：常春树书坊，1981 年 3 月

《白居易的新乐府》，陈香编注，台北：“国家出版社”，1982 年 5 月初版，1990 年再版，“书的世界”第 46 种；台湾：“中华书局”，2004 年 6 月

《唐诗精华之三：诗魔白居易》，蓬莱编辑部，台北：蓬莱出版社，1982 年

《白居易诗译释》，李希南、郭炳兴译释，哈尔滨：黑龙江人民出版社，1983 年 3 月第 1 版，1984 年 9 月第 2 版，1997 年 1 第 3 次印刷

《白居易诗文选注》，龚克昌、彭重光选注，上海：上海古籍出版社，1984 年 1 月第 1 版，“中国古典文学作品选读”

《中国诗苑精华 · 白居易卷》，龚克昌、彭重光选注，济南：山东大学出版社，1997 年 4 月；1999 年 1 月，改名《中国文学名家精品系列 · 白居易诗选》

《白居易诗选》，梁鉴江选注，香港：“三联书店”，1985 年 7 月；广州：广东人民出版社，1986 年 9 月，收入刘逸生主编的“中国历代诗人选集”；台北：远流出版事业公司，1988 年初版；1989 年

第2次印刷，1991年第3次印刷，附顾学颉《白居易年谱简编》

《白居易散文校记》，罗联添，台北：学海出版社，1986年2月

《白居易诗集》，台北：新文丰出版公司，1986年

《大唐进士白居易千金字图、次郑氏字图》，台北：新文丰出版公司，1986年

《白居易诗集导读》，朱金城、朱易安，成都：巴蜀书社，1988年5月，“中华文化要籍导读丛书”；北京：中国国际广播出版社，2009年1月，“国学大讲堂”

《唐诗欣赏·白居易》，张淑琼，台北：地球出版社，1989年

《白居易诗歌赏析》，郑永晓著，华岩审定，南宁：广西教育出版社，1990年6月，“中国古典文学作品选析丛书”。又名《相逢何必曾相识：白居易作品赏析》，台北：开今出版公司，1993年2月；台湾：德威国际文化事业有限公司，2002年9月再版

《白居易诗歌赏析集》，褚斌杰主编，成都：巴蜀书社，1990年4月；1996年8月，“中国古典文学赏析丛书”

《元稹白居易诗选译》，吴大奎、马秀娟选译，成都：巴蜀书社，1991年10月

《元稹、白居易诗》，吴大奎、马秀娟选译，宗福邦审阅，台北：锦绣出版事业股份有限公司，1993年，收入戴月芳主编“中国名著选译丛书”

《白居易诗精华》，徐子宏选注，贵阳：贵州人民出版社，1993年12月，“中国古典文学名著选译丛书”

《唐宋八大名家3·白居易经典作品选》，鹤鸣编选，重庆：西南师范大学出版社，1995年

《白居易元稹韩愈柳宗元诗歌精选200首》，王一娟、傅绍良选注，太原：山西古籍出版社，1995年12月，霍松林、卢兴基主编“唐宋诗词三十家丛书”

《白居易诗词：插图本》，邹言选注，济南：济南出版社，1995年10月，“唐宋诗词十大家丛书”

《白居易诗歌精选》，时宜之选注，石家庄：花山文艺出版社，1996年1月

《白居易诗精选精注》，施蓉、苏建科选注，桂林：广西师范大学出版社，1996 年 3 月，“唐诗精粹丛书”

《中小学生精读唐诗 · 白居易》，鲁越、王晓东主编，梁卫辉、齐超、李怀银副主编，北京：中国人民公安大学出版社，1996 年 8 月

《唐宋诗词赏析 · 白居易诗赏析》，费如明选注，海口：海南出版社，1997 年 9 月

《中国诗苑英华 · 白居易卷》，王培源等选注，济南：山东大学出版社，1997 年 4 月，吴庚舜主编

《唐名家诗选赏 · 白居易卷》，姚大勇等选注，上海：三联书店，1997 年 11 月，方智范主编

《中国古代十大诗人精品全集 · 白居易》，谢思炜选注，大连：大连出版社，1997 年 1 月第 1 版，1998 年 1 月第 2 版，邓绍基、周秀才、侯光复主编

《大唐诗魔白居易诗选》，张健选注，台北：五南图书出版公司，1998 年 4 月初版

《白居易诗选注》，赵立、马连湘选注，长春：吉林文史出版社，2000 年 1 月；2001 年 6 月，邓魁英主编“诗仙诗圣精品文库”

《元白诗传》，郭杰选注，长春：吉林人民出版社，2000 年 1 月，“中国历代名家流派诗传丛书”

《白居易诗选》，汪启明选注，成都：巴蜀书社，2000 年 7 月，2008 年 9 月

《中国古典文学精品屋 · 白居易》，姜洪伟选注，合肥：黄山书社，2001 年 1 月

《古诗名家诵读本 · 白居易》，张少康主编、邓芳选编，北京：中国少年儿童出版社，2001 年 4 月

《白居易选集》，周勋初、严杰选注，北京：人民文学出版社，2002 年 1 月，“世界文学名著文库”

《白居易诗选》，吕庆业、李淼编，长春：吉林文史出版社，2002 年 5 月，“小小口袋丛书”

《刘禹锡白居易诗选评》，萧瑞峰、彭万隆选评，上海：上海古

籍出版社，2002 年 10 月，“新世纪古典文学经典读本”

《韩愈书启杂文集 · 柳宗元诗集 · 白居易古调诗集》，首都师范大学文献研究所编著，山东画报出版社，2004 年 1 月，“四库家藏 130、集部”

《白居易集》，孙安邦、孙蓓，太原：山西古籍出版社，2004 年 2 月第 1 版，2005 年 2 月第 2 次印刷，《中国家庭基本藏书 · 名家选集卷》，遴选 140 首(篇)。吉川幸次郎《关于白居易》一文代序

《白居易诗》，邓魁英编，长春：吉林文史出版社，2004 年 6 月，拾元本《随身书库》，插图 · 轻纸 · 香书

《白居易诗选》，谢思炜选注，北京：中华书局，2005 年 1 月，“古典诗词名家丛书”；2009 年 8 月(插图版)，“古典诗词坊”

《白居易诗》，孙明君选注，北京：人民文学出版社，2005 年 5 月；2012 年 11 月，“唐诗名家诵读”

《白居易：中国古典诗词精品赏读》，陈才智，北京：五洲传播出版社，2005 年 10 月

《白居易诗集》，秦明月、鲁月主编，乌鲁木齐：新疆青少年出版社，2005 年 11 月

《白居易集》，严杰，南京：凤凰出版社，2006 年 11 月，霍松林主编《历代名家精选集》；2014 年 10 月，“名家精注精评本”

《白居易诗选》，许渊冲编著，石家庄：河北人民出版社，2006 年 12 月。共 109 页。《许译中国经典诗词》图文典藏本，中英文本

《白居易诗赏读》，张黔、吕静平，北京：线装书局，2007 年 4 月，李永田、董希平主编《唐宋名家诗词赏读》

《白居易名篇名句赏读》，余亮编，呼和浩特：远方出版社，2007 年 6 月

《白居易诗词选》，姜洪伟注评，合肥：黄山书社，2007 年 10 月；2008 年 8 月，“中华古典精品丛书”

《白居易诗选评》，师长泰注评，西安：三秦出版社，2008 年 2 月，“名家注评古典文学丛书”

《白居易洛中诗编年集》，白高来、白永彤编，北京：军事谊文出版社，2008 年 10 月

《白居易、元稹、刘禹锡唱和诗编年集》，白高来、白永彤编著，沈阳：白山出版社，2009 年 8 月，“洛都文苑丛书”

《新译白居易诗文选》，陶敏、鲁茜选译，台北：三民书局，2009 年 11 月，“古籍今注新译丛书”

《李白、杜甫、白居易名诗经典大全集》，北京：高等教育出版社，2010 年 12 月，“国民人文素养大全集”

《白居易诗集鉴赏》，赵春辉编著，呼和浩特：内蒙古人民出版社，2010 年

《元稹白居易诗选译》，吴大奎、马秀娟选译，宗福邦审阅，南京：凤凰出版社，2011 年 5 月，收入“古代文史名著选译丛书”

《白居易诗选》，扬州：广陵书社，2012 年 6 月

《白居易洛阳诗文精粹》，白高来、白星，沈阳：白山出版社，2012 年 10 月

《白居易诗选》，汤华泉，郑州：中州古籍出版社，2012 年 11 月，“国学经典丛书”第二辑

《白居易西湖诗全璧》，陈文锦编著，杭州：西泠印社出版社，2013 年 6 月

《白居易诗歌选注》，郭杰，北京：清华大学出版社，2013 年 7 月

《中华传统文化精粹·许渊冲英译白居易诗选》，许渊冲译，北京：中国对外翻译出版公司，2014 年 5 月

《白居易诗词》，王玲编著，济南：济南出版社，2014 年 4 月，收入李永祥、宫明莹主编“唐宋诗词十大家丛书”

《白居易诗词新释》，袁湘生著，北京：经济日报出版社，2014 年 7 月，共 216 页

《白居易诗文鉴赏辞典》，上海辞书出版社文学鉴赏辞典编纂中心编，上海：上海辞书出版社，2014 年 8 月，共 228 页

《李白·杜甫·白居易诗》，昆明：晨光出版社，2014 年 9 月。“线装经典”

《白居易长安诗文精粹》，白高来编著，郑州：中州古籍出版社，2014 年 10 月

年谱家谱

《白居易生活系年》，王拾遗，银川：宁夏人民出版社，1981 年 6 月

《白居易年谱》，朱金城，上海：上海古籍出版社，1982 年 6 月；台北：文史哲出版社，1991 年 12 月(均 335 页)。书评：(1)彭黎明《朱金城著〈白居易年谱〉》，《文献》第 16 辑，北京：书目文献出版社，1983 年 6 月，第 261～263 页。(2)《白居易年谱》(朱金城著)，曹明纲撰，《唐代文学研究年鉴(1983)·近几年新书选评》，中国唐代文学学会、陕西师范大学中文系编，1984 年 3 月，第 251～252 页。(3)傅璇琮、罗联添主编，陈友冰(执行)，戴伟华、李丰楙副主编，阎琦本卷主编《唐代文学研究论著集成》第三卷(1981—1990 唐代文学研究著作提要)，三秦出版社，2004 年 10 月第 1 版，第 70～71 页

《白乐天年谱》，罗联添，台北："国立编译馆"，1989 年 7 月

《白居易家谱》，白书斋(续谱)、顾学颉(编注)，北京：中国旅游出版社，1983 年 3 月，内含顾学颉《白居易行实编年》

《洛阳市郊区文史资料专辑·白居易家谱》，洛阳：中国人民政治协商会议洛阳市郊区委员会学习文史资料委员会编，洛阳市振兴印刷厂印刷，1990 年 2 月。参见白高来、白振修《白居易与洛阳》第 111 页，北京：银河出版社，2006 年 8 月

《白居易家谱》，白居易后裔理事会，1991 年 4 月。参见白高来、白振修《白居易与洛阳》第 111 页，北京：银河出版社，2006 年 8 月

《中国历史名人资料·白居易家谱》，白剑主编，白居易后裔理事会整理，云南新闻出版局准印，昆明地质印刷所印装，1998 年 8 月。参见白高来、白振修《白居易与洛阳》第 111 页，北京：银河出版社，2006 年 8 月

附相关文献：

1)唐·白居易自编年谱，见袁翼《钱竹汀先生年谱·序》，存疑

2)宋·李潢编《白乐天年谱》，见陈振孙《直斋书录解题》引，已佚

3）宋·何友谅编《白香山年谱》一卷，见陈振孙《直斋书录解题》引，已佚

4）宋·陈振孙编《白氏文公年谱》（又名《白香山年谱旧本》）一卷，明抄本，见《北京图书馆善本书目》，收入《北图年谱丛刊》；又，《白香山诗集》内，清康熙四十二年一隅草堂刊本（又名白文公年谱）

5）宋·陈傅良编《白香山年谱》，见民国《三台县志》

6）清·汪立名编《白香山年谱》一卷，《白香山诗集》内，清康熙四十二年（1703）一隅草堂刊本；收入周和平主编《北京图书馆藏珍本年谱丛刊》，北京：北京图书馆出版社，1999 年 5 月

7）周庆熙《白乐天评传及其年表》，《河北女师国文学会特刊》第 3 号，1935 年 5 月

8）戴传安《白发诗人白乐天》，《国专月刊》2 卷 4 期（1936）

9）施学习《白香山关系年谱》，《白香山之研究》附录本，台北：台湾新民报社，日本昭和十五年（1940）著者自刊；彰化：鹿港文教基金会，1984 年，共 284 页

10）王拾遗《白居易生平事迹考略》，收入其《白居易研究》，上海文艺联合出版社，1954 年 8 月

11）花房英树《白居易年谱稿》（上），《京都府立大学学术报告·人文》第 14 号，第 27~41 页，昭和三十七年（1962）10 月；《白居易年谱稿》（下），《京都府立大学学术报告·人文》第 15 号，第 63~87 页，昭和三十八年（1963）11 月；《中国关系论说资料》第 1 号第 2 分册，第 102~114 页，昭和三十九年（1964）

12）苏仲翔《元白简谱》，附于《元白诗选》（春明出版社，1956 年 2 月；古典文学出版社，1957 年 2 月，新 1 版；中州书画社，1982 年 8 月，改名《元白诗选注》）

13）顾肇仓《白居易年谱（简编）》，附于顾肇仓、周汝昌《白居易诗选》，作家出版社，1962 年 12 月；人民文学出版社，1963 年 7 月）及顾学颉校点《白居易集》（中华书局，1979 年 10 月）书后，收入《顾学颉文学论集》，中国社会科学出版社，1987 年 8 月

14）罗联添《白香山年谱考辨》，台北：《大陆杂志》第 31 卷第 3 期，1965 年 8 月

15)罗联添《白居易作品系年》，《大陆杂志》第38卷第3期，1969年2月；《秦汉中古史研究论集》(《大陆杂志》史学丛书第3辑第2册)，第365~370页，台北：大陆杂志社，1970年

参考文献：

1)《中国历代人物年谱集目》，杭州大学图书馆资料组编印，1962年12月

2)《中国历代名人年谱总目》，王德毅编，台北：华世出版社，1979年1月，“检索丛刊甲种”

3)《中国历代人物年谱考录》，谢巍编撰，北京：中华书局，1992年11月

4)《中国历代年谱总录》(增订本)，杨殿珣编，北京：书目文献出版社，1996年5月

传记评传

《白居易评传》，郭虚中(1912—1971)著，南京：正中书局，1936年10月第1版；1943年2月第3版；上海：正中书局，1947年1月新版

《人民诗人：白居易》，王进珊(1907—1999)著，上海：大中国图书局，1953年，“爱国主义通俗历史故事小丛书”；《人民诗人白居易》，上海：上海四联出版社，1954年10月，“祖国文化小丛书”；新艺术出版社，1956年

《白居易传论》，苏仲翔(1908—1995)著，上海：上海文艺联合出版社，1955年4月，“中国古典文学研究丛刊”；上海：古典文学出版社，1957年8月；1966年。节选本又收入《缽水斋文史丛稿》(署苏渊雷)，北京：团结出版社，1989年12月第1版，1990年2月第1次印刷

《白居易》，范宁(1916—1997)著，上海：新知识出版社，1955年8月；修订本，郑州：中州书画社，1982年2月

《白居易传》，万曼(1903—1971)著，长沙：湖北人民出版社，1956年12月

《白居易》，王拾遗著，上海：上海人民出版社，1957年3月

《白居易诗传》，张炯著，台北：“中央文物供应社”，1957年5月

《白居易评传》，褚斌杰著，北京：作家出版社，1957年12月；北京：人民文学出版社，1980年9月；北京：北京大学出版社，1994年9月。后二版为修订本

《白居易》，楚子(再版署名褚斌杰)，北京：中华书局，1962年9月；1964年2月第2次印刷；1982年7月再版，《中国历史小丛书》

《白居易》，褚斌杰，沈阳：春风文艺出版社，1999年1月，“插图本中国文学史小丛书”第32种

《白居易》陈友琴著

①上海：中华书局上海编辑所，1961年12月第1版，3.6万字；1965年12月第2版，3.8万字，有所修订，“古典文学基本知识丛书”

②上海：上海古籍出版社，1978年5月新版第1版，1982年1月第2次印刷，4万字，“中国古典文学基本知识丛书”

③台北：群玉堂出版事业有限公司，1978年5月第1版

④日本：日中出版社，1985年3月，山田侑平译本，收入“中国古典入门丛书”，共162页

⑤台湾：国文天地出版社，1992年

⑥上海：上海古籍出版社，1998年6月，将其与龚克昌、彭重光《白居易诗文选注》(上海古籍出版社，1984年1月)合订为《白居易及其作品选》；又有《唐代五大文豪》本

《白居易评传》，梁容若(1904—1997)，见其《文学十家传》，台中：东海大学出版社，1966年8月，《中国文学百家传》第一辑；《文学二十家传·白居易》，梁容若著，北京：中华书局，1991年10月

《白居易评传》，刘维崇著，台北：“商务印书馆”，1970年4月；1974年6月；1996年9月新2版，“人人文库”特号

《白居易》，邱燮友(1931—　)著，台北：河洛图书出版社，1978年2月初版；台北：“国家出版社”，1982年6月，“古风丛书”7；1988年8月，“国家古风丛书”4，共184页

《白居易》，刘太楝评注，台北：林白出版社，1979年。据中国社会科学院历史研究所编《1900—1980八十年来史学书目》，中国社会科学出版社，1984年10月，共105页。陈伯海、朱易安编撰《唐

诗书录》，齐鲁书社，1988 年 12 月，第 656 页，作“刘太栋”

《大诗人白居易》，陈翔著，郑州：河南人民出版社，1982 年 1 月，“历史小故事丛书”

《白居易传》，王拾遗著，西安：陕西人民出版社，1983 年 5 月，共 328 页

《讽谕诗人白居易传记》，谭继山编译，台北：万盛出版有限公司，1983 年 7 月，据太田次男《讽谕诗人白乐天》(东京：集英社，1983 年 1 月)编译

《白居易的故事》，子谔、一飞、吉庠，北京：少年儿童出版社，1984 年 1 月；1994 年

《白居易传》，汪禔义，台北：国际文化事业有限公司，1985 年，《中国名人传记》第一辑第七种；国际文化事业有限公司(国际翻译社)，2005 年 5 月

《白乐天》，台北：大塊出版社，1985 年

《白居易与杭州》，王遂今著，杭州：浙江人民出版社，1986 年 5 月，“浙江历史小丛书”

《江州司马传奇》，胡济涛、施星火著，郑州：黄河文艺出版社，1987 年 9 月，“名人传记丛书”

《白居易：平易旷达的社会诗人》，黄绵珠著，台北：幼狮出版文化公司，1987 年；1988 年 11 月；1993 年

《老妪都解白居易》，王勤，台北：华严出版社，1991 年 4 月，1996 年重版，《中国文学艺术家传记》24

《白居易》，陈敏杰、羊达之著，南京：江苏古籍出版社，1991 年 7 月，“中国名人传丛书”

《白居易》，花房英树著，王文亮、黄玮译，滕颖校，北京：社会科学文献出版社，1991 年 12 月

《白香山之性情与生活》，王能杰著，台中：大社会文化出版社，1991 年

《白居易》，台北：锦绣出版事业股份有限公司，台北：国文天地杂志社发行；新店：鸿泰总经销，1992 年

《白居易》，萧文苑著，北京：新蕾出版社，1993 年 5 月，“中华

历史名人丛书”

《白居易传》，潘泰泉著，太原：北岳文艺出版社，1996 年 11 月第 1 版，1997 年 1 月第 1 次印刷，共 520 页，历史小说

《白居易》，居新宇、王宪章著，北京：中国国际广播出版社，1996 年

《白居易》，李芍著，北京：中国华侨出版社，1996 年 4 月，海童、橡子主编《“中华魂”华夏名人传记系列 · 文学家丛书》

《白居易风雨之旅》，刘剑锋著，北京：华艺出版社，1997 年 8 月

《中外名人小传》第 3 辑《白居易小传》，王佩芬编著，广州：广东旅游出版社，1997 年

《白居易》，张弘编写，北京：人民文学出版社，1997 年，“斑马书系”

《白居易传》，刘维治、焦淑清著，沈阳：辽海出版社，1998 年 5 月，“中华名人传记丛书”；2006 年 3 月，“中国古代著名文学传记丛书”，全二册

《文章已满行人耳：白居易全传》，吴伟斌著，长春：长春出版社，1999 年 1 月，“中国历代才子传丛书”

《白居易：中唐 · 现实主义诗人(772—846)》，杨志贤著，深圳：海天出版社，1999 年 5 月；2000 年；2007 年，“世界巨人传记丛书 · 中国文学家卷”

《白居易　苏轼》，杨志贤、陈节著，深圳：海天出版社，2001 年，“世界巨人传记丛书 · 中国文学家卷”

《白居易》，葛培岭(1946—　)著，台北：知书房，2001 年 12 月初版

《白居易评传》，蹇长春(1933—　)著，南京：南京大学出版社，2002 年 5 月，“思想家评传丛书”(附尹占华《元稹评传》)

《白居易　现实主义诗人》，若寒编著，延吉：延边人民出版社，2002 年

《白居易》，丁岚编著，海口：海南出版社，2003 年

《白居易》，张先德著，北京：中国少年儿童出版社，2005 年 5

月，“世界大人物丛书”

《平民诗者白居易》，乌鲁木齐：新疆青少年出版社，2006 年 1 月，“文史风景线 · 中小学图书馆必备文库”第 5 辑

《白居易》，竞游主编，呼和浩特：内蒙古人民出版社，2007 年

《花径 · 白居易庐山草堂》，徐顺民、张雷编著，南昌：江西美术出版社，2009 年 4 月

《白居易正传》，白谦益著，沈阳：白山出版社，2012 年 11 月

《酒狂诗魔且情长：白居易传》，刘春编，北京：光明日报出版社，2012 年 11 月

《香山诗旅：追寻白居易的足音》，靳录著，郑州：中州古籍出版社，2012 年 11 月。分为故里行、邻里行、故地行、亲缘会、交游会、粉丝会六部分，并将相关的六篇文章以附录的形式附后。中有白居易像、白居易手迹、白居易主要活动区域图和 13 个主要活动区域的图片

《千古白居易》，白高来、白洪伟、白建彬编著，沈阳：白山出版社，2013 年 4 月

《仁者兼济天下：白居易的人生实践》，白坤堂、白丽编著，沈阳：白山出版社，2013 年 8 月

《孤负青山心共知：白居易》，朱丹红著，北京：北京工业大学出版社，2013 年 11 月，“大唐才子诗传”

《千古白居易》，白高来、白洪伟编著，洛阳市地方史志办公室编，郑州：中州古籍出版社，2013 年 12 月

《江州司马白居易》，陈建国著，南昌：江西高校出版社，2014 年 11 月

《白居易诗传》，薇薇，北京：时事出版社，2015 年 1 月，“唐诗是一曲风流”之四

《中国诗人列传 · 白居易》，陆明山编译，香港：雅文出版社，出版时间未标明

专著专集

《白香山之研究》，施学习（鸠堂）著，台北：台湾新民报社，

1940年，著者自刊；彰化：财团法人鹿港文教基金会，1984年9月1日，共284页

《白香山新乐府笺证》，陈寅恪著，北平：国立清华大学，1942年

《元白诗笺证稿》，陈寅恪著

①广州：岭南大学中国文化研究室，1950年11月，《岭南学报丛书》第一种

②北京：文学古籍刊行社，1955年9月第1版，上海第1次印刷，第1次修订本

③上海：古典文学出版社，1958年4月；第2次修订本

④上海：中华书局上海编辑所1959年11月；第3次修订本

⑤香港："商务印书馆"，1962年5月

⑥台北：世界书局，1963年1月；1976年

⑦台北：明伦出版社，1970年

⑧台北："中央研究院"史语所，1971年节录本

⑨台北：台湾三人行出版社，1974年版

⑩台北：九思出版社，1977年版

⑪上海：上海古籍出版社，1978年3月新1版

⑫台北：里仁书局，1979年；1981年

⑬上海：上海古籍出版社，1982年2月第2次印刷，《陈寅恪文集》之六

⑭北京：三联书店，《陈寅恪集》第六种，2001年4月，共383页

《陈寅恪"元白诗证史"讲席侧记》，刘隆凯整理，武汉：湖北教育出版社，2005年3月。1957年9月至1958年6月陈寅恪在中山大学新开选修课"元白诗证史"的讲课记录

《白诗研究》，黄亦真著，台北：文史哲出版社，1977年6月(台湾文化大学中文研究所硕士论文，1976年，导师：汪中)

《白居易研究》，王拾遗著，上海：文艺联合出版社，1954年8月，《中国古典文学研究丛刊》

《白居易研究》，台北：成伟出版社编，1979年。据中国社会科学院历史研究所编《1900—1980八十年来史学书目》，中国社会科学出版社，1984年10月，第105页；陈伯海、朱易安编撰《唐诗书录》，齐鲁书社，1988年12月，第656页。"中国学术名著丛刊"，共418页

《白居易〈长恨歌〉与〈琵琶行〉的研究》，杨国娟著，台中：光启出版社，1981年3月初版，《文艺丛书》之六十二

《白居易诗中的民族精神》，李萃英著，台北：文史哲出版社，1981年

《白居易研究》，施鸠堂著，台北：天华出版事业公司，1981年10月；1984年

《白居易新乐府研究》，张静晔著，台北：蓬莱出版社，1982年

《白居易研究》，陈立伟著，台北：珠光出版社，1982年

《白居易与音乐》，刘兰著，上海：上海文艺出版社，1983年1月，《音乐爱好者丛书》

《长恨歌笺说稿》，周天著，西安：陕西人民出版社，1983年11月

《白居易研究》，杨宗莹著，台北：文津出版社，1985年3月，共326页

《〈源氏物语〉与〈白氏文集〉》，丸山清子(丸山キヨ子)著，申非译，北京：国际文化出版公司，1985年5月(共207页)，根据“东京女子大学学会研究丛书”(1964年8月)译出

《白居易新乐府研究》，廖美云著，台北：学生书局，1986年

《白居易研究》，朱金城著，西安：陕西人民出版社，1987年4月，“唐代文学研究丛书”；台北：文史哲出版社，1992年12月

《白乐天陆放翁两家较析》，梁厚建著，高雄：复文图书出版社，1988年3月初版

《唐代新乐府诗人及其代表作品》，黄浴沂著，台北：学海出版社，1988年6月

《白居易研究新探》，彭安湘著，重庆：西南师范大学出版社，1989年1月，“云南大学丛书”，共301页

《〈长恨歌〉及同题材诗详解》，靳极苍(1907—2006)著，太原：山西古籍出版社，1989年4月第1版；2002年1月修订再版，《注释学系列丛书》

《破绎〈长恨歌〉之谜》，贾恩洪著，台北：文史哲出版社，1989年12月

《元白新乐府研究》，廖美云著，台北：学生书局，1989年6月，"中国文学研究丛刊"(台湾师范大学国文研究所硕士论文，1987年)

《白居易研究》，左忠诚主编，渭南白居易研究会内部印刷，1989年。收《白居易故里考释》、《白居易在渭南事略》、《论白居易退居渭村时期的思想和作品》等二十余篇

《唐代社会与元白文学集团关系之研究》，马铭浩，台北：学生书局，1991年6月，"中国文学研究丛刊"。台湾淡江大学中文研究所硕士论文，1991年6月

《诗情与友情：元稹、白居易》，金文男著，香港："中华书局"，1991年12月；2004年1月，"古典诗词漫话"

《白居易与忠州》，四川省忠县政协委员会编印，1993年9月，《忠县文史》第二辑，专门介绍白居易在忠州的事迹。马识途序(《"东坡"之名从何而来：〈白居易与忠州〉序》马识途《文史杂志》1994年第1期)，程福耀前言。分为"白居易忠州诗文辑注"、"白居易忠州轶事传说"、"白居易忠州诗文研讨"，附有吴传兴《最近十年来白居易研究评介》

《唐代三大诗人：李白、杜甫、白居易的诗歌与生平》，秦泥著，成都：西南财经大学出版社，1994年2月

《白居易律赋研究》，马宝莲著，台北：兰台出版社，1994年

《白居易在渭南故里》，李中编著，洛阳：洛阳市新闻出版社准印，1996年，内部发行

《新乐府诗派研究》，钟优民著，沈阳：辽宁大学出版社，1997年7月

《白居易集综论》，谢思炜著，北京：中国社会科学出版社，1997年8月，"唐研究基金会丛书"。严杰《白居易研究的拓展深入：评〈白居易集综论〉》，《古籍整理出版情况简报》总第346期，1999年第9期

《元白研究》，刘维治，北京：人民教育出版社，1999年4月。由三部分构成：(1)早年的硕士学位论文《元稹叙论》；(2)十几年来关于元白的10篇研究文章；(3)所译日本学者关于元白的5篇研究文章

《白居易新论》，王元明(原洛阳大学教授，现居新加坡)著，新加坡：新社，2000 年

《论说白居易》，陈焕祥(渭南乐天学校校长)编著，渭南：渭南市政府打印室印制，2000 年，内部发行

《白居易与下邽故里》，杨树民、刘百宽、姜继业、陈西军(渭南市地方志办公室)，西安：陕西人民出版社，2001 年 9 月。共 283 页。收集了白居易作于下邽的诗赋、家状、墓志铭、祭文、记事、自传等。点面结合，实际考察，列有专篇《白居易与下邽故里》、《白居易在下邽故里的主要活动》、《白居易作于下邽的诗赋》、《白居易作的与下邽有关的诗赋》、《白居易在下邽写的及与下邽有关的家状》等

《迷路心回因向佛：白居易与佛禅》，张弘，郑州：河南人民出版社，2001 年 9 月第 1 版；2002 年 3 月第 2 次印刷，共 291 页，收入方立天主编《名人与佛禅丛书》

《〈源氏物语〉与白乐天》，中西进著，马兴国、孙浩译，北京：中央编译出版社，2001 年 12 月

《白居易与宋代重“意”、“理”的诗学发展：宋人对白居易〈长恨歌〉的接受与详论》，陈金现著，高雄：春晖出版社，2001 年 1 月初版

《〈长恨歌〉的接受与评论：以宋人为主》，陈金现著，台北：万卷楼图书股份有限公司，2002 年。共 405 页

《唐宋之际诗歌演变研究：以元白之元和体的创作影响为中心》，刘宁著，北京：北京师范大学出版社，2002 年 9 月。陈斌之书评见荣新江主编《唐研究》第 11 卷，北京：北京大学出版社，2005 年 12 月

《白居易研究》，王相民(渭南师范学院中文系教授)，西安：陕西新闻出版局准印，2002 年，内部发行

《〈长恨歌〉研究》，周相录著，成都：巴蜀书社，2003 年 10 月

《贤达诗人白居易与〈白氏长庆集〉七二个慧知》，张荣庆、张海娜，北京：中华工商联合出版社，2004 年 1 月

《白居易与西湖》，余荩著，杭州：杭州出版社，2004 年 10 月，《西湖全书》

《大唐盛世：白居易秦中行吟》，李志慧、李巍编著，西安：三秦出版社，2004 年 12 月，《陕西旅游历史文化丛书 · 渭南卷》，共 182 页

《讽谕、美丽、感伤：白居易之诗赋边境及其文化风情》，许东海著，台北：万卷楼图书股份有限公司，2005 年 3 月

《唐宋士风与词风研究：以白居易、苏轼为中心》，张再林著，北京：人民文学出版社，2005 年 6 月

《白居易论稿》，蹇长春著，兰州：敦煌文艺出版社，2005 年 8 月

《白居易与洛阳》，白高来、白振修编著，北京：银河出版社，2006 年 8 月。又，《唐诗与洛阳》，王保双、白高来编著，沈阳：白山出版社，2009 年 11 月

《白居易〈长恨歌〉研究》，张中宇著，北京：中华书局，2005 年 9 月

《白居易在三峡 · 忠州》，鲜于煌著，北京：作家出版社，2005 年 12 月

《平民诗者白居易》，北京未来新世纪教育科学研究所编，喀什：喀什维吾尔文出版社；乌鲁木齐：新疆青少年出版社，2006 年 1 月，王卫国主编“文史风景线丛书”，共 245 页

《元白诗派研究》，陈才智著，北京：社会科学文献出版社，2007 年 5 月

《白居易写讽谕诗的前前后后》，[日]静永健著，刘维治译，北京：中华书局，2007 年 10 月。收入王晓平主编《日本中国学文萃》。原名《白居易“讽谕诗”研究》，东京：勉诚社，2000 年 2 月

《白居易散文研究》，付兴林著，北京：中国社会科学出版社，2007 年 12 月，“中国社会科学博士论文文库”，陕西理工学院学术著作出版资金资助

《白居易研究的反思与批判》，肖伟韬著，兰州：甘肃人民美术出版社，2008 年 3 月

《君子居易，乐天知命：白居易生平与创作》，陈丽丽著，郑州：中州古籍出版社，2008 年 9 月

《白居易生存哲学本体研究》，肖伟韬著，南京：南京大学出版社，2009 年 12 月

《莫砺锋评说白居易》，莫砺锋著，合肥：安徽文艺出版社，2010 年 2 月

《宋诗与白居易的互文性研究》，陈金现著，台北：文津出版社，2010 年 2 月。“儒林选粹”

《白居易与新乐府》，靳亚洲编著，长春：吉林文史出版社，2010 年 5 月，“中国文化知识读本”

《文化的重写：日本古典中的白居易形象》，隽雪艳著，北京：清华大学出版社，2010 年 5 月，“东亚・思文丛书”

《白居易闲适诗研究》，毛妍君著，北京：中国社会科学出版社，2010 年 6 月

《晚年白居易与洛下文人群研究》，赵建梅著，北京：京华出版社，2010 年 9 月

《〈长恨歌〉考论》，王万岭著，南京：南京大学出版社，2010 年 12 月

《相思始觉海非深：白居易的诗与情》，吴俣阳著，长春：吉林出版集团有限责任公司，2011 年 9 月

《放言白居易》，徐卫华著，北京：作家出版社，2011 年 7 月

《白居易诗歌词汇研究》，乔立智著，北京：人民出版社，2012 年 5 月

《解读白居易》，白坤堂、白灵坤著，沈阳：白山出版社，2012 年 8 月

《白居易碑志文研究》，林巧玲著，新北：花木兰文化出版社，2012 年 9 月

《白居易在洛阳》，白高来、白永彤著，沈阳：白山出版社，2012 年 10 月

《〈长恨歌〉及李杨题材唐诗研究》，付兴林、倪超著，北京：中国社会科学出版社，2013 年 9 月

《来何因，去何缘：香山居士白居易的醉与吟》，刘冬颖著，哈尔滨：哈尔滨出版社，2014 年 1 月，“走近唐诗品人生系列”

《再读白居易》，白坤堂、白璐瑶著，郑州：中州古籍出版社，2014 年 9 月

《白居易的洛阳缘》，白坤堂、白振修著，沈阳：白山出版社，2014 年 10 月

论文集

岑仲勉《岑仲勉史学论文集》，北京：中华书局，1990 年 7 月；2004 年 4 月，《岑仲勉著作集》

《论白氏长庆集源流并评东洋本白集》，原载《国立中央研究院历史语言研究所集刊》第九本，1947 年

《白氏长庆集伪文》，原载《国立中央研究院历史语言研究所集刊》第九本，1947 年

《〈白集·醉吟先生墓志铭〉存疑》，原载《国立中央研究院历史语言研究所集刊》第九本，1947 年

《从〈金泽图录〉〈白集〉影页中所见》，原载《国立中央研究院历史语言研究所集刊》第十二本，1948 年

《〈文苑英华辨证〉校白氏诗文附按》，原载《国立中央研究院历史语言研究所集刊》第十二本，1948 年

《补白集源流事证数则》，原载《国立中央研究院历史语言研究所集刊》第十二本，1948 年

《从〈文苑英华〉中书翰林制诏两门所收白氏文论〈白集〉》，原载《国立中央研究院历史语言研究所集刊》第十二本，1948 年

陈友琴《温故集》，上海：中华书局上海编辑所，1959 年 7 月

《白居易作品中的思想矛盾》，原载《文学研究集刊》第 4 册(北京大学文学研究所)，人民文学出版社，1956 年 11 月

《白居易诗歌艺术的主要特征》，原载《文学遗产增刊》第 6 辑，作家出版社，1958 年 5 月

《白居易的〈杜陵叟〉和〈缭绫〉浅说》，原载《语文学习》1958 年第 8 期

《〈白居易诗评述汇编〉的前言》，原载《光明日报》1958 年 11 月 9 日《文学遗产》第 234 期

《读〈白居易研究〉后的一些意见》，原载《光明日报》1955 年 11 月 20 日《文学遗产》第 80 期

《读了〈关于白居易研究中的一些问题〉以后的意见》，原载《光明日

报》1956 年 9 月 2 日《文学遗产》第 120 期

《韦应物和白居易》，原载《光明日报》1959 年 3 月 15 日《文学遗产》第 251 期

《和谭丕模同志商榷有关〈长恨歌〉的问题》，原载《光明日报》1956 年 5 月 27 日《文学遗产》第 106 期

陈友琴《长短集》，杭州：浙江人民出版社，1980 年 3 月

《白居易作品中的思想矛盾》，原载《文学研究集刊》第 4 册（北京大学文学研究所），人民文学出版社，1956 年 11 月

《白居易诗歌艺术的主要特征》，原载《文学遗产增刊》第 6 辑，作家出版社，1958 年 5 月

《略论白居易晚年诗的积极意义》，原载《文学评论丛刊》第 3 辑，中国社会科学出版社，1979 年 7 月

《关于"一夜乡心五处同"》，原载《文史》第四辑，1965 年 6 月

《〈长恨歌〉辑评》

《琵琶亭诗话》

顾学颉《顾学颉文学论集》，北京：中国社会科学出版社，1987 年 8 月

《白居易世系、家族考》，原载《文学评论丛刊》第 13 辑，中国社会科学出版社，1982 年 5 月

《白居易与永贞革新》，原载《文史》第 11 辑，中华书局，1981 年 3 月

《白居易贬谪江州的前因后果》，原载《武汉大学学报》1981 年第 3 期

《白居易和他的夫人：兼论白氏青年时期的婚姻问题和与"湘灵"的关系》，原载《江汉论坛》1980 年第 6 期，题为《白居易和他的夫人：兼论白氏青年时期的婚姻问题》

《白居易与牛、李两党关系考》

《白居易所书诗、书、志、石刻考释》，原载《文物》1979 年第 8 期

《白居易年谱简编》，原附顾肇仓、周汝昌《白居易诗选》，北京：作家出版社，1962 年 12 月第 1 版；北京：人民文学出版社，1963 年 7 月版；1986 年 6 月版；1997 年 6 月版，"中国古典文学读本丛书"

《刘禹锡、白居易酬赠诗中"二十三年"的"三"字问题》，原载《江苏大学学报（高教研究版）》1979 年第 3 期

《张好好与白居易》，原载《江汉论坛》1982 年第 8 期

罗联添《唐代文学论集》，台北：学生书局，1989 年 5 月

《白居易〈秦中吟〉写作的背景》，原载台北《思与言》第5卷第4期，1967年11月，题为《读白居易的〈秦中吟〉》

《〈长恨歌〉与〈长恨歌传〉“共同机构”问题及其主题探讨》，原载《傅乐成教授纪念论文集：中国史论文集》，1985年8月

《白居易诗评论的分析》，原载《中央研究院第二届国际汉学会议论文集文学组》(上册)，1989年6月

《白居易与佛道关系重探》，原载《第一届国际唐代学术会议论文集》，学生书局，1989年2月；《唐代研究论集》第4辑，新文丰出版股份有限公司，1992年12月

《白居易中书制诰年月考》，原载台北《大陆杂志》第32卷第2~3期，1966年1—2月

裴斐《看不透的人生：裴斐学术论文集》，北京：北京燕山出版社，1992年6月

《元稹简论》

《白居易诗歌理论与实践之再认识》，原载《光明日报》1984年12月18日《文学遗产》第666期

《元白雌黄》，原载《光明日报》1985年5月7日《文学遗产》第680期

《再论关于元白的评价》，原载《光明日报》1985年9月10日《文学遗产》第689期

附录：王锡九《关于元白文学成就和“新乐府运动”的争鸣》，原载《语文导报》(杭州大学中文系)1986年第12期，第36~39页

《日本白居易研究论文选》，马歌东译，西安：三秦出版社，1995年12月。共219页

白居易研究在日本(代序)

花房英树《白俗论考》(《京都府立大学学术报告·人文》第21号，1969年11月，1969年11月；后收入世界思想社1971年3月31日初版发行的其专著《白居易研究》第五章：《白居易评论：以“白俗论”为中心》，在收入时，增补了现代评论部分)。本书所收仍为原论文。这篇论文资料翔实，行文缜密，持论公正，将苏轼之后近千年来(若从李肇、杜牧始则已逾千年)这桩文坛公案作了一个近情切理的小结

平冈武夫《白居易和他的妻子》(京都大学《东方学报》第36期，1964年10月)既从社会生活的广阔视角，又从家庭生活的细微视角，交织地对白居易和其妻子的爱情婚姻生活，作了系统的考察说明。家庭生活是人生

中一个重要方面，一个比较内在的方面，舍此，则难以完整认识被研究者。这篇论文，语言老健而平易亲切，如叙谈故友家世，而思路开阔敏捷，时有新见，如对《长恨歌》创作动机的推测等。作者较此论文发表早七个月的另一篇论文《关于白居易的家庭环境问题》，可以视做本文的姊妹篇

布目潮沨《白乐天的官吏生活：江州司马时代》(收入《桥本博士古稀记念东洋学论集》立命馆大学人文学会编辑出版，1960 年)。文中主张："应当利用大量的文学作品作为研究唐人传记的史料"，这篇论文本身就是这一主张的成功实施。作者历史知识渊富，行文谨严，擅长考论，使这篇论文别开生面，独具一格

筱原寿雄《白居易的文学和佛教》(收入《内野博士还历记念东洋学论集》汉魏文化研究会编辑出版，1964 年)。筱原先生佛学造诣很深，有许多有关佛学的论著。关于白居易与佛教关系的论文，除此文外，还有《唐代禅思想和白居易》、《唐代文人信仰的一种类型：白居易的情况》等，可以参看

松浦友久《试论中国诗歌的讽喻性：以〈白氏文集〉和〈菅家文草〉为例》(收入川口久雄编《古典的变容和新生》，后收入其《中国诗歌原论》)。《菅家文草》和《菅家后集》的作者菅原道真(845—903)，是日本平安前期著名廷臣、学者和诗人，人称"菅公"、"菅丞相"，至今在日本被作为学问之神供奉祭祀。菅原道真对于他两岁那年去世的中国大诗人白居易，是深爱而敬仰的，正如那波道圆所言："菅右相者，国朝文章之冠冕也。渤海客睹其诗，谓似乐天，自书为荣。"可是，在菅原道真受白居易讽喻诗影响而写的《寒早十首》等诗中，却完全没有政治批评的言词。"在那对于'白氏'和'白诗'完全倾倒的时代，人物和作品会出现差异，我想，这是一个引人注目的耐人寻思的问题。"

川合康三《关于〈长恨歌〉》，原收载在金谷治编辑 1983 年创文社刊行的《对于中国人间性的探究》一书中。关于《长恨歌》，自古迄今，中日两方评论可谓多矣，而川合先生却能另辟蹊径，从诗歌层次结构的诸多对比中，探寻出诗歌内在的逻辑关系，使人有耳目一新之感

泽崎久和《关于白居易诗中的"自问"》，从一个看似偶然的不被人注意的词语入手，深入追寻，一直探索到白诗的表现特点、白居易的性格特征等带有普遍规律性的问题。大量而精微的数量统计有很强的说服力，表现了严谨求实的态度

前川幸雄《智慧的技巧的文学：关于元白唱和诗的诸种形式》(《陕西师范大学学报》1986 年第 4 期；中国人民大学书报资料中心《中国古代近代文

学研究》1987 年第 1 期）。这篇论文熔评论、赏析、注释、考据为一炉，这也是日本汉学研究一部分论文的特点之一。这大约是考虑到了读者群的问题，因为对于日本读者，这些研究对象毕竟是“外国文学”，而且是外国的古典文学。这篇文章将元白唱和诗的形式归为五类，又按四种押韵方式，进行了细针密线的研究，有助于我们了解元白全部的 120 余组唱和诗并进而了解唱和诗这一特殊的诗歌形式。

【附录】著者小传

《国际白居易研究论文集》，中国洛阳白居易研究会编，珠海：银河出版社，2006 年 8 月

《白居易诗歌国际研讨会论文选》，李振刚主编，郑州：河南文艺出版社，2009 年 3 月

《白居易与日本古代文学》，隽雪艳、[日]高松寿夫主编，北京：北京大学出版社，2012 年 7 月

书法绘画

《长恨歌诗画》，都冰如绘画，北京：人民美术出版社，1959 年 10 月

《白居易》，耒汶阳、傅伯星绘画，许祖龙撰文，南京：江苏人民出版社，1980 年 9 月，《中国古代文学家的故事》连环画

《白居易〈长恨歌〉》，茹桂书，西安：陕西人民美术出版社，1986 年 11 月；陕西美术出版社，1994 年 9 月

《白居易与白牡丹：中原民间故事画库》，南阳乔、东冬改编，诸葛增仁、章彦、薛文俊绘画，海燕出版社，1992 年 8 月

《绘图白居易〈琵琶行〉》，杨永青画，老健译注，北京：中国和平出版社，1994 年 12 月，“名家画名著丛书”

《白居易〈长恨歌〉〈琵琶行〉诗意图》，吴声、于水绘，天津：杨柳青画社，2001 年 7 月

《孙鸿啸行书白居易〈长恨歌〉》，孙鸿啸，北京：北京体育大学出版社，2002 年 8 月

《长恨歌：王仲清、吴性清绘白居易诗》（明信片），王仲清、吴性清绘画，上海：上海人民美术出版社，2005 年 1 月

《中国历史人物·白居易》，摩西编文，严绍唐绘画，上海：上海人民美术出版社，2006 年 6 月；2010 年 1 月

《白居易诗·洛神赋》，宋·赵构书，杭州：西泠印社，2006 年 8 月

《长恨歌》(*Song of Everlasting Sorrow*)，吴声、于水绘画，张丹子英译，上海：上海人民美术出版社，2010 年 7 月

《琵琶行》(*The Pi-pa Player*)，吴声、于水绘画，张丹子英译，上海：上海人民美术出版社，2010 年 7 月

《永恒的纪念——白居易画像塑像集锦》，胡红光、白高来，沈阳：白山出版社，2012 年 10 月

资料整理

《白居易诗评述汇编》，陈友琴

1)北京：科学出版社，1958 年 10 月，中国科学院文学研究所“中国文学资料丛书”第一种；知识产权出版社，2010 年 5 月

2)北京：中华书局，1962 年 11 月，北京第 1 次印刷，删去“对日本文学的影响”，改名“古典文学研究资料·白居易卷”，纳入“古典文学研究资料汇编”，1965 年再版，北京第 2 次印刷

3)台湾：明伦出版社，1970 年，“中国古典文学研究丛书”

4)北京：中华书局，1986 年 1 月，北京第 3 次印刷，改名《白居易资料汇编》，“古典文学研究资料汇编”之一，纠正了一些明显的错误

5)北京：中华书局，2004 年 1 月，北京第 4 次印刷，“古典文学研究资料汇编”之一

《白居易传记资料》，朱传誉主编，台北：天一出版社，1982—1985 年，全 21 册

《〈长恨歌〉研究资料》，张秀华、陈兰芳，署名郑州大学中文系资料室编，郑州：郑州大学中文系资料室，1987 年

《新郑文史资料》第 12 辑《白居易》，新郑市政协文史资料委员会编，政协河南省新郑市委员会，2004 年 1 月，共 178 页

书目索引

《热爱人民的诗人：白居易参考书刊选目》，北京：北京图书馆，

1953 年编印

《白居易诗文集版本目录》，见苏仲翔《白居易传论》，上海：上海文艺联合出版社，1955 年 4 月；上海：古典文学出版社，1957 年 8 月

《谈谈白居易和他的长恨歌：馆藏白居易作品及其有关参考书目》，北京：北京图书馆群众工作组，1957 年编印

《解放后关于白居易研究的资料索引》，张基美、马真冰编，北京：《中国科学院图书馆通讯》1958 年 8 月

《白居易·李清照·苏轼及其作品的研究报刊资料索引》，沈阳：辽宁大学图书馆自印本，1960 年编印

《全唐诗索引·白居易卷》，栾贵明、田奕、陈抗、林沧编著，北京：现代出版社，1994 年 3 月，全二册

《全唐诗索引》，编辑委员会主任委员：杨润时、傅璇琮；委员：白小麦、罗鸿进、董琨、沈锡麟、栾贵明、田奕、陈抗、林沧；助编：张晓光、王红、任红、蔡文利

白居易研究学位论文　汉文

大陆博士论文

《白居易集综论》，谢思炜[北京师范大学中文系中国古典文献学专业文学古籍整理方向]博士论文，1995 年 5 月，【导师】启功、邓魁英(共 284 页)

《元白诗派成立之研究》，陈才智[中国社会科学院研究生院文学系]博士论文，2000 年 5 月，【导师】陈铁民(共 101 页)

《白“俗”论考》(*Discourse and textual research about popular style of Bai Juyi's poem*)，李振荣[复旦大学中文系]博士论文，2001 年 5 月，【导师】陈允吉(共 106 页)

《白居易诗歌的三大主题研究》，李敬一[北京大学中文系]博士论文，2001 年 5 月，【导师】褚斌杰(共 117 页)

《白居易与中唐社会：以社会经济层面为重点》(*Bai Ju Yi and the*

mid-Tang dynasty-with emphasis on its socio-economic aspects)，丘柳漫[厦门大学历史系专门史(经济史)]博士论文，2002 年 8 月，【导师】郑学檬(共 132 页)

《唐大和初至大中初的洛阳诗坛：以晚年白居易为中心》[*The circle of poets of Luo Yang from the early year of Da He to the early year of Da Zhong*(829—848)：*taking the elderly Bai Ju-yi as the centre*]，赵建梅[中国社会科学院研究生院文学系]博士论文，2002 年 5 月，【导师】董乃斌(共 130 页)

《元白文研究》(*Study on the proses of Yuan Zhen and Bai Juyi*)，刘曙初[南京大学中文系]博士论文，2002 年 5 月，【导师】莫砺锋(共 50 页)

《中唐五大家(韩愈、柳宗元、元稹、白居易、刘禹锡)的交游与文学》，郑伟丽[复旦大学中文系]博士论文，2002 年 5 月，【导师】蒋凡(共 115 页)

《中唐—北宋士风与词风研究：以白居易、苏轼为中心》(*Research on the practice of scholars and style of Ci from middle Tang dynasty to Northern Song dynasty*：*take Baijuyi and Sushi as the centre*)，张再林[苏州大学中文系]博士论文，2002 年 5 月，【导师】杨海明(共 161 页)

《元白诗派元前接受史研究》，李丹[武汉大学文学院]博士论文，2005 年 5 月，【导师】尚永亮(共 156 页)

《白居易散文研究》，付兴林[陕西师范大学文学院]博士论文，2006 年 5 月，【导师】马歌东

《白居易闲适诗研究》，毛妍君[陕西师范大学文学院]博士论文，2006 年 5 月，【导师】张学忠

《白居易的诗歌创作与中国佛学》(*Bai Juyi's poetry and Chinese Buddhism*)，邹婷[苏州大学文学院比较文学与世界文学专业比较文学理论与批评方向]博士论文，2008 年 4 月，【导师】方汉文

《白居易生存哲学综论》，肖伟韬[陕西师范大学文学院]博士论文，2008 年 4 月，【导师】马歌东

《白居易生平与创作实证研究》，文艳蓉[浙江大学人文学院]博

士论文，2008 年 4 月，【导师】胡可先

《元稹与白居易之唱和诗研究》，邱月儿[复旦大学中文系]博士论文，2009 年 4 月，【导师】陈尚君

《白居易生活与文学考论》，滕汉洋[复旦大学中文系]博士论文，2012 年 11 月，【导师】查屏球

《〈长恨歌〉与唐代宫廷文化生活研究》，姚榕华[山东大学考古学及博物馆学]博士论文，2012 年 4 月，【导师】刘凤君

《英美汉学中的白居易研究》，莫丽芸[北京外国语大学]博士论文，2012 年 5 月，【导师】石云涛

《元白对〈诗经〉接受研究》，邹晓春[吉林大学文学院]博士论文，2013 年 4 月，【导师】沈文凡

相关博士论文

《元和诗人与贬谪文学考论》，尚永亮[陕西师范大学中文系]博士论文，1990 年 6 月，【导师】霍松林。《元和五大诗人与贬谪文学考论》，台北：文津出版社，1993 年 12 月；修订本：《贬谪文化与贬谪文学：以中唐元和五大诗人之贬及其创作为中心》，兰州：兰州大学出版社，2004 年 1 月，“两岸文化星系丛书”第一辑

《突破与继承：论贞元至开成年间的唐诗演变》，朱琦[北京大学中文系]博士论文，1990 年，【导师】陈贻焮、葛晓音(共 126 页)

《元和诗论》，曾广开[南京大学中文系]博士论文，1992 年，【导师】程千帆、周勋初。《元和诗论》，沈阳：辽海出版社，1997 年 6 月

《中晚唐政治与文学》，任晖[南京大学中文系]博士论文，1993 年，【导师】卞孝萱

《中唐诗歌之开拓与新变》，孟二冬[北京大学中文系]博士论文，1994 年，【导师】袁行霈。《中唐诗歌的开拓与新变》，北京：北京大学出版社，1998 年 9 月

《论中唐诗文的演变特征及其原因》，吴相洲[北京大学中文系]博士论文，1995 年，【导师】陈贻焮。《中唐诗文新变》，台湾：商鼎文化出版社，1996 年 8 月

《唐中期士风与诗风研究》(*A Study of the Poetic Styies and the*

Scholars' Practice in Mid Tang Dynasty)，查屏球[南京师范大学中文系]博士论文，1996年，【导师】郁贤皓(共116页)

《走向世俗：风俗诗的兴盛与中唐诗歌的新变》(*Approaching to the secular world：the flourishing of the custom poems and the transformation of the mid-Tang poems*)，刘航[复旦大学中文系]博士论文，2001年，【导师】王水照(共138页)

《唐代乐府诗研究》，王立增[扬州大学文学院]博士论文，2004年5月，【导师】王小盾

《新乐府辞研究》，张煜[首都师范大学文学院]博士论文，2005年5月，【导师】吴相洲

《元和诗坛》(*The Study on the Poems of Yuanhe Period*)，宋立英[华东师范大学古籍研究所]博士论文，2006年4月，【导师】黄坤(共231页)

《中国隐逸文学之日本接受研究》(*A Study of Japanese Acceptance of Chinese Eseapist Literature*)，丁国旗[暨南大学文学院]博士论文，2010年5月，【导师】蒋述卓

《中唐诗歌新变研究》，魏娜[浙江大学人文学院]博士论文，2011年5月，【导师】胡可先

大陆硕士论文

1999年以前

《白居易、元稹货币思想述论》，万安培[中南财经大学]硕士论文，1989年，【导师】侯厚吉

《白居易与中唐诗风：中国古代文学转折时期基本规律的若干问题的探讨》，庄鸿雁[黑龙江社会科学院]硕士论文，1989年，【导师】张碧波

《白居易思想研究》，范海波[四川大学中文系]硕士论文，1991年，【导师】项楚

《论白居易闲适诗》，李寅生[陕西师范大学中文系]硕士论文，1992年，【导师】高海夫

《论白居易的独善哲学：“闲适精神”初探》，檀作文[北京大学中文系]硕士论文，1997年6月，【导师】孙静

1999年

《白居易闲适诗研究》，王新亚[南开大学中文系]硕士论文，1999年，【导师】孙昌武

《试论白居易的“感伤诗”》，林丽子[北京大学中文系]硕士论文，1999年6月，【导师】程郁缀

《白居易诗若干俗语研究》，赵雪梅[苏州大学中文系]硕士论文，1999年，【导师】王钟陵

2001年

《论白居易的女性观》，付兴林[陕西师范大学中文系]硕士论文，2001年，【导师】杨恩成

《白居易与牛李党争》，于元元[黑龙江大学中文系]硕士论文，2001年4月，【导师】张安祖

《论白居易诗歌理论》，牛红霞[河北师范大学中文系文艺学专业]硕士论文，2001年4月，【导师】张连武

《元白诗派与中唐诗歌世俗化倾向》，尹蓉[江西师范大学中文系古代文学专业]硕士论文，2001年5月，【导师】杜华平

2002年

《白居易的讽谕诗情感分析》，伍淑萍[暨南大学中文系古典文学专业]硕士论文，2002年4月，【导师】张海沙

《试论杜甫、白居易的人文情怀》，杜勍妹[内蒙古大学中文系]硕士论文，2002年5月，【导师】郎宝如

《刘禹锡白居易唱和诗研究》，王玫[首都师范大学中文系]硕士论文，2002年5月，【导师】邓小军

2003年

《白体诗派新探》，陆德海[天津师范大学中文系]硕士论文，

2003 年 4 月，【导师】吴新生

《元和体研究》，祁伟[四川大学中文系]硕士论文，2003 年 4 月，【导师】王红

《试论白居易的女性观》，颜菲[湘潭大学中文系]硕士论文，2003 年 10 月，【导师】蒋长栋

2004 年

《白居易矛盾心态简论》，张学成[浙江师范大学中文系]硕士论文，2004 年 5 月，【导师】桂栖鹏

《白居易的佛教信仰》，康冬妮[四川大学宗教研究所]硕士论文，2004 年 4 月，【导师】陈兵

《论白居易的人生观》，李娟[南京师范大学中文系]硕士论文，2004 年 5 月，【导师】程杰

《元白唱和诗歌研究——江陵时期唱和总论》，吴静焰[湖北大学中文系]硕士论文，2004 年 5 月，【导师】曾广开

2005 年

《"独善"与"兼济"的平衡和断裂：白居易人生哲学研究》，涂清华[中共中央党校]硕士论文，2005 年 8 月，【导师】乔清举

《白居易生存哲学简论》，肖伟韬[陕西师范大学文学院中国古代文学专业]硕士论文，2005 年 5 月，【导师】曾志华

《论中唐贞元诗风》，张晶平[黑龙江大学中文系]硕士论文，2005 年 6 月，【导师】张安祖

《白居易及其诗歌对〈源氏物语〉的影响》，傅怡[华中师范大学比较文学系]硕士论文，2005 年 11 月，【导师】邹建军

《"以易传之事，为绝妙之词"：白居易叙事诗研究》，高林清[福建师范大学文学院]硕士论文，2005 年 5 月，【导师】陈节

2006 年

《韩愈、白居易比较研究——以处世观与交游为中心》，金基元[复旦大学中文系]硕士论文，2006 年 4 月，【导师】查屏球

《〈初学记〉与〈白孔六帖〉比较研究》，藺华[华东师范大学人文学院古籍研究所]硕士论文，2006年4月，【导师】郑明

《白居易山水诗研究》(*The Research of Bai Juyi's Landscape Poems*)，杜娟[安徽大学中文系山水旅游文学研究方向]硕士论文，2006年5月，【导师】叶华

《白居易洛诗研究》，焦尤杰[郑州大学文学院中国古典文献学研究方向]硕士论文，2006年5月，【导师】陈飞

《论白居易的闲适思想与闲适诗》(*Study of Bai Juyi's Easy Life Ideal and Poems*)，张颖[厦门大学文学院]硕士论文，2006年7月，【导师】吴在庆

《白居易咏物诗研究》，翟璐[北京师范大学文学院]硕士论文，2006年5月，【导师】康震

《白居易的诗歌创作与东都洛阳生活(附录：白居易寓居东都年表、白居易晚年离洛外任年表、白居易洛阳诗歌地名表)》，陈龙[新疆师范大学中文系]硕士论文，2006年9月，【导师】朱玉麒

《中国古代叙事诗的叙事解构与译文构建——〈琵琶行〉英译本个案分析》(*Ancient Chinese Narrative Poetry and Modern Narrative Theories: Narratological Decoding & Encodingin Pipa Xing*)，任榆杭[西南交通大学外文系外国语言学及应用语言学硕士论文]硕士论文，2006年5月，【导师】唐跃勤

2007年

《白居易与江州之贬》(*Bai Juyi and the Censuring of Jiangzhou*)，翟海霞[广西师范大学文学院]硕士论文，2007年3月，【导师】张明非

《〈白居易集〉诗歌副词研究》，杨惠[南京师范大学文学院汉语言文字学专业]硕士论文，2007年4月，【导师】马景仑

《论白居易的散文》(*The Study of BaiJuyi's Proses*)，谢仲伟[山东师范大学文学院]硕士论文，2007年4月，【导师】陈元锋

《白居易文初探》(*A Probe into the Prose of Bai Juyi*)，胡作法[安徽大学文学院]硕士论文，2007年，【导师】吴怀东

《论宋代文人对白居易的接受》，倪春雷[曲阜师范大学文学院]硕士论文，2007年4月，【导师】张玉璞

《白居易感伤诗研究》(*The Study on Sentimental Poems of Bai Juyi*)，崔玲玲[广西师范大学文学院]硕士论文，2007年4月，【导师】殷祝胜

《元稹、白居易唱和诗三论》，赵现平[厦门大学文学院]硕士论文，2007年5月，【导师】吴在庆

《白居易诗题地名疏证》，于美娟[华中师范大学中文系中国古典文献学专业]硕士论文，2007年4月，【导师】张三夕

《白居易经济思想研究》，徐柏泉[重庆师范大学文学院]硕士论文，2007年4月，【导师】李禹阶

《论白居易的"二元组合"诗乐思想》，拓明霞[中南大学文学院比较文学与世界文学专业]硕士论文，2007年4月，【导师】孟泽

《白居易闲适诗思想研究》，肖宙锋[华南师范大学文学院]硕士论文，2007年5月，【导师】覃召文

《盛中唐禅学流变中王维白居易的诗歌创作》，谷青[中南民族大学文学与新闻传播学院]硕士论文，2007年5月，【导师】罗漫

《白居易诗歌在南宋的传播与接受》，文佳[广西大学文学院中国古代文学专业]硕士论文，2007年7月，【导师】李寅生

《长歌当哭长恨歌》，李二鸣[安徽大学]硕士论文，2007年7月，【导师】赵凯

2008年

《白居易〈百道判〉与〈唐律疏议〉及儒家经典对应研究》，吴娟[吉林大学法学院法律史学]硕士论文，2008年4月，【导师】霍存福

《白居易中隐思想与其诗歌创作之关系研究》(*Study of the Relationship between Bai Juyi's Seclusion Thinking and His Poetry*)，卢捷[福建师范大学文学院]硕士论文，2008年4月，【导师】李小荣

《了却归洛愿，适性作闲人》(*Liao Que Gui Luo Yuan, Shi Xing Zuo Xian Ren*)，王新杰[福建师范大学文学院]硕士论文，2008年4月，【导师】李小荣

《白居易近体诗研究》，王婷婷[黑龙江大学文学院]硕士论文，2008年5月，【导师】张安祖

《宋代对白居易诗歌思想艺术的批评——以“旷达”和“俗”为中心》，毛丽柯[河南大学文学院]硕士论文，2008年5月，【导师】史红伟

《中唐浮世绘：白居易诗歌中的人物群像分析》(*The Yamato-e in the Middle of Tang Dynasty*)，汪红燕[中南民族大学文学与新闻传播学院]硕士论文，2008年5月，【导师】罗漫

《宋代对白居易诗歌思想艺术的批评：以“旷达”和“俗”为中心》，毛丽柯[河南大学文学院]硕士论文，2008年5月，【导师】史红伟

《略论宋初“白体”》，王静[扬州大学文学院]硕士论文，2008年5月，【导师】汪俊

《白居易对老庄思想的接受》，畅培宁[西北师范大学]硕士论文，2008年5月，【导师】李润强

《白居易诗文之“和”研究》，许峥[中南大学文学院语言学及应用语言学专业]硕士论文，2008年6月，【导师】任继昉

《刘白唱和诗研究》(*Study on Responsorial Peotries between Liu and Bai*)，王曼霏[广西大学文学院中国古代文学专业]硕士论文，2008年7月，【导师】李寅生

《白居易、李商隐“感伤”诗比较研究》(*The Comparative Study on Bai Juyi's and Li Shangyin's Peotry of Sentimentalism*)，杨青舟[东北师范大学文学院]硕士论文，2008年9月，【导师】周奇文

《怒花涌朝：儒家语境中的白居易法律思想》，吴霖[华东政法大学]硕士论文，2008年10月，【导师】王立民

《论白居易的涉筝诗写作》(*A Study on Bai Juyi's Writing of Poem Related to "Zheng" {Chinese Harp}*)，吴小兰[浙江大学文学院]硕士论文，2008年11月，【导师】廖可斌

《〈长恨歌〉与李、杨题材古今戏剧的研究》，杨静[复旦大学]硕士论文，2008年5月，【导师】章培恒、谈蓓芳

《中国古诗词文化意象翻译研究——以〈长恨歌〉为例》，王明明

[长沙理工大学外国语言学及应用语言学专业]硕士论文，2008 年 5 月，【导师】陈可培

《叙事诗〈长恨歌〉翻译中的叙事风格传递》，王娴臻[广东外语外贸大学]硕士论文，2008 年 5 月，【导师】欧阳利锋

《目的论看许渊冲诗歌翻译的读者接受——个案研究〈琵琶行〉英语读者》，陈庚钒[广东外语外贸大学]硕士论文，2008 年 5 月，【导师】王友贵

《白居易〈策林〉若干问题研究》，刘晓慧[湖北省社会科学院]硕士论文，2008 年 5 月，【导师】李文澜。参见刘玉堂主编《湖北省社会科学院硕士文萃》(2007—2008)，湖北长江出版集团，2008 年 11 月

2009 年

《白居易讽谕诗修辞艺术研究》，吕世媛[重庆师范大学文学院]硕士论文，2009 年 3 月，【导师】罗琴

《白居易与苏轼怀古诗比较研究》，张亚祥[西南大学文学院]硕士论文，2009 年 4 月，【导师】钟振振

《日本平安朝时代白诗受容论稿》，潘怡良[吉林大学文学院]硕士论文，2009 年 4 月，【导师】沈文凡

《论白居易的乐舞诗》，李书[内蒙古民族大学中国古代文学专业]硕士论文，2009 年 4 月，【导师】席永杰

《白居易诗歌在唐代的传播》，郑慧[东北师范大学文学院文化产业与文化(文学)传播专业]硕士论文，2009 年 5 月，【导师】张恩普

《阿瑟 · 韦利的白居易诗歌翻译研究》，常雅婷[首都师范大学文学院比较文学专业译介学方向]硕士论文，2009 年 5 月，【导师】李冰梅。智按：相关论文有《翻译、传记、交游：阿瑟 · 韦利汉学策略考辨》冀爱莲，福建师范大学博士学位论文，2010 年

《伽达默尔阐释学视角下的白居易诗歌英译》，冯娟[长沙理工大学外国语言学及应用语言学专业翻译理论与实践方向]硕士论文，2009 年 5 月，【导师】唐梅秀

《白居易的江南情结》，陈耀[浙江工业大学人文学院]硕士论文，2009 年 5 月，【导师】肖瑞峰

《白居易的女性诗与女性观》，谢觅之[浙江工业大学文学院]硕士论文，2009年5月，【导师】肖瑞峰

《元白派散文研究》，肖莹星[江西师范大学文学院]硕士论文，2009年5月，【导师】杜华平

《许筠对白居易诗之接受研究——以许筠的“和白诗”与白居易的江州原诗为中心》，朴海燕[延边大学朝鲜—韩国学学院亚非语言文学专业朝鲜文学方向]硕士论文，2009年5月，【导师】朴正阳

《情性聊自适，意闲境来随——白居易中隐文学的思想内核及其艺术特征》，寇海利[中南民族大学文学与新闻传播学院]硕士论文，2009年5月，【导师】罗漫

《白居易在长江流域的游历及创作》，蔡江涛[中南民族大学文学与新闻传播学院]硕士论文，2009年5月，【导师】罗漫

《白居易骈体文研究》，李艳玲[山西大学文学院]硕士论文，2009年6月

《白居易在下邽时期的创作》，高志欣[西北大学文学院]硕士论文，2009年6月，【导师】李浩

《白居易杂律诗研究》，田雨[黑龙江大学文学院]硕士论文，2009年10月，【导师】张安祖

《论白居易的闲适诗》，陈娜[黑龙江大学文学院]硕士论文，2009年10月，【导师】张安祖

2010年

《白居易感伤诗研究》，张晶芬[陕西理工学院]硕士论文，2010年3月，【导师】付兴林

《白居易病中诗研究》，袁君煊[广西师范大学文学院]硕士论文，2010年4月，【导师】李乃龙

《白居易诗歌偏正式复合词研究》，户美娟[四川师范大学文学院]硕士论文，2010年4月，【导师】黄英

《白居易后期创作心态研究》，宋继栋[兰州大学文学院]硕士论文，2010年5月，【导师】庆振轩

《从禅宗流变看盛中唐时期士人诗歌自然意象之异同：以王维白

居易诗歌比较为例》，陈贻丽[云南大学]硕士论文，2010年5月，【导师】张国庆

《白居易公文研究》，王锦森[南京师范大学]硕士论文，2010年5月，【导师】冒志祥

《宋诗对白居易诗的受容与超越：以苏轼诗为中心》，王域铖[江西师范大学文学院]硕士论文，2010年6月，【导师】杜华平

《汪立名及其〈白香山诗集〉研究》，张鸽[暨南大学文学院中国古典文献学]硕士论文，2010年6月，【导师】程国赋

《以许渊冲"三美"理论比较白居易〈长恨歌〉两个译本》，周劢[外交学院外国语言学与应用语言学]硕士论文，2010年6月，【导师】范守义

《许渊冲英译〈长恨歌〉评析》，邓东亮[北京第二外国语学院]硕士论文，2010年6月，【导师】张文

《〈源氏物语〉与〈长恨歌〉的比较文学研究》，沈婷婷[福建师范大学]硕士论文，2010年6月，【导师】邱岭

《关联理论视角下的隐喻翻译——以白居易两首诗(〈长恨歌〉〈琵琶行〉)的英译为个案研究》，姜学龙[陕西师范大学翻译理论与实践]硕士论文，2010年5月，【导师】杨铭

《〈琵琶行〉画题研究》(*The Research of "Song of a Pipa Player" Painting Theme*)，刘望[上海大学美术学]硕士论文，2010年11月，【导师】赵宪章

2011年

《白居易〈甲乙判〉研究》，郑胜侠[中国政法大学]硕士论文，2011年3月，【导师】黄震云

《白居易诗论之要义：讽谕》(*The Essence of Bai Juyi's Poem Theory: Allegory*)，段福权[辽宁大学]硕士论文，2011年4月，【导师】崔海峰

《元稹白居易相异性研究》，李扬扬[河南师范大学文学院]硕士论文，2011年4月，【导师】周相录

《元白相似性考索》，彭芳[河南师范大学文学院]硕士论文，

2011 年 4 月，【导师】周相录

《白居易诗歌对〈源氏物语〉与〈红楼梦〉的影响之比较》，欧阳多根[上海师范大学人文与传播学院]硕士论文，2011 年 4 月，【导师】顾鸣塘

《论〈源氏物语〉对白居易诗歌受容》，易兰[华东师范大学对外汉语学院对外汉语系]硕士论文，2011 年 4 月，【导师】邵明珍

《吾亦适所愿，求闲而得闲——试论白居易闲适诗》，李国兴[西藏民族学院]硕士论文，2011 年 5 月，【导师】袁书会

《从仕宦履历看白居易"中隐"递嬗及其意义》，鲍乐[华东师范大学]硕士论文，2011 年 5 月，【导师】周圣伟

《白居易"歌诗"创作、中隐思想及其诗歌的传播——唐诗传播特殊个案研究》，杨茜[西北大学文学院]硕士论文，2011 年 5 月，【导师】阎琦

《白居易新乐府诗研究》，曲敏佳[内蒙古师范大学文学院]硕士论文，2011 年 5 月，【导师】郑福田

《尘世旧颜风拂尽，云自无心水自闲——白居易与李奎报之禅诗比较》，文慧[延边大学朝鲜—韩国学学院比较文学与世界文学专业]硕士论文，2011 年 5 月，【导师】李官福

《白居易的闲适生活与闲适诗》，吕国喜[西北师范大学文学院]硕士论文，2011 年 6 月，【导师】杨晓霭

《白居易〈长恨歌〉的四种英译本对比研究》，邓亚丹[湖南农业大学外国语言学及应用语言学专业翻译理论与实践方向]硕士论文，2011 年 6 月，【导师】谭燕萍

《社会符号学视角下〈长恨歌〉三个英译本的对比研究》，张丽[湖南工业大学外国语言学及应用语言学]硕士论文，2011 年 6 月，【导师】刘源甫

《从许渊冲的"三美"原则角度论〈琵琶行〉英译的美感再现》，刘丽娜[内蒙古师范大学外国语言学与应用语言学]硕士论文，2011 年 5 月，【导师】张彩凤

《白居易音乐诗创作研究》，闻世宇[黑龙江大学文学院]硕士论文，2011 年 5 月，【导师】任海天

《诗人白居易与筝乐艺术》，朱思思[江西师范大学音乐学院]硕士论文，2011年5月，【导师】谢晓滨

《白居易忠州诗研究》，叶楠[重庆工商大学]硕士论文，2011年5月，【导师】郑敬东

《白居易及其诗歌对〈枕草子〉的影响》，吴牧真[西安外国语大学比较文学与世界文学专业]硕士论文，2011年5月，【导师】孟长勇

《白居易诗歌意象研究》，傅艳华[陕西理工学院]硕士论文，2011年3月，【导师】付兴林

2012年

《〈白氏文集〉在日本平安时代的接受情况》，渡边优子[浙江大学]硕士论文，2012年5月，【导师】沈松勤

《中国古典诗歌可译度分析——以白居易〈长恨歌〉英译为例》，何茂红[浙江工商大学外国语言学及应用语言学专业专门用途英语方向]硕士论文，2012年1月，【导师】郦青

《白居易咏物诗研究》，刘园园[安徽大学]硕士论文，2012年5月，【导师】陶新民、李霜琴

《白居易诗歌物象运用研究》，周丽莉[江西师范大学]硕士论文，2012年6月，【导师】戴训超

《白居易诗歌中的量词研究》，朱晓芳[暨南大学]硕士论文，2012年5月，【导师】曾昭聪

《白居易洛阳时期的“中隐”思想与诗歌创作研究》，姜树景[陕西师范大学]硕士论文，2012年5月，【导师】傅绍良

《被淹没的传统——论林语堂对白居易的接受》，刘海燕[四川师范大学中国现当代文学]硕士论文，2012年5月，【导师】唐小林

《白居易的赋及其赋论研究》，高萍萍[中国海洋大学]硕士论文，2012年5月，【导师】冷卫国

《中晚唐五代白居易诗歌接受研究》，邱美玲[新疆师范大学]硕士论文，2012年6月，【导师】海滨

《白居易丁忧时期心态研究》，顾瑞敏[河北师范大学]硕士论文，2012年6月，【导师】姜子龙

《〈白氏长庆集〉四分类法新探》，吴雨洁［中国社会科学院文学研究所］硕士论文，2012 年 6 月，【导师】吴光兴

《白居易奏议初探》，代颖慧［黑龙江大学］硕士论文，2012 年 6 月，【导师】任海天

《白居易亲情诗研究》，宋喜娥［湖南大学］硕士论文，2012 年 5 月，【导师】胡遂

2013 年

《论白居易诗歌中的亲情》，左超慧［陕西师范大学］硕士论文，2013 年 5 月，【导师】刘锋焘

《白居易养生诗研究》，张大玲［安徽大学］硕士论文，2013 年 4 月，【导师】陶新民

《白居易诗歌中的星象意象研究》，邱艳［河南大学］硕士论文，2013 年 4 月，【导师】郑慧霞

《白居易诗歌池塘意象研究》，赵二彩［山东大学］硕士论文，2013 年 6 月，【导师】洪树华

《白居易创作心态研究》，曹磊［山东师范大学］硕士论文，2013 年 6 月，【导师】陈元峰

《白居易晚年诗歌研究》，陈世磊［山西师范大学］硕士论文，2013 年 6 月，【导师】王安庭

《白居易酒诗研究》，韩秋颖［辽宁大学］硕士论文，2013 年 5 月，【导师】孟庆丽

《白居易江州诗歌研究》，卢秀峰［安徽大学］硕士论文，2013 年 6 月，【导师】吴怀东

《论白居易音乐诗及其中的音乐美学思想》，陈智敏［湖南师范大学］硕士论文，2013 年 6 月，【导师】何林军

《论白居易、苏轼的杭州创作》，张璐［陕西师范大学］硕士论文，2013 年 6 月，【导师】魏景波

《白居易诗歌联合式复音词研究》，宋小姣［西北大学］硕士论文，2013 年 6 月，【导师】沈文君

《基于语料库的〈长恨歌〉译者文体研究》，任敬辉［哈尔滨工业大

学]硕士论文，2013年6月，【导师】王立欣

《刘白贬谪诗之比较》，程萌[西北师范大学]硕士论文，2013年5月，【导师】杨晓霭

相关硕士论文

《为人生的诗学》，陈拯[北京师范大学文学院汉语言文学专业]学士论文，2002级，【导师】蒋寅

《〈源氏物语〉与中国文化》，三浦由利子[北京语言文化大学]硕士论文，2002年，【导师】马树德

《大和末至会昌初东都诗人群体研究》，金燕[南京师范大学中文系]硕士论文，2004年5月，【导师】张采民

《唐人戏作诗研究》，阮璐[广西师范大学文学院]硕士论文，2005年，【导师】张明非。其中有《杜甫和白居易的戏作诗》

《李杨之恋的文化阐释》，钱叶春[西南师范大学文学院]硕士论文，2005年5月，【导师】刘明华

《杨贵妃形象流变研究——以传统演艺为考察重点》，尤华[上海师范大学文学院]硕士论文，2006年5月，【导师】翁敏华

《诗歌与戏曲之间的文体类型比较研究》，钟素梅[四川大学文学院]硕士论文，2006年4月，【导师】周裕锴

《论中唐艳诗的文化心态》，唐佳[华侨大学文学院]硕士论文，2008年3月，【导师】许总

《唐元和时期音乐文学研究》，张莉[西北大学文学院]硕士论文，2011年5月，【导师】孙尚勇

港台博士硕士论文

《白居易古体诗与乐府诗之韵例及用韵考》，宋淑萍，台北：台湾大学中文研究所硕士论文，1968年，【导师】许世瑛

《白居易及其诗对日本文学之影响》，矢野光治，台北：台湾大学中国文学研究所硕士论文，1971年，【导师】黄得时

《元白诗韵考》，萧永雄，台湾文化大学中文研究所硕士论文，1973年，【导师】陈新雄

《元白比较研究》，吕正惠，台北：台湾大学中国文学研究所硕

士论文，1974年，【导师】罗联添，共120页

《韦利氏英译白居易诗之评介》(*A study of Waley's translations of Po Chu-i's poems*)，周杰成(Chow，Kit-shing)，香港大学硕士论文，1976年

《白诗研究》，黄亦真，台湾文化大学中文研究所硕士论文，1976年，【导师】汪中。文史哲出版社，1977年6月出版

《长恨歌研究》，林秀玲，台湾东海大学中文研究所硕士论文，1978年

《白居易讽谕诗之研究》，俞炳礼，台北：台湾师范大学国文研究所硕士论文，1981年，【导师】邱燮友

《白居易及其讽谕诗之探讨》，梁国标，台湾珠海书院中文研究所硕士论文，1983年

《白居易诗与释道之关系》，韩庭银，台北：台湾政治大学中文研究所硕士论文，1984年，【导师】成惕轩、曾霁虹

《白居易新乐府研究》，黄兆康，台湾能仁书院中文研究所硕士论文，1985年

《白居易作品所反映唐代社会问题的探讨》，何英，台湾新亚书院历史研究所硕士论文，1985年

《元白新乐府研究》，廖美云，台北：台湾师范大学国文研究所硕士论文，1987年。学生书局，1989年6月出版，"中国文学研究丛刊"

《白居易诗研究》，俞炳礼，台北：台湾师范大学国文研究所博士论文，1988年6月，【导师】尤信雄

《白居易叙事诗研究》，林明珠，台北：东吴大学中国文学研究所硕士论文，1990年，【导师】张梦机

《明代〈琵琶行〉叙事画研究》，林丽江，台北：台湾大学艺术史研究所硕士论文，1991年

《唐代社会与元白文学集团关系之研究》，马铭浩，台北：私立淡江大学中文研究所硕士论文，1991年。台北：学生书局，1991年6月出版，"中国文学研究丛刊"

《〈白氏文集〉流传日本以迄镰仓初期被接受过程之变迁：〈白氏

文集〉对〈源氏物语〉的影响》，尾久幸子，台北：东吴大学日本文化研究所硕士论文，1993年

《清人评白居易诗研究：以诗话为主》，黄丽卿，台北：私立淡江大学中文研究所硕士论文，1995年5月，【导师】龚鹏程

《白居易诗文用韵考及与唐代西北方音之比较》，陈美霞，台北：辅仁大学中国文学研究所硕士论文，1996年10月，【导师】林炯阳

《白居易诗探析》，林明珠，台北：东吴大学中国文学系博士论文，1997年5月，【导师】柯庆明

《白居易散文研究》，姜素英，台北：台湾师范大学国文研究所硕士论文，1999年7月，【导师】邱燮友

《白居易生命历程对诗风影响之研究》，陈家煌，高雄：台湾中山大学中国文学所硕士论文，1999年5月，【导师】简锦松

《白居易叙事诗研究》，邱晓淳，高雄：台湾高雄师范大学国文系硕士论文，2001年6月，【导师】林文钦

《白居易诗歌中的陶渊明风范》，蒋净玉，嘉义：中正大学中国文学系硕士论文，2001年，【导师】许东海

《白居易诗集中季节诗研究》，沈芬妤，嘉义：南华大学文学研究所硕士论文，2003年6月，【导师】耿志坚

《白居易诗歌之历史人物形象探讨》，何享娴，台北：台湾玄奘人文社会学院中国语文研究所硕士论文，2004年，【导师】罗宗涛

《白居易讽谕诗的创作理论与修辞实践》，蔡淑梓，台北：台湾玄奘人文社会学院中国语文研究所硕士论文，2004年，【导师】沈谦

《白居易新乐府诗语言艺术研究》，萧雅莲，彰化师范大学国文研究所硕士论文，2004年

《白居易“闲适”诗研究：以“情性”为考察基点》，蔡叔珍，台南：成功大学中国文学研究所硕士论文，2004年6月，【导师】廖美玉

《闲乐：宋初白居易接受研究》，李妮庭，花莲：台湾东华大学中国语文学系硕士论文，2004年7月，【导师】张蜀蕙

《白居易赋研究》，胡淑贞，台北：台湾逢甲大学中国文学学系硕士班硕士论文，2004年6月，【导师】简宗梧

《白居易叙事诗美学研究：以讽谕诗、感伤诗为主》，侯配晴，台北：台北市立教育大学中国语文学系硕士论文，2005 年，【导师】江惜美

《白居易诗中的衣食雅趣》，简意文，高雄：高雄师范大学国文教学硕士班硕士论文，2005 年

《白居易思想及其国防理念研究》，陈武钢，台北：台湾玄奘大学中国语文学系硕士论文，2005 年

《白居易禅诗研究》，庄美缓，高雄：高雄师范大学国文教学硕士班硕士论文，2005 年

《白居易诗人自觉研究》，陈家煌，高雄：台湾中山大学中国文学研究所博士论文，2006 年

《白居易花木诗研究》，陈怡玲，嘉义：中正大学中国文学研究所硕士论文，2006 年

《白居易讽谕诗用韵之研究》，黄姝毓，彰化师范大学国文研究所硕士论文，2007 年

《白居易诗之镜子书写——以先唐至白居易为考察序列》，吴新莲，嘉义：中正大学中国文学研究所硕士论文，2007 年

《白居易碑志文研究》，林巧玲，台北："国立"中兴大学中国文学系，2007 年 6 月，【导师】李建崑

《白居易"百道判"试析：兼论经义折狱的影响》，陈登武，2008 年 1 月

《宋诗与白居易的互文性研究》，陈金现，高雄：台湾中山大学中国文学研究所博士论文，2008 年 6 月，【导师】黄启方、刘兆明

《白居易新乐府诗教大义与音律表达研究》，吴玉，"国立"台中教育大学语文教育学系博士论文，2009 年，【导师】王财贵

《白居易〈秦中吟〉美学研究》，陈天佑，华梵大学中国文学系硕士论文，【导师】王隆升

《刘禹锡、白居易交往诗研究》，张育桦，屏东教育大学中国语文学系硕士论文，2010 年 8 月，【导师】简贵雀

《白居易叙事诗与改编元杂剧研究》，陈映儒，台湾"国立"政治大学中国文学研究所硕士论文，2012 年，【导师】廖栋梁

相关学位论文

《唐代叙事诗研究》，梁荣源，台湾大学中文研究所硕士论文，1972 年，【导师】台静农

《中晚唐诗研究》，马杨万运，台湾大学中文研究所博士论文，1974 年，【导师】郑骞

《唐代乐府诗之研究》，张国相，台湾东海大学中文研究所硕士论文，1980 年，【导师】舒衷正

《元和诗人研究》，吕正惠，东吴大学中国文学研究所博士论文，1983 年 4 月，【导师】台静农

《中唐乐府诗研究》，张修蓉，台湾政治大学中国文学研究所博士论文，1981 年，台北：文津出版社，1985 年 10 月出版

《中国叙事诗的传承：以唐代叙事诗为主》，田宝玉，台湾师范大学国研所博士论文，1993 年

《中唐诗歌中之梦研究》，庄蕙绮，台湾政治大学中国文学研究所硕士论文，1994 年

《唐代和诗研究》，陈钟琇，台湾东海大学中国文学系硕士论文，2000 年，【导师】李立信

《唐代妓女的类别与性质研究》，张福政，台湾政治大学中国文学系博士论文，2000 年

《陈寅恪元白诗笺证稿探微》，陈秀香，台湾师范大学国文系在职进修硕士学位班硕士论文，2002 年，【导师】陈文华

《藩镇与中唐文学》，张玉芳，台湾大学中国文学研究所博士论文，2002 年 1 月，【导师】叶国良

《女冠、女仙与唐代社会》，郭雅铃，台湾东海大学历史学系硕士论文，2002 年

《中唐乐舞诗研究》，周晓莲，台湾中国文化大学中国文学研究所博士论文，2002 年

《唐代新乐府与诗歌讽谕传统研究》，朱我芯，台湾东海大学中文系博士论文，2004 年 6 月

资料来源

冉泽《台湾地区唐五代文学博士硕士论文目录》(1990—1992)，

《唐代文学研究年鉴》1993年、1994年合辑，广西师范大学出版社，1996年7月

新加坡硕士学士论文

《白居易新乐府中的中唐社会》，梁其川[新加坡大学文学院中文系]荣誉学士论文，1973年

《白居易的闲适诗研究》，陈常庆[新加坡国立大学中文系]硕士论文，1987年

《白居易日常生活诗研究》，梁文福[新加坡国立大学中文系]荣誉学士论文，1989年

《白居易感伤诗研究》(*A study of Bai Juyi's sentimental poetry*)，卓静扬[新加坡国立大学中文系]荣誉学士论文，1995年

《白居易诗文中的财政思想》(*A critial analysis of Bai Juyi's financial thought as reflected in his literaray works*)，杨耀宗[新加坡国立大学中文系]荣誉学士论文，2002年

白居易研究期刊文章　大陆

1902年

《国风集：新年偕友过饮新泻松风亭用白乐天正月三日闲行韵》[日]五峰阪口恭《选报》，1902年第14期

《东瀛輶轩集：新年招同天飙洪洲中洲由阴易水诸贤过饮松风亭用白乐天正月三日闲行韵：[诗词]》[日]五峰阪口恭《新民丛报》，1902年第5期，第103页；《新民丛报》全编，文苑第二十三，1902年，第5页；《新民丛报》汇编，1904年，第922页

《东瀛輶轩集：阪口五峰有次白乐天正月三日闲行韵诗见似云一月三日开诗筵于新舄松风亭乃次其韵遥寄：[诗词]》[日]裳川岩溪晋《新民丛报》，1902年第5期，第103~104页；《新民丛报》全编，文苑第二十三，1902年，第5页；《新民丛报》汇编，1904年，第922页

1905 年

《文苑：拟白乐天新乐府》曲水山房《之罘报》，1905 年第 6 期，第 41~44 页

1907 年

《拟白乐天乐府囚归狱(美虞令之德政也)》一旅《振华五日大事记》，1907 年第 4 期，第 58~59 页

《怡怡堂联吟集：西湖三十咏·紫云洞听留声机器(用白居易望月有感韵)》(二首)，山阴尧章赏勋(钟韵玉)原唱，山阴汉章赏照属和《著作林》，1907 年第 14 期，第 128 页

1909 年

《近世诗丛：拟白香山新乐府：紫毫笔(诫失职也)》，《近世诗丛：拟白香山新乐府：涧底松(哀寒隽也)》杨梦梅《庄谐杂志：附刊》第 2 卷第 1~10 期，1909 年，第 C2 页

1910 年

《夜读白傅诗有怀》郁昆《江宁实业杂志》，1910 年第 2 期，第 179~180 页

1912 年

《斥白居易立言之谬》江纫兰《妇女时报》，1912 年第 8 期，第 16~17 页

《词林：菊花(仿白居易六言律体)》康毓英《通问报：耶稣教家庭新闻》，1912 年第 531 期，第 4 页

1913 年

《诗录：白太傅祠有感》皕诲《进步》第 4 卷第 1 期，1913 年，第 101 页

《艺林：诗录：叔海于洛阳白文公墓前创建白亭书来索诗》陈衍

《庸言》第1卷第9期，1913年，第1页

1914年

《滑稽文：戏拟检察厅公诉白居易文》天虚我生(陈栩，1879—1940)《游戏杂志》1914年，第3期，第16~17页

《杂俎：酒筹(用长恨歌句)》苏盦《游戏杂志》，1914年第7期，第2~10页

《滑稽文：征文揭晓：虞美人诔、戏代白居易辨诉文》，周剑青、古朱方旧司败(拟)，《游戏杂志》，1914年第9期，第3~7页

《滑稽文：征文揭晓：戏拟白居易辩诬诉呈》东园《游戏杂志》，1914年第9期，第9~11页

《滑稽文：征文揭晓：戏拟白居易辩诉状》措大《游戏杂志》，1914年第9期，第15~19页

《滑稽文：征文揭晓：戏代白居易辩护状》魏颂予《游戏杂志》，1914年第9期，第11~13页

《游戏诗：上海歌仿长恨歌体：诗词》吟僧《余兴》，1914年第3期，第63~64页

1915年

《新乐府：阜宁凶年四咏仿白香山新乐府》亭湖逸叟《善导报》，1915年第32期，第318~320页；《余兴》，1916年第14期，第46~47页

1916年

《游戏诗：长乐歌(仿长恨歌体用原韵)：诗歌》躄脚翁《余兴》，1916年第18期，第55~57页

1917年

《词林：七绝集词八首：白居易谢秋娘[诗词]》豫东野鹤《豫言》，1917年第26期，第2页

《词林：广白香山禽鸟诗(并序)：[诗词]》小邹《余兴》，1917年

第26期，第41页

《诗：何逸堪销暑：效白香山体四首：[诗词]》秦之济《学生》第4卷第7期，1917年，第114~115页

1918年

《蔡将军歌(松坡)(和韵仿长恨歌)并序》周浩泉《锡秀》第3卷第1期，1918年，第45~46页

《诗：傲斋诗杂选：咏琵琶行》洪嘉言《复旦杂志》，1918年第7期，第109页

1919年

《新体诗：诗钟汇存(分咏裕)：血染青衫司马泪(白居易)》啸尘《广益杂志》，1919年第6期，第58页

《诗：读琵琶行有感：[诗词]》周浩泉《锡秀》第3卷第2期，1919年，第34~35页

《云石轩集句诗·秋声　集白香山句》赵仲琴《广益杂志》第9期“文苑”，1919年

《云石轩集句诗·故人过我留饮　集白香山句》赵仲琴《广益杂志》第9期“文苑”，1919年

《长恨歌英文译辞》王国钧《留美学生季报》第6卷第2期，1919年，第141~150页

《读长恨歌英文译辞四绝》王国钧《留美学生季报》第6卷第2期，1919年，第151页

1920年

《述乱诗一百韵韵用白居易寄微之代书诗所用之余[诗词]》黄侃《唯是》，1920年第3期，第7~8页；《东北大学季刊》1927年第2期，第127~129页

1921年

《白居易底“新乐府”》四郎(潘漠华)《晨星》创刊号，1921年11

月 25 日，第 3~4 版

《长乐歌：改长恨歌即用原韵》匪石《礼拜六》，1921 年第 140 期，第 31~33 页

1922 年

《白居易轶事》若冈《快活》1922 年第 6 期

《校友文艺：文：改白居易凌霄花诗为文体》范颂文《南汇县立城南女校校友会杂志》1922 年第 2 期，第 73~74 页

《小说：折臂翁(译唐人白乐天诗)》黄中理《景海星》，1922 年第 3 期，第 24~26 页

1923 年

《文艺谈：白香山的文艺：第一章：白香山在文艺史上的位置(未完)》甘蛰仙《晨报副刊》1923 年 2 月 12 日，第 2~3 页

《文艺谈：白香山的文艺：第二章：对于白氏文艺见解的批评(未完)》甘蛰仙《晨报副刊》1923 年 2 月 14 日，第 3~4 页

《文艺谈：白香山的文艺：第二章：对于白氏文艺见解的批评(续)》甘蛰仙《晨报副刊》1923 年 2 月 15 日，第 3~4 页

《文艺谈：白香山的文艺：第三章：对于白氏文艺作品的考证》甘蛰仙《晨报副刊》1923 年 2 月 24 日，第 3~4 页

《文艺谈：白香山的文艺：第三章：对于白氏文艺作品的考证(续)》甘蛰仙《晨报副刊》1923 年 2 月 25 日，第 3~4 页

《文艺谈：白香山的文艺：第三章：对于白氏文艺作品的考证(续)》甘蛰仙《晨报副刊》1923 年 2 月 26 日，第 3 页

《文艺谈：白香山的文艺：第三章：对于白氏文艺作品的考证(续)》甘蛰仙《晨报副刊》1923 年 2 月 27 日，第 4 页

《文艺谈：白香山的文艺：第三章：对于白氏文艺作品的考证(续)》甘蛰仙《晨报副刊》1923 年 2 月 28 日，第 3 页

《文艺谈：白香山的文艺：第四章：对于白氏文艺作品的赏会(未完)》甘蛰仙《晨报副刊》1923 年 3 月 1 日，第 2~3 页

《文艺谈：白香山的文艺：第四章：对于白氏文艺作品赏会

(续)》甘蛰仙《晨报副刊》1923 年 3 月 2 日，第 3 页

《文艺谈：白香山的文艺：第四章：对于白氏文艺作品的赏会(续)》甘蛰仙《晨报副刊》1923 年 3 月 3 日，第 3 页

《文艺谈：白香山的文艺：第四章：对于白氏文艺作品的赏会(续)》甘蛰仙《晨报副刊》1923 年 3 月 4 日，第 3 页

《文艺谈：白香山的文艺：第四章：对于白氏文艺作品的赏会(续)》甘蛰仙《晨报副刊》1923 年 3 月 5 日，第 3~4 页

《文艺谈：白香山的文艺：第四章：对于白氏文艺作品的赏会(续)》甘蛰仙《晨报副刊》1923 年 3 月 6 日，第 4 页

《文艺谈：白香山的文艺：第四章：对于白氏文艺作品的赏会(续)》甘蛰仙《晨报副刊》1923 年 3 月 7 日，第 4 页

《文艺谈：白香山的文艺：第四章：对于白氏文艺作品的赏会(续)》甘蛰仙《晨报副刊》1923 年 3 月 8 日，第 3~4 页

《文艺谈：白香山的文艺：第四章：对于白氏文艺作品的赏会(续)》甘蛰仙《晨报副刊》1923 年 3 月 9 日，第 3~4 页

《文艺谈：白香山的文艺：第四章：对于白氏文艺作品的赏会(续)》甘蛰仙《晨报副刊》1923 年 3 月 10 日，第 3~4 页

《文艺谈：白香山的文艺：第四章：对于白氏文艺作品的赏会(续)》甘蛰仙《晨报副刊》1923 年 3 月 11 日，第 3~4 页

《文艺谈：白香山的文艺：第四章：对于白氏文艺作品的赏会(续)》甘蛰仙《晨报副刊》1923 年 3 月 12 日，第 3~4 页

《文艺谈：白香山的文艺：第四章：对于白氏文艺作品的赏会(续)》甘蛰仙《晨报副刊》1923 年 3 月 13 日，第 3~4 页

《文艺谈：白香山的文艺：第四章：对于白氏文艺作品的赏会(续)》甘蛰仙《晨报副刊》1923 年 3 月 14 日，第 3~4 页

《文艺谈：白香山的文艺：第四章：对于白氏文艺作品的赏会(续)》甘蛰仙《晨报副刊》1923 年 3 月 15 日，第 3~4 页

《文艺谈：白香山的文艺：第四章：对于白氏文艺作品的赏会(续)》甘蛰仙《晨报副刊》1923 年 3 月 16 日，第 3~4 页

《文艺谈：白香山的文艺：第四章：对于白氏文艺作品的赏会(续)》甘蛰仙《晨报副刊》1923 年 3 月 17 日，第 3~4 页

《文艺谈：白香山的文艺：第四章：对于白氏文艺作品的赏会(续)》甘蛰仙《晨报副刊》1923 年 3 月 18 日，第 4 页

《文艺谈：白香山的文艺：第四章：对于白氏文艺作品的赏会(续)》甘蛰仙《晨报副刊》1923 年 3 月 19 日，第 3~4 页

《文艺谈：白香山的文艺：第四章：对于白氏文艺作品的赏会(续)》甘蛰仙《晨报副刊》1923 年 3 月 20 日，第 3~4 页

《文艺谈：白香山的文艺：第四章：对于白氏文艺作品的赏会(续)》甘蛰仙《晨报副刊》1923 年 3 月 21 日，第 3~4 页

《文艺谈：白香山的文艺：第四章：对于白氏文艺作品的赏会(续)》甘蛰仙《晨报副刊》1923 年 3 月 22 日，第 2~3 页

《文艺谈：白香山的文艺：第四章：对于白氏文艺作品的赏会(续)》甘蛰仙《晨报副刊》1923 年 3 月 23 日，第 3~4 页

《白香山诗与失意青年》小慧《学灯》1923 年 10 月 12 日

《披沙录：白居易之妇女观》胡寄尘《俭德储蓄会会刊》第 4 卷第 3 期，1923 年，第 80~81 页

《文(乙)：读了白居易的〈新丰折臂翁〉〈杜陵叟〉以后》张正夫《学生文艺丛刊汇编》第 1 卷第 2 期，1923 年，第 184~186 页

1924 年

《读白香山诗》程福仁《学生文艺丛刊》第 1 卷第 7 期，1924 年。智按：五言古诗三首

《读长恨歌有感》霓仙《湖光》，1924 年第 2 期，第 63 页。智按：杂言古诗一首

《诗歌：读白居易苏轼诗》刘灵华《佛化新青年》第 2 卷第 4 期，1924 年，第 101 页

《环天室诗支集：次韵天放白香山生日觞社饮集：天放乃龙侍郎次子：[诗词]》曾广钧《学衡》，1924 年第 35 期，第 101~102 页

《白居易》：结社香山成九老，神游兜率会群仙。最难海外鸡林贾，也赏诗人白乐天。[癸亥社作]慎侯《鸣社杂志》，1924 年第 3 期，第 1 页

《白居易》：元白齐名白较优，师箴瞍赋越中讴。投簪老结香山

社，忏悔琵琶月夜舟。[癸亥社作]卣香《鸣社杂志》，1924 年第 3 期，第 2 页

《白居易》：赋就一篇易一金，争传声价重鸡林。晚年放浪耽诗酒，自署头衔号醉吟。[癸亥社作]画丐《鸣社杂志》，1924 年第 3 期，第 3 页

《白居易》：蛮腰素口日相偎，长庆诗人老未颓。管领香山花月好，风流文采本天才。[癸亥社作]狎鸥《鸣社杂志》，1924 年第 3 期，第 4 页

《白居易》：天涯何必感升沉，樊口蛮腰足赏心。送客秋江等闲事，琵琶偏又托知音。[癸亥社作]勉盦《鸣社杂志》，1924 年第 3 期，第 4 页

《白居易》：小蛮樊素貌如花，占尽风流艳福夸。心碎胡儿吹觱篥，泪弹商妇弄琵琶。三年旧雨余杭地，两袖清风太守衙。图展香山联九老，金罍浮菊祝龄遐。[癸亥社作]少芝《鸣社杂志》，1924 年第 3 期，第 5~6 页

《白居易》：价重鸡林姓氏扬，后贤崇拜奠琼浆。龙门山下坟前土，博得年年渍酒香。[癸亥社作]劲秋《鸣社杂志》，1924 年第 3 期，第 6 页

《白居易》：九老图中慕乐天，芒鞋桐帽地行仙。参禅老悟玄机妙，结社吟诗对白莲。[癸亥社作]颂唐《鸣社杂志》，1924 年第 3 期，第 7 页

《白居易》：白傅体裁高凤阁，贾人赏识到鸡林。一官愿老江南职，好对吴山楚水吟。[癸亥社作]同伯《鸣社杂志》，1924 年第 3 期，第 8 页

《白居易》：商妇琵琶触旧思，当年太傅亦情痴。马嵬多少伤心事，一曲长歌谱如时。名震鸡林调不孤，浔阳一曲胜三都。至今耆旧征嘉会，借重香山九老图。[癸亥社作]憩庐《鸣社杂志》，1924 年第 3 期，第 9 页

《白居易》：谪栖几载雪盈颠，诗酒怡情亦快然。最是明湖春色好，白公堤畔柳如烟。[癸亥社作]轶千《鸣社杂志》，1924 年第 3 期，第 10 页

《白居易》：争传老妪解吟笺，谪去江州意惘然。留得人间长庆集，嵩山寄语共登仙。[癸亥社作]剑莽《鸣社杂志》，1924 年第 3 期，第 11 页

《白居易》：诗词雅俗总相宜，自是香山格局奇。晚岁独超尘网外，舒王甘露悔何迟。[癸亥社作]宪生《鸣社杂志》，1924 年第 3 期，第 12 页

《白居易》：新辞独创元和体，名重鸡林市易金。莫信樊川讥白俗，风骚嗣响在秦吟。[癸亥社作]苏翁《鸣社杂志》，1924 年第 3 期，第 12 页

《白居易》：强鲠斯遭主上疏，左迁司马意何如？浔阳漫洒青衫泪，垂老承恩拜尚书。香山高会自风流，闲与微之共唱酬。岂待鸡林贾人市，诗文原独有千秋。[癸亥社作]载如《鸣社杂志》，1924 年第 3 期，第 13~14 页

《白居易》：香山小陷白吟须，名冠当年九老图。试听曼声新乐府，不虚七月识之无。[癸亥社作]啸楼《鸣社杂志》，1924 年第 3 期，第 15 页

《白居易》：鸡林珍重公诗集，老妪能知俗俗漫嘲。手稿曾传涂改乙徧，可知只字费推敲。(香山遗稿涂改甚多，见《随园诗话》)[癸亥社作]亦陶《鸣社杂志》，1924 年第 3 期，第 16 页

《白居易》：老去谁知谪宦心，杨枝遣后少知音。最侥幸是浔阳妇，值得诗人仔细吟。[癸亥社作]梦畹《鸣社杂志》，1924 年第 3 期，第 16~17 页

《白居易》：苦竹黄芦思寂寥，琵琶声里黯魂消。凭将一掬青衫泪，弹将浔江上下潮。[癸亥社作]梦畹《鸣社杂志》，1924 年第 3 期，第 17 页

《白居易》：海上仙龛筑已迟，枉传老妪解谈诗。秦中吟苦人谁会？寥落荒江赋柳枝。[癸亥社作]伯谐《鸣社杂志》，1924 年第 3 期，第 18 页

《白居易》：天涯沦落悔蹉跎，白发萧萧奈老何。弹彻秋江商妇怨，青山沾得泪痕多。[癸亥社作]碧澄《鸣社杂志》，1924 年第 3 期，第 19 页

《白居易》：早和微之夸宅诗，晚耽禅悦遣杨枝。吟来老妪都能解，绝爱秦中乐府词。[癸亥社作]清逸《鸣社杂志》，1924年第3期，第20页

《白居易》：同是天涯沦落人(成句)，相逢萍水意弥亲。如何一曲琵琶怨，独有香山泪满巾。[癸亥社作]蟠逸《鸣社杂志》，1924年第3期，第20~21页

《白居易》：商妇琵琶信手弹，干卿底事泪潸潸。浔阳江上思迁谪，潮阳岭外路千盘。[癸亥社作]闲僧《鸣社杂志》，1924年第3期，第21页

《白居易》：也与香山九老称，诗情淡远价尤增：天涯沦落虽遭贬，依旧心如一片冰。[癸亥社作]又廉《鸣社杂志》，1924年第3期，第22页

《白居易》：早年声价重鸡林，老去香山只醉吟。谁识秦中新乐府，诉民疾苦泪盈襟。[癸亥社作]怀冰《鸣社杂志》，1924年第3期，第23页

《白居易》：遣散杨枝伴佛灯，壮年词伯晚年僧。自歌商妇琵琶怨，妓价诗名两倍增。[癸亥社作]瘦若《鸣社杂志》，1924年第3期，第24页

《白居易》：莫道风尘俗吏痴，小蛮樊素慰相思。湖山终古难为别，利索名缰未足羁。[癸亥社作]映禅《鸣社杂志》，1924年第3期，第24~25页

《白居易》：诗情儿女正而葩，元相刘郎各一家。皈奉香山难解脱，至今哀怨泣琵琶。[癸亥社作]枝巢《鸣社杂志》，1924年第3期，第25页

《白居易》：白傅才高百尺楼，西湖风月说杭州。琵琶一曲当年梦，重到浔阳忆旧游。[癸亥社作]绶章《鸣社杂志》，1924年第3期，第26页

《白居易》：才高世乱遭排摈，独善襟期托醉吟。不是暮年声伎恋，钟情蛮素转难禁。[癸亥社作]砚青《鸣社杂志》，1924年第3期，第27页

《白居易》：诗人唐代多于鲫，谁向天南耀德星。枫叶荻花依旧

否？浔阳江上尚留亭。[癸亥社作]羡榕《鸣社杂志》，1924年第3期，第28页

《白居易》：莫因白俗等闲看，为爱湖山乞一官。接迹风人长庆集，旨微言婉义兴观。[癸亥社作]潜民《鸣社杂志》，1924年第3期，第28~29页

《白居易》：讽谏情兼杜与韩，不忘君国此心丹。聊将诗酒酬身世，堪作青莲合传看。[癸亥社作]太拙生《鸣社杂志》，1924年第3期，第29页

《白居易》：却从平淡出神奇，古朴中存清丽词。老妪纵然能解得，性灵一片几人知？[癸亥社作]隶卤《鸣社杂志》，1924年第3期，第30页

《白居易》：抗手能登李杜坛，集编长庆共争观。鸡林价重原为贵，老妪咸知更见难。[癸亥社作]慕山《鸣社杂志》，1924年第3期，第31页

《白居易》：九龄解律天资异，七月知书气象殊。好为人师堪比儗，笑他仅仅识之无。放怀文酒便归休，结社香山志愿酬。禁掖流传新乐府，李唐诗赋重江州。[癸亥社作]臞楳《鸣社杂志》，1924年第3期，第32页

《白居易》：琵琶商妇太娇憨，泪滴青衫亦美谈。为与湖山缔旧约，一官常系大江南。[癸亥社作]景炎《鸣社杂志》，1924年第3期，第33页

《白居易》：啸傲江州莫问年，匡庐此去意翛然。聊吟风月诗无价，争购鸡林片纸传。[癸亥社作]汝澄《鸣社杂志》，1924年第3期，第34页

《白居易》：退隐香山放意时，纵情文酒且吟诗。争传老妪都能解，胜却浔阳一曲词。[癸亥社作]寄鹤《鸣社杂志》，1924年第3期，第34页

《白居易》：诗成老妪犹能解，味永音和寄意深。展读莫教嗤白俗，生前已是重鸡林。[癸亥社作]珠湖钓叟《鸣社杂志》，1924年第3期，第35页

《白居易》：集传长庆篇篇雅，价重鸡林字字珍。解识如何来老

妪，须知老妪亦诗人。［癸亥社作］叔香《鸣社杂志》，1924 年第 3 期，第 36 页

《白居易》：自古诗人例折磨，浔阳谪去病成魔。夜来愁听琵琶语，检点青衫泪点多。［癸亥社作］颂平《鸣社杂志》，1924 年第 3 期，第 37 页

白居易（集香山诗句）：独凭朱槛立凌晨，一别江南两度春。老病归山应未得，白须如雪五朝臣。［癸亥社作］介子《鸣社杂志》，1924 年第 3 期，第 37~38 页

《白居易》：文字何尝不值钱，鸡林国相市诗篇。曾从九老图中见，白发飘萧鹤在天。［癸亥社作］禹伯《鸣社杂志》，1924 年第 3 期，第 38 页

《白居易》：世乱年荒可奈何，一篇长恨断肠歌。浔阳江冷琵琶歇，司马青衫泪独多。［癸亥社作］茧迂《鸣社杂志》，1924 年第 3 期，第 39 页

1925 年

《读白居易〈新丰折臂翁〉诗》吴绍泰《少年》（上海）第 15 卷第 7 期，1925 年，第 79~81 页

《书白乐天〈梁上有双燕〉诗后》潘为儒《学生文艺丛刊》第 2 卷第 5 期，1925 年，第 42 页。智按：札记

《浔阳江：读白香山诗》姜华《国闻周报》第 2 卷第 40 期，1925 年，第 30~34 页

1926 年

《白香山诗研究》佘贤勋《金陵光》第 15 卷第 1 期，1926 年 1 月

《诗录二十四首：拟唐十首（并序）：白居易感鹤》沈其光《华国》第 2 卷第 12 期，1926 年，第 104 页

1927 年

《白香山诗中的妇女问题》张友鹤《妇女杂志（上海）》第 13 卷第 8 期，1927 年，第 5~7 页

《笔记：兰花馆笔乘：白香山罢郡诗》孙半呆《紫罗兰》第2卷第15期，1927年，第6页

1928年

《元稹白居易的文学主张》胡适之《新月》，1928年4月10日，第12~38页；又载《浙江图书馆报》第2期(1928年8月)，后收入其《白话文学史》(新月书店1928年6月出版)。又收入《新月杂志文史研究集》(台北：盘庚出版社，1978年9月)，朱传誉主编《白居易传记资料》十二，台北：天一出版社，1985年

《跋宋刻本白氏文集影本》胡适《浙江图书馆报》第2期，1928年8月

《白乐天的社会思想》张元亨《世界日报副刊(骆驼)》1928年5月8—11日

《平凡的诗人：白居易》参花《复旦实中季刊》第1卷第3期，1928年，第49~53页

《读白香山诗集后之一写》朱无挂《暨南周刊》第4卷第4期，1928年，第35~40页

1929年

《〈长恨歌〉及〈长恨歌传〉的传疑》俞平伯《小说月报》第20卷第2期，1929年2月，又收入其《论诗词曲杂著》，上海古籍出版社，1983年10月，第401~410页

《平民化诗人——白居易研究》陈实《中国学术研究季刊》，1929年第1期

《卖炭老爹：从白居易卖炭翁本事》梁一柱《学生杂志》第16卷第3期，1929年，第102~105页

《长恨歌图意之一：画图》李毅士(作)《美展》，1929年第6期，第3页

《教育部全国美术展览会参观记　附图：长恨歌图意：画图多幅》李毅士(绘)《妇女杂志》第15卷第7期，1929年，第15页

1930 年

《白乐天的妇女文学：从白乐天谈到唐代妇女问题》徐景贤《妇女杂志》第 16 卷第 3 期，1930 年 3 月，第 39~55 页

《文选、白氏文集之流行于日本》水野平次著，李秉中译《大公报文学副刊》第 137 期，1930 年 8 月 25 日

《诗人白居易的两个特征》(一)诏年《学海》1930 年第 14 期

《诗人白居易的两个特征》(二)诏年《学海》1930 年第 15 期

《白居易的人生观(续)》陈忠颐、高迈《扬州中学校刊》1930 年第 51 期，第 24~29 页

《唐白居易书楞严经之一页[书法]》，《故宫》1930 年第 9 期，第 22~23 页

《采风录：读白香山诗集：[诗词]》叔海(江瀚)《国闻周报》第 7 卷第 43 期，1930 年，第 2 页

《云间醉白池祝白傅生日》徐公修《虞社》，1930 年第 161 期，第 8 页

《白傅生日醵饮醉白池》姚洪淦《虞社》，1930 年第 161 期，第 10 页

《集醉白池祝白傅生日(正月二十)》项寰《虞社》，1930 年第 162 期，第 16 页

1931 年

《白乐天之影响于日本文学》水野平次著，李秉中译《大公报文学副刊》，1931 年 5 月 4 日、11 日

《韩白论》周荫棠《金陵学报》第 1 卷第 1 期，1931 年 5 月

《读白居易琵琶行》戴仁文《澄衷半年刊》，1931 年春，第 86~91 页

《白居易的诗》waley(原著)，尼戈鎗(译)《新时代半月刊》第 1 卷，第 5~6 期，1931 年，第 57~61 页

《译白居易新丰折臂翁诗》绍志《智囊》1931 年，第 1 卷，第 33~34 页

《白居易与卓别麟表同情》郑逸梅《国闻周报》第 8 卷第 30 期，1931 年，第 8 页

《劝学歌(仿七古作节用白居易长恨歌韵)[诗歌]》徐翰臣《国民先导月报》第 1 卷第 4 期，1931 年，第 9 页

《感赋(仿五古作用白居易赠内韵)[诗词]》徐翰臣《国民先导月报》第 1 卷第 4 期，1931 年，第 16 页

《寄顾子仲亲翁(仿五古作用白居易赠内韵)[诗词]》徐翰臣《国民先导月报》第 1 卷第 4 期，1931 年，第 22 页

《席上读书录：六十三、长恨歌与琵琶行为白氏文集中之最有力作品……》贺扬灵《读书杂志》第 1 卷第 9 期，1931 年，第 267～270 页

《诗人白居易(未完)》振华《岳云周刊》1931 年第 2 期，第 5～8 页

《诗人白居易(续)》振华《岳云周刊》1931 年第 3 期，第 5～8 页

1932 年

《采风录：壬申上巳十刹海禊集以白香山三月三日诗分均纕蘅为余拈得烛字：[诗词]》董卿《国闻周报》第 9 卷第 17 期，1932 年，第 1 页

《白乐天诗》江寄萍《大戈壁》第 1 卷第 4 期，1932 年 4 月

《开明国文讲义：文选：四一·长恨歌(未完)白居易》《开明中学讲义》第 2 卷第 2 期，1932 年，第 255～256 页

《常识辞典：元白》吻云《红叶周刊》1932 年

《劫余之痛心语(次唐白乐天长恨歌原韵)：诗词》徐翰臣《国民先导月报》第 1 卷第 7～8 期，1932 年，第 15、17、19 页

《为时局述怀(次唐白乐天长恨歌原韵)：诗词》徐翰臣《国民先导月报》1932 年，第 1 卷第 7～8 期，第 11，13～15 页

《医者与病者(次唐白香山长恨歌原韵)：诗词》徐翰臣《国民先导月报》1932 年，第 1 卷第 7～8 期，第 22 页

《律师与当事人(次唐白香山长恨歌原韵)(未完)：诗词》徐翰臣《国民先导月报》第 1 卷第 7～8 期，1932 年，第 22 页

《因淑德逝世而作(次唐白乐天长恨歌原韵):诗词(附冢媳顾淑德遗影照片)》徐翰臣《国民先导月报》第1卷第7~8期,1932年,第31、33、35、37页

《谨遵家君感赋原韵勉步一章(韵系次白香山赠内者):[诗词]》徐世录《国民先导月报》第1卷第7、8期,1932年,第41、43页

《诗选:读香山诗有感》宗子威《虞社》,1932年第184期,第12页

《用白香山宿大林寺韵题花径景白亭:附白居易原作:[诗歌]》太虚《海潮音》第13卷第10期,1932年,第66页

1933年

《元白诗中的唐代社会》刘真《学风》第3卷第1~2期,1933年3月

《诗人白居易析论》陶愚川《大厦年刊》1933年6月(创立九周年纪念)

《白居易诗与唐代宫市》陈友琴《青年界》第4卷第4期,1933年9月

《白居易的诗说》翠柏《世界日报》1933年3月18日

《白居易诗中的贪官污吏》敏子《空军》第41期,1933年,第37页

《白居易诗中的平民意识》耿襄汉《七师期刊》创刊号,1933年,第63~67页

《白居易的恋爱与婚姻之文学》王中儒《钤铛》1933年第2期,第227~249页

《语体文:平民诗人白居易评传》王启怀《学生文艺丛刊》第7卷第7期,1933年,第61~82页

《相思只傍花边立,尽日吟君咏菊诗(白居易):[画图]》方君璧(作)《艺风》第1卷第10期,1933年,第41页

《唐白居易书楞严经之一页:[书法]》,《故宫周刊》,1933年第286期,第1页

《藏园群书题记:宋本白氏六帖事类集跋》傅增湘《国闻周报》第

10卷第26期，1933年，第332~335页

1934年

《大众化的白居易诗》马子华《光华大学半月刊》第2卷第7期，1934年4月，第69~72页

《白居易诗中的佛学思想》张汝钊《海潮音》第15卷第3期，武昌：海潮音社，1934年3月，第93~101页

《社会诗人白居易及其诗中之时代背景》非我《津汇月刊》，1934年第2期

《社会诗人白居易（未完）》骆冠云《五中周刊》，1934年第168期，第5~10页

《社会诗人白居易（二续）》骆冠云《五中周刊》，1934年第171期，第4~8页

《与妇女共鸣的白居易》杨荣国《青春周刊》第3卷 第3期，1934年，第5~7页

《白乐天（再版）葭盦主人（藏本）》，《乐闻》第1卷第4期，1934年，第12页

《年来以弄翰自遣更以肢体代笔与合眸作字岂故事衿炫奇异欤亦聊以补古人之缺尔歌以纪之（依唐白香山长恨歌原韵）（附本刊编者大书家前畿南招抚使署秘书长徐翰臣先生与王卓山招抚使合影照片）》徐翰臣《翰墨汇刊》第1卷第11期，1934年，第7页

1935年

《白乐天的妇女文学》李蕴华《青年文化》，第1卷第5~6期合刊，1935年4月

《白乐天诗中反映的妇女思想》彭兆良《玲珑》第5卷第35期，1935年

《白香山诗中关于非战思想及妇女问题之探讨》秦桂祥《国专月刊》（无锡国专）第1卷第5期，1935年7月

《白发诗人白乐天：筱尧随笔之一》戴传安《国专月刊》（无锡国专）第2卷第4期，1935年

《元稹与白居易》邹恩雨《文史丛刊》(安徽大学)，1935 年 7 月

《白乐天评传及其年表》周庆熙《国文学会特刊》第 3 号(河北女子师范学校)，1935 年 5 月

《元白诗中俸料钱问题》陈寅恪《清华学报》第 10 卷第 4 期，1935 年 10 月，又收入其《金明馆丛稿二编》

《白居易的生平及其诗》陈幼嘉《大地》1935 年第 1 期

《从白乐天〈与元微之书〉说到现代文学的使命》卢怡灏《知用学生》第 1 卷第 6 期，1935 年

《宋词互见考：白居易与欧阳修无名氏：长相思》唐圭璋《词学季刊》第 2 卷第 4 期，1935 年，第 49 页

《社会诗人白居易》冯励青《灿烂》第 1 卷第 2 期，1935 年，第 63~68 页

《社会诗人白居易》(续)冯励青《灿烂》第 1 卷第 3 期，1935 年，第 73~75 页

《社会诗人白居易》(续)冯励青《灿烂》第 1 卷第 4 期，1935 年，第 76~84 页

《社会诗人白居易》(续)冯励青《灿烂》第 1 卷第 5 期，1935 年，第 58~66 页

《翟秉仁先生长恨歌：墨迹》翟秉仁《湖社月刊》，1935 年第 90 期，第 17 页

《读诗偶记：白居易之琵琶行》梁之盘《红豆月刊》第 2 卷 第 4 期，1935 年，第 1 页

《白香山之散文》明仁《学生生活》第 4 卷第 6 期，1935 年，第 29~30 页

《唐白太傅画像(原画绢本设色)姚品侯藏》，《河北第一博物院半月刊》，1935 年第 81 期，第 2 页

1936 年

《白发诗人白乐天》戴传安《国专月刊》第 2 卷第 4 期，1936 年

《白居易之研究》陈国雄《民钟季刊》第 2 卷第 2 期，1936 年 6 月

《〈白香山诗集〉叙》陈登原《人文》第 7 卷第 2 期，1936 年 3 月

《白香山之文学批评》张明仁《文风月刊》第 1 期，1936 年 11 月

《白香山之文学》张明仁《学术世界》第 2 卷第 2 期，1936 年 11 月

《汴水流(白居易)》邱望湘《音乐教育》第 4 卷第 10 期，1936 年

《白乐天琐迹杂录》方贤齐《黄钟》第 8 卷第 4 期，1936 年，第 38~40 页

《西湖佳话：白居易答元微之》《越风》第 17 期，1936 年，第 20 页

《板荡中原：白居易宅：[照片]》汪大寅、刘达人摄《光华附中半月刊》第 4 卷 第 6~7 期，1936 年，第 1 页

《白居易诗之社会思想》屈君《南风(广州)》第 12 卷 第 2~3 期，1936 年，第 97~104 页

《白乐天的妇女思想》星子《黄钟》第 9 卷第 6 期，1936 年，第 31~32 页

《文艺：读白香山琵琶行偶成：[诗词]》印谌《现代读物》第 3 卷第 8 期，1936 年，第 33 页

《绿窗新话(卷下)：白乐天辨华原磬皇都》风月主人《艺文》第 1 卷第 5 期，1936 年，第 61 页

《“香山九老会序”辨》刘钟明《国闻周报》第 13 卷第 25 期，1936 年，第 24 页

《古今文选译：琵琶行(三)(中英文对照)》，《进步英华周刊》，1936 年第 84 期，第 11 页

1937 年

《白居易诗中所表现的人生哲学》半沧《省长女中学生》，1937 年第 4 期，第 26~28 页

《史学界消息(民国二十六年二月十五日—四月十五日)：有关史料各项纪事：洛阳白居易墓被刦》《考文学会杂报》1937 年第 1 期，第 7 页

1938 年

《〈白香山集〉校录二则》忱之《东方文化》(北京)第 1 卷第 7 期，

1938 年 11 月

《与一峰游香山谒白乐天墓》鲁元《民族诗坛》第 2 卷第 2 期，1938 年

《送江建恒君出川抗敌：用白居易长恨歌韵并序》颜爱博《民族诗坛》，1938 年第 4 期，第 49~53 页

《无眠：次白香山独眠吟原韵：[诗歌和]》，《新中国》，1938 年，第 196 页

《弹词名家严雪舫(最新开篇)：白乐天》，《胜利无线电节目月刊》，1938 年第 6 期，第 28 页

1940 年

《谈〈新乐府〉》余冠英《国文月刊》第 1 卷第 1 期，1940 年 6 月，第 10~15 页

《〈长恨歌〉与〈长生殿〉》宣威《改造》第 4 期，1940 年 4 月

《唐诗之四季：(八)秋之灵魂：白居易》吴经熊、徐诚斌《宇宙风：乙刊》第 31 期，1940 年，第 11~14 页

《唐诗之四季：(九)秋之灵魂白居易：附图》吴经熊、徐诚斌《宇宙风：乙刊》第 32 期，1940 年，第 21~24 页

《诗词：在瓦塘船中读白乐天诗后集》谢培恩《真光杂志》第 39 卷第 7 期，1940 年，第 38 页

1941 年

《白居易的社会文学》许惕生《中日文化》第 1 卷第 2 期，1941 年 3 月，第 126~132 页

《白居易诗之研究》李尔康，福州《协大艺文》第 12 卷第 13 期，1941 年 7 月

《中文选读：白居易：琵琶行(中法文对照)》，《法文研究》第 2 卷 第 4 期，1941 年，第 333~338 页

《中文选读：白居易：长恨歌(中法文对照)》，《法文研究》第 2 卷 第 8 期，1941 年，第 636~642 页

《苏州情调：苍狗白云：周瑜故宅改建城隍庙，白香山遗迹影踪

全无》，《新东方杂志》第4卷第1期，1941年，第89页

1942年

《白居易的醉吟生涯及其佛教信仰(上)》李意如《佛学月刊》第1卷第9期，1942年2月，第12~14页

《白居易的醉吟生涯及其佛教信仰(下)》李意如《佛学月刊》第1卷第10期，1942年3月，第11~13页

《白乐天及其〈长恨歌〉》少虬《学艺》第2期，1942年1月，第100~102页

《白居易和他的讽谕诗》李国樑《新认识》(上海)第6卷第1期，1942年9月，第48~51页

《说元白》玄修《同声》(月刊)第2卷第4期，1942年4月，第1~18页

《唐代伟大的民间诗人——白居易(论著)》李岳南《半月文艺》1942年第9期

《汉皋返棹夜泊浔阳寒雨终宵寝不成寐背诵白司马琵琶行感赋》张觉先《中日文化》第2卷第9期，1942年，第72页

《白居易小诗》子文《中央周刊》第4卷 第52期，1942年，第11页

《唐代诗人白居易》，《北京市政旬刊》第116期，1942年，第2页

《中国文人趣事：四、白居易白话诗人》范帆《艺术与生活》第31期，1942年，第37页

《唐代两大诗人杜甫、白居易的正义感及其他》陈叔渠《今文月刊》(重庆)第1卷第3期，1942年12月

1943年

《论诗义派诗人：白居易与元稹论诗及其作风与影响》杨晋雄《真知学报》第3卷第2期，1943年6月，第42~49页

《白居易的妇女观》齐公远《甘肃妇女》1943年第2期，第42~44页

《白居易》红树(周范亚)《新学生》第 2 卷第 6 期，1943 年，第 60~61 页

《唐代伟大的民间诗人白居易》李岳南《长风文艺》第 1 卷 第 3 期，1943 年，第 26~29 页

1944 年

《琵琶行故事之点滴》张陵《中和月刊》第 5 卷第 4 期，1944 年 4 月 1 日

《白乐天及其新乐府》成惕轩《文艺先锋》第 5 卷第 5 期，1944 年

《白居易与妇女问题》曼云《妇女世界》第 50 期，1944 年，第 11 页

1945 年

《白乐天的格诗》傅懋勉《国文月刊》第 36 期，1945 年 6 月，第 14~16 页

《大众诗人白居易》杨荣国《中山文化季刊》第 2 卷第 2 期，1945 年 9 月，第 261~268 页；收入李锦全编《杨荣国文集》，中山大学出版社，2004 年 11 月

《白居易诗中妇女问题的研究》芝熏《妇女世界》第 56 期，1945 年，第 29~30 页

《〈长恨歌〉与〈圆圆曲〉》程千帆，1945 年 12 月作于成都；收入其《古诗考索》，上海古籍出版社，1984 年 12 月，第 326 页

《读〈长恨歌〉后》王槐林《国立山西大学校刊》第 3 卷第 6 期，1945 年，第 18 页

1946 年

《民主诗人白居易：略论他的新乐府》吴奔星《东方杂志》第 42 卷第 5 期，1946 年 3 月，第 59~64 页

《白香山责难大禹》桃子《中外春秋》新 5 期，1946 年，第 9 页

《白乐天及其新乐府》成惕轩《中央日报》1946 年 10 月 12 日

《白居易的思想与艺术：“童子解吟长恨曲，胡儿能唱琵琶篇”

(唐宣宗)》公盾《中苏文化杂志》第 17 卷第 9 期，1946 年 12 月，第 50~54 页

《白香山诗研究》许清波《中兴周刊》第 4 期，1946 年 12 月，第 17~20 页

《长恨歌画意》张天竹《艺文画报》第 1 卷第 3 期，1946 年

《长恨歌诗画：汉皇重色思倾国，御宇多年求不得，杨家有女初长成，养在深闺人未识……：画图四幅》明勋(画)《沪风》1946 年第 1 期，第 5~6 页

《长恨歌诗画：画图多幅》明勋(画)《沪风》1946 年第 2 期，第 5~6 页

《长恨歌诗画：渔阳鼙鼓动地来……：画图四幅》明勋(画)《沪风》1946 年第 3 期，第 5~6 页

《长恨歌诗画》张琴(画)《沪风》1946 年第 5 期，第 5~6 页

《长恨歌诗画：西宫南内多秋草，落叶满阶红不扫，梨园子弟白发新，椒房阿监青娥老……(附图)》张琴(画)《沪风》1946 年第 6 期，第 5~6 页

《中国的平民诗人白居易：中国的普式庚》丁道谦《贵州民意》第 1 卷第 6 期，1946 年，第 30~39 页。智按：普式庚，今译普希金

《写作指导与青年园地：写作漫谈》阎仲容《胶东大众》第 42 期，1946 年，第 28 页。智按：以唐代诗人白居易为例

《信口吟：捕审汉奸改白居易诗并用原韵[诗词]》完公《文饭》，1946 年第 8 期，第 6 页

《新“长恨歌”(步乐天翁原韵)》钟麟《新自由》第 1 卷第 2 期，1946 年，第 14 页

《长恨歌：寄赵玉泉(赵保原字)：诗歌》了尘僧《胶东大众》，1946 年第 32 期，第 21~24 页

1947 年

《白乐天的诗论：讽谕说》新濂《新自由》第 1 卷第 4 期，1947 年 1 月

《白居易的讽谕诗》天华《台湾文化》第 2 卷第 7 期，1947 年 10

月，第 4~5 页

《论〈白氏长庆集〉源流并评东洋本白集》岑仲勉《国立中央研究院历史语言研究所集刊》第九本，1947 年 9 月；又收入《岑仲勉史学论文集》，中华书局，1990 年 7 月；2004 年 4 月，收入《岑仲勉著作集》

《〈白氏长庆集〉伪文》岑仲勉《国立中央研究院历史语言研究所集刊》第九本，1947 年 9 月；又收入《岑仲勉史学论文集》，中华书局，1990 年 7 月；2004 年 4 月，收入《岑仲勉著作集》

《〈白集·醉吟先生墓志铭〉存疑》岑仲勉《国立中央研究院历史语言研究所集刊》第九本，1947 年 9 月；又收入《岑仲勉史学论文集》，中华书局，1990 年 7 月；2004 年 4 月，收入《岑仲勉著作集》

《〈长恨歌〉笺证：元白诗笺证稿之一》陈寅恪《清华学报》第 14 卷第 1 期，1947 年 10 月，第 1~34 页；又收入其《元白诗笺证稿》，上海古籍出版社，1978 年 3 月，第 1~44 页

《白居易颂“诗歌”》罗泗《新诗歌》1947 年第 1 期，第 4~5 页

《译诗丛话：白居易的〈琵琶行〉》孙用《新学生》第 3 卷第 3 期，1947 年，第 80~81 页

《公务员的悲哀：新“长恨歌”(步乐天翁原韵)》钟麟《书报精华副刊》1947 年第 4 期，第 44~45 页

《论白居易诗体的分类》叶兢耕《新生报》副刊《语言与文学》第 58 期，1947 年 11 月 25 日，又收入张国风编《清华学者论文学》，清华大学出版社，2001 年 4 月版，第 99~105 页

《采风录：新乐府(仿白乐天)》白忧天《书报精华副刊》第 9 期，1947 年，第 35 页

1948 年

《从〈金泽图录·白集〉影页中所见》岑仲勉《国立中央研究院历史语言研究所集刊》第十二本，1948 年 1 月；又收入《岑仲勉史学论文集》，中华书局，1990 年 7 月；2004 年 4 月，收入《岑仲勉著作集》

《〈文苑英华辨证〉校白氏诗文附按》岑仲勉《国立中央研究院历史语言研究所集刊》第十二本，1948 年 1 月；又收入《岑仲勉史学论文

集》，中华书局，1990 年 7 月；2004 年 4 月，收入《岑仲勉著作集》

《补白集源流事证数则》岑仲勉《国立中央研究院历史语言研究所集刊》第十二本，1948 年 1 月；又收入《岑仲勉史学论文集》，中华书局，1990 年 7 月；2004 年 4 月，收入《岑仲勉著作集》

《从〈文苑英华〉中书翰林制诏两门所收白氏文论〈白集〉》岑仲勉《国立中央研究院历史语言研究所集刊》第十二本，1948 年 1 月；又收入《岑仲勉史学论文集》，中华书局，1990 年 7 月；2004 年 4 月，收入《岑仲勉著作集》

《白香山〈新乐府〉笺证》陈寅恪《清华学报》第 14 卷第 2 期，1948 年 8 月；又收入其《元白诗笺证稿》

《元白诗笺证稿附论(五篇)》陈寅恪《清华学报》第 15 卷第 2 期，1948 年 10 月；又收入其《元白诗笺证稿》

《论白居易的〈新乐府〉》藻《大公报》1948 年 12 月 23—31 日，1949 年 1 月 1—22 日

《白居易研究》公盾《人物杂志》第 3 卷第 10、11 期，1948 年 10 月

1949 年

《白乐天之先祖及后嗣》陈寅恪《岭南学报》第 9 卷第 2 期，1949 年 6 月，第 19~28 页；又收入其《元白诗笺证稿》

《白乐天之思想行为与佛道之关系》陈寅恪《岭南学报》第 10 卷第 1 期，1949 年 12 月，第 1~7 页；又收入其《元白诗笺证稿》

《论元白诗之分类》陈寅恪《岭南学报》第 10 卷第 1 期，1949 年 12 月，第 8~10 页；又收入其《元白诗笺证稿》

《元和体诗》陈寅恪《岭南学报》第 10 卷第 1 期，1949 年 12 月，第 11~13 页；又收入其《元白诗笺证稿》

《白居易与刘梦得之诗》陈寅恪《岭南学报》第 10 卷第 1 期，1949 年 12 月，第 14~19 页；又收入其《元白诗笺证稿》

《读〈长恨歌〉：兼评陈寅恪教授之〈笺证〉》夏承焘、陈光汉《国文月刊》第 78 期，1949 年 4 月，第 8~11 页。智按：《夏承焘日记》云："往往亦不免过深过琐之失。""陈君著述，长处在多创见，其流

弊亦复在是。”(《夏承焘集》第八册，第175、179页)

1950年

《白居易为什么写出了平民的诗》星火《光明日报》1950年9月17日

《白香山〈琵琶行〉笺证》陈寅恪《岭南学报》第12卷第2期，1950年6月；又收入其《元白诗笺证稿》

《民间的词：白居易的作品研究》俞平伯《民间文艺集刊》第1册，1950年12月；又收入其《俞平伯论诗词曲杂著》，上海古籍出版社，1983年10月；《俞平伯诗词曲论著》，台北：长安出版社，1986年4月，第455~462页

1951年

《热爱人民的诗人：白居易》游国恩《中国青年》1951年2月号(总第58期)

《白居易的思想和艺术》游国恩《人民日报》1951年2月11日；《人民周报》第2卷第7期(1951年2月)

《白居易论诗的形式》雪原《甘肃日报》1951年2月22日

《关于“苦宫市也”的更正》李又然《文艺报》1951年3月3日

《白居易的〈卖炭翁〉》李又然《文艺报》1951年3月7日

《白居易的〈秦中吟〉》叶兢耕《文艺报》1951年3月10日

《热爱人民的诗人：白居易》(上、下)一舟《进步青年》1951年10月、11月号

《白居易绝句诗选》H. 费德林《中苏友好》第3卷第1期，1951年

1952年

《白居易研究》王拾遗《上海文艺》1952年2月号

《白居易的〈琵琶行〉》李落《教学与研究集刊》(沈阳师院)1952年第5期

《元白诗笺证稿》(简介)陈寅恪著《岭南学报》第12卷第1期，1952年，第50页

1953 年

《白居易》叶兢耕，收入清华大学中国语文系编《祖国十二诗人》，开明书店，1953 年 2 月，《开明文史丛刊》；中华书局，1954 年 7 月

《白居易关于农民的诗》王拾遗《人民文学》1953 年 2 月号；又收入人民文学出版社编辑部编《唐诗研究论文集》，人民文学出版社，1959 年 2 月

《现实主义诗人白居易》王拾遗《光明日报》1953 年 3 月 5 日、1953 年 3 月 6 日

《〈议婚〉和〈井底引银瓶〉："白居易关于妇女的诗"之一》王拾遗《大公报》1953 年 7 月 8 日

《〈母别子〉和〈妇人苦〉："白居易关于妇女的诗"之二》王拾遗《大公报》1953 年 7 月 15 日

《伟大诗人白居易》唐弢《解放日报》1953 年 3 月 5 日

《白居易及其讽谕诗》游国恩《人民文学》1953 年 2 月号；又收入人民文学出版社编辑部编《唐诗研究论文集》，人民文学出版社，1959 年 2 月

《读〈秦中吟〉中的〈伤宅〉〈立碑〉二诗》游国恩《人民文学》1953 年 2 月号；又收入人民文学出版社编辑部编《唐诗研究论文集》，人民文学出版社，1959 年 2 月

《关于白居易〈观刈麦〉的解释》臧克家《人民文学》1953 年 5 月号

1954 年

《井底引银瓶》曾其《说说唱唱》1954 年第 2 期

《白居易》王运熙《少儿文艺》1954 年 8 月号

《诗人白居易的伟大成就》许文雨《山东大学学报》1954 年第 4 期

《白居易》褚斌杰《解放军文艺》1954 年第 9 期

《谈白居易的写作方法》李嘉言《光明日报》1954 年 9 月 14 日，《文学遗产》第 20 期；收入《文学遗产》编辑部编《文学遗产选集》第一辑，作家出版社，1956 年 1 月；李嘉言《古诗初探》，古典文学出版社，1957 年；《李嘉言古典文学论文集》，上海古籍出版社，1987 年 3 月

1955 年

《读〈谈白居易的写作方法〉》霍松林《光明日报》1955 年 1 月 9 日，《文学遗产》第 36 期；收入其《诗的形象及其他》，长江文艺出版社；《文学遗产》编辑部编《文学遗产选集》第一辑，作家出版社，1956 年 1 月；《“唐诗”研究论文集》第三集，香港中国语文学社，1970 年 8 月

《关于白乐天》郭沫若《文艺报》第 23 号，1955 年 12 月；又载《新华半月刊》第 76 期，1956 年 1 月；收入人民文学出版社编辑部编《唐诗研究论文集》，人民文学出版社，1959 年 2 月；又收入作者《雄鸡集》，北京出版社，1960 年 2 月

《对〈白居易传论〉的几点意见》吴晓铃《光明日报》1955 年 10 月 30 日，《文学遗产》第 77 期

《评〈白居易传论〉》汤擎民《光明日报》1955 年 11 月 27 日，《文学遗产》第 81 期

《批评的反应：〈白居易传论〉作者来信》苏仲翔《光明日报》1955 年 12 月 25 日，《文学遗产》第 85 期

《读〈白居易研究〉后的一些意见》陈珏人（陈友琴）《光明日报》1955 年 11 月 20 日，《文学遗产》第 80 期；收入其《温故集》，中华书局上海编辑所，1959 年 7 月

《从白居易的诗歌中看唐代的乐与舞》易原符《光明日报》1955 年 12 月 4 日，《文学遗产》第 82 期；收入《文学遗产选集》第二辑，作家出版社，1957 年 4 月《“唐诗”研究论文集》第三集，香港中国语文学社，1970 年 8 月

《从杜甫、白居易、元稹诗篇看〈木兰诗〉的时代》萧涤非《文学遗产增刊》第一辑，作家出版社，1955 年 4 月，又收入其《杜甫研究》，山东人民出版社，1956 年 6 月；《萧涤非杜甫研究全集》，黑龙江教育出版社，2006 年 10 月

长恨歌

《关于〈长恨歌〉的主题思想及其评价》褚斌杰《光明日报》1955 年 7 月 10 日，《文学遗产》第 62 期；收入《文学遗产选集》第二辑，作家

出版社，1957 年 4 月；《“唐诗”研究论文集》第三集，香港中国语文学社，1970 年 8 月

《〈长恨歌〉的思想性》白枫《光明日报》1955 年 9 月 11 日，《文学遗产》第 71 期

《谈〈长恨歌〉的主题思想：读白枫〈长恨歌的思想性〉》郑秀梓《光明日报》1955 年 12 月 18 日，《文学遗产》第 84 期

1956 年

《西湖三诗人》(白居易、苏东坡、陆放翁)莫红《新民报晚刊》1956 年 4 月 15 日

《人民诗人白居易》吕恢文《新民报晚刊》1956 年 7 月 1 日

《想起白居易》陈涌《福建日报》1956 年 7 月 18 日

《从华清池说起：读诗随感》柳青在《新民晚报》1956 年 10 月 31 日

《关于〈白居易研究〉中的一些问题》王拾遗《光明日报》1956 年 9 月 2 日，《文学遗产》第 120 期

《读了〈关于白居易研究中的一些问题〉以后的意见》陈珏人(陈友琴)《光明日报》1956 年 9 月 2 日，《文学遗产》第 120 期；收入其《温故集》，中华书局上海编辑所，1959 年 7 月

《从李商隐到白居易》左黄《新民报晚刊》1956 年 10 月 23 日

《再谈白居易的“卒章显志”：答霍松林先生》李嘉言《光明日报》1956 年 1 月 15 日，《文学遗产》第 88 期；收入其《古诗初探》，古典文学出版社，1957 年；《李嘉言古典文学论文集》，上海古籍出版社，1987 年 3 月

《白居易作品中的思想矛盾》陈友琴《文学研究集刊》第四册(北京大学文学研究所)，人民文学出版社，1956 年 11 月；收入其《温故集》，中华书局上海编辑所，1959 年 7 月；《长短集》，杭州：浙江人民出版社，1980 年 3 月

《白居易作诗》北方客《文艺月报》1956 年第 12 期

《白居易诗歌的现实主义精神》谭丕模《新建设》1956 年第 1 期；又收入人民文学出版社编辑部编《唐诗研究论文集》，人民文学出版

社，1959 年 2 月

长恨歌

《和谭丕模同志商榷有关〈长恨歌〉的问题》陈珏人(陈友琴)《光明日报》1956 年 5 月 27 日，《文学遗产》第 106 期；收入其《温故集》，中华书局上海编辑所，1959 年 7 月

《黄自先生清唱剧〈长恨歌〉》刘雪庵《人民音乐》1956 年 10 月号

《谈〈长恨歌〉》罗方《光明日报》1956 年 5 月 27 日，《文学遗产》第 106 期；收入《文学遗产》编辑部编《文学遗产选集》第二辑，作家出版社，1957 年 4 月；《"唐诗"研究论文集》第三集，香港中国语文学社，1970 年 8 月

《〈北风行〉〈长恨歌〉及其它》任嘉禾(李嘉言)《文艺报》第 159 期，1956 年 7 月 13 日

《论〈长恨歌〉的主题思想及其争论》林志浩《光明日报》1956 年 8 月 19 日，《文学遗产》第 118 期；《文学遗产选集》第二辑，作家出版社，1957 年 4 月

《与陈珏人先生商榷有关〈长恨歌〉的研究方法问题》阳光《光明日报》1956 年 11 月 11 日，《文学遗产》第 130 期

《答复阳光同志关于〈长恨歌〉的研究方法问题》陈珏人(陈友琴)《光明日报》1956 年 12 月 2 日，《文学遗产》第 133 期

《从〈长恨歌〉到〈长生殿〉》徐朔方《文学遗产选集》第一辑，作家出版社，1956 年 1 月

琵琶行

《白居易的〈琵琶行〉》李落《教学研究集刊》1956 年第 3 期

《漫谈〈琵琶行〉》许可《文艺学习》1956 年第 12 期

其他作品

《谈白居易的三首诗(观刈麦、卖炭翁、有木名凌霄)》耿元瑞《语文教学通讯》1956 年 9 月 1 日

1957 年

《〈元白诗选〉中的几个问题：和苏仲翔先生商榷》霍松林《光明日报》1957 年 3 月 31 日，《文学遗产》第 150 期

《群书斠补》(《元白诗笺证稿补》等五篇)刘文典《云南大学学报》1957 年第 2 期

《唐代的双鬟》枫野《光明日报》1957 年 7 月 21 日，《文学遗产》第 166 期

《白居易的讽谕诗》邓潭洲《语文学习》1957 年第 2 期；《古典文学作品解析》上辑，中华书局上海编辑所；收入其《中国古典文学论稿》，湖南人民出版社，1957 年 1 月

《谈谈白居易的讽谕诗》休士《浙江日报》1957 年 3 月 1 日(纪念乐天诞生 1185 周年)

《论白居易的讽谕诗》钱基《草地》1957 年第 10 期

《白居易在杭州》乃勋《浙江日报》1957 年 2 月 19 日

《白居易的诗》于龙《浙江日报》1957 年 2 月 20 日

《论白居易的诗歌理论及其创作》萧文苑《教学与研究汇刊》1957 年第 3 期；又收入人民文学出版社编辑部编《唐诗研究论文集》，人民文学出版社，1959 年 2 月

《简论白居易的诗歌理论》萧文苑《文史哲》1957 年第 12 期

《白居易诗歌的思想和艺术》质平《语文教学通讯》(高中版)1957 年第 4 期

《白居易论文学艺术的社会本质》雪原《甘肃日报》1957 年 6 月 12 日

《谈白居易几句诗的艺术表现力》蔡瑜《人民文学》1957 年第 2 期。智按：论及《琵琶行》

琵琶行

《读〈琵琶行〉》李落《语文学习》1957 年第 2 期

《〈琵琶行〉的音乐描写》蒋礼鸿《语文教学》1957 年第 3 期，1957 年 2 月；又收入人民文学出版社编辑部编《唐诗研究论文集》，人民文学出版社，1959 年 2 月；《咬文嚼字》浙江人民出版社，1982 年 8 月

《读白居易的〈琵琶行〉的形象》萧岳《解放日报》1957 年 2 月 25 日

《〈琵琶行〉的景物描写》雷大斌《贵州日报》1957 年 6 月 8 日

《“去来江口守空船”的“去来”》鲁生《语文学习》1957年第7期

长恨歌

《有关〈长恨歌〉思想艺术的几个问题》王遨汝《文史哲》1957年第3期

《〈长恨歌〉简论》许可《文艺学习》1957年第12期

忆江南

《白居易的〈忆江南〉和辛弃疾的〈西江月〉的几条注》声越《语文教学》(华东师范大学)1957年第2期

《白居易〈忆江南〉》(二首)许坚《中学教育》1957年第3期

《白居易〈忆江南〉》均地《语文教学通讯》(河南师范专科学校)1957年第3、4期

其他作品

《发挥我的想象力：读〈卖炭翁〉的一点感受》李又然《文艺学习》1957年第1期

《〈观刈麦〉的思想性和写作艺术》庞希芳《语文教学》1957年第7期

《谈白居易和辛弃疾的词四首》朱光潜《语文学习》(北京)1957年第2期；《艺文杂谈》，安徽人民出版社，1981年12月，第247~253页；台北：木铎出版社，1987年7月，第267~274页

1958年

《解放后关于白居易研究的资料索引》张基美、马立水《中国科学院图书馆通讯》1958年8月

《范宁同志写的〈白居易〉一书中存在着哪些问题?》陈友琴《光明日报》1958年5月11日，《文学遗产》第208期

《白居易诗歌艺术的主要特征》陈友琴《文学遗产增刊》第六辑，作家出版社，1958年5月；收入其《温故集》，中华书局上海编辑所，1959年7月；《“唐诗”研究论文集》第三集，香港中国语文学社，1970年8月；《长短集》，浙江人民出版社，1980年3月

《〈白居易诗评述汇编〉的前言》陈友琴《光明日报》1958年11月9日，《文学遗产》第234期；收入其《温故集》，中华书局上海编辑所，

1959年7月；《"唐诗"研究论文集》，香港中国语文学社，1970年8月

《对陈寅恪〈元白诗笺证稿〉的一些意见——以〈长恨歌〉为例兼及一些有关问题》卞孝萱《光明日报》1958年12月28日，《文学遗产》第241期；收入《文学遗产》编辑部编《文学遗产选集》第三辑，中华书局，1960年5月，第92~99页；《"唐诗"研究论文集》第三集，香港中国语文学社，1970年8月

《歌颂诗人白乐天》周瘦鹃，收入其《花前新记》，江苏人民出版社，1958年1月，第61~63页；《拈花集》，上海文化出版社，1983年6月，第88~90页

长恨歌

《关于〈长恨歌〉的主题思想及其争论》周来祥《文史哲》1958年第1期；收入其《乘风集》，新文艺出版社

《〈长恨歌〉笺》罗令涧《嫩江》1958年第2期

《评在〈长恨歌〉主题思想讨论中的一些超阶级观点》林志浩《光明日报》1958年7月13日，《文学遗产》第217期；收入《文学遗产》编辑部编《文学遗产选集》第二辑，作家出版社，1957年4月；《"唐诗"研究论文集》第三集，香港中国语文学社，1970年8月

《怎样正确评价唐明皇与杨贵妃的"爱情"》徐人忠《文史哲》1958年第12期

其他作品

《白居易的〈杜陵叟〉和〈缭绫〉浅说》陈友琴《语文学习》1958年第8期；收入其《温故集》，中华书局上海编辑所，1959年7月

《白居易的〈杜陵叟〉和〈缭绫〉》孙言《语文教学》1958年第9期

《白居易的〈新乐府〉》王运熙，《白氏讽谏》卷首（中华书局上海编辑所，1958年12月），又收入其《汉魏六朝唐代文学论丛》，上海古籍出版社，1981年10月，第218~227页；《汉魏六朝唐代文学论丛》增补本，复旦大学出版社，2002年5月，第206~215页

1959年

《读诗札记》李鼎文《甘肃师范大学学报》1959年第3期

《韦应物和白居易》陈珏人(陈友琴)《光明日报》1959年3月15日,《文学遗产》第251期;收入作者著《温故集》,中华书局上海编辑所,1959年7月

《白居易与民间文学》王汝弼《北京师范大学学报》1959年第2期

《韩愈与白居易》江春《新民晚报》1959年4月18日

《白居易庐山草堂遗址》匡山《羊城晚报》1959年12月17日

《唐代诗人短论·白居易》马茂元《人文杂志》1959年第2期

琵琶行

《白居易〈琵琶行〉:新诗话》何其芳《文学知识》1959年第4期;收入其《诗歌欣赏》,作家出版社1962年版

《谈〈琵琶行〉》焉邑《诗刊》1959年第8期

长恨歌

《论白居易的〈长恨歌〉》蒋屏风《宁波师范学院学报》1959年第1期

《〈长恨歌〉不容否定》广西师范学院二中讨论《学语文》1959年第3期

《简谈〈长恨歌〉的反现实主义倾向》梁超然《学语文》1959年第4期

《略论〈长恨歌〉的主题思想》王气中《文汇报》1959年4月17日;收入中国作家协会上海分会文学研究室编《中国文学史讨论集》,中华书局,1959年10月

《也谈〈长恨歌〉的主题思想:与王气中同志商榷》吴双连《文汇报》1959年5月13日;收入中国作协上海分会文学研究室编《中国文学史讨论集》,中华书局,1959年10月

《略谈〈长恨歌〉内容的构成》王运熙《复旦》1959年第7期,又收入其《汉魏六朝唐代文学论丛》,上海古籍出版社,1981年10月,第228~236页;《汉魏六朝唐代文学论丛》增补本,复旦大学出版社,2002年5月,第216~225页

《关于〈长恨歌〉的评价问题》李健章《武汉大学学报》(语文专号)1959年第10期

其他作品

《试论白居易的〈秦中吟〉和〈新乐府〉》武汉大学中文系1955级古典文学研究小组《武汉大学学报》1959年第10期

《高中语文第五册中三首唐诗的浅释》朱光潜《语文学习》1959年第10期

《唐诗三首简析》荀运昌《语文》1959年第10期。智按：白居易《钱塘湖春行》及李白、杜甫各一首

《唐诗三首欣赏》马茂元《语文教学》1959年第10期。智按：白居易《钱塘湖春行》

1960年

《庐山草堂与白居易》陈振中《新民晚报》1960年1月9日

《轻肥》逸生《羊城晚报》1960年10月15日

《读〈卖炭翁〉》赁常彬《语文》1960年第6期

《〈新乐府〉和〈卖炭翁〉》金沙江《语文教学》1960年第5期

《白居易怎样看待唐明皇和杨贵妃的关系：关于〈长恨歌〉的讨论》合肥师范学院中文系古典文学教研组《合肥师范学院学报》1960年第1期

1961年

《浔阳江头访白居易古迹》匡岱《中国青年报》1961年5月21日

《白居易学写诗》朱仲玉《人民日报》1961年10月29日

《略谈贺裳对于白居易诗的评论》陈友琴《文艺报》1961年1月5日

《略论白居易的文学思想：重读〈与元九书〉》马茂元《文汇报》1961年3月15日

《白诗"俚俗"辩》高瞻《文汇报》1961年4月22日

《白居易的现实主义论：兼与马茂元先生商榷》李基凯、陈宝云《文汇报》1961年7月26日

《缀玉联珠六十年》王亚平《光明日报》1961年12月26日

《勤学谦虚的白居易》洛汀《光明日报》1961年1月11日

《〈井底引银瓶〉到〈墙头马上〉》赵景深《人民日报》1961 年 11 月 25 日

《也谈白居易的“花非花”》夏康达《边疆文艺》1961 年第 8 期

《〈长恨歌〉是一首讽谕诗》王卫民《天津日报》1961 年 7 月 26 日

《白诗臆札：一、〈观刈麦〉；二、〈宿紫阁山北村〉》吴小如《文汇报》1961 年 12 月 22 日

《白诗臆札：三、〈采地黄者〉》吴小如《文汇报》1961 年 12 月 26 日

1962 年

《白居易笔下的声色》纪人言《辽宁日报》1962 年 5 月 3 日

《白居易论诗与现实》东星《山东大学学报》1962 年第 4 期

《白居易的一段乡居生活》文超《辽宁日报》1962 年 7 月 15 日

《吊白居易：纪念诗人诞辰一千一百九十周年》左善《文汇报》1962 年 8 月 19 日

《勤学谦虚的白居易》洛汀《光明日报》1962 年 1 月 11 日

《热爱苏州的白居易》范烟桥《光明日报》1962 年 3 月 8 日

《评白居易》郭沫若，收入其《读〈随园诗话〉札记》作家出版社，1962 年 9 月；《读〈随园诗话〉札记》(手稿本)北京古籍出版社，2003 年 1 月

卖炭翁

《白居易诗〈卖炭翁〉欣赏》袁行霈《阅读和欣赏》第一集，北京出版社，1962 年 10 月

《控诉封建王朝的〈卖炭翁〉》振甫《中国青年报》1962 年 11 月 24 日

《枣树的赞歌：白居易〈杏园中枣树〉》霍松林《光明日报》1962 年 6 月 7 日

钱塘湖春行

《说唐诗：〈钱塘湖春行〉》马茂元《新民晚报》1962 年 3 月 1 日

《看来平易却精纯：白居易〈钱塘湖春行〉》刘逸生《羊城晚报》1962 年 2 月 10 日

琵琶行

《未成曲调先有情：读〈琵琶行〉一得》沈扬《上海戏剧》1962 年第 3 期

《“虚”和“实”：白居易〈琵琶行〉》许桂良《天津日报》1962 年 3 月 22 日

长恨歌

《从浪漫主义与现实主义两结合的观点试论〈长恨歌〉》詹锳《天津日报》1962 年 10 月 17 日

其他作品

《白诗臆札：四、〈新制布裘〉》吴小如《文汇报》1962 年 1 月 5 日

《白诗臆札：五～七、〈自蜀江至洞庭湖口有感〉》吴小如《文汇报》1962 年 2 月 11 日、2 月 23 日、2 月 27 日

1963 年

《唐诗大厦的栋梁：略谈李白、杜甫、白居易的评价》林焕平《南宁晚报》1963 年 3 月 4 日

《据〈白氏长庆集〉考唐代长安曲江池》夏承焘《中华文史论丛》第四辑，上海古籍出版社，1963 年 10 月，第 245～250 页；又收入其《月轮山词论集》，1979 年，第 216～220 页

《从白居易的诗看封建社会的寒冬》陈宪章《南宁晚报》1963 年 12 月 30 日

《略评〈白居易诗选〉》陈友琴《光明日报》1963 年 2 月 24 日，《文学遗产》第 452 期。按，顾肇仓、周汝昌选注《白居易诗选》，作家出版社，1962 年 12 月

《白居易诗歌的艺术成就和缺陷》袁行霈《光明日报》1963 年 6 月 9 日，《文学遗产》第 453 期

《读诗臆札》虞莎《文史》第二辑，中华书局，1963 年 4 月。谈及《自河南经乱，关内阻饥，兄弟离散，各在一处。因望月有感，聊书所怀，寄上浮梁大兄、於潜六兄、乌江十五兄，兼示符离及下邽弟妹》，云：“此诗疑是居易在洛阳作。”陈友琴《关于“一夜乡心五处同”》(《文史》第四辑，1965 年 6 月，又收入其《长短集》，杭州：浙

江人民出版社，1980 年 3 月）驳之，谓作于贞元十六年（800）秋

1964 年

《略论白居易的诗歌主张》袁行霈《光明日报》1964 年 8 月 15 日，《文学遗产》第 474 期。按，后与《白居易诗歌的艺术成就和缺陷》（《光明日报》1963 年 6 月 9 日，《文学遗产》第 453 期）合为《白居易的诗歌主张与诗歌艺术》，收入袁行霈《中国诗歌艺术研究》，北京大学出版社，1987 年 6 月第 1 版，第 281～304 页

《〈白居易诗选〉编年注释质疑》朱金城《中华文史论丛》第五辑，1964 年 6 月

《中学语文课本文言课文的普通话翻译：白居易：〈荔枝图序〉》廖振佑《语文建设》1964 年第 7 期

《〈卖炭翁〉教学侧记》石熊《上海教育》1964 年第 4 期

1965 年

《关于白居易诗歌理论的评价问题》许玉琢《吉林师范大学学报》1965 年第 2 期

《关于"一夜乡心五处同"》陈友琴《文史》第四辑，1965 年 6 月，又收入其《长短集》，杭州：浙江人民出版社，1980 年 3 月。按，驳虞莎《读诗臆扎》（《文史》第二辑，中华书局，1963 年 4 月）、朱金城《〈白居易诗选〉编年注释质疑》（《中华文史论丛》第五辑，1964 年 6 月），考证《自河南经乱，关内阻饥，兄弟离散，各在一处。因望月有感，聊书所怀，寄上浮梁大兄、於潜六兄、乌江十五兄，兼示符离及下邽弟妹》作于贞元十六年（800）秋

《批判〈长恨歌〉研究中的资产阶级观点》荆立民《文史哲》1965 年第 6 期，《关于历史遗产批判继承问题的讨论》

《〈琵琶行〉的主题思想剖析》杨天石《光明日报》1965 年 5 月 30 日，《文学遗产》第 510 期

1966 年

《白居易的讽谕诗必须重新评价》吴渊《光明日报》1966 年 6 月 12

日,《文学遗产》第 555 期

《评〈白居易诗选译〉的“前言”》常玉斌《光明日报》1966 年 6 月 26 日,《文学遗产》第 556 期

《〈杜陵叟〉评价中的一个问题》吕立琢《光明日报》1966 年 2 月 20 日,《文学遗产》第 544 期

1972 年

《〈坎曼尔诗签〉试探》郭沫若《文物》1972 年第 2 期(1972 年 2 月),撰于 1971 年 12 月 19 日,又收入《出土文物二三事》,人民出版社 1972 年 8 月;郭沫若著作编辑出版委员会编《郭沫若全集》历史编第三卷,人民出版社,1984 年 8 月

1973 年

《白居易〈卖炭翁〉简析》广东师范学院中文系古代文学教研组《教育革命参考资料》1973 年第 11 期

1975 年

《革新派诗人白居易》吴积才《教育革命》(昆明师范学院)1975 年第 3 期

《白居易与永贞革新:兼论白居易诗歌的政治倾向》,沈阳部队某部李玉森、焦志刚、刘会军,辽大中文系学员唐明、董践真《辽宁大学学报》1975 年第 2 期

《〈白居易的宝义诗〉读后——云楼散记之三》陈祚龙《民主潮》第 25 卷第 6~7 期(1975 年)。来源:刘进宝编《敦煌学论著目录》,兰州:甘肃人民出版社,1985 年,第 55 页

1976 年

《试论白居易的政治倾向》李鹏(中文系学员)《南京师范学院学报》1976 年第 2 期

1977 年

《白居易的诗歌》广东师范学院中文系《中国文学简史》编写组《新教育》1977 年第 10 期，1977 年 10 月

《白居易：〈观刈麦〉〈杜陵叟〉〈卖炭翁〉注释说明》，《语文函授》(北京师范大学)1977 年第 16 期

1978 年

《白居易在日本：中日文化交流史话》刘德有《光明日报》1978 年 8 月 13 日

卖炭翁

《从“卖炭翁有没有反抗精神”谈起》蒋明玉《新教育》1978 年第 11 期

《〈卖炭翁〉试析》赵星景(汲县师范学院)《语文教学参考》初中版(开封师范学院)1978 年第 2 期

《关于〈卖炭翁〉中的几个问题》万萍《语文教学》(江西师范学院)1978 年第 3 期

《〈卖炭翁〉简析》张昌余《四川师范学院学报》1978 年第 2 期

《〈石壕吏〉和〈卖炭翁〉的情节安排》沈继常《陕西教育》1978 年第 2 期

其他作品

《“野火烧不尽，春风吹又生”(诗词欣赏)》刘天相《黑龙江日报》1978 年 11 月 12 日。智按：《赋得古原草送别》

《白居易的〈秦中吟・买花〉及其他》郭超《黑龙江文艺》1978 年第 3 期

《〈秦中吟〉选注》扬州师范学院中文系古代文学组《白居易诗歌选》注释组《扬州师范学院学报》1978 年第 1~2 期合刊。智按：《重赋》、《立碑》、《轻肥》、《歌舞》

《白居易〈长恨歌〉注》扬州师范学院中文系古代文学组《白居易诗歌选》注释组《扬州师范学院学报》1978 年第 3 期

《读坎曼尔〈诉豺狼〉》成志伟《解放日报》1978 年 6 月 11 日

1979 年

《白居易诗论的人民性》陈丹晨《文艺论丛》第 5 辑，上海文艺出版社，1979 年 11 月，第 331 页

《白居易的现实主义诗歌理论评述》李壮鹰《浙江师范学院学报》1979 年第 1 期，第 50 页；又收入其《覆瓿存稿》(百花文艺出版社，1995 年 5 月)，第 71~87 页，改题为《白居易诗歌理论评述》

《白居易"解妪"》卢敏华《广西日报》1979 年 1 月 7 日《艺海拾零》

《白居易及其同时代的诗人：为路易·艾黎英译〈白居易诗选〉而作》茅盾《收获》1979 年第 1 期，第 128 页；《中国古代、近代文学研究》(人大复印报刊资料)1979 年第 3 期

《白居易的文学理论》汪增洲《四川师范学院学报》1979 年第 1 期

《"感于事，动于情"》胡悦《文学新兵》1979 年第 2 期

《白居易改诗》林伟早《新华日报》1979 年 9 月 2 日

《白居易与音乐》响泉《人民音乐》1979 年第 2 期，第 30 页；《中国古代、近代文学研究》(人大复印报刊资料)1979 年第 2 期，第 43 页

《白居易在杭州》陈友琴《浙江画报》1979 年第 2 期

《白居易书法浅谈》朱纪《浙江画报》1979 年第 2 期。智按：附照片二幅

《谈诗的喜闻乐见：读白居易诗札记》单洪根《贵州日报》1979 年 5 月 6 日；《中国古代、近代文学研究》(人大复印报刊资料)1979 年第 6 期

《从白居易诗文中论证唐代苏州的繁荣》(初稿)柴德赓《江苏师范学院学报》1979 年第 1 期，第 21 页。又收入其《史学丛考》(中华书局 1982 年版)

《白居易简介》高海夫《中学语文教学参考》1979 年第 3、4 期合刊

《白居易和通俗诗》刘国盈《语文学习》1979 年第 6 期

《"采诗听歌导人言"》雷达《西安日报》1979 年 6 月 22 日

《开言路的勇士：白居易》魏克明《文汇报》1979 年 6 月 23 日

《略论白居易晚年诗的积极意义》陈友琴《文学评论丛刊》第3辑，中国社会科学出版社，1979年7月，又收入其《长短集》，杭州：浙江人民出版社，1980年3月

《试论白居易对永贞革新的态度及新乐府运动的历史背景》蹇长春《甘肃师范大学学报》1979年第3期，第69~81页；《中国古代、近代文学研究》(人大复印报刊资料)1979年第1期

《如痴似魔始为诗》萧文苑《广州文艺》1979年第9期

《诗与理(诗人的思考)》冼佩《随笔丛刊》第3集，1979年10月

《试论白居易的"美刺兴比"说》梅运生《古代文学理论研究》丛刊第一辑，上海古籍出版社，1979年12月

《白居易所书诗、书、志、石刻考释》顾学颉《文物》1979年第8期，第57页，又收入其《顾学颉文学论集》(中国社会科学出版社，1987年8月)

《〈白氏长庆集〉人名笺证》朱金城《中华文史论丛》1979年第1辑；《中国古代、近代文学研究(人大复印报刊资料)》1979年第3期

《刘禹锡、白居易酬赠诗中"二十三年"的"三"字问题》顾学颉《江苏大学学报》(高教研究版)1979年第3期，又收入《顾学颉文学论集》，北京：中国社会科学出版社，1987年8月

新乐府

《白居易〈新乐府〉选注》扬州师范学院中文系古代文学组《白居易诗歌选》注释组《扬州师范学院学报》1979年第4期

《白居易〈新乐府〉简论》张安祖《语文战线》1979年第5期，又收入其《唐代文学散论》，北京三联书店，2004年6月

《从〈井底引银瓶〉到〈墙头马上〉》朱金城《解放日报》1979年9月18日

卖炭翁

《唐诗二首试析：〈石壕吏〉〈卖炭翁〉》烛烟《牡丹江师范学院学报》1979年第1期

《略谈白居易的〈卖炭翁〉》朱德才《破与立》1979年第1期

《〈卖炭翁〉简析》张萍《语文教学研究》(山东师范学院聊城分院)1979年第1期

《漫谈〈卖炭翁〉》王宗堂《函授通讯》语文版(开封师范学院)1979年第2期

《谈白居易的〈卖炭翁〉》郑孟彤(华南师范学院)《语言文学》1979年第2期

《“系向牛头充炭直”一句应当怎么讲?》张昌谦《语文教学通讯》1979年第6期

《读白居易的〈卖炭翁〉》吴小秋《语文教学通讯》1979年第3期

《读白居易的〈卖炭翁〉》吴小秋(山西吕梁师范)《教学与研究·中学语文版》(浙江师范学院)1979年第4期

《〈卖炭翁〉》高海夫《中学语文教学参考》1979年第3、4期合刊

《卖炭翁有反抗精神吗?》刘隆凯《广东教育》1979年第6期

《真挚的情,朴实的歌:读白居易的〈卖炭翁〉》刘凌《菏泽师专学报》1979年第2期

《〈卖炭翁〉讲析》樊运宽《广西师范学院学报》1979年第2期

《卖炭老人(改写白居易〈卖炭翁〉)》梁军《安徽教育》1979年第7期

琵琶行

《白居易〈琵琶行〉注》扬州师范学院中文系古代文学组《白居易诗歌选》注释组《扬州师范学院学报》1979年第1期

《〈琵琶行·并序〉简说及注》陶今雁《语文教学》(江西师范学院)1979年第5~6期合刊

《从“未成曲调先有情”说起:试谈诗歌创作的感情问题》王英志《西湖》1979年第1期。智按:《琵琶行》

《江州司马青衫湿:略谈〈琵琶行〉的艺术效果》许总《郑州文艺》1979年第2期

《诗与音乐:读诗随想》翟大炳、高树榕《菏泽师专学报》1979年第3期。智按:《琵琶行》

《且说“瑟瑟”》王同策《吉林师范大学学报》1979年第6期,第113页

长恨歌

《从白居易〈长恨歌〉的“恨”说起》王道云《书评》1979年第3期

《〈长恨歌〉的主题思想及其他》杨发恩《昆明师范学院学报》1979年第1期，第26页

其他作品

《谈白居易的〈放言〉》顾易生《雨花》1979年第4期，第78页；《中国古代、近代文学研究》(人大复印报刊资料)1979年第6期

《“周公恐惧”与“周公吐哺”》饶少平(铁道部)《语文教学研究》(山东师范学院聊城分院)1979年第4期。智按：《放言》

《雄辩的诗篇》韩梅村《陕西日报》1979年4月2日。智按：《放言五首》

《浅谈白居易的诗〈观刈麦〉》渭生、周铜《西安日报》1979年6月14日

《江南美景：析评白居易〈忆江南〉和韦庄〈菩萨蛮〉》包根弟《青年战士报》1979年1月6日第10版

《关于白居易〈忆江南〉中的“江花”》李淦华《南京师范学院学报》1979年第4期

《谈唐代的两首诗对舞蹈的描写》张寿康《舞蹈》1979年第3期。智按：《胡旋舞》

1980年

《从元白和韩孟两大诗派略论中晚唐诗歌的发展》陈贻焮《社会科学战线》编辑部编《中国古典文学研究论丛》第1辑，吉林人民出版社，1980年9月，《社会科学战线丛书》，第150~225页；后收入其《唐诗论丛》，湖南人民出版社，1980年9月

《中唐新乐府运动的历史经验》朱安群《江西师范学院学报》1980年第4期，第42~50页

《白居易及其诗歌》张东良《群众艺术》1980年第5期

《白居易对传统诗论的批判与继承》韩理洲《文学论集》第3辑，中国人民大学出版社，1980年6月

《白居易的故事》肖凡《故事会》1980年第1期

《白居易的胆量》萧文苑《长春》1980年第7期

《白居易修房子》陈虞孙《文汇报》1980年10月5日

《白居易过巫山》王宾如《少年文艺》1980 年第 11 期

《论白居易抒情诗的艺术特色》黄邦君《贵州社会科学》1980 年第 1 期(创刊号)，又收入其《诗艺探索》，贵州人民出版社，1986 年

《谈刘禹锡与元稹、崔群、崔玄亮的“深分”：兼评刘、柳、元、白作品选注本的某些错误》卞孝萱《四川师范学院学报》1980 年第 1 期

《白居易的创作思想》韩泉欣《语文战线》1980 年第 1 期

《为民而歌的伟大诗人：白居易》张仁健《山西群众文艺》1980 年第 2 期

《白居易的诗论》敏泽《学术月刊》1980 年第 2 期，第 66～70 页

《白居易及其文学主张》王玺《锦州师范学院学报》1980 年第 4 期，第 43 页

《白居易诗论的美学意义》蹇长春《甘肃师范大学学报》1980 年第 4 期，第 27 页

《白居易的早年生活与“符离五子诗”》周楞伽《西北大学学报》1980 年第 1 期，第 27～32 页；《中国古代、近代文学研究(人大复印报刊资料)》1980 年第 6 期，第 17～22 页

《白居易与元稹》闻国新《山花》1980 年第 3 期

《白居易改诗》吕振勋《河南日报》1980 年 4 月 13 日

《白居易改诗》余心言《中国青年报》1980 年 5 月 10 日

《白居易》方超《芳草》1980 年第 6 期

《白居易》肖涵、蔡善道《安徽教育》1980 年第 7 期

《白居易改诗》霍松林《陕西教育》1980 年第 7 期

《试论白居易的政治思想》王秉钧《兰州大学学报》1980 年第 3 期，第 76～85 页

《白居易与音乐》刘兰《昆明师范学院学报》1980 年第 4 期

《赠鹤质疑》刘维治《社会科学辑刊》1980 年第 3 期。驳陈友琴《略论白居易晚年诗的积极意义》，《文学评论丛刊》第 3 辑，中国社会科学出版社，1979 年 7 月

《对〈略论白居易晚年诗的积极意义〉一文的两点意见》刘维治《文学评论丛刊》第 7 辑，中国社会科学出版社，1980 年 10 月，第 172～181 页，又收入其《元白研究》，人民教育出版社，1999 年 4 月，第

162~170 页

《白居易和他的夫人：兼论白氏青年时期的婚姻问题》顾学颉《江汉论坛》1980 年第 6 期，又收入其《顾学颉文学论集》，中国社会科学出版社，1987 年 8 月，题为《白居易和他的夫人：兼论白氏青年时期的婚姻问题和与“湘灵”的关系》

《不务文字奇，惟歌生民病：略论白居易诗歌的创作方向》李甫《郧阳师专学报》1980 年第 1 期

《试论白居易诗歌的现实主义》蒲惠民《宝鸡师范学院学报》1980 年第 1 期

《“不务文字奇，惟歌生民病”：评介白居易“除民病”的诗文》魏克明《解放日报》1980 年 3 月 27 日

《白居易的政治思想及其诗歌的成就和影响》高潮《河北师范学院学报》1980 年第 1 期

《试论白居易诗歌的艺术风格》蹇长春《社会科学》(甘肃) 1980 年第 2 期

《论白居易诗中的劳动人民形象》章祥法《浙江师范学院学报》1980 年第 2 期

《白诗在日本》巍然、毓芳《人民日报》1980 年 7 月 15 日

《“篇篇无空文，句句必尽规”：谈白居易的“讽谕诗”》林涛《文科教学》1980 年第 3 期

《白居易讽谕诗的历史经验》陈昌渠《文学评论》1980 年第 5 期，第 117~123 页

《白居易的诗歌用韵》赵锐《北方论丛》1980 年第 5 期

《白诗四最》刘春生《北京晚报》1980 年 9 月 26 日

《“空歌归院落，灯火下楼台”：文中引诗漫谈》激流《语文教学通讯》1980 年第 1 期。智按：《宴散》

《女宠：读诗札记》王拾遗《解放日报》1980 年 12 月 16 日。智按：《李夫人》

《唐代音乐史况小览(读白居易关于音乐的诗歌)》陈奎及《四川音讯》1980 年第 3 期，第 30 页

《白居易诗歌韵脚中的“阳上作去”现象》池曦朝、张传曾，中国

人民大学中国语言文学系编辑组编《语言论集》第一辑，中国人民大学出版社，1980 年 12 月，第 78 页

《艺术美与“工具论”——白居易新乐府理论杂谈》陈洪《语言文学研究辑刊》，南开大学中文系，1980 年 1 月自印本，下册，第 215~234 页

《居也易》马光复、成志伟《中外作家轶事》(增订本)，湖南人民出版社，1980 年 5 月

《白居易学写诗》马光复、成志伟《中外作家轶事》(增订本)，湖南人民出版社，1980 年 5 月

《白居易“解妪”》苏长仙、李栋编《古今文人轶事》，广西人民出版社，1980 年 11 月，第 161~162 页

《薛能与刘、白》苏长仙、李栋编《古今文人轶事》，广西人民出版社，1980 年 11 月，第 221~222 页

琵琶行

《〈琵琶行〉丛谈》汤贵仁《泰安师专学报》1980 年第 1 期

《谈谈〈琵琶行〉的思想和艺术》姜光斗《书评》1980 年第 1 期

《〈琵琶行〉的思想和艺术》姜光斗、顾启《昆明师范学院学报》1980 年第 2 期

《〈琵琶行〉的思想和艺术》张翥《齐齐哈尔师范学院学报》1980 年第 2 期

《谈〈琵琶行〉》王冰雁《语文教学》(烟台)1980 年第 1 期

《〈琵琶行〉浅释》李锦希《语文教学》1980 年第 1 期

《〈琵琶行并序〉补注》笪远毅《教学与进修》(镇江师专学报)1980 年第 2 期

《同是天涯沦落人，相逢何必曾相识：〈琵琶行·并序〉赏析》姜汉光《语文月刊》1980 年第 3 期

《〈琵琶行〉艺术构思琐谈》吴柏生《中学语文》1980 年第 4~5 期

《琵琶声声，激越动人：谈〈琵琶行〉的艺术特色》吴功正《安徽师范大学学报》1980 年第 2 期

《谈〈琵琶行〉》吴功正《辽宁师范学院学报》1980 年第 3 期；《教学与研究》(南通师专)1980 年第 3 期；《长安》1980 年第 7 期

《由〈琵琶行〉谈比喻》许毅《函授通讯》1980年第3期

《白居易的〈琵琶行〉》刘玉凯《河北大学学报》1980年第3期

《古典抒情叙事诗的珍品：读白居易〈琵琶行〉》闻震《晋阳文艺》1980年第9期

《〈琵琶行〉的艺术特色》黄健宏《泰安师专学报》1980年第1期

《唱尽天涯沦落情：读白居易的叙事诗〈琵琶行〉》廖高群、简梧秋《牡丹》1980年第1期

《作者与主人公："同是天涯沦落人"》刘曾遂《语文战线》1980年第1期。《琵琶行》评析栏目

《叙事艺术："轻拢慢捻抹复挑"评析》方牧《语文战线》1980年第1期。《琵琶行》评析栏目

《音乐描写："如听仙乐耳暂明"评析》董泰华《语文战线》1980年第1期。《琵琶行》评析栏目

《关于"冰下难"》松荫《语文战线》1980年第1期

《〈琵琶行〉教学谈》杭州学军中学高一语文备课组《语文战线》1980年第1期

《"移船相近邀相见"异说》袁林《语文战线》1980年第1期

《〈琵琶行并序〉注析》中文系古典文学教研组《南宁师范学院学报》1980年第1期

《感人心者莫先乎情：读白居易的〈琵琶行〉》徐应佩、周溶泉《中学语文》(武汉师范学院)1980年第1期

《白居易〈琵琶行〉试讲》胡守仁《语文教学》(江西师范学院)1980年第1期

《妙声绝响，动心移情：谈〈琵琶行〉和〈李凭箜篌引〉中的音乐描写》陆坚《名作欣赏》1980年第1期

《〈琵琶行并序〉浅析》杨光法《教学与研究：中学语文版》(浙江师范学院)1980年第3期

《读白居易〈琵琶行〉》陈伯海《语文学习》1980年第3期

《〈琵琶行〉赏析》丁稚鸿《南充师范学院学报》1980年第1期

《白居易〈琵琶行〉浅析》黄建宏、金辉、邵志德《中学语文教学参考》1980年第3、4期合刊

《浅谈〈琵琶行〉中的音乐描写》马景瑞《语文教学研究》(山东师范学院聊城分院)1980 年第 2 期

《听她心中无限事：谈〈琵琶行〉中有关音乐的描写》韩成武《天津日报》1980 年 4 月 26 日

《白居易的〈琵琶行〉》薛丽云《云南教育》1980 年第 4 期

《漫谈〈琵琶行〉》夏凯风《中学语文教学》1980 年第 4 期

《〈琵琶行并序〉注析》中文系古典文学教研组《南宁师范学院学报》1980 年第 1 期

《〈琵琶行并序〉译文》张志善《教学与研究》(南通师专)1980 年第 3 期

《读白居易的〈琵琶行〉》王宗堂《河南师范大学学报》1980 年第 3 期

《谈〈琵琶行〉的修辞技巧》康今印《河北师范学院学报》1980 年第 2 期

《古典叙事诗的杰作》林家英《甘肃文艺》1980 年第 8 期

《古典抒情叙事诗的珍品：读白居易的〈琵琶行〉》闻震《晋阳文艺》1980 年第 9 期

《白居易的〈琵琶行〉》刘玉凯《河北大学学报》1980 年第 3 期

《〈琵琶行〉赏析》霍松林《陕西教育》1980 年第 10 期

《〈琵琶行并序〉试析》姜汉林《宁夏大学学报》1980 年第 4 期

《〈琵琶行〉："感人心者莫先乎情"的艺术标本》姜汉林《文科教学》1980 年第 4 期

《蕴藉含蓄　尽而有余——读白居易〈琵琶行〉》傅越秋《天津教育》1980 年第 5 期

《读白居易的〈琵琶行〉》董光斗《天津教育》1980 年第 6 期

《因声托情　以情写声——〈琵琶行〉艺术欣赏》王轶伦《湖南教育》1980 年第 6 期

长恨歌

《关于〈长恨歌〉的新探索》张安祖《文学评论丛刊》第 5 辑，1980 年 3 月，又收入其《唐代文学散论》，北京：三联书店，2004 年 6 月

《〈长恨歌〉主题质疑》范会俊《海南师专学报》1980 年第 1 期，第

45 页

《“他生未卜此生休”：论〈长恨歌〉主题思想》王拾遗《宁夏大学学报》1980 年第 2 期，第 20 页

《〈长恨歌〉赏析》霍松林《陕西教育》1980 年第 6 期，第 18 页

《后妃干政演成的悲剧：论白居易〈长恨歌〉的主题思想》回俊才《牡丹江师范学院学报》1980 年第 3 期，第 1 页

《杨贵妃是无辜的：也谈〈长恨歌〉的主题思想》钱北昌《牡丹江师范学院学报》1980 年第 3 期，第 14 页

《〈长恨歌〉主题思想管见》赵国瑞《牡丹江师范学院学报》1980 年第 3 期，第 17 页

《〈长恨歌〉主题试论》王景霓《学术研究》1980 年第 6 期，第 88 页；《中国古代、近代文学研究》(人大复印报刊资料)1981 年第 3 期

《〈长恨歌〉主题重议》张红《南开学报》1980 年第 6 期，第 61 页；《中国古代、近代文学研究》(人大复印报刊资料)1980 年总第 35 期

《〈长恨歌〉和〈胡旋女〉》雷父《羊城晚报》1980 年 12 月 14 日

《谈〈长恨歌〉的主题思想》潘世良《通化师范学院学报》创刊号，1980 年 12 月

《一篇〈长恨〉有风情：读白居易的〈长恨歌〉》侯文正《名作欣赏》1980 年第 2 期，第 81 页

《〈长恨歌〉、〈梧桐雨〉、〈长生殿〉》段熙仲《江苏戏剧》1980 年第 11 期

《说〈长恨歌〉》周天《文艺论丛》第 13 辑，又收入其《〈长恨歌〉笺说稿》，陕西人民出版社，1983 年 10 月

《马嵬驿事件的真相》胡濑成《安徽师范大学学报》1980 年第 4 期

《〈长恨歌〉辑评》陈友琴，收入其《长短集》，杭州：浙江人民出版社，1980 年 3 月

卖炭翁

《语言精炼，形象逼真：读白居易〈卖炭翁〉》罗宜辉《湛江教学通讯》1980 年第 1 期

《从〈卖炭翁〉谈唐代的宫市》朱孔怀、詹世烺《中学语文教学》1980 年第 4 期

《掠夺的见证、血泪的控诉：简介白居易的〈卖炭翁〉》张中原《少年文艺》1980 年第 2 期

《"宫市"与〈卖炭翁〉》霍松林《长安》1980 年第 7 期

《从〈卖炭翁〉的"眼"说起》姜成保《教学与研究中学语文版》(浙江师范学院)1980 年第 10 期

《"两鬓苍苍"与烧炭生活》文然《南充师范学院学报》1980 年第 4 期

《〈卖炭翁〉试析》段佩恒《郑州师专学报》1980 年第 1 期

钱塘湖春行

《白居易〈钱塘湖春行〉赏析》马大品《课外学习》1980 年第 1 期

《绚丽多彩的春天图景：读白居易的〈钱塘湖春行〉》衣殿臣《黑龙江日报》1980 年 6 月 21 日

《关于刘禹锡与白居易唱和的诗及其浅释》陈友琴《欣赏与评论》1980 年第 2 期

《一首情绪高昂的春歌》洪达《南方日报》1980 年 6 月 6 日。智按：《钱塘湖春行》

《气韵生动语精纯》傅思均《广州日报》1980 年 7 月 18 日。智按：《钱塘湖春行》

暮江吟

《关于两首唐诗的通信》秦岭《内蒙古日报》1980 年 3 月 16 日。智按：白居易《暮江吟》，杜甫《客至》

《语言平易，意境清丽：谈白居易的〈暮江吟〉》许友兰《少年文艺》1980 年第 6 期

其他作品

《文章合为时而著，歌诗合为事而作：读白居易〈与元九书〉札记》徐应佩、周溶泉《广州文艺》1980 年第 7 期

《"文章合为时而著，歌诗合为事而作"议：读白居易〈与元九书〉》朱恩彬《山东师范学院学报》1980 年第 5 期，又收入其《生活·心灵·艺术》，中国文联出版社，2006 年 7 月，第 154~162 页

《评白居易的〈与元九书〉》胡冠莹《南宁师范学院学报》1980 年第 4 期

《流易富赡，夺魄倾心：读白居易的五言律诗〈草〉》张秀枫《吉林日报》1980 年 1 月 20 日

《鼓舞人心的草的赞歌：浅谈白居易的〈草〉》柴直《云南教育》1980 年第 9 期

《白居易的〈伤宅〉》方南生《诗刊》1980 年第 2 期，第 61 页

《白居易诗〈观刈麦〉和〈杜陵叟〉》高海夫《陕西教育》1980 年第 5 期

《“沙堤”与〈官牛〉》霍松林《长安》1980 年第 8 期

《茫茫汉水逐行舟》王启兴《长江日报》1980 年 10 月 4 日。智按：《江夜舟行》

《关于〈坎曼尔诗签〉年代的疑问》萧之兴《光明日报》1980 年 11 月 18 日

《〈画竹歌〉与诗评论》吴士余《光明日报》1980 年 12 月 3 日

《风吹古木晴天雨，月照平沙夏夜霜：试谈白居易〈江楼夕望招客〉一诗的艺术风格》董连祥《昭乌达蒙族师专学报》1980 年第 1 期，第 60~63 页

1981 年

《浅谈白居易的现实主义诗歌理论》张连第，《社会科学战线》编辑部编《中国古典文学论丛》第 2 辑，齐鲁书社，1981 年 9 月

《“根情、苗言、华声、实义”：一个现实主义的诗歌定义》霍松林《古代文学理论研究丛刊》第 4 辑，上海古籍出版社，1981 年 10 月

《白居易诗论之我见》张帆《喀什师范学院学报》1981 年第 3 期，第 68 页

《白居易的诗论：读〈与元九书〉札记》王拾遗《唐代文学》第 1 期（《西北大学学报丛刊》），1981 年 4 月，第 1 页

《白居易两京宅第考》王拾遗《社会科学战线》1981 年第 2 期，第 287 页

《“始知乐与时政通”：略论白居易的音乐观》王拾遗《宁夏大学学报》1981 年第 3 期，第 20 页

《白居易的出身、性格、思想与其政治倾向的关系》周楞伽《唐代

文学》第 1 期(《西北大学学报丛刊》)，1981 年 4 月，第 24 页

《白居易美学思想分析》刘世忠、朱企泰《内蒙古社会科学》1981 年第 3 期，第 183~187 页；《中国古代、近代文学研究》(人大复印报刊资料)1982 年第 2 期

《“新乐府”和白居易》吴巍《语文教学之友》1981 年第 1 期

《白居易与永贞革新》顾学颉《文史》第 11 辑，中华书局，1981 年 3 月，第 185 页，又收入其《顾学颉文学论集》，中国社会科学出版社，1987 年 8 月；《国际白居易研究论文集》，中国洛阳白居易研究会编，珠海：银河出版社，2006 年 8 月

《白居易贬谪江州的前因后果》顾学颉《武汉大学学报》1981 年第 3 期，第 51~56 页；《中国古代、近代文学研究》(人大复印报刊资料)1981 年总第 15 期，又收入其《顾学颉文学论集》，中国社会科学出版社，1987 年 8 月

《白居易诗学杜甫一例》顾学颉《文史知识》1981 年第 3 期，又收入其《顾学颉文学论集》

《谈白居易的仁人之心》梁冠文《广西日报》1981 年 4 月 2 日

《白居易谒见顾况之说辨析》潘世良《通化师范学院学报》1981 年第 1 期

《白居易与云南》陈力《民族文化》1981 年第 3 期，第 21 页

《现实主义诗人白居易》马德懋《陕西师范大学学报》1981 年第 3 期，第 100 页

《白居易的法律思想评介》刘富起《吉林大学社会科学学报》1981 年第 5 期，第 62 页

《白居易思想散论》蹇长春《甘肃师范大学学报》1981 年第 4 期，第 88 页

《一代之诗伯，万叶之文匠：白居易诗歌与日本古代文学》严绍璗《文史知识》1981 年第 1 期，第 117 页。智按：谈《白氏文集》日本元和活字版

《白居易、元稹诗的韵系》鲍明炜《南京大学学报》1981 年第 2 期，第 36 页

《乾隆皇帝论白居易诗》魏弓《知识窗》1981 年第 6 期

《杜牧诋諆元白诗辨》曹中孚《学术月刊》1981 年第 9 期，第 80 页

《白居易与杭州西湖》龚延明《人物》1981 年第 1 期

《苦学力文的白居易》李文《春城晚报》1981 年 2 月 28 日

《白居易与九江音乐》邵舟《江西日报》1981 年 11 月 1 日

《白居易与围棋》姜连根《围棋》1981 年第 12 期

《秋竹颂：元稹、白居易的友谊佳话》张东良《绿原》1981 年第 2 期

长恨歌

《〈长恨歌〉“终篇无所规正”说：重提〈长恨歌〉的主题思想问题》汪晚香《黄石师范学院学报》1981 年第 1 期，第 67 页

《说〈长恨歌〉：〈白诗笺说〉之一》周天《文艺论丛》第 13 辑，1981 年 4 月，又收入其《〈长恨歌〉笺说稿》，陕西人民出版社，1983 年 10 月

《宛转动人，缠绵悱恻：白居易〈长恨歌〉的艺术个性》饶芃子《广州文艺》1981 年第 4 期，第 52 页

《一篇长恨有风情：读〈长恨歌〉管见》华世欣《固原师专学报》1981 年第 1 期，第 40 页

《〈长恨歌〉与〈长恨歌传〉》詹瑛《学林漫录》第 3 集，中华书局，1981 年 5 月，第 67~70 页

《也谈〈长恨歌〉的社会意义》邢凤梧、邢凤麟《南宁师范学院学报》1981 年第 4 期，第 56 页

《〈长恨歌〉的恨在哪里?》周煦良《晋阳学刊》1981 年第 6 期，第 92 页；《中国古代、近代文学研究》(人大复印报刊资料) 1982 年第 2 期

《关于〈长恨歌〉的通信》周煦良、俞平伯《晋阳学刊》1981 年第 6 期；《中国古代、近代文学研究》(人大复印报刊资料) 1982 年第 2 期；《新华文摘》1982 年第 2 期，又收入俞平伯《论诗词曲杂著》，上海古籍出版社，1983 年 10 月，第 410~412 页

《一篇〈长恨〉有风情》刘辉扬《上海师范学院学报》1981 年第 4 期

《画〈长恨歌〉所想到的》戴敦邦《工艺美术学报》1981 年第 1 期

《〈长恨歌〉与〈长恨歌传〉》吴培德《语文函授》1981 年第 10 期，第 5 页

《关于〈长恨歌〉主题思想的讨论：向封建统治者敲起警钟》周亚齐《广西民族学院学报》1981 年第 1 期

《关于〈长恨歌〉主题思想的讨论：一曲爱情的颂歌》韦萍《广西民族学院学报》1981 年第 1 期

《关于〈长恨歌〉主题思想的讨论：〈长恨〉的风情何在?》骆瑞鹤《广西民族学院学报》1981 年第 1 期

《关于〈长恨歌〉主题思想的讨论：看看诗人自己的评价》林士放《广西民族学院学报》1981 年第 1 期，第 78 页

《关于〈长恨歌〉主题思想的讨论：哀艳之中，具有讽刺》陈小玲《广西民族学院学报》1981 年第 1 期

琵琶行

《动人的音乐，精湛的描写：略谈〈琵琶行〉的音乐描写》朱缅《蓼花》1981 年第 2 期

《一曲琵琶说到今：谈〈琵琶行〉的语言艺术》辛玉兰《语文教学与研究》(华中师范学院)1981 年第 1 期

《说〈琵琶行〉的“阿姨”》张浩逊《语文教学》(江西师范学院)1981 年第 3 期

《浅谈〈琵琶行〉的音乐形象》信惠忠《柳泉》1981 年第 1 期

《〈琵琶行〉的音乐描写：兼比较三篇描写音乐的唐诗》陈新璋《语文教学通讯》1981 年第 5 期。智按：另二篇是韩愈《听颖师弹琴》、李贺《李凭箜篌引》

《〈琵琶行〉中江月描写的叙事作用》钱文辉《语文教学通讯》1981 年第 5 期

《〈琵琶行〉的艺术表现手法》陈友冰《语文教学》(江西师范学院)1981 年第 6 期

《情景交融与情景相隔：谈〈琵琶行〉等三首琵琶曲的得失》陈友冰《中学语文教学》1981 年第 6 期

《分明怨恨曲中论：谈〈琵琶行〉中的音乐描写》哈孝忱《语文教学之友》1981 年第 3 期

《声情交融，两情相通：〈琵琶行〉试析》时雁行《语文教学之友》1981 年第 3 期

《“梦啼妆泪红阑干”质疑》司金銮《学术月刊》1981 年第 7 期

《感人心者莫先乎情：白居易〈琵琶行〉赏析》姜汉林《写作》1981 年第 3 期

《也谈“花朝”》胡林《四川教育》1981 年第 5 期。智按：《琵琶行》

其他作品

《惟歌生民病：读白居易的著名诗篇〈观刈麦〉》侯文正《太原文艺》1981 年第 3 期

《介绍唐人的两首小诗》萧涤非《唐代文学》第 1 期，1981 年 4 月《西北大学学报丛刊》。智按：白居易《过敷水》，权德舆《敷水驿》

《也谈〈江南意〉与〈次北固山下〉》纪健生《淮北煤炭师范学院学报》1981 年第 2 期

《未容倾耳已伤心：读元、白的四首小诗》赖汉屏《名作欣赏》1981 年第 4 期

《白居易的〈昆明春〉与〈杜陵叟〉》霍松林《长安》1981 年第 4 期，第 75 页

《说白居易〈轻肥〉》霍松林《长安》1981 年第 11 期，第 73 页

《说白居易〈买花〉》霍松林《长安》1981 年第 12 期，第 67 页

《量入以为出，上足下亦安：白居易的〈赠友诗〉浅释》霍焕民等《中央财政金融学院学报》试刊号，1981 年 12 月

《关于白居易〈草〉的主题》王树范《四平师范学院学报》1981 年第 2 期，第 43 页

《教学参考：一幅色彩绚烂的秋江迟暮图：读白居易诗〈暮江吟〉》田寿《云南教育》1981 年第 8 期

《白居易〈春题湖上〉》朱宏恢等《滇池》1981 年第 5 期

1982 年

《唐代乐府的继承和发展》振甫《文学评论》1982 年第 6 期

《略论元和诗体与新乐府诗派》王拾遗《唐代文学论丛》1982 年第 1 期，陕西人民出版社，1982 年 4 月

《白居易诗略论》陈祥耀，收入其《五大诗人评述》，福建人民出版社，1982 年 12 月，第 136~183 页

《白居易评价中的一个问题》傅璇琮《文学遗产》1982 年第 3 期，第 75~78 页。又收入其《唐宋文史论丛及其他》，大象出版社，2004 年 10 月，第 235~239 页。驳顾学颉《白居易与永贞革新》，《文史》第 11 辑，中华书局，1981 年 3 月

《白居易与音乐》缪志明《中国音乐》1982 年第 4 期，第 84 页

《白居易对社会本质的探索和表现》周明《文学评论丛刊》第 13 辑，中国社会科学出版社，1982 年 5 月

《关于白居易与佛道关系的我见》李醒华《学术研究》(广东)(内部文稿)1982 年第 2 期

《白居易中和美思想简论》张继兴《学术月刊》1982 年第 5 期，第 43 页，又收入《美学文摘》第 1 辑，重庆出版社，1983 年 12 月

《司空曙何以能取胜韦应物和白居易》白云奇《柳泉》1982 年第 1 期

《试论白居易的讽谕诗》何钦福(何欣福)《克山师专学报》1982 年第 1 期，第 98 页

《论白氏讽谕诗的成因》黄华强《许昌师专学报》1982 年第 1 期

《两首制衣诗，一脉忧民情：略论白居易诗歌的人民性》李国良、段其胜《山西师范学院学报》1982 年第 3 期

《白居易文学思想简论》朱继琢《哲学社会科学通讯》1982 年第 1 期

《现实主义文学理论的继承和发展：也评白居易的文学思想》蔡守湘、李进才《北方论丛》(哈尔滨师范大学学报)1982 年第 4 期，第 57 页；《中国古代、近代文学研究》(人大复印报刊资料)1982 年第 2 期

《浅谈“文章合为时而著，歌诗合为事而作”》舒泽芝《教与学》1982 年第 2 期

《略谈白居易诗歌理论的两重性》刘文刚《辽宁师范学院学报》1982 年第 1 期，第 44~50、52 页

《白居易的诗歌理论与政治主张：读〈与元九书〉》彭胜云《天津师范学院学报》1982 年第 6 期，第 72 页

《谈白居易的诗论》张田《锦州师范学院学报》1982 年第 4 期，第

55 页

《白居易诗论得失考》牛玉秋《古代文学理论研究丛刊》第 6 辑，上海古籍出版社，1982 年 9 月，第 156～166 页

《谈谈白居易的诗论》章祥法《学生学术论文集》（浙江师范学院）1982 年 4 月

《白居易交游考》朱金城《河北大学学报》1982 年第 1 期，第 59 页

《〈白氏长庆集〉人名笺证续编》朱金城《中华文史论丛》1982 年第 2 辑，第 129 页

《白居易世系、家族考》顾学颉《文学评论丛刊》第 13 辑，中国社会科学出版社，1982 年 5 月，又收入其《顾学颉文学论集》，中国社会科学出版社，1987 年 8 月

《张好好与白居易》顾学颉《江汉论坛》1982 年第 8 期，第 45 页，又收入其《顾学颉文学论集》，中国社会科学出版社，1987 年 8 月

《关于白居易的出生故里及其后嗣问题》耿元瑞、赵从仁《郑州大学学报》1982 年第 4 期，第 51 页

《唐代杰出的现实主义诗人：白居易》雷云《陕西日报》1982 年 7 月 6 日

《浅谈白居易的创作历程》炳耀《安阳师专学报》1982 年第 4 期，第 78 页

《论白居易的田园诗》霍松林《陕西师范大学学报》1982 年第 3 期，第 35～49 页；又收入《全国唐诗讨论会论文选》，陕西人民出版社，1984 年 4 月，第 307～337 页

《白居易在江州植树》王宪章《江西日报》1982 年 3 月 21 日

《白居易爱树和种树轶事》王宪章《中国林业》1982 年第 9 期

《白居易移忠州刺史诗》范昌灼《四川师范学院学报》1982 年第 1 期，第 89 页

《白居易的衣带铭》砚石《新湘评论》1982 年第 4 期

《江南风光，魂牵梦绕》甄居《教学通讯》（郑州）1982 年第 12 期

《看似平易，其实精纯》赵甄陶、李晓湘《教学通讯》（郑州）1982 年第 12 期

《白居易诗歌的对比艺术》殷光临《艺谭》1982 年第 2 期，第

141 页

《从白居易诗用韵看浊上变去》赖江基《暨南学报》1982 年第 4 期，第 97 页

《浅究白诗的“俗”》杜斌年《山花》1982 年第 5 期

《浅谈白居易与民间文学》筱红《沈阳师范学院学报》1982 年第 1 期，第 48 页

《两地闻名追慕多，遗文何日不讴歌：白居易的诗歌在日本》曹汾《唐代文学论丛》1982 年第 1 期，陕西人民出版社，1982 年 4 月

《白居易与赵树理》戴光宗《华东师范大学学报》1982 年第 1 期，第 58 页

《有关评价白居易诗论和诗作的几个问题》李晋棠《海南师专学报》1982 年第 1 期，第 1 页

《白居易谒见顾况之说辨析》潘世良《通化师范学院学报》1982 年第 1 期，第 52 页

《论白居易诗歌的艺术特色和社会作用》梁盛材《中学语文教学参考》(陕西师范大学)1982 年第 12 期，第 22 页

《白居易是哪里人?》，《河南日报》1982 年 8 月 8 日

《白居易执法明判》杨大中《中国法制报》1982 年 7 月 2 日

《中国古典文学：第十七讲，杜甫及其诗歌创作；第十八讲，白居易和新乐府运动》霍松林《陕西教育》1982 年第 10 期

《白居易最忆杭州》潘一平《西湖人物》，浙江人民出版社，1982 年 1 月

《白居易吟巫山诗》李栋、苏长仙编《古今文人轶事》第 2 辑，广西人民出版社，1982 年 9 月，第 156~158 页

《白居易应举诗》李栋、苏长仙编《古今文人轶事》第 2 辑，广西人民出版社，1982 年 9 月，第 159~160 页

长恨歌

《〈长恨歌〉与马嵬兵变》尹仲文《唐代文学论丛》1982 年第 1 期，第 64 页，陕西人民出版社，1982 年 4 月

《一首爱情悲剧的赞歌：评长诗〈长恨歌〉》张笑庸《蓼花》1982 年第 1 期，第 50 页

《论杨贵妃的传说以及〈长恨歌〉之恨：与周煦良、俞平伯二位先生商榷》李宗为《晋阳学刊》1982年第2期，第100页；《中国古代、近代文学研究》(人大复印报刊资料)1982年第2期。按，《〈长恨歌〉的恨在哪里?》(周煦良)、《关于〈长恨歌〉的通信》(周煦良、俞平伯)《晋阳学刊》1981年第6期

《〈长恨歌〉中的“峨眉山”考辨》陈红涛等《社会科学研究》1982年第2期，第95页

《关于〈长恨歌〉的主题：兼与张安祖同志商榷》李慧《陕西师范大学学报》1982年第3期，第50页

《一曲永痛的悲歌：与张安祖先生商榷》宁公操、皇甫涛《吉林师范学院学报》1982年第1期。《关于〈长恨歌〉的新探索》张安祖《文学评论丛刊》第5辑，1980年3月

《〈长恨歌〉主题新探》周明《文学遗产增刊》第14辑，中华书局，1982年2月，第212页

《读〈长恨歌〉与〈长恨歌传〉》孙次舟《文学遗产增刊》第14辑，中华书局，1982年2月，第221页

《〈长恨歌〉试析》黄子俊《语文学习》1982年第4期

《再说〈长恨歌〉：〈白诗笺说〉之二》周天《文艺论丛》第15辑，1982年5月，第32页，又收入其《〈长恨歌〉笺说稿》，陕西人民出版社，1983年10月

《白居易何以高度评价〈塞芦子〉〈留花门〉二诗？〈白诗笺说〉之四》周天《文艺论丛》第16辑，1982年11月，又收入其《〈长恨歌〉笺说稿》，陕西人民出版社，1983年10月

《“唐乌龟”与“为尊者讳”》李汝伦《湘江文学》1982年第8期

《〈长恨歌〉的主题》姚奠中《河南师范大学学报》1982年第5期，第31页

《对〈长恨歌〉主题的不同看法》建宇《光明日报》1982年4月20日

《〈长恨歌〉主题思想新探》刘西建《人文杂志》1982年第4期，第114页

《〈长恨歌传〉管见二题》张宗原《文学评论丛刊》第16辑，中国社

会科学出版社，1982 年 10 月

《非凡诗笔颂真情：〈长恨歌〉主题思想辨析》尹爱苏《四川大学学报丛刊》第 15 辑(古典文学论丛)，四川大学 1982 年 10 月

《重论〈长恨歌〉的主题思想与艺术特点》华钟彦《河南师范大学学报》1982 年第 5 期

《谈谈〈长恨歌〉的艺术特色》华钟彦《古典文学名篇赏析》第 1 辑，李贞洁选编，中州书画社，1982 年 8 月

《清唱剧〈长恨歌〉主题思想新探》周杜钰《人民音乐》1982 年第 9 期

琵琶行

《漫谈〈琵琶行〉》王达津《文学遗产增刊》第 14 辑，中华书局，1982 年 2 月；又收入其《唐诗丛考》，上海古籍出版社，1986 年 2 月第 1 版，第 64~71 页

《究竟是谁"欲语迟"?》赵济武《语文教学之友》1982 年第 2 期

《迁谪与沦落：〈琵琶行〉的写作背景》季廉方《语文学习》1982 年第 3 期

《〈琵琶行〉和古代其他一些描写音乐的诗文》莫尧舜《语文战线》1982 年第 4 期

《关于"江州司马青衫湿"》钱文辉《语文教学》江西师范学院 1982 年第 4 期

《从〈琵琶行〉到〈青衫泪〉》谢柏良《黄石师范学院学报》1982 年第 3 期

《关于白居易〈琵琶行〉中"瑟瑟"一词的注释问题》鲍维松《古典文学论丛》第 3 辑《社会科学战线》编辑部编，齐鲁书社，1982 年 11 月，第 388 页

《真有其事，还是纯系编造：听讲解〈琵琶行〉所想起》吕萍《丽水师专学报》1982 年第 2 期

《情致曲尽，妙绝入神：白居易〈琵琶行〉赏析》李传梓《江西师范学院南昌分院学报》1982 年第 3 期，第 45 页

《"琵琶女"形象小议》王尚均《陕西教育》1982 年第 7 期

《从〈琵琶行〉看白居易诗歌创作的审美倾向》刘健芬《西南师范学

院学报》1982年第4期，第90页，又收入其《传统美学与美学传统》（中国三峡出版社，2003年1月）

《白居易的琵琶诗》金建民《唐代文学论丛》1982年第2期，陕西人民出版社，1983年4月，第330~332页

《妙声绝响，动心移情：读白居易〈琵琶行〉》何均地《古典文学名篇赏析》第1辑，李贞洁选编，中州书画社，1982年8月

《同是天涯沦落人，相逢何必曾相识：谈白居易的〈琵琶行〉》徐应佩、周溶泉《中国古典文学名著赏析》，山西人民出版社，1982年5月

《〈琵琶行〉的雏形：白居易〈夜闻歌者〉试析》程克夷《语文园地》1982年第5期

《"弟走从军阿姨死"浅见》张凤云、赵泰运《天津教育》1982年第2期。智按：句出《琵琶行》

《移人·惊天·泣鬼——三首听乐诗的比较欣赏》朱迎平《名作欣赏》1982年第1期。智按：《琵琶行》《听颖师弹琴》《李凭箜篌引》

《"冰下难"还是"水下滩"？》张立人《读书》1982年第6期。智按：《琵琶行》

忆江南

《白居易的〈忆江南〉》高培权《陕西教育》1982年第7期，第20页；《中国古代、近代文学研究》（人大复印报刊资料）1987年第5期，第140页

《白居易〈忆江南〉赏析》陈志明《教学通讯》（郑州）1982年第11期

《妙笔天工画江南：白居易〈忆江南〉赏析》盛德友《语文教学通讯》1982年第11期，第27页

《日出江花红胜火，春来江水绿如蓝：谈白居易〈忆江南〉词三首》徐应佩、周溶泉《语文教学》（江西师范学院）1982年第12期

钱塘湖春行

《春天的歌，心灵的歌：浅析〈钱塘湖春行〉》赵明《太原文艺》1982年第3期

《一首绘情绘景绝妙的好诗：析白居易〈钱塘湖春行〉》沈国华《河

池师专学报》(宜州)1982 年第 1 期，第 38 页

《〈钱塘湖春行〉浅析》廖丽霞《语文学习》1982 年第 6 期

《未能抛得杭州去，一半勾留是此湖：白居易咏西湖诗二首简析》傅经顺《唐代文学论丛》1982 年第 1 期，陕西人民出版社，1982 年 4 月；《唐宋文学欣赏》，陕西人民出版社，1982 年

其他作品

《〈秦中吟〉〈新乐府〉写作先后辨》汤华泉《安徽师范大学学报》1982 年第 1 期，又收入其《唐宋文学文献研究丛稿》，合肥：安徽大学出版社，2008 年 6 月，第 236~244 页

《白居易的〈新乐府〉》吴熊和《语文学习》1982 年第 1 期，第 6 页

《巧妙的构思，深刻的揭露：读白居易的〈卖炭翁〉》吕友宽《古典文学名篇赏析》第 1 辑，李贞洁选编，中州书画社，1982 年 8 月

《一篇对“宫市”的控诉书：说白居易的〈卖炭翁〉》霍松林《教学通讯》1982 年第 3 期；又收入《古典文学名篇赏析》第 2 辑，林从龙选编，中州书画社，1983 年 2 月

《深入浅出、情真意远：说白居易〈邯郸冬至夜思家〉》霍松林《陕西日报》1982 年 8 月 12 日

《“宫市”考论》颜慧云《武汉师范学院学报》1982 年第 6 期

《也说“回车”》马云龙《中学语文》(河南师范大学)1982 年第 1 期

《寓对比之中的强烈爱憎：读白居易的〈买花〉诗》高松年《中国青年》1982 年第 2 期

《赠君一法决狐疑》回俊才《人民教育》1982 年第 4 期

《白居易〈燕子楼诗序〉中的“张尚书”是谁?》吴汝煜《文学评论》1982 年第 4 期，第 144 页

《诗词欣赏(二则)》黄绍筠《东海》1982 年第 5 期。智按：《暮江吟》

《蕲州名簟寄深情》丁永淮《湖北日报》1982 年 7 月 24 日

《“藤枝引酒”新释》朱金城、朱易安《光明日报》1982 年 11 月 2 日，《文学遗产》第 561 期

《白居易〈杂感〉诗笺析》马天祥《唐代文学论丛》1982 年第 1 期，陕西人民出版社，1982 年 4 月

1983年

《出色的古文家白居易》张立名《湘潭师专学报》1983年第1期，第69页

《“兼济”与“独善”》张安祖《文学评论》1983年第2期，又收入其《唐代文学散论》，北京：三联书店，2004年6月，题为《论“兼济”与“独善”》

《白居易祖籍新疆库车摭谈》魏长洪《新疆大学学报》1983年第2期，第107页

《白居易的音乐诗》雄飞《交响——西安音乐学院学报》1983年第2期

《从〈诗大序〉至〈与元九书〉：略论白居易对儒家传统诗歌理论的继承和发展》朱宏恢《徐州师范学院学报》1983年第6期，第73~76页

《从〈与元九书〉看白居易对诗歌的认识和主张》王树村《文苑纵横谈》第7辑，山东人民出版社，1983年5月，第206~211页

《根情，苗言，华声，实义：从〈与元九书〉看白居易对诗歌的认识与主张》王树村《文学知识》1983年第6期，第33页

《浅谈白居易诗歌理论的政治性》尉天骄《淮北煤炭师范学院学报》1983年第2期，第108页

《重评白居易诗论》李湘《河南师范大学学报》(河南大学学报)1983年第5期，第72~78页

《论白居易诗歌理论的非现实主义性》梁道理《文学论集》第6辑，中国人民大学出版社，1983年3月

《杜牧为何诋諆元白诗》卞孝萱、刘维治《江海学刊》1983年第3期，第98页。按，《杜牧诋諆元白诗辨》曹中孚《学术月刊》1981年第9期，第80页

《刘、白“初逢”之年考辨》高志忠《牡丹江师范学院学报》1983年第4期；又收入其《容膝斋诗文论集》，中国社会科学出版社，2002年10月，第23~35页

《元白之交》罗启荣编《古今文人轶事》第3辑，广西人民出版社，

1983 年 7 月，第 197~222 页

《白居易在杭州的生活和政绩》洪桥《文教资料简报》1983 年第 1 期

《白居易咏江州物产》王宪章《知识窗》1983 年第 1 期

《白居易经济思想浅析》乐秀拔《财经研究》1983 年第 4 期，第 62 页

《香山寺及白墓遗址考》赵从仁《中州学刊》1983 年第 2 期

《岑仲勉〈白集醉吟先生墓志铭存疑〉辨》耿元瑞、赵从仁《唐代文学论丛》第 4 辑，陕西人民出版社，1983 年 10 月

《白居易父母非舅甥婚配考辨及有关墓志试正》陈之卓《兰州大学学报》1983 年第 3 期，第 67~73 页

《白少傅墓前的哀风》张斤夫《奔流》1983 年第 8 期

《白居易讽谕诗的人道理想》蹇长春《西北师范学院学报》1983 年第 1 期，第 60~69 页

《简论白居易的讽谕诗》张田《理论研究》1983 年第 8 期

《〈源氏物语〉与白居易诗歌》许虎一《延边大学学报》1983 年第 2 期，第 51~59 页；《中国古代、近代文学研究》(人大复印报刊资料) 1983 四年第 7 期，第 122~130 页

《〈白居易集笺校〉前言》朱金城《河北大学学报》(保定) 1983 年第 3 期，第 136 页

《白居易写景诗初探》朱金城、朱易安《南开学报》1983 年第 6 期，第 65 页

《朱金城著〈白居易年谱〉》彭黎明《文献》第 16 辑，第 261~263 页，北京：书目文献出版社，1983 年 6 月

《为妇女呼吁鸣不平的白居易》王秉钧《兰州大学学报》1983 年第 4 期，第 43 页

《试论白居易诗中的妇女形象》杨明琪《宝鸡师范学院教学与科研》1983 年第 1 期，第 25 页

《谈白居易诗中的“卒章显志”》郭维森《教学与研究》(南通师专) 1983 年第 4 期，第 53 页

《白居易改稿》白润生《写作趣闻录》，人民日报出版社，1983 年

9 月

《乐天撞破铁门关》金循华、万玉兰《诗林笑录》，青海人民出版社，1983 年 4 月，第 89~92 页

《人间天堂长相忆》金循华、万玉兰《诗林笑录》，青海人民出版社，1983 年 4 月，第 93~95 页

《月宫仙女传歌舞》金循华、万玉兰《诗林笑录》，青海人民出版社，1983 年 4 月，第 95~97 页

《宣宗作诗吊乐天》金循华、万玉兰《诗林笑录》，青海人民出版社，1983 年 4 月，第 97~98 页

《白居易》褚斌杰《中国历代著名文学家评传》第二卷，吕慧鹃编，山东教育出版社，1983 年 5 月

《白居易的成名和顾况》王建明《名作欣赏》1983 年第 1 期

《白居易练气功》马济人《体育文化导刊》1983 年第 2 期

《白居易的音乐诗》雄飞《交响——西安音乐学院学报》1983 年第 2 期

《诗风：唐·白居易诗〈暮江吟〉写意（钢琴独奏）》洪钧《交响——西安音乐学院学报》1983 年第 3 期

《白居易不重男轻女》，《中国优生与遗传杂志》1983 年第 1 期

长恨歌

《〈长恨歌〉与〈长恨歌传〉关系辨析》俞浩胜《安庆师范学院学报》1983 年第 1 期，第 69 页

《白居易创作的〈长恨歌〉》孙学才《大庆师专学报》1983 年第 1 期，第 65 页

《"将那无价值的撕破给人看"：对〈长恨歌〉主题的探讨》郭鲸鲲、徐洪耀《宁波师专学报》1983 年第 1 期

《一首以伤代讽的长篇悲歌：也谈白居易〈长恨歌〉的主题》张生江、王树森《大庆师专学报》1983 年第 1 期，第 57 页

《唐玄宗后期生活的生动画卷：论〈长恨歌〉的艺术价值》回俊才《牡丹江师范学院学报》1983 年第 1 期，第 27 页

《"千花百草无颜色"到"六宫粉黛无颜色"：白居易〈长恨歌〉新释之一》卞孝萱、刘维治《东北师范大学学报》1983 年第 2 期，第

52 页

《也谈〈长恨歌〉的恨在哪里?》刘永濂《阜阳师范学院学报》1983 年第 2 期

《〈长恨歌〉主题思想是什么?》,《文荟》1983 年第 3 期，第 26 页

《〈长恨歌〉主旨试析》熊熊、申我《孝感师专学报》1983 年第 3 期，第 36 页

《端正学风是建设社会主义精神文明的重要部分：评〈长恨歌〉的恨在哪里?》原璞《广州师范学院学报》1983 年第 4 期；《中国古代、近代文学研究》(人大复印报刊资料) 1984 年第 3 期，第 139 页

《论〈长恨歌〉》张安祖《北方论丛》(哈尔滨师范大学学报) 1983 年第 4 期，第 66 页，又收入其《唐代文学散论》，北京：三联书店，2004 年 6 月

《读〈关于〈长恨歌〉的主题〉：答李慧同志》张安祖《陕西师范大学学报》1983 年第 4 期，第 76 页，又收入其《唐代文学散论》，北京：三联书店，2004 年 6 月

《〈长恨歌〉其恨何长：谈历史题材作品的艺术真实》韩培基《宁夏大学学报》1983 年第 4 期，第 58 页

《也谈〈长恨歌〉的创作意图》王怀让《齐鲁学刊》(曲阜师范学报) 1983 年第 5 期，第 92 页

《读〈长恨歌〉，访唐长安》武复兴《旅游天地》1983 年第 6 期

《论〈长恨歌〉的主题思想》马茂元、王松龄《上海师范学院学报》1983 年第 1 期，第 87 页

《〈长恨歌〉"参差"别解》祝注先《重庆师范学院学报》1983 年第 2 期

《关于〈长恨歌〉》武安国《南阳师专学报》1983 年第 1 期，第 30 页

《〈长恨歌〉主题辩证》吴炜华《北京财院学报》1983 年第 3 期

《一篇〈长恨〉》肖瑞峰《齐鲁学刊》1983 年第 4 期，第 73 页

《〈长恨歌〉的主题及其形成》孟繁树《文学遗产》(增刊) 第 16 辑，中华书局，1983 年 11 月，第 44 页

《试论〈长恨歌〉的主题思想》刘长典《南京师范学院学报》1983 年

第4期，第58页

《〈长恨歌〉主题试论》姚宝元《天津师专学报》1983年第4期

《读〈长恨歌〉》唐万超《教学与研究》(绵阳师专)1983年第2期，第54页

《〈长恨歌〉的创作及对该诗“爱情说”的探讨》陈志信《台州师专学报》1983年第2期，第49页

《一篇长恨有风情：漫谈〈长恨歌〉的思想和艺术》褚斌杰《文史知识》1983年第7期，第112页；《国际白居易研究论文集》，中国洛阳白居易研究会编，珠海：银河出版社，2006年8月

《秋雨梧桐落叶时》胡世厚《文学知识》1983年第5期，第17页

《六十年来国内〈长恨歌〉研究述要》陈尚君《文史知识》1983年第7期，第117~121页；《中国古代、近代文学研究》(人大复印报刊资料)1983年第8期，第101~104页；又收入《文史知识》编辑部编《古典文学研究动态》，中华书局，1993年3月

《〈长恨歌〉鉴赏》饶芃子《唐诗鉴赏辞典》，上海辞书出版社，1983年12月

琵琶行

《心碎景凄切，物悲人更愁：谈谈〈琵琶行〉的环境描写》曹克瑛《山西教育》1983年第1期

《〈琵琶行(并序)〉译注》张帆《汉中教育》1983年第1~3期

《试释〈琵琶行〉里的“阿姨”》温祖元《语言文学》1983年第3期

《关于“霓裳”与“六么”》张荣煊《语文教学》(江西师范学院)1983年第2期

《摹音绘声〈琵琶行〉》魏传宪《四川师范学院学报》1983年第1期

《〈琵琶行〉的音乐描写》李根万《新疆艺术》1983年第4期，第60页

《〈琵琶行〉的问世与唐代社会风俗》郭常柏《语文教学》(烟台师专)1983年第4期

《〈琵琶行〉“冰下难”有版本根据》宋红《光明日报》1983年12月6日，《文学遗产》第615期；《中国古代、近代文学研究》(人大复印报刊资料)1983年第12期，第102页

《从白居易的〈琵琶行〉谈音乐欣赏》袁安森《四川音乐》1983年第10期，第31页

《此时无声胜有声》刘彦创《山西师范学院学报》1983年第4期，第34页

《〈琵琶行〉社会意义质疑》沈灿《语文战线》1983年第12期

《小珠大珠落玉盘》马淑英等《江城》1983年第2期。智按：句出《琵琶行》

《“幽咽泉流冰下滩”考释》何世英、陈斌《江西师范大学学报》1983年第2期

《“此时无声胜有声”》金学智《文艺理论研究》1983年第1期

《唐诗音乐描写探微》吕崇龄《昭通师范高等专科学校学报》1983年增刊第1期。智按：《琵琶行》《听颖师弹琴》《李凭箜篌引》

《白居易的音乐诗》雄飞《交响——西安音乐学院学报》1983年第2期。智按：《琵琶行》

《试辨析“间至军中”和“欲语迟”——与彭格人、刘允声、赵济武等同志商榷》卓喜贵《赣南师范学院学报》1983年第4期。智按：《究竟是谁“欲语迟”?》赵济武《语文教学之友》1982年第2期

《〈李凭箜篌引〉与〈琵琶行〉的艺术风格比较》李德伦《曲靖师范学院学报》1983年第1期

钱塘湖春行

《〈钱塘湖春行〉》于长河编写《锦州师范学院分校学报》1983年第1期

《〈钱塘湖春行〉浅说》陈友冰《语言文学》1983年第1期

《〈钱塘湖春行〉试析》赵璧仁《黔南民族师专学报》1983年第2期

《白居易的〈钱塘湖春行〉》沈宝良《陕西教育》1983年第4期

《白居易〈钱塘湖春行〉赏析》方卫平《宁夏教育学院学刊》1983年第1期，第14页

《说白居易〈钱塘湖春行〉》魏怡、嗜文《中学语文教学参考》（陕西师范大学）1983年第5期，第42页

《白居易〈钱塘湖春行〉浅说》魏怡、嗜文《语文教学研究》（台州师专）1983年第3期

《早春行游图，闲时喜悦情：白居易的〈钱塘湖春行〉》陆军《语文教学之友》1983 年第 5 期

《浅而不薄，平而有意：读白居易〈钱塘湖春行〉》翟讯《教学通讯：文科版》(郑州)1983 年第 6 期，第 27 页

《西湖春色入画图：〈钱塘湖春行〉赏析》李厚培《中学语文》(武汉师范学院)1983 年第 3 期；《语文月刊》(广州)1983 年第 7 期

《备课科考：读白居易〈钱塘湖春行〉》董继业《语文教学》(江西师范学院)1983 年第 7 期，第 15 页

《新颖自然，生机无限：读白居易的〈钱塘湖春行〉》林曼舒《古典文学名篇赏析》第 2 辑，林从龙选编，中州书画社，1983 年 2 月

忆江南

《新词一阕忆苏杭：读白居易〈忆江南三首〉》沈师麟《语文教研》(杭州)1983 年第 12 期

《白居易深情吟江南：〈忆江南〉词三首艺谭》史俊《盐城师专学报》1983 年第 8 期，第 19 页

《从白居易〈忆江南〉说开去》王朝闻《唐宋词鉴赏集》，人民文学出版社，1983 年 5 月，第 15~22 页

《江山如此多娇：白居易〈忆江南〉赏析》任访秋《古典文学名篇赏析》第 2 辑，林从龙选编，中州书画社，1983 年 2 月

《白居易〈忆江南〉(三首)赏析》朱金城、朱易安《唐宋词鉴赏集》，人民文学出版社，1983 年 5 月，第 23~27 页

《日出江花红胜火》舒化龙、肖淑琴《古诗文词语纷议辨析》，广西民族出版社，1983 年 12 月，第 30 页。智按：《忆江南》

其他作品

《半匹红绡一丈绫》舒化龙、肖淑琴《古诗文词语纷议辨析》，广西民族出版社，1983 年 12 月，第 31~32 页。智按：《卖炭翁》

《"采石江边李白坟"辨疑：读白居易诗〈李白墓〉札记》朱金城《光明日报》1983 年 7 月 19 日

《关于〈司天台〉诗的笺证问题》白平《山西大学学报》1983 年第 3 期

《白居易的〈花非花〉》文青《山东师范大学学报》1983 年第 4 期，

第 66 页

《白居易〈牡丹芳〉赏析》朱绪堂《牡丹》(山东)1983 年第 6 期

《"怀中有可抱，何必是男儿"：读白居易〈小岁日喜谈氏外孙女孩满月〉诗》刘忠熙《中国妇女》1983 年第 7 期

《〈感鹤〉讽刺谁?》黎洪《诗话一百篇》，安徽人民出版社，1983 年 1 月

《白居易"放言五首"之一赏析》李汝伦《种瓜得豆集》，花城出版社，1983 年 11 月

《荔枝诗话》李汝伦《种瓜得豆集》，花城出版社，1983 年 11 月

《三千宫女胭脂面，几个春来无泪痕：介绍白居易〈上阳白发人〉诗》褚斌杰《阅读和欣赏》(八)，广播出版社，1983 年 9 月

1984 年

《唐代新乐府和诗歌叙事艺术的发展：兼及中国文学史上一种现象的探讨》董乃斌《文学遗产》1984 年第 4 期

《白居易寓言诗初探》马德懋《全国唐诗讨论会论文选》，陕西人民出版社，1984 年 4 月，第 338~361 页

《白居易诗"一夜乡心五处同"考释》朱金城《全国唐诗讨论会论文选》，陕西人民出版社，1984 年 4 月，第 381~387 页，又收入其《白居易研究》，西安：陕西人民出版社，1987 年 4 月，"唐代文学研究丛书"；台北：文史哲出版社，1992 年 12 月

《论白居易在忠州的诗歌》王开富、黄中模《全国唐诗讨论会论文选》，陕西人民出版社，1984 年 4 月，第 338~361 页

《历史人物传说：白居易在忠州的传说》王如阳搜集整理《民间文学》1984 年第 1 期

《白居易与佛道》张立名《湘潭师专学报》1984 年第 2 期，第 29~35 页

《白居易轶事》田居俭《人物》1984 年第 1 期，第 106~111 页

《"百道判"及其学术价值：兼论白居易的早期思想》蹇长春《西北师范学院学报》1984 年第 3 期，第 44~56 页

《杜甫的咏物诗及其对白居易的影响》卞孝萱、乔长阜《唐代文学

论丛》第4辑，陕西人民出版社，1983年10月

《白居易文学在日本中古韵文史上的地位和意义》严绍璗《北京大学学报》1984年第2期，第85~95页

《日本〈千载佳句〉白居易诗佚句辑稿》严绍璗《文史》第23辑，中华书局，1984年11月，第306~311页

《白居易与王质夫》张居仁《百花》1984年第8期，第53~54页

《白居易诗文中的乐舞观初探》双白《舞蹈论丛》1984年第1期，第86~92页

《诗歌合为事而作》赵曙光《百花园》1984年第5期

《读刘禹锡与白居易晚年的酬唱诗》吴汝煜《光明日报》1984年4月17日

《试论白居易的讽谕诗理论》赵国存《河北师范学院学报》1984年第3期，第72~78页

《香山杂酒：白居易在丰都的故事》白峡《文学报》1984年1月5日

《放达有唐唯白傅，纵横吾宋是黄州：王禹偁与白居易的继承关系》王延梯、林端娥《文史哲》1984年第3期，第59~63页

《白居易未谒顾况》刘法绥《语文教学与研究》(华中师范学院)1984年第9期，第9页

《白居易的文学真实论：兼谈小说理论的萌芽》王汝梅《文艺理论研究》1984年第1期，第76~81页

《白居易美学思想述略》郁源《武汉师范学院学报》1984年第1期，第70~76页

《白居易诗用韵研究》马重奇《福建师范大学学报》1984年第1期，第93~100页

《白居易的"致仕"诗》栗正《人物》1984年第1期，第152~154页

《读白居易诗札记》朱金城、朱易安《苏州大学学报》1984年第2期，第74~77页

《白居易诗歌创作琐谈》朱金城《文科月刊》1984年第10期

《从白居易作品里的自注音论因声别义》国赫彤《南开学报》1984年第5期，第34~40页

《〈白居易集〉读后》国赫彤《阜阳师范学院学报》1984 年第 1~2 期合刊，第 136~137 页

《开元法曲无人记，一曲〈琵琶〉说到今：评杜牧等人对白居易诗歌的批评》向叙典《红柳》(甘肃武威) 1984 年第 6 期，第 64~68 页

《白居易的思想与诗歌创作》毛治中《电大文科园地》1984 年第 10 期

《白居易诗歌理论与实践之再认识》裴斐《光明日报》1984 年 12 月 18 日，《文学遗产》第 666 期，又收入其《看不透的人生：裴斐学术论文集》(北京燕山出版社，1992 年 6 月)

《论白居易人生态度转变之原因》丁立群《大连师专学报》1984 年第 4 期

《即事名篇，无复依傍："新乐府"探索之三》张玉顺《临沂师专学报》1984 年第 2 期

《白居易"风雅比兴"说诗例一则：简析〈新乐府·红线毯〉》王英志《名作欣赏》(太原) 1984 年第 3 期，第 75~77 页；又题为《白居易风雅比兴说与〈新乐府·红线毯〉》，收入其《中国古典诗歌艺术新探》，江苏古籍出版社，1990 年 11 月

《漫谈古典叙述诗情节的屈张》王振汉《名作欣赏》1984 年第 5 期

《如痴似魔始为诗》郭文瑞《晋阳文艺》1984 年第 9 期

《艺术生命来自人民：杜甫、白居易创作生涯比较》谌兆麟《湖南日报》1984 年 8 月 17 日

《白居易与音乐》赵璧仁《乐坛》(合肥) 1984 年第 6 期，第 21~22 页

《白居易与杜鹃花》李淦华《呼兰师专学报》1984 年第 3 期，第 63~68 页

《关于白居易二题》易朝志《烟台师范学院学报》1984 年第 1 期

《唐代杰出的法学家：白居易》李奇《法律科学》(西北政法学院) 1984 年第 4 期

《白居易在周至(二则)》吴志岳搜集整理《百花》1984 年第 7 期

《白居易研究》(综述) 陈祖美，收入中国唐代文学学会编《唐代文学研究年鉴 1983》陕西人民出版社，1984 年 3 月

《以白居易为师的剧作家白朴》祥岑《河南戏剧》1984年第3期

《现实主义诗人白居易》孙安邦《并州论坛》1984年第2期

长恨歌

《梨花一枝春带雨：试谈〈长恨歌〉的语言美》祁聿民《社会科学》(兰州)1984年第1期，第69页

《〈长恨歌〉的思想内容与作者对李杨爱情的态度》温崇智《语文天地》1984年第1期

《妙手辟仙境，千载留风骚：浅谈〈长恨歌〉的艺术构思》周维禄《大庆师专学报》1984年第2期，第50页

《从时代色彩看〈长恨歌〉之主题》王新霞《北京师范学院学报》1984年第2期，第72页

《释"一篇长恨有风情"》周明《南京大学学报》1984年第2期，第20页

《试谈〈长恨歌〉的人物形象》周承珩《宁波师范学院学报》1984年第3期，第98页

《幻境与长恨：论〈长恨歌〉的情节和主题》王昑《齐齐哈尔师范学院学报》1984年第3期，第29页

《试析〈长恨歌〉的思想性》王湘桂《江西社会科学》1984年第3期，第99页

《何妨对〈长恨歌〉重新评价：答李宗为先生》周煦良《晋阳学刊》1984年第4期，第78页

《〈长恨歌〉评价之管窥》丁毅、文超《苏州大学学报》1984年第4期，第58页

《〈长恨歌〉主题一解》郑观年《辽宁师范大学学报》1984年第4期，第55页

《〈长恨歌〉是以美为刺的劝君歌》窦世荣《唐代文学论丛》第5辑，陕西人民出版社，1984年4月，第59页

《童子解吟长恨曲，胡儿能唱琵琶篇：谈〈长恨歌〉〈琵琶行〉的艺术特色》赵仁珪《自修大学：文史哲经专业》1984年第7期

《市民风情的写照：〈长恨歌〉主题新探》岳富荣《内蒙古师范大学学报》1984年第1期

《真正的红线何在：〈长恨歌〉主题新议》耿百鸣、李健《福州师专学报》1984 年第 2 期，第 56 页

《论诗体小说〈长恨歌〉》王先霈《湖南教育学院学报》1984 年第 4 期，第 1 页；《中国古代、近代文学研究》(人大复印报刊资料) 1985 年第 5 期，第 143 页

《一篇"长恨"有风情：说白居易〈长恨歌〉》霍松林《唐宋诗文鉴赏举隅》，人民文学出版社，1984 年 3 月，第 159 页

《谈〈长恨歌〉的主题》任访秋《唐诗探胜》，中州古籍出版社，1984 年 7 月，第 323 页

《重色倾国歌长恨：也谈〈长恨歌〉的主题》李泽南《鞍山师专学报》1984 年第 4 期

《白居易的〈长恨歌〉及其英译》许渊冲《外语学刊》1984 年第 3 期

《风貌朴厚・意境深邃〈沈鹏书白居易长恨歌琵琶行〉长卷读后》张进贤《美术之友》1984 年第 4 期

琵琶行

《〈琵琶行〉的人物形象试析：教学札记》夏其模《安顺师专学报》1984 年第 1 期

《试论〈琵琶行〉的主题》曾红《新疆师范大学学报》1984 年第 2 期

《〈琵琶行〉的艺术成就》刘滋培《西北师范学院学报》1984 年第 2 期

《谈〈琵琶行〉中对琵琶女弹奏技艺的描写》靳连芹《唐山师专学报》1984 年第 2 期

《"冰下难"与"水下滩"辨析》曹长河《天津师专学报》1984 年第 2 期

《邀来秋月供驱遣：谈〈琵琶行〉中有关月亮的描写》王振中《文科教学》(乌盟师专) 1984 年第 8 期

《〈琵琶行〉析说》潘裕民《安庆师范学院学报》1984 年第 4 期

《异曲同工，妙趣横生：〈琵琶行〉〈李凭箜篌引〉比较谈》赵慧文《中学语文教学》(北京师范学院) 1984 年第 8 期

《白居易的"青衫"》李波《教学通讯：文科版》(郑州) 1984 年第 9 期，第 28 页

《髓物赋形绝千古：白居易〈琵琶行〉浅说》陈邦炎《上海广播电视文科月刊》1984 年第 9 期

《童子解吟长恨曲，胡儿能唱琵琶篇：谈〈长恨歌〉〈琵琶行〉的艺术特色》赵仁珪《自修大学：文史哲经专业》1984 年第 7 期

《风貌朴厚 · 意境深邃〈沈鹏书白居易长恨歌琵琶行〉长卷读后》张进贤《美术之友》1984 年第 4 期

《"当心画"异议》陈耀、贾铭《中学语文》1984 年第 6 期。智按：语出《琵琶行》

《感情的喷泉从不停息——〈琵琶行〉艺术谈》卓印环《天津教育》1984 年第 1 期

《博喻 · 同感——〈琵琶行〉音乐描写之我见》陈方权《语文教学与研究》1984 年第 1 期

《"却坐"该怎样理解》董焕金《语文教学通讯》1984 年第 6 期。智按：语出《琵琶行》

《论中国古典诗词的俄译》夏志文《北京师范大学学报》1984 年第 6 期。智按：涉及《琵琶行》

其他作品

《"嗷嗷万族中，唯农最辛苦"：读白居易〈杜陵叟〉》周和春《语文学习》1984 年第 10 期

《"对比"的平衡：〈秦中吟〉对比手法申论》刘地生《教学与进修》(镇江师专学报)1984 年第 2 期

《读白居易〈和思归乐〉》傅正谷《光明日报》1984 年 5 月 15 日，《文学遗产》第 638 期

《名贵百果王，古今有佳篇：试析〈荔枝图序〉和〈南州六月荔枝丹〉的同异》邵璧华《名作欣赏》1984 年第 4 期

《读白居易〈荔枝图序〉》冰炎《自学报》1984 年 11 月 15 日

《神韵，深切，和谐：白居易〈忆江南〉的艺术特点》倪木兴《词刊》1984 年第 3 期

《读白居易的〈新乐府：七德舞〉：兼论李世民与"贞观之治"》孔庆福《曲靖师专学报》1984 年第 2 期，第 43～48 页

《〈井底引银瓶〉主题非维护封建礼教说》王谦泰《运城师专学报》

1984 年第 2 期

《〈井底引银瓶〉主题非维护封建礼教说(白居易〈新乐府〉)》王谦泰《唐山师专学报》1984 年第 4 期

《元和独步诗坛新声：刘、白〈竹枝词〉比较谈》乃斌《辽宁教育学院学报》1984 年第 3 期

《西子湖畔莺燕忙：读白居易〈钱塘湖春行〉》李非《辽宁日报》1984 年 3 月 10 日

《日出江花红胜火：谈审美联觉》童华《美育》1984 年第 1 期

《读白居易〈忆江南〉词》吴庚舜，1984 年，学术普及读物

1985 年

《从白居易藏书谈起》李明德《河南图书馆学刊》1985 年第 2 期

《文章载道说理论的创立与实践：刘勰与白乐天》户田浩晓撰，邵毅平译《中华文史论丛》1985 年第 2 期(总第 34 辑)

《“长庆体”名义辨说》刘德重《文学遗产》1985 年第 1 期

《元白雌黄》裴斐《光明日报》1985 年 5 月 7 日，《文学遗产》第 680 期，又收入其《看不透的人生：裴斐学术论文集》(北京燕山出版社，1992 年 6 月)

《再论关于元白的评价》裴斐《光明日报》1985 年 9 月 10 日，《文学遗产》第 689 期，又收入其《看不透的人生：裴斐学术论文集》，北京燕山出版社，1992 年 6 月

《从白居易的〈失婢〉诗谈起：与裴斐同志商榷》吴汝煜《光明日报》1985 年 6 月 4 日，《文学遗产》第 682 期

《论元白之争》王拾遗、袁宗一《光明日报》1985 年 7 月 30 日，《文学遗产》第 686 期

《元白四题》梁超然《语文园地》1985 年第 8 期

《元白评价琐议》王拾遗《光明日报》1985 年 11 月 5 日，《文学遗产》第 693 期

《也论元白优劣》朱易安《光明日报》1985 年 12 月 3 日，《文学遗产》第 695 期

《白诗的得失及风格的变化》陈祖美《北方论丛》(哈尔滨师范大学

学报)1985 年第 1 期

《乐天诗艺术五弊》赵仁珪《学林漫录》第 11 集，1985 年 8 月

《浅谈白居易的创作思想及其艺术实践》谭学习《语文月刊》1985 年第 6 期

《匠心独运，体貌一新：论白居易叙事诗在艺术手法上的创新》何丹尼、石麟《上海师范大学学报》1985 年第 4 期，第 16~20 页

《知人论事不能单纯从政治斗争着眼：简评白居易后期的活动和作品》林牧《人文杂志》1985 年第 2 期，第 120~121 页。按，《知人论事不能单纯从政治斗争着眼：简评白居易后期的活动和作品》王蓓《武警工程学院学报》2001 年第 5 期

《唐代诗人白居易》褚斌杰《文学知识》1985 年第 5 期

《关于白居易评价问题》吴调公《光明日报》1985 年 8 月 13 日，《文学遗产》第 687 期

《白居易也是法律思想家》陈鹏生《文汇报》1985 年 10 月 21 日

《白居易经济思想略论》戴金珊《江淮论坛》1985 年第 3 期，第 38~42 页

《略谈白居易的文学理论：从〈与元九书〉〈新乐府序〉说起》冀勤《电大文科园地》1985 年第 2 期，第 43~45 页

《白居易的两种诗论和两种诗作：读〈与元九书〉随感》齐树德《郑州大学学报》1985 年第 4 期，第 55~62 页

《白居易的比兴观：〈白诗笺说〉之五》周天《文艺论丛》第 21 辑，1985 年第 2 期，又收入其《〈长恨歌〉笺说稿》，陕西人民出版社，1983 年 10 月

《白居易诗以俗为美的审美观》陈铭《学术月刊》1985 年第 11 期，第 51~55 页

《论白居易叙事诗的艺术特色》侯文正《山西师范大学学报》1985 年第 2 期，第 46~50 页

《论白居易诗文用韵》吴进仁《汉中师范学院学报》1985 年第 1 期

《樊素、小蛮考》肖瑞峰《学林漫录》第 10 集，1985 年 5 月

《白居易和〈源氏物语〉》严绍璗《中国比较文学》1985 年第 2 期

《白居易和〈源氏物语〉》何寅、裴依近《中国比较文学》1985 年第

8 期

《白居易的托物咏志诗》杨民苏《昆明师专学报》1985 年第 4 期，第 104～109 页

《白居易与新乐府运动》(上)卞孝萱《文史知识》1985 年第 1 期

《白居易与新乐府运动》(下)卞孝萱《文史知识》1985 年第 2 期

《简评白居易的新乐府》王启兴《光明日报》1985 年 10 月 22 日《文学遗产》第 692 期

《白居易领导过“新乐府运动”吗?》王启兴《江汉论坛》1985 年第 10 期，第 39～43 页

《“新乐府运动”种种》罗宗强《光明日报》1985 年 11 月 19 日

《关于白居易及其诗作的两个问题》张立名《湘潭师专学报》1985 年增刊，第 119～122 页

《论白居易反映妇女问题的诗》徐国苓《曲靖师专学报》1985 年第 1 期，第 69～73 页

《白居易诗歌中的下层妇女形象》顾雪松《贵州文史丛刊》1985 年第 1 期

《白居易诗歌的人民性》孙兰廷《语文学刊》(内蒙古师范大学) 1985 年第 3 期，第 31～33 页

《“与君都盖洛阳城”：白居易与洛阳》吉贤林《洛阳师专学报》1985 年第 1 期，第 81～82 页

《白居易故里考释》左忠诚《文博》1985 年第 4 期，后收入《白居易研究》左忠诚主编，渭南白居易研究会内部印刷，1989 年

《倾国倾城：杨贵妃和埃及女王的形象比较》方舟《文艺研究》1985 年第 2 期

《陈寅恪先生对唐代文学研究的贡献》胡守为，中国唐代文学学会编《唐代文学研究年鉴 1984》，陕西人民出版社，1985 年 6 月；又收入张杰、杨燕丽选编《解析陈寅恪》，社会科学文献出版社，1999 年 9 月

长恨歌

《堪与〈长恨歌〉媲美的史诗：〈秦妇吟〉》秦方瑜《西南民族大学学报》1985 年第 3 期

《〈长恨歌〉主题新探》李家宝《荆州师专学报》1985 年第 1 期，第 61 页

《从〈欢喜国王缘〉变文看〈长恨歌〉故事的构成：兼述〈长恨歌〉与佛经文学的关系》陈允吉《复旦学报》1985 年第 3 期，第 142 页；《中国古代、近代文学研究》(人大复印报刊资料)1985 年第 12 期，79 页，后收入其《唐音佛教辨思录》(上海古籍出版社，1988 年 9 月)；《唐诗中的佛教思想》(台北：商鼎文化出版社，1993 年 12 月)。智按：陈允吉又有《〈长恨歌〉与〈目莲变〉》，南京大学 1990 年唐代文学国际学术讨论会论文

《〈长恨歌〉因何而作》辛雷《文史知识》1985 年第 2 期，第 104 页

《关于〈长恨歌〉主题思想的讨论》，《文史知识》1985 年第 5 期，第 100 页

1)也缘批讽也缘情(于长洪、刘光牛)

2)应识深情“长恨”中(霍巨燃、李雪竹)

3)此恨绵绵何由得(李玉鹏、姚文辉)

《杨贵妃与李夫人》金性尧《书林》1985 年第 1 期，第 54~55 页

《漫谈〈长恨歌〉修辞及其它》张秀勤《中国古代文学论丛》(湖南师范大学学报增刊)1985 年第 1 期，第 64~70 页

《关于白居易〈长恨歌〉的评价》韩桓德《辽宁大学学报》1985 年第 2 期，第 59~63 页

《白居易〈长恨歌〉析》刘伯阜《医古文知识》1985 年第 3 期

《〈长恨歌〉的创作心理与创作契机》钟来因《江西社会科学》1985 年第 3 期，第 35~79 页；《中国古代、近代文学研究》(人大复印报刊资料)1985 年第 12 期，第 74 页

《关于〈长恨歌〉主题的争鸣》晓风《语文导报》1985 年第 6 期，第 79 页

《童子解吟长恨曲：〈长恨歌〉简析》陈祖美《中文自修》1985 年第 7 期

《〈长恨歌〉新解》黄永年《文史集林》1985 年 4 月，又收入其《树新义室笔谈》，上海书店，2000 年 9 月，第 178~189 页

《“夕殿萤飞思悄然”句的来源及其他》史美珩《浙江师范学院学

报》1985 年第 1 期，第 18 页

《〈长恨歌〉解说》纪作亮《教学参考》(安徽) 1985 年第 3 期，第 60 页

《一曲哀怨缠绵的恋歌：白居易〈长恨歌〉解析》李如鸾《古代诗文名篇赏析》，北京出版社，1985 年 6 月，第 110 页

《白居易〈长恨歌〉主题辨》李友仁《教学研究》(山东德州师专) 1985 年第 1 期，第 12 页

《论〈长恨歌〉》(一) 李可风《教学与管理》1985 年第 2 期，第 29 页

《论〈长恨歌〉》(二) 李可风《教学与管理》1985 年第 3 期，第 77 页

《论〈长恨歌〉》(三) 李可风《教学与管理》1985 年第 4 期

《"美""刺"并融的千古绝唱：初探〈长恨歌〉"恨"的复杂性》祁东升《盐城师专学报》(社科) 1985 年论文选，第 107 页

《〈源氏物语〉与〈长恨歌〉》(日) 丸山清子(丸山キヨ子) 著，申非译，收入《〈源氏物语〉与〈白氏文集〉》，国际文化出版公司，1985 年 5 月，第 119 页

《唐代传奇中的史笔：杂谈陈鸿的〈东城老父传〉与〈长恨传〉》白慧《社会科学》(甘肃) 1985 年第 1 期

《一篇长恨有风情：白居易〈长恨歌〉浅析》傅仕彬《自贡教育学院院刊：综合版》1985 年第 2 期，第 78~81 页

《关于〈长恨歌〉主题》蹇长春《唐代文学研究年鉴 1984》，陕西人民出版社，1985 年 6 月

《在写〈长恨歌〉的地方》毛锜《小说导报》1985 年第 7 期，又收入其《听雪记》，上海文艺出版社，1988 年 7 月，第 186~191 页；《黄河揽胜》，西安：未来出版社，1989 年 4 月，第 119~130 页

琵琶行

《白居易〈琵琶行〉中的音乐美：兼论白居易的音乐美学思想》金学智《学术月刊》1985 年第 7 期

《〈琵琶行〉艺术特色新探》徐敏《北京师范大学学报》1985 年第 1 期

《谈〈琵琶行〉的“蒙太奇”手法》吕崇龄《昭通师范高等专科学校学报》1985年第1期

《悲韵谱凄情：〈琵琶行〉音乐描写与琵琶女身世的内在关系浅见》邹德祥《语文学习》1985年第3期

《谈〈琵琶行〉的意境》王林书《名作欣赏》1985年第3期

《〈琵琶行〉中的琵琶女不是妓女》杜兆彬《殷都学刊》(安阳)1985年第3期

《“以江月为文澜”：〈琵琶行〉的暗线》张汉清、方强《宁夏教育学院学报》1985年第4期

《〈琵琶行〉新析》倪风峨《中国古典文学鉴赏》1985年5月

《“幽烟泉流水下难”考释》何世英、陈斌《唐代文学论丛》第6辑，陕西人民出版社，1985年8月，第221~222页

《关于文言文中某些疑难词语的解释问题·滩》郭在贻《训诂丛稿》，上海古籍出版社，1985年12月

《〈琵琶行〉的主题与艺术》谷雨《中文自修》1985年第7期

《白居易诗中的“瑟瑟”：兼与〈“秋瑟瑟”指秋风质疑〉商榷》余文佐《语文教学之友》1985年第12期

《〈琵琶行〉中三次写月》孙明志《中学语文》1985年第9期

《善才·乐师·伶人》吴航斌《语文教学通讯》1985年第9期。智按：《琵琶行》

《谈〈琵琶行〉的琵琶曲》刁九国《师范教育》1985年第1期

《袁江〈琵琶行诗意画〉试析》吴焕章、杨清秀《中原文物》1985年第1期

其他作品

《野火烧不尽，春风吹又生：说白居易的〈赋得古原草送别〉》霍松林《文史知识》1985年第1期，第29~33页

《别有新意和特色的一首送别诗：读白居易〈赋得古原草送别〉》陈稚欣《台州师专学报》1985年第2期

《一首长题古诗》草禺《杭州日报》1985年1月18日

《〈长相思〉“深画眉”一词并非白居易的作品》冬子(吴企明)《社会科学战线》1985年第1期，第62页，又收入其《唐音质疑录》(上海

古籍出版社，1986 年 2 月），题为《诗林小缀　五、长相思“深画眉”实非白居易词》

《动人心弦的爱情婚姻悲剧：白居易〈井底引银瓶〉赏析》刘学锴《中国古典文学鉴赏》1985 年 4 月

《略谈〈卖炭翁〉的人物描写：兼与〈路遇白头翁〉一诗浅较》李继荣、宋杰《玉林师专学报》1985 年第 1 期。按：《路遇白头翁》，日本管道原真诗

《怀中有可抱，何必是男儿：读白居易〈小岁日喜谈氏外孙女满月〉》子午《浙江日报》1985 年 2 月 17 日

《借物喻理，卒章显志：读白居易〈养竹记〉》金予《语文学习》1985 年第 3 期，第 45~47 页

《争得大裘长万丈：读白居易诗〈新制绫袄成，感而有咏〉》夏肇隆《实践》（呼和浩特）1985 年第 6 期

《从动态中捕捉盎然的春意：白居易〈钱塘湖春行〉小析》王建军《语文教学与研究》（华中师范学院）1985 年第 4 期，第 8~9 页

1986 年

《近年来对元稹和白居易的评价问题讨论综述》陈书录、胡腊英《文史知识》1986 年第 12 期，第 113~115 页；又收入《文史知识》编辑部编《古典文学研究动态》，中华书局，1993 年 3 月

《杜牧对元白诗的态度》寇养厚《文史哲》1986 年第 5 期，第 75~79 页

《从元白体说到方法论》其心《光明日报》1986 年 2 月 25 日

《关于元白文学成就和“新乐府运动”的争鸣》王锡九《语文导报》（杭州大学中文系）1986 年第 12 期，第 36~39 页

《新乐府诗派与新乐府运动：关于白居易评价的一个问题》蹇长春《西北师范学院学报》1986 年第 4 期，第 30~44 页

《从〈与元九书〉看白居易诗论之失》杨克兴《长春师范学院学报》1986 年第 2 期，第 54~58 页

《白居易的新乐府不能一概否定》苏者聪《南充师范学院学报》1986 年第 4 期，第 42~44 页

《略谈〈白氏六帖事类集〉、〈白孔六帖〉和〈六帖补〉》刘叶秋《古籍整理出版情况简报》1986 年第 5 期

《浅论白氏六帖事类集》王有朋《华东师范大学学报》1986 年第 1 期，第 54~58 页

《其事核而实，其刺允而当：对陈寅恪关于白居易〈蛮子朝〉一诗笺证的异议》龙凤祥《文史知识》1986 年第 11 期，第 110~112 页

《白居易评价之我见：兼与裴斐、王启兴先生商榷》王春庭《江西社会科学》1986 年第 4 期，第 99~101 页

《白诗笺证拾零：兼论注家“释事忘意”及唐代贬官制度种种》顾学颉《河北师范学院学报》1986 年第 1 期

《白居易讽谕诗论浅说》侯光存《安徽教育学院学报》1986 年第 1 期，第 66~69 页

《白居易讽谕诗的产生与风格》张田《河北学刊》(石家庄)1986 年第 2 期，第 87~90 页

《白居易〈讽谕诗〉的现实内容》王秉钧《中文自学指导》1986 年第 5 期

《政治功利与白居易新乐府》谢孟《学习与探索》(哈尔滨)1986 年第 4 期，第 112~113 页

《白居易的现实主义诗歌理论》潘世秀《中文自学指导》1986 年第 5 期

《白居易的诗歌理论和诗歌创作》王昌猷，收入其《意境　风格流派》，广东人民出版社，1986 年 7 月，第 144~158 页

《白居易的诗论》程述之《河北大学学报》1986 年第 1 期

《元白次韵诗新探》卞孝萱，《汉唐文史漫论》，陕西人民出版社，1986 年 5 月

《白居易的寓言体诗》周乃昌，《汉唐文史漫论》，陕西人民出版社，1986 年 5 月

《白居易七绝诗遭遇冷落探因》房开江《贵州大学学报》1986 年第 2 期，第 31~37 页

《牛李党争与白居易诗歌创作》魏昌等《荆州师专学报》1986 年第 3 期

《白居易与徐州及燕子楼诗》韩维钧《文史论坛》(徐州教育学院)1986年第3期

《浅论白居易闲适诗的积极意义》朱宏恢《徐州师范学院学报》1986年第4期，第35~39页

《白居易送姚杭州赴任因思旧游二首诗考释》朱金城《唐代文学论丛》第七辑，陕西人民出版社，1986年1月，第198~302页

《〈白氏长庆集〉校〈全唐诗〉札记》朱金城《唐代文学论丛》第8辑，陕西人民出版社，1986年12月，第114~148页

《"无"、"之"小议》望之《唐代文学论丛》第8辑，陕西人民出版社，1986年12月，第259页

《智慧的技巧的文学：关于元白唱和诗的诸种形式》，前川幸雄撰，原载中国古典研究会编《中国文学的世界》第五集，日本笠间书院，1981年5月，马歌东摘译，《陕西师范大学学报》1986年第4期，第118~126页，又收入《日本白居易研究论文选》马歌东译，三秦出版社，1995年12月

《"胸中十年内，消尽浩然气"：略论划分白居易思想前后期之分界线》王谦泰《宁夏教育学院学报》(银川)1986年第2期，第66~70页

《白居易蜀中生活考略》王拾遗《西部论坛》(新疆昌吉师专、昌吉教育学院)1986年第3期，第19~29页

《论白居易的思想》许可《河北师范学院学报》1986年第4期

《也谈白居易的诗歌理论与实践》刘军《呼兰师专学报》1986年第4期，第34~39页

《韩愈与白居易》路剑《江西师范大学学报》1986年第3期，第48~54页

《白居易音乐美学思想初探》张健永《吉首大学学报》1986年第1期

《白居易音乐思想评析》李雄飞《交响——西安音乐学院学报》1986年第3期

《渭南地区人物志：中唐大诗人白居易》尹天相《渭南师专学报》1986年第2期，第78~82页

《略论白居易散文》黄忱中《城市改革理论研究》1986 年第 1 期，第 71~73 页

《白居易在渭南》段国超、柏峰《洛阳师专学报》1986 年第 2 期，第 73~76 页

《白居易在洛阳》张若愚《中州今古》(郑州)1986 年第 1 期，第 33~34 页

《白居易在忠州》吴应发《写作与学习》1986 年第 6 期

《白居易诗歌中的心理描写》曲贵良《辽宁教育学院学报》1986 年第 1 期，第 44~46 页

《关于白居易》吉川幸次郎著、李庆译，收入吉川幸次郎著、章培恒等译《中国诗史》，安徽文艺出版社，1985 年 12 月

《大诗人白居易像和手迹》《渭南师范学院学报》1986 年第 2 期

《浅议白居易的伦理道德观》王玉恩《道德与文明》1986 年第 2 期

《白居易富国安民的管理思想》汪圣铎，收入《中国古代管理思想》，企业管理出版社，1986 年 10 月

《白居易诗论略》《谈白居易的自责诗》《论白居易抒情诗的艺术特色》黄邦君，收入其《诗艺探索》，贵州人民出版社，1986 年

长恨歌

《〈长恨歌〉主题臆说》齐树德《中州学刊》1986 年第 1 期，第 81 页

《形象大于思想的适例：也谈〈长恨歌〉的主题思想》雨辰《郑州大学学报》1986 年第 2 期，第 85 页

《〈长恨歌〉和〈长恨歌传〉是揭露皇家秘闻的谜语吗?》朱碧莲《上海教育学院学报》1986 年第 4 期

《谈〈长恨歌〉的英译》吴啸风《青海师范大学学报》1986 年第 1 期

《一篇长恨有风情：谈〈长恨歌〉的艺术美》施建忠《语文园地》1986 年第 4 期

《〈长恨歌〉是讽谕诗吗?》胡格非《克山师专学报》1986 年第 4 期

《论〈长恨歌〉》霜松林《〈大学语文〉(修订本)教学辅导》语文出版社，1986 年 4 月

《〈长恨歌〉主题之浅见》顾竺《徐州师院学报》1986 年第 4 期

《〈长恨歌〉的主题：评马茂元、王松龄的论〈长恨歌〉的主题思想》姚传彬《武汉冶金管理干部学院院刊》1986年第4期

《〈长恨歌〉的悲剧意蕴》林家英《中文自学指导》1986年第4期

琵琶行

《〈琵琶行〉与白居易的音乐美学》姚兴元《辽宁电大学报》1986年第1期

《白居易〈琵琶行〉诗考释》许志修《广州师范学院学报》1986年第2期，第56~59页

《"钿头银篦击节碎"如何解释》单稚琛《语文园地》1986年第4期

《略说"琵琶女"的三重悲剧意义》倪文渊《四川师大学报》1986年第4期

《〈琵琶行〉中的"暂"字》袁渝生《语文园地》1986年第4期

《谈〈琵琶行〉中的语音象征》李正平《萍乡教育学院学报》1986年第4期

《白居易的商业思想与〈琵琶行〉的主题》沈端民《邵阳师专学报》1986年第4期

《谈〈琵琶行〉中的歌女形象》蒋兆祥《思茅师专学报》1986年第4期

《千古第一音乐诗：谈〈琵琶行〉中的音乐形象描写》王瑞新《伊犁师院学报》1986年第4期

《一曲琵琶说到今》林从龙等《中学语文教学》1986年第3期

《"以江月为文澜"：〈琵琶行〉暗线》张汉清等《宁夏教育学院学报》1986年第3期

《〈琵琶行〉证笺》周建忠《黔南民族师专学报》1986年第3期

《试谈〈琵琶行〉的语言艺术》王智敏《石家庄市教育学院学报》1986年第3期

《"寻声暗问弹者谁？琵琶声停欲语迟"新释并辨正》柳更环《石家庄市教育学院学报》1986年第3期

《青衫湿泪，同是天涯：白居易〈琵琶行〉讲解》李如鸾《古代诗文名篇赏析》1986年第3期

《〈琵琶行〉结构艺术新探》刘业超《湘潭大学学报》（哲学社会科

学版）1986年第2期

其他作品

《"天下清景"的审美发现：白居易〈暮江吟〉赏析》吕美生《文史知识》1986年第9期，第36~38页

《养鱼事业的赞歌：读白居易〈开池养鱼〉》徐英杰《中国水产》1986年第5期

《读白居易〈村夜〉诗》刘伊丽《石家庄市教育学院学报》1986年第3期，第21页

《〈钱塘湖春行〉赏析》项小米《艺谭》1986年第2期

《一从深色花，十户中人赋：白居易〈买花〉赏析》师长泰《开拓》1986年第3期

1987年

《关于白居易诗盛传当时的一些问题》李嘉言《李嘉言古典文学论文集》，上海古籍出版社，1987年3月

《论唐代的古题乐府》商伟《文学遗产》1987年第2期

《唐代四大诗人》林庚，收入其《唐诗综论》第144~154页（人民文学出版社，1987年4月），论述唐代四大诗人之一白居易时涉及元稹

《白居易的诗歌理论和他的讽谕诗》丁晓昌《中文自学指导》（华东师范大学中文系）1987年第11期，第7~8页

《白居易妇女观管窥》蔡正发《云南民族学院学报》1987年第1期，第69~74页；《古今艺文》第20卷第4期，1994年8月，第4~11页

《白居易妇女诗婚姻观探索》刘兴《湖南师范大学社会科学学报》1987年第5期，第89~93页

《暗宵一盏灯，群山一奇峰：谈白居易的妇女观》魏维节《徐州教育学院学报》1987年第2期，第11~14页

《白居易诗歌语言中的口语音》池曦朝、张传曾《泰安师专学报》1987年第3期

《白居易诗词的语言运用和形象描绘》郭鸿珠《承德民族师专学

报》1987 年第 2 期，第 87~89 页

《论白居易的寓言诗》马云辉《湖南教育学院学报》1987 年第 4 期

《白居易的钱荒理论及货币流通思想》国应升《中南财经大学研究生学报》1987 年第 4 期，第 108~113 页

《白居易闲适诗新探》杜纯粹《中国文学研究》1987 年第 1 期

《浅论白居易的闲适诗》曹治邦《贵州文史丛刊》1987 年第 3 期，第 123~129 页

《白居易由中书舍人出刺杭州辨：白居易思考之一》谭青《成都大学学报》1987 年第 3 期，第 49~51 页

《论白居易与道教》钟来因《江海学刊》1987 年第 4 期，42~48 页

《白居易的人口思想》解学东《史学月刊》1987 年第 6 期，第 24~27 页

《谈白居易功利主义诗歌主张的两重性：兼与罗宗强先生商榷》欧阳忠伟《上海师范大学学报》1987 年第 3 期，第 12~17 页

《白居易持三长月斋诗事小考》曹汛《文史》第 27 辑，第 144 页。按《关于白居易三长月持斋事》马斗全《文史》第 37 辑，第 254 页

《元白新乐府与汉乐府联系的再认识》单书安《陕西师范大学学报》1987 年第 3 期，第 81~89 页；《中国古代、近代文学研究》(人大复印报刊资料)1987 年第 11 期，第 126~134 页

《元和体与元白诗》吴鹭山《中国韵文学刊》1987 年第 1 期(创刊号)

《1986 年白居易研究述评》杨恩成《陕西师范大学学报》1987 年第 3 期，第 97~101 页；《中国古代、近代文学研究》(人大复印报刊资料)1987 年第 11 期，第 121~125 页

《白居易作品中的异读字浅析》国赫彤《南京师范大学学报》1987 年第 4 期，第 72 页

《意激而言质，思淡而辞迂：浅谈白居易的讽谕诗和闲适诗》谢丹月《中共浙江省委党校学报》(杭州)1987 年第 1 期，第 92~97 页

《试论白居易诗中六种老人形象》汤炳根《辽宁教育学院学报》1987 年第 4 期，第 33~37 页

《浅谈白居易的粹灵之气说》陈水根《江西社会科学》1987 年第 6

期，第127~128页

《从及第为官到贬江州司马前的白居易》杨民苏《昆明师专学报》1987年第2期，第63~70页

《白居易的净土归宿》李醒华《广东民族学院学报》1987年第1期，第95~98页

《白居易的商品流通思想》万安培《商品流通论坛》1987年第6期，第44~45页

《白居易名句的联想：浅谈浙江旅游资源的利用和开发》沭定祯《浙江日报》1987年5月11日

《读〈白香山集〉辑白居易两任秘书省事略》张白影《图书馆》(湖南大学图书馆)1987年第3期

长恨歌

《〈长恨歌〉象征意蕴试析》宗小荣《成都师专学报》1987年第1期

《近年来〈长恨歌〉研究述要》朱振亚《鞍山师专学报》1987年第1期

《关于〈长恨歌〉〈长生殿〉的再思考》钱华《湖北教育学院学报》1987年第1期

《〈长恨歌〉主题浅议》赵作鹏《信阳师范学院学报》1987年第2期

《〈长恨歌〉主题新说》张碧波、吕世纬《中国文学研究》1987年第3期

《一曲长歌为谁"恨"：兼谈〈长恨歌〉的主题之争》张春宝《山西财经学院学报》1987年增刊第2期

《论白居易的〈长恨歌〉》刘开扬，收入其《唐诗论文集续编》，上海古籍出版社，1987年5月

《此恨绵绵无绝期：谈谈贵妃杨玉环及其形象演变》马晓光《文史知识》1987年第9期

《〈圆圆曲〉的美刺主题：兼与〈长恨歌〉比较》吴傅之、黄永健《西南师范大学学报》1987年第1期

《〈长恨歌〉之恨：兼谈白居易感伤诗的立体抒情性》赵继志《内蒙古电大学刊》1987年第2期

琵琶行

《白居易〈琵琶行〉二题》吴祁仁《宁夏大学学报》1987 年第 2 期，第 115~116 页

《〈琵琶行〉中“浮梁”新诠》杨本祥、吴兆华《唐代文学论丛》第 9 辑，陕西人民出版社，1987 年 3 月，第 226~228 页

《略谈〈陌上桑〉与〈琵琶行〉的差异》何友宝《宁波大学学报》(教育科学版) 1987 年第 4 期

《白诗〈琵琶行〉艺术构思之断想》王曙光《新疆师范大学学报》(哲学社会科学版) 1987 年第 4 期

《〈琵琶行〉中的音乐美》赵林祥《语文教学与研究》1987 年第 6 期

《〈琵琶行〉简析》冯复庆《信阳师范学院学报》(哲学社会科学版) 1987 年第 3 期

《〈琵琶行〉注释订补》刘继才，收入其《唐宋诗词论稿》，辽宁人民出版社，1987 年 11 月，第 200~202 页

其他作品

《千帆竞驶，万木争春——说〈酬乐天扬州初逢席上见赠〉兼及白居易赠诗》刘继才，收入其《唐宋诗词论稿》，辽宁人民出版社，1987 年 11 月，第 193~199 页

《言浅而深，用常得奇》王世德《名作欣赏》1987 年第 6 期。智按：白居易《初入太行路》赏析

《白居易〈感情〉一诗略说》汪新《辽宁师范大学学报》1987 年第 5 期，第 60~61 页

《关于白居易的〈五亭记〉》陆联甫《杭州师范学院学报》1987 年第 2 期，第 14 页

《白居易〈花非花〉试释》黄钺《云南民族学院学报》1987 年第 1 期，第 75 页

《略论白居易〈轻肥〉的艺术特色》张炳卿《社会科学家》1987 年第 6 期，第 50~51 页

《人心悦，天意从：介绍唐代诗人白居易〈贺雨〉诗》阳阳《沈阳日报》1987 年 11 月 2 日

《试论白居易的〈禽虫十二章〉》花房英树著，滕颖译《社会科学战

线》1987 年第 1 期，第 262~264 页

1988 年

《不讲唯物辩证法，谈不上观念更新：白居易被过分贬抑后的思考》朱安群《文学研究丛刊》第 5 辑，上海社会科学院文学所编，上海社会科学出版社，1988 年 12 月

《白居易诗歌理论的再认识》霍松林《河南社联》1988 年第 1 期

《论白居易的诗歌理论及其创作实践》倪卫平《上海海事大学学报》1988 年增刊第 1 期

《试论白居易的诗评论》张汉清、方弢《大理师专学报》1988 年第 1 期

《白居易的诗论》黄宗谷《大理师专学报》1988 年第 1 期

《试论白居易诗歌理论及创作的矛盾变化》周彪《扬州师范学院学报》1988 年第 1 期，第 95~100、94 页

《简论白居易讽谕诗的斗争性和人民性》贾永生《廊坊师专学报》1988 年第 1 期

《略论白居易诗歌创作理论的性质特征及其意义》朱寿兴《学术论坛》1988 年第 3 期

《白居易讽谕诗价值新探》杨传连《安徽教育学院学报》1988 年第 2 期

《从白居易张籍的酬唱诗看他们的交往》朱宏恢《徐州师范学院学报》1988 年第 2 期

《白居易早期的社会思想：〈策林〉述评》朱继琢《广东社会科学》1988 年第 2 期

《论白居易的赋税思想》王正、李景祥《黑龙江财专学报》(哈尔滨商业大学)1988 年第 1 期

《白居易乐舞诗初探》陆家桂《盐城师专学报》1988 年第 3 期

《试论白居易咏老诗》陈作林《北方论丛》(哈尔滨师范大学)1988 年第 5 期，第 85~91 页

《“贞元双帝子”到底指哪两个人?》于景祥《社会科学辑刊》1988 年第 5 期

《论白居易诗歌对日本平安时期文学的影响》邵毅平《上海教育学院学报》1988 年第 3 期

《白居易词辨》施蛰存《词学》第 6 辑，华东师范大学出版社，1988 年 7 月，第 152~153 页

《试论白居易的自分诗类》杨民苏《昆明师专学报》1988 年第 4 期，第 20~25 页；《中国古代、近代文学研究》(人大复印报刊资料) 1989 年第 4 期

《刘禹锡改削白居易》川三《成都师专学报》1988 年第 1 期

《试论杜牧与元白的公案》吴在庆《厦门大学学报》1988 年第 1 期，第 58~64 页

《元稹白居易通江唱和真相述略：〈元稹年谱〉献疑之十一》吴伟斌《苏州大学学报》1988 年第 2 期，第 48~53 页

《诗篇遗爱留吴中：白居易与苏州》高树森《苏州大学学报》1988 年第 3 期，第 62~64 页

《诗歌合为事而作：从〈买花〉看白居易的创作主张》于平《文科月刊》1988 年第 12 期，第 15 页

《从〈新东府序〉到〈序洛诗〉：关于白居易思想的转变》王毅《洛阳师专学报》1988 年第 4 期，第 47~52 页

《白居易自我调节机制的实现》林继中《山东大学学报》1988 年第 4 期，第 76~83 页，又收入其《诗国观潮》，福建教育出版社，1997 年 1 月；修改本又见其《文化建构文学史纲》，海峡文艺出版社，1993 年 5 月

《试论白居易的崇佛》马斗尼《五台山研究》1988 年第 4 期，第 26~30 页

《无声：白居易一个重要的音乐范畴观》郑锦扬《人民音乐》1988 年第 3 期

《“吟咏流千古，声名动四夷”：读白居易的诗歌》张静江《江南诗词季刊》1988 年第 4 期

长恨歌

《主观动机与客观艺术效果相矛盾的杰作：〈长恨歌〉主题试探》郭象《邢台师专学报》1988 年第 2 期

《人生长恨水长东：〈长恨歌〉主题新探》刘业超《湘潭大学学报》1988年第2期

《〈长恨歌〉主题辨》李绪恩《青岛职业技术学报》1988年第1期

《从作家心理结构看〈长恨歌〉的主题》许树慈《安顺师专学报》1988年第2期

《试论〈长恨歌〉的情感魅力》唐仁君《绵阳师专学报》1988年第2期

《用精神分析原理看〈长恨歌〉的主题》林祥正《济宁师专学报》1988年第3期

《〈长恨歌〉审美意蕴探微》万奇《语文学刊》1988年第3期

《也论白居易〈长恨歌〉的主题》刘戈《怀化学院学报》1988年第1期；又收入其《幽怨起骚人》，中国文联出版社，2003年7月，第231~240页，题为《也论〈长恨歌〉的主题》

《试论〈长恨歌〉的悲剧实质》刘戈《怀化师专学报》1988年第3期，又收入其《幽怨起骚人》，中国文联出版社，2003年7月，第241~248页

《论〈长恨歌〉主题及其复杂性形成的内在机制》(一)向彪《怀化师专学报》1988年第3期

《〈长恨歌〉主题的商榷》贾恩洪《沈阳师范学院学报》1988年第4期

《爱情是表象，怀盛世是本质：谈〈长恨歌〉的主题思想》尹聚仁《固原师专学报》1988年第4期

《"宛转娥眉马前死"笺注指误》傅如一《唐代文学研究》第1辑，陕西人民出版社，1988年3月，第452~455页

《〈长恨歌〉〈长生殿〉新绎》钱华《文学评论》1988年第1期。(智按：《关于〈长恨歌〉〈长生殿〉的再思考》钱华《湖北教育学院学报》1987年第1期)

《〈长恨歌〉与〈忆真妃〉比较研究》孙桂春《人文杂志》1988年第1期

《从白居易〈长恨歌〉说到昆剧〈长生殿〉》陈汝衡《扬州师范学院学报》1988年第3期，第60~63页

《诗的传奇，失落的心：〈长恨歌〉〈琵琶行〉的创作艺术》董天策《晋阳学刊》1988 年第 4 期

《〈长恨歌〉两种英译比较与评议》刘以焕《外语学刊》1988 年第 3 期

《对君王的讽谏：也探〈长恨歌〉的主题》徐友松《丽水师范专科学校学报》1988 年增刊第 1 期

《帝妃之形貌，常人之爱情：由情节结构看〈长恨歌〉的主题》朱安义《昭通师范高等专科学校学报》1988 年增刊第 1 期

《〈长恨歌〉为什么不称"长怨歌"：闺怨诗中"怨"与"恨"语义辨析》松浦友久撰，刘维治译《辽宁广播电视大学学报》1988 年第 3 期；《丹东师专学报》1991 年第 3 期

琵琶行

《〈琵琶行〉本事真伪辨略》王文龙《盐城师专学报》1988 年第 1 期

《从〈琵琶行〉看白居易感伤诗的审美价值》吕孝龙、李丽芳《云南师范大学学报》1988 年第 1 期

《白居易〈琵琶行〉中关于音乐的描写》于大中《齐齐哈尔师专学报》1988 年第 2 期，第 41~44 页

《关于〈琵琶行〉的音乐描写》张鹊熊《浙江学刊》1988 年第 2 期

《千古第一音乐诗；白居易〈琵琶行〉艺术论》初旭《辽宁教育学院学报》1988 年第 2 期，第 49~55 页

《千古第一音乐诗——白居易的〈琵琶行〉》刘兰《天津音乐学院学报》1988 年第 3 期

《白居易江州诗的主旋律再探；兼谈〈琵琶行〉的主体意识》周冕章《湖南教育学院学报》1988 年第 1 期，第 48~52 页

《白居易〈琵琶行〉创作初探：为教学〈琵琶行〉提供资料》王树范《齐齐哈尔师范学院学报》1988 年第 1 期，第 28~32 页

《论唐诗中的音乐形象美》郝孝忠《四川理工学院学报》（社会科学版）1988 年第 2 期。智按：《琵琶行》

其他作品

《评白居易〈新乐府〉中的"边塞诗"》陈祖美，收入西北师范学院学报编辑部，西北师范学院中文系编《唐代边塞诗研究论文选粹》（中

国唐代文学学会第二届年会)，1988 年，第 311~323 页

《〈坎曼尔诗笺〉馍字辨》廖泽余《中国语文天地》1988 年第 6 期

《〈坎曼尔诗签〉新探》钱伯泉《文物》1988 年第 11 期

1989 年

《战后日本白居易研究概况》下定雅弘《西北师范大学学报》1989 年第 4 期，第 15~20 页；《西北师范大学学报》1989 年第 5 期，第 29~36 页[《日本的白居易研究(以战后为中心)上：〈文集〉的校勘及讽谕诗·〈长恨歌〉研究》，《帝冢山学院大学研究论集》第 23 集，1988 年 12 月；《日本的白居易研究(以战后为中心)下：关于闲适诗·诗风的变化·思想等研究》，帝冢山学院大学国际文化学科 *PACIFICA* 创刊号，1989 年 3 月]

《白居易的游踪及旅游散文》傅素莲《海南师范学院学报》1989 年第 4 期

《白居易的咏史诗》杨民苏《昆明师专学报》1989 年第 1 期，第 28~34 页

《白居易〈新乐府〉、〈秦中吟〉以外的讽谕诗》杨民苏《昆明师专学报》1989 年第 2 期，第 56~64 页

《白居易诗论的性质和历史贡献》荆立民《济宁师专学报》1989 年第 2 期

《白居易新乐府新探》阮卫《江汉大学学报》1989 年增刊

《历史链条上关键的一环：为白居易新乐府诗论一辩》郭自强《西北师范大学学报》1989 年第 4 期，第 9~14 页

《自然园林式的山居别业：白居易“庐山草堂”》黄润祥《争鸣》1989 年第 2 期

《白居易为何荐徐凝而抑张祜》吴在庆《文史知识》1989 年第 4 期，第 116~117 页

《死生契阔三十载，歌诗唱和九百章：试论元白唱和诗》梁德林《广西师范学院学报》1989 年第 2 期

《唐令舞考：兼论陈寅恪先生〈元白诗证稿史〉的文化阐释》姜伯勤，收入《纪念陈寅恪教授国际学术讨论会文集》，中山大学出版社，

1989年6月，第200~218页

《白居易的生活道路及其讽谕诗创作》郭鸿珠《承德民族师专学报》1989年第4期

《卅年辛苦不寻常：读〈白居易集笺校〉》傅璇琮《古籍整理出版情况简报》总第217期，1989年11月10日，后收入《唐代文学年鉴》1989—1990年合辑，广西师范大学出版社，1991年9月。又收入其《唐宋文史论丛及其他》，大象出版社，2004年10月，第229~234页

长恨歌

《歌颂多于讽谕的巨篇：白居易〈长恨歌〉赏析》可追《华东工学院学报》1989年第1期

《〈长恨歌〉主题之我见》黄德仁《兰州学刊》1989年第1期

《〈长恨歌〉讽刺说漫议》房日晰《南通师专学报》1989年第1期

《"此恨绵绵无绝期"：〈长恨歌〉"恨"意蠡测》李金坤《江苏教育学院学报》1989年第2期

《〈长生殿〉与〈长恨歌〉主题之比较》吴国钦《中山大学学报》1989年第2期

《〈长恨歌〉的创作动因及深层意蕴》黄世中《温州师专学报》1989年第2期

《谈白居易的〈长恨歌〉》庞梦周《语文学刊》1989年第2期，第10~11页

《娇姿艳质化为土，此恨长在无消期：由杨玉环的形象看〈长恨歌〉的主题》朱安义《昭通师范高等专科学校学报》1989年第2~3期

《白居易〈长恨歌〉赏析》应坚《中文自学指导》1989年第7期

《〈长恨歌〉的主题及创作意图》张殿臣《松辽学刊》(吉林师范大学)1989年第2期

《关于〈长恨歌〉讨论之我见》刘维治《辽宁大学学报》1989年第3期

《杜甫〈哀江头〉与白居易〈长恨歌〉比较》刘维治《社会科学辑刊》1989年第6期

《〈诗·卫风·硕人〉与〈长恨歌〉》逸峰《杭州师范学院学报》1989

年第2期

琵琶行

《谈白居易〈琵琶行〉》周义芳《中文自学指导》1989年第12期

《试析〈琵琶行〉中的月色描写》王立宪《佳木斯教育学院学报》1989年第3期

《谈〈琵琶行〉的音乐描写》吴平安《新疆艺术》1989年第6期

《〈琵琶行〉主角形象和结构特点》吴敬东《中文自学指导》1989年第7期

《"拨头"考》马斗全《文物世界》1989年第2期。智按：《琵琶行》

《唐代文学二题》阎子文《开封教育学院学报》1989年第3期。智按：《琵琶行》

其他作品

《一脉相承夜烛诗》田谷《阅读与写作》1989年第8期

《白居易〈古冢狐〉浅析》朱斌如《德州师专学报》1989年第3期，第23~26页

《骠国献乐与白居易〈骠国乐〉诗》秦序《音乐研究》1989年第4期，第50~55页

《白居易〈卖炭翁〉简析》施逵生《中文自修》1989年第5期

《〈坎曼尔诗签〉和吐谷浑人》钱伯泉《新疆日报》1989年7月22日

1990年

《白居易的自我剖析：中国文人的人生理想与处世之道》韩经太，收入其《心灵现实的艺术透视》，现代出版社，1990年2月

《韩愈古诗用韵考：兼与白居易古诗用韵比较》马重奇、李慧《陕西师范大学学报》1990年第1期，第71~78页

《白居易新论》郭晋稀《文学遗产》1990年第1期，第84~90页

《白乐天对虚美文风的批判》永都、全媛、正平《聊城师范学院学报》1990年第1期，第101~103页

《宋玉与白居易文学上的传承关系》王家星《学术论坛》1990年第2期，第48~51页

《略谈白居易的新乐府诗》高国藩《南京大学学报》1990 年第 1 期，第 94~97、103 页

《花开将尔当夫人：说白居易咏蔷薇诗》初旭《电大语文》1990 年第 1 期

《元白友谊及其文学史意义》李乃龙《南宁师专学报》1990 年第 1 期

《论白居易的乐舞诗和他的乐舞美学观》傅正谷《山西师范大学学报》1990 年第 2 期

《谈白民易的妇女诗》李增林《思茅师专学报》1990 年第 2 期，第 23~28 页

《剩闲室杂谭：从白居易诗中探视老年心态及其它》碎石《龙门阵》1990 年第 5 期

《铺陈与反讽：白居易讽谕诗的艺术手法》肖天秀《中文自学指导》1990 年第 10 期

《白居易词辨》亚平《古典文学知识》1990 年第 1 期，第 123~124 页。评价施蛰存《白居易词辨》，《词学》第 6 辑，华东师范大学出版社，1988 年 7 月，第 152~153 页

《衍白乐天词》(于)北山《词学》第 8 辑，华东师范大学出版社，1990 年 10 月，第 59 页

《论唐代无新乐府运动》周明《唐代文学研究》第 2 辑，广西师范大学出版社，1990 年 10 月，第 35~40 页

《谈刘禹锡的文学思想：兼论其与韩柳元白的关系》刘洪仁《四川教育学院学报》1990 年第 4 期，第 49~53 页

《刘禹锡、白居易唱和诗简论》熊飞《湖北大学学报》1990 年第 2 期，第 30~36 页

《谈白居易的妇女诗》李增林《思茅师范高等专科学校学报》1990 年第 2 期，第 23~28 页

《白居易〈燕子楼〉诗与关盼盼之死考辨》黄意海《福州师专学报》1990 年第 3 期，第 52~56 页

《白居易的货币思想述论》侯厚吉、万安培《中南财经大学学报》1990 年第 2 期，第 87~95 页

《白居易退居渭上时期的思想和作品》尹天相《渭南师范学院学报》1990 年第 2 期

《〈源氏物语〉与白居易：以文学论与审美情感模式为中心》王琢《现代日本经济》1990 年第 5 期

《白居易的造园活动及其园林思想——兼论洛阳履道坊白氏故里园》王铎《武汉城市建设学院学报》1990 年第 4 期；《国际白居易研究论文集》，中国洛阳白居易研究会编，银河出版社，2006 年 8 月

《论杜甫与白居易——中国古代两大文艺思想家》蔡尚思，收入其《中国古代学术思想史论》，广东人民出版社，1990 年 8 月，第 371~381 页。据 1935 年沪江大学出版《中国历代文艺文选》下编节出

长恨歌

《试析〈长恨歌〉主题的思想意义》曾建华《中南财经大学学报》1990 年专辑

《也谈〈长恨歌〉的主题——兼与靳极苍教授商榷》胡升再《常德师专学报》1990 年第 1 期

《在美与刺的和谐统一中的劝君：〈长恨歌〉主题试探》韩刚《唐都学刊》1990 年第 2 期

《〈长恨歌〉主题思想讨论会综述》梁瑜霞《唐都学刊》1990 年第 2 期

《出新意于法度之中：〈长恨歌〉与〈桐壶〉之比较》林永兴等《国外文学》1990 年第 2 期

《略论〈长恨歌〉的感伤意识》谢锡龄《扬州教育学院学报》1990 年第 2 期

《〈长恨歌〉与〈圆圆曲〉表现艺术琐谈》金志仁《名作欣赏》1990 年第 2 期

《〈长恨歌〉与佛道关系论述的新进展》唐音街《社科信息》(南京) 1990 年第 3 期。介绍台湾学者王梦鸥《〈长恨歌〉的结构与主题补说》一文，认为该文“全面探索了《长恨歌》与道教的关系”。王文中提出王质夫与白居易交情相当深，而且王质夫隐居于仙游山修道求仙，“从时间上看，《长恨歌》的创作，至多不晚于白、陈、王三人同游仙游山之后一二年。四川道士的神话，即杨通幽的故事，见《太平广

记》卷43。这神话源于唐玄宗避难的西蜀，王质夫后来死于梓潼，正邻近于杨通幽的乡里。王质夫相信神仙，相信道士的传说，并由他把这题材提供给了白居易，却不料这题材消化到诗人的脑子里，褪下了神秘色彩，仅剩下一种对爱情的执着感”

《两曲悲歌，千古魅力：〈长恨歌〉与〈李尔王〉阅读中读者同情现象试探》赵炎秋《中国文学研究》1990年第4期

《〈长恨歌〉是李杨爱情的颂歌吗?》谭木字《语文辅导》1990年第5期

《一篇长恨有风情：谈〈长恨歌〉的主题思想》梁永刚《语文辅导》1990年第5期

《〈长恨歌〉："风华掩映"的艺术特征》丁致中《中文自学指导》1990年第8期

《〈长恨歌传〉在中国古代文化中的位置和作用》周承铭《绥化师专学报》1990年第1期

《白居易〈长恨歌〉便览》伊君《集美师专学报》1990年第1期，第49~55页

《杳霭流玉，悠悠花香：杂谈〈长恨歌〉的艺术美》连波《殷都学刊》1990年第3期

《有声有情，可歌可泣：由艺术个性看〈长恨歌〉的主题》朱安义《昭通师范高等专科学校学报》1990年第3期

《古蝶在现代风中翩舞：品读洛夫的〈长恨歌〉兼与白居易同题诗比较赏析》戴达《名作欣赏》1990年第2期

琵琶行

《音乐与诗的结晶：论〈琵琶行〉》胡俊《贵州文史丛刊》1990年第1期

《〈琵琶行〉中的"阿姨"》金性尧《书林》1990年第2期，收入金文男编《金性尧集外文编》第3卷（1979—2007），中西书局，2013年8月，第234页

《〈琵琶行〉的音乐形象和音乐哲理》谢宗昆等《临沂师专学报》1990年第2期

《琵琶声是雕刀：对〈琵琶行〉音乐描写的再认识》周德仓《中学语

文教学参考》1990 年第 4~5 期

《白居易〈琵琶行〉的创作过程及其败笔》曾大兴《中南民族学院学报》1990 年第 5 期，第 93~99 页

《〈琵琶行〉的“形象类比”特色》黄汝授《中学语文》1990 年第 6 期

《〈琵琶行〉里酒味浓》殷寄寨《中学语文》1990 年第 7 期

《“弟走从军阿姨死”新解》葛崇烈《唐代文学研究》第 2 辑，广西师范大学出版社，1990 年 10 月，第 183~185 页。智按：句出《琵琶行》

《摹音绘声　异曲同工》方耀文、张道钦《郧阳师范高等专科学校学报》1990 年第 4 期。智按：《琵琶行》《听颖师弹琴》《李凭箜篌引》

《“歌”与“行”有别乎，无别乎：从〈长恨歌〉与〈琵琶行〉谈起》康甦《殷都学刊》(安阳师专) 1990 年第 2 期

其他作品

《痛定思痛，长歌当哭：读白居易〈效陶潜体诗十六首〉》王谦泰《吕梁学刊》1990 年第 1 期，第 59~63 页

《白居易〈骠国乐〉的寓意及其它：文史笔记之一》慕容文静《文艺学习》1990 年第 5 期，第 28~30、40 页

《直里有曲、喜中藏悲：白居易〈新丰折臂翁〉评赏》周先慎《古典文学知识》1990 年第 6 期

《诗文之辨和以文为诗：兼析韩愈、白居易、苏轼的三首记游诗》葛晓音，收入其《汉唐文学的嬗变》，北京大学出版社，1990 年 11 月，第 305 页

《情致曲尽，入人肝脾：白居易〈钱塘湖春行〉赏析》郑玛丽《语文学刊》(呼和浩特) 1990 年第 4 期，第 39~40 页

《谁家新燕啄春泥：白居易诗〈钱塘湖春行〉赏析》齐昌人《今日中国》1990 年第 6 期

《白居易〈鹦鹉〉诗鉴赏》谭家健，收入《白居易诗歌赏析集》，巴蜀书社，1990 年 4 月

《吐谷浑人在西域的历史——兼谈〈坎曼尔诗签〉的族属和价值》钱伯泉《新疆大学学报》1990 年第 2 期

1991 年

《苏轼所说的"元轻白俗，郊寒岛瘦"指的是什么?》吴小如《文史哲》1991 年第 7 期

《元、白诗简论》吴大逵《江西社会科学》1991 年第 4 期

《论白居易的人性观》荆立民《东岳论丛》1991 年第 3 期，第 98~103 页

《白居易婚前恋情详考》戴武军《山东师范大学学报》1991 年第 3 期，第 73~76、32 页

《白居易诗中的铜符》曾维华《上海师范大学学报》1991 年第 1 期

《"感事而发"与诉志咏情：白居易诗歌与音乐美学思想比较研究之一》李秀莲、田岛《渭南师专学报》1991 年第 1 期，第 15~20 页

《补察时政与畅情适性：白居易诗歌与音乐美学思想比较研究之二》李秀莲、田岛《青海民族学院学报》1991 年第 2 期，第 87~93 页

《白居易音乐美学思想研究》田岛、李秀莲《西北师范大学学报》(兰州)1991 年第 4 期，第 23~27 页

《论白居易咏物诗的人才思想》李德明《吴中学刊》1991 年第 2 期，第 28~33 页

《白居易诗学浅论》朱普明《合肥教育学院学报》1991 年第 3 期

《白居易诗歌理论述略》高国兴、庄鸿雁《呼兰师专学报》1991 年第 3 期，第 20~24 页

《白居易诗论杂谈》任俊潮《渭南师专学报》1991 年第 3~4 期，第 22~26 页

《怎样读白居易诗》朱金城《古典文学知识》1991 年第 5 期

《〈源氏物语〉与白居易诗歌》经美英《阅读与写作》1991 年第 5 期

《〈诗经〉精神对白居易诗歌创作的影响》史依纹《中文自学指导》1991 年第 6 期

《白居易和新乐府运动》鲁歌《内蒙古大学学报》1991 年第 1 期，第 49~52 页

《从"新乐府"辨析看所谓"新乐府运动"说》何林天《晋阳学刊》1991 年第 6 期，第 46~54、18 页

《从白居易讽谕诗的用韵看元和“魂”“痕”分用的现象》程垂成《河北大学学报》(保定)1991 年第 2 期，第 42~47 页

《白居易讽谕诗艺术特色探微》郭忆萱《唐山师专 · 唐山教育学院学报》1991 年第 1 期，第 28~31 页

《白居易讽谕诗艺术散论》张惠霖《南昌教育学院学报》1991 年第 3~4 期，第 32~34、31 页

《实践与依托：白居易讽谕诗说》高建中《中文自学指导》1991 年第 10 期，第 16~18 页

《讽谕诗和新乐府的关系和区别》王运熙《复旦学报》1991 年第 6 期，第 77~81 页；又收入其《汉魏六朝唐代文学论丛》增补本，复旦大学出版社，2002 年 5 月，第 449~457 页

《白居易文章被窃记》顾学颉《学林漫录》第十三集，中华书局，1991 年 5 月，第 263~266 页

《从白居易咏松诗看其思想性格的二重性》蔡正发《思茅师范高等专科学校学报》1991 年第 1 期，第 8~16 页

《白居易散文述略》蔡正发《云南民族学院学报》1991 年第 3 期；《古今艺文》1993 年 8 月，第 28~36 页

《白居易与日本平安朝文学》郭洁梅《文学遗产》1991 年第 4 期

《中国诗人白居易与日本文学中的唯美、感伤风格》詹志和，收入乐黛云主编《欲望与幻象：东方与西方》，江西人民出版社，1991 年；又载《文艺研究》1992 年第 4 期，第 44~53 页

《〈旧唐书 · 元稹白居易传论〉、〈新唐书 · 白居易传赞〉笺释》王运熙，收入复旦大学中国语言文学研究所编《中国语言文学研究的现代思考》，复旦大学出版社，1991 年 10 月

《白居易在长安》李民生《当代戏剧》1991 年第 4 期

《我看〈白居易在长安〉》温大勇《剧本》1991 年第 12 期，第 60~61 页

《追求诗意美的〈白居易在长安〉》雒社扬《中国戏剧》1991 年第 9 期，第 18~19 页

《在长安，居大不易：话剧〈白居易在长安〉观后感》谢欢《文艺报》1991 年 11 月 9 日

《论杜甫与白居易对李隆基、杨贵妃爱情认识的异同》任访秋《中州学刊》1991年第2期，第105~108页

《双白簃中留高韵：朱金城先生与李白、白居易研究》逸庵《古典文学知识》1991年第5期，第94~99页

《〈白居易不懂音乐〉读后》蔡政彦《中国音乐》1991年第4期。按：《白居易不懂音乐》李祥霆《明报月刊》1990年11月

《白居易与虎丘白公堤》郭铮《苏州教育学院学报》1991年第2期

长恨歌

《〈长恨歌〉爱情主题新说》张宁《四川职业技术学院学报》1991年第1期

《一篇长恨有风情：谈〈长恨歌〉》周啸天《成都师专学报》1991年第1期

《语重的诤词，情长的挽歌：漫说〈长恨歌〉的思想性》李重华《佳木斯师专学报》1991年第1期

《论〈长恨歌〉的思想与艺术》谷华《湖州师专学报》1991年第2期

《重读〈长恨歌〉札记》田长山《当代戏剧》1991年第2期

《略谈〈长恨歌〉主题的模糊性》梁万学《求是学刊》1991年第2期

《〈长恨歌〉为什么不称“长怨歌”：闺怨诗中“怨”与“恨”语义辨析》松浦友久撰，刘维治译《辽宁广播电视大学学报》1988年第3期；《丹东师专学报》1991年第3期

《从创作心理看〈长恨歌〉的主题》王一娟《山西大学学报》1991年第3期

《〈长恨歌〉主题辨》李绪思《武汉大学学报》1991年第4期

《也说〈长恨歌〉的主题》王湛强《语文辅导》1991年第4期

《〈长恨歌〉主题刍议》綦天桴《北方论丛》（哈尔滨师范大学学报）1991年第5期

《〈长恨歌〉主题新证》戴武军《求索》1991年第5期

《〈长恨歌〉：诗题与主题》姚梭《中文自学指导》1991年第5期

《〈长恨歌〉主题评议：兼论〈长恨歌〉悲剧意蕴的多层次性》蹇长春《西北师范大学学报》1991年第6期

《杨玉环的艺术形象及其历史本来面目：论〈长恨歌〉对杨玉环的

美化》张国光《江汉论坛》1991 年第 9 期

《〈长恨歌〉的新评价》罗继祖《文史知识》1991 年第 11 期

《三论白居易与道教：关于〈长恨歌〉与道教之关系》钟来因《江苏社会科学》1991 年第 6 期，第 81～85 页

《〈长恨歌〉与杨贵妃逃亡日本的传说》安源《内蒙古电大学刊》1991 年第 7 期

《也谈〈长恨歌〉的主题》蒋宝琴、浒可《中州大学学报》1991 年第 4 期

琵琶行

《白居易的被贬与〈琵琶行〉的心理描写》韩海玲《衡阳师专学报》1991 年第 1 期，第 100～102 页

《白居易诗〈琵琶行〉之我见》杨民苏《昆明师专学报》1991 年第 1 期，第 20～27 页

《吴伟业〈琵琶行〉与白居易〈琵琶行〉》竹村则行撰，朱则杰译《苏州大学学报》1991 年第 2 期，第 56～60 页。智按：《呉偉業「琵琶行」における「白居易」の「琵琶行」の受容》竹村则行《中国文学论集》(九州大学中国文学会)第 10 号，1981 年 11 月，第 146～177 页

《妙趣无穷，美不胜收：谈〈琵琶行〉中的音乐描写》尹积昶《语文月刊》1991 年第 2 期

《浅谈〈琵琶行〉的音乐形象》惠昆《德州师专学报》1991 年第 3 期

《〈琵琶行〉中"辞"字辩》徐惊尘《语文教学论坛》1991 年第 4 期

《浅谈白居易诗歌之音乐美》路美珠《大连大学学报》1991 年第 2 期。智按：《琵琶行》

其他作品

《〈坎曼尔诗笺〉辨伪》杨镰《文学评论》1991 年第 3 期，又收入丁东编《反思郭沫若》，作家出版社，1999 年 3 月，第 155～180 页；中国社会科学院文学研究所编《文学研究所学术论文选(1953—2003)》，中国社会科学出版社，2003 年 8 月，第 427～446 页

《对〈坎曼尔诗笺辨伪〉的疑问》高嵩《塞上文坛》1991 年第 4 期

《〈钱塘湖春行〉赏析》伊岚《学语文》1991 年第 6 期

《托物兴辞富于启迪：谈白居易〈有木・咏凌霄〉》荣国《阅读与写

作》1991 年第 6 期

1992 年

《杰出的现实主义诗人白居易》陆沁园、倪新宇《苏州教育学院学报》1992 年第 2 期

《白居易效陶诗漫论》尹天相《渭南师专学报》1992 年第 1 期，第 17~22 页

《漫议白居易经历和对讽谕诗创作的积极影响》郭鸿珠《唐山师专·唐山教育学院学报》1992 年第 1 期，第 17~20 页

《白居易晚年寓洛探源》昌炳兰《洛阳师专学报》1992 年第 2 期，第 32~36、50 页；《国际白居易研究论文集》，中国洛阳白居易研究会编，银河出版社，2006 年 8 月

《白居易洛阳履道坊故居考辨》王铎《河洛春秋》1992 年第 3 期

《浅谈白居易讽谕诗的人民性》张惠霖《江苏教育学院学报》1992 年第 1 期，第 39~42 页

《白居易与日本文学中的唯美伤感风格》詹志和《文艺研究》1992 年第 4 期

《有关坎曼尔诗签的若干史事》郭平梁《西域研究》1992 年第 2 期，第 69~77 页；《新疆日报》1992 年 8 月 10 日

《白居易：欲开壅蔽达人情》禹克坤，收入其《中国诗歌的审美境界》，中国广播电视出版社，1992 年 8 月，第 271~285 页（按，白居易《采诗官》："欲开壅蔽达人情，先向歌诗求讽刺。"）

《白诗研究的新进展》朱子由《思茅师专学报》1992 年第 2 期

《白居易三论》李兰、杜敏《阴山学刊》（包头）1992 年第 3 期，第 6~13 页

《"元和体"与中唐诗风》高国兴、庄鸿雁《齐齐哈尔师范学院学报》1992 年第 6 期

《白居易的诗歌社会功能观》李玲、孔焕周《洛阳师专学报》1992 年第 2 期，第 26~31 页；中国洛阳白居易研究会编《国际白居易研究论文集》，银河出版社，2006 年 8 月

《白居易的人生意识与文学实践》谢思炜《中国社会科学》1992 年

第 5 期，第 195~208 页

《白居易对中唐虚美文风的批判》荆立民《中州学刊》1992 年第 5 期，第 106~109 页

《暴露黑暗和歌颂光明：白居易对中唐虚美文风的批判及其他》荆立民《山东社会科学》1992 年第 2 期，第 52~56 页。按：《白乐天对虚美文风的批判》永都等《聊城师范学院学报》1990 年第 1 期

《试论白居易诗歌的艺术价值》朱金城《唐代文学研究》第 3 辑（南京大学中国唐代文学学会第五届年会暨唐代文学国际学术讨论会论文集 1990 年），广西师范大学出版社，1992 年 8 月，第 330~337 页

《论白居易的“闲居”：以洛阳履道里为主》西村富美子（1934—　）（日本爱媛大学），《唐代文学研究》第 3 辑（南京大学中国唐代文学学会第五届年会暨唐代文学国际学术讨论会论文集 1990 年），广西师范大学出版社，1992 年 8 月，第 322~329 页

《晚唐人对李、杜、韩、白的看法和评价》陈志诚（香港城市理工学院），《唐代文学研究》第 3 辑（南京大学中国唐代文学学会第五届年会暨唐代文学国际学术讨论会论文集 1990 年），广西师范大学出版社，1992 年 8 月，第 532~546 页

《〈源氏物语〉与白居易的诗歌》田德明《江汉大学学报》1992 年第 4 期，第 65~67、64 页

《风雅比兴外，未尝著空文：白居易诗论概述》毕万忱《学术研究丛刊》1992 年第 4 期，第 71~77 页

《白居易治国方略简论》牛春生《学术月刊》1992 年第 2 期，第 57~62 页

《试论白居易的犯罪论思想及其治世主张》范希望《人文杂志》1992 年第 5 期，第 91~94 页

《白居易〈策林〉与〈新乐府〉比较谈》刘曾遂，收入其《唐诗论稿》，杭州大学出版社，1992 年 9 月

长恨歌

《浅谈〈长恨歌〉矛盾性形成的原因》于成国《齐齐哈尔师范学院学报》1992 年第 4 期

《也谈〈长恨歌〉的主题思想》于季春、孙建华《黑龙江教育学院学

报》1992 年第 2 期

《角度和意义，所指和能指：白居易〈长恨歌〉赏析》王富仁《名作欣赏》1992 年第 3 期，第 4~11、38 页

《〈长恨歌〉主题争论若干问题之管见》张中宇《重庆教育学院学报》1992 年第 2 期

《〈长恨歌〉与〈梅妃传〉：历史与艺术的微妙冲突》张乘建《文学遗产》1992 年第 1 期

《管窥〈源氏物语〉的主题思想与〈长恨歌〉之关系》李志明《江汉大学学报》1992 年第 4 期

《〈长恨歌〉研究三题》王文龙《盐城师专学报》1992 年第 3 期

《谈〈长恨歌〉的叙述描写与抒情》王林书《韶关大学学报》1992 年第 3 期

《〈长恨歌〉在日本》安源《文史知识》1992 年第 8 期，第 111~115 页

《情海冤魂长恨歌》胡戟《炎黄春秋》1992 年第 6 期

《论杨贵妃艺术形象的社会性》李家祥《贵州民族学院学报》1992 年第 4 期

琵琶行

《关于〈琵琶行〉的创作：重点研究与杜甫的关系》[日] 入谷仙介，林娟娟译《漳州师范学院学报》1992 年第 3 期；又收入《唐代文学研究》第 5 辑(中国唐代文学学会成立十周年国际学术讨论会暨第六届年会论文集 1992 年)，广西师范大学出版社，1994 年 10 月，第 468~479 页

《一曲琵琶千古情——读〈琵琶行〉》陈遇春《北京师范大学学报(社会科学版)》1992 年第 3 期

《试比较〈琵琶行〉〈李凭箜篌引〉〈听颖师弹琴〉》马洪平《青年文学家》1992 年第 9 期

《谈〈琵琶行〉的景物描写》陈家忠《中文自修》1992 年第 11 期

《一弹再三叹，慷慨有余哀：白居易〈琵琶行〉声情臆解》郭象《沧州师范专科学校学报》1992 年第 4 期

《江中皓月情凄凄　水上琵琶绵绵恨——谈〈琵琶行〉中江月和琵

琶声对主题的烘托》徐定锴《丽水师范专科学校学报》1992 年第 1 期

其他作品

《魂系江南：读白居易〈忆江南〉（三首）》何永康《文史知识》1992 年第 8 期，第 74~75 页

《白居易〈失婢〉诗考辨》蹇长春《西北师范大学学报》1992 年第 6 期，第 50~53 页

《从白居易的一首诗谈朦胧诗》全河柳《自贡师专学报》1992 年第 4 期，第 29~26 页

《白居易〈赋得古原草送别〉诗赏析》，《名作欣赏》1992 年第 1 期

《整体与部分：白居易〈赋得古草原送别〉诗赏析兼释鲁迅〈自嘲〉诗》王富仁《名作欣赏》1992 年第 1 期，第 11~15 页

《几处早莺争暖树，谁家新燕啄春泥：唐白居易〈钱塘湖春行〉》张秉戍《人民日报》（海外版）1992 年 5 月 23 日第 7 版

《满湖春色与一江春水：白居易〈钱塘湖春行〉与苏轼〈春江晚景〉对读》周懋昌《中学语文教学》1992 年第 8 期

《白居易的三首咏昭君诗》谢云《瞭望》1992 年第 5 期

《话说陈毅读白居易诗》冯锡刚《文史杂志》1992 年第 4 期

《白居易与“一字至七字诗”》卢传裔《文史杂志》1992 年第 2 期

《杨炎的“两税法”与白居易的〈无名税〉诗》张爱球《涉外税务》1992 年第 4 期

1993 年

《白居易未仕前经历浅探》许大畅《西南师范大学学报》1993 年第 3 期，第 63~67 页

《韩、元、白与永贞革新》任晖《西南师范大学学报》1993 年第 3 期，第 73~75 页

《儒家民本思想和白居易的诗歌理论》张少康《东方论坛》1993 年第 4 期，第 59~66 页

《白居易的俸禄诗》赵成林《文史杂志》1993 年第 5 期

《白居易感伤诗论略》张金亮《青海师范大学学报》1993 年第 1 期，第 57~63 页

《论白居易闲适诗》李寅生《河池师专学报》(宜州)1993 年第 4 期，第 31~45 页

《试论白居易的心理建构》王生平《甘肃社会科学》1993 年第 3 期，第 55~63 页

《重评〈与元九书〉》陈炎《天府新论》1993 年第 1 期

《多保守性，少独创性：重评白居易诗论》汤俊峰《解放军外国语学院学报》(洛阳)1993 年第 2 期，第 87~92 页

《情理相融：白居易诗歌审美观照》姚光义《南通教育学院学报》1993 年第 1 期，第 13~16、29 页

《兼济与独善：白居易诗歌二重性论》姚光义《南通社会科学》1993 年第 2 期，第 45~46 页

《谈白居易诗歌兼济与独善的二重性》姚光义《徐州师范学院学报》1993 年第 3 期，第 80~81 页

《论白居易对屈原、陶潜的取舍态度及其意识倾向》尚永亮《中州学刊》1993 年第 2 期，第 97~99 页

《白居易所受佛、老影响及其超越途径》尚永亮《陕西师范大学学报》1993 年第 2 期，第 116~121 页

《白居易佛教思想与道家思想的关系》范海波《殷都学刊》(安阳)1993 年第 3 期，第 52~56 页

《八十年来中国白居易研究述略》蹇长春《西北师范大学学报》(兰州)1993 年第 3 期，第 3~12、16 页

《白居易履道里发掘及整修概述》叶瑞泽、有留计《河洛春秋》(洛阳)1993 年第 3 期，第 7~8 页

《河南省　洛阳唐城履道坊白居易故居址》王岩《中国考古学年鉴》1993 年 1 月 1 日

《白居易故居寻找发掘记》王岩《光明日报》1993 年 5 月 23 日第 6 版

《白居易故居发掘记》王岩《中国文物报》1993 年 8 月 1 日第 2 版

《韩白诗风的差异与中唐进士思想作风的分野》余恕诚《文学遗产》1993 年第 5 期

《论韩愈与白居易》朱琦《唐代文学研究》第 4 辑，广西师范大学

出版社，1993 年 11 月，第 177～203 页，后改名《韩白关系考》，发表于《中国韵文学刊》1994 年第 1 期

《唐代法律与白居易〈新乐府〉、〈秦中吟〉》何丹尼《唐代文学研究》第 4 辑，广西师范大学出版社，1993 年 11 月，第 204～216 页

《白居易与洪州禅》孙昌武《文学研究》第 3 辑，南京大学出版社，1993 年 4 月

《读书札记》(白居易、王安石、黄宗羲、孔尚任、天然痴叟共五则)傅懋强《杭州大学学报》1993 年第 4 期，第 140～143 页

《白居易诗中与"口"有关的动词》蒋绍愚《语言研究》(武汉) 1993 年第 1 期，第 91～99 页

《电视剧〈白居易〉创作谈》李永庆《洛阳师专学报》1993 年第 2 期，第 37～38 页

《白居易修伊河八节滩》张德珠《治淮》1993 年第 9 期

《白居易赋税思想初探》周兴福《辽宁税务高等专科学校学报》1993 年第 2 期

《最近十年来白居易研究评介》吴传兴，收入四川省忠县政协委员会编印《白居易与忠州》，1993 年 9 月，《忠县文史》第 2 辑，第 237～248 页

《杜甫和白居易之诗在表现倾向性上的差异》丁炳麟，收入刘继才主编《唐诗新论》，辽沈书社，1993 年 12 月，第 225～231 页

《兼采参差料未及：白居易诗在〈平家物语〉中的作用》徐香阁，收入刘继才主编《唐诗新论》，辽沈书社，1993 年 12 月，第 252～257 页

《真挚而纯洁的友谊：元稹与白居易交往诗絮语》杨云涛，收入刘继才主编《唐诗新论》，辽沈书社，1993 年 12 月，第 258～264 页

长恨歌

《〈长恨歌〉主题别议》关丽秀，收入刘继才主编《唐诗新论》，辽沈书社，1993 年 12 月，第 244～251 页

《也谈〈长恨歌〉的主题思想》束景蕙《南京金专学报》1993 年第 4 期

《〈长恨歌〉主题辨析》曹保合《长沙水电师范学院学报》1993 年第

3 期，第 52~55 页

《〈长恨歌〉二重主题说辨疑》娄瑞怀《浙江学刊》1993 年第 2 期，第 82~84 页

《〈长恨歌〉的主题多重奏：兼论诗人的创作心理与诗中的性格悲剧》金学智《文学遗产》1993 年第 3 期，第 51~58 页

《此恨绵绵无绝期：试论〈长恨歌〉的"自我牺牲"原型》杨朴《松辽学刊》（四平）1993 年第 1 期，第 1~7 页

《论〈长恨歌〉的主题意义》蔺继增《文史知识》1993 年第 4 期，第 72~75 页

《白居易与〈源氏物语〉》高志忠《日本研究》（沈阳）1993 年第 2 期，第 74~80、62 页；又收入其《容膝斋诗文论集》，中国社会科学出版社，2002 年 10 月，第 170~184 页

《〈长恨歌〉主旨试探》龙小洪《江西社会科学》1993 年第 10 期

《一篇长恨有风情：品藻〈长恨歌〉的美学价值》许永璋，南京出版社，1993 年 12 月，第 171~179 页

《白居易〈长恨歌〉与杨贵妃故事》郑昌淦《群言》1993 年第 9 期

琵琶行

《万物与我为一：新探〈琵琶行〉艺术魅力之所在》朱堂锦《文艺理论研究》1993 年第 6 期，第 44~48 页。智按：《移情：〈琵琶行〉魅力之所在》朱堂锦《曲靖师范学院学报》1994 年第 1 期

《〈琵琶行〉艺术谈》李祖超《荆州师专学报》1993 年第 1 期

《〈琵琶行〉"江月"探幽》叶斌、郎诚信《杭州师范学院学报》1993 年第 4 期

《情意动人，章法严谨——兼谈〈琵琶行〉的音乐线索》陈光浩《西北师大学报》（社会科学版）1993 年第 2 期

《白居易〈琵琶行〉新析》王一桃《语文教学与研究》（华中师范学院）1993 年第 5 期，第 14~15 页

《"同是天涯沦落人"中的"同"在哪里？》余中云《语文教学通讯》1993 年第 4 期。智按：句出《琵琶行》

《"弟走从军阿姨死"中的"阿姨"作何解》籍雁翎《绥化学院学报》1993 年第 3 期。智按：句出《琵琶行》

其他作品

《白居易〈花非花〉一诗考辨》李正光《山西大学学报》1993 年第 3 期，第 20 页

《晋唐名人与沃州山水：白居易〈沃州山禅院记〉考释》竺岳兵《广西教育学院学报》(南宁)1993 年第 4 期，第 89～97 页

《白居易的“俸禄诗”》赵成林《文史杂志》(成都)1993 年第 5 期，第 22～23 页

1994 年

《白居易长篇叙事诗的造型艺术》张其俊《高师函授学刊》(武汉)1994 年第 1 期，第 49～50 页

《淡妆浓抹总相宜：两首〈忆江南〉赏析》周懋昌《文史知识》1994 年第 1 期

《论白居易妇女诗的社会意义》吴奕宽《浙江师范大学学报》1994 年第 2 期，第 23～27 页

《深于诗，多于情：白居易诗新探》张惠霖《佳木斯教育学院学报》1994 年第 2 期，第 40～43 页

《论白居易的农本思想》张惠霖《江苏教育学院学报》1994 年第 2 期，第 60～62 页

《谈白居易的现实主义诗歌理论和创作实践》张惠霖《南京晓庄学院学报》1994 年第 2 期

《论白居易、李贺诗歌中音乐形象捕捉取角的差异》戴启后《中国文学研究》1994 年第 2 期

《白居易诗论的理论体系》张应斌《韩山师专学报》(潮州)1994 年第 2 期，第 12～17 页；《中国古代、近代文学研究》(人大复印报刊资料)1995 年第 2 期

《白居易诗论的价值取向问题》张应斌《嘉应大学学报》(梅州)1994 年第 3 期，第 93～99 页；《中国古代、近代文学研究》(人大复印报刊资料)1995 年第 5 期

《孤单同伯道：论白居易的无后之哀及其它》李乃龙《广西民族学院学报》(南宁)1994 年第 3 期，第 51～56 页

《白居易与中晚唐的党争》周建国《文献》1994 年第 4 期，第 96~114 页，日译文之前曾收入太田次男等主编《白居易研究讲座》第二卷“白居易的文学与人生(白居易の文学と人生)II”，橘英范译，东京：勉诚社，1993 年 7 月

《白居易在长安》贾俊霞《渭南师专学报》1994 年第 4 期，第 20~25 页

《白居易的婚姻问题》王辉斌《云南教育学院学报》1994 年第 4 期，第 74~78 页

《千古盛传不衰，敢问魁力安在：试论新乐府的新闻性》刘建龙《郑州大学学报》1994 年第 2 期

《“歌诗合为事而作”：论白居易〈新乐府〉的新闻性》张保健《浙江师范大学学报》1994 年第 5 期，第 47~50 页

《诗品与人品的统一：读白居易的〈与元九书〉》缪春萍《张家口职业技术学院学报》1994 年第 2 期

《白居易〈新乐府〉是好诗：与何林天先生商榷》司马公平《晋阳学刊》1994 年第 4 期，第 87~90 页。按，《从“新乐府”辨析看所谓“新乐府运动”说》何林天《晋阳学刊》1991 年第 6 期，第 46~54、18 页

《为刘柳白诗辨诬一则》蒋凡《文学遗产》1994 年第 2 期，第 114~116 页

《韩白关系考》朱琦《中国韵文学刊》1994 年第 1 期

《论白居易思想转变在卸拾遗任之际》王谦泰《文学遗产》1994 年第 6 期，第 51~58 页。参见《“胸中十年内，消尽浩然气”：略论划分白居易思想前后期之分界线》王谦泰《宁夏教育学院学报》1986 年第 2 期，第 66~70 页

《“元和体”概说》曾广开《河南大学学报》1994 年第 2 期；又收入其《元和诗论》(辽海出版社，1997 年 6 月)；又收入湖北大学中国古代文学学科编《中国古代文学论集》(中华书局，2002 年 1 月)

《绝路诗人求生的幻境：白居易咏病诗的思想和艺术价值》孙立峰《学习与探索》(哈尔滨)1994 年第 4 期，第 114~117、1 页

《论白居易、李贺诗歌中音乐形象捕捉角的差异》戴启后《中国文学研究》1994 年第 2 期，第 67~71 页

《白居易的口语表现》(上)(下)入矢义高著、曹虹译《古典文学知识》1994年第4期、第5期。按:《白居易作品中的口语表述》(日)入矢义高著，董志翘译《苏州大学学报》1996年第2期，第46~50页

《白居易诗歌风格论》姚光义《南通教育学院学报》1994年第4期，第3~9页

《白居易诗词语诠释》蒋绍愚《国学研究》第二卷，北京大学出版社，1994年7月

《白居易诗集四分类试论》[日]静永健《唐代文学研究》第5辑(中国唐代文学学会成立十周年国际学术讨论会暨第六届年会论文集1992年)，广西师范大学出版社，1994年10月，第454~467页

《白居易诗中的"北窗"及"竹窗"的问题:与陶渊明〈与子俨等疏〉之关系》[日]西村富美子(1934—)《唐代文学研究》第5辑(中国唐代文学学会成立十周年国际学术讨论会暨第六届年会论文集1992年)，广西师范大学出版社，1994年10月，第480~488页

《白居易音乐美学思想钩沉》张淑萍《中国音乐》1994年第1期，第24~27页

《白居易的音乐美学思想》蔡仲德《星海音乐学院学报》(广州)1994年第1期，第22~27、76页

《洛阳唐东都履道坊白居易故居发掘简报》中国社会科学院考古研究所(赵孟林、冯承泽、王岩、李春林)《考古》1994年第8期，第692~701页

《名宅胜景"乐天园":唐代诗人白居易洛阳故居发掘记》王兆麟《旅游》1994年第4期

《白居易在东都洛阳的晚年》李健永《长寿》1994年第6期

《白居易对上联》(小故事)，《华夏文化》1994年第1期，第33页，摘自《对联艺术》

《白居易和他的蚕桑诗》王水生《丝绸》1994年第8期

《白居易的气功诗》李薰风《现代养生》1994年第2期

《"东坡"之名从何而来:〈白居易与忠州〉序》马识途《文史杂志》1994年第1期

《白居易与白堤》严柏炎《旅游》1994 年第 6 期

长恨歌

《如何四纪为天子，不及卢家有莫愁：白居易〈长恨歌〉主题新探》周相录《河南师范大学学报》1994 年第 2 期，第 57~61 页

《〈长恨歌〉思想艺术论》侯健《文科季刊》1994 年第 3 期

《天然的艺术建构与奇特的结尾设计：〈长恨歌〉的审美价值之一》亢炳生《陕西外语师专学报》1994 年第 3 期

《〈长恨歌〉的正声究竟是什么：也谈〈长恨歌〉的主题》欣然《南都学坛》1994 年第 4 期，第 35~39 页

《情感与形式：略论〈长恨歌〉的创作心理》江忠欣《南京理工大学学报》1994 年第 6 期

《〈长恨歌〉的文学特征及其审美解读》寿涌《宜春师专学报》1994 年第 6 期

《〈长恨歌〉与〈原道〉：静夜读史札记》周天《文学报》1994 年 7 月 21 日

《论〈长恨歌〉主题》潘素华《安徽技术师范学院学报》1994 年第 2 期

《从创作环境和创作意图新探〈长恨歌〉的主题思想》郭世缀《兵团教育学院学报》1994 年第 4 期

《贵族阶级的精神没落史：〈源氏物语〉中的男性形象系列、兼论〈源氏物语〉与〈长恨歌〉》(上) 陶力《杭州师范学院学报》1994 年第 1 期

《贵族阶级的精神没落史：〈源氏物语〉中的男性形象系列、兼论〈源氏物语〉与〈长恨歌〉》(下) 陶力《杭州师范学院学报》1994 年第 2 期

《〈长恨歌传〉新探》卞孝萱《中华文史论丛》第 53 辑，上海古籍出版社，1994 年 6 月，又收入其《唐传奇新探》，江苏教育出版社，2001 年 11 月

《〈长恨歌〉读后浅见》贺剑《西安教育学院学报》1994 年第 3 期

琵琶行

《沦落人：江州司马与琵琶女：白居易〈琵琶行〉的情感结构分

析》叶松林《荆门大学学报》1994年第1期，第28~30页

《媒介、象征、催化剂：〈琵琶行〉音乐功能论》赵永建《周口师专学报》1994年第1期，又收入张学松、赵永建、彭洁莹、邓建《唐宋文学探微》，吉林人民出版社，2007年8月

《试论〈琵琶行〉的艺术特色》祁昌永《连云港教育学院学报》1994年第3期

《〈琵琶行〉的补注及校注》沈家仁《贵州教育学院学报》1994年第3期

《试释〈琵琶行〉中的"阿姨"》李来涛《中学语文教学》1994年第6期

《从白居易的音乐思想谈他的〈琵琶行〉》陈四海《交响——西安音乐学院学报》1994年第1期

《"五陵"注补》牛钟林《语文知识》1994年第7期。智按：《琵琶行》

《同声异趣　各具情味——浅析三首唐诗中的音乐描写》靳玲《胜利油田党校学报》1994年第3期。智按：《琵琶行》《听颖师弹琴》《李凭箜篌引》

《谈〈琵琶行〉女主角出场的描写》苏国榜《语文教学通讯》1994年第6期

《论白居易、李贺诗歌中音乐形象捕捉取角的差异》戴启后《中国文学研究》1994年第2期。智按：《琵琶行》《李凭箜篌引》

《移情：〈琵琶行〉魅力之所在》朱堂锦《曲靖师范学院学报》1994年第1期。智按：《万物与我为一：新探〈琵琶行〉艺术魅力之所在》朱堂锦《文艺理论研究》1993年第6期，第44~48页

其他作品

《西域史地研究与〈坎曼尔诗笺〉的真伪》杨镰《中国边疆史地研究》1994年第2期

《白居易〈新乐府·太行路〉新解》郭闰《开封教育学院学报》1994年第3期

《崔瑗的〈座右铭〉与白居易的〈续座右铭〉》林海屏《阅读与写作》1994年第3期

1995 年

《论白居易诗中的爱情婚姻观》孙兰廷《内蒙古民族师范学院学报》(汉文版)1995 年第 1 期，第 28~31 页

《敦煌伯 3597 唐诗写卷辑考：兼说“白侍郎”作品的托名问题》徐俊《文献》1995 年第 3 期，第 21~31 页，又收入《敦煌诗集残卷辑考》，中华书局，2000 年 6 月

《浅议白居易诗中的人格形象》栾睿《殷都学刊》(安阳)1995 年第 3 期，第 46~48、52 页

《明刻本〈白氏策林〉考证》谢思炜《北京师范大学学报》1995 年第 3 期，第 32~40 页

《几首白居易的诗甄辨》杨旭辉《文教资料》1995 年第 3 期

《巧用一字，境界全出：白居易〈暮江吟〉简析》唐嗣德《修辞学习》1995 年第 3 期

《白居易任周至县尉时的诗歌创作》王安泉《陕西档案》1995 年第 2 期

《白居易与大彻惟宽禅师》廖元中《浙江佛教》1995 年第 3 期

《浯溪胜境与湖湘文学的中兴话题》李炳海《中国文学研究》1995 年第 3 期

《白居易闲适诗创作心态刍议》张金亮《浙江师范大学学报》1995 年第 4 期，第 112~117 页；《青海师范大学学报》1995 年第 4 期，第 76~83 页；《唐代文学研究》第 6 辑(中国唐代文学学会第七届年会暨唐代文学国际学术讨论会论文集 1994 年)，广西师范大学出版社，1996 年 9 月

《白诗中的民族史诗历史遗产试探》任树民《西藏民族学院学报》1995 年第 4 期，第 60~64 页

《白居易的人生观》褚斌杰《文学遗产》1995 年第 5 期，第 64~74 页

《白居易荐徐凝屈张祜真伪考：澄清一桩文学史上的千年公案》张安祖《北方论丛》(哈尔滨师范大学学报)1995 年第 5 期，第 77~81 页，又收入其《唐代文学散论》，三联书店，2004 年 6 月

《白居易的中隐理论与禅宗的关系》熊晓燕《学术论丛》1995 年第 6 期，第 55~59 页

《高丽、朝鲜时代士人对白居易的“受容”及其意义》[韩]金卿东《文学遗产》1995 年第 6 期，第 42~53 页

《白居易的“养生之道”》王俊奇《体育文史》1995 年第 6 期

《试谈白居易反映农民生活的诗》蔡世勇、张桂芳、蔡世花《滨州师专学报》1995 年第 1 期

《评白居易“情”“刺”相统一的诗美学观》郑潮鑫《韩山师范学院学报》(潮州)1995 年第 2 期，第 131~133 页

《白居易诗歌理论与新乐府运动》梁凯，收入《社会科学争鸣大系》(1949—1989)文学·艺术·语言卷，上海人民出版社，1995 年 3 月

《韩愈、白居易思想比较论纲》吴相周《齐鲁学刊》1995 年第 4 期，第 26~32 页

《“新乐府运动”辨》刘学忠《衡阳师专学报》1995 年第 4 期

《新乐府的缘起和界定》葛晓音《中国社会科学》1995 年第 3 期；又收入其《诗国高潮与盛唐文化》(北京大学出版社，1998 年 5 月)

《论文体革新潮流与元和诗风》许总《贵州社会科学》1995 年第 3 期

《浅俗表意与浓郁伤情：论元白两面性人生与心态》许总《陕西师范大学学报》1995 年第 4 期，第 98~104 页

《驼庵论诗语录·白居易》顾随《顾随：诗文论丛》，天津人民出版社，1995 年 1 月第 1 版；1997 年 2 月增订版

《王维、白居易与佛诗》洪丕谟《中国宗教》1995 年第 2 期。摘自洪丕谟编著《佛诗三百首》(江苏文艺出版社，1993 年 8 月第 1 版，1994 年 5 月第 2 次印刷)前言

《苏轼与白居易比较研究》蔡正发《思茅师范高等专科学校学报》1995 年第 1 期，第 27~37 页

《韦蟾不是韦令公：武元衡、白居易赋孔雀诗中韦氏辨析》黄琳《编辑之友》1995 年第 2 期

《白居易父母为中表结婚说补正》陈之卓《社科纵横》(兰州)1995

年第2期，第22~25页

《白居易恋爱事迹与唐代婚姻制度》陈之卓《内蒙古电大学刊》1995年第4期，第5~10，25页

《三载考绩陟明黜幽：白居易与唐代职官考绩》伊通《党建与人才》1995年第3期

《黄老之道与轻重之术相结合：白居易经济思想的一大特点》石事奇《经济科学》1995年第6期，第75~77页

《白居易故居出土茶器》梁子(法门寺博物馆)《农业考古》1995年第4期

《白居易诗集四分类试论：关于感伤诗与闲适诗的成立》[日]静永健，《中国诗学》第3辑，南京大学出版社，1995年5月，第74~81页

《新乐府运动》佐藤保著，收入前野直彬主编、骆玉明等译《中国文学史》，上海古籍出版社，1995年4月

《白居易与琵琶缘》友菊《乐器》1995年第4期

《白居易与洛阳香山》汪益民《园林》1995年第4期

《白居易的"四乐"养生之道》谢仁茂《家庭医学》1995年第8期

《白居易、苏东坡、朱熹的养生方法(一)》沈洁《医古文知识》1995年第3期

《白居易爱鹤轶事》邓双文《湖南林业》1995年第1期

《〈和汉朗咏集〉中的白居易诗句》范闽仙《福建外语》1995年第1期、2合刊

《从白体到西昆体：兼考杨亿倡导西昆体诗风的动机》张鸣《国学研究》第三卷，北京大学出版社，1995年12月

《白居易和他的妻子》平冈武夫，收入马歌东编《日本白居易研究论文选》，三秦出版社，1995年12月；原载京都大学《东方学报》第36期，1964年10月

《白俗论考》花房英树，收入马歌东编《日本白居易研究论文选》，三秦出版社，1995年12月；原载《京都府立大学学术报告·人文》第21号，1969年11月，1969年11月；后收入世界思想社1971年3月31日初版的其专著《白居易研究》第五章：《白居易评论：以"白俗

论”为中心》，在收入时，增补了现代评论部分

《白乐天的官吏生活：江州司马时代》布目潮沨，收入马歌东编《日本白居易研究论文选》，三秦出版社，1995 年 12 月；原载收入《桥本博士古稀记念东洋学论集》立命馆大学人文学会编辑出版，1960 年

《白居易的文学和佛教》原寿雄，收入马歌东编《日本白居易研究论文选》，三秦出版社，1995 年 12 月；原载《内野博士还历记念东洋学论集》，汉魏文化研究会编辑出版，1964 年

《试论中国诗歌的讽喻性：以〈白氏文集〉和〈菅家文草〉为例》松浦友久，收入马歌东编《日本白居易研究论文选》，三秦出版社，1995 年 12 月；原载川口久雄编《古典的变容和新生》，后收入其《中国诗歌原论》

《智慧的技巧的文学：关于元白唱和诗的诸种形式》前川幸雄，收入马歌东编《日本白居易研究论文选》，三秦出版社，1995 年 12 月；原载《陕西师范大学学报》1986 年第 4 期；中国人民大学书报资料中心《中国古代近代文学研究》1987 年第 1 期

《关于白居易诗中的“自问”》泽崎久和，收入马歌东编《日本白居易研究论文选》，三秦出版社，1995 年 12 月

《杜白诗词义补释》杨振东、杨振国《盐城师专学报》1995 年第 3 期

长恨歌

《关于〈长恨歌〉》川合康三，收入马歌东编《日本白居易研究论文选》，三秦出版社，1995 年 12 月，原载金谷治编辑 1983 年创文社《对于中国人间性的探究》一书

《也谈〈长恨歌〉的主题思想》姬忠林《开封教育学院学报》1995 年第 1 期

《悲歌动今古，讽谕意尤深：试论〈长恨歌〉的主题》王兴《呼兰师专学报》1995 年第 1 期

《情爱自伤是〈长恨歌〉的隐梦》张煌绪《名作欣赏》(太原) 1995 年第 1 期，第 72~76 页

《略谈〈长恨歌〉的平仄和用韵》王洪明《淮阴教育学院学报》1995

年第 2 期

《试谈〈长恨歌〉中的景物描写》杨雄《张掖师专学报》1995 年第 2 期

《从白居易的情理观看〈长恨歌〉的主题》王太阁《殷都学刊》(安阳)1995 年第 3 期，第 53~58 页

《〈长恨歌〉主题思想述评》白平《山西大学学报》1995 年第 3 期，第 30~36 页

《浅析〈长恨歌〉的主题思想》李炬《河南教育学院学报》1995 年第 3 期

《论〈长恨歌〉主题思想的二重性》裴新政《中州学刊》1995 年第 4 期

《〈长恨歌〉得失说》楚庄《光明日报》1995 年 8 月 1 日

《〈长恨歌〉得失说》楚庄《民主与科学》1995 年第 4 期

《争鸣中话〈长恨歌〉：对〈长恨歌〉主题思想的探索》张海燕《莱阳农学院学报》1995 年第 2 期

《浅析〈长恨歌〉的感伤哀怨之情》郑树青《安康师专学报》1995 年第 2 期

《〈长恨歌〉的讨论》梁凯，收入《社会科学争鸣大系》(1949—1989)文学·艺术·语言卷，上海人民出版社，1995 年 3 月

《〈长恨歌〉主题再探》孙丽艳《前沿》1995 年第 10 期

琵琶行

《白居易江州时期心态与〈琵琶行〉作意》刘维治、宋景旭《沈阳师范学院学报》1995 年第 3 期，第 70~73 页

《也说“青衫”与“江州司马”》蹇长春《西北师范大学学报》(兰州)1995 年第 6 期，第 23~26 页

《辩“江州司马青衫湿”：也说白居易诗中的品官服色问题》周劲松《文史知识》1995 年第 7 期

《同是天涯沦落人：白居易〈琵琶行〉赏析》门立功《菏泽师范专科学校学报》1995 年第 3 期

《何谓“同是天涯沦落人”?》青白传《语文知识》1995 年第 12 期。智按：句出《琵琶行》

《“瑟瑟”非“萧瑟”——对教材“枫叶狄花秋瑟瑟”中“瑟瑟”二字注释的异议》何泗忠《语文知识》1995 年第 6 期。智按：句出《琵琶行》

《是是非非说琵琶》张惠霖《南京晓庄学院学报》1995 年第 1 期。智按：《琵琶行》

《浅谈〈琵琶行〉四美》冯为民、周晓丽《语文教学通讯》1995 年第 3 期

其他作品

《〈杜陵叟〉浅议》鹿琳《浦峪学刊》1995 年第 1 期

《〈卖炭翁〉乐府精神浅论》李树芝《周口师专学报》1995 年第 4 期

《〈坎曼尔诗笺〉及其他》江慰庐《江苏教育学院学报》1995 年第 3 期

1996 年

《白居易叙事诗中的人物描写》张洵、何婉《内蒙古电大学刊》1996 年第 1 期，第 5~9 页

《白居易闲适诗艺术探微》祝德纯《湛江师范学院学报》1996 年第 3 期，第 38~40 页

《从赠内诗看白居易的婚恋生活》张浩逊《洛阳师专学报》1996 年第 3 期，第 32~34 页

《论白居易的思想创作分期》张安祖《求是学刊》1996 年第 1 期，第 83~88 页，又收入其《唐代文学散论》，三联书店，2004 年 6 月

《外容闲暇心中苦，似是而非谁得知：析白居易晚年心态》张安祖《北方论丛》(哈尔滨师范大学) 1996 年第 3 期，第 83~87 页，又收入其《唐代文学散论》，三联书店，2004 年 6 月

《试论白居易的后期思想》程红兵《云梦学刊》1996 年第 3 期，第 62~64、61 页

《白居易江州失志说质疑》张珠龙《职大学刊》(包头) 1996 年第 1 期，第 88~92 页

《白居易论诗的审美特性》贾文昭《文艺理论研究》1996 年第 2 期，第 70~76 页；《中国古代、近代文学研究》(人大复印报刊资料)

1996 年第 8 期

《白居易论诗的审美特征(二)：关于“直而切”》贾文昭《唐都学刊》1996 年第 4 期

《白居易“补察时政”说的评价问题：兼为“政教中心论”一辩》贾文昭《江淮论坛》1996 年第 4 期；《中国古代、近代文学研究》(人大复印报刊资料)1996 年第 12 期

《白居易作品中的口语表述》[日]入矢义高著，董志翘译《苏州大学学报》1996 年第 2 期，第 46~50 页。按：《白居易的口语表现》(上、下)[日]入矢义高著、曹虹译《古典文学知识》1994 年第 4~5 期

《试论白居易诗歌的小说化倾向》吴希来《中国文学研究》1996 年第 2 期，第 41~46 页

《试论白居易讽喻诗创作及其历史经验》陈文莘《鄂州大学学报》1996 年第 3 期

《也谈“新乐府运动”》宿丰《丹东师专学报》1996 年第 4 期

《“新乐府运动”名称溯源：兼论“运动”在文学史研究中的运用》刘学忠《文史知识》1996 年第 1 期

《〈“新乐府运动”名称溯源〉史实订误》汤华泉《文史知识》1996 年第 11 期，署名章之，又收入其《唐宋文学文献研究丛稿》，安徽大学出版社，2008 年 6 月

《〈新乐府〉版本及序文考证》谢思炜《北京师范大学学报》1996 年第 3 期

《日本古抄本〈白氏文集〉的源流及校勘价值》谢思炜《中国古籍研究》第一卷，上海古籍出版社，1996 年 3 月

《白居易与李商隐》谢思炜《文学遗产》1996 年第 3 期，第 29~38 页

《香山七老年岁考异》汤华泉《古典文学知识》1996 年第 3 期，又收入其《唐宋文学文献研究丛稿》，安徽大学出版社，2008 年 6 月，第 261~265 页

《白居易作品在日本》袁荻涌《唐都学刊》1996 年第 3 期，第 38~41 页

《以情理解诗文二则》王木《西南师范大学学报》(重庆)1996 年第

3期

《白居易居家符离事迹探析》许大畅、汪福宝《安徽史学》1996年第1期，第27~29页

《“太原白居易”考》孟繁仁《晋阳学刊》1996年第4期，第98~103页

《白居易原籍在山西太谷阳邑》孟繁仁《人民日报》(海外版)1996年6月7日第5版

《白居易诗歌风格论：兼与钱锺书先生商榷》姚光义《淮海文汇》1996年第4、5期，第33~35、15页

《理性的挣扎：白居易的讽谕诗说复议》黄果泉《河南师范大学学报》1996年第6期，第71~73页

《白居易〈秦中吟〉的读者层研究：兼论〈新乐府〉》静永健著，王胜华译《云南艺术学院学报》1996年第4期

《论五代十国的宗白诗风》贺中复《中国社会科学》1996年第5期，第140~152页

《唐东都履道坊白居易故居遗址勘察》王岩《寻根》1996年第2期

《白居易学佛心路历程》李广化《佛教文化》1996年第6期

《忆妓与忆民》钟叔河《文汇读书周报》1996年8月3日“书人茶话”栏。智按：杨深秀(1849—1898)《论仿元遗山论诗绝句五十首》之二十三：“鄙论从来出腐儒，颇嫌白傅负姑苏。怀民忆妓衡多寡，曾见香山乐府无。”(郭绍虞、钱仲联、王遽常编《万首论诗绝句》第四册，人民文学出版社，1991年2月，第1556页)

《白居易商州“七年三往复”》李克昌《商洛师范专科学校学报》1996年第1期

《〈论白居易荐徐凝屈张祜〉非皮日休所作》张安祖《文学遗产》1996年第4期，第110~111页，又收入其《唐代文学散论》，三联书店，2004年6月

《刘墉、于谦、白居易》李学乾《中州统战》1996年第5期

《勤练气功，疏通血脉：白居易的养生之道》《中国气功科学》1996年第4期

《白居易晚年养生二三事》黄根柱《家庭医学》1996年第19期

《白居易与植树》龚凉清《中国林业》1996年第1期

《白居易》郭水华《浙江消防》1996年第6期

《想起了白居易》牛玉秋《人民文学》1996年第1期

《白居易杭州刺史转任考》[日]芳村弘道《唐代文学研究》第6辑(中国唐代文学学会第七届年会暨唐代文学国际学术讨论会论文集1994年)，广西师范大学出版社，1996年9月(芳村弘道《白居易の杭州刺史轉出》，《学林》第21号，1994年)

《关于白居易诗歌创作年代的几个问题：谈"写真图"和"曲江的秋"》西村富美子(1934—)《唐代文学研究》第6辑(中国唐代文学学会第七届年会暨唐代文学国际学术讨论会论文集1994年)，广西师范大学出版社，1996年9月

长恨歌

《美善二律背反：〈长恨歌〉新论》羊玉祥《大庆高等专科学校学报》1996年第1期

《历史铸就的悲剧：〈长恨歌〉主题新议》胡淑娟《东北师范大学学报》1996年第2期

《白居易〈长恨歌〉主题的再思及其他》荆立民《东岳论丛》1996年第2期，第95~100页

《〈长恨歌〉主题刍议》张建东《学术交流》1996年第2期

《〈长恨歌〉主题新探》陈迎年《宝鸡文理学院学报》1996年第2期

《〈长恨歌〉主题新探》田原《贵州教育学院学报》1996年第8期

《〈长恨歌〉主题研究新创获》王怀让、晁锦《语文函授》(曲阜)1996年第3期

《从创作环境和创作意图中深探〈长恨歌〉的主题思想》郭世綖《云南教育学院学报》1996年第6期

《论〈长恨歌〉即对人生苦闷的诉说》李桂奎《临沂师专学报》1996年第5期

《〈长恨歌〉中的芙蓉》单殿元《古典文学知识》1996年第5期

《关于〈长恨歌〉评价的几个问题》丁毅《上海大学学报》1996年第1期

《〈长恨歌〉校点讹误二则》周相录《江海学刊》1996年第6期

《此恨绵绵无绝期：试谈白居易〈长恨歌〉中的逗韵作用》陈荣根《苏州教育学院学报》1996年第2期

《试谈〈长恨歌〉的主题思想》张玉发《玉溪师范学院学报》1996年第3期

《〈长恨歌〉是一曲明伤暗讽的千古绝唱》汪汉洲《玉溪师范学院学报》1996年第5期

《对〈长恨歌〉的修改意见：给白居易的退稿信》姜息元《阅读与写作》1996年第9期

琵琶行

《〈琵琶行〉对〈声声慢〉创作的影响》薛亚康《周口师范学院学报》1996年增刊第1期

《〈琵琶行〉中的音乐描写》曾荣保《语文教学与研究》1996年第7期

《〈琵琶行〉的艺术特色》王建中《皖西学院学报》1996年第4期

《〈琵琶行〉二题》马任远《语文教学通讯》1996年第4期

《白居易琵琶诗的艺术魅力》殷克勤《交响——西安音乐学院学报》1996年第1期，第60~61页

《白居易和他的〈卖炭翁〉〈琵琶行〉》刘启相《川东学刊》(达县师范高等专科学校)1996年第3期

其他作品

《白居易〈卖炭翁〉诗意解读》湘言《曲靖师范学院学报》1996年第2期

《天真烂漫的少女形象：白居易〈杨柳枝词〉之一欣赏》赵中忱《阅读与写作》1996年第7期

《绝妙山水，不朽诗章：白居易〈钱塘湖春行〉赏析》廖可斌《文史知识》1996年第10期，第110~114页

《〈赋得古原草送别〉之误解与正解》钭东星《唐代文学研究》第6辑(中国唐代文学学会第七届年会暨唐代文学国际学术讨论会论文集1994年)，广西师范大学出版社，1996年9月

1997 年

《论元和五大贬谪诗人的生命沉沦和心里苦闷》尚永亮《吉首大学学报》1997 年第 2 期

《宋初水边林下的“白体”诗风》张鸣《文史知识》1997 年第 8 期

《〈刘白唱和集〉编集流散考》熊飞《唐都学刊》1997 年第 4 期

《论元白文学思想的实现功利性及其诗化形态》许总《上海师范大学学报》1997 年第 2 期

《论元稹、白居易的文学观》许总《江苏社会科学》1997 年第 3 期

《浅谈元、白对策文》张守军《辽宁教育学院学报》1997 年第 2 期

《白居易常乐里东亭故居地考证》孙民柱《西安交通大学学报》1997 年第 1 期

《白居易咏物诗创作背景、类型及寓意》刘维治《沈阳师范学院学报》1997 年第 1 期，第 11～14 页

《白居易宦海沉浮及其山水之吟》刘维治《辽宁大学学报》1997 年第 4 期；《唐代文学研究》第 7 辑(中国唐代文学学会第八届年会暨国际学术讨论会论文集 1996 年)，广西师范大学出版社，1998 年 10 月

《试论白居易在词发展史上的贡献》严安政《唐都学刊》1997 年第 2 期；《渭南师专学报》1997 年第 4 期，第 51～54 页

《白居易农业思想试探》张剑光、邹国慰《山西师范大学学报》1997 年第 1 期，第 62～66、71 页

《论白居易诗中“适”的意义：以诗语史的独立性为基础》松浦友久撰，李宁琪译《山西师范大学学报》1997 年第 1 期，第 40～46 页；《中国古代、近代文学研究》(人大复印报刊资料)1997 年第 6 期

《被贬江州司马不是白居易前后思想的分界点》邓新跃《益阳师专学报》1997 年第 1 期，第 58～60 页

《白居易前后期诗风转变原因新探》马永强《晋阳学刊》1997 年第 5 期

《城乡差异与心灵冲突》周小琳《南充师范学院学报》1997 年第 1 期

《入仕求禄与退隐：浅议白居易的出处进退》严杰《中国典籍与文

化》1997 年第 2 期

《试论白居易妇女诗的思想意义》张浩《无锡教育学院学报》1997 年第 2 期

《试论元白诗派的五言长篇排律》郭新和《河南师范大学学报》1997 年第 1 期

《试论白居易讽谕诗的忧国爱民情感》韩玉堂《青岛大学师范学院学报》1997 年第 3 期

《浅析白居易诗歌中的赋税思想》刘仁镇《辽宁税务高等专科学校学报》1997 年第 3 期

《应当公正对待白居易的讽谕诗理论和讽谕诗创作》荆立民、刘继儒《东岳论丛》1997 年第 4 期

《试论白居易讽谕诗》仃云《湘潭师范学院学报》1997 年第 4 期

《白居易的诗歌理论和讽谕诗》张文霞《高等函授学报》1997 年第 6 期

《人道主义的激情与沉思：白居易讽谕诗与〈策林〉的对读》郑敏《中州学刊》1997 年第 6 期

《张鷟〈龙筋凤髓判〉与白居易〈甲乙判〉异同论》霍存富《法制与社会发展》1997 年第 2 期

《敦煌本白居易诗再考证》谢思炜《文献》1997 年第 1 期，第 135~147 页

《白居易诗学思想述评》谢思炜《中国诗学》第 5 辑，南京大学出版社，1997 年 7 月

《白居易诗论新探》张文生《锦州师范学院学报》1997 年第 2 期

《伟大诗人的不伟大一面》舒芜《读书》1997 年第 3 期。智按：杨深秀《论仿元遗山论诗绝句五十首》之二十三："鄙论从来出腐儒，颇嫌白傅负姑苏。怀民忆妓衡多寡，曾见香山乐府无。"早为此答

《关于白居易的"老丑"与"淫"：与朱希白、舒芜、钟叔河三先生商榷》杨万翔《羊城晚报》1997 年 11 月 8 日

《白居易的"物感说"》贾文昭《江淮论坛》1997 年第 6 期

《评白居易的真实论》贾文昭，收入《中国文化与古典文学》，安徽大学出版社，1997 年 8 月

《白苏论》章尚正，收入《中国文化与古典文学》，安徽大学出版社，1997 年 8 月

《以白居易、元稹为核心的中唐小说集团述论》苏兴遗著，苏铁戈整理《明清小说研究》1997 年第 3 期

《韩愈和白居易交游考》刘国盈《北京社会科学》1997 年第 1 期，第 42~47 页

《试论王禹偁对白居易的继承关系》刘晓光《北京教育学院学报》1997 年第 3 期

《以道得人心中事为工：张籍与白居易》徐希平《西南民族学院学报》1997 年第 1 期，第 32~38 页

《白居易生平思想研究》马斗全《三晋文化研究论丛》（第 3 辑），山西人民出版社，1997 年

《白居易“养生诗”》《新疆林业》1997 年第 2 期

《白居易与琵琶艺术》孙焕英《华夏文化》1997 年第 4 期

《跋书白居易〈首夏〉诗拓本》罗继祖《社会科学战线》1997 年第 5 期

《韦应物与白居易的苏州情结》陆静波《江苏政协》1997 年第 12 期

《白居易诗中的被动式》刘志生《西南民族学院学报》1997 年增刊

《白居易的禅踪与禅诗》熊月安《西南民族学院学报》1997 年增刊

长恨歌

《白居易的初恋悲剧与〈长恨歌〉的创作》王用中《西北大学学报》1997 年第 2 期，第 54~58 页

《〈长恨歌〉艺术魅力的再探讨》刘小平《内蒙古电大学刊》1997 年第 2 期

《论白居易〈长恨歌〉一以贯之的反腐败主题》李靖国《惠州大学学报》1997 年第 2 期

《灵魂的审判：白居易〈长恨歌〉主题重探》李靖国《名作欣赏》1997 年第 4 期

《美刺为手段，劝君是真义：〈长恨歌〉主题浅探》唐海燕《陕西教育学院学报》1997 年第 2 期

《论〈长恨歌〉的主题思想》张泽晖《云南学术探索》1997 年第 3 期

《中国文学与〈源氏物语〉：以白氏及其〈长恨歌〉的影响为中心》叶渭渠、唐月梅《中国比较文学》1997 年第 3 期

《读白居易〈长恨歌〉札记：评诗与评史》秦兆基《书与人》1997 年第 3 期

《母题与嬗变：从〈长恨歌〉到〈杨贵妃〉》张哲俊《外国文学评论》1997 年第 3 期，又收入其《中日古典悲剧的形式：三个母题与嬗变的研究》(上海古籍出版社，2002 年 1 月)

《〈长恨歌〉思想探微》吴翔《泰安师专学报》1997 年第 3 期

《人之挽歌：〈长恨歌〉新解读》王军辉《延安大学学报》1997 年第 3 期

《白居易〈长恨歌〉情感魅力的探讨》黄晓彬《台州师专学报》1997 年第 4 期

《〈长恨歌〉在日本的影响》周相录《文史知识》1997 年第 10 期

《马嵬坡前〈长恨歌〉》李存修《中国旅游》1997 年第 3 期

《此恨绵绵何时休：〈长恨歌〉主题探讨》王惠民、尚崇廉《商洛师范专科学校学报》1997 年第 1 期

《〈长恨歌〉主题之我见》邹兵《语文教学与研究》1997 年第 4 期

琵琶行

《一曲琵琶寄深情：〈琵琶行〉情思所在》杨树玉《承德民族师专学报》1997 年第 1 期

《从〈琵琶行〉的成就看文化积淀的重要意义》朱炯远《辽宁大学学报》1997 年第 5 期

《对〈琵琶行〉中“阿姨”注释的辨析》王坤秀《语文知识》1997 年第 8 期

《惊天　移人　泣鬼》陈玲霞《新疆教育学院学报》(汉文版)1997 年第 4 期。智按：《琵琶行》《听颖师弹琴》《李凭箜篌引》

《摹声至文　形神各异——唐诗中的三首音乐名篇之风格漫谈》贾沛若《文史杂志》1997 年第 2 期。智按：《琵琶行》《听颖师弹琴》《李凭箜篌引》

《高中古诗文音乐描写赏析》李玲《宁德师专学报(哲学社会科学

版)》1997 年第 3 期。智按：论及《琵琶行》

其他作品

《白居易〈燕子楼〉诗考辨》黄意海、黄井文《文学遗产》1997 年第 4 期

《白居易〈卖炭翁〉诗意解读》方然《云南民族学院学报》1997 年第 3 期。按：《白居易〈卖炭翁〉诗意解读》湘言《曲靖师范学院学报》1996 年第 2 期

《重读白居易诗〈观刈麦〉》胡锡龙《人事与人才》1997 年第 4 期

《白居易"湖上春行"佚诗一首》童根羽《文献》1997 年第 2 期

《〈永乐大典〉载白居易〈湖上春行〉之二非佚诗》纪健生《文献》1997 年第 4 期

《何物"云母粥"》薛天纬《古典文学知识》1997 年第 4 期

《文学教育的好教材：〈谈白居易和辛弃疾的词四首〉备课札记》薛川东《中学语文教学》1997 年第 6 期。按，《谈白居易和辛弃疾的词四首》朱光潜《语文学习》(北京) 1957 年第 2 期；《艺文杂谈》，安徽人民出版社，1981 年 12 月，第 247~253 页；台北木铎出版社，1987 年 7 月，第 267~274 页

《简析〈谈白居易和辛弃疾的词四首〉》林珠(河南省教研室)《中学语文教学参考》1997 年第 7 期

《〈谈白居易和辛弃疾的词四首〉导读》周丽雅《中学文科》1997 年第 8 期

1998 年

《白居易的历史使命感与家族责任感》严杰《唐代文学研究》第 7 辑(中国唐代文学学会第八届年会暨国际学术讨论会论文集 1996 年)广西师范大学出版社，1998 年 10 月

《白居易诗中庄禅合论之底蕴》萧丽华《唐代文学研究》第 7 辑(中国唐代文学学会第八届年会暨国际学术讨论会论文集 1996 年)广西师范大学出版社，1998 年 10 月

《论白居易的诗歌理论和诗歌创作》李名方《毕节师范高等专科学校学报》1998 年第 2 期

《从闲适诗看白居易》史素昭《郴州师范高等专科学校学报》1998年第1期

《禅宗与白居易的闲适诗》朱凌云《写作》1998年第8期

《白居易的净土信仰与后期诗风》王新亚《山西大学师范学院学报》1998年第2期

《浅谈白居易的山水诗》覃俏丽《广西社会科学》1998年第1期

《白居易的园林意识初探》岳毅平《安徽师范大学学报》1998年第2期，第259~264页

《好是修心处，何必在深山：白居易的园林诗文》岳毅平《文史知识》1998年第7期

《读白居易两首有关九江南湖的诗》刘荣喜《名作欣赏》1998年第6期

《白居易诗歌的分类与传播》王运熙《中国唐代文学学会第九届年会暨国际学术讨论会论文集》1998年；《铁道师院学报》1998年第6期，第37~38页

《论白居易对韦应物的接受》严杰《中国唐代文学学会第九届年会暨国际学术讨论会论文集》1998年

《白诗高处在其有民主思想：毛泽东与白居易》蔡清富《中国文化研究》1998年第4期

《论白居易的讽谕诗》程正江《渭南师专学报》1998年第3期，第32~34页

《人生理想的宣泄：浅说白居易》刘蕻《福建论坛》1998年第4期

《白居易的经济思想》刘若飞《社会科学》1998年第7期

《白居易事迹辨说三则》周桂峰《淮阴师范学院学报》1998年第4期，第103~105页

《白居易与山西》杨秋实《火花》1998年第4期

《白居易与日本平安朝诗坛》萧瑞峰《传统文化与现代化》1998年第4期

《白居易与日本平安诗坛》中岛洋一《思想战线》1998年第9期

《一字之差，后果严重：为白居易诗一辩》乃骝《中华诗词》1998年第4期

《浅谈白居易诗歌的“双字”艺术》韦妙才《钦州师范高等专科学校学报》1998 年第 3 期

《用常得奇，以俗见志：浅论白居易以俗为美的叙事之作》姬秀梅《甘肃教育学院学报》1998 年第 2 期

《阮籍、嵇康、白居易等文化名人的心理建构散论》谭玉良《川东学刊》(达县师范高等专科学校学报)1998 年第 1 期

《陶渊明对白居易的影响》蔡正发《云南学术探索》1998 年第 2 期。按《陶渊明对白居易的影响》蔡正发《古今艺文》第 23 卷第 4 期，1997 年 8 月，第 4~14 页

《白居易和绿》涂乐道《当代矿工》1998 年第 5 期

《白居易养生诗话》水化《食品与健康》1998 年第 6 期

《白居易乐天养生》王卫民《家庭医学》1998 年第 5 期

《卅年磨一剑：太田次男〈以旧钞本为中心的白氏文集本文研究〉评介》谢思炜《书品》1998 年第 4 期。按，太田次男《舊鈔本を中心とする白氏文集本文の研究》，勉诚社，1997 年

《长庆集有关西南事诗文》方国瑜(1903—1983)摘录，徐文德校订，收入方国瑜编《云南史料丛刊》(第 2 卷)，云南大学出版社，1998 年 5 月

长恨歌

《长恨一歌谁知音》毛戈、朱彦群《天中学刊》1998 年第 6 期

《李杨爱情的多重视角与〈长恨歌〉的多重意蕴》陈慧敏《安徽师范大学学报》1998 年第 1 期

《〈长恨歌〉与〈连昌宫词〉叙事艺术之比较》王文龙《名作欣赏》1998 年第 1 期

《“以汉代唐”与〈长恨歌〉的命意》李子广《内蒙古社会科学》1998 年第 4 期

《〈长恨歌〉接受史研究：兼论古代叙事诗批评的形成发展》陈文忠《文学遗产》1998 年第 4 期

《白居易和他的〈长恨歌〉》布莉华《承德民族师专学报》1998 年第 4 期

《“不见玉颜空死处”新诂》陈永明《唐代文学研究》第 7 辑(中国

唐代文学学会第八届年会暨国际学术讨论会论文集1996年)，广西师范大学出版社，1998年10月

《〈长恨歌〉的感伤主题与“召唤结构”》温斌《阴山学刊》(包头)1998年第3期

《试论〈长恨歌〉的艺术美》邓宇立《抚州师专学报》1998年第3期

《试谈〈长恨歌〉的艺术美》胡承楷《语文教学与研究》1998年第12期

《管窥〈长恨歌〉》申屠平《浙江经济高等专科学校学报》1998年第2期

《〈长恨歌〉主题探议》李建雷《甘肃教育学院学报》1998年第2期

《失却主题却归于主题：〈长恨歌〉主题之管见》曹贤香《岱宗学刊》(《泰安教育学院学报》)1998年第1期

《〈长恨歌〉不是传奇小说》邵荣昆《咬文嚼字》1998年第1期

琵琶行

《从音乐角度赏析〈琵琶行〉》伍晓原、姜筑《贵州教育学院学报》1998年第1期

《带学生步入审美境界——〈琵琶行〉赏析课课例介绍》李殿通《石油教育》1998年第6期

《泪湿青衫为哪般：读白居易〈琵琶行〉》王玉彪《延安教育学院学报》1998年第2期

《〈琵琶行〉的流行美》姜学桓《黔东南民族师专学报》1998年第3期

《比较〈琵琶行〉与〈珍珠岛〉的描写手法》张吉珍《山东师范大学学报》1998年增刊

《是“泉流水下滩”还是“泉流冰下难”》林占波《松辽学刊》1998年第3期

《“弟走从军阿姨死”释》刘玉昌《语文知识》1998年第12期。智按：句出《琵琶行》

《〈琵琶行〉注释商榷和补充》周建成《阅读与写作》1998年第10期

《一弹琵琶一弹月》陆精康《中学语文教学参考》1998年第12期。

智按:《琵琶行》

《“越明年”是何年?》陆精康《中学语文教学参考》1998 年第 11 期。智按:语出《琵琶行》

《“欲语迟”者谁》张跃进《语文教学通讯》1998 年第 5 期。智按:语出《琵琶行》

《〈琵琶行〉诗化阐释的历史进程》陈文忠,收入其《中国古典诗歌接受史研究》,安徽大学出版社,1998 年 8 月

其他作品

《白居易“兴化亭送别”与“一字至七字诗”》卢传裔《九江师专学报》1998 年第 4 期

《白居易与“一字至七字诗”》卢传裔《宜春师专学报》1998 年第 4 期。智按:《白居易与“一字至七字诗”》卢传裔《文史杂志》1992 年第 2 期

《读白居易〈赠梦得〉》李园澍《山西老年》1998 年第 8 期

《试析刘禹锡〈竹枝词〉的艺术美:兼评白居易的〈竹枝词〉》陈阳《职大学报》1998 年第 3 期

《知人而论世,读诗以观心:白居易〈追欢偶作〉一解》黄志辉《羊城晚报》1998 年 1 月 16 日

《进步的主张,宝贵的遗产:读白居易〈与元九书〉》魏春贵《黄河学刊》1998 年第 1 期

1999 年

《白居易与襄阳》魏平柱,收入其《临汉文史考析》,中国人事出版社,1999 年 10 月

《“报恩狂”的负效应:白居易》李若愚,收入其《苦涩风流:古代知识分子浮沉录》,北京大学出版社,1999 年 5 月,第 187~192 页

《白居易功利主义诗论的几个问题》杨光祖《甘肃理论学刊》1999 年第 1 期

《白居易》褚斌杰《中华文明之光》(二)北京大学出版社,1999 年 1 月

《本与乐天为后进:王禹偁与白居易的师承关系》王延梯、李小

彤《菏泽师专学报》1999 年第 1 期

《白居易情恋世界寻踪》张天健《都江学刊》1999 年第 1 期

《乐天的痛苦与逍遥：白居易心态特征论》池万兴《西藏民族学院学报》1999 年第 2 期

《白居易思想考》顾学颉《传统文化与现代化》1999 年第 2 期

《白居易与佛教》马现诚《江汉论坛》1999 年第 2 期，第 85~88 页

《白居易与交大虾蟆陵》孙民柱《西安交通大学学报》1999 年第 2 期

《白集注本琐谈：白居易》谢思炜《书品》1999 年第 1 期

《白居易与“新乐府”诗体》谢思炜《文史知识》1999 年第 5 期，第 18~22 页

《从张王乐府诗体看元白的“新乐府”概念》谢思炜《北京师范大学学报》，1999 年第 5 期，第 80~85 页，又收入其《唐宋诗学论集》，商务印书馆，2003 年 3 月，第 170~182 页

《“元和体”诗流行原因试析》石明庆、马纳《临沂师专学报》1999 年第 1 期

《元和体考辨》邓新跃《益阳师专学报》1999 年第 2 期

《论元和体》周桂峰《淮阴师范学院学报》1999 年第 5 期

《元和诗风新变的文学史意义》邓新跃《益阳师专学报》1999 年第 4 期

《略谈唐代进士行卷对元和诗风的影响》尉迟从泰《商丘师专学报》1999 年第 3 期

《白居易“毡帐诗”与唐朝社会的胡风》吴玉贵《唐研究》第五卷，北京大学出版社，1999 年，第 401~420 页

《白居易〈花非花〉再辨》谢虹光《广播电视大学学报》1999 年第 3 期

《白居易女性诗歌社会内涵初探》李雷《贵州文史丛刊》1999 年第 6 期

《白居易被贬的真正原因及思想矛盾》唐澍、玉叟《西安教育学院学报》1999 年第 1 期，第 56~58 页

《白居易与香山寺》冯晔《绥化师专学报》1999 年第 4 期

《作为回忆录的〈白氏文集〉》丸山茂著、蒋寅译《周口师专学报》1999 年第 1 期，原载《日本中国学会报》(日本中国学会)1995 年第 44 期

《白居易与音乐》魏素萍《兰州大学学报》1999 年第 2 期

《简论白居易讽谕诗论与创作》邓民兴《陕西经贸学院学报》1999 年第 3 期，第 78~81 页；《中国古代、近代文学研究》(人大复印报刊资料)1999 年第 10 期

《"退之服硫黄"五说考辨》卞孝萱《东南大学学报》1999 年第 4 期

《蹇长春教授与白居易研究》孙世旭《社科纵横》1999 年第 5 期

《白居易研究的拓展深入：评〈白居易集综论〉》严杰《古籍整理出版情况简报》总第 346 期，1999 年第 9 期

《毛泽东与白居易诗作》刘汉民《党史文汇》1999 年第 8 期

《白居易的"平等心情"：读毛泽东评点〈唐诗三百首〉》张家骐《中国石油报》1999 年 11 月 28 日

《"元白"传统与现代新诗的歌谣化趋向》姜峰《江汉论坛》1999 年第 10 期，第 83~86 页

《白居易的养生诗》周靖竹《中国气功科学》1999 年第 1 期

《无忧乐性场，寡欲清心源：白居易的养生术》高潮《医药与保健》1999 年第 5 期

《上阳宫女悲剧性及社会意义：试析白居易的〈上阳白发人〉》张伟萍《延安教育学院学报》1999 年第 3 期

《大家评说即定论：朱光潜〈谈白居易和辛弃疾的词四首〉"非议"》张建铭《中学语文教学参考》1999 年第 6 期

《长篇小说〈白居易风雨之旅〉讨论　文人　文化　文明：评长篇小说〈白居易风雨之旅〉》鲁原《枣庄师专学报》1999 年第 1 期

《长篇小说〈白居易风雨之旅〉讨论　教授笔下的历史：刘剑锋长篇小说〈白居易风雨之旅〉讨论纪要》赵秀媛整理《枣庄师专学报》1999 年第 1 期。按，《白居易风雨之旅》，华艺出版社，1997 年 8 月。刘剑锋，山东省枣庄教育学院和枣庄师专中文系教授，山东当代文学研究会常务理事

《杜甫、白居易诗歌中的妇女形象的比较》邱占勇《辽宁工程技术

大学学报》1999 年第 2 期

《白居易的自我超越》江舟《阅读与写作》1999 年第 5 期

《白居易诗中的西域乐舞考论》(一)谢建忠《四川三峡学院学报》1999 年第 3 期

《白居易诗中的西域乐舞考论》(二)谢建忠《四川三峡学院学报》1999 年第 5 期

《白居易的礼刑关系论和犯罪根源说浅析》饶鑫贤，收入其《中国法律史论稿》，法律出版社，1999 年 10 月

长恨歌

《“一篇长恨有风情”：〈长恨歌〉主题辨析》甘佩钦《社科纵横》1999 年第 1 期

《〈长恨歌〉主题辨》吉洁《呼兰师专学报》1999 年第 1 期

《讽还是颂：〈长恨歌〉主题探讨》吕红杰《牡丹江师范学院学报》1999 年第 3 期

《浅谈〈长恨歌〉的文化意蕴》钟一明《社会科学家》1999 年第 4 期

《好情人与坏皇帝集于一身：论〈长恨歌〉中的“君王”形象》洪申我《黎明职业大学学报》1999 年第 2 期

《〈长恨歌〉的主题是什么》张正君，收入金人、刘燕远主编《学海趣谈：传统文化中的旧知新说》，群众出版社，1999 年 7 月，第 124~128 页

琵琶行

《试谈白居易〈琵琶行〉中高超的音乐描写》王安焱《郑州铁路教育学院学报》1999 年第 4 期

《从〈琵琶行〉谈唐人好狎之风及其他》汪秋明、储春《安庆师范学院学报》1999 年第 2 期；《语文学刊》1999 年第 3 期

《白居易〈琵琶行〉“冰下滩”新证》景凯旋《文史》(总第 49 期)1999 年第 4 期(中华书局，1999 年 12 月)；又收入景凯旋《唐代文学考论》，南京大学出版社，2012 年 6 月。文章认为，就此诗的具体语境考察，作“冰下滩”而不是作“冰下难(按，原文误作滩)”，将“冰下滩”的“滩”字解作水奔而不是水尽，更符合白居易的原意

《抒写“天涯沦落之恨”的〈琵琶行〉》杨盛峰《语文天地》1999 年第

5期

《〈琵琶行〉的艺术特色》卫云英《语文世界》1999年第11期

《异曲同工，尽得其妙：〈明湖居听书〉与〈琵琶行〉音乐描写艺术比较》陈从政《中学语文教学参考》1999年第3期

《唐诗〈琵琶行〉与琵琶小协奏曲〈琵琶行〉》王晓君《黄河之声》1999年第3期

《“善才”补释》姜莲芳《烟台师范学院学报》(哲学社会科学版)1999年第3期。智按：语出《琵琶行》

《白居易与交大虾蟆陵》孙民柱《西安交通大学学报》(社会科学版)1999年第2期。智按：《琵琶行》

《关于白居易诗中“瑟瑟”一词的解释》陈才智《中国典籍与文化》1999年第4期，第10~13页。智按：《琵琶行》

其他作品

《摄奇得要，情寓胜概：读白居易〈冷泉亭记〉》钱扬珍《语文月刊》1999年第11期

《撮奇得要，情寓胜概：读白居易〈冷泉亭记〉》钱扬珍《阅读与写作》1999年第12期

《品性高洁，寓意深远：介绍白居易的〈养竹记〉》王明《新疆广播电视大学学报》1999年第3期

2000年

《文体选择与文体自觉：白居易〈新乐府〉创作之再认识》刘明华《中山大学学报》2000年第6期，第21~25页；又收入《唐代文学研究》第九辑(中国唐代文学学会第十届年会暨国际学术研讨会论文集2000年)，广西师范大学出版社，2002年4月

《论新乐府运动争议中的几个问题》朱炯远《文艺理论研究》2000年第2期

《试论白居易的闲适精神》檀作文《安庆师范学院学报》2000年第1期，第43~46页

《宋初诗坛“白体”辨》张海鸥《中山大学学报》2000年第6期

《从“闲适”走向“自适”：论江州时期与忠州时期白居易思想的发

展变化》陈忻《重庆师范学院学报》2000 年第 4 期，第 38～42 页

《白居易诗中衰老主题的文化阐释》王红丽《青海社会科学》2000 年第 4 期，第 69～71、97 页

《白居易诗中衰老主题的文化阐释》王红丽《天府新论》2000 年第 4 期，第 70～73 页

《白居易的人生意趣及其感悟诗》宋祖荣《中共南宁市委党校学报》2000 年第 2 期

《试论白居易的诗评论》张汉清《青海师专学报》2000 年第 4 期，第 29～32 页。按，《试论白居易的诗评论》张汉清、方弢《大理师专学报》1988 年第 1 期

《文化接受中有选择的认同：从布莱希特所译的白居易的四首诗谈起》谢芳《外国文学研究》2000 年第 3 期，49～55 页；《外国文学研究》(人大复印报刊资料)2001 年第 3 期

《白居易讽喻诗的创作主旨》唐晓敏《北京第二外国语学院学报》2000 年第 2 期

《〈源氏物语〉与中唐诗人白居易的诗作》李丽《北京第二外国语学院学报》2000 年第 4 期

《白居易"寄家符离"考》许大畅《安徽史学》2000 年第 4 期

《元稹白居易"初识"之年考辨》[韩]金卿东《文学遗产》2000 年第 6 期

《元白交谊论》周桂峰《淮阴师范学院学报》2000 年第 1 期，第 69～72 页

《韩愈白居易文学交游考》邓新跃《中国韵文学刊》2000 年第 2 期

《论元和体》胡可先《中国韵文学刊》2000 年第 1 期，又收入其《中唐政治与文学：以永贞革新为研究中心》，安徽大学出版社，2000 年 10 月

《白居易"诗道崩坏"论》简德彬《常德师范学院学报》2000 年第 4 期

《类乎香山，风华为胜：谈吴伟业叙事诗对白居易的学习与借鉴》林彬晖、郭建球《湘潭工学院学报》2000 年第 2 期

《试论白居易诗歌中的唱声唱情美》杜兴梅《音乐探索》2000 年第

1 期

《试论白居易诗歌中的歌唱艺术》杜兴梅《韩山师范学院学报》2000 年第 1 期

《“泄导人情”论与“白居易现象”》简德彬《益阳师专学报》2000 年第 2 期

《从视点的角度释白居易诗歌中身体姿势描写的含义》(日)埋田重夫著，李寅生译《钦州师范高等专科学校学报》2000 年第 1 期

《谈白居易的“中隐”》孙臣《松辽学刊》2000 年第 1 期

《白居易储粮备荒的理论和意义》汤标中《广西粮食经济》2000 年第 2 期

《论白居易的妇女诗》(上)杨明琪《商洛师范专科学校学报》2000 年第 1 期

《论白居易的妇女诗》(下)杨明琪《商洛师范专科学校学报》2000 年第 3 期

《不妨学学白居易》思翮《税收与社会》2000 年第 9 期

《“自笑忆忠州”：白居易与三峡》孙善齐《中国三峡建设》2000 年第 10 期

《白居易与香山寺》冯晔《古典文学知识》2000 年第 2 期。按，《白居易与香山寺》冯晔《绥化师专学报》1999 年第 4 期

《白居易的咏鹤诗》张宇《古典文学知识》2000 年第 6 期

《文学、社会现实、时代的政治：刘勰、钟嵘、陈子昂、白居易给予我们的启示》徐慧琴《太原师范专科学校学报》2000 年第 3 期

《白居易与花》胥洪泉《涪陵师范专科学报》2000 年第 1 期，又收入其《古代文学论稿》，重庆出版社，2004 年 12 月，第 82~86 页

《道不尽的田园情：感悟白居易的田园诗》张家骐《胜利油田党校学报》2000 年第 4 期

《史与诗：读陈寅恪先生〈元白诗笺证稿〉、〈论再生缘〉、〈柳如是别传〉》姜伯勤，收入《陈寅恪与二十世纪中国学术》，浙江人民出版社，2000 年 12 月，第 357~364 页

《杜牧攻讦元白诗歌的批评学意义》邓新跃《益阳师专学报》2000 年第 2 期，第 13~16 页

《韩愈、柳宗元、白居易法律思想之探究》王祥东《胜利油田师范专科学校学报》2000年第2期

《从元白的讽谕诗看“胡风”东渐的情势》杨晓霭《唐代文学研究》第八辑(中国唐代文学学会第九届年会暨国际学术讨论会论文集1998年),广西师范大学出版社,2000年10月

《白居易的保健养老诗》熊春捷《中国中医药报》2000年6月30日第4版

《回眸荆楚,定格盛唐:屈原与白居易乐舞观比较》任华萍《北京舞蹈学院学报》2000年第4期

《白居易与气功养生》罗志《现代养生》2000年第7期

《人品与艺品》王晓家《大众日报》2000年9月15日第1版

《白居易卖稿》石平《传媒》2000年第4期

《白居易的居士情怀》赵澜《福建教育学院学报》2000年第4期

《唐东都履道坊白居易故居遗址发现的回忆》王岩《河南文史资料》2000年第1期

《在静嘉堂文库访“国宝”》严绍璗《中华读书报》2000年9月6日。介绍《白氏六帖事类集》北宋仁宗年间(1023—1063)刊本

长恨歌

《存活于两个世界里的爱情神话:说白居易〈长恨歌〉的叙事结构与聚焦》孟祥荣《黄冈师范学院学报》2000年第1期,第45~49页

《千古“长恨”为哪端:〈长恨歌〉主题之我见》黄海蓉《龙岩师专学报》2000年第4期

《横绝古今,珠联璧合:〈离骚〉与〈长恨歌〉对读》布莉华《承德民族师专学报》2000年第1期

《也谈〈长恨歌〉的主旨》余大庆《淮阴师范学院学报》2000年第1期

《〈长恨歌〉不为玄宗讳恶说》连生慧《内蒙古师范大学学报》2000年第3期

《关于白居易〈长恨歌〉主题的探讨》叶建华《集宁师专学报》2000年第3期

《近二十年〈长恨歌〉主题之争综述》马宾《上饶师范学院学报》

2000年第2期

《〈长恨歌〉主题再探》曹贤香《山东科技大学学报》2000年第3期

《〈长恨歌〉主题之我见》曾玮《伊犁教育学院学报》2000年第1期

《〈长恨歌〉主题思想之我见》何永荣《新疆教育学院学报》(汉文版)2000年第3期

《〈长恨歌〉的文本接受史分析》陈友康《中南民族学院学报》2000年第3期，又收入张立新主编《古典文学论集》，云南大学出版社，2007年10月，第155~165页

《大梦谁先觉：〈长恨歌〉、〈莺莺传〉与元白婚恋散论》周相录《乐山师范学院学报》2000年第4期

《唱尽人间感伤情：读白居易的〈长恨歌〉》薛亚康《名作欣赏》2000年第2期

《浅谈〈长恨歌〉的渲染手法》王惠生《古典文学知识》2000年第1期

《诗与小说的联袂与分歧：由〈长恨歌〉〈长恨传〉看一种文学发展景观》高永年《古典文学知识》2000年第2期

《批判多于同情，讽刺多于惋惜：浅谈〈长恨歌〉的主题思想》张晨光《牡丹江师范学院学报》2000年第2期

《〈长恨歌传〉笺证》周绍良，收入《唐传奇笺证》，人民文学出版社，2000年5月

琵琶行

《白居易〈琵琶行〉艺术新探》胡源、张文华《南方冶金学院学报》2000年第6期

《白居易〈琵琶行〉的多重文化意蕴》刘雅杰《东北师范大学学报》2000年第2期

《异曲同工的摹声至文：浅析白居易〈琵琶行〉和李贺〈李凭箜篌引〉音乐描写的相异处》吕青山《语文学刊》2000年第1期

《谈〈琵琶行〉的音乐描写技术》蒋寄红《湖南税务高等专科学校学报》2000年第6期

《音乐艺术描写的典范之作：试析〈琵琶行〉与〈明湖居说书〉的异同》蔡晓光、徐景博《滨州教育学院学报》2000年第2期

《音乐描写之绝唱：浅谈〈琵琶行〉、〈听颖师弹琴〉、〈李凭箜篌引〉的音乐描写》马琦、于立新《佳木斯大学社会科学学报》2000 年第 2 期

《论〈琵琶行〉的音乐描写艺术》龙剑梅《湖南商学院学报》2000 年第 6 期

《"状难写之景，如在目前"：白居易〈琵琶行〉与刘鹗"白妞说书"音乐描写之比较》张燕《贵阳金筑大学学报》2000 年第 1 期

《情感与音乐的交融——〈琵琶行〉的流动美》李凤歧《佳木斯教育学院学报》2000 年第 3 期

《〈琵琶行〉与〈明湖居听书〉的绘声艺术》李冬梅《语文知识》2000 年第 11 期

《"梦啼妆泪红阑干"具体该作何理解》唐军文《语文知识》2000 年第 9 期。智按：句出《琵琶行》

《也说"阿姨"谓谁》黄运明《语文知识》2000 年第 8 期。智按：语出《琵琶行》

《"弟走从军阿姨死"应如何理解》田秀娟《语文教学通讯》2000 年第 9 期。智按：句出《琵琶行》

《情景交融，"惨"贯诗行——白居易〈琵琶行〉中秋夜送客的情景赏析》王道普《语文知识》2000 年第 6 期

《三首唐诗中的音乐描写》吕银才《洛阳工学院学报》(社会科学版)2000 年第 3 期。智按：《琵琶行》《听颖师弹琴》《李凭箜篌引》

其他作品

《自然美·语言美·意境美：白居易〈暮江吟〉赏析》许慧《中小学教学研究》2000 年第 3 期

《"坎曼尔诗笺"真乎？伪乎？》孤岛、梁越，《丝绸之路》(西北师范大学)2000 年学术专辑，第 41~45 页

《〈谈白居易和辛弃疾的词四首〉教学后记》朱玉学《语文教学与研究》(华中师范大学)2000 年第 3 期

《早春画卷：白居易〈南湖早春〉赏析》姚小勇《文史知识》2000 年第 3 期

2001 年

《试论〈白孔六帖〉的几个问题》宋建昃《河南大学学报》2001 年第 1 期

《元白同题乐府诗研究》周桂峰《淮阴师范学院学报》2001 年第 1 期，第 106~110 页

《论汉乐府、新乐府的叙述发展》邓全明《苏州教育学院学报》2001 年第 3 期

《白居易〈井底引银瓶〉的民俗学问题》刘航、李贵《文史知识》2001 年第 1 期

《论白居易前期的“隐处”意识》李敬一《淮阴师范学院学报》2001 年第 1 期，第 111~114 页

《元白长篇叙事诗的类型特征及其流派意义》陈文新《贵州社会科学》2001 年第 1 期，第 68~72 页

《姓氏、白氏、〈白居易家谱〉考、释、辨及评述》白汝斌《黄河科技大学学报》2001 年第 1 期

《白居易故居出土的经幢》温玉成《四川文物》2001 年第 3 期

《司马青衫湿几许，无限愁容迁须磨：谈谪贬时期的白居易对〈源氏物语 · 须磨卷〉的影响》许明《殷都学刊》(安阳)2001 年第 2 期

《宋词对白居易的受容及其文化解读》张再林《中国韵文学刊》2001 年第 1 期，第 38~44 页；《中国古代、近代文学研究》(人大复印报刊资料)2002 年第 1 期

《张籍与韩愈、白居易的交游及唱和》吴莺莺《湘潭师范学院学报》2001 年第 6 期

《论白居易讽谕诗的艺术成就》韩玉堂《青岛大学师范学院学报》2001 年第 4 期

《中国古典诗学批评中的白居易论》胡建次《衡阳师范学院学报》2001 年第 5 期

《元稹白居易“初识”之年再辨》陈才智《文学遗产》2001 年第 5 期，第 125~126 页

《白居易生平考辨三题》邓新跃、黄去非《云梦学刊》2001 年第

4期

《从白居易的〈废琴〉诗谈起》李石根《中国音乐》2001年第3期

《知人论事不能单纯从政治斗争着眼：简评白居易后期的活动和作品》王蓓《武警工程学院学报》2001年第5期。按，《知人论事不能单纯从政治斗争着眼：简评白居易后期的活动和作品》林牧《人文杂志》1985年第2期，第120~121页

《白居易禅诗浅探》李迎春《河南教育学院学报》2001年第4期

《白居易的崇佛与俗乐》多洛肯《昌吉学院学报》2001年第1期

《大诗人白居易与绿化》杨玉琦《中国林业》2001年第2期

《白居易与档案》李烈辉《档案管理》2001年第2期(总第129期)，2001年4月，第44页

《论白居易女性观的矛盾性》付兴林《安康师专学报》2001年第1期

《略论〈岁寒堂诗话〉对杜甫与白居易诗歌的比较评论》兴膳宏撰，李寅生译《杜甫研究学刊》2001年第1期。智按：《〈岁寒堂诗话〉的诗人论——以杜甫与白居易为中心》兴膳宏《东方学》(东方学会)第92期，1996年7月

《从视力障碍的角度释白居易诗歌中眼疾描写的含义》[日]埋田重夫著；李寅生译《钦州师范高等专科学校学报》2001年第1期

《白居易的"比兴"说》贾文昭《唐都学刊》2001年第2期

《崇雅与爱俗的矛盾组合：多层面的白居易音乐美学观及其变化发展》秦序《中国音乐学》2001年第1期

《白居易的文艺美学思想简论》李泽淳《沈阳师范学院学报》2001年第3期

《从白居易诗看唐代服食风气》姜维公、范胜利、孙淑琴《长春师范学院学报》2001年第3期

《浅谈白居易的通俗诗风》李贵田《河北师范大学学报》2001年第4期

《从"制裘诗"看白居易前后期思想的一致性》谢虹光《山西广播电视大学学报》2001年第3期

《歌诗献西子，多情白刺史：白居易杭州山水诗十首评点》谢虹

光《名作欣赏》2001 年第 3 期

《甘露之变与白居易后期诗歌创作》赵荣蔚《盐城师范学院学报》2001 年第 3 期

《白居易“曲江”系列中的“巅峰体验”和人生意蕴》赵永建《郑州大学学报》2001 年第 5 期，又收入张学松、赵永建、彭洁莹、邓建《唐宋文学探微》，吉林人民出版社，2007 年 8 月

《天籁自鸣，早熟诗才：白居易、汤显祖、李渔、吴敬梓少年诗试析》关秀娟《福州师专学报》2001 年第 4 期

《白居易闲适诗中的“知足”心》谢苍霖《江西教育学院学报》2001 年第 5 期

《略论白居易的家园意识》李晓明《华中师范大学学报》2001 年第 6 期

《从白居易的眼病诗谈起》万青《医药与保健》2001 年第 9 期

《唐代伟大的现实主义诗人：白居易》《今日山西》2001 年第 1 期

《白居易父母的畸形婚配》李寿冈《中国韵文学刊》2001 年第 2 期

《白居易元稹对杜甫理解的差异》李俊《唐都学刊》2001 年第 1 期，第 42~44 页

《白居易与道教》罗萍《四川师范学院学报》2001 年第 1 期

《白居易道教信仰的嬗变历程》李乃龙《东方丛刊》2001 年第 1 期

《读白诗札记》(七则)谢思炜《书品》2001 年第 4 期，收入清华大学中文系编《清华大学古代汉文学论集》，中华书局，2005 年 3 月

《超越庸俗：严羽对元白的态度及其美学追求》梁超然《人民政协报》2001 年 9 月 25 日第 4 版

《白居易(江州时期)果真拜访了“李白墓”吗?》静永健撰、刘维治译，收入《中国李白研究》(2001—2002 年集：纪念李白诞生 1300 周年国际学术讨论会论文集)，原载《九州中国学会报》1995 年第 33 期。又收入《白居易写讽谕诗的前前后后》“白居易与李白墓”一章，中华书局，2007 年 10 月，第 174~188 页。收入王晓平主编“日本中国学文萃”。原名《白居易“讽谕诗”研究》，勉诚社，2000 年 2 月

《中国书店今秋书刊资料拍卖会落锤》石小楠(实习记者)《中华读书报》2001 年 11 月 7 日第 1 版。按，拍出最高价的《白氏讽谏》刊印

于明正德二年（1507）

《白居易书法艺术简论》梁继《书法导报》2001 年 10 月 3 日第七版；《书法世界》2003 年第 2 期；《国际白居易研究论文集》，中国洛阳白居易研究会编，银河出版社，2006 年 8 月

《白居易元稹评贞元会盟》李公《云南日报》2001 年 1 月 29 日第 4 版

《诗与历史的熵》杜兆勇《科学时报》2001 年 3 月 3 日第 11 版。按，评《白居易风雨之旅》

《重精神与重物质：时代风气对陶渊明和白居易各自的影响》刘万川《岳阳职业技术学院学报》2001 年第 4 期

《白居易的养生诗》赵德贵《养生月刊》2001 年第 1 期

《白居易的养生诗》赵叶《家庭医学》2001 年第 6 期

《试论白居易诗歌的医药学思想》张英强《中医文献杂志》2001 年第 4 期

《白居易的养生诗话》阳君《家庭中医药》2001 年第 8 期

《元白“小碎篇章”与“花间”词风》叶帮义《安徽师范大学学报》2001 年第 2 期，第 286~291 页；《高等学校文科学报文摘》2001 年第 4 期

长恨歌

《〈长恨歌〉三题》周相录《东方丛刊》2001 年第 1 期

《遭遇帝王的爱情：〈沙恭达罗〉与〈长恨歌〉的悲剧情愫》何红梅《湖南广播电视大学学报》2001 年第 4 期

《帝王角色的悲剧：〈长恨歌〉主题新解》吴艳玲、潘承玉《山西大学师范学院学报》2001 年第 1 期

《〈长恨歌〉之“风情”的再思考》付兴林《赣南师范学院学报》2001 年第 2 期

《〈长恨歌〉“讽谕说”质疑》付兴林《河池师专学报》（宜州）2001 年第 3 期

《辨白居易评价〈长恨歌〉的矛盾心态：兼论〈长恨歌〉归入“感伤诗”的意义》付兴林《唐都学刊》2001 年第 3 期

《从三部曲结构论〈长恨歌〉之“恨”》付兴林《固原师专学报》2001

年第 4 期

《〈云使〉和〈长恨歌〉》刘安武《国外文学》2001 年第 3 期

《〈长恨歌〉主题新论》雒莉《唐都学刊》2001 年第 4 期

《浅谈〈长恨歌〉主题思想的多重性》张健芳《内蒙古电大学刊》2001 年第 4 期

《从白居易的性情看〈长恨歌〉的主旨：兼谈词体生成过程中的一个问题》张再林《云梦学刊》2001 年第 5 期

《"时之所重，仆之所轻"：论〈长恨歌〉的主题》阎来恩《辽宁教育学院学报》2001 年第 5 期

《白居易与〈长恨歌〉》养怡《团结与民主》2001 年第 6 期

《化景物为情思：浅论白居易〈长恨歌〉的艺术特色》王海福《甘肃教育学院学报》2001 年专辑

《影响的焦虑：〈长恨歌〉与〈传奇〉比较研究》陈怀琦《江西社会科学》2001 年第 4 期

《异曲同调，天上人间：变文〈欢喜国王缘〉与〈长恨歌〉之比较》杨青《河西学院学报》2001 年第 2 期

琵琶行

《白居易与琵琶艺术》孙焕英《名作欣赏》2001 年第 3 期。按，《白居易与琵琶艺术》孙焕英《华夏文化》1997 年第 4 期

《同是天涯沦落人：白居易〈琵琶行〉与李清照〈声声慢〉比较赏析》薛亚康《名作欣赏》2001 年第 4 期

《戏曲史视野中的〈琵琶行〉》郑尚宪《中国戏剧》2001 年第 5 期

《〈琵琶行〉创作动因论》赵永建《周口师范高等专科学校学报》2001 年第 4 期，又收入张学松、赵永建、彭洁莹、邓建《唐宋文学探微》，吉林人民出版社，2007 年 8 月

《〈琵琶行〉创作心态论》赵永建《中南民族学院学报》2001 年第 5 期，又收入张学松、赵永建、彭洁莹、邓建《唐宋文学探微》，吉林人民出版社，2007 年 8 月

《〈琵琶行〉及其叙事特色》张新《甘肃教育》2001 年第 9 期

《〈琵琶行〉教案》解红梅《广西教育》2001 年第 32 期

《〈琵琶行〉教学的再思考》李强运《广西教育》2001 年第 32 期

《千呼万唤始出来　犹抱琵琶半遮面——〈琵琶行〉中的琵琶女形象浅析》蔡雄辉、陈立军《语文天地》2001 年第 23 期

其他作品

《作品分析与作品评论：从〈谈白居易、辛弃疾词四首〉说起》苏尚芳、赵秀明《佳木斯教育学院学报》2001 年第 1 期

《〈谈白居易和辛弃疾的词四首〉读后散论：兼与〈谈白居易和辛弃疾的词四首教学后记〉的作者商榷》苏尚芳《佳木斯大学社会科学学报》2001 年第 4 期

《试为白居易〈缚戎人〉一辩：兼谈陈寅恪先生对该诗的看法》赵其钧《宁波职业技术学院学报》2001 年第 3 期

《诱逼相加，情致深浓：两首邀饮诗词赏读》高锋《古典文学知识》2001 年第 3 期

2002 年

《论唐代"现实派"的诗歌美学》刘健芬《文艺理论研究》2002 年第 5 期，又收入其《传统美学与美学传统》，中国三峡出版社，2003 年 1 月；《论唐代"现实派"的诗歌美学：论陈子昂、白居易诗学的审美价值取向》，《唐代文学研究》第 10 辑，广西师范大学出版社，2004 年 11 月

《元和体辨说》李培峰《新疆师范大学学报》2002 年第 2 期

《元稹白居易通江唱和真相纵述》吴伟斌《南昌大学学报》2002 年第 2 期

《次韵诗非元白所创》马斗全《光明日报》2002 年 7 月 3 日

《元白体名义辨析》陈才智《天中学刊》2002 年第 1 期

《元白诗与佛堂的美术》钟鸣《厦门广播电视大学学报》2002 年第 2 期

《元白风情诗产生原因及其文化心理研究》石明庆《廊坊师范学院学报》2002 年第 1 期，第 49～53 页

《元白文历史评价的变迁：一个文学接受史现象的个案分析》刘曙初《江淮论坛》2002 年第 6 期，第 110～116 页

《〈新题乐府〉与〈新乐府〉之辨析：以杜甫与白居易的创作为例》

祁伟《新国学》第 4 期，第 68~85 页，巴蜀书社，2002 年 12 月

《白居易的音乐舞蹈绘画思想》刘维治《唐代文学研究》第 9 辑(中国唐代文学学会第十届年会暨国际学术研讨会论文集 2000 年)，广西师范大学出版社，2002 年 4 月

《白居易闲适诗与基督教圣诗简论》张思齐《唐代文学研究》第 9 辑(中国唐代文学学会第十届年会暨国际学术研讨会论文集 2000 年)，广西师范大学出版社，2002 年 4 月

《试论白居易闲适诗的分期、内容及艺术特色》史素昭《广州大学学报》2002 年第 10 期，第 22~25 页

《从白居易研究中的一个误点谈起》傅璇琮《文学评论》2002 年第 2 期，第 130~137 页；《中国古代、近代文学研究》(人大复印报刊资料)2002 年第 7 期。又收入其《唐宋文史论丛及其他》，大象出版社，2004 年 10 月，第 59~71 页

《进不趋要路，退不入深山：白居易的“中隐”观念及其影响》蹇长春《文史知识》2002 年第 12 期，第 35~41 页

《道应该可言可传：读白居易七言绝句而引发》明灯《中国道教》2002 年第 5 期

《〈主客图〉与元白诗派的成立》陈才智《中国诗学》第 7 辑，人民文学出版社，2002 年 6 月

《白居易为官政绩及清廉事迹》刘百宽、陈西军(陕西省渭南市地方志办公室)《中州今古》2002 年第 1 期

《文儒派官吏白居易的管理思想》王相民《渭南师范学院学报》2002 年第 4 期

《论文人官吏白居易的管理思想》王相民《人文杂志》(西安)2002 年第 5 期

《论白居易的园林景观说》岳毅平《淮北煤炭师范学院学报》2002 年第 5 期，第 49~51 页

《白居易的园林艺术法则初论》岳毅平《西北大学学报》2002 年第 4 期；《2003 年安徽省文学学会学术会议论文集》

《从白居易到苏轼：唐宋文人心路历程之一瞥》张再林《东方丛刊》2002 年第 1 期

《略论白居易与柳永对唐宋文人俗文学发展的贡献》张再林《广西师范学院学报》(南宁)2002 年第 4 期，第 35~39 页

《简评〈白居易与下邽故里〉》于超武《渭南师范学院报》2002 年第 3 期，第 94~96 页

《简析白居易的音乐美学思想》卫凌《运城高等专科学校学报》2002 年第 4 期

《韩国的白居易研究概况及有关问题》金卿东(成均馆大学)撰、刘维治译《周口师范高等专科学校学报》2002 年第 1 期，第 17~24 页；《中国古代、近代文学研究》(人大复印报刊资料)2002 年第 10 期

《白居易〈池上篇〉考》[日]埋田重夫著、李寅生译《河池师专学报》(宜州)2002 年第 3 期，第 53~60 页

《略论白居易山水诗的淡美风格》李寅生《古典文学知识》2002 年第 4 期

《从社会性和时代性本质看白居易诗论的价值》刘铁峰《曲靖师范学院学报》2002 年第 2 期

《白居易闲适诗与禅宗人生境界》邓新跃《湘潭师范学院学报》2002 年第 4 期，第 82~86 页

《浅谈佛禅对白居易诗歌创作的影响》葛丽英《内蒙古农业大学学报》2002 年第 4 期

《白居易任东都分司官考述》勾利军《中州学刊》2002 年第 2 期

《三学兼修话香山：白居易佛学修养初探》胡遂《湖南大学学报》2002 年第 3 期

《财税史演义　第一一八回：杜工部歌颂租庸调、白居易诗讽两税法》何必如《四川财政》2002 年第 7 期

《论白居易后期闲适诗歌的创作心态》赵荣蔚《阴山学刊》(包头)2002 年第 4 期

《杜甫评画诗与白居易品乐诗比较》洪维《呼兰师专学报》2002 年第 2 期

《白居易的妇女诗作解读》徐黎《开封教育学院学报》2002 年第 3 期

《论陈子昂与白居易诗学的审美价值取向》刘健芬《新东方》2002年第5期

《论白居易两京时期山水诗》谢虹光《山西广播电视大学学报》2002年第4期

《白居易新乐府诗面面观》张福庆《外交学院学报》2002年第4期

《白居易、杜甫现实主义诗歌创作》柏秀娟《语文学刊》2002年第6期

《略论白朴的杂剧〈墙头马上〉：兼论杂剧与其故事所本白居易诗〈井底引银瓶〉两者题旨之优劣》奚海《长沙电力学院学报》2002年第4期

《论白居易对高丽诗人李奎报晚年诗歌创作的影响》邹志远《延边大学学报》2002年第4期

《独善和兼济相交织，知足与保和相融合：试论白居易闲适诗体现出来的人生态度》史素昭《怀化学院学报》2002年第6期

《白居易尚俗诗学观新探》陈允锋《宁夏社会科学》2002年第6期

《白居易父母"畸形婚配"说质疑》喻亮《中国韵文学刊》2002年第2期

《从"新乐府运动"到"格律诗运动"》王雪菲《广西师范学院学报》2002年第3期

《惟歌生民病，愿得天子知：白居易"新乐府"运动诗歌理论评述》景志明《西昌师范高等专科学校学报》2002年第4期

《"花开将尔当夫人"：白居易的花木情结》李广联《中国花卉园艺》2002年第21期

《养生有道白居易》陈雪寒《中国保健营养》2002年第11期

《妇孺皆知的白居易》丛玉《家庭与家教》2002年第7期

《西域文化对白居易文学创作的影响》王开元《昌吉学院学报》2002年第1期

《关于〈白居易生平考辨三题〉的商榷和补充》马道魁《宿州教育学院学报》2002年第4期。《白居易生平考辨三题》邓新跃、黄去非《云梦学刊》2001年第4期

《白居易的货币观》卢布林《人民日报》(海外版)2002年1月24

日第2版

《多才非福禄，薄命是聪明(妙句之妙)》万文武《人民日报》(海外版)2002年3月20日第7版

《论白居易思想的权变品格》葛培岭、陈飞主编《中国古典文学与文献学研究》第1辑，学苑出版社，2002年11月；又收入《唐代文学研究》第10辑，广西师范大学出版社，2004年11月

《唐代诗学、辞赋学、史学合流之一考察——从谏诤意识论白居易新乐府创作之理念与实践》许东海《中国楚辞学》第3辑，2002年楚辞学国际学术研讨会论文专辑，学苑出版社，2002年7月

《我收藏的陈寅恪〈元白诗笺证稿〉》修水、经富《中国文物报》2002年7月3日第5版

《白居易的交友关系：关于终生难得的朋友》(爱知县立大学西村富美子)《中国唐代文学学会第十一届年会暨唐代文学国际学术研讨会论文集》(重庆北碚·西南师范大学，2002年4月20—25日)

《白居易诗歌在国外》(中国国家图书馆王丽娜、人民文学出版社杜维沫)《中国唐代文学学会第十一届年会暨唐代文学国际学术研讨会论文集》(重庆北碚·西南师范大学，2002年4月20—25日)

《忠州之移与白居易的思想转变》(《社会科学研究》编辑部尹富)《中国唐代文学学会第十一届年会暨唐代文学国际学术研讨会论文集》(重庆北碚·西南师范大学，2002年4月20—25日)

《论白居易思想的权变品格》(河南社科院文学所葛培岭)《中国唐代文学学会第十一届年会暨唐代文学国际学术研讨会论文集》(重庆北碚·西南师范大学，2002年4月20—25日)

《论白居易寓言诗意象选择的思想倾向》(西南师范大学中文系王莉)《中国唐代文学学会第十一届年会暨唐代文学国际学术研讨会论文集》(重庆北碚·西南师范大学，2002年4月20—25日)

《元白诗文中的盐商形象小议》(厦门大学历史系李菁)《中国唐代文学学会第十一届年会暨唐代文学国际学术研讨会论文集》(重庆北碚·西南师范大学，2002年4月20—25日)

《白居易与王安石诗：诗人类型与作品风格考》王晋光《第二届宋代文学国际学术研讨会论文集》(南京大学，2002年8月16—19日)

《苏轼对白居易的文化受容和诗学批评》张海鸥《第二届宋代文学国际学术研讨会论文集》(南京大学，2002 年 8 月 16—19 日)

长恨歌

《谈〈长恨歌〉中对现实的批判与对真爱的歌颂》何艳《黑龙江教育学院学报》2002 年第 1 期

《论传统爱情悲剧对〈长恨歌〉主题的影响》李滨《湖南经济管理干部学院学报》2002 年第 1 期

《唐代传奇创作对〈长恨歌〉叙事艺术的影响》张静《山西师范大学学报》2002 年第 2 期

《长恨歌哭为湘灵：白居易〈长恨歌〉抒情客体论》张军《南昌大学学报》2002 年第 2 期

《人性悲剧的哀歌：简论〈长恨歌〉的主题》荣君《九江师专学报》2002 年第 3 期，第 87~88 页

《〈长恨歌〉的艺术性“空白”》刘丽珈《成都大学学报》2002 年第 3 期

《歌之长恨，咏之长悲：现实与梦想的交响》王海《黑龙江教育学院学报》2002 年第 5 期，第 95~96 页

《诗内诗外说“长恨”》滕宗仁《黑龙江教育学院学报》2002 年第 6 期，第 93~94 页

《唐代传奇创作对〈长恨歌〉叙事艺术的影响》张静《山西师范大学学报》(临汾)2002 年第 2 期，第 112~115 页

《从“倾国”涵义之辨正看〈长恨歌〉的主题》刘南平、贾知洵《张家口师专学报》2002 年第 5 期

《“一篇长恨有风情”考辨：兼及白居易〈长恨歌〉的主题》张中宇《北京大学学报》2002 年第 2 期

《再谈〈长恨歌〉的主题》李鹭、郭亮宇《忻州师范学院学报》2002 年第 2 期

《浅论〈长恨歌〉主题意义》白志忠《内蒙古科技与经济》2002 年专刊

《〈长恨歌〉艺术魅力探源》付兴林《陕西师范大学继续教育学报》2002 年第 4 期

《傅雷说白居易〈琵琶行〉〈长恨歌〉》傅雷《名作欣赏》2002 年第 4 期，渔歌子摘自《傅雷家书》

《〈长恨歌〉解读》赵晓红《云南财贸学院学报》2002 年第 6 期

《亦真亦幻，魅力无穷：浅析〈长恨歌〉的艺术特色》崔兴化《宿州师专学报》2002 年第 3 期

琵琶行

《〈琵琶行〉两种英译诗探微》李清娇《井冈山师范学院学报》2002 年第 2 期

《秋江月下的千古绝唱：白居易长篇叙事诗〈琵琶行〉赏析》沈鹏云《吉林广播电视大学学报》(长春)2002 年第 3 期，第 40~41 页

《〈琵琶行〉在越南》夏露《东南亚纵横》2002 年第 9 期

《浅谈〈琵琶行〉的艺术特色》程畅宏《甘肃教育学院学报》2002 年专辑

《塑造悲剧形象，描摹琵琶仙乐，沟通心灵感悟：白居易〈琵琶行〉品读》叶得霖、叶赓霖《河北职业技术师范学院学报》2002 年第 4 期

《〈琵琶行〉与语文课堂教学艺术》毕淑媚《山东教育》2002 年 1~2 月

《情景交融与情景相隔：谈〈琵琶行〉等三首诗的得失》陈昌安《语文教学通讯》2002 年第 8 期

《对〈琵琶行〉结构的另一种解读》韩大强、刘声勇《语文教学与研究》(华中师范学院)2002 年第 9 期

《无声胜有声：〈琵琶行〉与〈李凭箜篌引〉比较谈》李明《语文教学与研究》(华中师范学院)2002 年第 13 期

《“弟走从军”到底指什么》王琛《语文知识》2002 年第 11 期

《也谈〈琵琶行〉中“阿姨”的解释》李全华《楚雄师范学院学报》2002 年第 5 期

《白居易〈琵琶行〉的多重文化意蕴》苗馨芳《中华女子学院学报》2002 年第 3 期。智按：《白居易〈琵琶行〉的多重文化意蕴》刘雅杰《东北师范大学学报》2000 年第 2 期

《浅析〈琵琶行〉感情基调的渲染》彭雄祥《现代语文(教学研究

版)》2002年第4期

《〈琵琶行〉中的唐朝社会众生谱》吴志荣《现代语文(教学研究版)》2002年第9期

《同是"摹写声音至文"——唐韩愈、白居易、李贺三首音乐诗解读》郑小平《金华职业技术学院学报》2002年第1期

《音乐描写之比较——析三位唐代大诗人的赏乐名篇》王苹《现代语文：高中版》2002年第2期。智按：《琵琶行》《听颖师弹琴》《李凭箜篌引》

其他作品

《可使寸寸折，不能绕指柔：白居易〈李都尉古剑〉欣赏》鲁同《石油政工研究》2002年第3期

《白居易〈寄陆补阙〉诗考释》王勋成《兰州大学学报》2002年第4期

《白居易〈读张籍古乐府〉作年考辨》徐礼节《安徽农业大学学报》2002年第5期

《字字品味都是"苦"：白居易〈卖炭翁〉赏析》何敏玲《语文天地》2002年第14期

《〈游悟真寺诗〉考释》谢思炜《清华大学学报》2002年第6期

《〈上阳白发人〉一诗在〈源氏物语〉中的引用情况》孟彤《上海理工大学学报》2002年第1期

《同是"摹写声音至文"：唐韩愈、白居易、李贺三首音乐诗解读》郑小平《金华职业技术学院学报》2002年第1期

2003年

《略论元和体通俗诗风与佛禅思想的关系》马现诚《学术论坛》2003年第1期

《论"元和体"的文学思想》靳义增《江西社会科学》2003年第6期

《论时代精神与流派风格：以元和诗派为案例的一次理论思考》陈文新《洛阳师范学院学报》2003年第6期

《长庆体名义考辨》陈才智《文学评论》2003年青年学者专号

《论元稹、白居易的情节型叙事诗》张冬云《天中学刊》2003年第

4 期

《论元白新乐府创作与歌诗传唱的关系》吴相洲《中国诗歌研究》2003 年第 2 期，中华书局，2003 年 8 月

《元白诗体理论探析》钱志熙《中国文化研究》2003 年第 1 期，第 33~45 页

《试论白居易〈与元九书〉中的文学思想》孙殿玲、赵晓庆《辽宁广播电视大学学报》2003 年第 3 期

《张籍与韩白的交游考论》祁光禄、郑伟丽《零陵学院学报》2003 年第 1 期

《白居易新乐府对宋元诗歌的影响》王锡九《江苏教育学院学报》2003 年第 5 期

《皮陆与韩孟、元白唱和之关系》李福标《西北大学学报》2003 年第 4 期，第 135~139 页

《无令漫漫蔽白日：读陈寅恪先生〈元白诗笺证稿 · 新乐府〉》郎净《文史杂志》2003 年第 3 期

《张耒诗浅说——兼谈与白诗的渊源关系》邱文瑛《新余高专学报》2003 年第 3 期

《白居易与苏轼之比较》杨彩贤《西北大学学报》2003 年第 1 期

《白居易诗歌的几个问题》王运熙《学术研究》2003 年第 5 期

《试论杜甫、白居易歌诗创作的不同》郭院林《九江师专学报》2003 年第 1 期

《白居易散文在文学史上应占一席之地》陈思、牟国相《河北职业技术学院学报》2003 年第 3 期

《对白居易诗论的思考》于新《山西广播电视大学学报》2003 年第 1 期

《何物使之然？羌笛与秦筝：由白居易〈废琴〉诗试析古琴盛衰的原因》姚晓琴《乐器》2003 年第 3 期

《漫谈白居易与养生》（上）翁士勋《养生月刊》2003 年第 2 期

《漫谈白居易与养生》（下）翁士勋《养生月刊》2003 年第 3 期

《白居易是哪里人》王祥《语文建设》2003 年第 11 期

《白居易在渭南》陈西洁《陕西广播电视大学学报》2003 年第 2

期。按《白居易在渭南》段国超、柏峰《洛阳师专学报》1986 年第 2 期，第 73~76 页

《惟歌生民病，愿得天子知：论白居易讽谕诗的创作思想》汪雪梅《巢湖学院学报》2003 年第 1 期

《赎罪、拯救与逍遥：论白居易讽谕诗创作的心理动因》蔡燕《云南财贸学院学报》2003 年第 5 期

《时代风气对陶渊明和白居易的影响》刘万川《唐山师范学院学报》2003 年第 4 期

《从白居易的诗到柳永的词：白诗与柳词传播现象比较》卫亚浩、唐林轩《中国韵文学刊》2003 年第 1 期

《“唯一幽难破，因明擘不开”：白居易两句逸诗》石云涛《建安唐宋文学考论》，学苑出版社，2003 年 1 月，第 277~283 页

《白居易诗歌的叙事结构模式探微》高林清《龙岩师专学报》2003 年第 4 期

《古典和歌对白居易诗歌借鉴一例》刘小俊《日语学习与研究》2003 年第 3 期

《白居易和日本平安朝文学》姚亚玲《日语知识》2003 年第 1 期

《〈洛中集〉之重新考辑》金燕《乐山师范学院学报》2003 年第 7 期

《“胡旋”考》黄晓非《社科纵横》2003 年第 6 期

《幽幽香山谒诗魂：重游洛阳白居易墓》陈淀国《古典文学知识》2003 年第 6 期

《“狂言绮语”源流考》刘瑞芝《浙江大学学报》2003 年第 3 期

《中唐社会变化对白居易诗歌美学的影响》吴亚萍《常州师专学报》2003 年第 1 期

《白居易与图书编撰》曹之、曹新哲《出版科学》2003 年第 4 期

《从〈池上篇〉与〈庐山草堂记〉看白居易的造园思想》徐维波、韦峰《南方建筑》2003 年第 2 期

《“花开将尔当夫人”：白居易的花木情结》林森《绿化与生活》2003 年第 5 期

《花开将尔当夫人：白居易的花木情结》李鹏翔《现代养生》2003 年第 4 期。按，《花开将尔当夫人：白居易的花木情结》李鹏翔《养生

月刊》2004 年第 1 期。与林森《“花开将尔当夫人”：白居易的花木情结》(《绿化与生活》2003 年第 5 期)一字不差

《白居易的花木情结》李鹏翔《文史天地》2003 年第 8 期

《白居易带病养生成寿星》张积学《现代养生》2003 年第 2 期

《年年衰瘦不胜衣》邵康蔚文《福建卫生报》2003 年 2 月 6 日第 3 版

《从白居易的眼病诗谈起》马志高《家庭中医药》2003 年第 11 期。按，《从白居易的眼病诗谈起》万青《医药与保健》2001 年第 9 期

《刑礼道迭相为用：白居易政治观浅议》何宁生《光明日报》2003 年 7 月 1 日。按，“刑、礼、道迭相为用”出自《白居易集 · 刑礼道》

《白居易草堂遗址亟待开发》凌卫《江西日报》2003 年 1 月 12 日第 2 版

《风翻白浪花千片，雁点青天字一行》柯继承《人民日报(海外版)》2003 年 1 月 13 日

《从白居易写真说起：片谈我国古代人物肖像画》白高来《中国书画报》2003 年 3 月 31 日

《日本中古“白诗热”探微》宋柏年，收入其《古典诗词论集》，澳门理工学院，2003 年 11 月，第 71～75 页

《白居易改诗》阳光《家庭与家教》2003 年第 4 期

《白居易下岗记》唐俑《时代风采》2003 年第 7 期

长恨歌

《〈长恨歌〉的主旨就是长恨》毛定海《常州师范专科学校学报》2003 年第 1 期

《解读〈长恨歌〉》郭丽《中国海洋大学学报》2003 年第 1 期

《论〈长恨歌〉审美表现的成就与缺陷》袁盛勇《绥化师专学报》2003 年第 1 期

《抒情对〈长恨歌〉叙事的影响》施永秀《山西青年管理干部学院学报》2003 年第 1 期

《〈长恨歌〉与〈长生殿〉的体裁比较》李迪江《西南民族大学学报》2003 年第 5 期

《盛世的悲怆挽歌，绮情的凄美变奏：试析〈长恨歌〉创作心态的

演绎》黄昌植、鲍忱《淮北煤炭师范学院学报》2003 年第 5 期

《绵绵长恨，也衷也美：试论〈平家物语〉对〈长恨歌〉的借鉴》吴芳龄《福建师范大学学报》2003 年第 5 期

《情深意重有时尽，意韵绵绵无绝期：试述〈长恨歌〉的主题》曾婷芳《南昌教育学院学报》2003 年第 4 期

《悲剧的母题与嬗变：从白居易的〈长恨歌〉到白朴的〈梧桐雨〉》倪惠颖《大连大学学报》2003 年第 5 期

《日本〈长恨歌〉研究概况》下定雅弘撰，刘维治译，收入《庆贺卞孝萱先生八十华诞：文史论集》，江苏古籍出版社，2003 年 1 月，第 225~235 页

《〈圆圆曲〉与〈长恨歌〉之比较》侯晓彤《太原大学学报》2003 年第 2 期

《〈长恨歌〉意蕴与艺术的谜底探究》王念选《安阳大学学报》2003 年第 2 期

《新时期〈长恨歌〉主题研究述评》张强、李建香《南京工业大学学报》2003 年第 3 期

《论〈长恨歌〉的主题：人类社会中的大我与小我矛盾冲突产生的永恒悲叹歌》陈慧珍《陕西师范大学继续教育学报》2003 年增刊第 1 期

《〈长恨歌〉中渲染手法的运用》马雁红《大同职业技术学院学报》2003 年第 1 期

《白居易与〈长恨歌〉》张占智《渭南师范学院学报》2003 年增刊第 1 期

《黄梅戏〈长恨歌〉——安徽省黄梅戏剧院演出》《中国戏剧》2003 年第 9 期

《此恨绵绵无绝期——大型黄梅戏〈长恨歌〉观摩札记》白榕《黄梅戏艺术》2003 年第 4 期

《黄梅戏〈长恨歌〉走进北大校园》马东《黄梅戏艺术》2003 年第 4 期

《“新、像、美”的塑造功力——黄梅戏〈长恨歌〉音乐欣赏》张光亚《黄梅戏艺术》2003 年第 4 期

《努力面对　勇于探索——黄梅戏〈长恨歌〉的音乐创作》方绍墀

张光亚《黄梅戏艺术》2003 年第 4 期

琵琶行

《从绘画与音乐角度读解〈琵琶行〉》张金龙《莆田学院学报》2003 年第 2 期

《白居易〈琵琶行〉“水下滩”训释平议》汪少华《中国语言学报》2003 年第 11 期，收入商务印书馆，2003 年；又收入其《古诗文词义训释十四讲》，上海书店，2008 年 9 月，第 205~236 页

《白居易〈琵琶行〉“第一部”注释商榷》迟乃鹏《中国语文》2003 年第 6 期

《艺术沟通与人生共鸣：〈琵琶行〉的双重回应》胡红《名作欣赏》2003 年第 4 期

《〈琵琶行〉的易感魅力》刘淑丽《名作欣赏》2003 年第 4 期

《〈琵琶行〉的音乐描写及其他》郭怡然《草原艺坛》2003 年第 2 期

《重读〈琵琶行〉：兼析白居易江州时期的心态》吴小洪《思茅师范高等专科学校学报》2003 年第 4 期

《沦落的焦虑：论〈琵琶行〉的社会关系呈现》马建荣《楚雄师范学院学报》2003 年第 4 期

《〈任氏传〉与〈琵琶行〉：唐诗与唐传奇的深层契合及相互影响》胡继琼《贵州师范大学学报》2003 年第 5 期

《泪落浔阳：读白居易〈琵琶行〉》褚万昭《中学语文》2003 年第 24 期

《白居易和他的千秋绝调〈琵琶行〉》王琳琳《作文世界》(高中) 2003 年第 8 期

《〈琵琶行〉的铺垫艺术》田庆华《语文天地》2003 年第 23 期

《〈琵琶行〉的文学解读》王新玲《张家口职业技术学院学报》2003 年第 3 期

《浅论〈琵琶行〉的民族性、时代性、个性》李官群《自贡师范高等专科学校学报》2003 年第 2 期

《写尽琵琶只为情——〈琵琶行〉声情艺术拾零》张国光《语文知识》2003 年第 9 期

《唐代音乐诗的表现艺术鉴赏》韩幗英《河北大学成人教育学院学

报》2003 年第 1 期

《〈琵琶行图〉赏析》文淦《中学生阅读》(高中版)2003 年第 4 期

其他作品

《〈暮江吟〉写作时间考辨》贺严《古典文学知识》2003 年第 6 期

《写纯正之理，抒缠绵之情：白居易〈赠内〉与〈感情〉对读》牟国相《沧州师范专科学校学报》2003 年第 1 期

《笔锋犀利，浩气干云：读白居易〈汉将李陵论〉》牟国相《承德民族师专学报》2003 年第 1 期

《白居易〈望月有感〉写作背景辨正》马道魁《宿州教育学院学报》2003 年第 3 期

2004 年

《论中唐女性在社会经济生活中的贡献：元白诗派妇女题材诗歌的文化解读》王红丽《茂名学院学报》2004 年第 2 期

《论中唐女性的生活习俗：元白诗派妇女题材诗歌的文化解读》王红丽《天府新论》2004 年第 6 期

《唐中叶的经世之风与元白经世之诗》陈忻《西南民族大学学报》2004 年第 7 期

《元白所作新乐府与郭茂倩所收新乐府之关系研究》刘雁灵《南阳师范学院学报》2004 年第 7 期

《元白"新乐府"创作时间考辨》殷祝胜《中国韵文学刊》2004 年第 4 期

《新乐府名义辨析》陈才智《南阳师范学院学报》2004 年第 7 期

《元和体名义辨析》陈才智《中国社会科学院研究生院学报》2004 年第 2 期

《"元和体"考辨》祁伟《四川大学学报》2004 年第 5 期

《元白政论文新探》刘曙初《南京师范大学文学院学报》2004 年第 1 期

《元白政论文：时代、心灵与文风的标本》刘曙初《阜阳师范学院学报》2004 年第 5 期

《对古代作家并称名序排列问题的探讨：兼对元白并称先后一种

解释的质疑》娄彦刚《宁波职业技术学院学报》2004 年第 1 期

《士子友谊与唱和诗：论欧梅唱和诗对元白唱和诗的继承与超越》吴大顺《怀化学院学报》2004 年第 1 期

《不教才展休明代，为罚诗争造化功：白居易生平、思想与创作道路述略》蹇长春《甘肃高师学报》2004 年第 3 期。按：白居易《答刘和州禹锡》："不教才展休明代，为罚诗争造化功。"

《也谈白居易的思想创作分期问题》张再林《唐都学刊》2004 年第 1 期

《"渊明吾所师"与"出处依稀似乐天"：论苏轼对陶渊明和白居易的接受》张再林《贵州文史丛刊》2004 年第 4 期

《王维、白居易诗风心理甄辨：从调理性情到调和人生的变调》朱晓蓉、吴在庆《固原师专学报》2004 年第 4 期

《韩愈、白居易文艺思想的相通点》董素贞《晋中师范高等专科学校学报》2004 年第 3 期

《白居易思想的多元构成及文化阐释》高智《重庆教育学院学报》2004 年第 2 期

《欲登〈五柳〉之门，而步〈酒德〉后尘：读白居易〈醉吟先生传〉》牟国相《唐山师范学院学报》2004 年第 4 期

《白居易三过商山：兼谈白居易的思想转化》刘军平《延安教育学院学报》2004 年第 1 期

《"惟歌生民病，愿得天子知"：白居易民生思想试探》丁双双、魏子任《武警工程学院学报》2004 年第 1 期

《浅谈白居易对诗歌的创作主张和尚义精神》杭国庆《大同职业技术学院学报》2004 年第 1 期

《白居易思想转变之再探讨》尹富《求索》2004 年第 1 期

《白居易在杭州的诗佛缘》黄公元《佛学研究》2004 年卷

《有关白居易故居的几个问题》王岩《考古》2004 年第 9 期

《白居易诗歌中的唐代琵琶艺术》于春哲《交响——西安音乐学院学报》2004 年第 1 期

《谈白居易的音乐思想》魏季鸣《咸宁学院学报》2004 年第 4 期

《试论白居易对〈霓裳羽衣〉的贡献》杜兴梅《商丘师范学院学报》

2004年第6期，第27~29页；《中国古代、近代文学研究》(人大复印报刊资料)2005年第5期

《再议“白俗”：白居易后期诗歌的瑕疵》曾晓玲《内蒙古大学艺术学院学报》2004年第1期

《论白居易的平民意识与诗歌创作》朱凤相《西藏民族学院学报》2004年第2期

《白居易讽谕诗的诗体与言说方式》谢思炜《陕西师范大学学报》2004年第3期，收入清华大学中文系编《清华大学古代汉文学论集》，中华书局，2005年3月

《诗乐合一观与白居易的讽谕诗创作》陈允锋《宁夏大学学报》2004年第4期

《白居易讽谕诗浅析》王金英《天津成人高等学校联合学报》2004年第6期

《体验在文学中的美学功能：读白居易的两首讽谕诗》王茂恒《阅读与写作》2004年第7期

《诗人何以秦中吟》李国文《文学自由谈》2004年第5期

《谈白居易的音乐思想》魏季鸣《咸宁学院学报》2004年第4期

《尽离文字非中道，长住虚实是小乘：解读白居易的〈花非花〉》朱学东《湘潭师范学院学报》2004年第5期

《论白居易中隐的特质、渊源及其影响》李红霞《天津师范大学学报》2004年第2期

《白居易中隐的社会文化阐释》李红霞《江苏社会科学》2004年第3期，第160~164页

《从白居易有关履道池台的诗看其中隐思想》赵建梅《郑州大学学报》2004年第6期

《试论晚年白居易的自足、闲适思想》赵建梅《河南教育学院学报》2004年第6期

《白居易生死观初论》张学成《台州学院学报》2004年第2期

《对白居易晚年诗歌的再评价》张学成《临沂师范学院学报》2004年第5期

《白居易闲适诗中的道家思想与诗歌特点》杜娟《安徽大学学报》

2004年第5期，第46~49页

《白居易的诗歌理论系统》吴建民《通化师范学院学报》2004年第9期

《白居易所作墓志铭简论》王振芳《洛阳师范学院学报》2004年第6期

《题材相同，风格各异：李白、杜甫、白居易的三首战争诗之比较》刘菊如《中山大学学报论丛》2004年第1期

《论白居易诗对〈红楼梦〉的影响》饶道庆《明清小说研究》2004年第4期

《刘禹锡酬白居易诗赏析》李秋勤《语文知识》2004年第11期

《白居易、韩愈、李贺三首听乐诗比较谈》董银《学语文》2004年第5期

《花开将尔当夫人：白居易的花木情结》李鹏翔《养生月刊》2004年第1期。按：《花开将尔当夫人：白居易的花木情结》李鹏翔《现代养生》2003年第4期

《"花开将尔当夫人"》邵鹏力《光明日报》2004年4月28日

《自静其心延寿命，无求于物长精神：诗人白居易的长寿之道》张世杰《养生大世界》2004年第12期

《白居易与佛教》远尘《中国宗教》2004年第11期

《论白居易思想的权变品格》葛培岭《唐代文学研究》第10辑，广西师范大学出版社，2004年11月；又收入陈飞主编《中国古典文学与文献学研究》(第一辑)(学苑出版社，2002年11月)

《白居易的交友关系：元稹、刘禹锡、李建、崔玄亮、崔群》[日]西村富美子(1934—　)《唐代文学研究》第10辑，广西师范大学出版社，2004年11月。按，《白居易的交友关系：李建、崔群、崔玄亮》西村富美子《白居易研究年报》2002年第3期

《求变求新的乐天诗》(中国台湾)李立信《唐代文学研究》第10辑，广西师范大学出版社，2004年11月

《论白居易寓言诗意象选择的思想倾向》王莉《唐代文学研究》第10辑，广西师范大学出版社，2004年11月

《新补〈全唐诗〉102首：高丽本〈十抄诗〉中所存唐人佚诗考》查

屏球《唐代文学研究》第10辑，广西师范大学出版社，2004年11月，第725页。收录白居易诗2首

《白居易的赋论与赋作》詹杭伦，收入其《唐宋赋学研究》，中国社会科学出版社、华龄出版社，2004年10月

《从白居易的眼病诗谈酒对眼睛的损害》胡献国《当代健康报》2004年12月2日第6版

《论白居易中后期的关心民生主题诗歌》李敬一，收入章必功等编《先秦两汉文学论集：祝贺褚斌杰教授从教五十周年》，学苑出版社，2004年7月

《从白居易诗风看晚报财经报道》霍香云《采写编》2004年第3期

《从白居易悔拾巧石说起》陈齐放《人才开发》2004年第4期

《白居易怒打行贿人》崇林、杜燕桥《红领巾》(高年级)2004年第10期

《白居易座右铭》《石油政工研究》2004年第2期

《白居易的"易"与"不易"》《小作家选刊》(小学)2004年第2期

《古代作家介绍·白居易》《语文教学与研究》2004年第18期

《〈白氏文集〉的流行与渗透》叶渭渠、唐月梅，收入叶渭渠、唐月梅《日本文学史　古代卷(上册)》，北京：昆仑出版社，2004年1月，第301~311页

《白居易的道佛意识——一种具有后现代主义色彩的诠释》李玉梅，收入刘楚华主编《唐代文学与宗教》，香港"中华书局"，2004年5月，第343~366页

《论〈白氏六帖〉对中日佛教类书的影响》朱少璋，收入刘楚华主编：《唐代文学与宗教》，香港"中华书局"，2004年5月，第399~416页

长恨歌

《柔弱：守望在等待之后——解读白居易〈长恨歌〉》过常宝《文史知识》2004年第7期

《一篇长恨有风情，绵绵无绝寓感伤：〈长恨歌〉主题再探》张爱芳、李会转《辽宁教育行政学院学报》2004年第11期

《说〈长恨歌〉的"恨"》张文初《中国韵文学刊》2004年第3期

《试论〈长恨歌〉情感空间的建构》唐爱明《宁夏大学学报》2004年第3期

《〈长恨歌〉主题多义性的叙事学分析》杨柳《惠州学院学报》2004年第2期

《对〈长恨歌〉“爱情”主题的再认识》王外生《曲靖师范学院学报》2004年第1期

《论白居易〈长恨歌〉主题的多重含蕴》施静《前沿》2004年第1期

《论白居易〈长恨歌〉的悲剧形式与范式》汪力娟《红河学院学报》2004年第5期

《白居易诗歌归类考：兼及〈长恨歌〉的主题》张中宇《四川师范大学学报》2004年第4期

《关于〈长恨歌〉的主题倾向与文化意义》张中宇《文学评论》2004年第4期

《〈长恨歌〉感伤说辩证》张中宇《开封教育学院学报》2004年第4期

《仙游、楼观及盩厔的文化环境对〈长恨歌〉创作的影响》张中宇《重庆教育学院学报》2004年第1期

《〈长恨歌〉爱情主题说辩证》张中宇《重庆教育学院学报》2004年第5期

《论〈长恨歌〉的讽谕说》张中宇《重庆三峡学院学报》2004年第4期

《〈长恨歌〉无主题说与泛主题说辨证》张中宇《重庆广播电视大学学报》2004年第4期

《〈长恨歌〉“劝讽说”的实质及与讽谕各说的比较》张中宇《河南教育学院学报》2004年第6期

《〈长恨歌〉“太真”、“仙袂”考略》张中宇《延边教育学院学报》2004年第6期

《〈长恨歌〉主题研究述论》朱凤相《西藏民族学院学报》2004年第4期

《感伤体验的诗化表达：论白居易〈长恨歌〉的情感指归》彭红卫《河南师范大学学报》2004年第2期

《〈长恨歌〉，何恨?》朱迪光《书屋》2004年第12期

《罪、美、情：〈长恨歌〉的批罪与审美》罗漫《江汉论坛》2004年第2期，又收入其《唐宋诗词画研究》，人民出版社，2009年10月

《略论〈长恨歌〉的主题思想》刘媛媛《连云港职业技术学院学报》2004年第1期

《"恨"无绝期：〈长恨歌〉主旨之浅谈》徐艳《哈尔滨学院学报》2004年第5期

《重述的历史：〈长恨歌〉的现代重写》程丽蓉《宝鸡文理学院学报》2004年第3期

《悲剧时代的悲剧命运：试析〈长恨歌〉中唐玄宗和杨贵妃的感情世界》王俊玲《河南机电高等专科学校学报》2004年第6期

《〈长恨歌〉"钿合金钗"考》(《版边随考》三)高翰《黄冈师范学院学报》2004年第1期

《论诗歌翻译中的文化交流：评〈长恨歌〉的两种译本》戴玉群《华东船舶工业学院学报》2004年第4期

《〈长恨歌〉诗旨诗艺新说》李建国《写作》2004年第19期

《对〈长恨歌〉主题思想的一点看法》刘效东《学子》2004年第6期

琵琶行

《〈琵琶行〉与〈李凭箜篌引〉音乐描写比较》王增斌《商丘师范学院学报》2004年第4期

《〈琵琶行〉与〈李凭箜篌引〉音乐描写比较》曾宏《黑龙江教育学院学报》2004年第5期

《琴弦与心弦的共鸣：解读白居易〈琵琶行〉》王丽娟《辽宁行政学院学报》2004年第5期

《琴弦与心弦的共鸣：解读白居易〈琵琶行〉》邓丽实《语文学刊》2004年第6期

《跨越时空的对话：白居易诗〈琵琶行〉与琵琶独奏曲〈诉〉》张艺昆《中国音乐》2004年第2期

《说白居易〈琵琶行〉中的"恬然自安"》段承校《中学语文教学参考》2004年第5期

《〈琵琶行〉小序语序探微》李广生《学语文》2004年第5期

《白居易、韩愈、李贺三首听乐诗比较谈》董银《学语文》2004年第5期

《挥毫写乐，各传妙响——三首唐代写乐诗比较》王笑《张家口职业技术学院学报》2004年第3期。智按：《琵琶行》《听颖师弹琴》《李凭箜篌引》

《琵琶的诗性和诗性的琵琶——从〈琵琶行〉中解读唐代琵琶文化》曹月《人民音乐》2004年第11期

《评〈琵琶行〉中的音乐美学思想》黄铨剑《安阳大学学报》2004年第4期

《从诗歌女性形象的刻画看中国妇女地位的转变》尚爱萍《呼伦贝尔学院学报》2004年第5期

《评〈琵琶行〉中的借人抒情艺术》朱银锦《长沙通信职业技术学院学报》2004年第3期

《〈琵琶行〉中的"青衫"不是黑衫》王琪《语文建设》2004年增刊第1期

《谈〈琵琶行〉中音乐描写的技巧》刘文静《安阳师范学院学报》2004年第3期

《从诗歌繁简谈〈琵琶行〉的缺憾》么晓霞《卫生职业教育》2004年第16期

《〈琵琶行〉的音乐美学浅析》高拂晓《四川教育学院学报》2004年第1期

《白居易诗歌中的唐代琵琶艺术》于春哲《交响——西安音乐学院学报》2004年第1期

《关于〈琵琶行〉中一诗句的释疑》黄志浩《学术研究》2004年第4期

《唐诗泱泱，唐乐华华——中唐三首音乐题材诗歌的比较》刘汾《湖南第一师范学报》2004年第3期。智按：《琵琶行》《听颖师弹琴》《李凭箜篌引》

其他作品

《白居易〈夜筝〉》萧华荣、高月夏《中学生阅读》(高中版)2004年第8期

《避正就侧咏夜雪：白居易〈夜雪〉赏析》秦刚余《中学生读写》(高中)2004 年第 1 期

《侧面题雪亦风流：赏白居易的〈夜雪〉》桑进林《现代语文》(高中读写版)2003 年第 14 期

《与春天同行：说白居易的〈钱塘湖春行〉》骆玉明《阅读与作文》(初中版)2004 年第 4 期

《白居易为官恤民：读〈观刈麦〉》彭樟清《语文天地》2004 年第 22 期

《为官应知民疾苦：白居易〈观刈麦〉赏析》张开瑰、邹水花《甘肃教育》2004 年第 12 期

《论白居易〈效陶潜体诗十六首〉》庄勤珠《长春工程学院学报》2004 年第 2 期

《刘禹锡和白居易〈竹枝词〉创作特色之比较》宁登国《重庆三峡学院学报》2004 年第 2 期

《悠闲自适，净心无尘：白居易〈题玉泉寺〉赏析》桑宝靖《世界宗教文化》2004 年第 3 期

《从〈池上篇〉看白居易的园林意象》王鲁民、徐维波《华中建筑》2004 年第 2 期

《从〈庐山草堂记〉探析白居易的建筑园林观》庞玥《福建工程学院学报》2004 年第 1 期

《〈草堂记〉与白居易的园林意象》李志红《郑州大学学报》2004 年第 6 期

《水利史上的一篇美文：白居易〈钱唐湖石记〉》吴崇厚《水利天地》2004 年第 2 期

2005 年

《论中唐新乐府诗的讽谕特质》王长顺《榆林学院学报》2005 年第 2 期

《论晚唐时期刘白诗人群的文学活动与诗词创作》马胜科、张巍《甘肃联合大学学报》2005 年第 2 期

《9 世纪的转型——以白居易为例》妹尾达彦《唐研究》第 11 卷，

北京大学出版社，2005年，第485~524页

《白居易的江州之贬与王涯的落井下石：兼论元和朝局及乐天遭贬的政治原因》蹇长春《西北师范大学学报》2005年第1期，第90~99页

《从〈不致仕〉看白居易的廉退思想》蹇长春《兰州交通大学学报》2005年第2期

《论白居易〈百道判〉的文学价值》付兴林《南京师范大学文学院学报》2005年第3期

《论白居易〈百道判〉的思想价值》付兴林《陕西师范大学学报》2005年第6期

《白居易和东都洛阳》李玲《洛阳师范学院学报》2005年第6期

《风光引步，送老嵩洛：白居易与洛阳风景名胜》焦尤杰《美与时代》2005年第11期

《简论白居易的诗歌理论》吴加才《扬州教育学院学报》2005年第4期

《论白居易委顺任化的人生哲学》朱学东《湘潭大学学报》2005年第2期

《白居易与音乐》邵康《天水师范学院学报》2005年第3期

《白居易咏史诗的个性特征》刘艳萍《广西社会科学》2005年第4期

《白居易"为时为事"主张的历史传承及现代意义》仇必鳌《华北电力大学学报》2005年第2期

《论白居易的人生态度及与儒道佛的交融》马现诚《学术论坛》2005年第1期

《试论白居易思想对"白俗"之影响》何斓《福建广播电视大学学报》2005年第1期

《白居易与李商隐诗的感伤特质比较》张顺《广西社会科学》2005年第3期

《白居易与李商隐的感伤诗特征及对宋词创作的影响》袁永霞《湖北广播电视大学学报》2005年第6期

《从白居易的感伤诗看人的生命意识》相金妮《西安欧亚职业学院

学报》2005年第4期

《从“放达”到“纵横”：论王禹偁对白居易诗的超越》陆德海《盐城工学院学报》2005年第1期

《关于白居易“流放诗”主题的分析》詹漪君(浙江广播电视大学)《中国科技信息》2005年第5期

《白居易诗地理人物笺释考补》谢思炜《文史》2005年第2期

《〈文集百首〉句题与白居易的闲适诗》隽雪艳，收入清华大学中文系编《清华大学古代汉文学论集》，中华书局，2005年3月

《关于东京国立博物馆藏古抄残卷〈白氏文集〉卷六十六的文本》静永健著，刘维治译《南阳师范学院学报》2005年第5期

《50年白居易研究著作述评》王永波《周口师范学院学报》2005年第3期；又并入其《当代元稹白居易研究著作叙录》，《唐代文学研究年鉴2005》，广西师范大学出版社，2005年12月

《试论白居易江州、忠州时期的诗歌特点》赵缈缈《玉溪师范学院学报》2005年第4期

《白居易“地仙”诗与其“中隐”心态的考察》彭曙蓉《语文学刊》2005年第3期

《白居易与刘勰〈文心雕龙〉主要文学思想的比较》彭曙蓉《贵州文史丛刊》2005年第3期

《“长庆体”考辨》李中华、薛原，《光明日报》2005年2月25日第6版；又收入李中华《中国古代文学风貌与文学精神》，湖北人民出版社，2005年6月，第424~428页

《张祜与元白诗派的离合》陈才智《文学遗产》2005年第5期；《中国古代、近代文学研究》(人大复印报刊资料)2006年第6期；《中华文学史料》第2辑，学苑出版社，2007年10月

《为什么施肩吾能够及白派之门》陈才智《河南教育学院学报》2005年第1期

《白居易白发诗歌表现考》埋田重夫，收入[日]增野弘幸等著，李寅生译《日本学者论中国古典文学：村山吉广教授古稀纪念集》，四川出版集团巴蜀书社，2005年6月

《〈元白诗笺证稿〉“以诗证史”之史的意义：学习陈寅恪先生〈元

白诗笺证稿〉课程札记》姜伯勤，收入刘隆凯整理《陈寅恪“元白”讲席侧记》，湖北教育出版社，2005 年 3 月，第 205~209 页

《洪州禅与白居易闲适诗的山意水思》萧驰《中国文哲研究集刊》第 26 期，2005 年 3 月，又收入其《佛法与诗境》，中华书局，2005 年 9 月，第 163~206 页

《论“元和体”之原初内涵及其与接受学的关联》尚永亮，收入其《唐代诗歌的多元观照》，湖北人民出版社，2005 年 6 月；又署名尚永亮、李丹，《文学评论》2006 年第 2 期

《新乐府辞入乐问题辨析》张煜《西北师范大学学报》2005 年第 3 期，第 34~36 页；《中国古代、近代文学研究》(人大复印报刊资料) 2005 年第 9 期

《张王与元白新乐府创作关系考论》徐礼节、余恕诚《安徽师范大学学报》2005 年第 4 期

《白居易为何“转了向”》李林茂《工业审计》2005 年第 6 期

《论元白文与传奇的交叉影响：唐传奇兴盛的一种新考察》刘曙初《阜阳师范学院学报》2005 年第 6 期

《试论白居易叙事诗的艺术特色及形成原因》杨忠伟《佳木斯大学社会科学学报》2005 年第 2 期

《论白居易的狂言绮语观在日本文学史上的影响》刘瑞芝《外国文学研究》2005 年第 3 期

《试论白居易的妇女观》林虹《安徽广播电视大学学报》2005 年第 2 期

《白居易闲适诗中的佛教意境》毛妍君《中国宗教》2005 年第 6 期

《袁枚诗与白居易诗之“貌类”及内在成因》石玲《文学评论》2005 年第 3 期

《白居易饮茶特点：读白居易茶诗有感》王建民《茶叶经济信息》2005 年第 12 期

《白居易与荔枝核》刘建英《家庭中医药》2005 年第 5 期

《从白居易的眼病诗谈起》梁栋《养生大世界》2005 年第 11 期

《最爱湖东行不足，绿杨阴里白沙堤：白居易在杭州》周维强《西湖》2005 年第 5 期

《宋诗学观照下白居易诗歌“浅、清、切”诗性体认与翻译》包通法《外语与外语教学》2005 年第 12 期

《论白居易的闲适精神及其思想渊源》徐勇《南宁师范高等专科学校学报》2005 年第 3 期

《白居易的故事》郭村荣《初中生》2005 年第 29 期

《白居易确实是一个热爱民众同情民生疾苦的诗人：与陆玉林先生商榷》常效东《榆林学院学报》2005 年第 4 期

《芳心解语：白居易诗词中的花意象》黄春《文教资料》2005 年第 26 期

《论白居易之古典园林观》王东涛《漯河职业技术学院学报》2005 年第 3 期

《试析白居易与牛李党争两党主要成员的关系》于元元《佳木斯大学社会科学学报》2005 年第 5 期

《牛李党争对白居易思想创作的影响》于元元《学术交流》2005 年第 9 期

《赏析白居易的四首寓言诗》唐继添《语文学刊》2005 年第 8 期

《谈白居易的几首寓言诗》唐继添《职业教育研究》2005 年第 11 期

《愤世嫉邪意，寄在草木虫：白居易寓体诗初探》牟国相《沧州师范专科学校学报》2005 年第 2 期

《大乐必和：白居易音乐美学思想探析》戈晓毅《江海学刊》2005 年第 6 期

《论白居易对陶渊明的阐释与融化》刘中文《北方论丛》2005 年第 4 期

《情发于中文形于外：从〈与元九书〉、〈序洛诗〉看白居易的创作原则》陈清云《语文学刊》2005 年第 7 期

《白居易〈与元九书〉的诗论主张评析》白振有、王玉彪《延安教育学院学报》2005 年第 2 期

《白居易讽谕诗内容与形式之统一》饶霄云《池州师专学报》2005 年第 6 期

《长庆前后韩愈与白居易交游探微》王鹭鹏《北京教育学院学报》

2005 年第 3 期

《从白居易诗歌看其思想的多元构成》杨小莉《陕西广播电视大学学报》2005 年第 3 期

《白居易墓园怀想》倪金元《审计月刊》2005 年第 11 期

《诗与街：从白居易“歌钟十二街”谈起》宁欣《中国历史文物》2005 年第 5 期

《金明馆教泽的遗响》蔡鸿生《广东社会科学》2005 年第 3 期

《浅谈白居易诗歌中矛盾的女性观》杨光《古典文学知识》2005 年第 3 期

《论“白俗”》吕相康《黄石教育学院学报》2005 年第 2 期

《白居易诗文与日本文学》叶渭渠，收入张玉安主编；北京大学东方文学研究中心、北京大学东方学研究院编《东方研究 2004 中日文学比较研究专辑》，经济日报出版社，2005 年，第 37~56 页

《白居易“情言声义”解》浦江清，收入其《无涯集》，百花文艺出版社，2005 年 5 月，第 46~48 页

长恨歌

《爱与死的否定之否定——评新编黄梅戏〈长恨歌〉》王夔《戏曲研究》2005 年第 1 期

《试探白居易〈长恨歌〉中情感逆转之因》杨小莉《陕西广播电视大学学报》2005 年第 2 期

《浅析〈长恨歌〉的道德评价与情感指向：〈长恨歌〉主题再探索》陈丽荣《山西广播电视大学学报》2005 年第 1 期

《〈长恨歌〉与〈长恨歌传〉》邓乔彬、高翠元《西北师范大学学报》2005 年第 3 期

《〈长恨歌传〉作者稽疑与断想》朱凤相《西藏民族学院学报》2005 年第 1 期

《白居易之“恨”求解》康怀远《名作欣赏》2005 年第 4 期

《〈长恨歌〉的史实与艺术虚构》张中宇《名作欣赏》2005 年第 4 期

《〈长恨歌〉双重及多重主题说辨证》张中宇《渝西学院学报》2005 年第 1 期

《关于〈长恨歌〉的劝讽主题》张中宇《唐山师范学院学报》2005 年

第 1 期

《〈长恨歌〉“以汉代唐”考略》张中宇《天府新论》2005 年第 2 期

《〈长恨歌传〉版本考略》张中宇《重庆工商大学学报》2005 年第 2 期

《〈长恨歌〉劝讽基调的确立》张中宇《焦作师范高等专科学校学报》2005 年第 1 期

《〈长恨歌〉主题研究综论》张中宇《文学遗产》2005 年第 3 期

《白居易〈长恨歌〉结构研究述论》张中宇《海南师范学院学报》2005 年第 5 期

《浅析白居易对〈长恨歌〉的矛盾态度：兼与张中宇先生商榷》龙祖胜《唐山师范学院学报》2005 年第 3 期

《此恨绵绵无绝期：论〈长恨歌〉的“自我牺牲”原型》杨朴《名作欣赏》2005 年第 4 期

《“长恨歌”不是“歌”“长恨”：关于白居易〈长恨歌〉的主题探讨》张景《语文学刊》2005 年第 6 期

《走进〈源氏物语〉(一)：一阕日本版的〈长恨歌〉》姚继中、刘华曦《日语知识》2005 年第 1 期。按，收入姚继中《〈源氏物语〉与中国传统文化》，北京：中央编译出版社，2004 年 12 月

《〈长恨歌〉“民间传说”辨正》马萌《唐都学刊》2005 年第 1 期

《感伤永久之憾的风情歌咏：〈长恨歌〉创作心态演绎之解析》黄昌植《名作欣赏》2005 年第 7 期

《由情节结构看〈长恨歌〉的主题》朱安义《云南师范大学学报》2005 年第 3 期

《〈长恨歌〉“四问”明主旨》侯典慈《佳木斯大学社会科学学报》2005 年第 2 期

《〈长恨歌〉悼亡主题之我见》姜晓红《咸宁学院学报》2005 年第 2 期

《略论〈长恨歌〉的主题转换》勾利军《华侨大学学报》2005 年第 2 期

《〈长恨歌〉主题辨析》李进立《新乡教育学院学报》2005 年第 2 期

《白居易〈长恨歌〉“殷勤”一词解释之我见》张福清《湘潭大学学

报》2005 年第 S2 期

《白居易〈长恨歌〉中的“梨花”意象赏析》刘敬《湘潭大学学报》2005 年第 S2 期

《香山“长庆”有遗篇——试论〈长恨歌〉与〈圆圆曲〉的黍离之感》黄幼珍《广西师范学院学报》2005 年第 4 期

《白居易〈长恨歌〉浅析》林律光(香港能仁书院)，第二届中国韵文学国际学术研讨会论文(安徽师范大学中国诗学中心、安徽师范大学文学院、中国韵文学会、南京师范大学文学院联合主办，安徽芜湖，2005 年 4 月 2 日至 6 日)

琵琶行

《江州司马“青衫”考》戈致中《中学语文教学》2005 年第 2 期

《白居易〈琵琶引〉情感意蕴新探》张再林《阅读与写作》2005 年第 6 期

《“摹写声音之至文”：白居易〈琵琶行〉与李贺〈李凭箜篌引〉对读》莫宇芬《名作欣赏》2005 年第 10 期

《试由〈琵琶行〉论白居易的抑商思想》程小林《语文学刊》2005 年第 2 期

《〈琵琶行〉真的表现了白居易的抑商思想了吗：兼与程小林先生商榷》易军《语文学刊》2005 年第 12 期

《浔阳江头》张雨生《学习月刊》2005 年第 8 期

《〈琵琶行〉的艺术特色》张丽娜、耿淑英《辽宁广播电视大学学报》2005 年第 4 期

《由〈琵琶歌〉而至〈琵琶行〉——兼及古典诗歌的审美提炼》杨永栋、曹兴戈《新语文学习》(教师版 · 中学专辑)2005 年第 4 期

《感人心者　莫先乎情》单长平《淮南师范学院学报》2005 年第 5 期。智按：论及《琵琶行》

《〈琵琶行〉音乐描写中流露的“幽愁暗恨”》任美玲《中国科技信息》2005 年第 21 期

《谈〈琵琶行〉的空白艺术》朱正平《渭南师范学院学报》2005 年增刊第 1 期

《谈〈琵琶行〉的景物渲染艺术》辛桂娟《语文天地》2005 年第

23期

《〈琵琶行〉的文化审视——重温陈寅恪先生〈元白诗笺证稿〉》戴建华、陆精康《名作欣赏》2005年第12期

《同是天涯沦落人，相逢何必曾相识——〈琵琶行〉艺术手法浅析》桑进林《中学语文园地》(高中版)2005年第10期

《〈琵琶行〉知己意识深层内涵简论》葛云亮《岱宗学刊》2005年第3期

《说〈琵琶行〉中所运用的参互》杨怀武《阅读与写作》2005年第8期

《千古绝响〈琵琶行〉——浅谈〈琵琶行〉中以乐传情的写法》陈素洁《现代语文》(理论研究版)2005年第4期

《此“瑟瑟”非彼“瑟瑟”》孙雍长《学术研究》2005年第4期

《〈琵琶行〉章法艺术管见》何洪涛《名作欣赏》2005年第3期

《白居易与音乐》邵康《天水师范学院学报》2005年第3期

《“钿头云篦”究竟是什么》章璐《阅读与写作》2005年第11期

其他作品

《圣手妙笔绘深秋：白居易〈暮江吟〉赏析》智建明《阅读与鉴赏》(初中版)2005年第6期

《从原型范畴理论和语义场理论解读中国古诗词的意象之美：试以白居易的〈暮江吟〉作个案分析》张娇《成都理工大学学报》2005年第1期

《老树的意义：白居易〈勤政楼西老柳〉鉴赏》梁德林《阅读与写作》2005年第5期

《暖暖的诗情：读白居易〈问刘十九〉》张丑平《名作欣赏》2005年第11期

《红与蓝：谈白居易〈忆江南〉的感情色彩》曲玉红《胜利油田师范专科学校学报》2005年第2期

《直率质朴，真挚动人：白居易〈邯郸冬至夜思家〉赏析》鲍亚民《现代语文(初中读写版)》2005年第8期

《独善之吟，狡幸之叹：白居易〈狂吟七言十四韵〉品读》王振彦《名作欣赏》2005年第19期

2006 年

《宋初诗坛“白体”新解》秦蓁《文教资料》2006 年第 17 期

《“以诗证史”与史事坐实的复杂性——以陈寅恪〈元白诗笺证稿〉为例》张耕华《华东师范大学学报》2006 年第 5 期

《新题讽谕乐府诗在中唐兴起的原因探析》王立增《琼州大学学报》2006 年第 6 期

《〈新乐府〉诗中的音乐史料》沈聆《洛阳师范学院学报》2006 年第 3 期

《元白唱和诗述论》陈才智，日本《中国文史论丛》第 2 号，第 33~43 页，2006 年 3 月；《白居易诗歌国际研讨会论文选》李振刚主编，郑州：河南文艺出版社，2009 年 3 月

《关于唱和诗词研究的几个问题》巩本栋《江海学刊》2006 年第 3 期，第 161~170 页；《中国古代、近代文学研究》(人大复印报刊资料)2006 年第 12 期。本文系国家社科基金项目“唱和诗词研究”、教育部“985 工程”“汉语言文学与民族认同”创新基地项目的阶段性研究成果之一

《相同的题材，不同的技巧：小议张祜宫词的特色兼与元白同类诗之比较》张福清《语文学刊》2006 年第 7 期

《唐代采诗制度及其与元白新乐府创作的关系》左汉林《山东大学学报》(哲学社会科学版)2006 年第 6 期

《从张为〈诗人主客图〉看元和诗分派的局限性》宋立英《中国典籍与文化》2006 年第 2 期

《论中唐女性的婚恋生活：元白诗派妇女题材诗歌的文化解读》王红丽《求索》2006 年第 4 期

《赋之再发现暨元白的理论贡献》雷恩海《西北师大学报》(社会科学版)2006 年第 2 期

《试论“韩孟”、“元白”的山水诗》高建新《内蒙古大学艺术学院学报》2006 年第 2 期

《白居易百年研究述论》李丹、尚永亮《中州学刊》2006 年第 3 期，又收入《白居易诗歌国际研讨会论文选》(河南文艺出版社，2009

年3月)；《中唐元和诗歌传播接受史的文化学考察》(武汉大学出版社，2010年11月)

《白居易讽谕诗的语言分析》谢思炜《文学遗产》2006年第1期；《中国古代、近代文学研究》(人大复印报刊资料)2006年第6期

《试析新旧〈唐书〉对白居易评价差异之原因》苏爱民《焦作大学学报》2006年第3期

《略论白居易前期的“兼济”思想》李娟《吉林省教育学院学报》2006年第4期

《诗到元和体变新——白居易之“恨”再解》康怀远《名作欣赏》2006年第11期

《从元和体到宋体——许学夷论元和体及其与宋诗的关系》孙立《湛江师范学院学报》2006年第1期

《浅论白体诗和昆体诗的同质异构》张鹤霖《安徽广播电视大学学报》2006年第3期

《论“元和体”之形成与接受学的关联》尚永亮、李丹《福建论坛》(人文社会科学版)2006年第6期

《试论白居易叙事诗的艺术特色》李绍海《牡丹江教育学院学报》2006年第3期

《浅论白居易与中国佛教的人文精神》李福军《科技信息》(学术版)2006年第5期

《白居易与文学商业化》昌庆志《兰州学刊》2006年第8期

《谈白居易的文学创作主张》张永华《河北北方学院学报》2006年第2期

《〈容斋随笔〉中的白居易》黄煜《中国韵文学刊》2006年第3期

《略论白居易诗歌平淡的审美风格》倪春雷《现代语文》(文学研究版)2006年第7期

《白居易是“宋型文化”的第一个代表性人物》张再林《中州学刊》2006年第1期

《中晚唐党争与白居易的后期创作》曾艳红《广西教育学院学报》2006年第1期

《白居易诗歌的道教情怀》毛妍君《中国宗教》2006年第2期

《白居易诗中的加减乘除》李清秀《语文天地》2006 年第 2 期

《对白居易任左拾遗与翰林学士关系的思考》严杰，南京大学古典文献研究所编《古典文献研究》第 8 辑，凤凰出版社，2006 年 1 月，第 379~384 页

《白居易〈百道判〉的艺术成就》付兴林《南都学坛(南阳师范学院人文社会科学学报)》2006 年第 1 期

《论白居易对“天人感应说”的突破：以〈策林〉为中心》付兴林《社会科学家》2006 年第 1 期

《论白居易的施政观、历史观及哲学观：以〈策林〉为中心》付兴林《西南师范大学学报》2006 年第 2 期

《白居易〈策林序〉考释》付兴林《西北大学学报》2006 年第 2 期

《白文接受的变迁及白文研究的现状与价值》付兴林《宁夏大学学报》(人文社会科学版)2006 年第 2 期

《〈策林〉及〈讽喻〉所见白居易之经济税赋法律思想》杨昂《华南理工大学学报》2006 年第 5 期

《白居易与文学商业化》昌庆志《兰州学刊》2006 年第 8 期

《渭村情怀：白居易在渭南的创作》陈西洁《渭南师范学院学报》2006 年第 3 期。按，《白居易在渭南》陈西洁《陕西广播电视大学学报》2003 年第 2 期

《白居易诗殷协律考辨》陈增杰《社会科学》2006 年第 4 期，又收入其《唐诗志疑录》，上海人民出版社，2007 年 12 月，第 242~246 页

《试论白居易佛禅思想个体价值观》曹军《齐齐哈尔师范高等专科学校学报》2006 年第 1 期

《白居易思想演变轨迹初探》杨东明《井冈山学院学报》2006 年第 2 期

《论白居易矛盾的女性观》谭本龙《毕节学院学报》2006 年第 1 期

《白居易的闲适诗与宋人名号》王逸群《语文知识》2006 年第 5 期

《〈文心雕龙〉与白居易的文学思想》陈允锋《南阳师范学院学报》2006 年第 2 期

《死之不义，旌之无理：读白居易〈晋谥“恭世子”议〉》牟国相

《承德民族师专学报》2006年第1期

《逆境中的思索：从白居易江州所作诗文谈起》陈海峰《安康师专学报》2006年第1期

《白居易诗歌的道教情怀》张学忠《中国宗教》2006年第2期

《简论白居易矛盾心态的表现》张学成《名作欣赏》2006年第14期。按：《白居易矛盾心态简论》张学成（浙江师范大学中文系）硕士论文，2004年5月【导师】桂栖鹏

《论白居易对诗歌功能的体认》周晓音《南京广播电视大学学报》2006年第1期

《试论白居易文学对〈枕草子〉的影响》李传坤《外国文学研究》2006年第5期

《巧借他山石——日本平安文学对白居易感伤诗的承袭》邱博《齐齐哈尔大学学报》2006年第5期

《浅析白居易感伤诗的艺术成就》唐筱岚《时代文学》（双月版）2006年第5期

《略论白居易的讽喻诗》窦世兵《现代语文》（文学研究版）2006年第4期

《再现艺术的生命力——兼谈白居易讽谕诗论的创新》于慧《时代文学》（双月版）2006年第4期

《评白居易的诗歌讽喻观》王昱《辽宁行政学院学报》2006年第12期

《白居易的节日生活——兼及俗民个体实践与节俗传承、变迁的关系》张勃《民间文化论坛》2006年第4期

《从白居易诗浅谈唐代缭绫》张晓娟《文博》2006年第5期

《白居易以廉政为核心的吏治思想》徐柏泉《重庆师范大学学报》2006年第4期

《白居易“操一节三”的货币思想考究》沈端民《广东金融学院学报》2006年第6期

《白居易法律思想钩沉》刘港《文史博览》2006年第20期

《“闲人”、“闲居”与“闲味”——白居易闲适诗语词的文化解读》周尚义《湖南文理学院学报》2006年第5期

《“闲”与“适”的文化解读——以对白居易闲适诗的考察为基础》周尚义《湘南学院学报》2006 年第 6 期

《试论白居易忧患情结的多层次性》曹军《白城师范学院学报》2006 年第 1 期

《白居易草堂(外一章)》段海《金沙江文艺》2006 年第 2 期

《白居易的音乐美学思想》王志成《人民音乐》2006 年第 8 期

《白居易三峡及忠州诗的艺术特色》鲜于煌《重庆教育学院学报》2006 年第 4 期

《试论白居易三峡诗的内容特色》鲜于煌《重庆师范大学学报》2006 年第 6 期

《从白居易与寇准说起》贾永生《教育艺术》2006 年第 11 期

《论沈德潜对白居易的评价》王宏林《河南教育学院学报》2006 年第 5 期

《白居易“效陶诗”心路历程溯源》高文《长沙理工大学学报》2006 年第 4 期

《“我爱霓裳君合知，发于歌咏形于诗”——白居易之“恨”求解之三》康怀远《名作欣赏》2006 年第 23 期

《园由造化　物呈心历　意象天成——读白居易〈庐山草堂记〉和〈池上篇并序〉谈园林意象》陈琛《华中建筑》2006 年第 8 期

《从〈草堂记〉、〈池上篇〉看白居易园林设计中的“天人合一”观》许平《南京艺术学院学报》(美术与设计版)2006 年第 3 期

《白居易的造园思想与园林空间意象》徐维波《古建园林技术》2006 年第 2 期

《白居易“四乐”养生》胡苏柏《东方食疗与保健》2006 年第 2 期

《中国古代养生诗词赏析：白居易诗中的养生思想(一)》贺毅《长寿》2006 年第 3 期

《略论白居易咏花诗》陈清云《晋中学院学报》2006 年第 4 期

《白居易咏老诗探析》王拴紧《焦作大学学报》2006 年第 2 期

《白居易咏老诗初探》王拴紧《广西社会科学》2006 年第 8 期

《刘禹锡白居易晚年老病、奉佛诗之同异》贺秀明《福建论坛》(人文社会科学版)2006 年第 6 期

《白居易遗迹及白氏后裔分布》白剑《河洛史志》2006年第2期

《让"白居易"真正成为洛阳文化品牌》张亚武《洛阳日报》2006年5月15日

《白居易——中国文儒派官吏的典型》王相民，收入中国洛阳白居易研究会编《国际白居易研究论文集》，珠海：银河出版社，2006年8月

《白居易——新乐府运动的杰出领袖》王永明，收入中国洛阳白居易研究会编《国际白居易研究论文集》，珠海：银河出版社，2006年8月

《白居易的生存策略》朱宏卿，收入中国洛阳白居易研究会编《国际白居易研究论文集》，珠海：银河出版社，2006年8月

《旅游家白居易游踪考》白高来，收入中国洛阳白居易研究会编《国际白居易研究论文集》，珠海：银河出版社，2006年8月

《论白居易的天人和谐观》杜薇，收入中国洛阳白居易研究会编《国际白居易研究论文集》，珠海：银河出版社，2006年8月

《白居易与洛阳佛教》王振国，收入中国洛阳白居易研究会编《国际白居易研究论文集》，珠海：银河出版社，2006年8月

《白居易家世考辨》白剑，收入中国洛阳白居易研究会编《国际白居易研究论文集》，珠海：银河出版社，2006年8月

《论白居易与武元衡遇刺事件》鬼头有一，收入中国洛阳白居易研究会编《国际白居易研究论文集》，珠海：银河出版社，2006年8月

《关于日本国对白居易的研究》下定雅弘，收入中国洛阳白居易研究会编《国际白居易研究论文集》，珠海：银河出版社，2006年8月

《与白居易有关的新罗人的资料》朴现圭，收入中国洛阳白居易研究会编《国际白居易研究论文集》，珠海：银河出版社，2006年8月

《关于白居易〈长恨歌〉以及杨贵妃东渡日本的传说和实际》沼田守助，收入中国洛阳白居易研究会编《国际白居易研究论文集》，珠海：银河出版社，2006年8月

《居大不易白乐天》李国文《文学自由谈》2006 年第 3 期，又收入其《李国文说唐》，中华书局，2006 年 6 月

《好酒如好诗——白居易饮酒》李国文，收入《李国文说唐》，中华书局，2006 年 6 月

《中国文学离完蛋还有多远？——读〈与元九书〉》李国文，收入《李国文说唐》，中华书局，2006 年 6 月

《白居易说工资——斯文并不一定扫地》李国文，收入《李国文说唐》，中华书局，2006 年 6 月；《书摘》2006 年第 10 期，摘自《李国文说唐》

《白居易以诗扬名》，《冶金企业文化》2006 年第 5 期

《唐・白居易〈溪村〉诗意图》，《青少年书法》2006 年第 13 期

《依托文学名著打造舞台剧目：谈黄梅戏〈长恨歌〉的改编》徐礼节《中国戏剧》2006 年第 6 期

《似少陵　似乐天——浅谈对柳永词的两种评价》崔玲玲《江苏广播电视大学学报》2006 年第 2 期

《论白朴戏曲与白居易诗歌的传承关系》崔玲玲《湘潮》2006 年第 12 期

长恨歌

《辨析毫芒，探骊得珠：评张中宇〈白居易长恨歌研究〉》熊笃《重庆大学学报》2006 年第 1 期

《一部值得推重的专题学术研究著作：读〈白居易长恨歌研究〉》饶龙隼、钱苇《重庆教育学院学报》2006 年第 5 期

《一篇〈长恨〉有"婉讽"——评张中宇〈白居易长恨歌研究〉》张兵《重庆文理学院学报》2006 年第 6 期

《一篇长恨有风情，此情并非真爱情：白居易的〈长恨歌〉赏析》付光芸《语文学刊》2006 年第 5 期

《帝王情爱的人文观照——白居易〈长恨歌〉的文本文化解读》韩干校《咸阳师范学院学报》2006 年第 5 期

《一篇长恨有风情——关于白居易〈长恨歌〉的一点考证研究》陈湘元《名作欣赏》2006 年第 23 期

《谈谈〈长恨歌〉的详和略》熊露士《古典文学知识》2006 年第 6 期

《论〈长恨歌〉的表现手法与其情感特点》栾福杰《青海师专学报》2006年第6期

《〈长恨歌〉之“恨”应加注》周锦国《现代语文(下旬·语言研究)》2006年第5期

《〈长恨歌〉的文学史意义》陆岩军《兰州学刊》2006年第8期

《从三维视角辨〈长恨歌〉之主题归属》付兴林《陕西理工学院学报(社会科学版)》2006年第1期

《“蓬莱仙境”在〈长恨歌〉中的审美意蕴》付兴林《名作欣赏》2006年第3期

琵琶行

《白居易〈琵琶行〉的艺术成就》贺兴、俞布仁《西北民族大学学报》2006年第4期

《浔阳送客　悲从何来——白居易〈琵琶行〉赏析》陈银梅《时代文学》(双月版)2006年第6期

《〈琵琶行〉“弟”、“阿姨”注释商榷》周建成《古汉语研究》2006年第2期

《天涯沦落迁谪情:〈琵琶行〉的另类解读》汪国华《浙江国际海运职业技术学院学报》2006年第3期

《浅析琵琶女形象的两次变化:从〈青衫泪〉〈四弦秋〉中看琵琶女》李碧华、王萍《新疆教育学院学报》2006年第3期

《“虾蟆陵”=“下马陵”》田玉春《语文知识》2006年第1期

《白居易〈琵琶行〉“冰下滩”正解》徐复、景凯旋《中国语文》2006年第5期;收入徐复《徐复语言文字学晚稿》,江苏教育出版社,2007年7月

《从“老大嫁作商人妇”谈历代封建统治者“抑商”的社会原因》张月峰《安徽文学》(下半月)2006年第10期

《〈琵琶行〉的艺术意象原型分析》王建茹、王新玲《北京联合大学学报》(人文社会科学版)2006年第4期

《浅谈唐代几首描写音乐的诗》吴慧敏、刘永丰《陕西师范大学继续教育学报》2006年增刊第1期。智按:《琵琶行》《听颖师弹琴》《李凭箜篌引》

《音乐与心境——比较赏析〈琵琶行〉、〈明湖居听书〉》牛艳春《现代语文》(文学研究版)2006年第5期

《李足以泣鬼　白足以移人——〈琵琶行〉和〈李凭箜篌引〉的音乐描写比较》李多年《阅读与鉴赏(教研版)》2006年第9期

《巧妙构思的〈琵琶行〉》孙斌华《语文教学与研究》2006年第17期

《关于"名属教坊第一部"之"第一部"的释义问题》王灿龙《语文建设》2006年第3期

《三首中唐音乐名诗的结构探析》丁茂华《甘肃教育》2006年第5期。智按:《琵琶行》《听颖师弹琴》《李凭箜篌引》

其他作品

《曲折有致，理趣鲜明：白居易〈放言五首〉其三赏读》朱广涛《语文知识》2006年第2期

《友情草萋萋：白居易〈赋得古原草送别〉赏析》刘孟斌《阅读与鉴赏》(初中版)2006年增刊第1期

《真率自然，格调清新：白居易〈暮江吟〉赏析》陆可爱《阅读与作文》(初中版)2006年第5期

《余霞散成绮，澄江静如练——白居易〈暮江吟〉赏析》张永军《阅读与作文》(高中版)2006年增刊第2期

《余霞散成绮，澄江静如练：白居易〈暮江吟〉赏析》李廷泉《语文学刊》2006年第6期

《神奇的大裘——读白居易的三首诗》过传忠《当代学生》2006年第12期

《此情可待成追忆——白居易的〈忆江南〉与勃朗宁的〈海外乡思〉之比较》田庆轩《天津大学学报》2006年第6期

《解读白居易〈思子台有感二首〉》卞孝萱《文史知识》2006年第1期

2007年

《张王乐府与元白新乐府创作关系再考察》张煜《文学评论》2007年第4期

《批把与元白诗、元杂剧》刘新文《北京联合大学学报》(人文社会科学版)2007 年第 3 期

《中晚唐之际的刘白诗派与姚贾诗派》张巍《重庆社会科学》2007 年第 2 期

《近代长庆体叙事歌行的发展及解构》李亚峰《苏州大学学报》2007 年第 6 期

《论王禹偁对白居易的接受》赵艳喜《齐鲁学刊》2007 年第 6 期

《思想史视野中的白居易——读〈白居易评传〉随想》雷恩海《聊城大学学报》2007 年第 2 期

《乞灵白少傅　佳句倘能新——试论元好问对白居易的接受》陆岩军《重庆邮电大学学报》2007 年第 3 期

《白居易制诰文中的“新体”与“旧体”之辩》尹占华《甘肃广播电视大学学报》2007 年第 2 期

《朝隐、吏隐、中隐——白居易归隐心路历程》杜学霞《河南社会科学》2007 年第 1 期，第 130~133 页

《在三种言说立场之间——白居易思想转变的心理和文化阐释》杜学霞《首都师范大学学报》2007 年第 3 期

《浅析白居易晚期诗风之嬗变》唐佳《濮阳职业技术学院学报》2007 年第 2 期

《诗文双璧传千秋——白居易反战诗文简论》卢英宏《云梦学刊》2007 年第 3 期

《白居易〈效陶潜体诗〉写作思想辨析》赵春阳《湖北教育学院学报》2007 年第 3 期

《论白居易诗与唐宋词的内在契合》丁楹《重庆文理学院学报》2007 年第 2 期

《白居易从法凝所学为南宗禅法考论》肖伟韬《宗教学研究》2007 年第 1 期

《白居易与音乐》丁继平《音乐创作》2007 年第 3 期

《白居易山水审美的文化意蕴》谢虹光《山西广播电视大学学报》2007 年第 4 期

《宋代诗学批评视野中的白居易论》文佳《铜仁学院学报》2007 年

第1期

《再现艺术的生命力——兼谈白居易讽谕诗论的创新》于慧《名作欣赏》2007年第8期。按：《再现艺术的生命力——兼谈白居易讽谕诗论的创新》于慧《时代文学》(双月版)2006年第4期

《白居易与苏轼的忠州奇缘》郑敬东《今日重庆》2007年第3期

《三峡文化传千古——评鲜于煌的〈白居易在长江三峡·忠州〉》李禹阶《重庆师范大学学报》2007年第1期

《浓郁伤情与委顺从容——论白居易感伤情怀与其"中隐"思想形成的内在关系》左志南《周口师范学院学报》2007年第1期

《论佛禅思想对白居易旷达乐天思想的影响》张树峰《语文学刊》2007年第1期

《从"平常心是道"看白居易平易浅俗诗风》胡遂《文学评论》2007年第1期

《〈主客图〉白派及门弟子徐凝述论》陈才智《北京联合大学学报》2007年第2期

《白居易与温庭筠的屏风情结》李娜《名作欣赏》2007年第20期

《"不二法门"与"拈花一笑"：白居易与苏轼禅诗比较》魏鸿雁《名作欣赏》2007年第18期

《浅谈白居易"讽谕诗"的人民性及其艺术性》季秀云《职业技术》2007年第14期

《也析白居易的讽谕诗》李文清《湖北教育学院学报》2007年第10期

《白居易及其通俗诗风》李起超《文学教育》(下)2007年第9期

《白居易"中隐"及其对后世的影响》陈燕《安徽农业大学学报》(社会科学版)2007年第6期

《焦虑的期待：白居易忠州诗词及心态探析》高月《长江师范学院学报》2007年第6期

《白居易的诗歌理论》陈燕《阜阳师范学院学报》(社会科学版)2007年第6期

《〈文集百首〉与白居易的中隐思想》隽雪艳《外语教学》2007年第6期

《王维与白居易作品思想内容与风格的比较》樊燕琴《南昌高专学报》2007 年第 6 期

《白居易诗歌中的女性形象》陈丽芬《商业文化》(学术版)2007 年第 5 期

《白居易山水田园诗中的"竹"意象》梁昌明《阜阳师范学院学报》(社会科学版)2007 年第 5 期

《李白和白居易对日本古代和歌与文学的影响》杨知国《长春理工大学学报》(社会科学版)2007 年第 5 期

《禅宗与白居易的闲适诗》黄辉《华夏文化》2007 年第 4 期

《浅析白居易讽喻诗中的对比手法》吕世媛《邢台学院学报》2007 年第 4 期

《白居易律赋创作的特色与影响》徐继东《河南科技大学学报》(社会科学版)2007 年第 4 期

《白居易诗歌作品里的女性关怀》夏彩玲《齐齐哈尔师范高等专科学校学报》2007 年第 4 期

《漫谈白居易三首纺织诗》王美春《三角洲》2007 年第 4 期

《元稹与白居易农业思想述议》贾名党《东北农业大学学报》(社会科学版)2007 年第 4 期

《自我的凝视：白居易的写真诗与对镜诗》衣若芬《中山大学学报》(社会科学版)2007 年第 6 期

《中国古代自传文学中的仕与隐：以白居易、胡应麟为例》许菁频《浙江教育学院学报》2007 年第 6 期

《中唐社会政治与白居易的闲适诗》梁昌明《淮南师范学院学报》2007 年第 6 期

《白居易〈蛮子朝〉等诗与云南纳西族民族特色》鲜于煌《重庆师范大学学报》(哲学社会科学版)2007 年第 5 期

《纪实性：唐代叙事诗的新闻性元素之一》彭军辉《衡阳师范学院学报》2007 年第 5 期

《论元和末、长庆初白居易之精神裂变》付兴林《江西师范大学学报》(哲学社会科学版)2007 年第 5 期

《诗文双璧传千秋：白居易反战诗文简论》卢英宏《云梦学刊》

2007 年第 3 期

《简评儒家文艺观：以〈与元九书〉为主要例证》刘蜀子、何国正《大理学院学报》(综合版)2007 年第 3 期

《从“平常心是道”看白居易平易浅俗诗风》宣文《电子科技大学学报》(社会科学版)2007 年第 2 期

《白居易新乐府诗中的真实性原则》沈正赋《学语文》2007 年第 5 期

《白居易〈新乐府〉创作目的、原型等考论》张煜《北京大学学报》(哲学社会科学版)2007 年第 5 期

《白居易〈新乐府〉的“歌辞造型”：兼论其艺术性的评价问题》王立增《三峡大学学报》(人文社会科学版)2007 年第 6 期

《“古文运动”与“新乐府运动”创作的致用务实精神》田耕宇《西南民族大学学报》(人文社会科学版)2007 年第 5 期

《论白居易兼济思想的后期流变》白兴光《云梦学刊》2007 年第 S1 期

《中唐永贞革新对白居易思想创作的影响》刘秀梅《内江师范学院学报》2007 年第 5 期

《“绿化迷”白居易》少京《山西老年》2007 年第 3 期

《白居易的感情诗与爱情路》董小伟《大众科学》(科学研究与实践)2007 年第 14 期

《白居易的货币观》Sam《中国信用卡》2007 年第 7 期

《白居易理断郡守专命案》陈重业《中国审判》2007 年第 8 期

《既遵法理，又合人情——白居易的判词写作特色》王相民《兰台世界》2007 年第 4 期

《从白居易的茶妙趣说起》赵国雄《广东茶业》2007 年第 3 期

《白居易与〈重屏会棋图〉》高婧《文博》2007 年第 3 期

《白居易与西湖》王旭烽《广西教育》2007 年第 7 期

《白居易与安徽》丰吉《新安晚报》2007 年 3 月 30 日

《2005 中国·洛阳白居易诗歌国际研讨会召开》《中国诗歌研究动态》(第 2 辑)，学苑出版社，2007 年 4 月

《2005 中国·洛阳白居易诗歌国际研讨会》陈才智《中国文学年鉴

2006》，中国文学年鉴社，2007 年 5 月

《新书选评：白居易〈长恨歌〉研究》陈才智《唐代文学研究年鉴 2006》，广西师范大学出版社，2007 年 1 月，第 264～269 页

《论著评介：白居易〈长恨歌〉研究》陈才智《中国文学年鉴 2006》，中国文学年鉴社，2007 年 5 月

《白居易说工资》《青年博览》2007 年第 2 期，摘自《李国文说唐》，中华书局，2006 年 6 月

《白居易说工资》《剑南文学》(经典阅读)2007 年第 6 期

《白居易的"检讨"》《红土地》2007 年第 12 期

《白居易哑语巧对》《小作家选刊》(小学生版)2007 年第 6 期

《白居易的"维摩人生"及文学史意义——以宋词对维摩诘的接受为例》张再林《长江学术》2007 年第 4 期

琵琶行

《天涯沦落逢知音——论白居易〈琵琶行〉诗歌的艺术魅力》孟亚尼《湖南工业职业技术学院学报》2007 年第 1 期

《白居易〈琵琶行〉中的音乐学分析》张承龙《教学与管理》2007 年第 18 期

《白居易〈琵琶行〉艺术特色浅析》龚伟《考试周刊》2007 年第 12 期

《悲怨美的诗情刻画：再析〈琵琶行〉》刘星林《宜春学院学报》2007 年第 1 期

《〈琵琶行〉中关于江州地理环境的考释》杜桂芳、段崇林《湖北教育学院学报》2007 年第 12 期

《〈琵琶行〉：一曲才子佳人的长恨歌》邹伟群《语文教学与研究》(综合天地)2007 年第 9 期

《音乐视野中的白居易〈琵琶行〉》田中娟《台州学院学报》2007 年第 4 期

《白居易〈琵琶行〉中的琵琶演奏技法探微》田中娟《丽水学院学报》2007 年第 4 期

《琵琶歌行海棠诗，两朝谪臣同心曲》潘守皎《时代文学》(理论学术版)2007 年第 7 期

《〈琵琶行〉(并序)中乐曲之一悟》刘执明《新作文》(教育教学研究)2007 年第 11 期

《诗词与琵琶艺术的完美结合——浅析唐诗〈琵琶行〉与琵琶艺术》关颖《赤峰学院学报》(汉文哲学社会科学版)2007 年第 6 期

《白居易诗歌中的女性形象》陈丽芬《商业文化》(学术版)2007 年第 5 期

《浅析唐诗〈琵琶行〉与琵琶艺术》关颖、王千一《白城师范学院学报》2007 年第 5 期

《〈琵琶行〉中琵琶女的情感世界》杨晓莹《文学教育》(下)2007 年第 8 期

《〈琵琶行〉“弱美”风格浅析》丁鹏《安徽文学》(下半月)2007 年第 12 期

《古代军妓制度例析》石兴琪《文学教育》(下)2007 年第 7 期。智按：涉及《琵琶行》

《琵琶三弹美韵扬，名师三绝万古传——〈琵琶行〉赏析》郑媛媛、孙治学《现代语文(文学研究版)》2007 年第 10 期

《一曲琵琶说到今——浅谈〈琵琶行〉的音乐描写艺术》陈瑞霞《语文天地》2007 年第 17 期

《〈老残游记〉与〈琵琶行〉的音乐描写》陈今《宁德师专学报(哲学社会科学版)》2007 年第 2 期

《江上明月寄浓情——〈琵琶行〉中“月”的意象分析》陈洵《语文学刊》2007 年第 12 期

《谈〈琵琶行〉中的“转”》陶智《语文建设》2007 年增刊第 1 期

《披文入情——〈琵琶行〉赏析》王针桂《阅读与鉴赏》(教研版)2007 年第 7 期

《谈琵琶女的“悲剧命运”》程仁君《安徽文学》(下半月)2007 年第 7 期

《〈琵琶行〉的文化意识分析》管素莉、邓维策《阅读与鉴赏》(教研版)2007 年第 3 期

《〈琵琶行〉与〈李凭箜篌引〉音乐描写比较》林晓东《牡丹江教育学院学报》2007 年第 3 期

《余音绕梁，异曲同工——〈琵琶行〉与〈李凭箜篌引〉对比赏析》朱庆和《湖北招生考试》(快速阅读)2007 年第 2 期

《"瑟瑟"定谳》孙雍长《湖北大学学报》(哲学社会科学版)2007 年第 2 期

《琵琶一曲春归去，司马潸然为哪般》赵顺君《消费导刊》2007 年第 2 期

《〈琵琶行〉里的月光》洪贵兵、江利华《语文教学与研究》2007 年第 8 期

《说〈琵琶行〉"弟走从军阿姨死"》袁津琥《文史杂志》2007 年第 1 期

《一叶风随万里身——由〈琵琶行〉图轴谈元代文人画的艺术特征》孙胜《新语文学习》(中学教师版)2007 年第 2 期

长恨歌

《白居易〈长恨歌〉主旨新探》卜永清《安徽文学》(下半月)2007 年第 1 期

《"传奇"的叙事：论白居易的〈长恨歌〉》林和芬《江西科技师范学院学报》2007 年第 3 期

《〈长恨歌〉：古今帝妃婚恋与个人情爱自伤的结晶：白居易〈长恨歌〉创作动因探微》丁永忠《重庆教育学院学报》2007 年第 5 期

《角色冲突：白居易诗〈长恨歌〉主题出现争议的原因：兼及〈长恨歌〉的主题倾向》张冬玲《菏泽学院学报》2007 年第 6 期

《一篇长恨有风情：试论长恨歌的小说化创作》杨杨《和田师范专科学校学报》(汉文综合版)2007 年第 6 期

《〈长恨歌〉英译比较》周子伦《中国教师》2007 年第 2 期

其他作品

《"野火烧不尽，春风吹又生"评述》陈增杰，收入其《唐诗志疑录》，上海人民出版社，2007 年 12 月，第 238~241 页

《中国古代养生诗词赏析：白居易〈自觉〉(其一)赏析》贺朝柱《长寿》2007 年第 6 期

《中国古代养生诗词赏析：白居易〈永崇里观居〉(节选)赏析》贺朝柱《长寿》2007 年第 7 期

《中国古代养生诗词赏析：白居易〈不致仕〉诗赏析》贺毅《长寿》2007年第6期

《中国古代养生诗词赏析：白居易〈负冬日〉赏析》贺毅《长寿》2007年第7期

《大巧之拙　非工而工——白居易〈正月三日闲行〉荐读》王志清《名作欣赏》2007年第11期

《温暖从哪里来——白居易〈问刘十九〉赏读》徐昌才《阅读与写作》2007年第1期

《白居易〈杨柳枝词〉其四主旨辨正》钟振振《江海学刊》2007年第4期

2008年

《〈白居易诗集校注〉补证三则》陈翀，收入张伯伟、蒋寅主编《中国诗学》(第13辑)，人民文学出版社，2008年10月

《谁是白居易〈新乐府·官牛〉诗中的右丞相——陈寅恪〈元白诗笺证稿〉补证一则兼辩牛李党争起源问题》吴丽娱，收入《庆祝何炳棣先生九十华诞论文集》，三秦出版社，2008年版，第630~639页；"中国唐史学会第九届年会暨唐宋社会变迁国际学术研讨会"会议论文

《〈白氏文集〉递藏源流述略》柳向春《中国典籍与文化》2008年第1期

《〈白居易诗集校注〉商兑五则》乔立智《图书馆杂志》2008年第12期

《质朴笃实　胜义纷呈：蹇长春先生〈白居易论稿〉评介》姜朝晖《兰州教育学院学报》2008年第12期

《论佛教对白居易等人诗歌创作的影响》宋斐飞《许昌学院学报》2008年第3期

《白居易讽谕诗中的用典形式及其特点》吕世媛《南宁职业技术学院学报》2008年第3期

《白居易讽谕诗比喻修辞的特点》吕世媛《毕节学院学报》(综合版)2008年第3期

《白居易诗歌中的情感世界：以白氏诗歌中之亲情世界为例》亢巧霞《贵州教育学院学报》2008 年第 4 期

《白居易诗歌在宋代的接受：以宋初香山体为中心》王翠《怀化学院学报》2008 年第 5 期

《试析白居易诗中的镜子意象》邹婷《岱宗学刊》2008 年第 1 期

《“何人知此义，唯有净名公翁”：白居易对大乘佛教思想的选择》邹婷《苏州大学学报》(哲学社会科学版)2008 年第 3 期

《从“叹老”到“喜老”：试析白居易的生命意识及其与佛教的关系》邹婷《海南师范大学学报》(社会科学版)2008 年第 3 期

《论白居易律赋的精神特质及艺术成就》付兴林《甘肃社会科学》2008 年第 3 期

《白居易〈策林〉的精神特质》付兴林《陕西理工学院学报》(社会科学版)2008 年第 3 期

《论〈策林〉中的吏治思想》付兴林《社会科学家》2008 年第 11 期

《论白居易的礼乐文教观：以〈策林〉为中心》付兴林《名作欣赏》2008 年第 20 期

《从白居易诏诰文看中唐的对外交往与外交政策》付兴林《渭南师范学院学报》2008 年第 6 期

《从杜甫与白居易的忧民歌吟看主体的“仁”格差异》赵亚平《辽宁大学学报》2008 年第 3 期，又收入其《鹤鸣庐诗思录》，辽宁大学出版社，2008 年版，第 36~51 页

《弥尔顿和白居易叙事诗比较》徐振忠《黎明职业大学学报》2008 年第 12 期

《论北宋晁迥对白居易的接受》赵艳喜《广西大学学报》(哲学社会科学版)2008 年第 3 期

《白居易诗中民俗二考》赵艳喜《天中学刊》2008 年第 3 期

《白居易在宋初的“影子”：论白体诗人李昉与白居易》赵艳喜《殷都学刊》2008 年第 2 期

《白居易的小蛮腰》刘俏到《中国新闻周刊》2008 年第 46 期

《“乐天知命，知足保和”：论白居易的浅俗诗风》许丽燕《中国科教创新导刊》2008 年第 22 期

《白诗中的陶渊明形象的阐释》童炎《科教文汇》(下旬刊)2008年第21期(2008年7月)

《我有闲愁与君说：试析张先对白居易的继承兼议其闲适词风》张琴《黑龙江史志》2008年第20期

《唐朝官员收入几何：白居易赋诗说工资》李国文《决策探索》(上半月)2008年第15期

《白居易“晒”工资：开中国文人之先河》《甘肃教育》2008年第17期

《看白居易如何文雅“晒工资”》睦平《剑南文学》(经典阅读)2008年第7期

《白居易娶了谁家的女子》余迎《文史知识》2008年第12期

《白居易的另一面》刘建武、辛麦(摘)《法制博览》2008年第12期

《试论白居易文论思想的偏激性》陈冬梅《安徽文学》(下半月)2008年第12期

《白居易诗歌的女性平等观》赵立学《内蒙古电大学刊》2008年第9期

《论苏轼学白居易诗》张再林《学术论坛》2008年第9期

《略论辛弃疾与白居易》张再林，2008年词学国际学术研讨会(内蒙古·呼和浩特)，2008年8月

《略论胡适诗歌的“言之有物”及叙事成分：兼及元稹、白居易与乐府民歌的影响》王培敏《安徽文学(下半月)》2008年第9期

《论白居易的庭中山水及其美学意蕴》李昌舒《江西社会科学》2008年第8期

《试论白居易对陶渊明思想的接受与发展》张曼《赤峰学院学报》(汉文哲学社会科学版)2008年第7期

《白居易诗歌理论评述》高敏、李淑蓉《现代语文》2008年第7期

《白居易诗中的平民意识》边厚敏《阅读与鉴赏》2008年第7期

《从人生际遇看白居易之浅俗诗风》姚雪洁《科技信息》(学术研究)2008年第6期

《美刺　讽谕　为君：试论白居易的讽谕诗及其美学特征》石伟、

龙治勇《牡丹江大学学报》2008 年第 6 期

《白居易有关湘灵姑娘的几首诗》倪培森《文史杂志》2008 年第 6 期

《试论白居易的讽谕诗理论》黎爱群《宿州教育学院学报》2008 年第 6 期

《白居易晚年的中隐生活》杜学霞《新闻爱好者》(理论版　下半月)2008 年第 12 期

《三重矛盾的诗学观：白居易前期诗学思想矛盾和成因》杜学霞《首都师范大学学报》(社会科学版)2008 年第 6 期

《道真文学与白居易诗歌》高文汉《文史哲》2008 年第 6 期

《白居易与乐人交往考》柏红秀《盐城师范学院学报》2008 年第 6 期

《从自然性和社会性的角度看白居易的矛盾心态》张学成《语文学刊》2008 年第 5 期

《白居易追踪梁陈宫体诗风探微》严铭《成都大学学报》(社会科学版)2008 年第 5 期

《浅谈古代文体转换的多重价值效应：以白朴改编白居易新乐府诗〈井底引银瓶〉为例》温世亮《新余高专学报》2008 年第 5 期

《论白居易的〈中隐〉与"魏晋人物"生存观念之关联》谭立《西南农业大学学报》(社会科学版)2008 年第 5 期

《论白居易的政治体认、人生解悟与"独善"观：以白氏之贬及其超越意识为中心》尚永亮《湖北师范学院学报》(哲学社会科学版)2008 年第 5 期

《接受美学视野下的元和诗歌及其研究进路》尚永亮《陕西师范大学学报》(哲社版)2007 年第 5 期，第 82~91 页；《中国古代、近代文学研究》(人大复印报刊资料)2008 年第 1 期

《论白居易的自觉传播意识》郑华珍、刘蓉《湖南社会科学》2008 年第 5 期

《〈新乐府〉之创作理念新说》梁海燕《沈阳师范大学学报》(社会科学版)2008 年第 5 期

《白诗柳词之可比性及内在成因》肖伟韬《河南理工大学学报》(社

会科学版)2008 年第 4 期

《"异类"其表，闲适其里：白居易"半格诗"臆解》牟国相《沧州师范专科学校学报》2008 年第 4 期

《传神写照，正在阿堵中：白居易诗的诗题漫议》牟国相《沧州师范专科学校学报》2008 年第 3 期

《论白居易的讽喻诗》李再新《重庆科技学院学报》(社会科学版)2008 年第 4 期

《浅论白居易讽喻诗中的"物"意象》李再新《湖北经济学院学报》(人文社会科学版)2008 年第 1 期

《从〈与元九书〉看白居易儒家文学观》郑义《东京文学》2008 年第 9 期

《从白居易的诗中洞察音乐的美学思想》姜萍《作家》2008 年第 4 期

《论白居易讽谕诗与闲适诗的文学功用与风格特征》牛卫东《重庆科技学院学报》(社会科学版)2008 年第 1 期

《论白居易江州山水诗》谢虹光《山西广播电视大学学报》2008 年第 1 期

《中唐文人士大夫对洪州宗的接受：以白居易、权德舆为例》郑韬《安徽广播电视大学学报》2008 年第 3 期

《试论道教文化对白居易艳情诗的影响》张振谦《内蒙古农业大学学报》(社会科学版)2008 年第 3 期

《从庐山草堂与履道坊宅园的建造看白居易的造园理念》吴美霞、廖嵘《广东园林》2008 年第 3 期

《论佛教对白居易等人诗歌创作的影响》宋斐飞《许昌学院学报》2008 年第 3 期

《浅论白居易平易浅切的诗风》徐变云《西安电子科技大学学报》(社会科学版)2008 年第 2 期

《论白居易的人口思想》谢永飞、刘衍军《九江学院学报》2008 年第 2 期

《白居易诗中的宫廷乐舞》汤其林《艺海》2008 年第 2 期

《白居易的痛苦内容与解脱方式》宁群娣《哈尔滨学院学报》2008

年第 2 期

《新出石刻与白居易研究》胡可先、文艳蓉《文献》2008 年第 2 期

《白居易感伤诗的原生态新论》文艳蓉《中国矿业大学学报》(社会科学版)2008 年第 1 期

《白居易讽喻诗的忧民情结》杨虹《现代语文》2008 年第 1 期

《颜色词以及在白居易诗歌中的运用》吴冰洁《新学术》2008 年第 1 期

《试谈杜牧与白居易的矛盾纠葛》王相民《渭南师范学院学报》(综合版)2008 年第 1 期

《从元稹、白居易、李端诗看〈西凉伎〉在唐代的发展》黄颖玲、项群胜《新余高专学报》2008 年第 1 期

《山水见心迹——从白居易江州、忠州与苏杭时期的山水诗看其心态变化》庄伟华《语文学刊》2008 年第 6 期

《元稹和白居易之比较》羊亚《南昌高专学报》2008 年第 6 期

《元稹与白居易农业思想述略》贾名党《农业考古》2008 年第 1 期

《"元和体"考论与张安祖先生商榷》张俊海《许昌学院学报》2008 年第 1 期

《宋代对白居易诗歌思想艺术的批评》毛丽柯《河南大学学报》2008 年第 5 期

《白居易与宋诗》王锡九《江苏教育学院学报》(社会科学版)2008 年第 3 期

《白居易论诗歌创作中的情景关系》林佑达《福建论坛》(人文社会科学版)2008 年第 6 期

《辟雍砚相伴：白居易振笔疾书》杜文《艺术市场》2008 年第 7 期

《烈士在暮年，壮心犹未已：浅析刘禹锡晚年的和白诗》牛明哲《科技信息》(学术研究)2008 年第 7 期

《江南文化与白居易思想及创作关系浅探》景遐东《湖北师范学院学报》(哲学社会科学版)2008 年第 4 期

《略论白居易诗论与创作的进步意义和缺陷》庞维跃《乌鲁木齐职业大学学报》(人文社会科学版)2008 年第 3 期

《中国诗魔醉吟先生白居易》胡普信《中国酒》2008 年第 8 期

《白居易私家园林置业》黄强《徐州教育学院学报》2008 年第 9 期

《白居易长寿因“四乐”》郑华金《养生大世界：A 版》2008 年第 11 期

《并非双簧戏的“十家租税九家毕，虚受吾君蠲免恩”》刘策、边勇《辽宁经济职业技术学院》(辽宁经济管理干部学院学报) 2008 年第 12 期

《千年九修的〈白氏族谱〉》曹宏志《收藏界》2008 年第 7 期

《白居易的〈楞严经册〉》白高来《翰苑钩沉》2008 年第 3 期；《老年教育》2008 年第 1 期

《白诗和平安文学的女性形象》胡洁《日语学习与研究》2008 年第 6 期

《生活的留恋与心灵的放达：以白居易为中心的洛阳闲适诗人群》韩大强《中州学刊》2008 年第 5 期

《大唐之音，和而不同：论唐代河南作家群体的文学特征及文学精神》韩大强《信阳师范学院学报》(哲学社会科学版) 2008 年第 2 期

《关于唐初诗人、词人一体与诗、词同源的辨析》黄昭寅、王学军《山东教育学院学报》2008 年第 6 期

《〈维摩诘经〉对中国传统文化影响举要》刘华山、李世伟《西昌学院学报》(社会科学版) 2008 年第 2 期

《朝着中国古诗源头“漫溯”》刘占泉《语文建设》2008 年第 5 期

《纵横捭阖，尽显本色：论唐代有关商人的诗歌》于光荣《湖南科技学院学报》2008 年第 11 期

《唐诗远播扶桑时：从意象“竹”分析唐诗对于日本文学的影响》曹颖《社会科学论坛》2008 年第 8 期

《“以古为律”：盛中唐律诗创作的一个倾向》刘占召《唐都学刊》2008 年第 3 期

《略论唐代之“乐府诗体”》王立增《辽宁师范大学学报》(社会科学版) 2008 年第 2 期

《论中唐南贬诗人的屈原情结》胡可先《陕西师范大学学报》(哲学社会科学版) 2008 年第 2 期

《心足即为富，身闲乃当贵——试论白居易心性圆满和自适的宦

隐意识》曹军《作家》2008 年第 12 期

《“歌诗合为事而作”——白居易的诗乐思想与讽喻、音乐诗》马宇清《作家》2008 年第 10 期

《想想白居易自吟》项目清《诗词月刊》2008 年第 6 期

《韩愈的刻薄和白居易的厚道》马立诚《财会月刊》(会计版)2008 年第 7 期；又收入其《历史的拐点》，浙江人民出版社，2008 年 1 月

《白居易解谜联》《新语文学习》(小学高年级版)2008 年第 6 期

《白居易的东林寺情结》聂建华《九江日报》2008 年 12 月 26 日

《养生要学白居易》杨吉《农村医药报》2008 年 4 月 22 日

《白居易的琴声》路铁《郑州日报》2008 年 3 月 12 日

《白居易也是“高考移民”》孙欣《国学》2008 年第 12 期

《鸟巢与白居易》，《国学》2008 年第 10 期

《天才诗人白居易的生活秘闻》《语文世界》(高中版)2008 年增刊第 1 期

《白居易与禅师》，《人力资源》2008 年第 2 期

《阅读指导课教学实录　学会阅读 享受快乐——了解白居易》《中小学图书情报世界》2008 年第 1 期

《流动的生命经验与空间对话——从白居易、苏轼“历杭”作品看南方意识的形成》张蜀蕙《唐代文学研究》第 12 辑，广西师范大学出版社，2008 年 10 月

《白居易的“中隐”观及其矛盾》吕正惠《唐代文学研究》第 12 辑，广西师范大学出版社，2008 年 10 月

《从白居易的咏“裘”诗看其“共生思想”——兼论白居易“独善”的深层内涵》下定雅弘《唐代文学研究》第 12 辑，广西师范大学出版社，2008 年 10 月

《张王乐府与元白新乐府创作关系再考察》张煜《唐代文学研究》第 12 辑，广西师范大学出版社，2008 年 10 月

《宝丰官衙村原为“乐天寨”——唐代大诗人白居易曾在此居住》巫鹏《平顶山晚报》2008 年 5 月 4 日

琵琶行

《中唐三首音乐名诗手法探析》王睿君《和田师范专科学校学报》

(汉文综合版)2008 年第 2 期。智按:《琵琶行》《听颖师弹琴》《李凭箜篌引》

《白居易和他的评乐诗》刘哲《音乐天地》2008 年第 3 期

《"琵琶别抱"小考》李秉鉴《文史杂志》2008 年第 5 期

《音乐的连续之美和中断之美:白居易〈琵琶行〉解读》孙绍振《语文建设》2008 年第 11 期

《未成曲调先有情:为白居易〈琵琶行〉谱曲》连波《上海戏剧》2008 年第 10 期

《〈琵琶行〉的创作缘起及艺术特色》李青《新学术》2008 年第 11 期

《白居易〈琵琶行〉的音乐感》蔡梅《大众文艺》2008 年第 11 期

《唐诗有声,音韵传情:以白居易〈琵琶行〉为例》曹鸿英《开封教育学院学报》2008 年第 12 期

《〈琵琶行〉女主角出场的描写》刘景丽《文学教育》(上)2008 年第 5 期

《重读〈琵琶行〉:兼析白居易江州时期的心态》吴小洪《青海师专学报》2008 年第 4 期

《永恒的艺术魅力,全面的艺术感受:从琵琶演奏入手新解〈琵琶行〉》欧妮《2008 年度上海市社会科学界第六届学术年会》2008 年第 11 期

《千古绝唱沁心扉,抑扬跌宕谱新声:琵琶独奏曲〈诉:读唐诗〈琵琶行〉有感〉赏析》刘燕《贵州民族学院学报》(哲学社会科学版)2008 年第 2 期

《论〈琵琶行〉中的情感欲望》郝薇莉《重庆科技学院学报》(社会科学版)2008 年第 3 期

《〈琵琶行〉中的臣妾心理分析》杨长荣《语文教学与研究》(教研天地)2008 年第 1 期

《〈琵琶行〉"瑟瑟""倡女"注释浅说》董亚《学语文》2008 年第 2 期

《别让〈琵琶行〉带上具有社会批判价值的印记》李承统《现代语文》2008 年第 3 期

《琵琶女、商山竹和黄州海棠：谪臣的文化心态和诗歌意象选择》潘守皎《东岳论丛》2008 年第 3 期

《论白居易与琵琶女的旷世知交》程琴、刘涛《湖北经济学院学报》(人文社会科学版)2008 年第 12 期

《妙笔“弹”琵琶，精妙世无双：浅谈〈琵琶行〉中音乐描写的艺术手法》陈益团《中学语文》(下旬)2008 年第 4 期

《〈琵琶行〉音乐描写管窥》曾志《中学文科(教研论坛)》2008 年第 4 期

《琵琶三弹：浅谈〈琵琶行〉中的三次演奏》徐飞《陕西教育》(行政版)2008 年第 5 期

《〈琵琶行〉的特殊结构》赵振亚《甘肃教育》2008 年第 21 期

《试析〈琵琶行〉音乐描写的艺术特色》仇玉文《科学大众》2008 年第 11 期

《同在天涯似曾相识：浅谈白居易〈琵琶行〉的悲剧色彩》徐劲松《中学语文》(下旬)2008 年第 10 期

《〈琵琶行〉女主角出场的描写》刘景丽《文学教育》2008 年第 9 期

《浅谈〈琵琶行〉中的“江”和“月”》原海莉《现代语文》2008 年第 8 期

《白居易〈琵琶行〉中的音乐描写》卢雪冰《语文教学与研究》(综合天地)2008 年第 8 期

《〈琵琶行〉的悲剧理解》王余龙《中学语文》(下旬)2008 年第 6 期

《〈琵琶行〉的两个细微处》徐继胜《中学语文》(下旬)2008 年第 7 期

《“犹抱琵琶半遮面”是因为害羞吗》曹亿平、江河山《湖南教育(语文教师)》2008 年第 7 期

《〈琵琶行〉中的四次月色描写》汤广文《语文学习》2008 年第 6 期

《究竟用“难”还是用“滩”好?》罗献中、杨继刚《中学语文教学》2008 年第 3 期

《“难”、“滩”之争，孰是孰非?》罗献中《汉字文化》2008 年第 6 期

《〈琵琶行〉的艺术魅力》李剑柔《语文学刊》2008 年第 2 期

《也谈“商女”的问题》刘亮《乐山师范学院学报》2008 年第 2 期

《重：“chóng”耶，“zhòng”耶?》寇安炳《中学语文(上半月)教学大参考)》2008 年第 2 期。智按：白居易《琵琶行》“我闻琵琶已叹息，又闻此语重唧唧”之“重”

长恨歌

《逻辑的迷失与文献的错用：评张中宇〈白居易〈长恨歌〉研究〉》周相录《学术界》2008 年第 1 期

《评周相录的“逻辑”与“利刃”说》张中宇《学术界》2008 年第 4 期。按：反驳《逻辑的迷失与文献的错用：评张中宇〈白居易〈长恨歌〉研究〉》周相录《学术界》2008 年第 1 期

《说“宛转”》陶易《文史杂志》2008 年第 3 期

《一曲长恨为红颜：解读白居易〈长恨歌〉》杨晓霜《牡丹江大学学报》2008 年第 5 期

《白居易〈长恨歌〉爱情主题考论》胡可先、文艳蓉《东南大学学报》(哲学社会科学版)2008 年第 2 期

《论〈长恨歌〉的序与传》胡可先、文艳蓉《社会科学战线》2008 年第 5 期，第 89~95 页

《味外之旨，韵外之致：〈长恨歌〉主题再探讨》刘道生《河池学院学报》2008 年第 6 期

《白居易〈长恨歌〉之“长恨”解读》张爱君《电影评介》2008 年第 22 期

《一篇长恨有风情：论白居易〈长恨歌〉主题对影视剧的影响》龚玉兰《电影评介》2008 年第 24 期

《梨花一枝春带雨：“梨花”解》钟书林《阅读与写作》2008 年第 12 期

《从〈长恨歌〉看白居易的爱情观》李娟梅《哈尔滨职业技术学院学报》2008 年第 5 期

《一篇长恨有风情：兼论白居易的爱情观》刘利《重庆工学院学报》(社会科学版)2008 年第 3 期

《〈长恨歌〉主题新论》危卫红《现代语文》(文学研究)2008 年第 6 期

《〈长恨歌〉主题新探》田进《现代语文》(文学研究版)2008 年第 8 期

《“一篇长恨有风情”之“风情”涵义再讨论：兼谈〈长恨歌〉的主题》王昕《柳州师专学报》2008 年第 2 期

《刍议〈长恨歌〉的主题》黄道明《科学大众》2008 年第 1 期

《白居易〈长恨歌〉的层次结构划分综论》凌朝栋《渭南师范学院学报》(综合版)2008 年第 1 期

《构筑完美的爱情悲剧：从结构角度分析〈长恨歌〉》王立群《乐山师范学院学报》2008 年第 2 期

《“杨家有女初长成”与“回眸一笑百媚生”：〈长恨歌〉开篇杨妃“处子”形象辨正》马萌《名作欣赏》2008 年第 18 期

《〈长恨歌传〉版本辨析》马萌《文学遗产》2008 年第 1 期

《重新评估〈长恨歌传〉的思想价值：兼及〈长恨歌〉主题》周承铭《绥化学院学报》2008 年第 5 期

《从“纵欲”到“笃情”：白居易〈长恨歌〉的史实与虚构》琚静斋《名作欣赏》2008 年第 1 期

其他作品

《“惟歌生民病，愿得天子知”——白居易〈观刈麦〉赏析》凡欣《课外语文》(初中)2008 年第 6 期

《人的存在决定于社会评价的存在：白居易诗〈赠君一法决狐疑〉与萨特戏剧〈间隔〉的另一种解读》龚艳芳、陈荣庆《湖北民族学院学报》2008 年第 6 期

《辞章分析与科际整合——以白居易〈长相思〉词为例》陈满铭《湘南学院学报》2008 年第 12 期。按《唐宋词拾玉(5)：白居易的“长相思”》陈满铭《国文天地》1997 年第 3 期，第 80~83 页

《白居易〈忆江南〉三首赏析》谢克先《科教文汇》(中旬刊)2008 年第 17 期

《“离离”注释的商榷》丁虎、陈海燕《语文教学与研究》(综合天地)2008 年第 12 期

《“商女”与“秋娘”》郭圣林《江海学刊》2008 年第 5 期

《杜甫〈除草〉与白居易〈送客南迁〉之“薞草”》陈会兵《宁夏社会

科学》2008年第2期

《白居易〈送客南迁〉之“蘔”字考》陈会兵《宁夏大学学报》2008年第5期

《此君节操独凌寒，冰雪丛中更耐看：白居易〈题李次云窗竹〉赏析》王纱纱《名作欣赏》2008年第17期

《浅谈白居易〈问刘十九〉中的诗味》蔡圣波《诗词月刊》2008年第2期

2009年

《白居易子嗣考辨》文艳蓉《重庆社会科学》2009年第1期

《韩白关系考论》曾祥波《中国青年政治学院学报》2009年第5期

《从〈旧唐书〉中有关白居易文章的评论谈起》汪政《剑南文学：下半月》2009年第12期

《从〈白氏文集〉看13世纪中朝日三地文化交流》静永健《南阳师范学院学报》2009年第1期

《拟制考》谢思炜《文学遗产》2009年第1期

《洛阳所见白公胜碑真伪辨疑》谢思炜《文献》2009年第3期

《白居易诗中的麽些史料》谢思炜《清华大学学报》2009年第4期

《韩白关系略论——以文道观为中心》沈文凡《西华大学学报》2009年第3期

《论乐人与元白诗歌的传播》柏红秀《河南师范大学学报》2009年第6期

《元白唱和诗研究》赵乐《北京大学学报》2009年第6期

《刘白诗人群的唱和活动及其诗歌创作——以刘白唱和诗的四次结集为中心》王艳玲《天津大学学报》2009年第5期

《白居易庐山修道》聂建华《九江日报》2009年1月23日

《白居易〈忆江南〉之九江辩》聂建华《九江日报》2009年4月3日

《白居易九江花木咏》聂建华《九江日报》2009年7月31日

《白居易：独品鉴茶堪誉神》刘诚龙《中华合作时报》2009年3月17日

《白居易唐文化学术研讨会召开》师铤《渭南日报》2009年9月

18日

《白居易唐文化学术研讨会在渭南隆重召开》《渭南日报》2009年10月16日

《试论唐代北人江南生态意象的转变——以白居易江南诗歌为中心》夏炎《唐史论丛》(第11辑)，三秦出版社，2009年2月

《试论白居易〈与元九书〉的以情纬文》刘绚蓓《牡丹江师范学院学报》2009年第2期

《论白居易叙事诗的艺术特色》高林清《辽宁教育行政学院学报》2009年第3期

《白居易音乐诗中的西域音乐》高人雄、宿月《西域研究》2009年第5期

《白居易的诗中乐舞》汤其林《湖南医科大学学报》2009年第6期

《论白居易的独善心态及其审美意蕴》李昌舒《文艺研究》2009年第6期

《文章合为时而著　歌诗合为事而作——浅析白居易功利主义诗歌主张》刘学文《时代文学》(下半月)2009年第11期

《白居易的江州体验与庐山草堂的空间建构》曹淑娟《中华文史论丛》2009年第2期

《试论白居易诗中生理层次的"闲适"表现——兼及姚合闲适诗》中木爱《中华文史论丛》2009年第2期

《王禹偁对白居易诗歌主题的继承与发展》秦蓁《成都理工大学学报》2009年第3期

《王禹偁对白居易讽谕诗的师法与超越》潘丽娜《淮北煤炭师范学院学报》2009年第3期

《诗·酒·人生——兼论白居易的诗歌思想》莫军昌、张再林《中北大学学报》2009年第6期，第1~4页

《从苏轼对白居易诗歌的受容与警惕看苏轼的诗风》王域铖、徐金兰、郭辛茹、张慧玲《延安职业技术学院学报》2009年第6期

《论宋初诗人对白居易的追摹与接受》尚永亮《社会科学辑刊》2009年第4期

《元遗山与白乐天的诗学关联及其接受背景》尚永亮《文学遗产》

2009 年第 4 期

《论王若虚对白居易的接受及其得失》尚永亮《社会科学》2009 年第 9 期

《论白居易感伤诗的审美特征——兼论感伤诗体现的精神内涵》肖观德《安徽文学》(下半月)2009 年第 10 期

《论白居易的“知足”与“不足”——兼论其忠州起复后之仕隐心态》邵明珍《中山大学学报》2009 年第 3 期

《闲适诗在白居易诗歌中的地位及产生的原因》闫敬芳《贵州大学学报》2009 年第 3 期

《论白居易曲词写作的词体发生史意义》木斋《新疆大学学报》2009 年第 3 期

《浅论白居易的边塞诗》朱珠《鸡西大学学报》2009 年第 4 期

《从白居易的讽喻诗看报告文学的雏形》张祝《今日科苑》2009 年第 14 期

《白居易“三三七”体诗歌探源与分析》卢宁《牡丹江师范学院学报》2009 年第 3 期

《从元稹、白居易艳诗看中唐诗歌的写实倾向》刘艳萍《长安大学学报》2009 年第 2 期

《杜牧艳诗的雅化色彩及其与元白艳诗之异同——从杜牧对元稹、白居易艳诗的批评说起》刘艳萍《长春大学学报》2009 年第 9 期

《白居易的洛阳诗及其文化意蕴》刘艳萍《河南科技大学学报》2009 年第 5 期

《白居易在洛阳期间的佛教信仰》杜学霞《河南科技大学学报》2009 年第 6 期

《从“审悲”到“审乐”——论白居易的闲适美对中国审美理想的改变和影响》杜学霞《河南社会科学》2009 年第 2 期

《白居易在杭、苏时的“吏隐”心态及思想渊源》杜学霞《韶关学院学报》2009 年第 4 期

《万斯同〈新乐府〉对白居易〈新乐府〉的因革》张煜《乐府学》第 4 辑，学苑出版社，2009 年 1 月

《六十年来新乐府问题讨论述评》钟优民《社会科学战线》2009 年

第 10 期

《建筑/事件：从白居易的窗边隐逸说起》张宇《华中建筑》2009 年第 8 期

《谈白居易音乐理论中的“情”》周钦杰《许昌学院学报》2009 年第 4 期

《向内收敛、尚理重意——白居易晚年创作风格的转变与其对唐诗题材的开拓》左志南《宁夏大学学报》2009 年第 5 期

《论白居易感伤情怀类型、超越模式及其原因》张晶芬《邯郸职业技术学院学报》2009 年第 3 期

《白居易在唐宋文化转型中的典型意义》宋淑芳《南都学坛》2009 年第 5 期

《歌诗合为事而作——浅析白居易讽喻诗中体现的传播思想》王鹏、魏婷婷《新闻世界》2009 年第 10 期

《长安的槐树景观与唐代的科举文化——以白居易为中心的研究》杨为刚《唐都学刊》2009 年第 1 期

《唐代三教融合思潮对白居易思想的影响》陈龙《暨南学报》2009 年第 1 期

《白居易诗歌英译的多元化策略描述》姜光辉《南京农业大学学报》2009 年第 1 期

《念彼深可悔，自问是何人——白居易的自省意识探析》李黎、李寅生《乐山师范学院学报》2009 年第 3 期

《白居易诗歌的叙事情结》林奕锋《安徽文学》(下半月) 2009 年第 5 期

《丹纳的“时代精神”与白居易的“为时”、“为事”》徐亚玲《六盘水师范高等专科学校学报》2009 年第 2 期

《白居易诗的杭州情结》陈耀《河北学刊》2009 年 4 月(增刊)

《从拯民到拯己——白居易心路历程探略》汤素琴《牡丹江教育学院学报》2009 年第 6 期

《崇高的生命意识，进步的女性观念——浅析白居易的妇女诗》覃素安《湖北第二师范学院学报》2009 年第 12 期

《元白判文论析》肖莹星《南昌高专学报》2009 年第 1 期

《敦煌变文与元白平易诗风》李明《广西社会科学》2009 年第 2 期

《白居易诗歌三家校勘辨正》乔立智《求索》2009 年第 10 期

《浅论白居易人性化的女性观》宋继栋《教育研究》2009 年第 2 期

《陈寅恪先生批注本〈白氏长庆集〉的新发现和学术价值》俞钢《上海师范大学学报》2009 年第 6 期

《白居易的自责诗》清风《政府法制》2009 年第 36 期

长恨歌

《解读〈长恨歌〉：兼述日本现阶段〈长恨歌〉研究概况》下定雅弘《南开学报》2009 年第 3 期；又收入隽雪艳、[日]高松寿夫主编《白居易与日本古代文学》，北京：北京大学出版社，2012 年 7 月

《长恨绵绵，为情所困：论白居易〈长恨歌〉的主题思想》晏家春《中华文化论坛》2009 年第 1 期

《古今〈长恨歌〉，形神相似有几何？——王安忆与白居易同名作品比较(一)》白彩霞《兰州教育学院学报》2009 年第 3 期

《古今〈长恨歌〉，形神相似有几何？——王安忆与白居易同名作品比较(二)》白彩霞《兰州教育学院学报》2009 年第 4 期

《张祜写“李杨关系”诗的特色：兼与白居易的〈长恨歌〉作比较》赵立春《赤峰学院学报》2009 年第 9 期

《从白居易的〈长恨歌〉谈七夕节的文献价值》郭青《名作欣赏》2009 年第 9 期

《童子解吟长恨曲：白居易〈长恨歌〉简析》郭峥嵘《中国商界》(上半月)2009 年第 3 期

琵琶行

《司马青衫琵琶语，同是天涯沦落人——浅析白居易长篇叙事诗〈琵琶行〉的人物形象》蒋文穆《读与写》(教育教学刊)2009 年第 9 期

《大珠小珠落玉盘——谈白居易〈琵琶行〉的音乐描写》张铭《名作欣赏》2009 年第 7 期

《音乐与文学的共鸣——解读白居易〈琵琶行〉之音乐描写》梅洪琼《科技信息》2009 年第 27 期

《从音乐的角度看白居易的〈琵琶行〉》刘丽《社会科学辑刊》2009 年第 4 期

《秋月荻花　瑟瑟胡曲——从〈琵琶行〉看白居易的西域音乐情结》宿月《绵阳师范学院学报》2009 年第 6 期

《音乐艺术向语言艺术转化的典范——浅论〈琵琶行〉中的音乐意象》黄嘉清《梧州学院学报》2009 年第 4 期

《意象·时空·心理——〈琵琶行〉与〈青衫泪〉文体比较》吴晟《艺术百家》2009 年第 4 期

《天涯沦落恨的同构性象征——〈琵琶行〉故事后面的原型模式》杨朴《名作欣赏》2009 年第 15 期

《从认知的角度来看〈琵琶行〉中的转喻》张冰《华章》2009 年第 2 期

《〈琵琶行〉与〈李凭箜篌引〉里的音乐描写》赵冬《文学教育》(下) 2009 年第 2 期

《唐诗〈琵琶行〉中的概念隐喻》唐汉娟《河北北方学院学报》(社会科学版) 2009 年第 5 期

《〈琵琶行〉主旨探讨》钟辉勇《文学教育》(上) 2009 年第 8 期

其他作品

《白居易〈井底引银瓶〉诗主旨新解——以〈周易·井卦〉为坐标》刘铭、徐传武《周易研究》2009 年第 3 期

《笔精思密——论白居易〈性习相近远赋〉的艺术特征》王士祥《名作欣赏》2009 年第 8 期

《白居易〈牡丹芳〉中的“卫公”指谁》傅绍磊《江海学刊》2009 年第 1 期

《从〈赋得古原草送别〉看白居易的生命意识与兼济思想》孙丹《咸阳师范学院学报》2009 年第 6 期

《白居易〈夜雪〉英译点评》华卫《泸州职业技术学院学报》2009 年第 4 期

2010 年

《日本白集版本源流综论》文艳蓉《文献》2010 年第 4 期

《浅析洪州禅“无心”境界对白居易诗歌“无事”情思的影响》陈猛《牡丹江大学学报》2010 年第 11 期

《从白居易的日常生活看中唐的时代风气》李文钊《东方企业文化》2010 年第 6 期

《“空无”与“虚化”——论白居易对佛道观照方式的理解及运用》左志南、代永正《成都理工大学学报》2010 年第 2 期

《元稹、白居易、韩愈等为何不受高棅重视》申东城《内江师范学院学报》2010 年第 5 期

《论元白对古乐府传统的颠覆》吴相洲、张桂芳《文学评论》2010 年第 1 期，第 4~42 页

《两宋时期刻本东传日本考——兼论金泽文库之创建经纬》陈翀《西华大学学报》2010 年第 3 期

《慧萼东传〈白氏文集〉及普陀洛迦开山考》陈翀《浙江大学学报》2010 年第 5 期

《新校〈白居易传〉及〈白氏文集〉佚文汇考——以日本中世古文献为中心》陈翀《文学遗产》2010 年第 6 期

《白居易分司东都与洛阳闲适诗唱和群体形成的研究》刘艳萍《洛阳理工学院学报》2010 年第 4 期

《透过白居易闲适诗看其生存状态》吕国喜《甘肃广播电视大学学报》2010 年第 2 期

《白居易闲适诗中的友情》闫敬芳《文山学院学报》2010 年第 1 期

《白居易任校书郎期间的创作与心态》黎文丽《西北大学学报》2010 年第 6 期，第 104~107 页

《白居易与长安华阳观》刘新万《河南师范大学学报》2010 年第 6 期，第 184~187 页

《白居易诗歌的世俗化色彩》黎爱群《忻州师范学院学报》2010 年第 3 期

《白居易诗歌“以议论入诗”浅析》黎爱群《百色学院学报》2010 年第 5 期

《白居易咏物讽谕诗浅论》黎爱群《哈尔滨学院学报》2010 年第 6 期

《白居易诗歌的影响与接受》沈文凡、李文玉《吉林师范大学学报》2010 年第 6 期，第 1~4、23 页

《李奎报与白居易之禅诗比较》文慧《世界文学评论》2010年第2期

《“元轻”之再检讨——以元稹、白居易诗歌题材为中心进行考察》王顺贵《广西社会科学》2010年第2期，第111~114页

《白居易的生命意识及其与佛教的关系》邹婷《泰山学院学报》2010年第1期。智按：《从“叹老”到“喜老”：试析白居易的生命意识及其与佛教的关系》邹婷《海南师范大学学报》(社会科学版)2008年第3期

《白诗“浅切”与“俗”之重探》邹婷《山东省农业管理干部学院学报》2010年第5期

《白诗“浅切”与“俗”之重探》邹婷《宜春学院学报》2010年第10期

《元白“元和体”诗学思想的矛盾及其成因》杜学霞《中州学刊》2010年第3期，第204~207页

《“白俗”文化溯源》杜学霞《辽宁师范大学学报》2010年第1期，第83~86页

《“白俗”论之两宋流变及其思想文化原因》尚永亮《学术研究》2010年第5期；《唐代文学研究》第13辑，广西师范大学出版社，2010年9月

《苏轼与白居易的文化关联及差异》尚永亮《中国人民大学学报》2010年第1期

《从“浅俗”之否定到多元之阐释——清前中期白居易诗接受的阶段性变化及其要因》尚永亮《复旦学报》(社会科学版)2010年第5期，第29~40页；《中国古代、近代文学研究》(人大复印报刊资料)2011年第2期

《中唐乐府讽喻诗之价值评判与元白张王之优劣异同——从接受学角度对清人相关论述的一个梳理和检讨》尚永亮《北京大学学报》2010年第4期，第58~66页；《唐代文学研究》第14辑，广西师大出版社，2012年7月版

《论吴梅村对元白长篇的创作接受——兼论梅村体与长庆体之异同》尚永亮《文史哲》2010年第6期，第79~86页；《中国古代、近代

文学研究》(人大复印报刊资料)2011 年第 3 期

《耶律楚材家族与白居易诗歌在辽金的传播》贾秀云《晋阳学刊》2010 年第 5 期，第 114~118 页

《论宋以来白居易公文声名不显之因》王锦森《兰台世界》2010 年第 18 期

《浅谈白居易诗歌对〈源氏物语〉的影响》白杨青《文学界》(理论版)2010 年第 9 期

《日本平安时代对白居易诗歌的接受》张安琪《湖北成人教育学院学报》2010 年第 2 期，第 89~90 页

《浅议白居易对日本平安文学的影响》王雅楠《职业时空》2010 年第 7 期

《〈白氏文集〉的流行》叶渭渠，收入其《日本文化史》，北京理工大学出版社，2010 年 11 月，第 112~115 页

《从白居易到欧阳修——谈唐宋之际士人“中隐”思想与洛阳诗酒文化》李毛毛《大众文艺》2010 年第 6 期

《“中世纪”的“私人性”：弗朗索瓦·维庸与白居易妓女题材诗歌比较》沈德玮《法国研究》2010 年第 4 期

《以易传之事，为绝妙之词——论白居易叙事诗的审美特征》高林清《三峡大学学报》2010 年第 5 期

《白居易的音乐思想与讽喻诗创作》傅瑶《大舞台》2010 年第 9 期

《历史语境下的文化转型——元白诗学思想与中唐儒学论略》徐继英《山西师大学报》2010 年第 5 期，第 65~68 页

《元和政局与白居易闲适诗的创作心态》李国兴《柳州职业技术学院学报》2010 年第 3 期

《论白居易闲适诗中渗透的现代休闲思想》毛妍君《西北农林科技大学学报》2010 年第 3 期，第 126~130 页

《论苏轼对白居易“闲适”人生观的受容》毛妍君《西江月》2010 年 8 月 8 日

《白居易诗学思想的儒家经典来源》肖伟韬《河南理工大学学报》2010 年第 2 期

《白居易闲适诗研究》方媛《科教文汇》(沈阳师范大学文学院)

2010年第3期

《江州贬官与白居易歌诗思想结构的转换》雷乔英《成人教育》2010年第2期，第85~86页

《白居易和洛阳山水》李林慧《中国校外教育》2010年第3期

《满瓯似乳堪持玩　应缘我是别茶人——白居易茶诗述评》周圣弘《牡丹江师范学院学报》2010年第5期

《启窗窥人生——从白居易诗歌中的“窗”意象看其“维摩人生”》郝彦丰、李红雨《四川教育学院学报》2010年第10期

《从〈白居易集〉看大和初至会昌年间洛下文人士大夫的闲适生活》郭彬、陈伟、訾可心《山东教育学院学报》2010年第2期

《浅论白居易的文学观》[韩]李浚植《中国韵文学刊》2010年第1期

《紫薇花对紫微郎：白居易坎坷而曲折的“秘书生涯”》眭达明《秘书工作》2010年第2期

《白居易诗歌中花意象解读》傅艳华《运城学院学报》2010年第3期

《浅析白居易咏竹诗的文化意蕴》石兰思、崔蕾《鸡西大学学报》2010年第2期

《论〈毛诗〉与白居易诗歌观念的经学化》谢建忠《唐代文学研究》第13辑，广西师范大学出版社，2010年9月

《关于张鷟〈龙筋凤髓判〉文风问题的探讨——兼与白居易〈百道判〉比较》谭淑娟《江海学刊》2010年第3月

《白居易的江州体验与庐山草堂的空间建构》曹淑娟《唐代文学研究》第13辑，广西师范大学出版社，2010年9月

《白居易事迹系年三则考辨》金卿东《唐代文学研究》第13辑，广西师范大学出版社，2010年9月

《从“诗仙”到“醉吟先生”的“逍遥世界”——李白与白居易饮酒诗比较》秦利英《鸡西大学学报》2010年第6期

《论白居易“兼济天下”的儒家思想》高卫红《濮阳职业技术学院学报》2010年第5期

《白居易行政管理思想简论》张英魁《合肥工业大学学报》2010年

第4期

《白居易诗中“惭”“愧”的心理分析》彭小庐《江西教育学院学报》2010年第4期

《“惟歌生民病，愿得天子知”——白居易诗歌理论中的民生关怀及其缺陷》董晨《山西煤炭管理干部学院学报》2010年第3期，第137～138页

《论白居易的诗、酒与琴及其美学意蕴》李昌舒《文艺理论研究》2010年第4期，第138～142页

《浅析白居易的诗酒人生》刘艳萍《黑河学院学报》2010年第2期

《酒香中的白居易——白居易饮酒诗中的哲学意蕴》秦利英《衡水学院学报》2010年第5期

《论白居易闲适诗中的“病”》吕国喜《盐城师范学院学报》2010年第4期

《理想与现实：中唐文学家对农业经济的关注——以韩愈、白居易、元稹为例》张剑光《贵州财经学院学报》2010年第1期

《白居易谪江州诗语言层面的心理蕴含》刘勇《名作欣赏》2010年第11期，第19～20页

《中唐城市功能多元化趋向与城市诗意的显现——以白居易诗歌创作为中心》蔡燕《曲靖师范学院学报》2010年第5期

《论白居易的琴诗》王如湘、伍婷婷《艺海》2010年第1期

《论白居易的琴诗》伍婷婷《大众文艺》2010年第2期

《论白居易的文人琴思想》冯灿明《湖南省社会主义学院学报》2010年第1期

《白居易琴乐审美观》王洋《大舞台》2010年第10期

《论白居易乐舞诗的价值》李书《赤峰学院学报》2010年第4期

《试论白居易对诗歌的音乐审美价值观》谈爱芳《科技信息》2010年第24期

《白居易诗歌时间意识探析》范例《忻州师范学院学报》2010年第3期

《浅析白居易的田园诗》刘卫平《哈尔滨职业技术学院学报》2010年第1期

《庙堂与江湖之间的徘徊——论白居易前期思想的内在构成与矛盾》杜学霞《河南师范大学学报》2010 年第 1 期

《浅析陈寅恪文史互证的文学研究方法——以〈元白诗笺证稿〉为例》刘寅子、刘小燕、杨云《辽宁教育行政学院学报》2010 年第 3 期

《浅论陈寅恪“了解之同情”的文学批评观——以〈元白诗笺证稿·艳诗及悼亡诗〉为例》晏萍利《安康学院学报》2010 年第 6 期

《白居易之唐诗宋调》刘文娟《文学界》(理论版)2010 年第 11 期

《民间疾苦诗中税——读唐代诗人白居易的涉税诗》吕建富《经济研究参考》2010 年第 69 期

《白居易养生》程艳《中医药文化》2010 年第 5 期

《白居易长寿因“四乐”》丽娜《劳动保障世界》2010 年第 5 期

《唐代官员择宅与城市空间之关系初探——以白居易的宅第变迁为中心》吴孟显《三门峡职业技术学院学报》2010 年第 2 期

《古代房地产“开发商”也疯狂　白居易苏东坡如何买房》戎丹妍《乡镇论坛》2010 年第 12 期;《老区建设》2010 年第 15 期

《白居易：唯留一湖水　与汝救凶年》陈陆《中国三峡》2010 年第 8 期

《白居易与苏堤何干》黎金祥《咬文嚼字》2010 年第 8 期

《你知道这样一个白居易吗》柏桦《名作欣赏》2010 年第 19 期

《白居易痛打行贿者》马世雄《政府法制》2010 年第 8 期

《白居易独爱女》李豫《政府法制》2010 年第 3 期

长恨歌

《浅谈白居易〈长恨歌〉的创作动机及创作特点》王冬梅《美与时代》(下半月)2010 年第 1 期

《〈长恨歌〉帝王角色悲剧意蕴》师红强《语文月刊》(上半月)2010 年第 8 期，第 40~41 页

《〈长恨歌〉文体异说》徐翠先《山西大学学报》2010 年第 3 期，第 26~30 页

《洛夫〈长恨歌〉与白居易〈长恨歌〉的对比赏析》陈繁《时代文学》2010 年第 5 期

《讽谕说“批判化”、爱情说“纯情化”与〈长恨歌〉主题整合的新

尝试》张中宇《唐代文学研究》第 13 辑，广西师范大学出版社，2010 年 9 月

《白居易〈长恨歌〉中毛虫化蝶之谜浅探》李宗坡《文学教育》2010 年第 5 期

琵琶行

《〈琵琶行〉与琵琶教学》孙莉《大众文艺》2010 年第 14 期

《〈琵琶行〉中的琵琶意象》于莉《现代语文》2010 年第 3 期

《论〈琵琶行〉暗含的曲式结构》王学仲《沈阳师范大学学报》(社会科学版)2010 年第 6 期，第 141~143 页

《浅谈白居易〈琵琶行〉的独特之处》刘佳《理论建设》2010 年第 4 期

《虚实相生意趣无穷——〈琵琶行〉五个写月诗句解读》杨波《读与写》2010 年第 8 期

《白居易〈琵琶行〉艺术特色探微》陈洪妍《华章》2010 年第 3 期

《巧借琵琶音乐语言来倾〈诉〉》郝宇容《民族音乐》2010 年第 5 期

《也谈演奏〈诉——读唐诗《琵琶行》有感〉》杨艳《大舞台》2010 年第 6 期

《论〈琵琶行〉的散文化特色》高桂林《中学语文》2010 年第 7 期

《〈琵琶行〉注释补正》王京娜《读与写》(教育教学刊)2010 年第 10 期

《〈琵琶行〉所透射的人文关怀》许风华《文学教育》(下半月)2010 年第 8 期

《方人定〈琵琶行〉解读》刘望《数位时尚(新视觉艺术)》2010 年第 2 期

其他作品

《从〈观刈麦〉看白居易的农税思想》孟祥光《石河子大学学报》2010 年第 1 期

《论白居易〈新乐府〉篇目的回环式结构模式》史春丹《沈阳师范大学学报》2010 年第 2 期，第 53~55 页

《论白居易〈新乐府〉题材来源的多样性》陈秀芳《聊城大学学报》2010 年第 2 期

《从〈策林〉看白居易的民生观及商业观》付兴林《名作欣赏》2010年第 11 期

《试论〈与元九书〉对〈毛诗序〉诗论思想的继承和发展》刘园园《现代语文》2010 年第 6 期

《〈与元九书〉诗论探微》饶本刚、余艳《名作欣赏》2010 年第 4 期，第 21~22 页

《亦诗亦画　秋意迷人——读白居易〈暮江吟〉有感》张万林《名作欣赏》2010 年第 28 期

《杜甫〈兵车行〉与白居易〈新丰折臂翁〉之比较》冯喜梅、赵晓洁《山西大同大学学报》2010 年第 4 期

《白居易〈城盐州〉歌颂保卫盐州的历史功绩——为中国盐业史专业委员会成立大会而作》高国藩《西夏研究》2010 年第 3 期

《白居易〈忆江南〉最忆是什么?》张港《水利天地》2010 年第 8 期

《唐代白居易〈村夜〉一诗错误浅析》高跃进《中国校外教育》2010年第 14 期

2011 年

《白居易资料新编刍议》陈才智《北京联合大学学报》2011 年第 1 期

《元人王恽对白居易的接受》陈才智《文学评论》2011 年第 2 期

《唐末五代宋初白体诗人考论》李贵，收入王水照主编《首届宋代文学国际研讨会论文集》，复旦大学出版社，2001 年版；又收入李贵《中唐至北宋的典范选择与诗歌因革》第一章“白居易、贾岛与唐末五代宋初的白描诗风”，复旦大学出版社，2012 年 9 月

《晁迥拟“白体”诗歌简论》刘京臣《周口师范学院学报》2011 年第 6 期

《白居易祖籍白树村》乡音《太原晚报》2011 年 1 月 16 日

《敦煌学与白居易诗抄本之研究》和田浩平，收入郑炳林主编《中国敦煌吐鲁番学会 2008 年度理事会暨“敦煌汉藏佛教艺术与文化学术研讨会”论文集》，西安：三秦出版社，2011 年版

《试论白居易〈与元九书〉的诗论主张》朱彩霞、宋佳《金田》2011

年第12期

《陈寅恪著〈元白诗笺证稿〉读后》王尔敏，收入其《中国近代文运之升降》，中华书局，2011年3月，第370~382页

《论两〈唐书〉中〈白居易传〉在编撰方面的宏观差异》赵羽《黑龙江史志》2011年第3期

《白朴杂剧对白居易诗歌的接受与发展》傅艳华、付兴林《陕西理工学院学报》2011年第2期

《白居易笼禽诗所折射的贬谪苦闷》傅艳华、付兴林《渭南师范学院学报》2011年第5期

《从种植诗看柳宗元的贬谪心态——兼与白居易的种植诗相比较》赵建军《阴山学刊》2011年第2期

《"兼济"的下移与"独善"的升华——白居易诗歌精神在唐宋之际的影响与变迁》谢琰《华中师范大学学报》2011年第4期

《白居易"中隐心态"对唐宋词休闲享乐创作氛围的引导》张英《商丘师范学院学报》2011年第7期

《"精神偶像"与"现实榜样"——谈中唐张志和、白居易之贬谪对唐宋词的影响》张英《信阳师范学院学报》2011年第4期

《从"诗魔"到"文字因缘"——白居易宗教热忱与诗歌创作冲动的矛盾、化解方式及影响》王保健《南都学坛》2011年第4期

《白居易何以成为唐代作品最多的诗人》陈海燕《教育教学论坛》2011年第19期

《论白居易的音乐思想与讽喻诗创作》柏红秀《河南师范大学学报》2011年第6期

《现实、理想与理论的完美结合——浅谈白居易的讽谕诗》王宏武《唐山学院学报》2011年第5期

《试论白居易的诗歌理论》羿莎《当代教育论坛》(教学研究)2011年第7期

《白居易历史题材剧浅论》姚萍《文教资料》2011年12月号下旬刊

《白居易感伤诗创作情况综述》张艳萍、闫续瑞《时代文学》2011年第1期

《白居易感伤诗中的写景诗探析》张艳萍、闫续瑞《安徽文学》(下半月)2011 年第 8 期

《生命无法承受之重：白居易山水诗创作理论及动因分析》王妍《理论界》2011 年第 9 期

《白居易咏物诗创作及其寓意浅论》彭小庐《江西教育学院学报》2011 年第 4 期

《从咏史诗看柳宗元与白居易迁谪心态的差异》张再林《广西师范学院学报》2011 年第 1 期

《白居易花木审美的贡献与意义》俞香顺《江苏社会科学》2011 年第 1 期

《白居易诗歌中的新闻传播特性》沈正赋《淮北师范大学学报》2011 年第 4 期

《论白居易诗歌的媒介传播》沈正赋《安庆师范学院学报》2011 年第 10 期

《一位有争议的诗人与一个被忽略的朝代——金源诗人对白居易的接受及其诗史意义》尚永亮《文学与文化》2011 年第 2 期

《文学地理的空间转换与中唐文人思想之谪迁——以白居易为中心》赵目珍《世界文学评论》2011 年第 2 期

《白居易忠州诗文与刘禹锡夔州诗文之比较》熊笃《重庆师范大学学报》2011 年第 3 期

《地域文化视野下的白居易忠州诗述论》叶楠《陕西理工学院学报》2011 年第 2 期

《白居易九江山水诗的多重情怀探析》易水霞、张先锁《九江学院学报》2011 年第 1 期

《白居易诗歌与“云”有关的意象词语的语言分析》乔立智《红河学院学报》2011 年第 1 期

《白居易诗与“烟”有关的意象词语之语言分析》乔立智《西南石油大学学报》2011 年第 3 期

《论唐诗语言研究对辞书编纂的意义——以白居易诗歌为例》乔立智《西南交通大学学报》2011 年第 3 期

《白居易诗歌口语词例释》乔立智《宜宾学院学报》2011 年第 3 期

《结合白居易的生活道路谈其创作实践》汪东慧《中国校外教育》2011 年第 11 期

《白居易经济思想论析》汪国林《求索》2011 年第 11 期

《从白居易女性诗歌内容看其对待女性的矛盾性》郭梦《中小企业管理与科技》(上旬刊)2011 年第 1 期

《庄子思想与白居易人生境界》张瑞君《文学评论》2011 年第 3 期

《从诗作看白居易对〈齐物论〉的接受》鲍鹏山《浙江社会科学》2011 年第 12 期

《洪州禅与白居易》尹逸如《科技资讯》2011 年第 22 期

《白居易佛学依止及其诗歌成就辩难》王树海、刘春明《吉林大学社会科学学报》2011 年第 4 期

《白话与性情——从元白诗派、性灵派至新文学白话诗歌之走向》郭自虎《文学评论》2011 年第 3 期

《据〈管见抄〉本题注考辨白居易〈醉吟先生墓志铭〉之真伪》[日]芳村弘道撰，秦岚译《长江学术》2011 年第 2 期

《〈白氏长庆集〉与〈徒然草〉的关系探析——以社会性与人生观为中心》倪霞《宁德师专学报》2011 年第 4 期

《白居易与周元范交游考》刘敏华《安康学院学报》2011 年第 4 期

《香山居士白居易》崔玉卿《五台山研究》2011 年第 1 期

《论欧阳修对白居易的接受》赵艳喜《井冈山大学学报》2011 年第 5 期

《论白居易吏隐思想及其对宋代文人的影响——以苏轼为考察对象》汪国林《求索》2011 年第 6 期

《论白居易之学陶》李卫锋、张建伟《九江学院学报》2011 年第 4 期

《元稹、白居易唱和诗初探》李汉南《安徽文学》2011 年第 11 期

《个体记忆的保存——对白居易自编文集现象的解读》张宇慧《学术交流》2011 年第 12 期

《白居易的“九老会”及其文学史意义——以宋人对“九老会”的仿慕为例》张再林《广西社会科学》2011 年第 4 期

《王维与白居易隐逸的差异性》李丽《柳州师专学报》2011 年第

2期

《从生活层面看白居易闲适诗中“知足保和”的思想》李岚《河南教育学院学报》2011年第2期

《白居易俸禄诗文与心路历程》王萍《淮北师范大学学报》2011年第4期

《白居易闲适诗渊源探析》杨再锋《盐城师范学院学报》2011年第6期

《从白居易的闲适诗看其晚年的消极思想》章文明、肖昌菊《邵阳学院学报》2011年第5期

《浅析白居易诗歌的政教法治思想及其传播》曾静蓉、韩续峰《剑南文学(经典教苑)》2011年第10期

《白居易讽喻诗在日本平安时期的传播》刘隽一《世界文学评论》2011年第1期

《大沼枕山对白居易诗歌的接受》刘芳亮《信阳师范学院学报》2011年第1期

《浅析白居易讽喻诗在〈源氏物语〉中的引用》张杨、刘相军《江西教育学院学报》2011年第4期

《论白居易思想对〈源氏物语〉的影响》朴晓琳《牡丹江师范学院学报》2011年第3期

《白居易诗歌对日本古典文学的影响》谢东芹《剑南文学(经典教苑)》2011年第8期

《四弦千遍语，一曲万重情——浅谈白居易诗歌中的琵琶艺术》黄锐《大众文艺》2011年第20期

《对立分存与交叉互渗——试论白居易音乐诗的审美特征》崔治《吉林省教育学院学报》2011年第3期

《戏曲中的白居易形象》王小燕《戏剧之家》(上半月)2011年第1期，第24~26页

《敦煌写本白居易新乐府诗三首小议》刘昊《怀化学院学报》2011年第4期

《西湖三堤与三朝“西湖长”——浅析白居易、苏轼、杨孟瑛对西湖保护的历史功绩》陈培新《杭州(周刊)》2011年8月28日

《体悟灵性，阐发哲理——读毛妍君〈白居易闲适诗研究〉》张保宁《渭南师范学院学报》2011 年第 3 期

《白居易放生》刘隆有《环境教育》2011 年第 8 期

《从白居易"亮薪"说起》萧铮《世纪》2011 年第 2 期

《白居易晒工资》许莉莉《文史月刊》2011 年第 3 期

长恨歌

《白居易〈长恨歌〉创作中的盩厔因素》徐海容《社会科学辑刊》2011 年第 4 期

《台北"故宫博物院"本"明皇幸蜀图"与白居易〈长恨歌〉》衣若芬《中山大学学报》2011 年第 6 期

《到不了的"蓬莱"——从白居易的〈长恨歌〉谈中国古代传说中的"海上仙山"》马晓惠《海洋世界》2011 年第 11 期

《现实主义诗人的浪漫笔法——白居易〈长恨歌〉主题新探》罗璇《科教导刊》(中旬刊)2011 年第 5 期

《矛盾的组合体——浅析白居易〈长恨歌〉》李永利《才智》2011 年第 6 期

《〈哀江头〉〈长恨歌〉之比较》刘园园《现代语文》2011 年第 6 期

琵琶行

《〈琵琶行〉与〈夜闻歌者〉的比较研究》李丽《鸡西大学学报》2011 年第 2 期

《〈琵琶行并序〉注释献疑》张晓英、郑岁黎《阿坝师范高等专科学校学报》2011 年第 3 期

《白居易的诗歌及其音乐》桂加国、黄玲《文学教育》(下半月)2011 年第 9 期。智按：《琵琶行》

《从〈琵琶行〉看白居易诗歌创作的内心情感及艺术价值》李娜《时代文学》(下半月)2011 年第 7 期

《论创作动因对诗歌艺术效果的影响——以〈琵琶歌〉与〈琵琶行〉为例》黄冬秀《广西职业技术学院学报》2011 年第 4 期

《论诗画转化的方法——以〈琵琶行〉诗意画为例》刘望《新疆艺术学院学报》2011 年第 2 期

《〈琵琶行〉情结之绘画作品评介》刘望《外语艺术教育》2011 第

1 期

《漂浮与融合——从诗人仕途心态看〈听颖师弹琴〉与〈琵琶行〉》张丰镜《文学界》(理论版)2011 年第 6 期

《浅谈〈琵琶行〉的典型》唐卿斓《中学语文》(下旬刊)2011 年第 10 期

《诗中自有幽兰曲》凌从桂《安徽文学》2011 年第 5 期。智按：白居易《琵琶行》、韩愈《听颖师弹琴》、李贺《李凭箜篌引》

《探究〈琵琶行〉音乐性反射的现实主义内涵》杨云惠《民族音乐》2011 年第 4 期

《探究〈琵琶行〉音乐性反射的现实主义内涵》杨云惠《承德民族师专学报》2011 年第 2 期

《唐代琵琶文化〈琵琶行〉中的体现》王玉霞《大众文艺》2011 年第 10 期

《天籁之音　妙声绝响——〈琵琶行〉浅析》杨保升《现代阅读(教育版)》2011 年第 19 期

《论白居易〈琵琶行〉的音乐特色》杨小丽《名作欣赏》2011 年第 11 期

《喧嚣与寂寞的琵琶亭》陈才智《名作欣赏》2011 年第 12 期。智按：《琵琶行》

《惊天　泣鬼　移人——三首唐代音乐诗的异同赏析》杨俊叶《学周刊》2011 年第 13 期。智按：《琵琶行》《听颖师弹琴》《李凭箜篌引》

《〈琵琶行〉诗乐略考》黑连仲《齐鲁艺苑》2011 年第 4 期

《白居易〈琵琶行〉中的“借壳还魂”》王家学《群文天地》2011 年第 23 期

《“银瓶”考》周超《辞书研究》2011 年第 1 期。智按：语出《琵琶行》

《借〈琵琶行〉谈音乐美学观》王玉霞《东京文学》2011 年第 3 期

《新见陈寅恪批注本〈白氏长庆集·琵琶引〉的释读》俞钢《上海师范大学学报》2011 年第 5 期

《白居易的音乐思想及〈琵琶行〉的音乐形象》车文静《艺术教育》2011 年第 3 期

其他作品

《宫市模型：重读〈卖炭翁〉》吴思《炎黄春秋》2011 年第 2 期，第 83~86 页

《〈忆江南〉，白居易最忆是什么》戴晓君《群文天地》2011 年第 23 期

《白居易〈效陶潜体诗十六首〉创作心理分析》郭莎《牡丹江师范学院学报》2011 年第 2 期

《论白居易〈效陶潜体诗十六首〉》郭莎《牡丹江大学学报》2011 年第 6 期

《分析白居易和刘禹锡〈竹枝词〉的艺术美》聂俊亮《时代文学》(下半月)2011 年第 5 期

《浅析唐代判词的社会文化意蕴——以白居易的〈甲乙判〉为例》拉毛《时代文学(下半月)》2011 年第 4 期

《从〈新乐府〉小序看白居易的〈诗序〉观》李晓黎《中南大学学报》2011 年第 1 期

《从白居易的〈时世妆〉看唐代女性的妆饰》李小成《兰台世界》2011 年第 1 期

《论百道判的文学特色》刘园园《安徽文学》2011 年第 7 期

2012 年

《〈千载佳句〉所载白居易佚诗考辨——兼论中唐的歌传配合创作》谢思炜，收入隽雪艳、[日]高松寿夫主编《白居易与日本古代文学》，北京：北京大学出版社，2012 年 7 月

《白居易"风情"考——关于"一篇长恨有风情"的真正含义》诸田龙美，收入隽雪艳、[日]高松寿夫主编《白居易与日本古代文学》，北京：北京大学出版社，2012 年 7 月

《谈谈白居易晚期诗风转变的根源》范育新《文教资料》2012 年 8 月

《〈解读白居易〉序》朱宏卿《牡丹》2012 年第 5 期

《中唐元、白制诰研究》周京艳《北京大学学报》2012 年第 4 期

《黄永年跋·嘉靖本〈白氏文集〉》韦力《光明日报》2012 年 4 月 5

日第12版

《论公安派与白居易——以袁宗道为中心看公安派与白居易之关系》任现芝(厦门大学人文学院)《青春岁月》2012年第10期

《白居易与洛阳“七老会”及“九老会”考论》卢燕新《河南大学学报》2012年第1期

《论敦煌白侍郎诗与白居易通俗诗风的民间影响》梁海燕《北京化工大学学报》2012年第4期

《论白居易〈新乐府〉中的“边塞诗”》王丽《内蒙古农业大学学报》2012年第6期

《邵雍和白居易——兼论北宋中后期洛阳诗人群对白居易的接受》赵艳喜《聊城大学学报》2012年第6期

《白居易买房难》郝金红《文史博览》2012年第12期

《试论白居易与杜甫诗歌中女性形象塑造上的异同》谷霞飞《安徽文学》(下半月)2012年第11期

《白居易的“达观”生活》李锋《书屋》2012年第11期

《三年留滞在江城——论白居易的入蜀诗歌》王定璋《文史杂志》2012年第6期

《白居易的“三适”》重元《文史杂志》2012年第6期

《白居易的辨奸诗》重台《文史杂志》2012年第6期

《试论白居易在诗歌中对女性的态度》陈燕、周维、刘旺《池州学院学报》2012年第5期

《论白居易乐舞诗的艺术魅力》李书《赤峰学院学报》2012年第10期

《洪州禅对白居易诗歌创作的影响》周璇《文学界》(理论版)2012年第10期

《李杨题材创作与接受的视角差异——以杜甫、白居易、陈鸿相关创作为例》张中宇《重庆师范大学学报》2012年第5期

《谈谈白居易咏老诗的内容》秦长栓《时代文学》(下半月)2012年第10期

《白居易诗中的重叠式形容词》朱晓芳《时代文学》(上半月)2012年第2期

《白居易法学思想探源》李宁卿《兰台世界》2012年第30期

《巴蜀文化对白居易文学创作的影响》唐亮、刘斌、陈丽玉《兰州教育学院学报》2012年第6期

《陶然亭以中国“四大”名亭之一大诗人白居易诗词佳句都中胜景名韵饮誉神州》陈培仲《中国地名》2012年第9期

《唐代行旅诗研究——以李白、杜甫、白居易旅游诗为例》刘亚平、马宝建《旅游研究》2012年第3期

《白居易诗歌本体论命题之内涵、价值及经学影响》刘疏影、吴建民《江苏教育学院学报》(社会科学)2012年第5期

《白居易古琴诗研究》肖占鹏、邓婷《天津师范大学学报》2012年第5期

《白居易的园林景观思想述要》章波《兰台世界》2012年第27期

《“老干部”白居易的科学研究和宗教生涯》崔人元《中国新时代》2012年第9期

《白居易诗歌俗语词考释》乔立智《江苏科技大学学报》2012年第3期

《白居易“歌诗”音乐美学思想探微》沈文凡、王春明《北方论丛》2012年第5期

《论疾病与白居易诗歌的关系》蒙祖富《贵阳学院学报》2012年第4期

《是谁催着白居易买房》李开周《环境经济》2012年第8期

《白居易的文学观念与政治情怀》刘淮南《安徽师范大学学报》2012年第4期

《唐东都白居易宅园遗址及造园特征研究》慕鹏、马依莎、李德方《黄河科技大学学报》2012年第4期

《白居易家族婚姻考论》文艳蓉《古籍整理研究学刊》2012年第1期

《白居易闲适诗原论》文艳蓉《徐州工程学院学报》2012年第4期

《白居易融会三教的“中隐”思想及其仕隐心态》张玉璞《齐鲁学刊》2012年第4期

《白居易中隐思想诗歌创作的影响》宋峻峰《剑南文学(经典教

苑)》2012 年第 6 期

《从白居易的诗歌看其长安情感的变迁》汤德伟《洛阳师范学院学报》2012 年第 7 期

《白居易诗歌系年献疑——以下邽退居时期的创作为例》滕汉洋《河南师范大学学报》2012 年第 4 期

《唐诗中的“衾”意象与唐人诗风诗境——以白居易诗歌为例》曾艳红《金陵科技学院学报》2012 年第 2 期

《洛阳和下邽　乐天更爱谁——论白居易下邽情结》焦尤杰《焦作师范高等专科学校学报》2012 年第 2 期

《白居易讽喻诗中对任人唯贤的呼唤》宋小姣《文学界》(理论版)2012 年第 6 期

《杜甫、白居易乐舞诗之比较》陈颖《开封教育学院学报》2012 年第 2 期

《张籍与韩愈、白居易关系考察》于展东《兰台世界》2012 年第 18 期

《唐代商业城市与文学商业化——以白居易、温庭筠参与文学商业化为例》王婉婉、商玲玲《宿州学院学报》2012 年第 6 期

《白居易的昭君诗创作》杨翠翠《科技风》2012 年第 11 期

《白居易〈论语〉〈孟子〉思想论析》肖伟韬《宁夏大学学报》2012 年第 3 期

《〈维摩诘经〉对白居易人生态度及诗风的影响》张俊梅、靳浩辉《山西煤炭管理干部学院学报》2012 年第 1 期

《白居易经济思想述论——以其〈策林〉为中心的考察》汪国林《宜宾学院学报》2012 年第 1 期

《白居易的理想人格——兼论渭南“三贤”的理想人格》刘秀慧、邱宇《齐齐哈尔师范高等专科学校学报》2012 年第 1 期

《白居易的道教信仰与诗歌创作》徐翠先、石东升《山西师大学报》2012 年第 3 期

《白居易诗歌的人际传播》沈正赋《安庆师范学院学报》2012 年第 1 期

《元和政治文化与白居易通俗诗风形成之关系》张劲松《兴义民族

师范学院学报》2012 年第 1 期

《李白和白居易诗歌中女性形象比较》李春芳《鸡西大学学报》2012 年第 5 期

《白居易的商州诗及与元稹商州诗情感特质之差异》马玉霞、付兴林《陕西理工学院学报》2012 年第 2 期

《白居易与苏轼怀古诗数量比较研究》张亚祥《乐山师范学院学报》2012 年第 4 期

《白居易歌诗创作及其传播》董超《名作欣赏》2012 年第 11 期

《元稹、白居易的李白评论分析——兼及两个问题的辨析》吴要利《内江师范学院学报》2012 年第 3 期

《从"词家之有柳永，如诗家之有白居易"看柳、白创作风格之异同》杨桃《佳木斯教育学院学报》2012 年第 1 期

《白居易与元和元年制举考论》滕汉洋《理论界》2012 年第 1 期

《论白居易与筝的情缘》舒顺萍《艺术教育》2012 年第 4 期

《苏轼词对白居易诗的化用》马丁良《名作欣赏》2012 年第 8 期

《论元和士风与白居易闲适诗中的隐逸情怀》李国兴《河北民族师范学院学报》2012 年第 1 期

《白居易巴蜀诗与唐宋诗歌嬗变》申东城《吉首大学学报》2012 年第 2 期

《白居易与洛阳文化渊源初探》赵付州《河南农业》2012 年第 4 期

《论白居易笼禽意象所寄蕴的仕隐情怀》詹志红《白城师范学院学报》2012 年第 1 期

《白居易讽喻诗的成就》王晓光《学理论》2012 年第 3 期

《白居易散文研究》（书评）王伟《陕西理工学院学报》2012 年第 2 期

《白居易徐州行迹考》蒋艳、李萧《徐州工程学院学报》2012 年第 3 期

《白居易与元稹》马思宇《北方文学》2012 年第 3 期

《白居易的色彩》潘向黎《名作欣赏》2012 年第 13 期

《白居易买房》郝金红《文史月刊》2012 年第 5 期

《读白居易》魏丕植《黄河之声》2012 年第 8 期

《白居易：淡泊豁达心无忧》李胜强、艾蓉《新湘评论》2012 年第 8 期

《白居易："隐居"在官场》陈才智《环球人物》2012 年第 26 期

《赵秋谷之白傅论平议》陈才智《中文学术前沿》第 3 辑，浙江大学出版社，2012 年 4 月；《唐代文学研究》第 14 辑，广西师范大学出版社，2012 年 7 月

长恨歌

《白居易〈长恨歌〉之文本形态及主题新考》陈翀《唐代文学研究》第 14 辑，广西师范大学出版社，2012 年 7 月版

《〈长恨歌〉与中唐的美意识："好色"与"风流"》诸田龙美《唐代文学研究》第 14 辑，广西师范大学出版社，2012 年 7 月

《白居易〈长恨歌〉的文学地理学解读》董遂庭《世界文学评论》2012 年第 2 期

《关于白居易〈长恨歌〉的爱情主题研究》汤孟倩《南昌教育学院学报》2012 年第 8 期

《论白居易〈长恨歌〉爱情主题》郎晓斌《荆楚理工学院学报》2012 年第 8 期

《论白居易〈长恨歌〉中诗"情"的位移与纯化》魏清《三明学院学报》2012 年第 1 期

《论白居易〈长恨歌〉主题思想的多义性》田莉《文学界》(理论版) 2012 年第 7 期

《长歌当哭为湘灵——从白居易的初恋悲剧看其对〈长恨歌〉创作的影响》陈杰杰《绵阳师范学院学报》2012 年第 3 期

《也说"一篇长恨有风情"——白居易〈长恨歌〉主题内证寻绎》康怀远《重庆三峡学院学报》2012 年第 1 期

《拓展知识　提升能力——白居易〈长恨歌〉教学分析》褚智慧《科教文汇》(中旬刊) 2012 年第 6 期

《基于语料库的翻译文体与翻译策略对比研究——以白居易〈长恨歌〉的三个英译本为例》任敬辉、王立欣《科教导刊》(中旬刊) 2012 年第 3 期

《〈长恨歌〉在英美的翻译和研究》莫丽芸《许昌学院学报》2012 年

第 3 期

琵琶行

《忽听琵琶诉幽怨——浅析〈琵琶行〉中的音乐描写》杨翌《科学大众》(科学教育)2012 年第 4 期

《〈琵琶行〉中“入声韵”的妙用》胡艳《中华文化论坛》2012 年第 2 期

《含英咀华，“译”彩纷呈——简论〈琵琶行〉英译本中的音乐美学意蕴》黄潇颖《大舞台》2012 年第 1 期

《天涯沦落是非题　悲美犹诉空成恨——析琵琶曲〈诉——读唐诗《琵琶行》有感〉》沈婷《音乐时空》2012 年第 2 期

《仇英山水画作品中的工艺装饰性分析——以〈浔阳送别图〉、〈琵琶行图〉为例赏析》董小慧《大众文艺：学术版》2012 年第 3 期

《简析〈青衫泪〉对〈琵琶行〉的改编——以人物形象和思想内涵为例》韩爽《凯里学院学报》2012 年第 4 期

《对白居易〈琵琶行〉中“青衫”注释义的辨析——探究唐朝职事官、散官与服色的关系》贺捍卫《北京电力高等专科学校学报》2012 年第 5 期

《白居易〈琵琶行〉音乐描写特点之研究》陈冰冰《时代文学》(下半月)2012 年第 10 期

《从白居易〈琵琶行〉略谈联想与美感》史静蓉《经营管理者》2012 年第 18 期

《从白居易〈琵琶行〉探讨其音乐美学思想》张佳颖《产业与科技论坛》2012 年第 13 期

其他作品

《从〈新乐府〉看白居易的〈诗经〉观》孙庆艳《临沂大学学报》2012 年第 4 期

《诗画同源尽抒民间悲苦　异曲同工彰显人文关怀——对白居易诗〈观刈麦〉与米勒画〈拾穗者〉的比较》王军、王琦《美与时代》(下)2012 年第 7 期

《白居易〈冷泉亭记〉校误拾零》陈棣芳《长春大学学报》2012 年第 5 期

《白居易〈时世妆〉考论》田苗《唐代文学研究》第14辑，广西师大出版社，2012年7月

资料来源

《唐代文学研究年鉴1983》中国唐代文学学会编，西安：陕西人民出版社，1984年3月

《唐代文学研究年鉴1984》中国唐代文学学会编，西安：陕西人民出版社，1985年6月

《唐代文学研究年鉴1985》中国唐代文学学会、陕西师范大学中文系编，西安：陕西人民出版社，1987年2月

《唐代文学研究年鉴1986》中国唐代文学学会、陕西师范大学中文系编，西安：陕西人民出版社，1987年9月

《唐代文学研究年鉴1987》中国唐代文学学会、陕西师范大学中文系编，西安：陕西师范大学出版社，1988年8月

《唐代文学研究年鉴1988》中国唐代文学学会、陕西师范大学中文系编，西安：陕西师范大学出版社，1988年8月

《唐代文学研究年鉴1989、1990年合辑》中国唐代文学学会、陕西师范大学文学所、广西师范大学出版社编，桂林：广西师范大学出版社，1991年9月

《唐代文学研究年鉴1991》中国唐代文学学会、陕西师范大学文学所、广西师范大学出版社编，桂林：广西师范大学出版社，1992年8月

《唐代文学研究年鉴1992》中国唐代文学学会、陕西师范大学文研所、广西师范大学出版社编，桂林：广西师范大学出版社，1993年11月

《唐代文学研究年鉴1993、1994年合辑》中国唐代文学学会、陕西师范大学文学所、广西师范大学出版社编，桂林：广西师范大学出版社，1996年7月

《唐代文学研究年鉴1995、1996年合辑》中国唐代文学学会、广西师范大学中文系、广西师范大学出版社编，桂林：广西师范大学出版社，1997年12月

《唐代文学研究年鉴1997》中国唐代文学学会、广西师范大学中

文系、广西师范大学出版社编，桂林：广西师范大学出版社，1998年8月

《唐代文学研究年鉴1998》中国唐代文学学会、广西师范大学中文系、广西师范大学出版社编，桂林：广西师范大学出版社，1998年10月

《唐代文学研究年鉴1999》中国唐代文学学会、广西师范大学中文系、广西师范大学出版社编，桂林：广西师范大学出版社，2000年5月

《唐代文学研究年鉴2000》中国唐代文学学会、广西师范大学中文系、广西师范大学出版社编，桂林：广西师范大学出版社，2001年7月

《唐代文学研究年鉴2001》中国唐代文学学会、广西师范大学中文系、广西师范大学出版社编，桂林：广西师范大学出版社，2002年4月

《唐代文学研究年鉴2002》中国唐代文学学会、广西师范大学中文系、广西师范大学出版社编，桂林：广西师范大学出版社，2003年11月

《唐代文学研究年鉴2003》中国唐代文学学会、广西师范大学中文系、广西师范大学出版社编，桂林：广西师范大学出版社，2004年9月

《唐代文学研究年鉴2004》中国唐代文学学会、广西师范大学中文系、广西师范大学出版社编，桂林：广西师范大学出版社，2005年4月

《唐代文学研究年鉴2005》中国唐代文学学会、广西师范大学中文系、广西师范大学出版社编，桂林：广西师范大学出版社，2005年12月

《唐代文学研究年鉴2006》中国唐代文学学会、广西师范大学中文系、广西师范大学出版社编，桂林：广西师范大学出版社，2007年1月

《唐代文学研究年鉴2007》中国唐代文学学会、广西师范大学中文系、广西师范大学出版社编，桂林：广西师范大学出版社，2008

年 3 月

《唐代文学研究年鉴 2008》中国唐代文学学会、广西师范大学中文系、广西师范大学出版社编，桂林：广西师范大学出版社，2008 年 10 月

《唐代文学研究年鉴 2009》中国唐代文学学会、广西师范大学中文系、广西师范大学出版社编，桂林：广西师范大学出版社，2010 年 7 月

《唐代文学研究年鉴 2010》中国唐代文学学会、广西师范大学中文系、广西师范大学出版社编，桂林：广西师范大学出版社，2010 年 9 月

《中国古典文学研究年鉴(1984)》刘世德(1932—)、徐公持(1940—)主编，尹恭弘(1945—)、石昌渝(1940—)、陈毓罴(1930—2010)等编，上海：上海古籍出版社，1987 年 2 月

《国学论文索引初编》(清末至 1928 年 7 月)国立北平图书馆王重民(1903—1975)编，北平：中华图书馆协会，1929 年

《国学论文索引续编》(1928 年至 1930 年)国立北平图书馆徐绪昌编，北平：中华图书馆协会，1931 年

《国学论文索引初编续编合订本》台北：维新书局，1968 年 1 月

《国学论文索引三编》(1928 年至 1933 年)国立北平图书馆刘修业(1910—1993)编，北平：中华图书馆协会，1934 年；台北：维新书局，1968 年 1 月

《国学论文索引 四编》(1933 年至 1935 年)国立北平图书馆刘修业编，北平：中华图书馆协会，1936 年 6 月，"中华图书馆协会丛书"第二种；台北：维新书局，1968 年 1 月

《中国史学论文索引第一编》中国社会科学院历史研究所资料室、北京大学历史系合编，北京：中华书局，1980 年 11 月，全二册

《中国史学论文索引第二编》中国社会科学院历史研究所编，北京：中华书局，1979 年 8 月，全二册

《中国古典文学研究论文索引 1949 年 10 月—1962 年 12 月》河北北京师范学院中文系资料室编，北京：中华书局，1964 年 12 月

《中国古典文学研究论文索引 1949 年 10 月—1966 年 6 月》河北

北京师范学院中文系资料室、中国社会科学院文学研究所图书资料室编，北京：中华书局，1979年11月

《中国古典文学研究论文索引1966年7月—1979年12月》中国社会科学院文学研究所图书资料室编，北京：中华书局，1982年5月

《中国古典文学研究论文索引1980年1月—1981年12月》中国社会科学院文学研究所图书资料室编，北京：中华书局，1985年10月

《中国古典文学研究论文索引1982年1月—1983年12月》中国社会科学院文学研究所图书资料室编，北京：中华书局，1988年9月

《中国古典文学研究论文索引1984年1月—1985年12月》中国社会科学院文学研究所图书资料室编，北京：中华书局，1995年7月

《中国古代文学资料目录索引(1949—1979)》辽宁大学中文系古代文学研究生编，沈阳：辽宁大学中文系，1980年自印本

《1949—1980中国古典文学研究论文索引》中山大学中文系资料室编，南宁：广西人民出版社，1984年6月

《香港中国古典文学研究论文目录1950—2000》邝健行(1937—)、吴淑钿(1952—)编，上海：上海古籍出版社，2005年10月

《全国报刊文学论文索引1977—1979》中国社会科学院文学研究所图书资料室编，北京：中国人民大学书报资料社，1982年自印本

白居易研究期刊文章　港台

1953年

《谈白居易的诗》克娟，台北《畅流》第7卷第9期，1953年6月

《〈长恨歌〉与杨贵妃之死》徐芸书，台北《反攻》，1953年7月

《写实诗人白居易》佑琼《中华日报》1953年8月25日

1955年

《白居易其人其诗》朱尚木，台北《中兴评论》第2卷第8期，1955年8月

1956 年

《白居易长恨歌述评》孙甄陶《大学生活》(香港)第 1 卷第 11 期，1956 年 3 月

《陈寅恪著〈元白诗证稿史〉》萧公权《清华学报》(台北)第 1 卷第 1 期，1956 年 6 月，第 170～173 页；后收入汪荣祖编《迹园文存》，台湾大西洋图书公司，1970 年

1957 年

《长恨歌疏证》罗锦堂，台北《学术季刊》第 6 卷第 2 期，1957 年 12 月，又见《包遵彭先生纪念论文集》，台北："国立"历史博物馆，1971 年

《从〈不能忘情吟〉说到白居易的情感生活》林文月，台北《文学杂志》第 2 卷第 4 期，1957 年 6 月，又收入《文学杂志作品集》，《中国文学评论》第二册，台北：联经出版社，1977 年 12 月

《白居易作诗》黄居素，香港《文艺世纪》，1957 年 6 月

《春风燕子楼——中国文学史上的故事之二》左舜生，收入其《万竹楼随笔》，香港：自由出版社，1957 年 7 月；《春风燕子楼——左舜生文史札记》，学林出版社，1997 年 12 月

1958 年

《闲话长恨歌》彭国栋，见《艺文掌故续谈》，台北：正中书局，1958 年 4 月

《琵琶行与琵琶亭》彭国栋，见《艺文掌故续谈》，台北：正中书局，1958 年 4 月

《白居易》秦孝仪，台北《中国文学史论集》第 1 期，1958 年 4 月

《诗人白居易的佛教生活》谷响《现代佛学》第 9 期，1958 年 9 月，第 19～24 页

《白居易的私生活》费海玑，台北《大陆杂志》第 16 卷第 3 期，1958 年 2 月

《白居易的政治经济及宗教生活》费海玑，台北《大陆杂志》第 17

卷第11期，1958年12月

《诗人白居易的一生》刍尧，香港《文艺世纪》，1958年1月

《诗人白居易的一生》(2)刍尧，香港《文艺世纪》，1958年2月

1959年

《陈寅恪教授和“元白诗证史”》李春棠、林顺曾、方早成《史学月刊》第4期，1959年4月，第18~20页

1960年

《白居易其人其诗》冒季美《文学世界》(香港)第25期，1960年3月

《香山摭拾》杨向时《国立政治大学学报》第1期，1960年5月，第295~339页

《白乐天诗在日本》孟子微《艺林丛录》第1卷第13~16期，1960年10月；又见《中国艺林丛论》(7)，台北：文馨出版社，1976年2月

1961年

《韩愈与元白的关系》蜕园《艺林丛录》第七编，香港“商务印书馆”，1961年9月

《白乐天的别姬卖马》朴人《中央日报》1961年9月22日

《醉吟先生白居易》朴人《联合报》1961年10月30日

《〈长恨歌〉简论》许可《文艺世纪》(香港)1961年5月

《琵琶行》康培初《人生》(香港)1961年9月

1962年

《白居易的琵琶描写》苏德《新语》(香港)1962年4月

《白居易和他的光辉诗篇》黄波《文艺世纪》(香港)1962年8月

《热爱苏州的白居易》范烟桥《文艺世纪》(香港)1962年8月

《白居易的写景诗》觉垠《文艺世纪》(香港)1962年12月

《白乐天的人生态度》王家棫《中国一周》总第631期，1962年5

月28日

1963年

《白居易的〈长恨歌〉》李素，香港《人生》第26卷第11期，1963年10月

《白居易与杭州》冯时熙，香港《文艺世纪》，1963年7月

1964年

《“白乐天之先祖及后嗣”问题》(附平冈武夫《白居易的家庭环境问题》)王梦鸥，台北《政治大学学报》第9卷第10期，1964年12月

《白居易与杭州西湖》吴蕤，台北《畅流》第29卷第12期，1964年8月

1965年

《评〈长恨歌〉及忆真妃鼓词》郑绪平，台北《建设》第13卷第12期，1965年5月

《白香山年谱考辨》罗联添，台北《大陆杂志》第31卷第3期，1965年8月；《秦汉中古史研究论集》(《大陆杂志》史学丛书第3辑第2册)，第365~370页，台北：大陆杂志社，1970年；又收入《唐代四家诗文论集》，学海出版社，1996年12月，第341~358页

《诗歌和史册中杨贵妃的事迹》三泳，台北《思与言》第3卷第3期，1965年9月

《论长恨歌与琵琶行用韵》许世瑛，台北淡江文理学院《淡江学报》第4期，1965年11月，第1~12页，后收入《许世瑛先生论文集》(一)，台北：弘道文化出版公司，1974年

1966年

《“刘十九”是谁?》朱金城《艺林丛录》，香港“商务印书馆”，1966年4月

《白居易中书制诰年月考》(上)(下)罗联添，台北《大陆杂志》第32卷第2~3期，1966年1~2月；又收入其《唐代文学论集》，台北：

学生书局，1989 年 5 月

《白居易诗评话》张公略，台北《畅流》第 29 卷第 12 期，1966 年 2 月

《白居易与韩愈》梁容若，台中《东海文学》第 10 期，1966 年 2 月；又见《文学十家传》，台中：东海大学出版社，1966 年 8 月

《白居易评传》梁容若，见《文学十家传》，台中：东海大学出版社，1966 年 8 月

《白香山的生平与作品》梁容芳，台北《文坛》第 69 期，1966 年 3 月

《白居易赏花新井诗案》倪抟九，台北《民主宪政》第 31 卷第 1 期，1966 年 11 月

《白居易几岁中进士?》赖喜生《中国语文》第 19 卷第 5 期，1966 年 11 月，第 59 页

《白居易二十九岁中进士》梁容若《中国语文》第 19 卷第 6 期，1966 年 12 月，第 35 页

1967 年

《乐天诗述》钟肇熙《文讯》(香港)1967 年 4 月

《武元衡之死与白居易之贬》叶庆炳，台北《出版月刊》第 25 期，1967 年 6 月

《白氏文集的刊本与旧钞本之间》平冈武夫，台北《东方杂志》复刊卷第 1 卷第 1 期，1967 年 7 月

《略论白居易诗歌艺术的特征》陈汉廷，《新亚中文年刊》第 5 期(香港新亚书院)，1967 年 6 月

《两唐书白居易传考辨》叶庆炳，台北淡江文理学院《淡江学报》第 6 期，1967 年 11 月 8 日，又收入其《唐诗散论》，第 85～100 页，台北：洪范书店，1977 年 8 月初版，1981 年 10 月第二版，“晚鸣轩文学论文集之一”

《谈白居易的〈秦中吟〉》罗联添，台北《思与言》第 5 卷第 4 期，1967 年 11 月；又收入其《唐代文学论集》，台北：学生书局，1989 年 5 月，题为《白居易〈秦中吟〉写作的背景》

1969 年

《白居易作品系年》罗联添，台北《大陆杂志》第 38 卷第 3 期，1969 年 2 月；又收入《唐代四家诗文论集》，学海出版社，1996 年 12 月，第 359~394 页

《关于长恨歌：从杨贵妃的故事说起》苏同炳，见《故事传说与历史》，台北：水牛出版社，1969 年

1970 年

《白居易散文作品校记》罗联添《台湾大学文史哲学报》第 19 期，1970 年 6 月，第 278~591 页

《燕子楼人事考述》南宫搏《东方杂志》复刊第 4 卷第 1 期，1970 年 7 月

《白居易对日本文学的影响》梁容若节译《白乐天和日本文学》见梁著《中国文学史研究》附录二，台北：三民书局，1970 年 11 月

《从讽谕诗进窥白居易在中国诗史上的地位》周天健，新加坡《南洋大学学报》1970 年第 4 期

《一个反映在诗笔下的家庭：读〈白香山诗〉书后》黄介瑞《纯文学》(香港)1970 年 11 月

1971 年

《〈长恨歌〉与〈长恨歌传〉对于〈源氏物语〉(“桐壶”)的影响》林文月，台北《现代文学》第 44 期，1971 年 9 月；《中国古典文学研究论丛 · 小说之部 1》，台北巨流图书公司，1977 年

《白居易与李商隐》王岩《公教智识》第 534 期，1971 年 10 月

《白居易诗在日本》左秀灵《中央日报》1971 年 4 月 30 日

1972 年

《醉吟先生白乐天》阮长如，台北《财税研究》第 4 卷第 5 期，1972 年 5 月

《从历史与文学谈长恨歌传》罗龙治，台北《幼狮月刊》第 35 卷第

6期，1972年6月

《白居易琵琶行研究》卢淑美《台中师专学报》第2期，1972年7月，第181~227页

《白居易在文学史上的独特地位》陈宝条，台北《艺文志》第83期，1972年8月

1973年

《白居易与杭州及其诗》敖培才，台北《浙江月刊》第5卷第3期，1973年3月

《白居易》刘中和《文艺月刊》第45期，1973年3月

《白居易的社会诗论》陈宝条，台北《中国诗季刊》第4卷第2期，1973年6月；又收入朱传誉主编《白居易传记资料》七，台北：天一出版社，1985年

《音乐的宣泄与沟通：谈〈琵琶行〉》颜元叔，台北《中央月刊》第5卷第12期，1973年10月；收入《何谓文学》，台北：学生书局，1973年；又收入吕正惠编《唐诗论文选集》，台北：长安出版社，1985年4月，第353~362页：《白居易〈长恨歌〉、〈琵琶行〉分析》

《细读古典诗：析"梨花一枝春带雨"》颜元叔，收入《谈民族文学》，台北：学生书局，1973年；又收入吕正惠编《唐诗论文选集》，台北：长安出版社，1985年4月，第353~362页：《白居易〈长恨歌〉、〈琵琶行〉分析》

《分析〈长恨歌〉》颜元叔，收入《谈民族文学》，台北：学生书局，1973年

《〈源氏物语〉桐壶与〈长恨歌〉》林文月《中外文学》第1卷第11期，1973年4月

《〈长恨歌〉与〈长恨歌传〉之传疑》玉刚，台北《中国诗季刊》第4卷第2期，1973年6月

《白居易长安住宅坊里小考》朱金城《艺林丛录》1973年1月

《朱绂·紫绶·紫衣：谈白居易诗的几个误注》朱金城《艺林丛录》1973年1月；《艺林丛录》第10编，香港"商务印书馆"，1974年3月

1974 年

《白乐天诗困巫山》岱宗《四川文献》第 148 期，1974 年 12 月

《也谈江楼闻砧》梅新《幼狮文艺》第 39 卷第 1 期，1974 年 1 月

《香山诗文的研究》(一)~(四)董毓葳《民主宪政》第 45 卷第 12 期、第 46 卷第 1~3 期，1974 年 4 月、5 月、6 月、7 月

《元白讽喻诗的理论与创作态度》吕正惠，台北《幼狮》第 39 卷第 5 期，1974 年 5 月

《白居易与〈长恨歌〉》吉川幸次郎著，吉田节子译，台北《幼狮》第 39 卷第 26 期，1974 年 6 月

《我看〈长恨歌〉的“梨花”》王润华，台北《大陆杂志》第 49 卷第 6 期，1974 年 12 月

《白香山集外文》袁白《艺林丛录》第 10 编，香港“商务印书馆”，1974 年 3 月，第 72~75 页；《中国艺林丛论》7，台北：文馨出版社，1976 年 2 月

《论淳熙续帖白香山书之伪》高二适《艺林丛录》第 10 编，香港“商务印书馆”，1974 年 3 月，第 76~80 页；《中国艺林丛论》7，台北：文馨出版社，1976 年 2 月

1975 年

《喜爱松林的白居易》思敏《幼狮文艺》第 45 卷第 1 期(总 277)，1975 年 1 月，第 119~123 页

《白居易的诗》宜珊，台北《今日中国》第 48 期，1975 年 4 月

《文章合为时而著，诗歌合为事而作》叶庆炳，台北《中外文学》第 4 卷第 1 期，1975 年 6 月，又收入其《唐诗散论》，第 101~112 页，台北：洪范书店，1977 年 8 月初版，1981 年 10 月第二版，“晚鸣轩文学论文集之一”

《白居易的诗歌》思严《海洋文艺》(香港)1975 年 8 月

《欣赏〈卖炭翁〉》颜元叔《中央月刊》第 8 卷第 2 期，1975 年 12 月

1976 年

《从白居易的史诗〈长恨歌〉到白仁甫的杂剧〈梧桐雨〉看唐明皇与杨贵妃故事的承续与演化》陈玉玲《东吴大学中国文学系系刊》第 2 期，1976 年 6 月

1977 年

《英国汉学家魏利先生及其中国诗人(白居易等)传记述论》柯丽美，台北学生图书供应社，1977 年 10 月，第 132 页

《我所欣赏的诗人与诗：晚唐的李商隐、杜牧、西湖骚客白居易、苏东坡》陈立文《中华文艺》第 13 卷第 3 页，1977 年 5 月，第 92~99 页

《白居易》冯作民，见《中国五大诗人》，台北：广城出版社，1977 年 3 月

《白居易〈思旧〉诗与崔述〈考信录〉"释例"》严灵峰《大陆杂志》第 55 卷第 1 期，1977 年 7 月，第 38~41 页

《敦煌所见白居易诗二十首的价值》黄永武《敦煌的唐诗》洪范书店，1977 年 5 月，第 121~172 页

《〈长恨歌〉专辑》林明德等《明道文艺》第 21 期，1977 年 12 月

《白居易〈长恨歌〉诸家英译本形式之比较》陈辰夫《明志工专学报》第 9 期，1977 年 11 月

《〈琵琶行〉的哀音》林柏燕《中华文艺》第 12 卷第 6 期，1977 年 2 月，第 6~20 页

《〈琵琶行〉的韵律章句》魏子云《中华日报》1977 年 10 月 25—26 日，第 11 版，后收入中华文化复兴运动推行委员会、文艺研究促进会编《诗词曲的研究》，台北：中华文化复兴运动推行委员会，1991 年，第 119~129 页

1978 年

《白氏〈长恨歌〉诸家英译本之比较》陈辰夫《明志工专学报》第 10 期，1978 年 6 月

《白居易与西湖》朴庵《浙江月刊》第10卷第3期，1978年3月

《写实诗人白居易》思严《海洋文艺》(香港)1978年8月

《从白居易〈秦中吟〉看中唐的社会》杨宗莹《中国学术年刊》第2期，1978年6月

1979年

《马前死：论〈长恨歌〉的辞构》颜元叔《中外文学》第8卷第6期，1979年11月

《白居易、元稹的诗论》冒季美、严南方，收入张健编《中国古典文学论文精选丛刊·文学批评类》，台北：幼狮文化事业公司，1979年

《我看〈白居易诗赏析〉》简锦松《出版与研究》第48期，1979年6月。按，《一曲琵琶说到今：白居易诗赏析》，李瑞腾，台北：伟文图书公司，1978年，张梦机主编《诗与诗人丛刊》

《论白居易〈琵琶行〉创作意识与写作技巧》杨国娟《静宜学报》第2期，1979年6月

1980年

《白居易〈长恨歌〉研究》杨国娟《静宜学报》第3期，1980年6月

《元白诗笺证稿补正》梁锡华《书目季刊》书评第90期，1980年10月，第25~29页

《元白诗说》夏敬观《中国诗季刊》第11卷第3期，1980年9月

《试论白乐天金针诗格》王梦鸥《中外文学》第9卷第7期，1980年12月

《白居易判词三则》余心言《展望》(香港)1980年10月

《白居易的生平与作品》黄骏丰《今日中国》第113期，1980年9月

《白居易二三事》戚宜君《国魂》第412期，1980年3月

1981年

《白居易的香火因缘》蔡惠明《香港佛教》第253期，1981年6月

《韩愈诗与白居易诗的比较》方子华《诗风》(香港)1981年2月

《闲适诗初论》杨承祖，收入台静农先生八十寿庆论文集编辑委员会编《台静农先生八十寿庆论文集》(台北：联经出版社，1981年11月)

《白居易的思想与作品之研究》赖玉燕《台南师专学刊》第3期，1981年6月，第11~18页

《读白居易贬官江州途中所作诸诗》杨长卿《夏声》第200期，1981年7月

《白香山的〈琵琶行〉》杜若《自由谈》第32卷第3期，1981年3月

《陈鸿〈长恨歌传〉》杜若，台北《台肥月刊》第22卷第5期，1981年

《江州司马青衫湿——白居易〈琵琶行〉析论》林明德《中国传统文学探索》，台北：巨流图书公司，1981年

1983年

《长恨传及其附录两种校释》王梦鸥《小说研究专集》(6)，台北：联经出版社，1983年。附录两种指《华清汤池记》、《津阳门诗》

《琵琶　琵琶行　琵琶亭和诗》王宪章《龙语文物艺术》第17期，1983年2—3月，第68~73页

《白居易的爱好：音乐》杨宗莹《国文学报》第12期，1983年6月，第143~166页

1984年

《白乐天金针诗格辨疑》王梦鸥《古典文学论探索》，台北：正中书局，1984年2月初版；1987年8月第2次印行，第315~346页

《黄金买笑莫述贫：白居易与妓女》杨宗莹《中国学术年刊》第6期，1984年6月

《白居易的讽谕诗与〈源氏物语〉》寅近《中报月刊》(香港)1984年5月

《略谈白居易的讽喻诗》《〈长恨歌〉对〈长恨歌传〉的影响》林文月

《山水与古典》，台湾纯文学出版社，1984 年 5 月；三联书店，2013 年 9 月

1985 年

《〈长恨歌〉与〈长恨歌传〉“共同机构”问题及其主题探讨》罗联添《傅乐成教授纪念论文集：中国史论文集》，1985 年 8 月；又收入其《唐代文学论集》，台北：学生书局，1989 年 5 月；又题为《长恨歌与长恨歌传一体结构问题及其主题探讨》，收入《中国史新论》，台北：联经出版社，1986 年

《元和新乐府运动及其政治意义》吕正惠《中外文学》第 14 卷第 1 期，1985 年 6 月

《白居易的思想与处世态度》杨宗莹《师范大学国文学报》第 14 期，1985 年 6 月

《丰子恺与白居易》丰华瞻《中报月刊》(香港)1985 年 6 月

《白居易〈琵琶行〉新探》关关《新书月刊》第 23 期，1985 年 8 月，第 13~19 页

1986 年

《白居易的饮食习惯》杨宗莹《中国学术年刊》第 8 期，1986 年 6 月，第 233~241 页

《唐代新乐府运动的时代使命》邱燮友《国文学报》(台湾师范大学)第 15 期，1986 年 6 月

《白居易〈琵琶行〉〈与元微之书〉互见论》杨鸿铭《孔孟月刊》第 24 卷第 11 期，1986 年 7 月，第 50 页

1987 年

《〈长恨歌〉的结构与主题补说》王梦鸥，收入其《传统文学论衡》(台北：台湾时报出版公司，1987 年 6 月第 1 版；1991 年 4 月第 2 次印刷，第 224~232 页)

1988 年

《白居易诗的评价》(上、下)颜子缄《东方杂志》第 22 卷第 11、12 期，1988 年 5、6 月

《〈白氏长庆集〉对日本〈源氏物语〉的影响》陈瑶玑《教学与研究》10，1988 年 6 月

《元白讽喻诗的理论与创作态度》杨石隐《东方杂志》第 22 卷第 6 期，1988 年 12 月

《赵瓯北的文学批评：论白居易》王建生《中国文化月刊》1988 年 9 月，第 105~114 页

1989 年

《白居易〈燕子楼〉诗》邱燮友《第一届国际唐代学术会议论文集》，学生书局，1989 年 2 月

《白居易与佛道关系重探》罗联添《第一届国际唐代学术会议论文集》，学生书局，1989 年 2 月；又收入罗联添《唐代文学论集》，台北：学生书局，1989 年 5 月；又载《唐代研究论集》第 4 辑，新文丰出版股份有限公司，1992 年 12 月

《白居易诗评论的分析》罗联添《中央研究院第二届国际汉学会议论文集文学组》(上册)，1989 年 6 月，又收入其《唐代文学论集》，台北：学生书局，1989 年 5 月

《敦煌本白居易诗研究》黄永武《中央研究院第二届国际汉学会议论文集文学组》(上册)，1989 年 6 月

《曹操和白居易》张高秋《中国语文通讯》(香港)1989 年 5 月

《从〈与元九书〉看白居易的文学理论》钟吉雄《中国语文》第 64 卷第 5 期，1989 年 5 月，第 30~36 页

《傅雷谈白居易》朱玑《幼狮文艺》第 69 卷第 3 期(总第 423 期)，1989 年 3 月，第 23 页

1990 年

《白居易不懂音乐》李祥霆《明报月刊》(香港)1990 年 11 月

1991 年

《白居易与洪州禅》孙昌武，香港佛教法住学会《法言》第 3 卷第 1 期，1991 年 2 月

《白居易的吃茶》[日]布目潮沨，收入许贤瑶编译《中国古代吃茶史》，台北：博远出版有限公司，1991 年 2 月

《白居易〈琵琶行并序〉》江举谦《明道文艺》1991 年 1 月。智按：〈琵琶行〉赏析

《翰墨名诗：白居易诗选》《书友》总第 47 期，1991 年 1 月，第 39~43 页

1992 年

《近四十年来台湾地区白居易研究概况》谢佩芬《中国唐代学会会刊》第 3 期，1992 年 10 月，第 57~64 页，罗联添校阅，被译为日文，收入《白居易研究讲座》第 5 卷(东京：勉诚社，1994 年 9 月)

《艰难感对白居易诗乐天思想与乐天形态的影响》侯迺慧《中华学苑》第 42 期，1992 年 3 月，第 147~188 页

《白居易两种年谱评介》徐志平《中国书目季刊》第 26 卷第 2 期，1992 年 9 月

《白居易与琵琶行》林伯在《教育学报》第 7 期，1992 年 9 月

《艺文天地：从邮票谈诗人：屈原、李白、杜甫、白居易》张绍熙《台湾月刊》总第 114 期，1992 年 6 月，第 52~56 页

《评彭安湘〈白居易研究新探〉》王煜《哲学与文化》第 19 卷第 10 期，1992 年 10 月

1993 年

《醉吟先生饮酒乐》王能杰《国立台湾体专学报》第 3 期，1993 年 6 月

《不能忘情：白居易与女性》林文月，收入《王叔岷先生八十寿庆论文集》，台北大安出版社，1993 年 6 月

《试论〈二李唱和集〉与白乐天诗之关系》张蜀蕙《中华学苑》第 43

期，1993年3月，第181~204页(二李：宋·李昉、李至)

《白居易的〈琵琶行并序〉与刘鹗的〈明湖居听书〉之写作动机比较》庄韵玲《儒林学报》第9期，1993年6月，第65~66页

《〈琵琶行〉“掩抑”二字的厘清与演奏者心境的探讨》彭元岐《国文天地》第9卷第5期，1993年10月，第74~77页。智按：考证“掩抑”，以为指调性。就力度而言是微音

《由汉至唐以来“比兴”观之探索，兼谈白居易讽谕诗论》廖美云《台中商专学报》(文史社会篇)第25期，1993年6月

《白居易散文述略》蔡正发《古今艺文》1993年8月，第28~36页；《云南民族学院学报》1991年第3期

1994年

《广大教化主：白居易/他以诗文谒顾况了吗?》江国贞《国文天地》第9卷第12期(总第108期)，1994年5月1日，第61~64页

《唐代新乐府运动产生之背景》黄浴沂《中国语文》第74卷第3期，1994年6月

《元白叙事诗中的戏剧成分》王瑷玲《中国文哲研究集刊》第5期，1994年9月，第195~272页

《白居易的闲适诗及其闲适生活》王家歆《社教资料杂志》第187期，1994年2月，第1~5页

《白居易妇女观管窥》蔡正发《古今艺文》第20卷第4期，1994年8月，第4~11页；《云南民族学院学报》1987年第1期，第69~74页

《白居易与云南》蔡正发《古今艺文》第21卷第1期，1994年11月，第19~27页

《试赏白居易的〈慈乌夜啼〉》刘崇义《孔孟月刊》第32卷第7期，1994年3月，第52~55页

《白居易与元微之书等文呼告论》杨鸿铭《孔孟月刊》第33卷第1期，1994年9月，第47页

《白居易与元微之书等文摹写论》杨鸿铭《孔孟月刊》第33卷第2期，1994年10月，第44~45页

《白居易新乐府卖炭翁探究》吴圣音《甲工学报》第11期，1994

年6月，第10~19页

《苏东坡"元轻白俗"诗评浅析》范长华《台中师院学报》第8期，1994年6月，第271~291页

《翰墨名诗：白居易·白云泉》《书友》总第89期，1994年7月，第70~72页。按，《白云泉》："天平山上白云泉，云自无心水自闲。何必奔冲山下去，更添波浪向人间。"

1995年

《白居易对苏轼的影响》蔡正发《古今艺文》第21卷第3期，1995年5月，第6~21页

《白居易〈新乐府〉与〈策林〉比较研究》蔡正发《古今艺文》第22卷第1期，1995年11月，第24~32页

《〈长恨歌〉中神话故事探源》柴非凡《静宜人文学报》1995年第6期，1995年6月

《白居易妇女诗析论》廖美云《台中商专学报》第27期，1995年6月

《韩愈〈南山〉与白居易〈游王顺山悟真寺〉二诗创作特色之比较》林明珠《国际人文年刊》(*International Journal of the Humanities*)第4期，1995年6月，第193~213页

《高中国文教科书指瑕：〈琵琶行〉如何"当心画"》左秀灵《国文天地》第11卷第2期，1995年7月，第86~87页。智按：论及"掩抑"、"当心画"，指出红绡在唐代社会的文化意义

《与良友伴，路遥不觉远：从〈与元微之书〉及〈与孙季逑书〉两文析论元白、孙洪之相知相勉》蔡岳珍《中央日报：国语文》总第239期，1995年11月16日第21版

《白居易妇女诗析论》廖美云《台中商专学报》第27期，1995年6月，第129~150页

1996年

《从传播观点看白居易诗》李宝玲《中华文化学报》1996年第3期，1996年3月，第87~110页(语言的选择、音乐的结合、形成传

播团体、突破时空限制)

《试论元白唱和诗的创作手法》林明珠《东吴中文研究集刊》1996年第3期, 1996年5月, 第37~58页

《试论白居易诗中的老年世界》林明珠《花莲师范学院学报》1996年第6期, 1996年6月, 第177~216页

《试论白居易诗中表现自我之艺术》林明珠《国际人文年刊》(*International Journal of the Humanities*)第5期, 1996年6月, 第81~110页

《生命的安顿与调适: 试析白居易讽喻诗、闲适诗与感伤诗之结构》丁亚杰《元培学报》第3期, 1996年12月, 第157~172页

《唐宋词拾玉(5): 白居易的"长相思"》陈满铭《国文天地》第12卷第3期(总第135期), 1996年8月, 第80~83页

《诗文与礼制(17): 白居易的家有多大》叶国良《国文天地》第12卷第6期(总第138期), 1996年11月, 第26~29页

《从〈白氏长庆集〉看唐代律诗》李立信《行政院国家科学委员会专题研究计划成果报告》, 1996年专题

《白居易〈长恨歌〉的用韵与诗情》金彰柱《辅大中研所学刊》第6期, 1996年6月, 第485~500页

《白居易的"闲适诗"探微》刘春亨《屏中学报》第6期, 1996年12月, 第93~100页

《清代初、中期评白居易诗之探究: 以辨体观念为讨论基础》黄丽卿《淡江大学中文学报》第3期, 1996年12月, 第203~243页

《古诗赏析: 深深的同情: 热爱自然和生命的白居易》潘人木《小作家月刊》第2卷第11期(总第23期), 1996年3月, 第26~32页

《白乐天之思想行为与佛道关系之再探》陈照明《南大语言文化学报》(创刊号)(1996年), 第249~265页

1997年

《试论白居易咏物诗的艺术表现》林明珠《花莲师范学院学报》第7期, 1997年6月, 第479~517页

《试论白居易宴集诗的艺术表现》林明珠《国际人文年刊》

(*International Journal of the Humanities*)第 6 期，1997 年 6 月，第 299~318 页

《从〈白氏长庆集〉看唐诗格律》李立信《行政院国家科学委员会专题研究计划成果报告》，1997 年 3 月

《白居易诗的内容演变与“俗”》崔末顺《中国文化月刊》第 207 期，1997 年 6 月，第 121~127 页

《陶渊明对白居易的影响》蔡正发《古今艺文》第 23 卷第 4 期，1997 年 8 月，第 4~14 页

《白居易诗中的“老境”》韩学宏《华梵学报》第 4 卷第 1 期，1997 年 5 月，第 2~16 页

《白居易的长眠之地：白园》张学斌《历史月刊》总第 115 期，1997 年 8 月，第 86~87 页

《佛教的文学家：乐天旷达白居易》刘瑞吟《普门》总第 213 期，1997 年 6 月，第 80~87 页

《香山居士白居易》依空《普门》总第 219 期，1997 年 12 月，第 69~75 页

《王渔洋的白俗观》黄丽卿《淡江大学中文学报》1997 年第 4 期，1997 年 12 月，第 241~264 页

《从刘勰六观看白居易〈琵琶行〉》黄秋月《文华学报》1997 年第 6 期，第 1~10 页

1998 年

《白居易的格诗》余我《中国语文》第 83 卷第 5 期(总第 497 期)，1998 年 11 月，第 64~68 页

《论〈白氏长庆集〉中的格诗》李立信《东海中文学报》第 12 期，1998 年 12 月

《唐代诗歌之结集体例》李立信，《传统文学的现代诠释》，台北：文史哲出版社，1998 年 4 月。以《白氏长庆集》为基础论述唐人诗文集之结集体例

《白居易和刘禹锡的词》沈谦《中国语文》第 83 卷第 2 期(总第 494 期)，1998 年 8 月，第 27~33 页

《白居易音乐美学论析》欧纯纯《第十五届中部地区中文研究所研究生论文研讨会》(逢甲大学)，1998 年

《白居易的题画诗与绘画观》李栖《第四届中国诗学会议论文集》(彰化师范大学)，1998 年

《白居易及其诗歌》张健《明道文艺》总第 265 期，1998 年 4 月，第 72~80 页

《"平常心是道"与"中隐"》贾晋华《汉学研究》第 16 卷第 2 期，1998 年 12 月

《白居易的教学思想》蔡淑月《中国语文》第 82 卷第 1 期(总第 487 期)，1998 年 1 月，第 65~73 页

《翰墨名诗：秋雨夜眠 · 白居易》，《书友》总第 139 期，1998 年 10 月，第 30~32 页。按，《秋雨夜眠》："凉冷三秋夜，安闲一老翁。卧迟灯灭后，睡美雨声中。灰宿温瓶火，香添暖被笼。晓晴寒未起，霜叶满阶红。"

《〈长恨歌〉为何长恨?》陈智贤《文藻学报》第 12 期，1998 年 3 月，第 57~69 页

《抒情与叙事之取舍：以白居易〈长恨歌〉与陈鸿〈长恨歌传〉书写特质之异同为例》许丽芳《第四届中国诗学会议论文集》(彰化师范大学)，1998 年

《以文述乐：白居易的〈琵琶行〉与刘鹗〈老残游记〉的"明湖居听书"》罗基敏《中外文学》第 27 卷第 4 期，1998 年 9 月，第 76~93 页。收入刘纪蕙主编《框架内外——艺术、文类与符号疆界》，新店：立绪文化出版公司，1999 年。智按：比较《琵琶行》与《老残游记》的音乐形容笔法，对《琵琶行》的部分音乐描写，辅以诗歌韵律之诠释

《嘈嘈切切错杂弹，大珠小珠落玉盘：析探白居易〈琵琶行〉一诗》薛河田《基中学报》第 1 期，1998 年 6 月，第 18~26 页

1999 年

《"霄汉风尘俱是系"：白居易"中隐"思想研究》韩学宏《中华学苑》第 52 期，1999 年 2 月，第 131~158 页

《白居易"格诗"意涵试探》陈茂仁《中正大学中国文学研究所研究

生论文集刊》第 1 期，1999 年 4 月，第 5~39 页

《白居易之佛道养生探赜》廖美云《台中商专学报》1999 年第 6 期（总第 31 期），1999 年 6 月，第 59~84 页

《白居易〈琵琶行〉中的演奏技法与音乐表现》李时铭《中华学苑》第 53 期，1999 年 8 月，第 33~54 页

《浅探〈琵琶行〉的构篇》张靖远《国文天地》第 14 卷第 11 期，1999 年 4 月，第 59~65 页。智按：认为《琵琶行》纯为虚构之作，观点夺胎于陈寅恪

《白居易的〈琵琶行〉应属乐府诗还是新乐府诗》黄盛雄《国文天地》第 14 卷第 11 期，1999 年 4 月，第 34 页。智按：断定〈琵琶行〉属新乐府

《略谈有关〈琵琶行〉的几个问题》陈昭铭《国文天地》第 15 卷第 2 期，1999 年 7 月，第 110~112 页

《论唐代元和时期流贬文人之行旅诗》李建崑《文史学报》（中兴大学）第 29 期，1999 年 6 月

《"浔阳江头夜送客，枫叶荻花秋瑟瑟"用韵问题之商榷》黄智群《高中教育》第 4 期，1999 年 2 月，第 64~71 页

2000 年

《从白居易七月识之无谈"信息场"》刘广定《科学月刊》第 31 卷第 9 期（总第 369 期），2000 年 9 月，第 816~817 页

《读〈与元九书〉后谈白居易的文学主张》吴佳芬《中国语文》第 86 卷第 1 期（总第 511 期），2000 年 1 月，第 56~59 页

《莫唱当年长恨歌：从另一角度看白居易〈长恨歌〉》董季棠《中国语文》第 86 卷第 5 期（总第 515 期），2000 年 5 月，第 95~99 页

《字字啼血的〈长恨歌〉》卫慧《明报月刊》（香港）2000 年 12 月

《〈琵琶行〉中谈琵琶》陈昭铭《中国文化月刊》2000 年 3 月。智按：因袭陈寅恪之文

《吴梅村叙事诗中反映的明季时事及其内在蕴涵：以〈鸳湖曲〉、〈琵琶行〉、〈圆圆曲〉为例》张静茹《中国学术年刊》第 21 卷，2000 年 3 月，第 419~439+549 页。智按：重心在吴梅村（伟业）叙事诗，兼

及吴《琵琶行》与白《琵琶行》的差异

《相逢何必曾相识，〈琵琶行〉里知音惜》陈嘉英《国文天地》第15卷第12期，2000年5月，第93~102页

《皓首同归两心知：试论刘禹锡与白居易的际遇与诗艺》李宝玲《逢甲人文社会学报》2000年第1期，2000年11月，第55~74页

《〈文选·赋〉牵动唐诗创作之一考察：以〈恨赋〉与〈长恨歌〉为例》许东海《中国古典文学研究》第4期，2000年12月，第33~54页

《诗情·赋笔·传奇：白居易〈长恨歌〉风情的另一面向》许东海，《第五届唐代文化学术研讨会论文集》(文学分册)，高雄：复文书局，2000年，第194~218页

《浅论白居易感伤诗》王能杰《致理学报》第13期，2000年6月，第1~7页

《一首被误解了的送行名作》饶少平《国文天地》第16卷第15期，2000年10月，第63~65页

《致身吉且安：白居易的居宅选择》孙慧敏《中国历史学会史学集刊》第32期，2000年7月，第27、29~42页

2001年

《试论白居易诗歌理论之价值义蕴》林于盛《中国古典文学研究》2001年第6期，2001年12月，第1~18页

《山水的"行旅"与"游览"：韩愈〈南山诗〉、白居易〈游悟真寺诗〉之析论》盖琦纾《中国古典文学研究》第5期，2001年6月，第25~39页

《白诗与香草美人：白居易花木、女性讽谕诗中的楚"骚"身影与新变风貌》许东海《中正大学中文学术年刊》第4期，2001年12月，第97~142页

《白居易"新乐府"的讽谕手法研究》朱我芯《侨光学报》第19期，2001年10月，第43~58页

《〈白居易集〉中的北宗文献与北宗禅师》简宗修《佛学研究中心学报》第6期，2001年7月，第213+215~242页

《翰墨名诗：赋得古原草送别：白居易》《书友》总第169期，

2001 年 4 月，第 71~74 页

《翰墨名诗：村夜　白居易》《书友》总第 177 期，2001 年 12 月，第 50~52 页。按，《村夜》："霜草苍苍虫切切，村南村北行人绝。独出前门望野田，月明荞麦花如雪。"

《〈琵琶行〉与〈长恨歌〉》杨仲楷《中国语文》第 88 卷第 1 期，2001 年 1 月，第 65~68 页

2002 年

《乐天心与渊明形神：白居易〈效陶潜体诗〉与陶诗之比较》何海燕《国文天地》第 88 卷第 5 期(总第 209 期)，2002 年 10 月，第 48~52 页

《商山道上的白居易》李宝玲《逢甲人文社会学报》2002 年第 5 期，2002 年 11 月，第 67~88 页。附：白居易商山道诗作系年一览表，第 85~87 页

《讽谕与谏诤：从谏诤意识论白居易新乐府创作之理念与实践》许东海《中国古典文学研究》第 8 期，2002 年 12 月，第 187~220 页

《以"五弦弹"与"琵琶引"为引谈白居易音乐的美学与文学》何美谕《中国古典文学研究》第 8 期，2002 年 12 月，第 19~35 页

《劝君莫打枝头鸟，子在巢中望母归：论白居易护生思想与护生诗》杨晓玫《研究与动态》第 7 期，2002 年 12 月，第 149~163 页

《由居室看文人的生活情韵：以庐山草堂、黄州竹楼为例》陈嘉英《国文天地》第 18 卷第 5 期，2002 年 10 月，第 44~47 页

《一篇长恨有风情：白居易咏明皇杨妃之恋》汪荣祖《历史月刊》第 174 期，2002 年 7 月，第 47~51 页

《唐代诗赋合流及其文类分际之一考察：以白居易诗赋及其花木书写为例》许东海《文与哲》第 1 期，2002 年 12 月，第 333~366 页

《评近人对"白居易集"佛教相关问题的研究：以"白居易集笺校"与"白居易与禅"为例》简宗修《文与哲》第 1 期，2002 年 12 月，第 147~193 页

《居易以俟命：论白乐天思想行为的变而不变》陈照明《文与哲》第 1 期(创刊号)，2002 年 12 月，第 129~145 页。初稿曾载于香港大

学中文系七十周年纪念国际学术研讨会(香港大学中文系主办)(1997)

《文化广场：白居易与围棋》姜连根《棋道》总第 88 期，2002 年 10 月，第 49 页

2003 年

《由伤感而至风月：白居易〈琵琶行〉诗之图文转绎》林丽江《故宫学术季刊》第 20 卷第 3 期，2003 年 3 月，第 1~50、183 页。智按：附录相关绘画，分析历代文人与画家对白居易“浔阳送客”的不同诠释与想象

《白居易“卖炭翁”与日本菅原道真“寒早十首”之比较》李秋蓉《师生论坛》第 1 期，2003 年 5 月，第 1~16 页

《讽谕与绮丽：白居易诗、赋论及其与“文心雕龙”之精神取向》许东海《中正大学中文学术年刊》第 5 期，2003 年 12 月，第 21~44 页

《论白居易“长恨歌”中的虚构纪事》陆雪芬《中正大学中国文学研究所研究生论文集刊》第 5 期，2003 年 5 月，第 159~186 页

《试以尧斯“文学接受史”与巴尔特“五种语码”解读白居易“卖炭翁”》朱我芯《侨光学报》第 21 期，2003 年 7 月，第 121~130 页

《读〈长恨歌〉：罗兰·巴特五种文学符码的方法运用》李泓泊《文学前瞻》第 4 期，2003 年 7 月，第 34~56 页

《白居易茶诗中的闲适之情》刘美华《亚东学报》第 23 期，2003 年 5 月，第 221~228 页

《“长恨歌”的创作渊源与艺术成就》邱敏捷《南师语教学报》第 1 期，2003 年 4 月，第 17~29 页

《冷热人间：一个眼科医师看唐代的白内障手术：从白居易和刘禹锡的眼疾谈起》陈克华《幼狮文艺》总第 599 期，2003 年 11 月，第 6~7 页

2004 年

《从乐天、微之诗中探究白居易、元稹对儿女的爱及“无子”对他们的影响》林宜青《明道文艺》第 337 期，2004 年 4 月，第 116~

128 页

《生命图景的映现：白居易履道园空间意蕴之探究》王怡斐《中国文学研究》第 18 期，2004 年 6 月，第 85~118 页

《清代诗话对白居易诗的接受与评价：以“情性”观为探讨主题》蔡叔珍《云汉学刊》第 11 期，2004 年 5 月，第 91~116 页

《关怀民生的新乐府：白居易“卖炭翁”与林双不“卖菜”》林翠华《国文天地》第 19 卷第 8 期(总第 224 期)，2004 年 1 月，第 29~34 页

《谈白居易感伤诗(上)》林晓筠《国文天地》第 19 卷第 9 期(总第 225 期)，2004 年 2 月，第 54~59 页

《谈白居易感伤诗(下)》林晓筠《国文天地》第 19 卷第 10 期(总第 226 期)，2004 年 3 月，第 59~62 页

《云龙风鹏，志在兼济：白乐天新乐府管窥》吴静如《雄工学报》第 5 期，2004 年 3 月，第 11~29 页

《白居易诗中的“风情”与“正声”》简恩定《空大人文学报》，2004 年第 13 期，第 1~26 页

《白居易〈琵琶行〉乐论之一——说“促弦”》李时铭《诗歌与音乐论稿》，台北：里仁书局，第 61~91 页

《白居易〈琵琶行〉乐论之二——演奏技法与音乐表现》李时铭《诗歌与音乐论稿》，台北：里仁书局，第 93~122 页

2005 年

《琵琶女之人格特质与心理结构分析：兼论白居易〈琵琶行〉之自传性》欧丽娟，台湾大学中国文学系主办，成功大学中国文学系合办“唐宋元明学术研讨会”(台北 · 2005 年 3 月 20 日)论文，收入成功大学中国文学系、台湾大学中国文学系编《知性与情感的交会——唐宋元明学术研讨会论文集》，台北：大安出版社，2005 年

《白居易〈琵琶行并序〉之意象解析》吴泰嵚《中国语文》第 97 卷第 5 期，2005 年 11 月，第 56~63 页

《洪州禅与白居易闲适诗的山意水思》萧驰《中国文哲研究集刊》第 26 期，2005 年 3 月

《“乐天曾唱吾追和”：高丽文人和白诗之类型与特点》金卿东《中

国文哲研究通讯》第 15 卷第 1 期，2005 年 3 月，第 15~43 页

《“长恨歌”中“情”与“恨”的意涵试探》张美娟《古今艺文》第 31 卷第 2 期，2005 年 2 月，第 44~53 页

《从符号学论白居易〈长恨歌〉》陈必正《人文社会学报》第 4 期，2005 年 12 月

《白居易的 EQ》洪建德《乡间小路》第 31 卷第 5 期，2005 年 5 月，第 32~33 页

《白居易讽谕诗之语言风格探析：以新乐府五十首为例》李柏翰《问学》第 8 期，2005 年，第 17~36 页

2006 年

《〈方丈记〉与〈琵琶行〉》(日文)王偲字《台湾日本语文学报》第 21 卷，2006 年 12 月，第 169~190 页

《人生七十稀：试论乐天的晚景构设及其实践》陈雅欣《有凤初鸣年刊》第 2 期，2006 年 7 月

2007 年

《近百年韩国白居易研究的回顾与前瞻》金卿东《书目季刊》第 41 卷第 1 期，2007 年 6 月，第 117~139 页

2008 年

《从白居易〈琵琶行〉谈音乐与人心感发的关系》宋邦珍《国文天地》第 24 卷第 1 期，2008 年 6 月，第 54~56 页

《身份、功能与园林审美意趣——白居易的私园与公园书写》侯迺慧《人文集刊》第 6 期，2008 年 6 月

《从元稹、白居易诗论传统文人的亲子关系》林宜青《明道学术论坛》第 4 卷第 1 期，2008 年 6 月

2009 年

《动声　同身　通神——白居易〈琵琶行〉析论》古佳峻《台北大学

中文学报》第7期，2009年9月，第139~172页

《论元白诗中追忆书写的两型》林明珠《东华中文学报》第3期，2009年12月

《从语料库语言学观点研究白居易诗重叠运用》吴瑾玮《台北大学中文学报》第7期，2009年9月

《聚旧成新——类书〈白孔六帖〉初探》吴黎朔《有凤初鸣年刊》第4期，2009年9月

《论辞章分析与科际整合——以白居易〈长相思〉词为例》陈满铭《章法论丛》第3辑，万卷楼图书股份有限公司，2009年7月

《"制从长庆辞高古"——论元白制诰之"骈体散文化"》陈钟琇《明道中文学报》第1期，2009年3月

2010年

《试论白居易〈秦中吟〉之美感经验》陈天佑《立德学报》第7卷第2期，2010年12月

《白居易〈长恨歌〉的章法结构》邱燮友《章法论丛》第4辑，万卷楼图书股份有限公司，2010年8月

《白居易新乐府音律表达艺术之研究》吴玉《岭东通识教育研究学刊》第3卷第3期，2010年2月

《园林道场——白居易的安闲养生观念与实践》侯迺慧《人文集刊》第9期，2010年12月

2011年

《试析白居易咏花诗中的情与志》赵桂芬《台南科技大学通识教育学刊》第10期，2011年1月

《江南境物与壶中天地——白居易履道园的收藏美学》曹淑娟《台大中文学报》第35期，2011年12月

《论元、白唱和诗》巩本栋《淡江中文学报》第2期，2011年12月

《再论白居易"百道判"——以法律推理为中心》陈登武《台湾师大历史学报》第45期，2011年6月

2012 年

《白居易〈初出蓝田路作〉诗现地研究——唐商州武关驿路蓝田段新释》简锦松《汉学研究》第 30 卷第 1 期，2012 年 3 月

2013 年

《由白居易贬江州之史实考察论其诗人意识之形成》陈家煌《中山人文学报》第 34 期，2013 年 1 月

《论白居易诗的晚期风格》陈家煌《国文学报》第 54 期，2013 年 12 月

资料来源

罗联添、王国良《唐代文学论著集目》(增订再版)，台北：学生书局，1984 年 11 月

谢佩芬《近四十年来台湾地区白居易研究概况》,《中国唐代学会会刊》第 3 期(1992 年 10 月)，罗联添校阅，被译为日文，收入《白居易研究讲座》第五卷(东京：勉诚社，1994 年 9 月)

乐耕《10 年来台湾唐代文学研究概说》,《唐代文学研究年鉴》1992，广西师范大学出版社，1993 年 11 月

王基伦《台湾地区唐代文学研究概况》(1992—1993),《唐代文学研究年鉴》1993、1994 年合辑，广西师范大学出版社，1996 年 7 月

冉泽《台湾地区唐五代文学博士硕士论文目录》(1990—1993),《唐代文学研究年鉴》1993、1994 年合辑，广西师范大学出版社，1996 年 7 月

潘吕其昌《台湾地区唐代文学研究概况(1993.7—1994.6)》,《唐代文学研究年鉴》1995、1996 年合辑，广西师范大学出版社，1997 年 12 月

萧丽华《台湾地区唐代文学研究概况(1994.7—1995.6)》,《唐代文学研究年鉴》1995、1996 年合辑，广西师范大学出版社，1997 年

12 月

冯艺超《台湾地区唐代学术研究概况(1995. 7—1996. 6)》,《唐代文学研究年鉴》1997,广西师范大学出版社,1998 年 8 月

王基伦、兵界勇《台湾地区唐代文学研究概况(1996—1997)》,《唐代文学研究年鉴 1999》,广西师范大学出版社,2000 年 5 月

陈清俊《台湾地区唐代文学研究概况(1997—1998)》,《唐代文学研究年鉴 1999》,广西师范大学出版社,2000 年 5 月

刘卫林《香港地区唐代文学研究概况(1999 年度)》,《唐代文学研究年鉴 2000》,广西师范大学出版社,2001 年 7 月

陈成文《台湾地区唐代文学研究概况(1998—1999)》,《唐代文学研究年鉴 2000》,广西师范大学出版社,2001 年 7 月

陈友冰《五十年来台湾唐代文学研究述论》,《唐代文学研究年鉴 2000》,广西师范大学出版社,2001 年 7 月

荣新江、王静《隋唐长安研究文献目录》(修订本),《中国唐史学会会刊》2003 年第 22 期

王基伦《1999—2001 年度台湾地区唐代文学研究资料目录》,《唐代文学研究年鉴 2003》,广西师范大学出版社,2004 年 9 月

刘燕萍《香港地区唐代文学研究概况(2002—2004)》,《唐代文学研究年鉴 2005》,广西师范大学出版社,2005 年 12 月

刘燕萍《香港地区唐代文学研究概况(2005—2006)》,《唐代文学研究年鉴 2007》,广西师范大学出版社,2008 年 3 月

刘燕萍《香港地区唐代文学研究概况(2007—2009)》,《唐代文学研究年鉴 2010》,广西师范大学出版社,2010 年 9 月

杨文雄《台湾唐代文学研究著作目录索引·诗歌研究(1949—2000)》及《台湾唐代文学研究论文目录索引·诗歌研究(1949—2000)》(收入傅璇琮、罗联添主编《唐代文学研究论著集成》第 7、8 卷,三秦出版社,2004 年 10 月)

邝健行、吴淑钿编《香港中国古典文学研究论文目录 1950—2000》,上海古籍出版社,2005 年 10 月

白居易研究文献　日文

书　籍

文集整理

《白氏文集》日本金泽文库本，今仅存三十余卷，所据本源出于会昌四年(844)的苏州南禅院抄本

《白氏文集校注》花房英树等注，文哲史学研究现状调查委员会1951年版

《白氏文集》平冈武夫、今井清校定，日本京都大学人文科学研究所，1971—1973年，全三册。第一册：1971年3月[卷三、四、六、九、十二、十七]；第二册：1972年3月[卷二十一、二十二、二十三、二十四、二十七、二十八、三十一、三十三]；第三册：1973年3月[卷三十八、四十一、五十二、五十四、六十五、六十八、七十]。以那波道圆初印原装的"那波本"为底本，参校"敦煌本"、"南宋绍兴本"、"金泽文库本"、"神田本"。书评：尾崎康《史学杂志》第83卷第2期，1974年2月，第83~85页

《金泽文库本白氏文集》川濑一马(监修)，东京：勉诚社，1983—1984年，全四册。第一册：卷3、4、6、9、12，共222页；第二册：卷17、21、22、24、31，共233页；第三册：卷38、39、41、47、52，共234页；第四册：卷54、62、63、65、68、附4，共283页

明治

近藤元粹(评订)《白乐天诗集》(线装小册子)，上册共76页、下册共78页，青木嵩山堂，1896年，共154页

大町桂月《白乐天》(支那文学大纲卷2)，大日本图书株式会社，1897年，共191页

井上灵山(选注)《选注　白乐天诗集》(全)，后藤新兵"题字"，国分青厓"校阅"，崇文馆，1910年，共338页

久保得二《白氏评释》，东京：隆文馆，明治四十四年(1911)

支那哲学研究会(译注)上卷《白氏文集》(服部宇之吉《序》)，原诗(训点付)，菊池屋书店，1911年，共868页

支那哲学研究会(译注)中卷《白氏文集》(训)，菊池屋书店，1911年，共800页

支那哲学研究会(译注)下卷《白氏文集》(简注)，菊池屋书店，1912年，共821页

井上灵山(选)町田柳塘(注)《选注　续白乐天诗集》(全)，井上经重选，町田源太郎注，崇文馆，1912年，共273页

大正

井上灵山(选注)《新释评注　白乐天诗集》，日进堂书店，1918年，共350页

铃木虎雄(1878—1963)《白乐天诗解》，清水：弘文堂书房，1927年5月15日，共329页；1952年；东京：弘文堂书房，昭和二十九年(1954)；1967年10月31日，新装版

昭和

蒋藏园《琵琶行の戏曲》，东京：弘文堂书房，昭和二年(1927)。智按：蒋士铨(1725—1784)，号藏园，其《四弦秋》据《琵琶行》而作

桥本进吉(解说)《白氏文集第三·四》(神田喜一郎藏，写真版)，古典保存会，1927—1929年

佐久节(译解)汪立名(编)《白乐天诗集》1(续国译汉文大成　文学部9)，东洋文化协会，国民文库刊行会，1928年，共758页

佐久节(译解)汪立名(编)《白乐天诗集》2(续国译汉文大成　文学部10)，东洋文化协会，国民文库刊行会，1929年，共992页

佐久节(译解)汪立名(编)《白乐天诗集》3(续国译汉文大成　文学部11)，东洋文化协会，国民文库刊行会，1929年，共924页

佐久节(译解)汪立名(编)《白乐天诗集》4(续国译汉文大成　文学部12)，东洋文化协会，国民文库刊行会，1930年，共876页

水野平次《白乐天与日本文学》，目黑书店，1930年，共424页。卷末附载“和汉对照白乐天关系年表”

藤堂祐范(编)《长恨歌传·长恨歌·琵琶行》(贵重图书影本刊行会)，便利堂，1930年，共25页

简野道明《白诗新释》，东京：明治书院，1933 年，共 578 页；1956 年，共 650 页

遠藤実夫(远藤实夫)《长恨歌研究》，建设社，1934 年 9 月，共 428 页

上村忠治《民众诗人　白乐天》，东京：春秋社，1939 年，共 242 页

佐久节(译解)汪立名(编)《白乐天诗集》(国译汉文大成 9　续文学部 2)，国民文库刊行会(缩印)，1941 年，共 898 页

大槻彻心《详解　白乐天诗集》，京文社书店，1942 年，共 348 页

佐久节(编)《汉诗大观》全 8 卷(第 4 卷《白乐天诗集》)，井田书店(第 4 卷)，1943 年，共 2424 页

金子彦二郎《平安时代文学与白氏文集：句题和歌・千载佳句研究编》，培风馆，1943 年，共 884 页。(书评)吉川幸一《国语与国文学》，1944 年

金子彦二郎《平安时代文学与白氏文集：道真文学研究编》，讲谈社，1948 年，共 318 页

水野平次《白居易》，弘文堂书店，1948 年

小林健志(译诗)《白乐天诗抄》，志延舍(油印)，1951 年，共 64 页

花房英树《白氏文集校勘表》自印，1951 年

花房英树《白氏文集の校注》，文部省科学研究费研究报告集录，文哲史学研究现状调查委员会，1951 年

铃木虎雄(1878—1963)《白乐天诗解》，清水：弘文堂书房，1927 年 5 月 15 日，共 329 页；1952 年，共 340 页；1967 年 10 月 31 日，新装版

片山哲《白乐天——大众诗人》，东京：岩波书店，1956 年 12 月，共 213 页(岩波新书)

堤留吉(1896—?)《白乐天：生活与文学》(白楽天——生活と文学)，东京：敬文社，1957 年 4 月，共 294 页，后收入其《白楽天研究》第一章，春秋社，1969 年 12 月

武部利男（1925—1981）（译诗）《白乐天诗集》，东京：创元社，1957 年，共 159 页。［书评］高岛俊男《东方学报》（京都大学人文科学研究所），1987 年

高木正一（1912—1998）（译著）《白居易》上（中国诗人选集 12），东京：岩波书店，1958 年 2 月，共 225 页。翻译《新乐府》五十篇

高木正一（1912—1998）（译著）《白居易》下（中国诗人选集 13），东京：岩波书店，1958 年 2 月，共 232 页。《秦中吟》、闲适诗、感伤诗、律诗的选译。附录白居易年谱。1962 年台湾版

花房英树（1915—1998）訳（译）Arthur Waley（アーサー・ウェーリー）著 *The life and time of Po Chu-I*，George Allen & Unwin Ltd.，London，1949 年，《白乐天》，东京：鉴书房（みすず书房），1959 年 12 月 25 日，共 486 页，附录年表；1988 年 3 月 5 日新装第 2 版，共 486 页

花房英树《白氏文集的批判的研究》（白氏文集の批判的研究），汇文堂书店，1960 年 3 月初版，中村印刷株式会社出版部；京都：朋友书店，1974 年改订再版，共 739 页。（书评）平野风照《大谷学报》第 41 卷第 1 期，1961 年

片山哲《白乐天——东洋的诗与心》，东京：社会思想研究会出版部，1960 年 5 月，共 258 页，“现代教养文库”（277）

堤留吉（1896—？）《白居易的文学理论与文学主张：资料编》，东京：敬文社，1961 年 4 月第 1 版，1963 年 4 月再版，共 103 页，后收入其《白乐天研究》第八章，春秋社，1969 年 12 月

堤留吉等《白乐天文学的再评价及其文献》，东京：大东急记念文库，1961 年，共 26 页

青木正儿（1887—1964）《中华饮酒诗选》，筑摩书房，1961 年 4 月，春秋社《青木正儿全集》9，1945 年 12 月；1984 年 7 月再版。在《醉吟低唱》章翻译白诗中有关饮酒的诗约三十首

川濑一马（解说）清原宣贤（笔）《长恨歌・琵琶行》（《坂本龙门文库复制丛刊》4），坂本龙门文库，1962 年，共 50 页

田中克己（1911—1992）《白乐天》（汉诗大系 12），东京：集英社，1964 年，共 354 页，按创作年代顺次译诗 160 多首

丸山清子(丸山キヨ子)《〈源氏物语〉与〈白氏文集〉》(《东京女子大学学会研究丛书》3)东京女子大学学会，1964年8月，共237页。(书评)西村富美子(1934—)《中国文学报》第21期，1966年。(中译)申非译《〈源氏物语〉与〈白氏文集〉》，北京：国际文化出版公司，1985年5月(共207页)

小松茂美《平安朝传来的白氏文集和三迹的研究》，墨水社，1965年10月，共1086页。研究篇(共632页，总合索引共22页)鉴赏篇(写真304页)资料篇(共128页)

森亮(译诗)《白居易诗钞：附中国古诗钞》(《东洋文库》52)，平凡社，1965年10月，共165页。翻译了70首，重点在闲适诗

田中克己(1911—1992)《白乐天》(《中国诗人选》4)，东京：集英社，1966年7月31日初版发行，共198页

横山裕男《白乐天》(《中国人物丛书》II)，东京：人物往来社，1967年1月，共267页

铃木虎雄(1878—1963)《白乐天诗解》，东京：弘文堂书房，1967年10月31日，新装版，共329页

内田泉之助(1892—1979)《白氏文集》，明德出版社，1968年11月30日初版，1971年6月25日三版，共246页，翻译历来大家欣赏的诗歌约100首

藤原行成(笔)，小松茂美(解说)《白氏诗卷》(日本名笔选)复制轴1卷，解说书1册，讲谈社，1969年，共105页

堤留吉(1896—?)《白乐天研究》，东京：春秋社，1969年12月，共450页。[书评]川口久雄《国文学研究》(早稻田大学)42，1970年6月，第94~96页

大野实之助(1905—)《杨贵妃》，春秋社，昭和四十四年，1969年

田中克己(1911—1992)《白乐天》(2)(《中国诗人选》5)，东京：集英社，1972年12月

花房英树(1915—1998)《白居易研究》，京都：世界思想社，1971年3月31日初版发行，共611页

平冈武夫(1909—1995)、今井清校定《白氏文集》卷3、4、6、9、

12、17，京都大学人文科学研究所，1971年3月，共351页。以那波道圆初印原装的“那波本”为底本，参校“敦煌本”、“南宋绍兴本”、“金泽文库本”、“神田本”

平冈武夫、今井清校定《白氏文集》卷21～24、27、28、31、33、补遗，京都大学人文科学研究所，1972年3月，共358+29页

平冈武夫、今井清校定《白氏文集》卷38、41、52、54、65、68、70、补遗，京都大学人文科学研究所，1973年3月，共359+25页。(新刊绍介)尾崎康《史学杂志》第83卷第2期，1974年

山本太郎(译诗)《白乐天诗集》(中国的诗集7)，角川书店，1973年，共254页，附录年谱

长泽规矩也解说《敕版　白氏五妃曲》，汲古书院，1973年，共40页

佐久节编、解说《汉诗大观》索引共5卷本文(上、中、下卷索引1、2)，凤出版(复刊版)，1974年，共699页

花房英树(1915—1998)《白氏文集の批判的研究》(白氏文集的批判的研究)，京都：朋友书店(改订再版)，1974年，共729页

长沢规矩也(解说)《白氏长庆集》上(和刻本汉诗集成　唐诗9)，汲古书院，1974年，共567页

长沢规矩也(解说)《白氏长庆集》下(和刻本汉诗集成　唐诗10)，汲古书院，1974年，共132页

长沢规矩也(解说)《新乐府》(和刻本汉诗集成　唐诗10)，汲古书院，1974年，共94页

长沢规矩也(解说)《长恨歌传·长恨歌·琵琶行·野马台歌》，汲古书院，1974年

长沢规矩也(解说)《(新选)白诗集》，汲古书院，1974年，共64页

国田百合子(编·解说·校异)《长恨歌·琵琶行抄》室町期写本等(天理·内阁·京大藏)，武藏野书院(影印3种)，1976年，共267页

金子彦二郎增补《平安时代文学与〈白氏文集〉：道真的文学研究编第一册》(平安時代文学と白氏文集　道真の文学研究篇第1册)，

艺林舍(芸林舍)(再版)，1977 年，共 318 页，松雲堂

金子彦二郎增补《平安时代文学与〈白氏文集〉：句题和歌 · 千载佳句研究编》(增補平安時代文学と白氏文集—句題和歌 · 千載佳句)，艺林舍(再版)，1977 年，共 884 页

前野直彬、野口一雄、松浦友久《白乐天与〈白氏文集〉》(《汉文研究》7)，尚学图书，1977 年，共 64 页

平冈武夫《白居易》(中国诗文选 17)，东京：筑摩书房，1977 年 12 月，共 328 页。[书评]高岛俊男《东方学报》(京都大学人文科学研究所)1992 年第 137 期

金子彦二郎增补《平安时代文学与〈白氏文集〉：道真的文学研究编第二册》，艺林舍，1978 年初版，共 540 页

佐久节译解，汪立名编《白乐天诗集》1(续国译汉文大成　文学部 9)，日本图书中心(覆刻)，1978 年，共 758 页

佐久节译解、汪立名编《白乐天诗集》2(续国译汉文大成　文学部 10)，日本图书中心(覆刻)，1978 年，共 992 页

佐久节译解、汪立名编《白乐天诗集》3(续国译汉文大成　文学部 11)，日本图书中心(覆刻)，1978 年，共 924 页

佐久节译解、汪立名编《白乐天诗集》4(续国译汉文大成　文学部 12)，日本图书中心(覆刻)，1978 年，共 876 页

《(新选)白诗集》，全二卷，东京：汲古书院，1978 年

《白氏长庆集》七一卷、目一卷、附录一卷，东京：汲古书院，1978 年

《新樂府》，东京：汲古书院，1978 年

平野显照(1928—2012)《唐代文学与佛教研究》，京都：朋友书店，1978 年。第一章“白居易与唐代文学”；张桐生译本《唐代的文学与佛教》(台湾：业强出版社，1987 年 5 月)

入矢义高(1910—1976)(编集者代表)《文選　趙志集　白氏文集》，天理図書館善本叢書漢籍之部 2(天理图书馆善本丛书汉籍 2)，八木书店，1980 年，《白氏文集》(写真第 363 ~ 516 页，解题第 29 ~ 30 页)，共 160 页

武部利男(1925—1981)(译诗)《白乐天诗集》六兴出版，1981 年

(再版)，共346页。除专名用片假名表示以外，其余用平假名翻译。五言用五七调，七言用七五调。收120首

近藤春雄(1914—1994)《长恨歌、琵琶行研究》(長恨歌・琵琶行の研究)，东京：明治书院，1981年4月30日初版发行，共349页。参见《唐代文学研究年鉴1985》第452~460页之介绍

白井企勺子、八重樫直比古(编)《正宗敦夫文库本〈长恨歌〉》(清心女子大学)，福武书店，1981年，共70页

水野平次(著)藤井贞和(补注)《白乐天与日本文学》(白楽天と日本文学)，大学堂书店(补注・再版)1982年，共512页

太田次男(1919—2013)、小林芳规《神田本〈白氏文集〉研究》(神田本白氏文集の研究)，东京：勉诚社，1982年，共610页。[书评]小岛宪之《三田评论》(庆府义塾大学)1982年7月号

川口久雄(解说)《〈长恨歌〉绘卷》，大修馆书店，1982年11月10日初版发行，1983年4月1日再版发行，共79页

铃木虎雄(1878—1963)《白乐天诗解》，弘文堂书店，1982年11月

国田百合子《〈长恨歌〉、〈琵琶行〉诸抄本的国语学研究(资料篇)》，东京：樱枫社，1982年2月

国田百合子《〈长恨歌〉、〈琵琶行〉诸抄本的国语学研究(翻译、校异篇)》，东京：樱枫社，1983年2月，共934页。

太田次男(1919—2013)《讽谕诗人白乐天》，东京：集英社，1983年1月10日初版发行，共270页(《中国的诗人》10)。[翻译]《讽谕诗人白居易传记》谭继山编译，台北：万盛出版有限公司，1983年7月

高木正一(1912—1998)(译注)《白居易》(《新选中国诗人选集》4)，东京：岩波书店，1983年，共453页

川濑一马(监修)《金泽文库本〈白氏文集〉》(一)卷3、4、6、9、12，东京：勉诚社，1983年，共222页[大东急记念文库所藏金泽文库本，即鎌仓抄本卷子二十一卷(有江户期补钞的两卷)与别本鎌仓抄本卷四。大东急记念文库发行]

川濑一马(监修)《金泽文库本白氏文集》(二)卷17、21、22、

24、31，东京：勉诚社，1983 年，共 233 页

川濑一马(监修)《金泽文库本白氏文集》(三)卷 38、39、41、47、52，东京：勉诚社，1982 年，共 234 页

川濑一马(监修)《金泽文库本白氏文集》(四)卷 54、62、63、65、68、附 4，东京：勉诚社，1982 年，共 283 页

宇都宫睦男(1936—)《白氏文集训点的研究》，溪水社，1984 年 3 月 1 日初版发行，共 518 页

国田百合子《〈长恨歌〉、〈琵琶行〉诸抄本的国语学研究(研究、索引篇)》，樱枫社，1984 年 2 月

陈友琴(著)山田侑平(译)《白居易》(《中国古典入门丛书》7)，日中出版，1985 年，共 162 页

福本雅一(解题)藤原行成(笔)《白氏诗卷》(《原色法帖选》15)，二玄社，1986 年，折本页

森孝太郎(编)尾崎知光(解说)《白氏长庆集谚解》(《影印丛书》6)，大阪：和泉书院，1986 年 1 月，影印双书六函，共 570 页

神鹰德治(1947—)编《歌行诗谚解(长恨歌传 · 长恨歌 · 琵琶行 · 野马台诗)》，东京：勉诚社(影印)，1988 年，共 146 页，卷末解说 11 页

冈村繁(1922—2014)主编《白氏文集》3(《新释汉文大系》99)，东京：明治书院，共 455 页，1988 年 7 月 25 日。预定《白氏文集》全译之中的头一卷，卷 13~16(律诗)的译注。竹村则行负责本册译注

西村富美子(1934—)《白乐天》(《鉴赏中国的古典》18)，角川书店，1988 年，共 484 页，1988 年 10 月，选择日本人爱好的诗歌 88 首而提供了很详细的解说

高木博《〈长恨歌〉札记》(长恨歌集记)，双文社，1988 年 11 月，共 231 页

平成

石川忠久《白乐天》，日本放送出版协会，1989 年，共 204 页

小守郁子《白乐天与陶渊明》，丸善名古屋出版服务中心(制作)，1989 年，共 182 页

小守郁子《〈源氏物语〉〈史记〉与〈白氏文集〉》，丸善名古屋出版

服务中心(制作)，1989 年，共 186 页

平冈武夫、今井清(编)《白氏文集歌诗索引》上册(四隅番号 0010~4000)，同朋舍，1989 年，共 504 页

平冈武夫、今井清(编)《白氏文集歌诗索引》中册(四隅番号 4000~9990)，同朋舍，1989 年，共 480 页

平冈武夫、今井清(编)《白氏文集歌诗索引》下册(白氏文集歌诗编)，同朋舍，1989 年，本文共 455 页，检字表共 115 页

花房英树(1915—1998)《白乐天》(《人与思想》87)，清水书院，1990 年 8 月，共 231 页

近藤春雄(1914—1994)《〈新乐府〉、〈秦中吟〉的研究——〈白氏文集〉与国文学》，东京：明治书院，1990 年 11 月，共 540 页

冈村繁主编，竹村则行译注《白氏文集》4(《新释汉文大系》100)，东京：明治书院，1990 年，共 557 页

冈村繁主编，二宫俊博译注《白氏文集》6(《新释汉文大系》102)，东京：明治书院，1993 年，共 502 页。按，《白氏文集》新释，汉文大系 97~106，全译注解。至 1993 年 3 月 10 日已出至白集卷三六

近藤春雄(1914—1994)《〈长恨歌〉与杨贵妃》，东京：明治书院，1993 年 6 月，共 181 页

浅野春江《定家与白氏文集》，教育出版，1993 年，共 274 页

太田次男(1919—2013)《中唐文人考：韩愈、柳宗元、白居易》，研文社，1993 年 6 月 4 日初版印刷，1993 年 6 月 11 日初版发行

太田次男、神鹰德治、川合康三、下定雅弘、丸山茂等编《白居易研究讲座》第一卷“白居易的文学与人生(白居易の文学と人生)I”，东京：勉诚社，1993 年 6 月，共 337 页

《白居易的文学生涯》太田次男(1919—2013)

《白居易的文学观：以〈与元九书〉为中心》兴膳宏(1936—)

《白居易之诗的分类与变体》成田静香(1964—)

《白居易的口语表现》入矢义高(1910—1976)

《白居易的节奏：诗型及其个性》松浦友久(1935—2002)

《白居易与词：洛阳履道里的江南再现》中纯子(1963—)

《白居易对三教之态度》宫泽正顺(1931—　)

《白居易与老庄思想：兼论道教》蜂屋邦夫(1938—　)

《白居易与佛教：禅与净土》(白居易と佛教・禅と浄土)孙昌武(1937—　)撰，副岛一郎(1964—　)译

《白居易的仕与隐》吉川忠夫(1937—　)

《白居易之官历》布目潮沨(1919—2001)

《白居易之日常生活》泽崎久和(1955—　)

《白居易と长安・洛阳》妹尾达彦(1952—　)

《白居易と杭州・苏州》村上哲见(1930—　)

《白居易と女性》林文月(1933—　)

太田次男、神鹰德治、川合康三、下定雅弘、丸山茂等编《白居易研究讲座》第二卷“白居易的文学与人生(白居易の文学と人生)II”，东京：勉诚社，1993年7月，共458页

《白居易生活的时代》砺波护

《白居易与元稹》金在乘

《白居易与刘禹锡》斋藤茂

《白居易周边的人们：作为交游录的〈白氏文集〉》丸山茂

《白居易与中晚唐的党争》周建国撰，橘英范译

《白居易的周边与传奇：从说话的观点来看传奇》涩谷誉一郎

《白居易的讽谕诗》静永健

《白居易的闲适诗》埋田重夫

《白居易〈长恨歌〉在日本的受容及相关问题》新间一美

《言语的过剩：唐代文学中的白居易》川合康三

《白居易的赋》冈村繁

《白居易の判》大野仁

《白居易の制敕》中村裕一

《白氏六帖考》山崎诚，第331~349页

太田次男、神鹰德治、川合康三、下定雅弘、丸山茂等编《白居易研究讲座》第三卷“日本对白居易的受容[韵文篇]”，东京：勉诚社，1993年10月，共344页

《宽弘期的诗人与白诗》大曾根章介

《句题和歌与〈白氏文集〉》川村晃生

《〈古今集〉时期的白居易》渡边秀夫

《慈圆与白居易》石川一

《承和期前后与〈白氏文集〉》津田洁

《菅原道真与白居易——诗注记与〈菅家文草〉的编纂》后藤昭雄

《摄关期和歌与白居易》近藤美雪

《定家与白居易——〈明月记〉中的白诗》佐藤恒雄

《天历期的诗人与白诗——句题诗的形成》谷口孝介

《岛田忠臣与白诗》三木雅博

《本朝〈续文粹〉与白诗——白诗受容史上的大江匡房》佐藤道生

《本朝无题诗与白诗》本间洋一

《连歌与〈白氏文集〉——附：俳谐与〈白氏文集〉》乾安代

《朗咏、今样与〈白氏文集〉》青柳隆志

《鎌倉·室町期和歌と白氏文集——閒適詩の受容——》稻田利德

太田次男、神鹰德治、川合康三、下定雅弘、丸山茂等编《白居易研究讲座》第四卷“日本对白居易的受容[散文篇]”，东京：勉诚社，1994年5月，共324页

《日本对元白诗、刘白诗的受容》新间一美

《近世诗坛与白居易》日野龙夫

《〈新乐府〉受容的新倾向与“立后之事”》柳濑喜代志

《五山文学对白诗的受容》荫木英雄

《〈室町物语〉对〈白氏文集〉的欣赏》石川透

太田次男、神鹰德治、川合康三、下定雅弘、丸山茂等编《白居易研究讲座》第五卷“围绕白诗受容的诸问题”，东京：勉诚社，1994年9月，共381页

《日本白诗流行的原因》中西进

《英语世界中的白居易研究（1916—1992年）》倪豪士（William H. Nienhauser）撰，川合康三译

《亚瑟·韦利与白乐天》平川祐弘

《从训点资料看白诗的受容》小林芳规

《作为唐代音乐研究资料的白诗再考》中纯子

《白居易与江州》下定雅宏

《“白俗”的检讨》（“白俗”の检讨）川合康三，又收入川合康三《终南山の变容：中唐文学论集》，研文社，1999年。刘维治、张剑、蒋寅译《终南山的变容：中唐文学论集》，上海古籍出版社，2007年8月，“域外汉学名

著译丛”

《对白诗传入初期状况的考察》丸山清子

近藤春雄(1914—1994)《白乐天与其诗》，武藤野书院，1994年10月

盐见邦彦《唐诗口语研究》，日本：中国书店，1995年1月

太田次男、神鹰德治、川合康三、下定雅弘、丸山茂等编《白居易研究讲座》第六卷“白氏文集的本文”，东京：勉诚社，1995年12月

下定雅弘《读〈白氏文集〉札记》(白氏文集を读む)，东京：勉诚社，1996年10月15日初版发行

神鹰德治等《白氏文集诸本作品检索表》，帝家山学院大学，1996年

山口直树《讽谕诗人——白乐天》，学研书画社，1996年5月

田中克己(1911—1992)《中国名诗鉴赏·白居易》，小泽书店，1996年

中西进《〈源氏物语〉与白乐天》，岩波书店，1997年7月

太田次男(1919—2013)《以旧钞本为中心的〈白氏文集〉本文研究》(舊鈔本を中心とする白氏文集本文の研究)，东京：勉诚社，1997年2月25日初版发行

下定雅弘、新间一美《白居易研究讲座》第七卷“日本的白居易研究”(日本における白居易の研究)，东京：勉诚社，1998年8月10日，共486页

平冈武夫《白居易——生涯与岁时记》(白居易：生涯と岁时记)，京都：朋友书店，1998年6月30日

松本肇、川合康三编《中唐文学的视角》，东京：创文社，1998年2月

冈村繁(1922—2014)《白氏文集》，东京：明治书院，1998—2002年

川合康三《终南山の变容：中唐文学论集》，研文社，1999年10月。刘维治、张剑、蒋寅译《终南山的变容：中唐文学论集》，上海古籍出版社，2007年8月，“域外汉学名著译丛”

静永健《白居易“讽谕诗”研究》，勉诚社，2000年2月。刘维治译本，《白居易写讽谕诗的前前后后》，中华书局，2007年10月，王晓平主编“日本中国学文萃”

《白居易研究年报》第1号，东京：勉诚社，2000年12月

《白氏文集》，临川书店，2001年，《国立历史民俗博物馆藏贵重典籍丛书》文学编第21卷，金泽文库本

《白居易研究年报》第2号，东京：勉诚社，2001年12月

《白居易研究年报》第3号，东京：勉诚社，2002年12月

《白居易研究年报》第4号，东京：勉诚社，2003年12月

新间一美《〈源氏物语〉与白居易文学》，和泉书院，2003年2月

赤井益久《中唐诗坛研究》，创文社，2004年10月

松浦友久(1935—2002)《陶渊明与白居易论——抒情与说理》(陶渊明・白居易论：抒情と说理)，研文社，2004年5月第1版，2004年6月第1次印刷，“松浦友久著作选II”

《白居易研究年报》第5号，东京：勉诚社，2004年12月

《白居易研究年报》第6号，东京：勉诚社，2005年12月

《白居易研究年报》第7号，东京：勉诚社，2006年12月

下定雅弘《白乐天的愉悦——生存睿智的光辉》，东京：勉诚社，2006年4月

埋田重夫《白居易研究——闲适的诗思》，东京：汲古书院，2006年10月

《白居易研究年报》第8号，东京：勉诚社，2007年12月

《白居易研究年报》第9号，东京：勉诚社，2008年12月

《白居易研究年报》第10号，东京：勉诚社，2009年12月

日向一雅编《源氏物語と漢詩の世界 ：“白氏文集”を中心に》青簡舍，2009年2月

《白居易研究年报》第11号，东京：勉诚社，2010年12月

静永健《漢籍伝来：白楽天の詩歌と日本(汉籍传来：白乐天的诗歌在日本)》，东京：勉诚社，2010年1月，共300页

高松寿夫、隽雪艳编《日本古代文学と白居易 ：王朝文学の生成と东アジア文化交流》，东京：勉诚社，2010年3月

神鹰德治、静永健编《旧鈔本の世界—漢籍受容のタイムカプセル—》，东京：勉诚社，2011 年 4 月，共 192 页

《白居易研究年报》第 12 号“新乐府——讽喻的精神”，东京：勉诚社，2011 年 12 月

诸田龙美《白居易恋情文学论——〈长恨歌〉与中唐的美意识》，东京：勉诚社，2011 年 2 月，共 448 页

下定雅弘《〈长恨歌〉：杨贵妃的魅力与魔力》，东京：勉诚社，2011 年 4 月

陈翀《白居易の文學と〈白氏文集〉の成立—廬山から東アジアへ—(白居易之文学与白氏文集之成立)》，东京：勉诚社，2011 年

宇野直人、江原正士《白居易から蘇東坡へ》，平凡社，2011 年 6 月

《白居易研究年报》第 13 号“琵琶行——天涯沦落的歌”，东京：勉诚社，2012 年 12 月

静永健《唐诗推敲：唐诗研究のための四つの视点》，东京：研文社，2012 年 10 月，共 448 页

秋谷幸治《白居易文学论研究：伝统の継承と革新》，东京：汲古书院，2012 年 7 月

神鹰德治《文集闲谈 白氏文集是读“MongJu”还是“BunXu”》，游学社，2012 年 11 月

下定雅弘《陶渊明与白乐天》，东京：勉诚社，2012 年 4 月

泽崎久和《白居易诗研究》，东京：研文社，2013 年 2 月

论　文

1910 年

《白乐天三教论衡之梗概》悍轩子《艺文》第 1 卷第 6 期，1910 年 9 月，第 143~147 页。智按：据于式玉编《引得　特刊之六　日本期刊三十八种中东方学　论文篇目附引得》第 251 页，悍轩子即高濑武次郎。高濑武次郎(1869—1950)，字悍轩。东京大学博士、教授，日本近代著名哲学家。1928 年曾为天皇进讲《汉书》，因研究阳明学

广为世所知。著有《王阳明详传》《支那哲学史》《日本之阳明学》《阳明主义的修养》《老庄哲学》等。1910 年曾将《中国哲学史》赠给胡适老师杜威，杜威回赠胡适的《中国哲学大纲》。梁启超在《子墨子学说》中借鉴了高濑武次郎《墨子哲学》的分析

1912 年

《〈长恨歌〉的杨贵妃》松尾乐山《国学院杂志》(国学院大学出版部)第 18 卷第 6 期，1912 年 6 月

1929 年

《唐代的三教和白乐天的思想》市村瓒次郎《支那学研究》第一编，1929 年 4 月。智按：下定雅弘《战后日本白居易研究概况(续)》(《西北师范大学学报》1989 年第 5 期，第 29~36 页)称出自《支那史研究》1939 年 9 月

1934 年

《关于古写本〈长恨歌〉》(古寫本長恨歌に就きて)三條西公正，《文学》第 2 卷第 6 号，岩波书店 1934 年 6 月，第 949~100 页

1937 年

《长恨歌及其〈句题和歌〉》小此木壮介《满蒙》第 24 卷第 1 号，1937 年

1938 年

《白乐天的讽喻诗：日本文学受白诗影响的考察》目加田诚(1905—1994)，《文学研究》第 23 辑，1938 年

1939 年

《〈长恨歌〉的来源》津田左右吉《史苑》第 13 卷第 1 期，1939 年 10 月

1942 年

《长恨歌二题》宫崎市定《ひのもこ》第 6 卷第 5 期，1942 年

1945 年

《读白乐天诗记(一)》神田喜一郎《东方学报》(京都大学人文科学研究所)第 15 卷第 1 期，1945 年 1 月；又收入《神田喜一郎全集Ⅱ》，1983 年 11 月

1946 年

《关于白乐天的长安旧游回顾诗》石田干之助《中国文学》(中国文学研究会，花光社)第 93 期，1946 年 3 月；又收入《石田干之助著作集》(三)，六兴出版，1986 年 2 月

《关于白氏文集的传本》(白氏文集傳本に就いて)小尾郊一《东方学报》(京都大学人文科学研究)第 15 卷第 2 期，1946 年 1 月

《读白乐天诗记(二)》神田喜一郎《东方学报》(京都大学人文科学研究所)第 15 卷第 2 期，1946 年 1 月；又收入《神田喜一郎全集Ⅱ》，1983 年 11 月

《读白乐天诗记(三)》神田喜一郎《东方学报》(京都大学人文科学研究所)第 15 卷第 3 期，1946 年 11 月；又收入《神田喜一郎全集Ⅱ》，1983 年 11 月

1947 年

《读白乐天诗记(四)》神田喜一郎《东方学报》(京都大学人文科学研究所)第 15 卷第 4 期，1947 年 6 月；又收入《神田喜一郎全集Ⅱ》，1983 年 11 月

1948 年

《白乐天的朝酒诗》青木正儿《知慧》(秋田屋书店)第 11 期，1948 年 7 月；又收入《青木正儿全集》第七卷(琴棋书画)春秋社，1970 年 4 月

《白乐天的社会思想》堤留吉《新中国》第2卷第10期(总第19期)，1948年1月

《白居易》水野平次，收入《中华六十名家言行录》，弘文堂，1948年

1949年

《白乐天的文殊赞》中田勇次郎《东光》第8期(弘文堂书店)，1949年3月

《白乐天的补逸书》(白楽天の補逸書)平冈武夫《东方学报》(京都大学人文科学研究所)第17期，1949年11月

《关于白氏六帖》(白氏六帖について)花房英树《广岛文理科大学支那学会·汉文学纪要》第3期，1949年7月，第28~45页

1950年

《白居易的佛教信仰》抚尾正信《史渊》(九州大学文学部)第44期，1950年8月

《关于白居易的佛教信仰》抚尾正信《西日本史学》(西日本史学会)第5期，1950年10月

《〈源氏物语〉"桐壶"卷与〈长恨歌〉》古泽未知男《熊本女子大学学术纪要》第1期，1950年3月

1951年

《白居易的文学》(白居易の文学)(1)花房英树《说林》(爱知县立女子大学国文学会)第3卷第5期，1951年5月，后收入《白居易研究》世界思想社，1971年

《白居易的文学》(白居易の文学)(2)花房英树《说林》(爱知县立女子大学国文学会)第3卷第6期，1951年6月，后收入《白居易研究》世界思想社，1971年

《白楽天》平泉澄《芸林(艺林)》第2卷第6期，1951年12月

《白楽天の話》楽不莊《日本及日本人》第2卷第1期，1951年1月

1952 年

《〈拾遗集〉时代与白诗的表现》小西甚一《国语国文》(京都大学)第 21 卷第 1 期，1952 年 1 月

《白氏文集的成书》花房英树《西京大学学术报告》(人文)第 1 期，1952 年 2 月，后收入其《白氏文集的批判的研究》(汇文堂 1960 年，京都：朋友书店 1974 年再版)

《关于岑仲勉氏的〈白氏长庆集〉研究》(岑仲勉氏の白氏長慶集研究について)花房英树《西京大学学术报告》(人文)第 2 期，1952 年 12 月，后收入其《白氏文集的批判的研究》(汇文堂，1960 年，朋友书店 1974 年再版)

《白乐天及其〈长恨歌〉》菅谷军次郎《宫城学院女子大学研究论文集》2，1952 年 12 月

《元白诗笔与篁春道的诗》金子彦二郎《东京大学国语和国文学》第 29 卷第 2 期，1952 年 2 月

1953 年

《风雅传统与白诗》竹治贞夫《德岛大学学艺纪要 · 人文科学》第 2 期，1953 年 2 月

《白诗“摄取”杂考》早川光三郎《滋贺大学学艺学部研究论集》第 2 期，1953 年 3 月

《中国文学遗产再评价：以白居易讽喻诗为中心》堤十女橘(堤留吉)《现代中国》(现代中国学会)第 19 期，1953 年 5 月

1954 年

《数字的表现与白乐天的诗》金子彦二郎《汉文教室》(大修馆书店)第 15 期，1954 年 11 月

《论〈长恨歌传〉》近藤春雄《爱知县立女子短期大学纪要》第 4 期，1954 年 3 月

《讀〈白氏文集〉記(一)》花房英树《西京大学学术报告》(人文)第 4 期，1954 年 3 月

《白楽天と元微之の交友について》镰田正(鎌田正)《汉文教室》(大修馆书店)第18期，1954年5月

《諷諭詩について》国分三次《雅友》第19期，1954年9月

《〈长恨歌〉心灵现象的检讨》野村泰夫《爱知学艺大大学研究报告(人文科学)》第4期，1954年12月，第21~25页

《论苏轼与白居易相通的性格》(白居易蘇軾相通ずる的一種の性格について)大西德治郎《国语》(香川大学)第7期，1954年10月

《关于白居易的社会诗》桑原武夫，收入吉川幸次郎、桑原武夫编《新唐诗选续编》，岩波书店，1954年5月

1955年

《讀〈白氏文集〉記(二)》花房英树《西京大学学术报告》(人文)第6期，1955年8月，第72~86页

《最近的〈长恨歌〉研究》近藤春雄《汉文教室》(大修馆书店)第24期，1955年6月

《论〈长恨歌〉》近藤春雄《爱知县立女子短期大学纪要》第6期，1955年12月

《书评·近藤春雄〈论长恨歌传〉》花房英树《中国文学报》(京都大学文学部)第2期，1955年4月

《白乐天的精神》金谷治《文化》(东北大学文学会)第19卷第1期，1955年1月，第70~90页

《歌の中なる白楽天—1—》金子彦二郎《心の花》第59卷第5期，1955年3月

《〈金针诗格〉质疑》(金針詩格についての疑い)船津富彦《东洋文学研究》(早稻田大学东洋文学会)第3期，1955年3月

《白楽天の諷諭詩について》堤留吉《东洋文学研究》(早稻田大学东洋文学会)第3期，1955年3月

《白居易作品中的人物形象及其慵懒的情调》(白居易の人物とその疏懶の情调：东洋の人間学究明の一環として)茑川芳久(蔦川芳久)《奈良学艺大学纪要》第5卷第1期，1955年12月，第37~67页

1956 年

《白乐天讽谕诗的性格》堂谷至晓《支那学报》(大谷大学)第 1 期(创刊号)，1956 年 3 月

《神田本白氏文集仮名字体表補正》水田纪久《训点语与训点资料》(訓点語と訓点資料)第 1 期，1956 年 8 月

《纪晓岚对白乐天的评论：以〈瀛奎律髓刊误〉为中心》(白楽天に対する纪晓岚の批评：瀛奎律髓刊误ょり)毛冢荣五郎《东洋大学纪要》第 8 期，1956 年 2 月，第 63~73 页

《白楽天の詩に見える孝》古田敬一《三铃会报(广岛铃峰学园)》第 3 期，1956 年 7 月

《关于白居易诗文的渡来》(白氏詩文の渡来について)太田晶二郎《解释与鉴赏》第 21 卷第 6 期，1956 年 6 月；又收入《太田晶二郎著作集》第一册，东京：吉川弘文馆，1991 年版

《谈〈琵琶行〉》近藤春雄《爱知县立女子短期大学纪要》第 7 期，1956 年 12 月

《长恨歌・琵琶行翻译》大石亀次郎译《汉文教室》(大修馆书店)第 26 期，1956 年 9 月

《〈源氏物语〉与〈长恨歌〉》丸山清子《东京女子大学附属比较文化研究所纪要》第 3 期，1956 年 12 月

1957 年

《〈卖炭翁〉的解释》堤留吉《东洋文学研究》(早稻田大学东洋文学会)第 5 期，1957 年 3 月，第 23~31 页

《〈白氏文集〉的资料批判和作品整理(一)》花房英树《西京大学学术报告》(人文)第 9 期，1957 年 11 月，后收入其《白氏文集的批判的研究》(汇文堂，1960 年，朋友书店 1974 年再版)

《关于〈白氏文集〉的金泽文库本、林家校本、宗性要文抄本、管见抄本》(〈白氏文集〉の金澤文庫本・林家校本・宗性要文抄本・管見抄本について)平冈武夫《神田博士还历纪念书志学论集》，平凡社 1957 年，第 451~480 页

《宋本〈白氏文集〉について》花房英树《神田博士还历纪念书志学论集》，平凡社 1957 年，第 481～490 页

《关于白居易》吉川幸次郎《人间诗话》1957 年，又收入其《中国诗史》，筑摩书房，1967 年，高桥和已(1931—1971)编，章培恒、邵毅平、骆玉明、贺圣遂、李庆、孙猛译本，安徽文艺出版社，1986 年 12 月

《〈长恨歌〉的结句》原田种成《汉文教室》(大修馆书店)第 33 期，1957 年 11 月，第 27～29 页

《白乐天的〈琵琶行〉和元微之的〈琵琶歌〉》星川清孝《茨城大学文理学部纪要・人文科学》第 7 期，1957 年 4 月，第 1～11 页

1958 年

《〈白氏文集〉的资料批判和作品整理(二)》花房英树《西京大学学术报告》(人文)第 10 期，1958 年 10 月，后收入其《白氏文集的批判的研究》(汇文堂，1960 年，朋友书店 1974 年再版)

《金泽文库本〈白氏文集〉批判》花房英树《支那学研究》(广岛支那学会)第 19 期，1958 年 12 月，后收入其《白氏文集的批判的研究》(汇文堂 1960 年初版，朋友书店 1974 年再版)

《白居易及其时代》(白居易とその時代)田中克己《历史教育》(历史教育研究会，日本书院)第 6 卷第 6 期，1958 年 6 月

《关于白乐天的讽谕诗》(白楽天の諷諭詩について)近藤春雄《说林》(爱知县立女子大学国文学会)第 2 期，1958 年 7 月，第 46～62 页

《白乐天与唐代小说》近藤春雄《爱知县立女子大学：女子短期大学纪要(语学・文学)》第 9 期，1958 年 12 月，第 75～97 页；后收入其《唐代小说研究》第一章第二节〈唐代小说和白乐天〉，1978 年 12 月

《从〈长恨歌〉看〈白氏文集〉的系统》(長恨歌から觀白氏文集な系統)丸山清子《东京女子大学论集》第 8 卷第 2 期，1958 年 2 月

《白乐天和陶渊明》镰田正(鎌田正)《汉文教室》(大修馆书店)第 34 期，1958 年 1 月，第 32～37 页

《关于〈长恨歌〉的“此恨”》铃木修次《汉文教室》(大修馆书店)第34期，1958年1月，第38~40页

《“攲枕”について》江藤篁《中国语学》第72期，1958年3月，第3~7页

1959年

《关于〈长恨歌〉的序》近藤春雄《说林》(爱知县立女子大学国文学会)第4期，1959年6月，第67~77页

《白乐天在日本——以〈长恨歌〉为中心》近藤春雄《东洋文化》(东洋文化振兴会)第5期，1959年9月，第2~25页

《关于〈长恨歌〉的二、三句》近藤春雄《爱知县立女子大学·女子短期大学纪要(语学·文学)》第10期，1959年12月，第47~61页

《白乐天的局限——其否定精神的不足》小守郁子《名古屋大学文学部十周年纪念论集》，1959年3月，第111~134页

《唐代佛禅思想与白居易》篠原寿雄《印度学佛教学研究》(日本印度学佛教学学会)第7卷第2期，1959年3月

1960年

《白乐天和竹》堤留吉《东洋文学研究》(早稻田大学东洋文学会)第8期，1960年3月，第21~35页

《白乐天的官吏生活：江州司马时代》布目潮沨《立命馆文学》第180期，1960年6月；又收入《桥本博士古稀记念东洋学论丛》，1960年，第392~416页

《白氏文集与东急本》平冈武夫《かがみ(鉴)》(大东急纪念文库)第3期，1960年

《白乐天的诗文与〈吴郡志〉》平冈武夫《福井博士颂寿记念东洋思想论集》，1960年11月

《〈长恨歌〉的解释与问题点》近藤春雄《汉文教室》(大修馆书店)第48期，1960年5月，第17~21页

《〈刘白唱和集〉稿》花房英树《京都府立大学学术报告》(人文)第12期，1960年12月，第1~28页

《〈源氏物语〉与汉诗文(1)："桐壶"卷的构想与〈长恨歌〉》中西清《汉文教室》(大修馆书店)第49期，1960年7月

《平安时代白居易受容史的考察》(上下)太田次男《史学》第32卷第4期；第33卷第1期，1960年

1961年

《关于〈长恨歌〉的绘画》近藤春雄《说林》(爱知县立女子大学国文学会)第8期，1961年，第29~38页

《白居易的眼疾：由夜以继日读书所引起的病痛》萱沼明《日本经济新闻》第12版，昭和三十六年(1961)2月10日

《刘白唱和考》柴格朗《中国语文志》(京都产业大学外国语学部中国语文研究会)，1961年

《围绕管家本〈长恨歌〉古写本的问题》(菅宗本长恨歌古写本をめぐる問題)福田襄之介，东京支那学会编《东京支那学报》第8期，1961年6月，第77~87页

《白乐天的诗与〈临安志〉——以寺院为中心》平冈武夫《冢本博士颂寿记念佛教史论集》，1961年2月，第596~614页

《神田本白氏文集の訓の類別》小林芳规《国语与国文学》(国語と国文学)(东京大学)第38卷第1期，1961年，第44~59页

《陈友琴〈白居易诗评述汇编〉(1958年)》花房英树《中国文学报》(京都大学文学部)第14期，1961年4月

《〈源氏物语〉与〈白氏文集〉札记》丸山清子《东京女子大学附属比较文化研究所纪要》第11期，1961年6月

1962年

《续长恨歌训读考异》矢野文博《语文研究》(九州大学)第15期，1962年12月

《〈长恨歌〉的终章和乐天的意图》藤野岩友《汉文学会会报》(国学院大学汉文学会)第13期，1962年6月，第3~7页

《对白乐天爱的认识——以讽谕诗〈井底引银瓶〉为中心》新海一《汉文学会会报》(国学院大学汉文学会)第13期，1962年6月，第

31~40 页

《〈白氏文集〉的成书》平冈武夫《东方学会创立十五周年东方学论集》，1962 年 7 月，第 260~275 页

《白居易年谱稿》(上)花房英树《京都府立大学学术报告·人文》第 14 号，1962 年 10 月，第 27~41 页

1963 年

《白居易年谱稿》(下)花房英树，《京都府立大学学术报告》(人文)第 15 号，1963 年(昭和三十八年)11 月，第 63~87 页；《中国关系论说资料》第 1 号第 2 分册，1964 年，第 102~114 页

《关于〈长恨歌〉的抄本》近藤春雄《说林》(爱知县立女子大学国文学会)第 10 期，1963 年 1 月，第 63~74 页

《神田本白氏文集の訓の類別》小林芳规《国语国文学》(东京大学)第 40 卷第 1 期，1963 年 1 月

《诗歌创作上模仿、继承的各种样态——以诸家对白乐天诗的评论为中心》(詩における模仿继承の諸相：白楽天の詩に対する諸家の批评を中心として)堤留吉《东洋文学研究》(早稻田大学东洋文学会)第 11 期，1963 年 3 月，第 85~104 页

《〈源氏物语〉对〈白氏文集〉的受容概观》丸山清子《比较文学》(日本比较文学学会)第 6 期，1963 年 11 月

《日本所见对新乐府的传承——下限至十五世纪中叶》山口角鹰《汉学研究》(日本大学中国学会)第 6 期，1963 年 3 月

1964 年

《白乐天在日本：以〈琵琶行〉的受容状况为中心》近藤春雄《说林》(爱知县立女子大学国文学会)第 12 期，1964 年 2 月

《白居易的文学与佛教》篠原寿雄《内野博士还历记念东洋学论集》(汉魏文化研究会)，1964 年 12 月

《白居易的文学和佛教：以其与僧徒的交往为中心》平野显照《大谷大学研究年报》第 16 期，1964 年 3 月

《关于白居易的家庭环境的问题》(白居易の家庭環境に關する問

题)平冈武夫《东方学报》(京都大学人文科学研究所)第 34 期, 1964 年 3 月, 第 1~59 页

《白居易和他的妻子》(白居易とその妻)平冈武夫《东方学报》(京都大学人文科学研究所)第 36 期(创立三十五周年纪念论集), 1964 年 10 月, 第 349~387 页

《白乐天的健康状态》今井清《东方学报》(京都大学人文科学研究所)第 36 期, 1964 年 10 月, 第 389~422 页

《白居易诗的性格及其与日本文学的关系》古泽未知男《熊本女子大学学术纪要》第 16 卷第 1 期, 1964 年 3 月

《"匹如身"与"するすみ": 一句被误引的白乐天诗》(「匹如身」と「するすみ」——误引きれな白楽天の一詩句)中田喜胜《目加田诚博士还历纪念中国学论集》, 1964 年, 第 245~262 页

《关于苏东坡的思想渊源: 特别围绕与白乐天的关系》前野直彬《日本中国学会报》(日本中国学会)第 16 期, 1964 年 12 月

《苏东坡与白香山》(蘇東坡と白香山)(上)堤留吉《东洋文学研究》(早稻田大学东洋文学会)第 12 期, 1964 年 3 月, 第 41~56 页

1965 年

《苏东坡与白香山》(蘇東坡と白香山)(下)堤留吉《东洋文学研究》(早稻田大学东洋文学会)第 13 期, 1965 年 3 月, 第 40~48 页

《大东急记念文库藏金泽文库本〈白氏文集〉》花房英树《かがみ(鉴)》第 10 期, 1965 年 3 月, 第 41~47 页

《〈白氏文集〉的刊本与旧钞本》(白氏文集における刊本と旧鈔本の間)平冈武夫《かがみ(鉴)》第 10 期, 1965 年 3 月, 第 48~56 页

《東大寺宗性の〈白氏文集要文抄〉について》太田次男《斯道文库论集》(庆应义塾大学附属研究所斯道文库)第 4 期, 1965 年 3 月, 第 87~174 页

《白居易的偈文》加地哲定《中国佛教文学研究》第四章"作为正统文学的佛教文学", 加地哲定著作刊行会, 1965 年, 同朋舍 1979 年再版

《唐代文人信仰的一种类型——白居易的情形》篠原寿雄《印度学

佛教学研究》第13卷第2期，1965年3月，第88~96页

《白诗三篇》内田泉之助《斯文》第43期，1965年9月，第6~9页

1966年

《诗人与词——白居易和陆游》(诗人と词-白居易と陆游の场合-)田森襄《琦玉大学纪要》(教养学部)第1期，昭和四十一年(1966年)3月，第53~71页；《中国关系论说资料》第6号第2分册，第68~77页，1966年

《〈长恨歌〉和〈长恨歌传〉》前野直彬，收入《国文学解释和鉴赏》，至文堂书店，1966年11月

《〈白氏文集〉校订余录》花房英树《京都府立大学学术报告》(人文)第18期，1966年9月，第22~46页

《白乐天的政治思想——无为之道》鬼头有一(1919—　)《东洋文化》(东洋文化振兴会)第13期，1966年11月，第2~16页

《白居易撰释教碑笺注(一)》平野显照《大谷学报》第46卷第4期，1966年11月，第71~85页

《关于〈长恨歌〉——文字的异同》近藤春雄《说林》(爱知县立女子大学国文学会)第14期，1966年1月，第59~71页

1967年

《关于〈琵琶行〉——文字的异同》近藤春雄《说林》(爱知县立女子大学国文学会)第15期，1967年2月，第63~76页

《长恨歌·琵琶行和古文真宝》近藤春雄，收入明治书院新释汉文大系《古文真宝前集》季报，1967年

《陶渊明和白乐天——其表现的人性与文学性》小守郁子《名古屋大学文学部研究论集》第45期(哲学第15期)，1967年3月，第1~17页

《放从良——白居易的解放奴婢》(放従良-白居易の奴婢解放-)平冈武夫《东方学报》(京都大学人文科学研究所)第38期，1967年3月，第225~254页

《白居易〈新乐府〉的军事物语——以〈海漫漫〉诗为中心》增田欣《国文学考》(广岛大学)第43期，1967年6月，第28~35页

1968年

《白居易与赋》平冈武夫《吉川博士退休记念中国文学论集》，1968年3月，第409~427页；又收入朱传誉主编《白居易传记资料》八，台北：天一出版社，1985年

《引起会昌法难的白居易》杨鸿飞《印度学佛教学研究》第17卷第1期，1968年12月

《"白氏五妃曲"について》太田晶二郎《东京大学史料编纂所报》第2期，1968年3月，第24~32页；又收入《太田晶二郎著作集》第一册，东京：吉川弘文馆，1991年版，第212页

《白氏文集の影響について》神田秀夫《金泽文库研究》第14卷第1期，1968年1月，第14~17页，13页

1969年

《白居易撰释教碑笺注(二)》平野显照《大谷学报》第49卷第2期，1969年10月，第77~92页

《白氏讽谕诗考——平安时代的受容》太田次男《艺文研究》第27期，1969年3月，第351~374页

《解釋二題——白居易の〈議婚〉與高啓的〈車過八岡〉について》原田种成《汉文教室》第91期，1969年5月，第29~32页

《"白俗"论考》花房英树《京都府立大学学术报告·人文》第21号，1969年11月，第87~109页；后收入世界思想社1971年3月31日初版发行的其专著《白居易研究》第五章：《白居易评论：以"白俗论"为中心》，在收入时，增补了现代评论部分

《李白对白居易的影响》(李白に対する白居易の気持)前川幸雄《汉文学》(福井大学汉文学会)第13期，1969年3月，第14~21页

《白乐天的文学理论及其主张》堤留吉，收入其《白乐天研究》，春秋社，1969年12月

《〈与元九书〉与〈古今和歌集序〉》堤留吉，收入其《白乐天研

究》，春秋社，1969 年 12 月

1970 年

《白乐天的陶渊明观》前川幸雄《福井工业高等专门学校研究纪要》(人文、社会科学)第 3 期，1970 年 3 月，第 1~40 页

《〈白氏文集〉中“吾庐”的含义：与〈陶靖节集〉的“庐”之比较》前川幸雄《国学院杂志》(国学院大学出版部)第 71 卷第 4 期，1970 年 4 月，第 34~47 页

《白居易与寒食、清明》(白居易と寒食・清明)平冈武夫《东方学报》(京都大学人文科学研究所)41(创立四十周年纪念论集)，1970 年 3 月，第 289~322 页

《致元稹的信》伊藤正文，收入《汉・魏・六朝・唐・散文选》，《中国古典文学大系》23，平凡社，1970 年 10 月。《与元九书》译注

《神田本〈白氏文集〉的字音点：以清浊的区别为中心》(神田本白氏文集の字音点：清濁の区别を中心として)宇都宫睦男《训点语与训点资料》第 41 期，1970 年 6 月，第 1~12 页

1971 年

《仁和寺藏〈秦中吟〉延庆二年书写加点本附训索引》来田隆《训点语与训点资料》第 45 期，1971 年 9 月，第 55~77 页

《关于大东急记念文库藏〈白氏文集〉金泽文库本的复原-上-》太田次男，《かがみ(鉴)》(《大东急记念文库》)第 15 期，1971 年 3 月，第 9~32 页

《关于内阁文库藏管见抄》太田次男《斯道文库论集》(《庆应义塾大学附属研究所斯道文库》)第 9 期，1971 年 12 月

《白居易的新乐府运动——围绕卖炭翁而论》铃木修次《汉文教室》(大修馆书店)第 100 期，1971 年 7 月；又收入《唐代诗人论》(下)，1973 年 4 月

《白居易、刘禹锡与新体诗》铃木修次《汉文教室》(大修馆书店)第 101 期，1971 年；又收入《唐代诗人论》(下)，1973 年 4 月

1972 年

《论〈长恨歌〉》安部成得《帝京大学文学部纪要》第 4 期，1972 年 6 月，第 47～60 页

《〈白氏文集〉金泽文库本管见——以卷三十一为中心》太田次男《史学》(三田史学会)第 44 卷第 3 期，1972 年 4 月，第 43～78 页

《杜佑致仕制札记——白居易的习作》平冈武夫《铃木博士古稀记念东洋学论集》，1972 年 10 月，第 367～389 页

《石刻和文集的关系——谈白居易会王墓志铭》平冈武夫《鸟居久靖先生花甲记念论集　中国语言和文学》，1972 年 12 月，第 117～141 页

《〈白氏文集〉的释文》平冈武夫《东方学会创立二十五周年记念东方学论集》(东方学会)，1972 年 12 月，第 669～714 页

《关于〈长恨歌传〉——文字的异同》近藤春雄《说林》(爱知县立女子大学国文学会)第 20 期，1972 年 2 月

《元白唱和诗的现代语译(一)》前川幸雄《木马》第 21 期，1972 年 11 月，第 12～14 页

1973 年

《元白唱和诗的现代语译(二)：〈秋雨中赠元九〉——乐天的和篇》前川幸雄《木马》第 22 期，1973 年

《〈早春忆微之〉——乐天的和篇》前川幸雄《青树》第 5 期，1973 年

《村本文库藏王校本〈白氏长庆集〉：宋刊本研究》(村本文库藏王校本白氏长庆集——宋刊本へのァペローチ)平冈武夫《东方学报》(京都大学人文科学研究所)第 45 期，1973 年 9 月，第 121～168 页

《关于(政事要略)所引之白氏文集》太田次男《史学》(三田史学会)第 45 卷第 4 期，1973 年 10 月，第 1～42 页

《白氏五妃曲与〈长恨歌传〉》长泽规矩也《书志学》(复刊)第 23 期，1973 年 7 月，第 1～12 页

《白诗〈五弦弹〉考：从讽喻诗看白居易的音乐观》(白詩〈五弦

彈〉考：諷喩詩における白居易の音楽觀)藤田贵枝子《日本文学论究》(国学院大学)第33期，1973年11月，第55~60页

《定家・慈丹の白氏文集受容——第一第二帙の问题と採句倾向の分析から》佐藤恒雄《中世文学》第18期，1973年

1974年

《关于〈白氏文集〉金泽文库本的复原——以卷三十三为中心》太田次男《斯道文库论集》(庆应义塾大学附属研究所斯道文库)第11期，1974年8月，第183~310页

《关于〈白氏文集〉新见正路校本(上)——围绕金泽文库本卷三是否存在》太田次男《金泽文库研究》第20卷第7期，1974年8月，第1~14页

《关于〈白氏文集〉新见正路校本(下)——围绕金泽文库本卷三是否存在》太田次男《金泽文库研究》第20卷第8期，1974年8月，第1~13页

《白诗受容考——关于"香炉峰雪拨帘看"》太田次男《艺文研究》(庆应义塾大学艺文学会)第33期，1974年2月，第1~36页

《百炼镜——〈白氏文集〉札记》平冈武夫《入矢教授、小川教授退休记念中国文学语学论集》，筑摩书房，1974年，第401~417页

《"复古"之诗与〈长恨歌传〉、〈莺莺传〉中的杨贵妃形象》柳瀬喜代志《早稻田大学教育学部学术研究》(国语、国文学编)第23号，1974年12月

《白居易的〈梦微之〉及元稹的和篇》前川幸雄《国语界》第12期，1974年

《元稹的〈遣悲怀〉及乐天的和篇》前川幸雄《国语界》第14期，1974年

《元白唱和诗一例：〈山中与元九书因题书后〉及其和篇》前川幸雄《诗界》(日本诗人)第125期，1974年

1975年

《关于白居易的〈新乐府〉》(讲演)平冈武夫《汉学研究》(日本大

学中国文学会）第 11 卷第 12 期（中国文学科创设五十周年纪念号），1975 年 1 月，第 25～39 页

《七十致仕——白居易的情况》（七十致仕：白居易の場合）平冈武夫《汉学研究》（日本大学中国文学会）第 13、14 号（内野熊一郎先生退任记念号），1975 年 11 月，第 1～22 页

《〈长恨歌传〉考证》柳瀬喜代志《早稻田大学教育学部学术研究》（国语、国文学编）第 24 号，1975 年 12 月，第 81～92 页

《白居易传》西村富美子，收入小川环树编《唐代的诗人：他们的传记》，大修馆书店，1975 年 11 月

《白居易〈八月十五日夜禁中独直对月忆元九〉及其和篇》前川幸雄《国语界》第 18 期，1975 年

《汉文化与日本人——关于白乐天的受容》（汉文化与日本人のアイテンテイテイ——とくに白楽天の受容を通）平川祐弘《教養学科纪要》（東京大学）第 7 期，1975 年 3 月，第 89～127 页

《汉文化与日本人（续）——关于白乐天的受容》（汉文化与日本人・续——白楽天の受容をめぐつて）平川祐弘《自由》（自由社）第 17 卷第 8 期，1975 年 8 月，第 145～155 页

《中国文学与日本文学的连接点：以白乐天与〈源氏物语〉"桐壶"卷为中心》吉川幸雄《长崎南高校纪要》第 8 期，1975 年

《十訓抄序と白氏文集》丸山茂《汉学研究》第 13 卷第 14 期，1975 年 11 月，第 83～96 页

《金泽文库保管古鈔本所引白氏詩文について——〈畫西方淨土記〉さ中心にして》（上）太田次男《金泽文库研究》第 21 卷第 7 期，1975 年 7 月，第 1～16 页

《金泽文库保管古鈔本所引白氏詩文について——〈畫西方淨土记〉さ中心にして》（中）太田次男《金泽文库研究》第 21 卷第 10 期，1975 年 10 月，第 1～18 页

《〈白氏文集〉百首研究》长谷完治《梅花女子大学文学部纪要・国语・国文学》第 12 期，1975 年

1976年

《金泽文库保管古鈔本所引白氏詩文について——〈畫西方淨土記〉さ中心にして》(下)太田次男《金泽文库研究》第22卷第1期，1976年1月，第1~14页

《御物本白氏新樂府本文について》太田次男《日本中国学会报》(日本中国学会)第28期，1976年10月，第123~140页

《从白居易被贬看唐代的阴暗面》布目潮沨，收入木村英一博士颂寿记念事业会编《中国哲学史的展望与探索》，创文社，1976年11月

《从白居易的判看唐代之荫》(白居易の判を通して見た唐代の蔭)布目潮沨，收入木村英一博士頌寿記念会(木村英一博士颂寿记念事业会)编《中国哲学史的展望与探索》(中国哲学史の展望と模索)，创文社，1976年11月，第545~562页

《白氏文集について》平冈武夫《东洋文库学报》第7期，1976年3月，第118~120页

《二王之后：读〈白氏文集〉》平冈武夫《小尾博士退休记念中国文学论集》，第一学习社，1976年3月，第1~30页

《三月尽：白氏岁时记》平冈武夫《日本大学人文科学研究所研究纪要》第18卷，1976年3月，第91~106页

《关于"连理""比翼"的主题》加纳喜光《汉文教室》(大修馆书店)第118期，1976年

《乐天と一休：〈长恨歌〉に於ける私語さ迴って》泷泽精一郎《汉文学会会报》(国学院大学)第22期，1976年11月，第106~115页

《"元和六年案纸"について》朝尾直弘《京都大学文学部研究纪要》第16期，1976年

《〈长恨歌〉〈琵琶行〉和解(内阁文库藏)》远藤和夫《成城大学短期大学部纪要》第7期，1976年

《理智的游戏文学：元、白唱和诗的一例》前川幸雄《汉文学会会报》(国学院大学)第22号(藤野岩友先生喜寿记念号)，1976年11月，第96~105页

1977 年

《关于神田喜一郎氏所藏本文集卷三、四》太田次男《斯道文库论集》(庆应义塾大学附属研究所斯道文库)第14期，1977年12月，第101~207页

《白诗受容及相关问题》太田次男《国语国文》(京都大学)第46卷第9期，1977年9月，第1~31页

《白乐天的用语》小川昭一《东洋文化复刊》(无穷会)第41、42期，1977年4月，第31~48页

《平安及び鎌倉・室町時代の〈长恨歌〉——以金泽文库〈白氏文集〉为中心》远藤宽一《日本文学研究》(大东文化大学日本文学会)第16期，1977年1月，第130~140页

1978 年

《关于白居易诗中“雪、月、花”表达方式的成立》(白居易の詩における“雪月花”の表現の成立について)菅野禮行《日本中国学会报》(日本中国学会)第30期，1978年10月，第103~116页

《平安及镰仓、室町时期的〈长恨歌〉》远藤宽一《日本文学研究》(大东文化大学日本文学会)第16期，1978年

《关于台湾“国立中央图书馆”所藏〈白氏讽谏〉明刊本》(臺灣“國立中央圖書館”所藏本白氏諷諫明刊本について)太田次男《日本中国学会报》(日本中国学会)第30集，1978年10月，第117~134页

《三月三日、上巳、洛滨修禊：白氏岁时记》平冈武夫《汉学研究》(日本大学中国文学会)第16、17合并号，1978年

《唐代文学和白居易的地位》平野显照，收入其《唐代文学和佛教研究》，京都：朋友书店，1978年5月

《白居易的文学思想》平野显照，收入其《唐代文学和佛教研究》，京都：朋友书店，1978年5月

《白乐天的诗论及其评价》岩城宏道《香川大学国文研究》第3期，1978年9月

1979 年

《白居易の作品が讀めるといぅこと》平冈武夫《森三树三郎博士颂寿记念东洋学论集》，京都：朋友书店，1979 年 12 月，第 555～569 页

《白居易の判を通して見た唐代の復讐》布目潮渢《森三樹三郎頌壽記念東洋学論集》，京都：朋友书店，1979 年 12 月，第 571～585 页。评：菊池英夫(法制史研究 30)

《白居易的文学与佛教经典》平野显照《森三树三郎博士颂寿记念东洋学论集》，京都：朋友书店，1979 年 12 月，第 587～606 页

《关于日本传存〈秦中吟〉诸本的正文及其训读》太田次男《斯道文库论集》(庆应义塾大学附属研究所斯道文库)第 16 期，1979 年 12 月，第 125～274 页

《白居易对诗人薄命的认识》(白居易に於ける詩人薄命の認識について)二宫俊博《中国文学论集》(九州大学中国文学会)第 8 号，1979 年 9 月，第 28～58 页

《源氏物語の結末について——長恨歌と李夫人と》新间一美《国语国文》第 48 卷第 3 期，中央图书出版社，1979 年 3 月，第 18～31 页

1980 年

《韦应物与白乐天——以讽谕诗为中心》赤井益久《国学院杂志》(国学院大学出版部)第 81 卷第 5 期，1980 年 5 月，第 18～37 页

《〈王昭君〉诗考——特别以白居易诗而论》山内春夫，收入大谷女子大学橘茂先生古稀记念会《橘茂先生古稀纪念论文集》，1980 年 11 月

《白居易百道判释义(一)》布目潮沨、大野仁《大阪大学教养部研究集录》(人文社会科学)第 28 期，1980 年 2 月，第 21～35 页

《金泽文库与〈白氏文集〉——关于文集在日本关东地区的流播及相关内容》太田次男《三浦古文化》(三浦古文化会)第 28 期，1980 年 11 月

《有名有实——〈古今序〉与白乐天》新间一美《甲南大学纪要》(文学编)第40期，1980年

《至除夜与岁除夜——白氏岁时记》平冈武夫《汉学研究》(日本大学中国文学会)第18、19期，1980年8月

《晚年的白乐天》山田胜久《中国文学的世界(4)：执着与恬淡的文学》，中国古典文学研究会编，笠间书院，1980年2月

1981年

《白居易百道判释义(二)》布目潮沨、大野仁《大阪大学教养部研究集录》(人文社会科学)第29期，1981年2月

《关于台湾"国立中央图书馆"藏影抄明刊(白氏策林)》神鹰德治《东方学》第61期，1981年1月

《智力的游戏的文学——元白唱和诗面面观》前川幸雄，收入中国古典研究会编《中国文学的世界》第五集，笠间书院，1981年(昭和五十六年)5月；《智慧的技巧的文学：关于元白唱和诗的诸种形式》，马歌东摘译，《陕西师范大学学报》1986年第4期，第118~126页，又收入《日本白居易研究论文选》，马歌东译，西安：三秦出版社，1995年12月

《道元与白乐天——珠与镜与梦》山折哲雄《佛教历史展开中的多种形态——古田绍钦博士古稀纪念论集》(创文社)，1981年6月

《关于新乐府〈上阳白发人〉的小序"愍怨旷也"》西冈市祐《国学院杂志》(国学院大学出版部)，1981年12月

《白居易的"斋戒"诗：乾》平野显照《文艺论丛》(大谷大学文艺研究会)第16期，1981年3月，第58~71页

《洛阳时期的白居易——"狂"的自我意识》(洛陽時代の白居易—「狂」という自己認識について—)二宫俊博《中国文学论集》(九州大学中国文学会)第10号，1981年11月，第40~72页

《吴伟业〈琵琶行〉对白居易〈琵琶行〉的受容》(呉偉業「琵琶行」における「白居易」の「琵琶行」の受容)竹村则行《中国文学论集》(九州大学中国文学会)第10号，1981年11月，第146~177页

《〈源氏物语〉与〈白氏文集〉》小守郁子《东方学》(东方学会)第

61期，1981年1月

《中唐诗坛讽谕的系谱》赤井益久《国学院大学院纪要》第12期，1981年3月

《正宗敦夫文庫本長恨歌》，《ノートルダム清心女子古典叢書》第3期，福武书店，1981年。卷末所附白井たつ子、八重樫直比古《正宗敦夫文庫本〈長恨歌〉解題》及小林芳规《正宗敦夫文庫本長恨歌伝正安二年書寫本の訓點について》

《唐诗俗语新考》盐见邦彦《立命馆文学》第430、431、432期合并号，1981年6月

1982年

《白居易百道判释义(三)》布目潮沨、大野仁《大阪大学教养部研究集录》(人文社会科学)第30期，1982年

《关于〈长恨歌传〉〈长恨歌〉的正文：以旧抄本为中心》太田次男《斯道文库论集》(庆应义塾大学附属研究所斯道文库)第18期，1982年

《关于白居易〈赋得古原草送别〉——唐代咏物诗一瞥》都留春雄《滋贺大国文》(滋贺大学)第20期，1982年

《诗语“颜色”的形成及其展开——关于白居易诗所见口语的用法》埋田重夫《中国文学研究》(早稻田大学中国文学会)第8期，1982年12月

《白居易的“斋戒”诗：续》平野显照《文艺论丛》(大谷大学文艺研究会)第19期，1982年9月

《〈长恨歌〉与〈琵琶行〉抄诸本的文本形式(续)》国田百合子《训点语与训点资料》(训点语学会)第68期，1982年5月

《白居易的俗语表现》盐见邦彦《文化纪要》(弘前大学教养部)第16期，1982年

《关于白居易的“嗟发落”诗》田口畅穗《鹤见大学纪要》(国语国文学编)第19期，1982年3月

《白乐天诗中的酒》今井清《人文》(京都大学)第26期，1982年9月

《塞缪尔·约翰逊的微笑——"动者乐流水，静者乐止水"：白居易》泉谷宽《四国学院大学论集》第53期，1982年12月

《关于白居易的"感镜"诗》田口畅穗《中国文学研究》(早稻田大学中国文学会)第8期，1982年12月

《〈白氏文集〉的传承》平冈武夫《文艺论丛》(大谷大学文艺研究会)第18期，1982年3月

《〈源氏物语〉与〈长恨歌〉》森冈常夫《文艺研究》(日本文艺研究会)第100期，1982年5月

《关于庆安三年刊本〈新乐府〉》神鹰德治《日本中国学会报》(日本中国学会)第34期，1982年10月

《乐府、新乐府、歌行论——以表现功能的异同为中心》松浦友久《中国文学研究》(早稻田大学中国文学会)第8期，1982年12月

1983年

《白居易百道判释义(四)》布目潮沨、大野仁《大阪大学教养部研究集录》(人文社会科学)第31期，1983年

《论〈长恨歌〉》川合康三，收入金谷治编《中国的人性探索》，创文社，1983年2月，第405~430页；又收入川合康三《终南山の变容：中唐文学论集》，研文社，1999年。刘维治、张剑、蒋寅译《终南山的变容：中唐文学论集》，上海古籍出版社，2007年8月，"域外汉学名著译丛"

《关于白居易与韩愈的联句诗：兼论其在联句形成史中的地位》(白居易と韓愈の聯句詩について—聯句形成史におけるその位置をめぐって—)埋田重夫《中国诗文论丛》(早稻田大学中国诗文研究会)第2期，1983年6月，第30~47页

《关于白乐天诗中的酒(上)》今井清《大东文化大学纪要》(人文科学)第21期，1983年3月，第131~143页

《白居易咏花诗论序说——以任职江州司马以前为中心》埋田重夫《早稻田大学大学院文学研究科纪要别册》(文学·艺术学编)第10期，1983年，第91~100页

《白居易的"斋戒"诗：结》平野显照《文艺论丛》(大谷大学文艺

研究会)第21期，1983年9月，第44~56页

《白乐天的孤独》平野显照《大谷学报》第63卷第3期，1983年

《关于宫内厅书陵部藏本〈白氏文集·新乐府〉元亨写本》太田次男《斯道文库论集》(庆应义塾大学附属研究所斯道文库)第20期，1983年

《金泽文库旧藏本白氏文集》太田次男，收入1983年《小尾博士古稀记念中国学论集》，汲古书院，1983年1月，第485~503页

《神田本〈白氏文集〉声点考》当山日出夫《训点语与训点资料》(训点语学会)第69期，1983年8月

《关于朝鲜铜活字本〈白氏策林〉》神鹰德治《朝鲜学报》第106期，1983年1月，第35~64页

《日本文学及其所受〈白氏文集〉的影响〈七十一番职人歌合〉的结织构成》岩崎佳枝《东方学》第65期，1983年，第104~115页

《张籍与白居易的交游(上)》丸山茂《汉学研究》(日本大学中国文学会)第20期(平冈武夫先生退任记念号)，1983年2月，第87~103页

1984年

《张籍与白居易的交游(中)》丸山茂《汉学研究》(日本大学中国文学会)第21期，1984年2月，第1~18页

《三善清行"洁眼文"所见自照性：白居易"齿落辞"的投影》波户冈旭《汉文学会会报》(国学院大学)第29期，1984年，第111~125页

《白居易：为唐代思想史研究提供的素材》田中利明，《学大国文》第27期，1984年，第63~83页

《白居易出生异闻》柳濑喜代志，《中国诗文论丛》第3期，1984年，第102~117页

《白居易百道判释义(五)》布目潮沨、大野仁《摄南大学学术B：人文·社会科学篇》第2期，1984年，第53~67页

《白居易咏花诗论序说——以任职江州司马以后为中心》埋田重夫《早稻田大学大学院文学研究科纪要别册》(文学·艺术学编)第11

期，1984 年

《白居易的幽独诗情》平野显照《大谷学报》(大谷学会)第 63 卷第 4 期，1984 年 2 月，第 1~14 页

《白居易——他为唐代思想研究提供了什么素材?》田中利明《学大国文》(大阪教育大学国语国文学研究室)第 27 期，1984 年

《白居易的惭愧：唐宋变革期农业结构的发展与下级官人阶层》(白居易の慙愧-唐宋変革期における農業搆造の発展と下級官人層-)渡边信一郎，《京都府立大学学术报告・人文》第 36 期，1984 年

《关于宫内厅书陵部藏本〈白氏文集・新乐府〉元亨写本(承前)》太田次男《斯道文库论集》(庆应义塾大学附属研究所斯道文库)第 21 期，1984 年

《白乐天〈春中与卢四周谅华阳观同居〉与日本文学——折口信夫与牛岛军平》前川幸雄《福井工业高等专门学校研究纪要》(人文社会科学)第 18 期，1984 年

《"西去都门几多地"的意味构造——白居易〈骊宫高〉诗句的意味与日本所见的变容》增田欣《广岛女子大学文学部纪要》第 19 期，1984 年 3 月

《〈白氏文集〉与和歌》池上康夫《明治学院大学一般教育部附属研究所纪要》第 8 期，1984 年 3 月

1985 年

《文以载道理论的创立与实践——刘彦和与白乐天》户田浩晓(1910—2002)《国学院杂志》(国学院大学出版部)第 86 卷第 11 期，1985 年 11 月；邵毅平译文《中华文史论丛》1985 年第 2 期；又收入户田浩晓《文心雕龙研究》，曹旭译，上海古籍出版社 1992 年 6 月版

《〈金针诗格〉与〈续金针诗格〉》金子真也《中国语学》(日本中国语学会)第 232 期，1985 年 11 月

《关于〈长恨歌〉序的形成》太田次男《东方学》(东方学会)第 69 期，1985 年 1 月

《关于白居易的闲适诗——下邽退居时》西村富美子《古田教授退

官记念中国文学语学论集》，东方书店，1985 年 7 月

《白居易诗中的慵与拙（上）》管野礼行《汉文教室》第 152 期，大修馆书店，1985 年 9 月

《白居易诗中的慵与拙（下）》管野礼行《汉文教室》第 153 期，大修馆书店，1985 年 12 月

《来到长安的白居易——喧骚和闲适》（长安に出てきた白居易：喧噪と闲适）川合康三《东洋学集刊》（东北大学文学部）第 54 期，1985 年 11 月，又收入川合康三《终南山の变容：中唐文学论集》，研文社，1999 年；刘维治、张剑、蒋寅译《终南山的变容：中唐文学论集》，上海古籍出版社，2007 年 8 月，“域外汉学名著译丛”

《白居易的饮茶》布目潮沨《三上次男博士喜寿纪念论文集》平凡社，1985 年

《白居易的山石榴花（杜鹃花）诗》平冈武夫《汉学研究》（日本大学中国文学会）第 22、23 期合并号，1985 年 3 月

《关于白居易五绝和七绝的对立性》埋田重夫《中国诗文论丛》（早稻田大学中国诗文研究会）第 4 期，1985 年 6 月

《太平之风大同之俗必须从容驯致：白乐天〈策林〉研究》鬼头有一《皇学馆大学纪要》第 23 期，1985 年 1 月

《白居易诗对“道情”语词的运用》平野显照《古田教授退官记念中国语学文学论集》，东方书店，1985 年 7 月

《白居易百道判释义（六）》布目潮沨、大野仁《摄南大学学术 B：人文・社会科学篇》第 3 期，1985 年

《白居易〈新乐府〉卷三的本文——关于刊行与钞本》津田洁《国学院杂志》（国学院大学出版部）第 86 卷第 11 期，1985 年 11 月

1986 年

《金泽文库旧藏本〈白氏文集〉卷五十四的复原之研究》太田次男《神田喜一郎博士追悼中国学论集》，二玄社，1986 年 12 月

《金泽文库本〈白氏文集〉卷第五十九的校勘》平冈武夫《神田喜一郎博士追悼中国学论集》，二玄社，1986 年 12 月

《白居易自号“居士”所表明的心情》平野显照《神田喜一郎博士追

悼中国学论集》，二玄社，1986 年 12 月

《〈长恨歌〉管见》西村富美子《神田喜一郎博士追悼中国学论集》，二玄社，1986 年 12 月

《〈长恨歌〉中的道行文——其历史地理背景及对吟咏的新贡献》安部成得《帝京大学文学部纪要》(国语・国文学)第 18 期，1986 年 10 月

《白居易诗中所见陶渊明的影响(上)：以继承诗的说理性为中心》松浦友久《中国诗文论丛》(早稻田大学中国诗文研究会)第 5 期，1986 年 6 月

《关于白居易〈话长安旧游戏赠〉诗：从作为风俗资料的侧面谈起》(白居易の《话长安旧游戏赠》について-风俗资料としての侧面から-)斋藤茂《中国诗文论丛》(早稻田大学中国诗文研究会)第 5 期，1986 年 6 月

《白居易诗中所见的"谁家"——关于其俗语用法札记》埋田重夫《中国诗文论丛》(早稻田大学中国诗文研究会)第 5 期，1986 年 6 月

《关于新乐府〈上阳白发人〉中的"绿衣监使"》西冈市祐《汉文学会会报》(国学院大学汉文学会)第 31 期，1986 年 2 月

《白诗的自然吟咏与人间吟咏——服丧与左迁》小笠原博慧《汉文学会会报》(国学院大学汉文学会)第 31 期，1986 年 2 月

《杭州刺史白居易：以祈皋亭神文为中心》吹野安《国学院杂志》(国学院大学出版部)第 87 卷第 12 期，1986 年

《白居易百道判释义(七)》布目潮沨、大野仁《摄南大学学术 B：人文・社会科学篇》第 4 期，1986 年

《白居易官吏生活——江州司马时期》布目潮沨《立命馆文学》(立命馆大学人文学会)第 180 期，1986 年 8 月

《白居易的恋爱体验与文学》二宫俊博《中国诗人论——冈村繁教授退官纪念论集》，汲古书院，1986 年 10 月

《白乐天〈放言〉诗二首》大野峻《湘南文学》(东海大学日本文学研究会)第 20 期，1986 年 3 月

1987 年

《九月九日重阳——白居易岁时记》平冈武夫《东方学会创立四十周年纪念东方学论集》(东方学会)，1987 年 6 月

《白居易与天宝遗民：从〈赠康叟〉诗谈起》竹村则行《九州大学文学部 · 文学研究》第 84 期(冈村繁教授退官记念特辑)，1987 年 2 月。智按，《赠康叟》："八十秦翁老不归，南宾太守乞寒衣。再三怜汝非他意，天宝遗民见渐稀。"

《白居易诗中所见陶渊明的影响(下)：以继承诗的说理性为中心》松浦友久《中国诗文论丛》(早稻田大学中国诗文研究会)第 6 期，1987 年 6 月

《对白居易咏病诗之考察：结合诗人与题材》埋田重夫《中国诗文论丛》(早稻田大学中国诗文研究会)第 6 期，1987 年 6 月

《白居易〈与元九书〉——"讽谕诗"和"闲适诗"》高木重俊，收入伊藤虎丸、横山伊势雄(编)《中国的文学论》，汲古书院，1987 年 9 月

《白居易的闲适诗》高木重俊《高校通信东书国语》(东京书籍社)第 273 号，1987 年 6 月

《白居易的闲适诗——其理论与变化》下定雅弘《人文学科论集》(鹿儿岛大学法文学部纪要)第 25 期，1987 年 3 月

《白居易诗体的转型期：从江州时期到杭州时期》下定雅弘《人文学科论集》(鹿儿岛大学法文学部纪要)第 26 期，1987 年 10 月

《作为自照文学的〈白氏文集〉：白居易的"写真"(肖像画)》丸山茂《日本大学人文科学研究所 · 研究纪要》第 34 期，1987 年，第 59~73 页

《白居易百道判释义(八)》布目潮沨、大野仁《摄南大学学术 B：人文 · 社会科学篇》第 5 期，1987 年

《关于白居易的一段情史及爱情诗》池田梦《明治学院论丛》第 408 期，1987 年 3 月

1988 年

《关于日本现存的汉籍旧抄本——以〈白氏文集〉为中心》太田次男《创大亚细亚研究》第 9 期，1988 年 3 月

《论白居易的〈新乐府〉》寺门日出男《汉文教室》(大修馆书店)第 160 期，1988 年 5 月

《白居易的道家、道教思想》蜂屋邦夫《东洋学术研究》(东洋哲学研究所)第 27 别册，1988 年 11 月

《白居易的诗与佛教》蜂屋邦夫《中国佛教与文化——镰田茂雄博士还历纪念论集》(大藏出版社)，1988 年 12 月

《"元和体"诗考(上)：以孟郊、韩愈为中心》("元和体"诗考(上)-孟郊・韓愈を中心に-)西上胜《言语文化研究》(松山大学学术研究会)第 7 卷第 1~2 期，1988 年 3 月

《日本的白居易研究(以战后为中心)上：〈文集〉的校勘及对讽谕诗、〈长恨歌〉的研究》下定雅弘《帝冢山学院大学研究论集》第 23 集，1988 年 12 月

《白居易的烦恼及其诗作》平野显照《大谷学报》(大谷学会)第 67 卷第 4 期，1988 年 2 月

《白居易与庐山草堂》平野显照《文艺论丛》(大谷大学文艺研究会)第 30 期，1988 年 3 月

《"遗爱寺钟欹枕听"考——白居易诗语的意味》埋田重夫《中国文学研究》(早稻田大学中国文学会)第 14 期，1988 年 12 月

《白居易与元稹》目加田诚《鹤见国文》(鹤见大学日本文学会)第 23 期，1988 年 12 月

1989 年

《白居易的感伤诗》下定雅弘《帝塚山学院大学研究论集》第 24 期，1989 年

《日本的白居易研究(以战后为中心)下)：关于闲适诗・诗风的变化・思想等研究》下定雅弘《太平洋》(*PACIFICA*)创刊号(帝冢山学院大学国际文化学科)，1989 年 3 月

《“元和体”诗考（下）——以白居易为中心》西上胜《言语文化研究》（松山大学学术研究会）第8卷第1~2期，1989年3月

《〈长恨歌〉论考：创作动机及诗风》松崎治之《筑紫女学园短期大学纪要》第24期，1989年1月

《〈白氏长庆集〉“四分类”的形成及其意义》成田静香《东洋学集刊》（东北大学文学部）第61期，1989年5月

《吃茶的起源与发展（16）：唐诗与茶——白居易》布目潮沨《日本美术工艺》第607期，1989年4月

《白居易与龙门香山寺》平野显照《文艺论丛》（大谷大学文艺研究会）第33期，1989年9月

《雨后的凉爽——〈白氏文集〉诗句的变化与新自然派的诞生》三木雅博《梅花女子大学文学部纪要》（国语·国文学）第24期，1989年

1990年

《“诗魔”与“闲吟”——关于白居易耽溺诗歌创作情况的考察》冈田充博《中国学论集·山下龙二教授退休记念》，研文社，1990年10月；刘维治中译文，收入其《元白研究》，人民教育出版社，1999年4月

《韩愈与白居易——对立与融合》（韩愈と白居易—対立と融和）川合康三《中国文学报》（京都大学文学部）第41期，1990年4月，又收入川合康三《终南山の变容：中唐文学论集》，研文社，1999年。刘维治中译文《白居易韩愈人生态度价值取向的比较》，《辽宁电大学刊》1993年第4期，又收入其《元白研究》，人民教育出版社，1999年4月；刘维治、张剑、蒋寅译《终南山的变容：中唐文学论集》，上海古籍出版社，2007年8月，“域外汉学名著译丛”

《白乐天的诗赋与唐代科举》冈村繁《新汉文教育》（新しい汉文教育）（日本汉文教育学会）第11号，1990年11月，张寅彭中译文，收入《冈村繁全集》第五卷《唐代文艺论》，上海古籍出版社，2002年10月

《关于白乐天诗中“竹”意象的考察》中西文纪子《御茶水女子大学

中国文学会报》第 9 期，1990 年

《白居易的闲居——以履道里为中心》西村富美子《爱媛大学法文学部论集》(文学科编)第 23 期，1990 年

《关于白居易诗的“自问”》泽崎久和《福井大学教育学部纪要》(人文科学)第 38 期，1990 年

《洛阳“招宴”与“揭幕式”》菊本阳美《东洋文化》(东洋文化振兴会)第 33 期，1990 年

《白居易诗中的老庄与佛教——兼及从〈长庆集〉到〈后集〉以后的变化》下定雅弘《禅文化研究所纪要》(花园大学禅文化研究所)第 16 期，1990 年 5 月

《日本的白居易研究——〈白氏文集〉对日本文学的影响(1)》下定雅宏《帝塚山学院大学研究论集》第 25 期，1990 年

《白居易的“行香”诗》平野显照《文艺论丛》(大谷大学文艺研究会)第 35 期，1990 年 9 月

《唐诗译解上的问题——关于白乐天“花樽飘落酒”句》原田种成《新汉文教育》(日本汉文教育学会)第 11 期，1990 年 11 月

《白居易与睡眠——充足的“闲”与“适”》埋田重夫《中国文学研究》(早稻田大学中国文学会)第 16 期，1990 年 12 月

《〈白氏文集〉流行的原因》丸山茂《日本大学人文科学研究所研究纪要》第 40 期，1990 年

《〈长恨歌〉解释之我见——教材研究余录》桦山温《新国语研究》(大阪府高等诗学校国语研究会)第 34 期，1990 年 5 月

《尊圆亲王法帖所载〈琵琶行〉的本文系统》神鹰德治《高校通信东书国语》第 300 号，1990 年 2 月

1991 年

《刘白唱和诗复原的问题》橘英范《中国中世文学研究》(广岛大学中国中世文学研究会)第 20 期，1991 年 2 月

《论白居易的佛教诗：围绕信仰的方向性》内田诚一《早稻田大学高等学院研究年志》第 35 期，1991 年

《白居易闲适诗考》川合康三《未名》(神户大学中文研究会)第 9

期，1991 年 3 月，又收入川合康三《终南山の变容：中唐文学论集》，研文社，1999 年。刘维治、张剑、蒋寅译《终南山的变容：中唐文学论集》，上海古籍出版社，2007 年 8 月，“域外汉学名著译丛”

《论白居易的“写真”诗》泽崎久和《福井大学教育学部纪要》(人文科学·国语学·国文学·中国学编)第 39 期，1991 年，第 1~29 页

《关于白居易诗集四分类的考察：特别从感伤诗与闲适诗的分歧点而论》静永健《中国文学论集》(九州大学中国文学会)第 20 期，1991 年 12 月；中译文《白居易诗集四分类试论：关于感伤诗与闲适诗的成立》，《唐代文学研究》第五辑(中国唐代文学学会成立十周年国际学术讨论会暨第六届年会论文集 1992 年)，广西师范大学出版社，1994 年 10 月，第 454~467 页；《中国诗学》第三辑，南京大学出版社，1995 年 5 月，第 74~81 页

《关于〈长恨歌〉的主题》池田梦《明治学院论丛》第 473 期，1991 年 2 月

《〈长恨歌〉论》樋口由香里《九州大谷国文》第 20 期，1991 年 3 月

《咏子诗——渊明、忆良、杜甫、白居易》西冈弘《国学院女子短期大学纪要》第 9 期，1991 年 3 月

《白居易与绘画》泽崎久和《福井大学教育学部纪要》(人文科学·国语学·国文学·中国学编)第 40 期，1991 年

《白居易与道林禅师及其问答》太田次男《成田山佛教研究所纪要》第 14 期，1991 年 3 月

《江州司马时期白居易的赠答诗》道上克哉《学林》(立命馆大学中国艺文研究会)第 17 期，1991 年 11 月

《白乐天的病状》丹羽博之《大手前女子大学论集》第 25 期，1991 年 12 月

《白居易〈寄皇甫七〉诗释》福岛吉彦《新汉文教育》(日本汉文教育学会)第 13 期，1991 年 12 月

1992 年

《白乐天的味觉》宇野直人《新汉文教育》(日本汉文教育学会)第

15 期，1992 年 11 月

《白居易的讽谕诗——围绕江州左迁后的作品》玉城要《筑波中国文化论丛》(筑波大学中国文学研究室)第 12 期，1992 年 7 月

《白居易诗中“适”的意味——以诗语史上的独创性为基础》松浦友久《中国诗文论丛》(早稻田大学中国诗文研究会)第 11 期，1992 年 10 月

《中晚唐诗里的风景与绘画》浅见洋二《日本中国学会报》(日本中国学会)第 44 期，1992 年

《论“诗魔”》冈田充博《东洋学集刊》(东北大学文学部)第 68 期，1992 年

《填词的自觉：白居易杭州滞在期的文学意义》(填词への自覚め-白居易杭州滞在期の文学的意味-)中纯子《中国文学报》(京都大学文学部)第 45 期，1992 年 10 月，第 76~105 页

《白居易的下邽退居》(白居易の下邽退居)芳村弘道《学林》(立命馆大学中国艺文研究会)第 18 期，1992 年 11 月

《唐诗人的疾病观——以白居易为中心》镰田出《都留文科大学研究纪要》第 36 期，1992 年

《书评 · 平冈武夫〈白居易〉》高岛俊男《东方》第 137 期，1992 年。智按：平冈武夫《白居易》(《中国诗文选》第 17 期)，东京：筑摩书房，1977 年 12 月，共 328 页

《白居易文中老庄与儒家思想：关于〈长庆集〉与〈后集〉的变化》(白居易の文における老荘と仏教—その「長慶集」かう「後集」以後への変化にっいて——)下定雅弘《禅文化研究所紀要》第 18 期，1992 年

《小野道风法帖〈琵琶引〉本文の系统について》神鹰德治《帝塚山学院大学创立两周年记念论集》，1992 年 3 月

1993 年

《“诗魔”补考》冈田充博《横浜国大国语研究》(横浜国立大学国语教育学会)第 11 期，1993 年 3 月

《白居易与韦应物的“闲居”》赤井益久《国学院杂志》(国学院大

学出版部)第94卷第8期，1993年8月

《白居易的闲适诗——以“兼济”与“独善”意识为中心》玉城要《筑波中国文化论丛》(筑波大学中国文学研究室)第13期，1993年12月

《效陶潜体诗第十一首与先行作品》前川幸雄《国学院中国学会报》(国学院大学中国学会)第39期，1993年

《白居易的寓言诗——流动的美学》松本肇《文艺言语研究》(文艺篇)(筑波大学文艺、言语学系纪要)第24期，1993年8月31日；又收入其《唐代文学的视角》，研文社，2006年

《早歌与〈白氏文集〉——以“乐府”曲为中心》外村南都子《国文白百合》(白百合女子大学国语国文学会)第24期，1993年3月

《白乐天诗与平安朝的文学》寺井泰明《千叶工业大学研究报告》(人文编)第30期，1993年

《白居易与女性》入谷仙介《中国文化论丛》(帝塚山学院大学中国文化研究会)第2期，1993年4月

《白居易的格诗》下定雅弘《中国文化论丛》(帝塚山学院大学中国文化研究会)第2期，1993年4月

《白居易的中书制诰：有关其旧体和新体的分类》下定雅弘《帝冢山学院大学研究论集》第28集，1993年12月20日

《白居易的咏花诗(1)》小松英生《中国学论集》(安田女子大学中国文学研究会)第4期，1993年2月

《白居易的咏花诗(2)》小松英生《中国学论集》(安田女子大学中国文学研究会)第5期，1993年7月

《白居易的咏花诗(3)》小松英生《中国学论集》(安田女子大学中国文学研究会)第6期，1993年11月

《白居易“卯酒”诗再考》平野显照《文艺论丛》(大谷大学文艺研究会)第40期，1993年3月

《壮年时期的白居易与道教》平野显照《大谷学报》(大谷学会)第72卷第3、4期，1993年7月

《白居易诗中所见陶渊明的影响——〈北窗三友〉及〈竹窗〉诗》西村富美子《人文论丛》(三重大学人文学部文化学科)第10期，1993

年 3 月

《白居易与韩愈》(白居易と韓愈)入矢义高《白居易研究讲座·月报》第 1 期，东京：勉诚社，1993 年

《白居易的文学生涯》太田次男，收入太田次男等(编)《白居易研究讲座》第一卷“白居易的文学与人生(白居易の文学と人生)I”，东京：勉诚社，1993 年 6 月

《白居易的文学观——以〈与元九书〉为中心》兴膳宏，收入太田次男等(编)《白居易研究讲座》第一卷“白居易的文学与人生(白居易の文学と人生)I”，东京：勉诚社，1993 年 6 月

《白居易诗的分类与变体》成田静香，收入太田次男等(编)《白居易研究讲座》第一卷“白居易的文学与人生(白居易の文学と人生)I”，东京：勉诚社，1993 年 6 月

《白居易的口语表现》入矢义高，收入太田次男等(编)《白居易研究讲座》第一卷“白居易的文学与人生(白居易の文学と人生)I”，东京：勉诚社，1993 年 6 月

《白居易的节奏——诗型及其个性》松浦友久，收入太田次男等(编)《白居易研究讲座》第一卷“白居易的文学与人生(白居易の文学と人生)I”，东京：勉诚社，1993 年 6 月

《白居易与词：洛阳履道里的江南再现》中纯子，收入太田次男等编《白居易研究讲座》第一卷“白居易的文学与人生(白居易の文学と人生)I”，东京：勉诚社，1993 年 6 月

《白居易对三教的态度》宫泽正顺，收入太田次男等(编)《白居易研究讲座》第一卷“白居易的文学与人生(白居易の文学と人生)I”，东京：勉诚社，1993 年 6 月

《白居易与老庄思想——兼及其道教思想》蜂屋邦夫，收入太田次男等(编)《白居易研究讲座》第一卷“白居易的文学与人生(白居易の文学と人生)I”，东京：勉诚社，1993 年 6 月

《白居易与佛教：禅与净土》(白居易と佛教·禅と浄土)，孙昌武撰，副岛一郎译，收入太田次男等(编)《白居易研究讲座》第一卷“白居易的文学与人生(白居易の文学と人生)I”，东京：勉诚社，1993 年 6 月

《白居易的仕与隐》吉川忠夫，收入太田次男等(编)《白居易研究讲座》第一卷“白居易的文学与人生(白居易の文学と人生)I”，东京：勉诚社，1993 年 6 月；《白居易研究讲座 · 月报》第 1 期，东京：勉诚社，1993 年

《白居易之官历》布目潮沨，收入太田次男等(编)《白居易研究讲座》第一卷“白居易的文学与人生(白居易の文学と人生)I”，东京：勉诚社，1993 年 6 月

《白居易之日常生活》泽崎久和，收入太田次男等(编)《白居易研究讲座》第一卷“白居易的文学与人生(白居易の文学と人生)I”，东京：勉诚社，1993 年 6 月

《白居易与长安、洛阳》(白居易と长安 · 洛阳)妹尾达彦，收入太田次男等(编)《白居易研究讲座》第一卷“白居易的文学与人生(白居易の文学と人生)I”，东京：勉诚社，1993 年 6 月，第 270~296 页

《白居易与杭州、苏州》(白居易と杭州 · 苏州)村上哲见，收入太田次男等(编)《白居易研究讲座》第一卷“白居易的文学与人生(白居易の文学と人生)I”，东京：勉诚社，1993 年 6 月，第 297~316 页

《白居易与女性》(白居易と女性)林文月，收入太田次男等(编)《白居易研究讲座》第一卷“白居易的文学与人生(白居易の文学と人生)I”，东京：勉诚社，1993 年 6 月，第 317~337 页

《白居易生活的时代》砺波护，收入太田次男等(编)《白居易研究讲座》第二卷“白居易的文学与人生(白居易の文学と人生)II”，东京：勉诚社，1993 年 7 月

《白居易与元稹》金在乘，收入太田次男等(编)《白居易研究讲座》第二卷“白居易的文学与人生(白居易の文学と人生)II”，东京：勉诚社，1993 年 7 月

《白居易与刘禹锡》斋藤茂，收入太田次男等(编)《白居易研究讲座》第二卷“白居易的文学与人生(白居易の文学と人生)II”，东京：勉诚社，1993 年 7 月；又收入其《文字觑天巧：中晚唐诗新论》，中华书局，2014 年 1 月

《白居易周边的人们——作为交游录的〈白氏文集〉》丸山茂，收入太田次男等(编)《白居易研究讲座》第二卷“白居易的文学与人生

(白居易の文学と人生)II"，东京：勉诚社，1993年7月；姜若冰译文《白居易周围的人们：作为交游录的〈白氏文集〉》，收入《中岛敏夫教授汉学研究五十年志念文集》，2003年2月

《白居易与中晚唐的党争》周建国撰，橘英范译，收入太田次男等(编)《白居易研究讲座》第二卷"白居易的文学与人生(白居易の文学と人生)II"，东京：勉诚社，1993年7月

《白居易的周边与传奇：从说话的观点来看传奇》涩谷誉一郎，收入太田次男等(编)《白居易研究讲座》第二卷"白居易的文学与人生(白居易の文学と人生)II"，东京：勉诚社，1993年7月

《白居易的讽谕诗》静永健，收入太田次男等(编)《白居易研究讲座》第二卷"白居易的文学与人生(白居易の文学と人生)II"，东京：勉诚社，1993年7月

《白居易的闲适诗——给诗人复原能力的诗》埋田重夫，收入太田次男等(编)《白居易研究讲座》第二卷"白居易的文学与人生(白居易の文学と人生)II"，东京：勉诚社，1993年7月

《白居易〈长恨歌〉在日本的受容及相关问题》新间一美，收入太田次男等(编)《白居易研究讲座》第二卷"白居易的文学与人生(白居易の文学と人生)II"，东京：勉诚社，1993年7月

《言语的过剩——唐代文学中的白居易》川合康三，收入太田次男等(编)《白居易研究讲座》第二卷"白居易的文学与人生(白居易の文学と人生)II"，东京：勉诚社，1993年7月；刘维治中译文《从语词的繁复看唐代文学中的白居易》，收入其《元白研究》，人民教育出版社，1999年4月

《先行文学与白居易——以韦应物为中心》赤井益久，收入太田次男等(编)《白居易研究讲座》第二卷"白居易的文学与人生(白居易の文学と人生)II"，东京：勉诚社，1993年7月

《白居易与陶渊明》松冈荣志，收入太田次男等(编)《白居易研究讲座》第二卷"白居易的文学与人生(白居易の文学と人生)II"，东京：勉诚社，1993年7月

《白居易与"平淡"》和田英信，收入太田次男等(编)《白居易研究讲座》第二卷"白居易的文学与人生(白居易の文学と人生)II"，东

京：勉诚社，1993 年 7 月

《白居易的后世受容与影响》西村富美子，收入太田次男等(编)《白居易研究讲座》第二卷“白居易的文学与人生(白居易の文学と人生)II”，东京：勉诚社，1993 年 7 月

《白居易〈琵琶引〉——兼及其形成的考察》入谷仙介，收入太田次男等(编)《白居易研究讲座》第二卷“白居易的文学与人生(白居易の文学と人生)II”，东京：勉诚社，1993 年 7 月

《白居易的律诗》下定雅弘，收入太田次男等(编)《白居易研究讲座》第二卷“白居易的文学与人生(白居易の文学と人生)II”，东京：勉诚社，1993 年 7 月

《白居易的赋》冈村繁，收入太田次男等(编)《白居易研究讲座》第二卷“白居易的文学与人生(白居易の文学と人生)II”，东京：勉诚社，1993 年 7 月。张寅彭中译文，收入《冈村繁全集》第五卷《唐代文艺论》，上海古籍出版社，2002 年 10 月

《白居易の判》大野仁，收入太田次男等(编)《白居易研究讲座》第二卷“白居易的文学与人生(白居易の文学と人生)II”，东京：勉诚社，1993 年 7 月

《白居易の制敕》中村裕一，收入太田次男等(编)《白居易研究讲座》第二卷“白居易的文学与人生(白居易の文学と人生)II”，东京：勉诚社，1993 年 7 月

《宽弘期的诗人与白诗》大曾根章介，收入太田次男等(编)《白居易研究讲座》第三卷“日本对白居易的受容[韵文篇]”，东京：勉诚社，1993 年 10 月

《句题和歌与〈白氏文集〉》川村晃生，收入太田次男等(编)《白居易研究讲座》第三卷“日本对白居易的受容[韵文篇]”，东京：勉诚社，1993 年 10 月

《〈古今集〉时期的白居易》渡边秀夫，收入太田次男等(编)《白居易研究讲座》第三卷“日本对白居易的受容[韵文篇]”，东京：勉诚社，1993 年 10 月

《慈圆与白居易》石川一，收入太田次男等(编)《白居易研究讲座》第三卷“日本对白居易的受容[韵文篇]”，东京：勉诚社，1993

年 10 月

《承和期前后与〈白氏文集〉》津田洁，收入太田次男等(编)《白居易研究讲座》第三卷“日本对白居易的受容[韵文篇]”，东京：勉诚社，1993 年 10 月

《菅原道真与白居易——诗注记与〈菅家文草〉的编纂》后藤昭雄，收入太田次男等(编)《白居易研究讲座》第三卷“日本对白居易的受容[韵文篇]”，东京：勉诚社，1993 年 10 月

《摄关期和歌与白居易》近藤美雪，收入太田次男等(编)《白居易研究讲座》第三卷“日本对白居易的受容[韵文篇]”，东京：勉诚社，1993 年 10 月

《定家与白居易——〈明月记〉中的白诗》佐藤恒雄，收入太田次男等(编)《白居易研究讲座》第三卷“日本对白居易的受容[韵文篇]”，东京：勉诚社，1993 年 10 月

《天历期的诗人与白诗——句题诗的形成》谷口孝介，收入太田次男等(编)《白居易研究讲座》第三卷“日本对白居易的受容[韵文篇]”，东京：勉诚社，1993 年 10 月

《岛田忠臣与白诗》三木雅博，收入太田次男等(编)《白居易研究讲座》第三卷“日本对白居易的受容[韵文篇]”，东京：勉诚社，1993 年 10 月

《本朝〈续文粹〉与白诗——白诗受容史上的大江匡房》佐藤道生，收入太田次男等(编)《白居易研究讲座》第三卷“日本对白居易的受容[韵文篇]”，东京：勉诚社，1993 年 10 月

《本朝无题诗与白诗》本间洋一，收入太田次男等(编)《白居易研究讲座》第三卷“日本对白居易的受容[韵文篇]”，东京：勉诚社，1993 年 10 月

《连歌与〈白氏文集〉——附：俳谐与〈白氏文集〉》乾安代，收入太田次男等(编)《白居易研究讲座》第三卷“日本对白居易的受容[韵文篇]”，东京：勉诚社，1993 年 10 月

《朗咏、今样与〈白氏文集〉》青柳隆志，收入太田次男等(编)《白居易研究讲座》第三卷“日本对白居易的受容[韵文篇]”，东京：勉诚社，1993 年 10 月

《鎌倉・室町期和歌と白氏文集——閒適詩の受容——》稲田利德，收入太田次男等(编)《白居易研究讲座》第三卷“日本对白居易的受容[韵文篇]”，东京：勉诚社，1993 年 10 月

1994 年

《白居易与身体表现——连接诗人与诗境的事物》埋田重夫《中国文学研究》(早稻田大学中国文学会)第 20 期，1994 年 12 月

《关于白诗唐代写本——围绕坎曼尔〈卖炭翁诗笺〉》太田次男《史学》第 64 卷第 4 期(三田史学会)，1994 年 8 月

《白居易的咏花诗(4)》小松英生《中国学论集》(安田女子大学中国文学研究会)第 7 期，1994 年 3 月

《白居易的咏花诗(5)》小松英生《中国学论集》(安田女子大学中国文学研究会)第 8 期，1994 年 7 月

《白居易“纪年”诗考》盐见邦彦，收入内藤干治(编)《中国的人生观与世界观》，东方书店，1994 年 3 月

《白居易江州讽谕诗考》静永健《九州中国学会报》(九州中国学会)第 32 期，1994 年 5 月

《〈长恨歌〉的结构——来自〈楚辞・离骚〉的影响》繁原央《国学院中国学会报》(国学院大学)第 40 期，1994 年 12 月

《如何读白居易〈与元九书〉：围绕“四分类”概念的成立》下定雅弘《帝冢山学院大学研究论集》第 29 期，1994 年

《关于〈燕子楼诗〉——探讨〈唐诗纪事〉关于妓女诗人关盼盼的虚构性》西村富美子《人文论丛》(三重大学人文学部文化学科研究纪要)第 11 期，1994 年 3 月

《白乐天的牡丹诗》藤井良雄《福冈教育大学国语科研究论集》第 35 期，1994 年 2 月

《白乐天的李杜观》前川幸雄《国语研究》(上越教育大学国语教育学会)第 8 期，1994 年 2 月

《江州、忠州时代的白居易——关于其“闲适诗”的制作》(江州・忠州時代の白居易-「閒適詩」の制作をめぐって-)芳村弘道《学林》(立命馆大学中国艺文研究会)第 20 号，1994 年 2 月

《白居易杭州刺史之转任》(白居易の杭州刺史轉出)芳村弘道《学林》(立命馆大学中国艺文研究会)第21号，1994年7月

《白居易〈秦中吟〉的读者层——通过与〈新乐府〉比较》(白居易「秦中吟」の読者層-「新楽府」との比較を通して-)静永健《中国文学论集》(九州大学中国文学会)(目加田诚先生追悼号)第23期，1994年12月

《英国汉学中的白居易》T. H. 巴莱特《白居易研究讲座・月报》第4期，1994年

《关于白居易诗中的V教(O)C》古屋昭弘《开篇》第12期，(好文出版)1994年

《白居易的养生》三浦国雄，收入荒井健编《中华文人的生活》，平凡社，1994年1月19日

《关于总集本文之异文——〈唐文粹〉与〈乐府诗集〉所载的白氏诗篇》神鹰德治《中唐文学会报》(日本中唐文学会)第1期，1994年9月。智按：中唐文学会1990年创立，原名“中唐文学研究会”，1994年7月改名，第四届研究会1993年9月24日在京都举行

《白居易诗的比较表现》泽崎久和《中唐文学会报》(日本中唐文学会)第1期，1994年9月

《评松浦友久〈白居易(作品)中有关“适”的意义：以诗语史的独自性为基础〉》成田静香[参见赤井益久著、林慧君译《日本地区唐代文学研究活动报导》(1993—1994年)，收入台湾《中国唐代学会会刊》第5期，1994年10月，第113~121页]

《有关白居易的制诰的新体与旧体》周云乔《中国文学报》(日本京都大学中国语中国文学研究室中国文学会)第48期，1994年4月

《评太田次男〈中唐文人考：韩愈、柳宗元、白居易〉》笕文生《中国文学报》(日本京都大学中国语中国文学研究室中国文学会)第48期，1994年4月

《中唐诗人的隐逸思想——白居易的吏隐、真隐》西村富美子《文艺论丛》(大谷大学文艺研究会)第42期，1994年3月，又见《平野显照教授退休纪念特集・中国文学论丛》，1994年3月18日

《中国的“乐”与文人社会——关于白居易的“琴”》中纯子《天理

大学学报》第175期，1994年2月

《后撰集时期前后的和歌与白乐天》小野泰央《中央大学国文》第37期，1994年3月

《〈明月记〉中的白诗(续)》佐藤恒雄《中世文学研究》(中四国中世文学研究会)第20期，1994年8月

《白居易与樊素》橘英范《广岛大学文学部纪要》第54期，1994年12月

《日本对元白诗、刘白诗的受容》新间一美，收入太田次男等(编)《白居易研究讲座》第四卷"日本对白居易的受容[散文篇]"，东京：勉诚社，1994年5月

《近世诗坛与白居易》日野龙夫，收入太田次男等(编)《白居易研究讲座》第四卷"日本对白居易的受容[散文篇]"，东京：勉诚社，1994年5月

《〈新乐府〉受容的新倾向与"立后之事"》柳瀬喜代志，收入太田次男等(编)《白居易研究讲座》第四卷"日本对白居易的受容[散文篇]"，东京：勉诚社，1994年5月

《五山文学对白诗的受容》荫木英雄，收入太田次男等(编)《白居易研究讲座》第四卷"日本对白居易的受容[散文篇]"，东京：勉诚社，1994年5月

《〈室町物语〉对〈白氏文集〉的欣赏》石川透，收入太田次男等(编)《白居易研究讲座》第四卷"日本对白居易的受容[散文篇]"，东京：勉诚社，1994年5月

《日本白诗流行的原因》中西进，收入太田次男等(编)《白居易研究讲座》第五卷"围绕白诗受容的诸问题"，东京：勉诚社，1994年9月

《英语世界中的白居易研究(1916—1992年)》倪豪士(William H. Nienhauser)撰，川合康三译，收入太田次男等(编)《白居易研究讲座》第五卷"围绕白诗受容的诸问题"，东京：勉诚社，1994年9月

《亚瑟·韦利与白乐天》平川祐弘，收入太田次男等(编)《白居易研究讲座》第五卷"围绕白诗受容的诸问题"，东京：勉诚社，1994年9月

《从训点资料看白诗的受容》小林芳规，收入太田次男等(编)《白居易研究讲座》第五卷“围绕白诗受容的诸问题”，东京：勉诚社，1994年9月

《作为唐代音乐研究资料的白诗再考》中纯子，收入太田次男等(编)《白居易研究讲座》第五卷“围绕白诗受容的诸问题”，东京：勉诚社，1994年9月

《白居易与江州》下定雅宏，收入太田次男等(编)《白居易研究讲座》第五卷“围绕白诗受容的诸问题”，东京：勉诚社，1994年9月

《“白俗”的检讨》川合康三，收入太田次男等(编)《白居易研究讲座》第五卷“围绕白诗受容的诸问题”，东京：勉诚社，1994年9月，又收入川合康三《终南山の变容：中唐文学论集》，研文社，1999年。刘维治、张剑、蒋寅译《终南山的变容：中唐文学论集》，上海古籍出版社，2007年8月，“域外汉学名著译丛”

《对白诗传入初期状况的考察》丸山清子，收入太田次男等(编)《白居易研究讲座》第五卷“围绕白诗受容的诸问题”，东京：勉诚社，1994年9月

1995年

《唐代讽谕诗考：以中唐元和时期为中心》丸山茂《汉学研究》(日本大学中国文学会)第33期(中国文学科创设七十周年记念论文集，1995)

《刘白唱和诗研究序说》橘英范《广岛大学文学部纪要》第55卷特辑号3，1995年12月，第51~65页

《〈梦中问答〉中所见白居易诗句》远藤宽一《驹木原国文》第6期，1995年

《〈长恨歌〉研究(1)：围绕其创作意图》远藤宽一《江户川女子短期大学纪要》第10期，1995年3月

《「長恨歌」から『長生殿』に至る楊貴妃故事の変遷》(上)竹村则行《中国文学论集》(九州大学中国文学会)第24期，1995年

《杭州刺史时期的白居易》(杭州刺史時代の白居易)芳村弘道《学林》(立命馆大学中国艺文研究会)第22号，1995年3月

《白居易的咏花诗(6)》小松英生《中国学论集》(安田女子大学中国文学研究会)第 10 期，1995 年 5 月

《白居易的咏花诗(7)》小松英生《中国学论集》(安田女子大学中国文学研究会)第 11 期，1995 年 8 月

《中唐艳体诗之流行与女性：以元白的艳诗中心》(中唐における艶诗の流行と女性–元白の艶诗を中心として–)诸田龙美《中国文学论集》(九州大学中国文学会)第 24 期，1995 年

《白居易与姿势描写：视点下降意味着什么?》埋田重夫《中国文学研究》(早稻田大学中国文学会)第 21 期，1995 年 12 月

《诗语“三月尽”试论》中原健二《未名》(神户大学中文研究会)第 13 期，1995 年

《白居易(江州时期)果真拜访了“李白墓”吗?》静永健《九州中国学会报》第 33 期，1995 年，刘维治译，收入《中国李白研究》(纪念李白诞生 1300 周年国际学术讨论会论文集)2001 年

《作为回忆录的〈白氏文集〉》(回顧録としての『白氏文集』)丸山茂《日本中国学会报》(日本中国学会)第 47 期，1995 年 10 月；蒋寅译文《周口师专学报》1999 年第 1 期

《元白文学集团的小说创作》小南一郎《日本中国学会报》第 44 期，1995 年

《刘白〈浪淘沙词〉考》柴格朗《ことばのアスペクト》第 8 期(京都产业大学)，1995 年

《白诗风景小考：以竹窗与小池为中心(上)》赤井益久《国学院杂志》(国学院大学出版部)第 96 卷第 12 期，1995 年

《白居易的友人——交友的过程》丸山茂《栗原圭介博士颂寿纪念东洋学论集》(汲古书院)，1995 年 3 月。把白居易的朋友分成动型与静型两类，两类朋友共同具有的“诚实”品性给白居易的交友关系带来了平衡

《白居易所表现的梦(上)：资料编》今西凯夫《汉学研究》(日本大学中国学会)第 33 期，1995 年 3 月

《未能成为宰相的白居易》下定雅弘《中国文化论丛》(帝塚山学院大学中国文化研究会)第 4 期，1995 年。从白居易会昌前后的诗歌论

证他对宰相的执着终生不渝

1996 年

《陶渊明故里与白居易草堂》渡部英喜《汉诗的故里》，新潮社，1996 年

《白诗风景小考——以〈竹窗〉、〈小池〉为中心(下)》赤井益久《国学院杂志》(国学院大学出版部)第 97 卷第 1 期，1996 年 1 月；又见《中唐文学会报》第 3 期，1996 年 10 月

《新释〈卖炭翁〉》缲井洁《金兰短期大学研究志》第 27 期，1996 年

《白居易〈饱食〉诗考——白居易诗中所表现的身体与精神》泽崎久和《福井大学教育学部纪要》(第 1 部　人文科学)第 47 期，1996 年

《〈白氏文集〉的旧钞本与旧刊本》冈村繁《东方学会创立五十周年纪念东方学论集》(日本东方学会)，1996 年

《王质夫与白乐天——以白居易任职鄠县县尉时期而论》静永健《文学研究》(九州大学文学部)第 93 期，1996 年 3 月

《白居易的服药》平野显照《文学部论集》(佛教大学文学部)第 80 期，1996 年 3 月

《白居易与家屋表现(上)：连接身体与居住空间的事物》埋田重夫《中国诗文论丛》(早稻田大学中国诗文研究会)第 15 期，1996 年 10 月

《白居易的沉郁构思》石田博《国学院杂志》(国学院大学出版部)第 97 卷第 11 期，1996 年 11 月

《白居易讽谕诗考》成田静香《人文论究》(关西学院大学人文学会)第 46 卷第 3 期，1996 年 12 月

《〈长恨歌〉研究(2)》远藤宽一《驹木原国文》第 7 期，1996 年

《白乐天的卯酒诗与平安朝汉诗》丹羽博之《大手前女子大学论集》第 30 期，1996 年

《魂魄的思想与文学》远藤宽一《江户川女子短期大学纪要》第 11 期，1996 年

《〈岁寒堂诗话〉的诗人论——以杜甫与白居易为中心》兴膳宏《东

方学》(东方学会)92，1996年7月。智按：《略论〈岁寒堂诗话〉对杜甫与白居易诗歌的比较评论》兴膳宏撰，李寅生译《杜甫研究学刊》2001年第1期

《定家与白诗》佐藤恒雄《和汉比较文学》第17期，1996年

《元白唱和诗鉴赏》(1)前川幸雄《文芸たかだ》(高田文化协会)第226号，1996年11月

1997年

《〈白氏文集〉的旧抄本与旧刊本》冈村繁《东方学会创立五十周年纪念东方学论集》(东方学会)，1997年5月；张寅彭中译文，收入《冈村繁全集》第五卷《唐代文艺论》，上海古籍出版社，2002年10月

《白居易讽谕诗中"情"与"理"的矛盾——关于对〈诗经〉美的价值的继承》(白居易「諷諭詩」に見る「情」と「倫理」の矛盾—『诗経』の美的価値の継承について—)诸田龙美《中国文学论集》(九州大学中国文学会)第26期，1997年

《白居易〈新乐府五十首〉中的杨贵妃形象》静永健《中国中世文学研究》(广岛大学中国中世文学研究会)第32期，1997年7月

《我说〈长恨歌〉：根据一种假说》繰井洁《金兰短期大学研究志》第28期，1997年

《关于刘、白的联句》橘英范《中国中世文学研究》(广岛大学中国中世文学研究会)第31期，1997年1月

《从唱和到因袭——元、白唱和诗的变化》橘英范《古田敬一教授颂寿纪念中国学论集》(汲古书院)，1997年3月

《永青文库藏〈敦煌本文选注〉笺订(下)》冈村繁《久留米大学文学部纪要》第11期，1997年6月

《白居易与仙游寺》泽崎久和《国语国文学》(福井大学言语文化学会)第36期，1997年3月

《白居易的咏花诗(8上)》小松英生《中国学论集》(安田女子大学中国文学研究会)第16期，1997年3月

《白居易的咏花诗(8下)》小松英生《中国学论集》(安田女子大学

中国文学研究会)第17期，1997年8月

《白居易与家屋表现(中)：身体与居住空间的关系》埋田重夫《中国诗文论丛》(早稻田大学中国诗文研究会)第16期，1997年10月

《白居易所表现眼疾的意义——视力障碍带给诗人的影响》埋田重夫《中国文学研究》(早稻田大学中国文学会)第23期，1997年12月

《杨贵妃传说的诞生——〈长恨歌〉与〈长恨歌传〉》成濑哲生《中国月刊》(大修馆书店)第8卷第10期，1997年10月

《〈长恨歌〉研究(3)：关于平安时期的〈长恨歌〉》远藤宽一《江户川女子短期大学纪要》第12期，1997年

《〈长恨歌〉研究(4)：〈长恨歌〉的初稿之探》远藤宽一《驹木原国文》第8期，1997年

《唐宋诗人与酒——白居易与苏东坡》西冈淳《法文学部论集》(人文科学编)(爱媛大学法文学部)第3期，1997年

《元白唱和诗鉴赏》(2~7)前川幸雄《文芸たかだ》(高田文化协会)第227—232号，1997年

《杭州的自然与白乐天的思想变迁》清宫刚，收入其《中国古代文化研究——君臣观、道家思想与文学》，九州图书出版，1997年11月，第229~245页

1998年

《元白唱和诗鉴赏》(8~12)前川幸雄《文芸たかだ》(高田文化协会)第234~238号，1998年

《白居易喜爱的风景——对杭州西湖的眷恋情结》镰田出《中国诗文论丛》(早稻田大学中国诗文研究会)第17期，1998年10月

《白居易与家屋表现(下)之一：庐山草堂对诗人的意义》埋田重夫《中国诗文论丛》(早稻田大学中国诗文研究会)第17期，1998年10月

《诗人与“食”——吃得好喝得好的白乐天》兴膳宏《中国月刊》(大修馆书店)第9卷第10期，1998年10月

《白居易〈新乐府〉的创作态度》静永健《久留米大学文学部纪要》

(国际文化学科编)第12、13期，1998

《白居易诗在欧洲受容的早期情形：兼及中唐诗的翻译》市川桃子，收入松本肇、川合康三(编)《中唐文学的视角》，创文社，1998年2月

《访写作〈长恨歌〉的仙游寺：惜水没风景》入谷仙介《朝日新闻》，1998年

《武部先生与白乐天》一海知义、武部利男编译《白乐天诗集》，平凡社，1998年

《白居易の墓誌自撰》芳村弘道《学林》(立命馆大学中国艺文研究会)第28、29期合并号《高木正一先生追悼记念论集》，1998年

《白居易〈醉吟先生墓志銘〉の眞僞》芳村弘道《日本中国学会创立五十年纪念论集》，1998年

《杜甫与白居易》岩崎允胤《东亚细亚研究》(大阪经济法科大学亚细亚研究所)第19期，1998年3月

《刘禹锡与白居易的唱和诗——构思的逆转》柴格朗《大阪学院大学人文自然论丛》第37期，1998年9月

《白居易"风情"考——关于"一篇长恨有风情"的真义》诸田龙美《九州中国学会报》(九州中国学会)第36期，1998年5月

《白氏交游录——元宗简》丸山茂《日本大学人文科学研究所研究纪要》第56期，1998年

《关于"秦筝"或"筝"——白居易文学与音乐入门札记》山本敏雄《爱知教育大学研究报告》(人文·社会科学)第47期，1998年3月

《中日古代文化交流的使者——白居易》经美英《京都外国语大学研究论丛》第50期，1998年3月

《白居易与鹤》坂井多穗子《人间文化研究科年报》(奈良女子大学大学院人间文化研究科)第13期，1998年3月

《关于白居易〈遗爱寺钟欹枕听〉》加固理一郎《调布日本文化》(调布学园女子短期大学)第8期，1998年3月

《关于〈丽情集〉所收〈长恨歌传〉》泽崎久和《东洋古典研究》(广岛大学东洋古典研究所)第5期，1998年5月

《〈长恨歌〉研究(5)：〈长恨歌〉中所表现悲秋之情》远藤寛一《江

户川女子短期大学纪要》第13期，1998年3月

《白乐天的〈提壶鸟〉诗与平安朝汉诗》丹羽博之《大手前女子大学论集》第31期，1998年

《战后日本的白居易研究》下定雅弘，收入太田次男等(编)《白居易研究讲座》第七卷“日本的白居易研究”(日本における白居易の研究)，东京：勉诚社，1998年8月

《给日本文学以极大影响的白居易研究》新间一美，收入太田次男等(编)《白居易研究讲座》第七卷“日本的白居易研究”(日本における白居易の研究)，东京：勉诚社，1998年8月

1999年

《白居易“醉”诗初探》前川幸雄《上越教育大学国语研究》第13期，1999年2月

《白居易“酒”诗初探——据〈唐诗类苑〉收录作品而论》前川幸雄《福井大学教育地域科学部纪要》(第1部　人文科学)第50期，1999年12月

《论白乐天的“讽谕诗”〈新豊折臂翁〉：考征兵忌避》缲井洁《金兰短期大学研究志》第30期，1999年12月

《〈庐山唱和诗〉译注稿》(1)橘英范《冈山大学文学纪要》第32期，1999年12月

《刘禹锡与白居易有关鹤题材的诗》柴格朗《大阪学院大学人文自然论丛》第38期，1999年3月

《白居易归隐洛阳时期的唱和诗——大和二年秋冬之交》柴格朗《大阪学院大学人文自然论丛》第39、40期，1999年

《令狐楚与刘禹锡及白居易的唱和诗》柴格朗《大阪学院大学人文自然论丛》第39、40期，1999年

《关于神田本〈白氏文集〉中训读标记的作用》柴田雅生，收入佐藤武义(编)《语汇语法新研究》(明治书院)，1999年9月

《白居易与鹤》小松英生，收入《冈村贞雄博士古稀纪念中国学论集》(白帝社)，1999年8月

《白居易〈效陶潜体诗十六首并序〉考——关于“序”与前八首》末

葭敏久，收入《冈村贞雄博士古稀纪念中国学论集》(白帝社)，1999年8月

《白居易〈效陶潜体诗十六首并序〉考——关于后半八首》末葭敏久《中国学研究论集》(广岛中国学学会)第4期，1999年10月

《关于白氏讽谕诗的引用》藤原克己《国文学解释与教材研究》(学灯社)第44卷第5期，1999年4月

《白乐天的博爱》丹羽博之《大手前女子大学论集》第32期，1999年

《白氏交游录——钱徽(上)》丸山茂《日本大学人文科学研究所研究纪要》第58期，1999年

《忠州刺史时期的白居易——花树与诗人》波户冈旭《国学院大学大学院纪要》(文学研究科)第30期，1999年3月

《忠州的白居易》静永健《中国文化论丛》(帝塚山学院大学中国文化研究会)第8期，1999年7月

《〈白氏文集〉对〈毛诗〉非讽谕的受容——以恋爱诗为中心》诸田龙美《文学研究》(九州大学文学院)第96期，1999年3月

《白居易诗中的私有意识》永和里佳子《中国学研究论集》(广岛中国学学会)第3期，1999年4月

《偶作诗与白居易》泽崎久和《中唐文学会报》(日本中唐文学会)第6期，1999年

《偶作诗的形成与白居易——“偶作”、“偶成”、“偶题”》泽崎久和《中国中世文学研究》(广岛大学中国中世文学研究会)第36期，1999年7月

《白居易与家屋表现(下之2)：诗人所表现的长安新昌里邸的意义》埋田重夫《中国诗文论丛》(早稻田大学中国诗文研究会)第18期，1999年10月

《〈长恨歌〉研究(6)：以霓裳羽衣曲为中心》远藤宽一《江户川女子短期大学纪要》第14期，1999年3月

2000年

《白乐天与林和靖》丹羽博之《亚细亚游学》(アジア游学)第12

期，东京：勉诚社，2000 年 1 月

《白乐天与音乐(1)：白乐天对音乐的爱好》丹羽博之《大手前女子大学论集》第 33 期，2000 年 2 月

《白居易的落花诗——从日汉朗咏集的分类看“落花”》藤井良雄《福冈教育大学国语研究论集》第 41 期，2000 年 1 月

《白氏交游录：钱徽(下)》丸山茂《日本大学人文科学研究所研究纪要》第 59 期，2000 年 1 月

《张籍与白居易的交游(下)》丸山茂《中国语中国文化》(日本大学中国学会)第 1 期，2000 年 5 月

《诗语“江湖”的用法与意象——兼论其变迁及杜甫、白居易、杜牧作品的独立性》玉城要《作新国文》(作新学院女子短期大学国文学会)第 11 期，2000 年 1 月

《白居易与裴度的周围(上)：关于长安、洛阳两地》(白居易と裴度の周边【上】—长安・洛阳の两地をめぐつて—)西村富美子《未名》(神户大学中文研究会)第 18 期，2000 年 3 月，第 1~27 页

《诗在人口——地方上的白诗传播》中纯子《兴膳教授退官纪念中国文学论集》(汲古书院)，2000 年 3 月

《白居易与“霓裳羽衣”》山本敏雄《兴膳教授退官纪念中国文学论集》(汲古书院)，2000 年 3 月

《关于〈长恨歌〉的主题——“恨”的主体与作者的意图》松浦友久《白居易研究年报》(白居易研究会)第 1 期，2000 年

《对白居易“白发”表现的相关考察》埋田重夫《村山吉广古稀纪念中国古典学论集》(汲古书院)，2000 年 3 月

《白居易〈池上篇〉考——水边的时空与闲适的至境》埋田重夫《白居易研究年报》(白居易研究会)第 1 期，2000 年

《日本文学へ与えた白居易の影響に関する研究(1997—1999 年)》新间一美《白居易研究年报》第 1 期，2000 年，第 263~275 页

《日本文学史における白居易と源氏物語》藤原克己《白居易研究年报》第 1 期，2000 年，第 97~110 页

《白居易与刘禹锡的交往——从对刘禹锡怀才不遇的悲哀而论》梅田雅子《早稻田大学大学院文学研究科纪要》(第 2 分册)第 46 期，

2000 年

《〈长恨歌〉研究(7)：关于七夕故事与〈长恨歌〉》远藤宽一《江户川女子短期大学纪要》第 15 期，2000 年 3 月

《壶中天醉步——读中国的饮酒诗(12)：白乐天》枯骨闲人《中国月刊》(大修馆书店)第 11 卷第 9 期，2000 年 9 月

《白乐天的七十岁(其一)》丹羽博之《人文科学的诸相》，2000 年

2001 年

《〈刘白吴洛寄和卷〉中所表现的刘禹锡对政界的执着》柴格朗《中唐文学会报》(日本中唐文学会)第 8 期，2001 年 10 月

《金泽文库旧藏〈白氏文集〉卷十二所收〈琵琶引〉的本文》和田浩平《白居易研究年报》(白居易研究会)第 2 期，2001 年

《旧钞本系〈白氏文集〉本文拾遗(1)》神鹰德治《白居易研究年报》(白居易研究会)第 2 期，2001 年

《咏花诗中所表现的白居易的幸福感》中木爱《中国学研究论集》(广岛中国学学会)第 7 期，2001 年 4 月

《白居易的幸福意识——以〈新制布裘〉、〈醉后狂言〉、〈新作绫袄成〉三首为中心》中木爱《中国中世文学研究四十周年纪念论文集》(白帝社)，2001 年 10 月

《〈千载佳句〉所收白居易诗逸句考(上)》植木久行《白居易研究年报》(白居易研究会)第 2 期，2001 年

《白居易对“白”意识的二重构造——姓之“白”与色彩之“白”》西村富美子《爱知县立大学外国语学部纪要》(言语・文学编)第 33 期，2001 年

《关于〈白氏文集〉中“半格诗”的意义》下定雅弘《白居易研究年报》(白居易研究会)第 2 期，2001 年

《关于〈白氏文集〉的会读》今井清《白居易研究年报》(白居易研究会)第 2 期，2001 年

《白氏交游录——李建(上)》丸山茂《日本大学人文科学研究所研究纪要》第 61 期，2001 年

《白氏交游录——李建(下)》丸山茂《日本大学人文科学研究所研

究纪要》第 62 期，2001 年

《白居易与裴度的周围(下)：关于长安、洛阳两地》(白居易と裴度の周边【下】—长安・洛阳の两地をめぐつて—)西村富美子《未名》(神户大学中文研究会)第 19 期，2001 年 3 月，第 1~32 页

《关于许氏榆园刊〈文粹〉的本文——围绕白居易的二诗篇(附：南宋绍兴九年刊本〈文粹〉及其校异)》神鹰德治《东方学报》(京都大学人文科学研究所)第 73 期，2001 年 3 月

《乐天的马——唐代文学的文化史研究》丸山茂《白居易研究年报》(白居易研究会)第 2 期，2001 年

《白居易文学と源氏物語の庭園について》新间一美《白居易研究年报》第 2 期，2001 年，第 139~164 页

《源氏物語と諷諭の方法——『白氏文集』「諷諭诗」との関わりを中心に》日向一雅《白居易研究年报》第 2 期，2001 年，第 165~181 页

《孟光故事的演变——白居易的妻子与北条政子》桐岛熏子《日本中国学会报》(日本中国学会)第 53 期，2001 年

2002 年

《白居易的交友关系：李建、崔群、崔玄亮》西村富美子《白居易研究年报》第 3 期，2002 年 6 月。按，《白居易的交友关系：元稹、刘禹锡、李建、崔玄亮、崔群》西村富美子《唐代文学研究》第 10 辑，广西师范大学出版社，2004 年 11 月

《白诗的受容与道真》波户冈旭《国学院中国学会报》(国学院大学)第 48 期，2002 年

《关于白居易的“琴诗酒”》波户冈旭《传统与创造的人文科学——国学院大学大学院文学研究科创设五十周年纪念论文集》(国学院大学)，2002 年 3 月

《白居易的咏月诗》波户冈旭《白居易研究年报》(白居易研究会)第 3 期，2002 年 6 月

《法帖、尊圆亲王〈长恨歌〉(旧钞本系本文)影印・翻字》神鹰德治、山口谣司《白居易研究年报》第 3 期，2002 年 6 月

《平冈武夫、今井清校订本〈白氏文集〉诗歌卷校勘补遗》严杰著，石川薰、神鹰德治译《白居易研究年报》第3期，2002年6月

《〈白氏文集〉卷第一〈贺雨〉校注》谢思炜《白居易研究年报》第3期，2002年6月

《日本的白居易研究：2000年》下定雅弘《白居易研究年报》第3期，2002年6月

《下定雅弘的〈读白氏文集〉》松浦友久《白居易研究年报》第3期，2002年6月，又收入其《陶渊明·白居易论：抒情と说理》，研文社，2004年5月第1版，2004年6月第1次印刷，“松浦友久著作选 II”

《源氏物語の「ひねもすに」と「陵園妾」の「盡日」》阿久泽忠《白居易研究年报》第3期，2002年，第65~83页

《关于整版无刊记本〈长恨歌传〉、〈长恨歌〉、〈琵琶行〉、〈野马台〉》镰仓敬三《汲古》(汲古书院)第41期，2002年6月

《白居易的文学与佛教研究序说：〈长恨歌〉所见的佛学要素为中心》孔繁志《大谷大学大学院研究纪要》第19期，2002年12月，第87~118页

《苏轼对白居易的文化受容和诗学批评》张海鸥《橄榄》第11期(日本宋代诗文研究会会刊，2002年12月)，又收入莫砺锋主编《第二届宋代文学国际学术研讨会论文集》江苏教育出版社，2003年6月(第二届宋代文学国际学术研讨会，南京大学，2002年8月)；又作为附论三，收入其《北宋诗学》，河南大学出版社，2007年6月

《“理”的各种面貌——“是非”价值对立中的陶渊明、韦应物、白居易的异同》土谷彰男《中国诗文论丛》(早稻田大学中国诗文研究会)第21期，2002年12月

《中唐的恋爱诗——感动紫式部的〈长恨歌〉中的悲恋》诸田龙美，收入九州大学中国文学会(编)《通俗中国文学讲义》(中国书店)，2002年5月

《杨贵妃传说的虚与实——以〈长恨歌〉、〈长生殿〉为中心》竹村则行，收入九州大学中国文学会(编)《通俗中国文学讲义》(中国书店)，2002年5月

《论白乐天左迁江州以前的诗——转换时期》上手裕子《名古屋大

学中国语学文学论集》第 14 期，2002 年 3 月

《白居易的诗与湘灵》橘英范《中国学志》(大阪市立大学)第 17 期，2002 年

《林罗山与白居易——序论》西村富美子《东海学园言语·文学·文化》第 2 期，2002 年

《〈长恨歌〉研究(8)：探寻成为〈长恨歌〉题材源头的悲恋故事》远藤宽一《江户川短期大学纪要》第 17 期，2002 年 3 月

《日本人的“古典”——白乐天的世界》静永健《中国月刊》(大修馆书店)第 13 卷第 11 期，2002 年 10 月

2003 年

《白居易的“闲寂境”与“孤独情”：关于佛教对文学创作的投影》孔繁志《文艺论丛》(大谷大学文艺学会)第 60 号，2003 年 3 月，第 124~144 页

《白居易与李商隐》(白居易と李商隱)芳村弘道《学林》(立命馆大学中国艺文研究会)第 36、37 期合并号《中国艺文研究会二十周年记念论集》，2003 年 3 月

《白氏交游录——元稹·刘禹锡(上)》丸山茂《日本大学人文科学研究所研究纪要》第 65 期，2003 年 2 月

《唐代文人与“琵琶”——白居易与其周边》山本敏雄《爱知教育大学研究报告》(人文·社会科学)第 52 期，2003 年 3 月

《诗语“红雪”及其形象——白居易诗歌主题的变奏曲》古田岛洋介《表现》(明星大学日本文化学部)，2003 年 3 月

《〈千载佳句〉所收白居易诗逸句考(下)》植木久行《白居易研究年报》(白居易研究会)第 4 期，2003 年

《白居易诗中音乐的独特性——白诗中的音乐世界》中纯子《白居易研究年报》(白居易研究会)第 4 期，2003 年

《白居易诗是如何吸收杜诗口语的？——以春天与衰老表现为主》下定雅弘《白居易研究年报》(白居易研究会)第 4 期，2003 年

《〈听幽兰〉「欲得身心俱静若」：从白居易的〈琴〉到夕雾的〈兰〉、〈源氏物语〉的文人精神的方法》(身心の俱に静好なるを得むと欲せ

ば——『聴幽蘭』——楽天の《琴》から夕霧の《蘭》へ、『源氏物語』的文人精神の方法）上原作和《白居易研究年报》第4期，2003年，第96~118页

《法帖：尊圆亲王〈琵琶引〉影印、翻字·解题》神鹰德治、山口谣司《白居易研究年报》第4期，2003年，第239~264页。

《清原宣賢自筆“長恨歌·琵琶行抄”の成立》安野博之，東京大学国語国文学会編《国語と国文学》第80期(12)（通号961），2003年12月，第10~20页

《〈长恨歌〉研究(9)：〈岁时广记〉中的〈长恨歌传〉(上)》远藤宽一《江户川短期大学纪要》第18期，2003年3月

《白居易的咏月诗》中木爱《中国中世文学研究》(广岛大学中国中世文学研究会)第43期，2003年3月

《白居易的忧郁》大川忠三《大东文化大学汉学会志》第42期，2003年3月

《爷娘别儿妻别夫——白居易〈新丰折臂翁〉》川合康三《中国月刊》(大修馆书店)第14卷第6期，2003年6月

《“卫公宅静闭东院”考——白居易〈新乐府·牡丹芳〉注》静永健《中唐文学会报》(日本中唐文学会)第10期，2003年10月

《東京國立博物館藏古筆殘卷〈白氏文集卷六十六〉の本文について》靜永健，日本中国学会编《日本中国学会报》第55集，2003年，第226~239页

《燕子楼与张尚书》福本雅一《中国诗文论丛》(早稻田大学中国诗文研究会)第22期，2003年12月

《〈长恨歌〉“芙蓉如面柳如眉”小考——“芙蓉面”的表现》镰田出《中国文学研究》(早稻田大学中国文学会)第29期，2003年12月

《白居易所表现的洛阳履道里邸的意义》埋田重夫《中国文学研究》(早稻田大学中国文学会)第29期，2003年12月

《关于白居易〈琵琶行〉中的上、去通押》水谷诚《中国文学研究》(早稻田大学中国文学会)第29期，2003年12月

《『紫式部日記』の思考の姿——白居易詩「身」と「心」詠との関連において》長瀬由美《紫(むらさき)》第40期，2003年12月，第

25~35 页

2004 年

《唐诗中“枕”字的使用——以对白诗“枕”的表现特征探讨入手》中木爱《中国中世文学研究》(广岛大学中国中世文学研究会)第 45、46 期，2004 年 10 月

《唐诗的音乐描写——兼及其类型与白居易〈琵琶行〉》谷口高志《日本中国学会报》(日本中国学会)第 56 期，2004 年 10 月

《胸前之雪——白诗女性美表现管窥》橘英范《白居易研究年报》(白居易研究会)第 5 期，2004 年

《“妾换马”考》丸山茂《白居易研究年报》(白居易研究会)第 5 期，2004 年

《“招客”之诗——白居易诗的表现》泽崎久和《白居易研究年报》(白居易研究会)第 5 期，2004 年

《白氏交游录——元稹、刘禹锡(中)》丸山茂《日本大学人文科学研究所研究纪要》第 67 期，2004 年

《关于白居易〈新乐府序〉——旧钞本刊本的本文》太田次男《白居易研究年报》(白居易研究会)第 5 期，2004 年

《白居易诗中对基于生理感觉的满足感的咏诵——以伸懒腰与搔头表现为主》中木爱《白居易研究年报》(白居易研究会)第 5 期，2004 年

《〈长恨歌〉研究(10)：〈岁时广记〉中的〈长恨歌传〉(下)》远藤宽一《江户川短期大学纪要》第 19 期，2004 年 3 月

《白居易的交友关系——以与钱湖州、李苏州的关系为中心》西村富美子《东海学园大学研究纪要》(人文学·健康科学研究编)第 9 期，2004 年 3 月

《白乐天与平安文学——围绕爱吟的诗》松崎治之《筑紫国文》(筑紫女学短期大学国文科)第 27 期，2004 年 6 月

《白居易对〈长恨歌〉的自我评价》牛见真博《中国言语文化研究》(佛教大学中国言语文化研究会)第 4 期，2004 年 7 月

《白居易诗歌观的两种变化——引起江州左迁时期诗作变化的原

因》秋谷幸治《中唐文学会报》(日本中唐文学会)第11期，2004年10月

《仰月见妻——白居易下邽赠内诗考》静永健《九州中国学会报》(九州中国学会)第43期，2004年12月

《邵雍诗中所表现的对白居易(前)的受容与批判》森博行《大谷女子大学纪要》第38期，2004年2月

《苏轼"元轻白俗"辩》内山精也《新释汉文大系季报》(明治书院)第101期，2004年

2005年

《唐诗中所见曹植、曹丕的影响——以李白、杜甫、白居易诗为中心》上野裕人《神奈川高校国语研究》第41期，2005年

《十三世纪的〈白氏文集〉——藤原定家与高丽文人李奎报的书志考察》静永健《中国文学论集》(九州大学中国文学会)第34期，2005年

《关于"红旗破贼非吾事"——白居易与吴元济之乱》川合康三《白居易研究年报》(白居易研究会)第6期，2005年

《〈长恨歌〉的主题与结构——与悼亡诗〈李夫人〉比较》矢羽野隆男《埴生野》(四天王寺国际佛教大学人文社会学部)第4期，2005年

《白居易与洛阳》中尾健一郎《中国文学论集》(九州大学中国文学会)第34期，2005年

《关于白居易古诗的押韵——〈长恨歌〉、〈琵琶行〉》西村富美子《东海学园言语·文学·文化》第5期，2005年

《白诗衣服表现中所见的"兼济"与"独善"——青衫、绯衫、紫袍、白衣》下定雅弘《白居易研究年报》(白居易研究会)第6期，2005年

《中唐时期的绘画与文学——白居易与绘画》西村富美子《东海学园大学研究纪要》(人文学·健康科学研究编)第10期，2005年3月

《〈长恨歌〉研究(11)：以杨贵妃及其周边资料为中心》远藤宽一《江户川短期大学纪要》第20期，2005年3月

《白居易的"枕"词——对基于生理感觉的充足感的咏诵》中木爱

《日本中国学会报》(日本中国学会)第 57 期，2005 年 10 月

《白居易的媒体战略——从〈白氏文集〉歌诗所表现的“阴阳”入手》谷本玲大《国学院杂志》(国学院大学出版部)第 106 卷第 11 期，2005 年 11 月

《白居易闲适诗考序说——以初期作品中的诗境为中心》波户冈旭《国学院杂志》(国学院大学出版部)第 106 卷第 11 期，2005 年 11 月

《香山寺与〈白氏文集〉——闲适的完成》埋田重夫《中国文学研究》(早稻田大学中国文学会)第 31 期，2005 年 12 月

《“采诗官”言说中所体现出的白居易诗歌观——从青年期到晚年期》秋谷幸治《大东文化大学中国学论集》第 23 期，2005 年 12 月

《关于白居易〈燕子楼三首〉的解释》下定雅弘《冈山大学文学部纪要》第 44 期，2005 年 12 月

《关于白居易的闲适诗》波户冈旭《国学院中国学会报》第 51 期，2005 年 12 月

《白居易的诗与赠答品》泽崎久和《新释汉文大系季报》(明治书院)第 102 期，2005 年

《作为教材的〈长恨歌〉论》静永健，收入田部井文雄(编)《汉文教育的状况——研究与教育》(大修馆书店)，2005 年 12 月

《邵雍诗中所表现的对白居易(后)的受容与批判》森博行《大谷女子大学纪要》第 39 期，2005 年 2 月

《初めての白居易诗集校注编撰》谢思炜《和汉比较文学》第 34 号，2005 年 2 月

2006 年

《广厦千万间——杜甫与白居易》川合康三《松浦友久博士追悼纪念中国古典文学论集》(研文社)，2006 年 3 月

《汉诗的色彩——从杜甫与白居易的诗而论》静永健《国文学解释与教材研究》(学灯社)第 51 卷第 2 期，2006 年 2 月

《白居易青春与徐州，乃至女妖任氏的故事》静永健《中国文学论集》第 35 号，2006 年，第 31~45 页

《白居易诗中的松与竹》埋田重夫《松浦友久博士追悼纪念中国古典文学论集》(研文社)，2006 年 3 月

《白居易诗中的“单衣”》田口畅穗《松浦友久博士追悼纪念中国古典文学论集》(研文社)，2006 年 3 月

《白居易近体诗韵字考——与杜甫近体诗韵字的比较》水谷诚《中国学的十字路口——加地伸行博士古稀纪念论集》(东方书店)，2006 年 4 月

《恋情的复杂——从〈哀江头〉到〈长恨歌〉》诸田龙美《爱媛大学法文学部论集》(人文学科编)第 20 期，2006 年

《中唐时期“恋爱”诗的形成与展开——以白居易为中心》诸田龙美《爱媛大学法文学部论集》(人文学科编)第 21 期，2006 年

《音乐表现的类型——对白居易音乐表现特征的探讨》中木爱《中国学研究论集》(广岛中国学学会)第 16 期，2006 年 3 月

《〈长恨歌〉研究(12)：以〈开元天宝遗事〉为中心(上)》远藤宽一《江户川短期大学纪要》第 21 期，2006 年 3 月

《白居易〈香炉峰下新卜山居草堂初成偶题东壁〉诗小考——关于前联的解释》渡部英喜《盛冈大学纪要》第 23 期，2006 年 3 月

《白居易音乐描写的土壤——关于中唐的音乐描写》中木爱《中国学研究论集》(广岛中国学学会)第 17 期，2006 年 12 月

《宋代士大夫的诗歌观——苏轼“白俗”之评的意味》内山精也《松浦友久博士追悼纪念中国古典文学论集》(研文社)，2006 年 3 月

《白居易音乐描写中“音乐”要素的表现方法》中木爱《白居易研究年报》(白居易研究会)第 7 期，2006 年

《白居易诗歌中的音乐描写与“通感”——以知觉为主的审美意识》谷口高志《白居易研究年报》(白居易研究会)第 7 期，2006 年

《宋诗自注所引白居易关系资料(1)——王禹偁、宋庠》泽畸久和《白居易研究年报》(白居易研究会)第 7 期，2006 年

《白诗对衣服表现中所体现出的“兼济”与“独善”——裘、“衣食”之衣、葛衣》下定雅弘《白居易研究年报》(白居易研究会)第 7 期，2006 年

《对作为隐者的白居易批判之诗——关于邵雍〈放言〉诗》森博行

《白居易研究年报》(白居易研究会)第7期，2006年

《自我的凝视：白居易的写真诗与对镜诗》(自己へのまなざし——白居易の寫真詩と對鏡詩)衣若芬撰，森冈缘译《白居易研究年报》(白居易研究会)第7期，2006年10月，第109~136页

《源氏物語柏木巻における白詩受容——元〔シン〕の死と柏木の死》新间一美《白居易研究年报》第7期，2006年，第137~168页

2007年

《李白〈清平调〉词与白居易〈长恨歌〉》松浦崇《南腔北调论集——中国文化的传统与现代：山田敬三先生古稀纪念论集》，东方书店，2007年7月

《元、白的音乐描写及其相关关系——中唐音乐描写的盛行》中木爱《中国中世文学研究》(广岛大学中国中世文学研究会)第51期，2007年3月

《中国"多情"文学的展开——以〈长恨歌〉为视点》诸田龙美《白居易研究年报》(白居易研究会)第8期，2007年

《〈白氏文集〉中的茶诗序说》藤井良雄《南腔北调论集：中国文化传统与现代——山田敬三先生古稀纪念论集》(东方书店)，2007年7月

《白居易与刘禹锡的联句》橘英范《亚细亚游学》(东京：勉诚社)第95期，2007年1月

《一休与中国的诗人：白居易》稻田浩治《金泽大学国语国文》第32期，2007年3月

《在原业平的"龙田川水"与中唐诗——以对白居易与薛涛的比喻"缬"的接受为主》久保瑞代《言语表现研究》(兵库教育大学言语表现学会)第23期，2007年3月

《〈长恨歌〉研究(12)：以〈开元天宝遗事〉为中心(下)》远藤宽一《江户川短期大学纪要》第22期，2007年3月

《对〈长恨歌〉的研究——以与〈李夫人〉的异同为视点》下定雅弘《冈山大学文学部纪要》第47期，2007年7月

《终老而生的白居易》芳村弘道《文艺论丛》(大谷大学文艺研究

会)第 68 期，2007 年 3 月

《白居易与琵琶——以〈琵琶引〉表现为线索》中木爱《中国学研究论集》(广岛中国学学会)第 18 期，2007 年 4 月

《白居易〈池上篇并序〉论——兼及对自适空间定义的几种表现》二宫美那子《中国文学报》(京都大学文学部)第 73 期，2007 年 4 月

《白居易与琴乐——唐代士人中礼乐思想的一个侧面》牛岛忧子《亚细亚文化》(亚细亚文化综合研究所)第 29 期，2007 年 10 月

《白氏交游录——元稹、刘禹锡(下)》丸山茂《日本大学人文科学研究所研究纪要》第 74 期，2007 年

《〈文集百首〉对〈白氏文集〉的受容——对闲适诗的共感》田中干子《白居易研究年报》(白居易研究会)第 8 期，2007 年

《宋诗自注所引白居易关系资料(2)——北宋诗》泽崎久和《白居易研究年报》(白居易研究会)第 8 期，2007 年

《刘因诗中所表现的与白居易的关系——刘因〈答乐天问三首〉》森博行《白居易研究年报》(白居易研究会)第 8 期，2007 年

《友の亡妻に代わって詩を賦す白居易—元稹の妻韋叢の死とその悼亡唱和詩—》陈翀《日本中国学会报》第 59 集，2007 年，第 109~123 页

《宋代私撰類書所收の白居易逸文考》陈翀，九州大学中国文学会编《中国文学论集》第 36 号，2007 年，第 42~56 页

《谢思炜〈白居易诗集校注〉述评——兼祝其新刊发行》陈翀，日本中唐文学会编《中唐文学会报》第 14 号，好文出版社，2007 年，第 239~240 页

《白居易の花実論と源氏物語(シンポジウム「源氏物語における菅家と白氏」報告)》新间一美《古代学研究所纪要》第 5 辑，明治大学古代学研究所，2007 年，第 113~122 页

《源氏物語の春秋争いと元白・劉白诗》新间一美《国語と国文学》第 84 卷第 8 期，至文堂，2007 年，第 1~13 页

2008 年

《论唐末五代における〈白氏文集〉の伝承—詩僧斉己の活動を中

心に—》陈翀，九州大学中国文学会编《中国文学论集》第 37 号，2008 年，第 16~30 页

《慧萼と蘇州南禅院本〈白氏文集〉の日本伝来—会昌四年識語を読み解く—》陈翀，《白居易研究年报》第 9 期，2008 年，第 123~144 页

《〈白氏文集〉の成立と廬山-匡白〈江州徳化王東林寺白氏文集記を中心に—〉》陈翀，九州中国学会编《九州中国学会报》第 46 卷，2008 年，第 16~30 页

《「胡旋女」の寓意——『源氏物語』の青海波をめぐって》荒木浩《白居易研究年报》第 9 期，2008 年，第 203~233 页

《中唐唱和文学的发展——走向〈刘白唱和集〉之路》橘英范《日本中国学会报》(日本中国学会)第 60 集，2008 年

《白居易の「赠物诗」について》沢崎久和《福井大学教育地域科学部纪要》(第 1 部　人文科学)第 59 期，2008 年

2009 年

《〈政事要略〉所收の〈白居易伝〉を読み解く—白居易の生卒年・家庭环境・成佛などの诸问题を中心に—》陈翀《白居易研究年报》第 10 期，2009 年，第 194~213 页

《源氏物語賢木巻における白詩受容——薔薇の初花とその周辺》新间一美《白居易研究年报》第 10 期，2009 年，第 135~162 页

《白居易诗の植物——中唐において》市川桃子《白居易研究年报》第 10 期，2009 年

《白居易の暮らした洛阳——その主要遗迹と水环境》塩沢裕仁《白居易研究年报》第 10 期，2009 年

《洛阳日记——白居易の遗迹を访ねて》下定雅弘《白居易研究年报》第 10 期，2009 年

《日本における白居易の研究——二〇〇七年》下定雅弘《白居易研究年报》第 10 期，2009 年

《白居易の诗文と唐代墓志》谢思炜撰，中尾健一郎訳《白居易研

究年报》第10期，2009年

《白居易诗における年龄の言及》高芝麻子《白居易研究年报》第10期，2009年

《『白氏文集』訳注稿担当后记明治书院『白氏文集』刊行の舞台里》爱甲弘志《白居易研究年报》第10期，2009年

《诗日记とともに辿った白居易の贬谪の道——明治书院『白氏文集』三、四訳注稿の回顾メモ明治书院『白氏文集』刊行の舞台里》竹村则行《白居易研究年报》第10期，2009年

《楽天の酒上》丸山茂《白居易研究年报》第10期，2009年

《中唐白居易の文学と『源氏物語』——諷諭詩と感傷詩の受容について》長瀬由美《国語と国文学》第86卷第5期，2009年5月，第69~81页

《白乐天、佛教徒になれなかった诗人》静永健，中国社会文化学会编《中国—社会と文化》第24号，2009年，第28~40页

《白居易「醉吟先生墓志铭」の自撰と碑刻》户崎哲彦《日本中國學會報》(日本中国学会)第61集，2009年

《「同宿」の诗——白居易诗の表现》沢崎久和《未名》(神户大学中文研究会)第27期，2009年

《白居易「就中肠断是秋天」试论——天を伴う四季表现を中心にして》埋田重夫《中国文学研究》(早稻田大学中国文学会)第35期，2009年

《「赋者古诗之流」をめぐって——白居易「赋の赋」の理解の手がかりとして》秋谷幸治《大东文化大学中国学论集》第27期，2009年

资料来源

小松茂美《白乐天研究文献目录》，《平安朝传来的白氏文集和三迹的研究》附，东京：墨水书房，1965年10月

中国社会科学院文学研究所动态组编《日本的中国古代文学研究主要文献索引》(1970—1980，二、唐宋)，《文学研究动态》1983年第6期，总第108期

周迅编《论古代中国：1965—1980年日本文献目录》，书目文献

出版社，1984 年 3 月

下定雅弘《日本的白居易研究(以战后为中心)上：〈文集〉的校勘及讽谕诗·〈长恨歌〉研究》，《帝冢山学院大学研究论集》第 23 集，1988 年 12 月；《日本的白居易研究(以战后为中心)下：关于闲适诗·诗风的变化·思想等研究》，帝冢山学院大学国际文化学科 *PACIFICA* 创刊号，1989 年 3 月；《战后日本白居易研究概况》，《西北师范大学学报》1989 年第 4、5 期

下定雅弘《战后日本的白居易研究》，收入太田次男等编《白居易研究讲座》第七卷(日本的白居易研究)，东京：勉诚社，1998 年 8 月

下定雅弘《近十年来日本白居易研究概况》，《唐代文学研究年鉴 2004》，广西师范大学出版社，2005 年 4 月

市川桃子《最近日本对唐代文学的研究》，《唐代文学研究年鉴 1989、1990 年合辑》，广西师范大学出版社，1991 年 9 月，第 425~429 页

安源《〈长恨歌〉在日本》，《文史知识》1992 年第 8 期，第 111~115 页

丸山茂编《白居易相关图书目录(日文)》，收入太田次男等编《白居易研究讲座》第五卷(围绕白诗接受的有关问题)卷末，东京：勉诚社，1994 年 9 月

宋柏年主编《中国古典文学在国外》，北京语言学院出版社，1994 年 10 月，第 202~206 页

赤井益久著、林慧君译《日本地区唐代文学研究活动报导(1993—1994 年)》，收入台湾《中国唐代学会会刊》第 5 期，1994 年 10 月，第 113~121 页

马歌东《白居易研究在日本》，《日本白居易研究论文选》序言，三秦出版社，1995 年 12 月；又收入其《日本汉诗溯源比较研究》，中国社会科学出版社，2004 年 1 月

鹿菲辑《日本中国诗学研究文献(1991—1992)》，《中国诗学》第 4 辑，南京大学出版社，1995 年 12 月，第 222、225 页

鹿菲辑《日本中国诗学研究文献(1993—1995)》，《中国诗学》第

6 辑，南京大学出版社，1999 年 12 月，第 255~266 页

鹿菲辑《日本中国诗学研究文献(1996—1998)》，《中国诗学》第 7 辑，第 270~280 页，人民文学出版社，2002 年 6 月

荣新江《唐研究新书目》，荣新江主编《唐研究》第 1~11 卷，北京大学出版社，1995 年 1 月—2005 年 12 月

气贺泽保规《2000 年日本隋唐史论著目录》，中国唐史学会网站，中国丝绸之旅国际互联网制作维护，http：//www. travel-silkroad. com/chinese/tangshi/ribentangshiyanjiu. htm(2006 年 5 月 20 日)

丸桥充拓著、傅江译《2001 年日本史学界关于隋唐史的研究》，《中国史研究动态》2003 年第 9 期

大川裕子、村松弘一《2002 年日本周秦汉唐文化研究论著要目》，《周秦汉唐文化研究》第 2 辑，三秦出版社，2003 年 11 月

禹成旼《日本 2002 至 2003 年隋唐五代史论文索引》，收入《中国唐史学会会刊》第 23 期(杜文玉主编)，2004 年 10 月

陈丽、陈翔、崔北京编《2003 年隋唐五代史论文索引》，杜文玉主编《中国唐史学会会刊》第 23 期，2004 年 10 月，http：//www. travel-silkroad. com/chinese/tangshi/2003index. htm

《中国文学研究文献要览 1945—1977(战后编)》石川梅次郎监修，吉田诚夫、高野由纪夫、樱田芳树编集，东京：日外アリシエーツ株式会社发行，纪伊国屋书店发卖，1979 年，20 世纪文献要览大系之九。收录时限：1945 年 8 月—1977 年 12 月

《中国文学研究文献要览 1978—2007》谷口洋、稀代麻也子、永田知之、内山精也、上田望编集，东京：日外アリシエーツ株式会社，2008 年

京都大学人文科学研究所《东洋史研究文献类目》1946—1962 年

京都大学人文科学研究所《东洋学文献类目》1963—1986 年

京都大学中国文学会《中国文学报》第 1~20、34~39 期(1954—1965、1982—1988)

《日本中国学会报》，《学界展望》第 1~40 期(1949—1988)

白居易研究文献　韩文

1925 年

梁白华（1889—1944）翻译《琵琶行》，《朝鲜文坛》第 12 号，1925 年

1944 年

金忆译《白乐天诗选》（汉城图书株式会社，1944 年 8 月）“支那名诗选”第 2 集，第 151 页。与梁柱东译《诗经抄》合订出版

1957 年

金龙燮《白乐天研究：讽谕诗一瞥》，汉城大学《文理大学报》第 5 卷第 2 号，1957 年 7 月

1959 年

李炳汉《李白、杜甫、白居易三家诗论：以杨太真为中心》，汉城大学《文理大学报》第 7 卷第 2 号，1959 年 7 月

曹佐镐《白乐天研究：以诗禅一致的先驱作用为中心》，《白性郁博士颂寿记念佛教学论文集》，1959 年 7 月

1965 年

金喆洙《〈长恨歌〉研究》，成均馆大学《国际文化》第 2 卷第 1 号，1965 年 3 月

丁来东《白乐天诗的社会性》，《亚细亚研究》第 8 卷第 2 号，1965 年 6 月

1967 年

杨森《白乐天及其诗》，汉城大学硕士论文，1967 年 8 月

1968 年

金得洙《白居易研究》，成均馆大学硕士论文，1968 年 12 月

金洙映《白乐天、苏东坡》，新太阳社，1968 年 9 月；韩国出版公社，1986 年 5 月再版，“东洋历代伟人传记选集”第六册

1971 年

孙八洲《韩国文学与白居易》，《东岳语文论集》第 7 辑，1971 年 3 月

1972 年

李东乡《白居易与讽谕诗的诀别》，《中国学报》第 13 辑，1972 年 12 月

1974 年

车柱环《李杜元白诗说》(上、下)，《心象》第 2、3 辑，1974 年 3 月；又收入车柱环《中国诗论》Ⅲ章第二节《元稹与白居易的诗论》，汉城大学出版部，1989 年 7 月

1977 年

殷富基《白居易社会诗考》，《全南大学论文集》第 23 辑，1977 年 8 月

金得洙《白乐天文学改革论》，《中国文学》第 4 辑，1977 年 12 月

金在乘《白居易新乐府与茶山诗》，《韩国言语文学》第 15 辑，1977 年 12 月

金在乘《白居易〈秦中吟〉考》，《中国学报》第 18 辑，1977 年 12 月

张基槿《白乐天》，太宗出版社，1977 年 6 月，“中国古典汉诗人选”第 4 册，共 377 页

释智览译注《长恨歌》，民音社，1977 年 12 月，“世界诗人选”第 72 册白乐天篇，共 111 页

1978 年

金在乘《白居易新乐府考》,《中国文学》第 5 辑, 1978 年 12 月

1980 年

李根孝《以诗歌为中心的白居易研究》,《中国语文学》创刊号, 1980 年 11 月

申英爱《白居易新乐府研究》, 淑明女子大学硕士论文, 1980 年 12 月

吴秀卿《白居易讽谕诗性格》, 启明大学校 学徒护国团《飞狮论集》第 3 辑, 1980 年 2 月, 第 17~28 页

1981 年

金在乘《白居易诗论集》,《闲堂车柱环博士颂寿论文集》, 汉城大学出版部, 1981 年 8 月

李根孝《白居易诗社会性研究》, 成均馆大学硕士论文, 1981 年 2 月, 载《釜山产业大学论文集》第 3 辑, 1982 年

俞炳礼《白居易讽谕诗之研究》, 台北: 台湾师范大学国文研究所硕士论文, 1981 年【导师】邱燮友

1982 年

金在乘《元白往复书考》,《张基槿博士回申纪念论文集》, 1982 年 8 月

金在乘《唐代新乐府运动小考》, 全南大学《中国人文科学》创刊号, 1982 年 12 月

申英爱《白居易新乐府分类及其内容》,《中国文化》第 1 辑, 1982 年 6 月

赵庸斗《白居易的新乐府里出现的"为民"的性格》, 忠北大学《全国大学生学术研究发表论文集》第 7 辑, 1982 年

1983 年

李徽教《白居易与秦中吟》，《中国语文学》第 6 辑，1983 年 10 月

俞炳礼《白居易诗语的特色》，《中语中文学》第 5 辑，1983 年 12 月

金在乘《白乐天诗研究：以闲适诗为中心》，全南大学《中国人文科学》第 2 辑，1983 年 12 月

1984 年

金在乘《白居易格诗考》，全南大学《中国人文科学》第 3 辑，1984 年 12 月

1985 年

金在乘《白乐天诗研究》，汉城大学博士论文，1985 年 7 月

金在乘《白诗评论小考》，全南大学《中国人文科学》第 4 辑，1985 年 12 月

俞炳礼《白居易诗论二重性》，外国语大学《中国学研究》第 2 辑，1985 年 11 月

俞炳礼《元和体考》，《中国学报》第 25 辑，1985 年 3 月

1986 年

安天洙《白居易贬谪江州途中诗研究》，高丽大学硕士论文，1986 年 1 月

郑元皓《白居易新乐府再观照》，庆北大学硕士论文，1986年12月

金得洙《白居易研究》，成均馆大学硕士论文，1986 年 12 月

1987 年

林孝燮《白居易新乐府现实主义特征研究》，外国语大学硕士论文，1987 年 2 月

1988 年

俞炳礼《白居易的“仕”与“隐”意识》，《诚信女大研究论文集》第27辑，1988年2月

林孝燮《白居易新乐府创作过程考察》，《中国语文论集》第4辑，1988年2月

俞炳礼《白居易诗研究》，台北：台湾师范大学国文研究所博士论文，1988年6月【导师】尤信雄

1989 年

郑相赫《白居易闲适诗研究》，中央大学硕士论文，1989年12月

姜昌洙《白居易饮酒诗小考：以〈劝酒〉诗十四首为中心》，《中国文学研究》第7辑，1989年1月

李浚植《杜甫、白居易诗的写实主义的形成与形态》，《大东文化研究》第23辑，1989年

1990 年

张哲镐《白居易饮酒诗考：以〈劝酒〉十四首为中心》，《大邱语文论丛》第8辑，1990年5月

1991 年

俞炳礼《白居易诗中的时间忧患意识》，诚信女子大学《人文科学研究》第11辑，1991年12月；淑明女子大学《中国学研究》第8、9辑合订，1994年6月

金在乘《白乐天诗研究》，明文堂，1991年11月，共274页

1992 年

金龙云《白居易写实意识的目标及其特征》，东亚大学《石堂论丛》第18辑，1992年12月；《中唐论丛：丁范镇教授六秩寿辰纪念》，1995年2月

金卿东《白乐天与高丽文人：以流传与受容为中心》，《中国文学

研究》第 10 辑，1992 年 12 月；按，又题为《高丽朝鲜时代士人对白居易的“受容”及其意义》，《文学遗产》1995 年第 6 期

1993 年

玄宰硕《白居易新乐府研究》，国民大学硕士论文，1993 年 12 月

1994 年

辛承姬《〈琵琶行〉音韵学的考察》，梨花女子大学硕士论文，1994 年 2 月

1995 年

林孝燮《白居易新乐府运动的时代精神考察》，《中国语文论集》第 10 辑，1995 年 12 月

高真雅《白居易叙事诗研究》，韩国外国语大学硕士论文，1995 年 2 月

1996 年

林孝燮《白居易干预文学论中的时代精神》，《中国现实主义文学论集》法文社，1996 年 6 月

金卿东《元稹白居易社会诗研究》，成均馆大学博士论文，1996 年 12 月

金卿东《元白的仕隐意识》，《中国人文科学》第 15 辑，1996 年 12 月

李浚植《白居易论》，《中国文学研究》第 14 辑，1996 年 12 月；李炳汉《中国诗与诗人》(唐代篇)，人与书出版社，1998 年

1997 年

金卿东《元白交游考：兼及元白交游诗》，“濡园金喆洙教授退休纪念中国语言中国文学论丛”，1997 年 5 月

沈隅俊《香山三体法研究》，一志社，1997 年 10 月

俞炳礼《白居易诗中鹤的意象》，《中国语文论丛》第 13 辑，1997

年 12 月

1998 年

权应相《〈长恨歌〉叙事性研究》，《中国语文学》第 32 辑，1998 年 12 月，第 123～148 页

1999 年

金卿东《元白交游中两个问题》，《中国文学研究》第 18 辑，1999 年 6 月

2001 年

宋龙準《白居易诗中的宋诗特征考察》，《中国文学》，2001 年

2002 年

俞炳礼《白居易〈长恨歌〉的主题与其在韩国古典诗歌中的受容》，《中国文学与东亚文化》，中国语文研究会，2002 年

2003 年

俞炳礼《白居易〈长恨歌〉的主题》，《中语中文学》第 33 辑，2003 年 12 月

2005 年

金南英《白居易诗研究》，京畿大学教育研究所硕士论文，2005 年

资料来源

金卿东《白居易研究在韩国》附编《白居易相关图书目录》(韩文)，收入《白居易研究讲座》第五卷，东京：勉诚社，1994 年 9 月

金卿东《韩国的白居易研究概况及有关问题》，刘维治据日本《白居易研究年报》创刊号(2000)丰福健二译文译出，《周口师范高等专科学校学报》2002 年第 1 期；《中国古代、近代文学研究(人大复印报

刊资料)》2002年第10期

李章佑著，李文学译《韩国的唐代文学研究概况》，《唐代文学研究年鉴》1991，广西师范大学出版社，1992年8月

杨蔚编《韩国唐诗研究文献举要》，《中国诗学》第2辑，南京大学出版社，1994年，第158~186页

金在乘《韩国近十年来唐代文学研究的情况》，《唐代文学研究》第5辑(中国唐代文学学会成立十周年国际学术讨论会暨第六届年会论文集1992年)，广西师范大学出版社，1994年10月，第872~882页

柳晟俊《韩国唐诗研究之回顾与展望》，《中国典籍与文化》1999年第3期，又载《唐代文学研究年鉴2000》(广西师范大学出版社，2001年7月)，2003年9月9日在中国社会科学院文学研究所古代室学术论坛所作学术报告《半世纪韩国唐诗研究之历程》即此文

柳晟俊《1950年以来韩国唐诗研究之动向》，《唐代文学研究年鉴2004》，广西师范大学出版社，2005年4月

白居易研究文献　英法文

书　籍

《长恨歌及其他》(*The Never Ending Wrong and other Renderings*)，克莱默-宾(Launcelot Alfred Cranmer-Byng)，London：Grant Richards，1902年

《玉琵琶》(*A Lute of Jade：Being Selections From The Classical Poets of China*)，克莱默-宾(L. Cranmer-Byng)，London：Grant Richards，1909年

《宫灯的飨宴》(*A Feast of Lanterns*)，克莱默-宾(L. Cranmer-Byng)，London：John Murray，1916年

《中国诗歌》(*Chinese Poems*)，亚瑟·韦利(Arthur Waley，1889—1966)，Stewartstown：Lowe Bros，1916年，自费印刷。共翻译52首汉诗，其中白居易诗歌3首

《汉诗一百七十首》(*A Hundred and Seventy Chinese Poems*),亚瑟·韦利(Arthur Waley),伦敦:康斯坦布出版公司(Constable and Co.),1918年;纽约:阿尔夫雷德·诺普夫(New York:Alfred A. Knopf),1919年。其中白居易诗歌62首。在出版后的4年内原版重印了4次,美国"通行本"重印了三次,单是第一版就5000册。书评:约翰·弗莱彻(John Gould Fletcher)《中国的芳香:评亚瑟·韦利的〈汉诗一百七十首〉》(Perfume of Cathay:Chinese Poems by Arthur Waley),*Poetry*,Vol. 13,No. 5. Feb,1919:273-281. 此书在欧美流传甚广,当年即出修订版,至1946年已出第12版。德国剧作家、诗人布莱希特(Bertolt Brecht,1898—1956)的《中国诗歌》(1939)中,有七首根据亚瑟·韦利译本而转译。另有十余首先后由乐坛名家被之管弦,供歌手演唱。西方学者多不谙中文,故乐读其书,推崇之意,不难想象。英国后起汉学家,虽诟病其译文不甚忠于原文,而仍视为研究汉学的津途。韦利译文之美,林语堂评价说:"在翻译中文作者当中,成功的是英人韦烈(按:即韦利)。其原因很平常,就是他的英文非常好。所以我译《道德经》(按,指《中印智慧》*The Wisdom of India and China*),有的句子认为韦烈翻得极好,真是英文佳句,我就声明采用了。他译乐府诗、乐府古诗十九首及诗经等都不用韵,反而自由,而能信达雅兼到。韦烈偶然也会译错,如《西游记》赤足大仙,真真把'赤足'译为'红脚',这都不必。他们讲典故,常有笺注可靠,到了'赤足'这种字面,字典找不出,就没办法了。"赵毅衡《轮回非幽途:韦利之死》评云:"这部译诗集与庞德的《神州集》(*Cathay*)一样,已经成为20世纪英(语)诗歌史的一部分。"(见其《伦敦浪了起来》,人民文学出版社,2002年6月,第89页)

《译自中国》(*Translations of the Chinese*),亚瑟·韦利(Arthur Waley),纽约:阿尔夫雷德·诺普夫(Alfred A. Knopf),1919年。*The Augustan Books of English Poetry*,London:Emst Benn Ltd.,1927. London:George Allen & Unwin Ltd.,1941年。收录白居易诗歌108首,书中附有白居易生平年表,并对白居易生平中的一些重大事件以及《与元九书》作了介绍

《汉诗增译》,又译《译自中文续编》(*More Translations from*

Chinese)，亚瑟·韦利(Arthur Waley)，纽约：阿尔夫雷德·诺普夫(Alfred A. Knopf)，1941 年；纽约：古典书局(Vintage Books)，1971 年。共翻译 68 首汉诗，其中白居易诗歌 53 首

《英译唐诗选续集》(*More Gems of Chinese Poetry*)，弗莱彻(W. J. B. Fletcher，？—1933)，Shanghai：Commercial Press，Limited，1919 年。翻译白居易诗歌 2 首

《松花笺》(*Fir-flower Tablets*)，Florence Ayscough；艾米·洛维尔(Amy Lowell，1874—1925)，Boston and New York：Houghton Mifflin，1921 年。译白居易诗《闻早莺》一首

《(白居易)〈游悟真寺诗〉及其它》(*The Temple and Other Poems*)，亚瑟·韦利(Arthur Waley)，纽约：阿尔夫雷德·诺普夫(Alfred A. Knopf)，1923 年，共 150 页

《群玉山头》(*The Jade Mountain：A Chinese Anthology*)，柏宾(威特·宾纳 Witter Bynner，1881-1968)与江亢虎合译，New York：Alfred A. Knopf，1929 年；Garden City，New York，Anchor Books，Doubleday & Company，Inc.，1964 年，共 238 页。系清·蘅塘退士编《唐诗三百首》英译本。收白居易诗 6 首

《长恨歌》(*The Everlasting Woe；Chang Heng Kuo*)，*by Po Chü-i (A. D. 772-846)*，任泰(Tai Jen)，上海：中华书局(Shanghai：Chung-hua Book Co.)，1939 年

《唐诗三百首选译》(*Selections from the Three Hundred Poems of the T'ang Dynasty*)，罗杰·梭米·詹尼斯(Roger Soame Jennys)，London：John Murray，1944 年

《唐诗三百首选译续集》(*A Further Selection from the Three Hundred Poem of the T'ang Dynasty*)，罗杰·梭米·詹尼斯(Roger Soame Jennys)，London：John Murray，1944 年

《中国诗选》(*Chinese Poems*)，亚瑟·韦利(Arthur Waley)，London：George Allen & Unwin Ltd.，1946. 对之前翻译过的诗歌进行修订，收录白居易诗歌 103 首，三年内卖出将近两万册

《白居易的生活与时代》(*The Life and Times of Po Chu-i，772-846 A. D.*)，亚瑟·韦利(Arthur Waley)，伦敦：乔治·爱伦和爱文

(George Allen & Unwin)出版社；纽约：麦克米兰出版公司(The MacMillan Co.)，1949年；1951年；1957年，共238页。书中翻译了很多之前没有翻译过的白诗，有126首。书评：浦立本(Edwin G. Pulleyblank)，《皇家亚洲文会会刊》(*Journal of the Royal Asiatic Society*)(1950)，共195页。杨联陞(L. S. Y.，1914—1990)"The Life and Times of Po Chü-i by Arthur Waley"，*Harvard Journal of Asiatic Studies*，Vol. 15，No. 1/2. Jun.，1952：259-264. 花房英树日译本，《白乐天》，鉴书房，1959年；1987年，共486页。西班牙语译本，1969年在巴塞罗那出版

《作为谏官(左拾遗)的白居易：808—810年呈给唐宪宗的奏状》(*Po Chü-i as a Censor*：*his memorials presented to Emperor Hsien-tsung during the years* 808-810)(法文)，Transtated and explained by Eagene Feitel(尤金·法菲尔 Eugen Feifel，1902—1999)，穆东书局 S. V, D. Mouton & Co. ，The Hagne，The Netherlands，1961年，Hague's-Gravenhage(海牙)：Mouton，1961年(共244页)。书评：浦立本(Edwin G. Pulleyblank)，《东方学文献报》(*Orientalistische LiteraturZeitung*)，1963年。杜希德、谢康伦(Conrad M. Schirokauer，1929—)1963年也写过书评

《中国古典诗歌选集》(*Anthologie de la poesie chinoise classique*)，戴密微(Paul Demiéville)主持，巴黎：1962年，共379页。历代诗选法译本，由戴密微主持，多人合作编译，戴密微撰写序言并润色全部译稿，选诗以朝代为序，从《诗经》到清代朱彝尊，凡二百余家，三百七十余首。书名中的"诗"字，取其广义，因此选有少量词、曲作品，但未选辞赋(尽管法国有人称赋家为诗人)。所选大多是名家、名作，虽博而精，较能准确反映中诗风貌。诗集序言叙及中诗地位、诗语特征、诗词韵律、诗史梗概、西播概况等，具有导读性质。此书是法国汉学在文学研究方面的重要成果

《白居易作品选》(*Translations from Po Chü-i's Collected Works*)，四卷，李豪伟(Howard S. Levy，1923—)，纽约：佳作再版公司(Paragon Book Reprinted)

Howard S. Levy. *Lament Everlasting* (*The Dead of Yang Kuei-fei*)：

Translation and Essays（《长恨：杨贵妃之死：译著集》）. Tokyo：Oriental Book Store，1962. 东京 1962 年译著者刊。

Howard S. Levy. *Translations from Po Chü-i's Collected Works vol.* 1：*The Old Style Poems*. New York：Paragon Book Reprint Corp.，1971.

Howard S. Levy. *Translations from Po Chü-i's Collected Works vol.* 2：*The Regulated Poems*. New York：Paragon Book Reprint Corp.，1971.

Howard S. Levy. & Henry W. Wells（亨利·威尔斯，1895—1978）. *Translations from Po Chü-i's Collected Works vol.* 3：*Regulated and Patterned Poems of Middle Age*（822-832）. San Francisco：Chinese Materials Center，1976

Howard S. Levy. & Henry W. Wells（亨利·威尔斯，1895—1978）. *Translations from Po Chü-i's Collected Works vol.* 4：*The Later Years*（833-846）. San Francisco：Chinese Materials Center，1978.

朱徽《唐诗在美国的翻译与接受》（《四川大学学报》2004 年第 4 期，第 84~89 页；《中国古代、近代文学研究》（人大复印报刊资料）2004 年第 12 期）：雷斐氏（Howard S. Levy）编译《白居易诗选》（*Selected Poems of Bai Juyi*），四卷本

《长恨歌（杨贵妃）》（法文），尼科尔·维达尔著，巴黎：伽利玛出版社 1963 年版，列入《历史传奇》

《中国文学选集：上古至十四世纪》（*Anthology of Chinese literature Vol.* 1：*From Early Times to the Fourteenth Century*），白之（Cyril Birch）、凯内（Donald Keene）编辑，纽约：丛树出版社（New York：Grove Press），1965 年，共 492 页；Harmondsworth：Penguin，1967 年。书评：余光中《庐山面目纵横看：评丛树版英译〈中国文学选集〉》（作于 1974 年 4 月），收入其《余光中谈翻译》，中国对外翻译出版公司，2000 年 1 月，《翻译理论与实务丛书》。由白之这样的专家从柯润璞、葛瑞汉、海陶玮、赖道德（J. K. Rideout）、亚瑟·韦利、华兹生、庞德等 18 位英美译家和 5 位海外华人译家的译文中筛选而来。三分之一是散文，其余是诗歌和两部戏剧。译文新旧参半，水准高低参差。余光中评价是："瑜中多瑕，慎予选用。""在编辑的体例和作品的选择上，本书大致尚称稳妥。比例失调之处仍复不少。""颇合英美读者所需，遗憾的是，诸家译文水准不齐，谬误尚多。"

《汉诗又一百首：爱与流年》（*One Hundred More Poems from the*

Chinese：*Love and the Turning Year*），王红公（肯尼斯·雷克斯洛特 Kenneth Rexroth，1905—1982），New York：New Directions Publishing，1970 年．收白居易诗一首

《葵晔集：中国诗歌三千年》（*Sunflower Splendor*：*Three Thousands Years of Chinese Poetry*），柳无忌（Wu-Chi Liu，1907—2002）、罗郁正（Ivring Yucheng Lo，1922— ）等，Garden City，New York：Anchor Books，1975 年。收录白居易诗 17 首

《白居易诗选二百首》（*Bai Juyi*，*200 Selected Poems*），列维·安理（Rewi Alley）译，Peking：New World Press（北京：新世界出版社，1983 年 12 月

《法译本白居易诗选》（*Bai Juyi*，*Poemes*），Hoizey Dominique，Paris：Albedo，1985 年

《法译本白居易诗选》（*Po Chu Yi*：*un homme sans affaires*），Wing fun Cheng，Hervé Collet，Millemont：Moundarren，1988 年

《哥伦比亚中国诗集：从早期到 14 世纪》（*The Columbia Book of Chinese Poetry*：*from the Early Times to the 13th Century*），华兹生（华生 Burton Watson，1925— ）译，New York：Columbia University Press，1984 年。收白居易 11 首

《哥伦比亚中国古典文学选集》（*The Columbia Anthology of Traditional Chinese Literature*：*Translations from the Asian Classics*），梅维恒（Victor H. Mair）编辑，New York：Columbia University Press（纽约：哥伦比亚大学出版社），1994 年；1996 年 3 月

《中国文学选集：初始至 1911 年》（*An Anthology of Chinese Literature*，*Beginning to* 1911），宇文所安（Stephen Owen），New York：W. W. Norton &Co. 1996 年，收白居易诗 11 首

《白居易诗选》（*The Selected Poems by Po Chu-i*），大卫·亨廷顿（David Hinton），New York：New Directions Publishing Corp.，1999 年

《白居易诗选》（*Po Chu-i*：*Selected Poems*），华兹生（华生 Burton Watson），纽约：哥伦比亚大学出版社（New York：Columbia University Press），2000 年

《哥伦比亚中国文学史》（*The Columbia History of Chinese*

Literature)，梅维恒(Victor H. Mair)，New York：Columbia University Press，2001 年，柯睿(Paul Kroll)撰写白居易部分

《简明哥伦比亚中国古典文学选集》(*The shorter Columbia anthology of traditional Chinese literature*)，梅维恒(Victor H. Mair)，New York：Columbia University Press，2001

《中国诗歌精选集：古今三千年传统》(*The Anchor Book of Chinese Poetry*：*From Ancient to Contemporary*，*the Full* 3000- *Year Traditon*)，汤尼·本斯东(Tony Barnstone)、周平(Chou Ping)，New York：Knopf Doubleday Publishing Group，2005 年，收录白居易诗 20 首

《待月：白居易诗选》(*Waiting for the Moon*：*Poems of Bo Juyi*)，亚瑟·韦利(Arthur Waley)，Axios Press，2012 年

学位论文

《白居易诗歌的双重灵魂》(“*La double inspiration du Poète Po Kiu-yi*，772-846”)(法文)，罗大冈(Lo Ta-Kang)，巴黎：波·博絮阿书局(Paris，Pierre Bossuet)，1939 年，Th'ese-Univ. de Paris(参见《罗大冈文集》，中国文联出版社，2004 年 3 月)

《作为谏官(左拾遗)的白居易》(“*Po Chü-i as a Censor*：*His Memorials Presented to Hsien-tsung during the Year 808-810.*”)，尤金·法菲尔(Eugen Feifel，1902-1999)，哥伦比亚大学博士论文(Unpublished Ph. D. dissertation，Columbia University)，1952 年，共 398 页

《白居易：其人及其对中国诗歌的影响》(*Po Chü-i*：*The Man and His Influence in Chinese Poetry*)，Ernestine H. Wang(厄尼斯汀·王)，Unpublished Ph. D. dissertation，Georgetown Univ，1987 年，2224. 提要见《唐学报》(*T'ang Studies*) 7 (1989)，From *Dissertation Abstracts International*.

Po Chü-i (772-846) was the most prolific realistic poet of the T'ang Dynasty. He followed the spirit of the *Shih-ching* (Book of Odes) using a writing style that was pleasing and easily read by the people to create more than 3,000 poeticworks. In these poetic works, he faithfully depicted episodes of his own life and recorded in detail scenes from China's political, social, and everyday life during the 8th and 9th centuries. Quite apart from their literary value, his poems have significance for historians for they create in verse vivid pictures of historical events during the T'ang period.

Po Chü-i was born to a poor family with literary fame. From his youthful days, he showed great intelligence and diligence.

At the age of 15, he began creating poetic works, and subsequently became an official by passing three imperial examinations to enter the Imperial Court of the T'ang Dynasty. Because of his family background, Po had a special understanding of the life and hardships of the common people.

His representative work, "A Song of Unending Sorrow," described the Imperial Court, the Emperor, and the internal chaos during the T'ang Dynasty. It was a love story of the times and included the thinking of Buddhist and Taoist devotees. His other representative work, "The Song of a Guitar," described the life of the common people suffering under a feudal social system.

Po Chü-i was not only a great poet, but he also gave a new direction to the literature of the T'ang Dynasty. He used poetic works to report on practical reality and set forth in his writings a historical record of the T'ang Dynasty. Po opened the road to vernacular literature and through his writings afforded art, literature, and education to the common people of his time. Po Chü-i is not only an immortal poet but also a writer of great value to historians.

《在世界与自我之间：白居易人生与写作的定位》[*Between the World and the Self—Orientations of Pai Chü-i's* (772-846) *Life and Writings*]. 陈照明(Chiu Ming Chan), Unpublished Ph. D. dissertation of Wisconsin University(威斯康星大学), 1991 年

《白居易关于政府的文学想象》(*Bai Juyi's Literary Vision of Government*), 邓百安(DeBlasi, Anthony)《改变世界：四位中唐士人研究》第 2 章(*To Transform the World: A Study of Four Mid-Tang Intellectuals* Doctoral Thesis, Chapter 2), Harvard University, 1996

《白居易作品中的妇女、女性美和爱情》(*Women, Femininity, and Love in the Writings of Bo Juyi 772-846*), Unpublished Ph. D. dissertation , Univ. of Illinois at Urbana-Champaign(伊利诺伊大学), 1997 年

词 条

白居易词条 "Po Chu-i. "《大英百科全书》(*Encyclopedia Britannica*), 伦敦: 1956 年

白居易词条 "Po Chu-i. ", 荣之颖 (Angela Jung Palandri, 1926—)、马幼垣 (Y. W. Ma, 1940—), 收入倪豪士 (William H. Nienhauser, Jr.) 主编《印第安纳中国古典文学指南》(*The Indiana Companion to Traditional Chinese Literature*), 布莱明顿: 印第安纳大学出版社, 第一卷: 1985 年; 1986; 第二卷: 1998

文 章

Further Poems by Po Chü-i and an Extract from His Prose Works. (白居易诗 38 首), Together with Two Other T'ang Poems. Arthur Waley. *Bulletin of the School of Oriental Studies* (伦敦大学东方学院学刊) 1 (1), 1917: 96-112.

Notes on the "Lute-girl's Song". (《琵琶行》译注) 亚瑟 · 韦利 (Arthur Waley), *New China Review*. 2, Dec. 1920: 591-597

Mr. Waley and "The Lute grils Song". (亚瑟 · 韦利及《琵琶行》) H. A. Giles. *New China Review* 3, August 1921: 281-288

Notes on the "Lute-girls Song", response to Herber A. Giles criticism of this piece. (《琵琶行》札记) 亚瑟 · 韦利 (Arthur Waley). *The New China Review*, 3, 1921: 376-377

The everlasting wrong. (长恨歌) 亚瑟 · 韦利 (Arthur Waley). *Bulletin of The School of Oriental Studies*, Vol. 2 , Part 2 , 1922: 343-344

Pe Kui-i. Emotion ressentie à la montagne du An. d, Poeme envers de Cing Pieds. trad. Par M. Roy. *La Chine* 42: 613-614

Love for Yang Kuei Fei, the Ballad of The Eternal Sorrow. Foster J. , *China Journal* 4, 1926: 115-119

Some Fragments of Pai Chn-i's Poetry Concerning Women. Ke, H, C. K. , *China Journal* (of Science and art) 8, 1928: 176-177

Bo, Gu I. Ewige Sehnsucht. Aus den Chinesischen Urtext Ubertragen

Von Ling Tsiu Sen, Chin. *Deutsch. Alm.*, 1931: 33-36

Eine Dichtung Po Kiu-i's Ubersetzt. Von A. Bernhardi. *Ostasiatlsche Zeitsohrift* 8, 1931: 33-36

"The Life and Times of Po Chü-i by Arthur Waley," 杨联陞(L. S. Y., 1914—1990) *Harvard Journal of Asiatic Studies*, Vol. 15, No. 1/2, Jun., 1952: 259-264

Po Chu- i: Peoples Poet. Kwei, Chen. *China Reconstructs* 21v, 1953: 31-35

A lost ballad by Po Chü-i. 亚瑟·韦利(Arthur Waley). *Sino-Japonica*, Leipzig Harrassowitz, 1956

The Marriage of Po Chü-i's Parents(白居易父母的婚姻), Eugen Feifel. *Monumenta Serica*(《华裔学志》)15, 1956: 344-355

Biography of Po Chü-i. annotated Translation from Chuan 166 of the *Chiu T'ang-shu*. (《旧唐书·白居易传》) Eugen Feifel. *Monumenta Serica*(《华裔学志》)17, 1958: 255-311

Po-Chü, a Poet Close to the People. Chen Yu-Chin(陈友琴). *Chinese Literature* 7, 1961: 82-91

Four Letters of Po Chü-i to the Tibetan Authorities. J. Kolmavs, 东方文献(*Archiv Orientalni*)(捷克), 1966: 375-410

The Head Ornaments on the Ground- A Note on "Ch'ang-hen ko" and "Jen Shih Chuan", 孙述宇(Phillip S. Y. Sun), *TsingHua hsuen-pao*(《清华学报》)(*THHP*, *N. S.*)7. 1. August 1968: 209-213

Poet of Many Parts, Pin-ching Hu, *Free China Review*, 18. December 1969: 20-25

Rainbow Skirt and Feather Jacket, Howard S. Levy, *Literature East and West*, 13. 1/2, June 1969: 111-140

The Grass Motif in Chinese Poetry, 孙述宇(Phillip S. Y. Sun). *Tamkang Review*(《淡江评论》)1(1), April 1970: 29-41

The Collected Work of Po Chü-i and the Literature Circle of the Heian Period, 林文月(Wen-yüeh Lin), *Tamkang Review*(《淡江评论》)2(1), 1971: 129-142

Po Chu-i's Collected Works, Vol. I, The Old Style Poems, Vol. II, The Regulated Poems(评李豪伟《白居易作品选》第一卷、第二卷), Russell McLeod(罗塞尔·麦克劳德), *Journal of Asian Studies*, Vol. 31, No. 2, Feb., 1972: 393

Po Chu-i's Collected Works. Vol. I, The Old Style Poem(评李豪伟《白居易作品选》第一卷), Lionello Lanciotti(兰乔蒂), *East and West*, Vol. 23, No. 1/2, March-June 1973: 218

Pear Blossom in Spring with Rain: A Reading of "Chang Hen ko"(梨花一枝春带雨), 颜元叔(Yüan-shu Yen), *Tamkang Review*(《淡江评论》)4(1), 1973: 129-146

Po Chü-i's Poems on immortality. (白居易关于长生的诗歌) Ho PenS Yoke(何丙郁), Coh Thean Chye(吴天才) & David Parker(大卫·帕克), *Harvard Journal of Asiatic Studies* Vol. 34, 1974: 163-186

The Tale of Genji and "A Song of Unending Sorrow". Wen-yüeh Lin(林文月), *Tamkang Review*(《淡江评论》)6(2), 1975: 281-285

The Friendship of Yuan Chen and Po Chu-i: a telescopic view. (元稹与白居易的友谊: 一种放大的视角)荣之颖(Angela Jung Palandri), *Proceedings of PNCFL* (*Pacific Northwest Conference on Foreign Languages*), Vol. 27, 1976: 7-10

The Poet as Jurist: Po Chu-i and a Case of Conjugal Homicide. (作为法理学家的诗人: 白居易与一桩杀妻案) Benjamin E. Wallacker(本杰明·E·沃拉克), *Harvard Journal of Asiatic Studies*(《哈佛亚洲研究》)41(2), December 1981: 507-526. 智按: 论及白居易《论姚文秀打杀妻状》

The Song of Everlasting Remorse. Gideon C. T. Hsu trans. *Annals of the Philippine Chinese Historical Society*(Manila), 12, 1982: 48-61

A Note on Po Chu-yi's "Tu Lao Tzu(On Reading the Lao Tzu)". (白居易《读老子》札记) Liu, James J. Y. (刘若愚), *Chinese Literature: Essays, Articles, Reviews*(《中国文学》) 4(2), July 1982: 243-244

Chinese Culture and Japanese Identity: Po Chu-i in a Peripheral Country. Sukehiro Hirakaw(平川祐弘), *Tamkang Review*(《淡江评论》)

16(1-4)，Autumn 1984-Summer 1985：201-20

Po Chü-i and the Japanese response：essays and translation.（白居易与日本的回应）李豪伟(Howard S. Levy，1923-)，Yokohama：Japan Warm-Soft Village Branchi K-L Publications，1984

Po Chu-i's "Government Ox".（白居易的《官牛》）Denis Twitchett（杜希德，1925—2006），*T'ang Studies*(《唐学报》)7，1989：23-38. 参见吴丽娱《谁是白居易〈新乐府·官牛〉诗中的右丞相——陈寅恪〈元白诗笺证稿〉补证一则兼辩牛李党争起源问题》(收入《庆祝何炳棣先生九十华诞论文集》一书，三秦出版社，2008 年版，第 630~639 页；"中国唐史学会第九届年会暨唐宋社会变迁国际学术研讨会"会议论文)

Po Chu-i's "Song of Lasting Regret"(白居易的《长恨歌》)：A New Translation. 柯睿(Paul W. Kroll)，*T'ang Studies*(《唐学报》)8-9，1990-1991

The Celebrated Cranes of Po chu-i(白居易的名鹤). 司马德琳(Madeline K Spring)，*Journal of the American Oriental Society*(《美国东方学会会刊》)111(1)，1991：8-18. 翻译了白居易近 30 首关于鹤的诗歌

Reading Po Chu-i.（解读白居易）保罗·高汀(Paul Rakita Goldin)，*T'ang Studies*(《唐学报》)12，1994：57-96. 翻译白诗近 10 首

The Traditional Chinese Law of Homicide，Po Chu-i and the Eiusdem Generis Principle.（关于杀人案的中国传统法律：白居易与遵循先例原则）Geoffrey MacCormack(杰夫瑞·马考麦克)，*Chinese Culture Quarterly*(《中国文化月刊》)35(3)，1994：7-14

Po Chü-I Studies in English Since 1916-1992.（1916—1992 年英语世界中的白居易研究）William H. Nienhauser(倪豪士)，*Asian Culture Quarterly*(《亚洲文化季刊》)22(3)，Autumn 1994：37-50. 川合康三译为日文，收入《白居易研究讲座》第 5 卷(东京：勉诚社，1994 年 9 月)。文后附《白居易相关图书目录》(英文)[Selected Bibliography of Po chü-I (772-846) Studies in English]，收入《白居易研究讲座》第 5

卷之末

Having it Both Ways：Manors and Manners in Bai Juyi's Poetry（其道两全：白居易诗中的园林与生活方式），杨晓山（Xiaoshan Yang），*Harvard Journal of Asiatic Studies*（《哈佛亚洲研究》）56（1），Jun.，1996：123-149. 又收入其《私人领域的变形：唐宋诗歌中的园林与玩好》（*Metamorphosis of the Private Sphere：Gardens and Objects in Tang-Song Poetry*）. Cambridge：Harvard University Press，2003. 文韬译，南京：江苏人民出版社，2008 年 8 月；2009 年 5 月

Buddhist and Taoist Influences on the Tang Poet Bai Juyi（A. D. 772-846）（佛道对唐代诗人白居易的影响），陈照明（Chiu Ming Chan），*Nantah Journal of Chinese Language and Culture*，1，1996：249-266.

"Perception of Marriage and Women in Bo Juyi's Judgment Writings" 姚平（Ping Yao），The March 1997 Association for Asian Studies Annual Meeting，Chicago，Illinois

The Exchange of Poetry and the Poetry of Exchange：A Perspective on Bai Juyi and Su Shi（诗歌的交换和交换的诗歌：关于白居易和苏轼的一点思考），杨晓山（Xiaoshan Yang），the 1999 Annual Meeting of the Midwest Conference on Asian Affairs，Michigan Sate University，September 24 - 26，and at the 2000 Annual Meeting of the Association for Asian Studies，San Diego，March 9 - 12. 又收入其《私人领域的变形：唐宋诗歌中的园林与玩好》（*Metamorphosis of the Private Sphere：Gardens and Objects in Tang-Song Poetry*）. Cambridge：Harvard University Press，2003. 文韬译，南京：江苏人民出版社，2008 年 8 月；2009 年 5 月

Money Matters：Bai Juyi's Self-Image as a Septuagenarian（俸禄事宜——白居易作为七十老者的自我形象），杨晓山（Xiaoshan Yang），*Monumenta Serica* 48，2000：39-66

The Fascination with Qing in Mid-Tang China（763-835）：A Study of the Writings of Bo Juyi（772-846）（中唐"情"的幻想：白居易作品研究），姚平（Ping Yao），*Chinese Historians*，10，2000：93-121.

Lodging in Peace While Waiting for the Decree of Heaven：A Study of the Thoughts and Actions of the Tang Poet Pai Chu-yi（静待天命：唐代诗

人白居易的思想和行为研究），陈照明（Chiu Ming Chan），*Literature and Philosophy*（*National Sun Yat-Sen University*），1. No. 1，2002：129-146

《白居易〈长恨歌〉之经典化及其东亚相关图绘简论》，衣若芬（I Lo-fen），Xin Ning，Dietrich Tschanz，Ching-I Tu eds.，"Chinese Classics and Traditional Thought：Origin，Development，and Dialogue"（《中国古代经典与传统思想：起源、流变与对话》），New Brunswick，N. J.：Confucius Institute at Rutgers University，2012：225-323.

白居易研究文献 德文

普菲茨迈耶尔（August Pfizmaier）《中国诗人白居易》，1886 年

埃伦施泰因（Albert Ehrenstein，1886—1950，奥地利诗人）《白居易》，1923 年，根据普菲茨迈耶尔（August Pfizmaier）的《中国诗人白居易》（1886）改编的白居易诗集。据《中国对德国文学影响史述》第 399~400 页，卫茂平，上海外语教育出版社，1996 年 5 月

"中国诗歌——译成德语的大多是被粉饰的盖贝尔（Emanuel Geibel，1815—1884，德国诗人，其作品以语言高雅，音韵别致闻名）。或由于选题，或由于中介——德语中国诗人的桃花上大多洒有一些香水。但是，阿尔弗雷特·埃伦施泰因的《白居易》诗歌却没有这种甜味。这本装帧精美的书刚由埃尔恩斯特·罗沃尔特出版社出版。" Schuster，Ingrid：*China und Japan in der deutschen Literatur* 1889-1925，Bern（u. a.）1977. S. 105

埃伦施泰因（Albert Ehrenstein）《中国控诉》（*China klagt，Nachdicbtungen revolutionärer chine-sischer Lyrik aus drei Jahrtausenden*），Berlin，1924 年

勒·沃奇《中国诗人与思想家白居易的叙事诗》，莱比锡：大亚细亚出版社，1925 年。按，见王洪、田军主编《唐诗百科大辞典》，光明日报出版社，1990 年 10 月版，第 1012 页。蒋寅撰《二十世纪唐研究》称，"德国有沃伊奇的《白居易研究》"（中国社会科学出版社，2002 年 1 月版，第四章"二十世纪唐代文学研究概述"第七节"欧美国

家的唐代文学研究”），当源于此

勒尔克(Oskar Loerke，1884—1941)《无形的负担：在伟大的中国大师白居易的阴影下》，收入诗集《最后的一天》，1926 年

埃尔温·冯·察赫译著《白居易诗选》，巴塔维亚，1935 年重印

布莱希特(Bertolt Brecht)《新制布裘》《买花》《寄隐者》和《黑潭龙》德译，载莫斯科《言论》(*Das Wort*)，1938 年，收入《中国诗》(*Chinesische Gedichte*)，Gesammelte Werke 9，Gedichte 2，Suhrkamp Verlag，Frankfurtam Main，1967：18~621，根据亚瑟·韦利的英译本转译成德语。见谢芳《文化接受中有选择的认同：从布莱希特所译的白居易的四首诗谈起》，《外国文学研究》2000 年第 3 期；参见《中国对德国文学影响史述》第 496~499 页，卫茂平，上海外语教育出版社，1996 年 5 月。布莱希特(Bertolt Brecht，1898—1956，德国剧作家、诗人)

安德利亚斯·多纳特译《白居易诗集》，威斯巴登，1960 年

白居易研究文献 荷兰文

伊维德(Wilt Lukas Idema)《白居易诗选》(*Po Tsju-I*，772-846 Gedichten en proza)，GEKOZEN，VERTAALD EN TOEGELICHT DOOR W. L. IDEMA，荷兰，Omslagontwerp & typografie：Marjo Starink，2001 年

白居易研究文献 意大利文

《李白、杜甫、白居易：玉盘》(*LiPo DuFu Pochu-I*，*Coppe di giada*)，意大利维尔玛科斯坦蒂尼(Vilma costatini)著，意大利都灵 1985 年出版。据张忠纲、赵睿才、孙微等编著《杜集叙录》，齐鲁书社，2008 年 10 月

白居易研究文献 俄文

《白居易的绝句》艾德林(1909—1985)，副博士学位论文，1942

年。扩充并增加白诗实例，成为《白居易绝句集》

《白居易绝句集》艾德林(1909—1985)译著，莫斯科国家文学出版社 1946 年版，共 200 页

《白居易绝句集》艾德林(1909—1985)译著，莫斯科国家文学出版社 1949 年版，共 223 页

《白居易绝句集》(增订版)艾德林(1909—1985)译著，莫斯科国家文学出版社 1951 年版，共 240 页

《白居易诗集》艾德林(1909—1985)译著，莫斯科国家文学出版社 1958 年版，共 262 页

《白居易抒情诗集》艾德林(1909—1985)译著，莫斯科文艺出版社 1965 年版，共 211 页

《白居易诗集》艾德林(1909—1985)译著，莫斯科文艺出版社 1978 年版，共 303 页

西文资料来源

入矢义高《欧美的中国古典诗歌研究》(肖何译)，《国外社会科学》1981 年第 3 期

尹慧珉《西方研究中国唐代文学论著索引》(英文部分)，《唐代文学研究年鉴》(1983)，陕西人民出版社，1984 年 3 月，第 413 ~ 422 页

王丽娜《唐诗在世界各国的出版及影响》，《中国出版》1991 年第 3、4 期

张弘《中国文学在英国》，广州：花城出版社，1992 年

王丽娜《唐诗在国外》，《唐代文学研究年鉴》1992，广西师范大学出版社，1993 年 11 月

陈弱水《最近五年来(1989—1993)唐代学术研究概况：欧美西文部分》，《中国唐代学会会刊》1993 年第 4 期，第 211 ~ 220 页

倪豪士(William H. Nienhauser)《1916—1992 年英语世界中的白居易研究》(*Po chü-I Studies in English Since* 1916-1992)，载《亚洲文化》(*Asian Culture*)季刊 1994 年第 3 期。川合康三译为日文，收入《白居易研究讲座》第 5 卷(东京：勉诚社，1994 年 9 月)。文后附《白居易相关图书目录》(英文)[*Selected Bibliography of Po chü-I (772-846)*

Studies in English]，收入《白居易研究讲座》第五卷之末

倪豪士(William H. Nienhauser)《美国的中国旧体诗研究》“*Studies of Traditional Chinese Poetry in the U. S.* (*Part I and Part II*), 1962-1996”, *Asian Culture Quarterly*, XXV. 4, 1997: 27-65. *Chinese Culture* XL 1/2, March and June 1999: 1-24、45-72.

黄鸣奋《英语世界中国古典文学之传播》，学林出版社，1997 年 4 月，第 162~163 页

钱林森、李滨《法国与俄苏的唐诗研究》，《唐代文学研究年鉴》(1997)，广西师范大学出版社，1998 年 8 月

田晓菲《北美中国古典文学研究近况》，《中华读书报》2000 年 12 月 20 日

夏康达、王晓平《二十世纪国外中国文学研究》，天津人民出版社，2000 年

奥利弗·克莱塞(Olive Classe)主编《英译文学百科全书》(*Encyclopedia of Literature Translation into English*) Philadelphia: Talyor & Francis Inc. , 2000.

蒋寅《二十世纪海外唐代文学研究一瞥》，《求索》2001 年第 5 期；《中国古代、近代文学研究》(人大复印报刊资料)2002 年第 1 期

王晓路《西方汉学界的中国文论研究》，成都：巴蜀书社，2003 年

王晓路《北美汉学界的中国文学思想研究》，成都：巴蜀书社，2008 年

江岚《唐诗西传史论——以唐诗在英美的传播为中心》，北京：学苑出版社，2009 年

顾伟列《20 世纪中国古代文学国外传播与研究》，上海：华东师范大学出版社，2011 年

后 记

八年前那个苦夏，拙著《元白诗派研究》七校付排；眼下又是闷热的苦夏，在黄昏最后的那抹晚霞之下，我为这部《元白研究学术档案》画上句号。

2012年年初，应陈文新教授之约撰写此书，因为正在做白居易研究史，而且自1996年起，每年都要撰写唐代文学研究综述和前沿报告，对这一领域的研究成果已有一定的积累，乃欣然应约。一面拜读这套丛书中已经出版的几部著作，一面收集整理相关资料，本以为不会拖延太久。入手以后，发现轻敌了。我给自己定下的目标有两个：元白研究论著评介求精、元白研究论著目录求全。后者可能悬得太高，尽管已有16年的陆续积累，但在今日资讯数字化飞速发展的时代，仍然难以自信毫发无遗。几番补遗，乃迁延至今。

这自然是一部偏重文献整理的书，意在为撰写白居易研究史铺砖，可以和拙编《白居易资料新编》参看。《白居易资料新编》所辑文献，始自中唐，迄于近代。《元白研究学术档案》则正接续之。两部成编，600多万字，备尝"狂胪文献耗中年"之况味，深感搞文献者就像在地上走，搞理论者就像在天上飞。久行地上，倍加向往蓝天，天地之间，更望找到一条自由之途，可以心轻如气，随云逐天。遥想当年，20世纪之前天上飞机不多，学者还肯于在地上耐心耕耘；21世纪之前手机也不多，真正的学者尚俗务有限。回看今朝，昔日可以作为爱好自炫的文学和文学研究，渐被各种框架和理论所拴；蓝天之上依然白云朵朵，而蓝天之下已白云苍狗。原来天地之间，并无自由之途，唯余手中如风筝之线，摇摇欲偏。异日若人机果趋合一，眼下耗尽吾辈心力的这部书，即使入归学术大系，权充大戏之一角，恐亦难免沧海一粟之叹。叹息之余，未敢自怨自艾，乐天岂不云乎："穷通不由己，欢戚不由天。命即无奈何，心可使泰然。且务由己者，省躬谅非难。勿问由天者，天高难与言。”姑且渺沧海之一粟，何妨寄静观云气之心于天地之间。

聊以自励，并作自勉。

陈才智

2014年7月定稿

2015年10月3校

2016年11月4校

2017年11月5校

于酿雪斋